隐喻与转喻

大脑中的隐喻：具身隐喻的差异来源

Metaphors in the Mind: Sources of Variation in Embodied Metaphor

〔英〕珍妮特·利特尔莫尔（Jeannette Littlemore） 著

陈 朗 译

科 学 出 版 社

北 京

图字：01-2023-2345 号

图书在版编目（CIP）数据

大脑中的隐喻：具身隐喻的差异来源 /（英）珍妮特·利特尔莫尔（Jeannette Littlemore）著；陈朗译. —北京：科学出版社，2023.12

（隐喻与转喻）

书名原文：Mataphors in the Mind: Sources of Variation in Embodied Metaphor
ISBN 978-7-03-077132-2

Ⅰ.①大⋯　Ⅱ.①珍⋯　②陈⋯　Ⅲ.①隐喻–研究　Ⅳ.①H05

中国国家版本馆 CIP 数据核字（2023）第 232936 号

责任编辑：杨　英　陈晶晶 / 责任校对：贾伟娟
责任印制：徐晓晨 / 封面设计：蓝正设计

科 学 出 版 社 出版
北京东黄城根北街 16 号
邮政编码：100717
http://www.sciencep.com

北京中石油彩色印刷有限责任公司 印刷
科学出版社发行　各地新华书店经销
*
2023 年 12 月第 一 版　开本：720×1000　1/16
2023 年 12 月第一次印刷　印张：28 3/4
字数：580 000

定价：196.00 元（全二册）
（如有印装质量问题，我社负责调换）

本成果系国家社科基金项目"基于可比演辩话语库及认知神经实验的中国中高水平英语学习者隐喻话语能力研究"（项目号：18BYY217）和教育部人文社科重点研究基地广东外语外贸大学外国语言学及应用语言学研究中心重点项目"外语类大学生隐喻话语能力和创新思维能力发展的复杂动态界面研究"（项目号：19JDZX03）的结项成果之一，并得到广东外语外贸大学人才项目"隐喻与转喻：具身、语言、思维与交际的轴心"（项目号：299-X5222240）和"面向应用语言学与话语分析的隐喻研究"（项目号：299-X5222239）的共同资助。

　　Jeannette Littlemore 来自英国伯明翰大学英语、戏剧与创意研究学院英语语言与语言学系，应用语言学教授，著有多部著述，包括《转喻：语言、思维和交际中的隐性捷径》（剑桥大学出版社，2015 年）、《修辞语言、体裁和语域》（与 Alice Deignan 和 Elena Semino 合著）（剑桥大学出版社，2013 年）。

Preface
To the Chinese Edition of *Metaphors in the Mind (Sources of Variation in Embodied Metaphor)* and *Metonymy (Hidden Shortcuts in Language, Thought and Communication)*

It gives me real pleasure to see the appearance of this Chinese translation of my books *Metaphors in the Mind (Sources of Variation in Embodied Metaphor)* and *Metonymy (Hidden Shortcuts in Language, Thought and Communication)* which have been combined into a single volume.

I would like to begin this preface on a personal note. When I was eighteen years old, my father died. I was ill-equipped to deal with the emotional fallout that ensued. My over-riding memory of the time involves the sound of bagpipes. Not the sound of real bagpipes, but of bagpipes in my mind. I lived my life with the constant drone of bagpipes in the background. This became both the bass line and the baseline of my everyday experience. On bad days the tunes would start to play, and they would get louder and louder until they became unbearable and I would have to cover my ears. I have never been a fan of the bagpipes, metaphorical or otherwise. As this example shows, in addition to being something that we encounter, metaphor can also be something that we experience on a physical and emotional level whether we like it or not. In other words, metaphor can be "embodied".

The fact that we often experience meaning through our bodies is well established. According to the Embodied Cognition hypothesis (Rosch et al., 1991), our bodies, and the ways in which we use them to interact with the world and people around us, serve as a basis for the way in which we form ideas and communicate these ideas to others. In other words, our perceptual, motor and emotional experiences play a fundamental role in shaping how we talk about, think about, and interact with people, objects and the world around us. Knowledge, therefore, is not acquired or processed in a vacuum. When we perceive an action taking place, we do not simply see or hear that action, we also "experience" it bodily. More specifically, seeing an action leads to activation of parts of the brain that are involved in movement, processing of sensory stimuli, and emotion.

Abstract concepts are also, to a large extent, embodied, often through metaphor, and our bodily interactions with the world around us provide a motivation for the metaphorical ways in which we talk about abstract concepts and emotions. We learn to associate certain bodily experiences with particular abstract concepts and emotions, and this allows us to use one to metaphorically represent the other. This is why we often talk about moving through time as if it were moving through space, allowing us, for example, to "look back on what happened". It is why we talk about "feeling down" when we are depressed, and why we talk about emotional closeness as if it were physical closeness. As we will see in this book, expressions such as these have the potential to provoke sensory-motor responses that correspond to the physical action of "looking back" and to the physical experience of "closeness". This is what is meant by "embodied metaphor" in its purest sense. Weaker versions of embodied metaphor involve the activation of our memory for, or knowledge of felt, physical experiences that are then used to make sense of metaphors that draw on these experiences.

Much of the early work on embodied metaphor tended to assume a single set of universal, shared bodily experiences that motivate our understanding of abstract concepts. In recent years, it has been acknowledged that the culture in which we live can impact on the ways in which embodied metaphors are extended and exploited, and research has shown that they vary across cultures. However, beyond this, there has been little investigation of other sources of variation. Factors such as environment and context, the shape and size of body, age, gender, physical or linguistic impairment, personality, ideology, political stance, religious beliefs, cultural and linguistic background all have the potential to impact on the way in which we form and use embodied metaphor. The aim of *Metaphors in the Mind (Sources of Variation in Embodied Metaphor)* is to bring together all these different factors, and to combine theoretical argument with findings from studies that I have conducted alone and in collaboration with others, to explore how the variety of "human experience" shapes the ways in which and the extent to which we acquire and use embodied metaphor. Throughout *Metaphors in the Mind*, I emphasise the dynamic interactive and contextual nature of embodied metaphor, and consider the ways in which it develops over time and in different contexts of use. By analysing the ways embodied metaphor varies across different individuals and contexts of use, my aim is to provide a deeper understanding of the nature of embodied metaphor itself.

Eventually the bagpipes quietened down but they would still resurface from time to time, reflecting the fact that although our felt experience of embodied metaphor is unavoidable and ubiquitous, there are times when we are more aware of it than others: embodied metaphor ebbs and flows over time. A second aim of *Metaphors in the Mind* is to offer explanations for this ebb and flow of embodied metaphor. In other words, as well as considering the ways in which the experience of metaphor varies across individuals, I also look at the way in which it fluctuates over time within a given communicative event and across a lifetime.

I would now like to turn to *Metonymy (Hidden Shortcuts in Language, Thought and Communication),* which forms the second part of this volume. Metonymy is a kind of shorthand that people use all the time but don't always think about that much, which is shame because, when used well, metonymy can have significant persuasive powers and when used badly, can have lead to severe misunderstandings. In a nutshell, metonymy is a process whereby one entity is used to refer to another, related, entity. For example, in the UK we use the term "Number 10" to refer to the Government, whereas in the USA it's "the White House"; and in South Korea, it's the "Blue House". All of these examples involve a metonymic relationship in which a place stands for an institution. However, this is not the only kind of metonymic relationship. There are many others. The word "Hoover" can be used metonymically to mean vacuum cleaner, via a PRODUCER FOR PRODUCT relationship, or we might say that we "need a drink", to refer specifically to alcoholic drink, which would evoke a WHOLE FOR PART metonymic relationship. We might say that we need "some muscle", when what we need is a strong person to help us move some furniture, thus evoking a DEFINING PROPERTY FOR

CATEGORY metonymic relationship, and so on and so forth.

In *Metonymy (Hidden Shortcuts in Language, Thought and Communication)*, I explore and discuss its relationship with metaphor. I then move on to discuss the various models that have been proposed within Cognitive Linguistics to explain how metonymy operates, and highlight the benefits of each. I then outline some of the key functions that metonymy performs in various forms of expression (language, gesture, art, film, dance and music), whilst maintaining a key focus is on metonymy as a first and foremost cognitive process, which leave sits traces in these various forms of expression. After having briefly discussed difficulties in identifying metonymy, I examine the extant research into the neuro-linguistic processing of metonymy. Finally, I look at variations and similarities in the ways in which metonymy manifests itself across these different modes of expression and across different languages and cultures. The book is illustrated throughout with real-world examples of metonymy in different forms of expression.

Many of the idea presented in both parts of this volume draw on work that has been conducted in China by Chinese academics. These studies have told me good deal about how both metaphor and operate in different linguistic and cultural contexts. I have also very much enjoyed my trips to China where I have discussed these ideas with outstanding Chinese academics. I very much look forward to witnessing growth in the work on embodied metaphor and metonymy in China.

I would very much like to thank the translator, Professor Heather (Lang) Chen for all the work that she has put into this new edition. I hope that you as a reader enjoy it.

Professor Jeannette Littlemore

Birmingham

March 2023

译 者 序

Jeannette Littlemore 是英国伯明翰大学英语语言与语言学系应用语言学的教授，博士生导师。她博士师从著名二语习得和语言教学专家 Peter Skehan 教授。其研究重点为比喻性语言，着重探讨隐喻和转喻在语言教育、跨语言交流和真实社会中的作用，近年展开了系列隐喻、转喻与情感因素、经历体验、同理心和创造性语言使用等方面的研究。Littlemore 教授为国际隐喻研究与应用学会（International Association Researching and Applying Metaphor）创始人之一、应用语言学与二语习得研究、认知语言学与心理语言学研究、符号学与修辞等学会会员，承担经济和社会研究委员会（ESRC），欧盟（EU），英国文化协会（The British Council）以及西班牙、德国、日本等多个国家学术研究项目，出版学术专著、编著 6 部，在国际应用语言学、认知语言学等方向的 SSCI 刊物上发表论文数篇，2021 年入选英国社会科学院院士。

Littlemore 教授的学术生涯起步于二语习得和应用语言学，后在认知语言学和应用语言学、话语研究等方面以隐喻和转喻为重点展开了大量界面性的研究，是近十余年来在隐喻的应用语言学研究、隐喻的社会研究中成果最为丰硕、最为系统的学者之一。从她本人及其多位合作者的研究中，我们可以看到英国及欧洲认知语言学学者以真实世界的隐喻研究为聚焦，对教育、政治、商业、经济、科学、建筑、艺术、健康、疾病、女性、弱势群体等不同主题的覆盖，以及对如课堂教学、课程教材、学术讲座、教学研讨、政治讲演辩论、商业期刊、财经报道、新闻报道、专题评论、主题访谈，包括学术期刊以及大众化杂志等不同体裁话语的广泛涉猎。本书是 Littlemore 教授在隐喻与转喻研究方面的代表之作。

认知语言学在自 20 世纪 70 年代末 80 年代初发端以来 40 余年的时间里经历了两个主要的阶段，一是以 Lakoff 和 Johnson（1980，1999）的概念隐喻理论、Lakoff（1987）的范畴化理论、Langacker（1987，1991）的认知语法、Talmy（2000）的认知语义学、Fauconnier 和 Turner（1996）的心理空间和概念整合理论以及

Goldberg（1995，2006）和 Croft（2001）的构式语法为代表的经典理论构建阶段；二是进入 20 世纪后在不断突破以往以理论阐释和内省研究为主要方法基础上所发生的"社会转向"和"实证转向"。无论是认知社会语言学（Wolf & Polzenhagen，2009；Kristiansen & Dirven，2008；Kristiansen & Geerearts，2013；Pütz，2014；Geeraerts et al.，2010；Geeraerts，2016），还是基于"社会认知"的社会认知语言学（Croft，2009；Harder，2010），亦或是在批评话语分析（Wodak & Meyer，2009；Reisigl & Wodak，2001；van Dijk，2008，2014；Fairclough，1995，2001）基础上发展而来的批评认知语言学（Hart，2015，2017）、批评隐喻研究（Musolff，2004，2012；Charteris-Black，2005，2014）等均吸收了社会、文化、语用的视角和要素，更加倾向探讨语言与现实社会和人类世界的互动。实证转向方面主要发生于与语料库、心理实验和脑成像等认知神经实验方法的结合，但研究者面临着"'为数据而数据'和对研究者专业知识要求较高等难题"（束定芳和张立飞，2021）的挑战。国内较具代表性的学者王文斌、文旭、束定芳、张辉等对上述认知语言学的发展与创新的相关内容作过充分的引介、总结、分析和案例研究。从中国英汉语比较研究会认知语言学专业委员会每两年一次召开的中国认知语言学大会办会规模、会议选题、参与人数来看，认知语言学正在不断传承和创新中蓬勃发展。

除以上所提及的国内外认知语言学代表性学派路向以及相关学者的研究外，在认知语言学研究中发端最早、影响最深远的隐喻与转喻研究中，以 Cameron、Semino、Deignan、MacArthur 等为代表的英国学者近十余年来引领着认知语言学中不同于批评隐喻分析范式的另一隐喻话语研究路向：真实世界的隐喻研究（Real-world Metaphor Research）（Low et al.，2010：VIII）。该路向着重考察隐喻在真实而具体的社会语境中的使用，以各种口笔语类型、各类主题的自然话语数据（naturally occurring language data）为研究语料，旨在探寻其中隐喻使用的模式和相关话语功能（Gibbs，2010：1）。相关学者具有以下共识："隐喻应成为应用语言学、社会科学和人文领域的研究者用于揭示人类的思想和情感传递的重要途径。"（Cameron & Malsen，2010：1）该路向与批评隐喻分析的区别在于后者加入意识形态和权力/主导社会关系维度，倾向对社会成员群体作出相关假设，偏重根据话语语料中所分析出的概念隐喻阐释语言和意识形态之间的关系；而前者不持批评话语分析中显性的政治立场，可应用于任何社会科学论题、任何群体或个人，主要在话语动态框架下，借助复杂动态系统理论概念，通过对话语语料中相互关联的隐喻使用模式的分析来阐释语言与思想、情感、态度、价值之间的

. . . .

前　言

本书的开篇，我想从我个人的经历开始。十八岁时，我的父亲去世了。随之而来的情感落差让我黯然。那段时光沉重的记忆就是风笛的声音，不是真正的风笛声，而是我脑中的风笛声。低吟、悠长的风笛嗡嗡作响，似背景音一般萦绕耳旁，成为我日常生活的低音线和基线。赶上不顺的日子，风笛声便响起，而且声音越来越响，直到无法忍受，我不得不捂住耳朵。不管是从隐喻还是其他层面来说，我从来都不喜欢风笛。正如上述经历，隐喻可以是我们接触的客体，也可以是我们在身体和情感层面上*经历*的或好或坏的事情。也就是说，隐喻是"具身性的"。

众所周知，我们时常通过身体体验事物意义之所在。依据具身认知假说（Rosch et al.，1991），我们的身体，以及使用身体与世界和周围人互动的方式是形成想法并将这些想法传达给他人的基础。换句话说，我们谈论和思考他人、物体和世界的方式以及与之互动的方式，在根本上得益于我们的感知、运动和情感体验（emotional experience）。因此，知识不是凭空获得和凭空生成的。当我们察觉到某个动作正在发生时，不只是看到或听到那个动作，我们也亲身"体验"它。更具体地说，看到某个动作会激活大脑中参与运动、处理感官刺激和情感的部分。抽象概念在很大程度上也是通过隐喻来体现的，我们用身体与周围世界互动，这激发了我们谈论抽象概念和情感时采用的隐喻方式。我们学会将特定的身体体验与特定的抽象概念和情感联系起来，这让我们能够用一个事物来隐喻性地代表另一个事物。这就是我们经常谈论穿越时间的原因，就像穿越空间一样，让人们能够"回顾过去发生的事情"。[1]这就是为什么当感到沮丧的时候我们会说"情绪低落"，而表达"情感上的亲密无间"时就仿佛身体也不分彼此一样。我们将在本书中看到，像这样的表达有可能引发与"回头看"的身体动作和"亲近"的身体体验相对应的感觉运动反应。这就是最纯粹的意义上的具身隐喻（embodied metaphor）。相对弱化的具身隐喻则激活我们对感觉和身体体验的记忆或知识，从而理解源于这些体验的隐喻。

许多关于具身隐喻的早期研究倾向于假设一组普遍的、共同的身体体验以激发我们对抽象概念的理解。近年来，人们已经认识到，我们所处的文化会影响具身隐喻加以扩展和运用的方式，研究表明，文化不同，具身隐喻的意义也有所差异。然而，除此之外，相关变化的其他来源调查则寥寥无几。环境、语境、体型和体格、年龄、性别、身体或语言障碍、个性、意识形态、政治立场、宗教信仰以及文化和语言背景等因素都有可能影响我们形成和使用具身隐喻的方式。本书的目的是将所有不同的因素集合起来，将理论观点和我本人以及与他人合作的研究结果聚合起来，以探索"人类体验"的多样性究竟如何塑造我们获得和使用具身隐喻的方式及程度。整本书中，我强调了具身隐喻的动态互动和语境本质，并考虑了它随着时间的推移在不同的使用语境中发展的方式。通过分析隐喻在不同个体和不同使用语境中的变化方式，希望大家对具身隐喻的本质有更深入的理解。

最终，风笛声安静了下来，但仍不时响起，这体现了尽管我们对具身隐喻的感受和体验是自然而然且无处不在的，但在某些时刻我们更可能会意识到这一点：具身隐喻会随着时间的推移而起伏涨落。本书的第二个目的是解释具身隐喻的起伏变化。也就是说，除了考虑隐喻的体验因人而异之外，我还将研究它在既定的交际事件中随时间以及人的一生波动的方式。

抽象概念通常是具身性的，通过隐喻来实现。例如，我们用时间隐喻来谈论动作的移动，就像我们在空间中运动一样，因此会让我们"'回望'（look back）过往发生的事"。迄今为止，众多有关具身隐喻的研究假设都认为有一组普遍的、共通的身体体验推动着抽象概念的理解。本书旨在探讨人们具身隐喻体验差异的来源，包括比如身体的体格特征、年龄、性别、大脑、身体或语言损伤、性格、意识形态、政治立场、宗教信仰和语言背景，将重点关注隐喻体验在某一特定交际事件中或一生中随时间变化而变化的方式。Jeannette Littlemore 教授结合理论述评和新的研究发现分析了具身隐喻的差异来源，对深入理解具身隐喻的本质提供了全面、系统的分析。

目　　录

走出他死亡的阴霾以及因他短暂的生命而建立的生活，是我们自己的事。但和所有人一样，我也在寻求真知灼见，希望能有一把钥匙，在望不到头的回廊可以打开现在在我面前已经关闭的那一扇扇门。

问题是，我认为悲伤并不是一扇扇可以随着时间的推移而打开的门。相反，这种悲伤更像是站在一堵墙后面。

那是一堵没有门也没有钥匙的墙。网上论坛、医疗和心理健康网站、情感疗愈师、救援支持或家人、朋友能给予的智慧都没有钥匙。当你迷失时，没有人告诉你该做什么。

我所紧抓不放的，我想……是希望，希望有一天我一觉醒来，发现那堵墙已经倒塌了。[①]

如斜体部分所示，这位母亲运用了大量隐喻来描述她的经历。她谈到了"*走出他死亡的阴霾*"，她需要"*在望不到头的回廊打开一扇扇门*"，她"*感觉*"自己"*站在一堵墙后面*"，她希望有一天她会从这场噩梦中"*醒来*"。所有这些隐喻一个显著的特征在于，它们运用了身体动作和感官来描述经历。似乎她不仅通过这些隐喻来描述她的悲痛，而且在某种程度上，她通过这些隐喻来"体验"它。

在所有语言中都可以找到借鉴身体经验的隐喻。这些隐喻并不少见，很多是高度规约的。例如，在英语中，"理解"（understanding）通常用"看见"（seeing）来表示（"我能'*看*'到吉姆为什么困惑"[1]），"时间"通常用"空间"来表示（例如："从早年当保安到现在，*他已经走过了很长的路*"），实现职业晋升通常是用上升来形容的（例如："他*升为*了总督察"）。许多隐喻都涉及感官，比如，人们会说，某次经历"*回味很糟糕*"，"彼此说了*尖锐的话*"，或者"*嗅出了猫腻*"。

普遍认为类似上例中这样的隐喻塑造了我们对世界的理解。它们是我们概念系统的一部分，没有它们，我们几乎不可能对抽象概念进行推理和交流。比如说，我们寓意情感即温暖，重要性即大小，亲密即距离远近，困难即负担，类别即容器，相似即差距大小，组织即物理结构，时间即运动，目的即终点，原因即物理作用力，知识即视野，理解即把握（Lakoff & Johnson，1999）。在这些情况下，

---

① https://whatsyourgrief.com/loss-of-identity-after-stillbirth/.

抽象的概念都是通过隐喻以更加具体的、物理性的术语来理解的。

　　大量的研究表明，我们不仅在语言中使用这些隐喻，而且在潜意识的层面上，还不时"体验"着这些隐喻。换句话说，当我们遇到这样的隐喻时，潜意识的感觉运动（sensorimotor）反应会被触发，这与我们在物质世界中实际观察或体验这些动作和感觉时会触发的反应相似（Gibbs，2006a）。因此，人们有可能在身体层面上体验到的这些隐喻，它们不仅仅是纯粹的外部客观现象。Gibbs（2006b）提炼了这一论点，他指出，我们理解这些隐喻的一部分能力，"在于自动构建模拟，在模拟中，我们想象自己执行那些片段描写中提到的身体动作"（Gibbs，2006b：435）。他认为，大脑的关键区域，如运动皮质，参与了对这类隐喻的处理，但"同样重要的是，人们对自己身体的直觉、感觉和现象体验塑造了大部分隐喻思维和语言使用"（Gibbs，2006b：436）。因此，像这样的隐喻常常被描述为"具身的"，但这种具身可以是从感觉运动的全面激活到使用躯体知识来塑造隐喻思维的过程。人们可以用这种方式来体验隐喻，这一事实并非无足轻重的，因为正如我们刚刚看到的前文所述，人类的身体经验构成了大量隐喻的基础，而且大多数（如果不是全部）抽象现象都是通过隐喻来理解的，而许多的隐喻都基于身体经验。

　　大多数人的体型是相似的，躯干四肢在施为方面也基本相同，从这一角度来说，人们体验隐喻的方式具有共性。因此，如第 2 章所示，与具身隐喻有关的多数文献都集中在人类经验的同质性基础上，对可能存在的差异的来源强调不多。有人认为，上述许多隐喻关系之所以具有普遍性，是因为它们与身体经验息息相关，比如情感和温暖、视觉感知和理解等的关联，这些是人类普遍性的经验（Grady，1997a，1997b）。跨文化差异方面的研究相对比较充实（Kövecses，2015；Musolff，2017），但其他差异来源的影响，如性别、个性、身材、残疾等却很少受到关注，而在具身隐喻的世界中，普遍性的概念却是具有广泛影响力的。

　　本书的目的就是通过识别、探索人类经验中那些影响人们通过具身隐喻去理解世界的方式及差异来源，审视所谓的普遍性概念。我的立场是，由于人们对物质世界的体验在身体、情感和社会方面存在方方面面重要的差异，我们对具身隐喻的体验也容易受到差异的影响。通过了解这些变化的来源，将会对人们所形成的不同类型的世界观有更加深刻的洞识，比如，它们是如何形成的，其中的机制是什么。这些知识可以进一步加强我们对具身隐喻的理解，或换句话说，即通过隐喻来"体验"世界意味着什么。

1.2　具身认知

"隐喻是具身的"这一观点具有一个更加基本的前提，即大部分认知的本身就是具身性的。根据具身认知假说（Rosch et al., 1991），我们通过身体与世界以及周围的人进行互动的方式，是我们形成观念并将这些观念传达给他人的基础。换句话说，人们的知觉、运动和其他经验在我们的所言、所思和与他人、他物以及世界的互动中发挥着基础性的作用。用 Gibbs 的话说，人们在行动中对自己身体的主观感受，为语言和思维提供了部分基本依据（Gibbs, 2006a：2）。因此，刺激不只是看到或听到，而是用身体"体验"，会激活大脑中参与运动、处理感官刺激和情感的部分。因此，当我们看到一个足球运动员在比赛的最后一分钟踢进绝杀球，用膝盖在球场上滑跪来表达他的喜悦之情时，我们会在大脑中模拟他的动作和心态，如同我们亲身经历一样（Gallese, 2006），这就是我们共情和享受这种经历的原因。

具身认知假说的发端或至少在一定程度上受到 Barsalou（1999）感知系统理论的启示。根据该理论，单单感知到刺激物就能激发人们对实际感知、运动和情感反应的模拟，如同直接接触到刺激物一样（Barsalou, 2008, 2010）。例如，当我们看到有人在喝茶，或只是听到有人在谈论喝茶时，大脑就会开始解读，映现自己喝茶时的实际情景。哪怕是看到一个茶壶都能触发实际参与到倒茶和喝茶行为的神经元。对本书而言，至关重要的一点就是具身认知假说对理解人们如何解读、处理*语言*有着重要意义。像其他高级心理功能一样，具身认知假说的支持者认为语言从根本上与更基本的认知和神经生物学机制有关（Feldman & Narayanan, 2004）。读到和听到有关动作、感觉、情感的内容时，我们会在头脑里和身体上重现相同的动作、感觉和情感。具身认知假说和知觉模拟的证据来自我们理解行为方式的大量实证研究，即已开始说明用于解释他人行动的机制与执行实际行动的机制共享同一个表征空间（Avanzini et al., 2012；Avenanti et al., 2013；Rizzolatti et al., 1996）。这些研究采用了各种研究方法，包括反应时研究、神经学研究、眼动研究、手势研究、问卷调查、话语分析和访谈等。其中许多研究都着重于探究身体动作和认知之间的联系。例如，有研究表明，通常与语言处理有关的部分额叶皮层会在感觉运动中和观察动作时被激活（Bonda et al., 1994）。

当参与者做出所要求的相应身体动作时，语言任务的表现会得到改善（Rieser et al.,
1994）。具有较高程度的"体-物交互作用"词（如"剪刀"和"勺子"）会比较
低程度的"体-物交互作用"词（如"树"和"房子"）被识别得更快（Saikaluk
et al., 2008）。当人们在回忆过程中预设了与最初形成记忆时相同的身体姿势，
我们发现，记忆的言语化得到了提升（Dijkstra et al., 2007）。行为心理学越来越
多的证据表明，以前被认为是纯粹的感觉运动大脑区域实则在语言处理中起着重
要的作用，这一过程拟使用大量的空间、感知和视觉意象（Coslett, 1998；Coslett
et al., 2002；Hauk & Pulvermüller, 2004；Rizzolatti & Buccino, 2005）。至于较
为基本的、非言语的层面，据观察，当我们看到一个人做特定的动作，如跑步、
握铅笔、大笑或哭泣时，我们自己做该动作的神经运动回路也会同时被激活，仅
靠看到该动作便会激发相应的运动心理意象。与此相关的神经元，被称作"镜像
神经元"（mirror neurons）（Gallese & Goldman, 1998）。镜像神经元与我们模
仿、交流以及共情的能力有着部分联系（McGlone et al., 2002；Stamenov, 2002）。

词句理解任务的研究为具身认知假说提供了进一步支撑（Kok & Cienki,
2014）。例如，Stanfield 和 Zwaan（2001）发现当受试者读到"男人将钉子钉入
墙"时，他们会更快地识别出一张水平方向钉子的图片，而不是垂直方向的钉子，
因为那与他们在句中读到的钉子方向一致。与之相反，当他们读到"男人将钉子
钉入地板"时，他们更快地识别出一张钉子垂直钉入的图片。Zwaan 等（2002）
则发现，当听到"护林员看到空中的老鹰"时，人们更易识别出老鹰展翅翱翔的
画面，而当读到"护林员看到老鹰在巢中"时，更易识别出老鹰翅膀闭拢的画面。
最后，Glenberg 和 Kashak（2002）发现，当人们读到像"你将笔记本递给考特尼"
这样的句子时，他们会更快地做出手部或身体部位向外伸展的动作，而不是向内
的动作，这与情景是相符的。该证据也表明人们会构建一个完整的心理模拟场景，
使自己能够"沉浸"其中（Zwaan, 2003）。

另一组佐证具身认知（embodied cognition）的研究来自人们用手势辅以思
考。现已有大量证据支持一个观点，即手势会"激活、利用、包装及探索用于
思考和说话的空间运动信息"（Kita et al., 2017：245），这当中包括以隐喻
的方式思考与说话（Kita et al., 2017）。Kita 等将此称作"概念化手势假说"
（Gesture-for-Conceptualization Hypothesis）。有较充足的证据支撑这一假说，例如，
研究表明当人们被鼓励使用手势时，他们在解决空间问题（Chu & Kita, 2011）、
动词表记忆（Macedonia, 2014；Macedonia & Klimesch, 2014）以及解决复杂统

计任务方面表现更好（Rueckert et al.，2017）。还有证据表明镜像神经元与手势认知有关联，即心理模拟或与手势含义的解读相关（Skipper et al.，2007）。研究还表明，与手势理解相关的神经网络对于语境因素非常敏感，如话语者的文化背景（Molnar-Szakacs et al.，2007）以及手势的交际关联性（Skipper et al.，2007）。与之相关地，"动作-句子相符效应"（action-sentence compatibility effect）（Glenberg & Kaschak, 2002）表明语言与肢体行动是相关联的。例如，Bergen 和 Wheeler（2010）发现表达手部动作进行时的句子会促使人往同一方向行动，而除了"体"以外其他方面完全一致的完成时的句子则不会促使同样动作的发生。进行体关注动作的本质和方向。Mittelberg（2013）有关大脑"具身性"的论述对手势可以用以洞察思维的具身性本质进行了较为全面的阐释。

有关手势来源于构成具身语言的知觉模仿与动作模仿的观点在 Hostetter 和 Alibali（2008）题为《作为模拟行动框架的手势》（*Gestures as Simulated Action Framework*）的著述中得到了较为充分的阐释。这一语言产出理论旨在解释手势所发挥的中心作用。Hostetter 和 Alibali 认为当人们试图谈及一个动作时，他们就会动用前皮质、小脑及其他皮层下区域进行模拟，而对这一动作模拟的激活则很可能会扩散到其他运动区域，刺激的不断扩散则会产生手势。可能会有几个因素影响刺激扩散的程度，以及该模拟是否会从显化的手势中表现出来。第一个因素就是该模拟与动作的相关程度。运动想象，顾名思义，就是对运动的模拟，其包含着对身体动作的描绘，但假如人们会讨论场景如何随时间变化而变化，或从不同角度进行观察，或引发相应的可及物，那模拟的动作也可能会由心理意象激发。第二个因素是人物的观点和视角。说话者使用运动想象或生动的心理意象进行动作模拟的程度，可能会因其是不是在描述自己做的动作而有所不同。Hostetter 和 Alibali（2010）发现，当受试者描述自己切实做过的动作时，与他们仅仅是观摩过该动作相比，使用手势的频率会更高。第三个因素就是个体差异，可见于人们对于手势的倾向：通常依赖感知和动作模拟的说话者更可能在说话过程中使用手势。Hostetter 和 Alibali 认为个体差异可能受运动前区与运动区神经连接强度的影响，而这些连接的强度可能受遗传因素、经历或个体神经系统功能差异的影响。为了支持这一说法，他们还援引了自己的一个研究发现，即空间感较强的说话者会比空间感较弱的说话者使用更多手势（Hostetter & Alibali，2007）。第四个因素是交际场合。研究表明，教师在教授特别难懂的概念，或是认为学生在理解上有困难时，会增加使用手势的频率（Alibali & Nathan，2007）。第五个因素是讨论的内容本身以及说话人对讨论内容的想法也可能会影响手势的使用。McNeill（2005）发现，基本上，说话人在作比较或在对话过程中要传递一些对推进对话起关键作用的信息时，尤其容易使用手势，这一特征他称为"交际动力"（communicative dynamism）。总而言之，人们时常会在说话过程中伴随有意义的手势，而手势的使用会随着交际场合的变化而变化，这两点都有力地支持了认知是具身性的这一观点。

日常语言中也有能间接获得思维的具身性的相关证据。例如，英语中规范的词序可以反映人是如何通过身体与外部世界互动的。因为人的眼睛长在头上而不是脚上，因而人向前看而不是向后看，直立行走。所以语言中表示前面、上面或者高处的元素总是会前景化地被放在前面先说。在描述事物时，我们更习惯于说"高低""上下""前后"，而非"低高""下上""后前"（Benor & Levy，2006）。所以在规范表达中，表示朝上、朝前的词总是会出现在表示朝下、朝后的词前面。Louwerse（2008）曾把 Web 1T 5-gram 语料库作为数据来源，选取了文献来源中被广泛研究的 71 个语对，并对其象似性和非象似性词序出现的原始频率和相对频率进行统计。他发现，这些语对更多地以规范（即"具身性"更强）的顺序出现。

眼动追踪研究的结果也为具身认知假设提供了支持。Huette 等（2014）的实验中曾让受试者边听故事边看一块空白屏幕，故事的内容包含了过去进行时和一般过去时两种时态的句子。他们发现，听到过去进行时句子的人眼球运动更加明显，视线会在屏幕上四处移动，而听到一般过去时句子的人，视线会集中在一处。听到过去进行时的人通常会将注意力集中在事件不断发展的过程中，而听到一般过去时的人则多关注事件的结束，实验结果印证了这一点。因此，这一发现也佐证了语法的体可以改变事件的解读方式。他们认为"被动的倾听绝不是被动的"，"眼球的频繁活动反映了语言输入中细微的语法差别"（Huette et al.，2014：7）。与此相似的是，其他研究发现，人们向着一个特定目标移动眼球的速度，随着对所听到的动词进行解码速度的变化而变化。例如，相比于"狮子缓慢地走向气球"，在听到"狮子冲向气球"这样的句子时，人们眼球转动的速度更快（Lindsay et al.，2013；Speed & Vigliocco，2014）。

具身认知假说的一个重要特征是强调了情感在认知加工中的作用。大部分所谓的逻辑或抽象的推理都不能缺少情感的参与。情感能促进认知，帮助理解和增强长期记忆（Storbeck & Clore，2008）。大量实证研究证明了这一点。研究发现，人们理解包含情感的句子（Havas et al.，2007）会受到其身体状态的影响；

另外，听话者如果对某一条信息产生了情感共鸣，就更容易理解并记住这个信息（Webb et al.，2012）。在母语中，富有情感内涵的词语比中性词语更容易被记住（Kensinger & Corkin，2003）。Damasio（2006）基于有关决策缺陷和情感障碍患者的研究，提出了"躯体标记假说"。"躯体标记"是与情绪相关的生理反应，比如紧张导致的心跳加快，恶心引起的呕吐。他发现，在一些患者身上，推理缺陷、情感障碍和躯体标记激活的减少，都是由某一特定的大脑损伤造成的。由此，他得出"尽管情感在'推理回路'中的作用可能发生在潜意识层面，但这种作用仍起着至关重要的作用"（Damasio，2006：xvii）。他认为情感/情绪水平的增高容易引起对某一前提的凸显，而决策则也可能偏向该前提。他还认为，情感/情绪参与度的增加会帮助我们记住在决策过程中可能产生的多个事实（Damasio，2006：xviii）。Damasio 认为，情感在直觉中也举足轻重，他将直觉描述为一个快速的认知过程，不必进行逻辑推理就可以得出结论；用他的话说，直觉是"部分必要的知识在尚且或缺情况下的快速认知"（Damasio，2006：xix）。因此，对具身认知的全面论述必须考虑我们与周围环境所进行的身体和情感上的互动。虽然具身认知不能解释认知加工的各个方面（Goldinger et al.，2016），但它确实解释了人类认知和交际行为的许多特征，比如我们理解和使用隐喻的方式，后文将会谈及。

具身认知并非总是一个有意识的过程。Lakoff 和 Johnson（1999）提出了具身认知运作的三个层次：*神经具身*涉及构成具身思维基础的神经结构；*认知潜意识*涉及我们无意识自动运行的心理运作方式；*现象学*关注我们对自身身体、精神状态、环境、身体以及社会互动的认知意识。Gibbs（2005）提出为了全面理解具身认知的本质，具身的这三个层面我们都需要关注，最重要的是，要关注它们之间的相互作用。

具身认知的理论日新月异，Meteyard 等（2012）对相关文献进行了全面回顾，得出以下结论：无论是强具身认知理论还是完全的"离身"（disembodied）认知理论，目前均没有实证研究的支持，最好将具身认知的其余理论视作一个连续统，从"次级具身"（语义内容独立，但与感觉运动系统有关）到"弱具身"（语义内容部分依赖于感觉运动系统），再到"强具身"（语义内容完全依赖于感觉运动系统）。本书的目的之一是探索人们关于具身隐喻的体验在这个统一体中如何定位，以及促成这种定位的因素。

具身认知与"4E"方法

人的认知并非局限于个体；相反，它是由人所处的自然环境和社会环境以及个人经历和社会历史共同塑造的。因此，认知在环境、社会、时间上呈现出"分布式"的特点（Jensen，2013；Semin & Cacioppo，2009）。分布式具身认知这一理念强调我们所处的世界是由他人和事物构成的，并且这个世界会随着时间而变化。

有关认知的"4E"方法强调认知不仅仅是"*具身的*"，还是"*延展的*"、"*生成的*"和"*嵌入的*"。"延展的"强调人的内在的具身认知与外在的物理和社会环境之间的关系。这种认识的基础是我们理解事物时以事物本身对自己的意义、利用事物或与之互动的最佳办法为出发点（Glenberg，1999；Glenberg & Kaschak，2002），以及事物能为自己提供什么（Gibson，1977）；"生成的"强调人思维的能动性，突出在思考和交流中手势以及其他身体动作的作用；"嵌入的"强调所有的认知活动都发生在具体的语境下，语境特征在很大程度上决定了我们的思维方式。"4E"的概念有很多重合之处，但集合起来看，它们均强调了语言和认知具有的以下特点。

materially embodied, culturally/ecologically embedded, naturalistically grounded, affect-based, dialogically coordinated, and socially enacted. （Thibault, 2011: 211）

物质层面的具身性、文化/生态上嵌入、扎根自然主义、基于情感、对话协调，并在社会中生成（Thibault，2011：211）。

本章后续内容将表明，与传统的具身研究方法相比，上述"4E"方法将隐喻视为更加动态的现象，这是本书所持的立场。

1.3　具身隐喻

近几年来，有关具身认知的讨论已扩展到了对隐喻的研究，特别是将抽象内容与更加具体的所指联系起来的隐喻，比如情感即温暖（affection is warmth）、困难即重量，重要性即大小。以上这些隐喻通常被称为"基本隐喻"（primary metaphor）（Grady，1997a）。基本隐喻是隐喻的对应或"映射"。人们认为这类隐喻来源于现实世界的经历，是以经历为基础的。因此，刚刚提及的三个隐喻可从以下几点进行解释：我们想到亲近的人时内心会感到温暖；提重物会困难；重要的事或重要人物往往会比我们大个（至少在我们孩提时代是这样的）。人们认为基本隐喻在孩童时期就形成了，是不同但相关的经历产生联系的结果，故基本隐喻有时也被称为"关联"隐喻。举个例子，在婴儿时期，父母通常通过与我们亲近、给我们温暖向我们表达爱意；长大成人后，我们依旧会用隐喻的方式表达喜爱——说我与你的关系亲近、温暖，这也就有了前文所述的"情感即温暖"这个隐喻；另一例子是将时间隐喻为沿道路行进的基本隐喻（Grady，1997a：294），走过的路已在身后，而还未走的路摆在眼前。因此，在隐喻上，我们会认为过去已位于身后而未来就在眼前。从上述的例子中我们可以看到，人的身体和思维并非毫不相干，身体行为会影响抽象思维，因而可以认为，人的抽象思维起源于身体与物质世界接触的经历，这些经历构成了人初级的、最基本的思维（Bergen，2012）。

人在周围环境中觉察到的关系会被内化，从而形成"跨域映射"，包括源域与靶域（Lakoff & Johnson，1980）。源域是人通过感觉运动系统与外界接触所感受到的具体概念，比如前文例子中提及的温度、重量和尺寸大小。抽象域（即靶域）是不那么具体的概念，比如前文提及的情感、困难和重要性。神经隐喻（Lakoff，2008，2012）在此基础上更进一步，认为基本隐喻来自大脑的两块区域（分别对应源域和靶域）且不断地被激活，而这也导致了大脑这两块区域之间物理性的神经连接。本书第2章会谈到，基本隐喻是具身的，因为这类隐喻会引起身体的肌肉运动和感官反应，目前也有大量的实证研究来支持这一观点；行为学研究也表明人的姿势、身体动作和所处的环境与其隐喻的使用之间存在密切联系。

在语言中，我们常会发现基本隐喻的组合使用会形成更复杂的"概念隐喻"（conceptual metaphor），构成了绝大多数"语言隐喻"的基础。下面引用美国电视连续剧《女子监狱》中身为中产阶级的女主人公 Piper Chapman 的一句话来说明这种层级关系。毫无疑问，Piper 被送进环境非常恶劣的监狱后过得十分惨，她向她母亲是这样描述的：

I am not going crazy. I am surrounded by crazy, and *I am trying to climb Everest in flip-flops.*

我没有疯，但我周围的人都是疯子，我正试图穿着人字拖爬珠穆朗玛峰。

"穿着人字拖爬珠穆朗玛峰"这个隐喻是她运用肢体动作向母亲传达了自己正在经历的时刻如何艰辛。这里是一个语言隐喻，这个隐喻背后是"难题的应对是登山"这一概念隐喻，而同时它包含至少三个基本隐喻，它们都与基本的身体体验有关：变化即运动，达成目标即抵达目的地，时间即移动的体验就是沿途行走。

然而，并非所有的语言隐喻都与基本隐喻，甚至是概念隐喻有明确的联系，有些纯粹是基于感知的相似性。例如，菲利普·拉金（Philip Larkin）在他的诗《蟾蜍》中问道："为什么要让工作这只蟾蜍，蜷伏在我的生活上？"他将工作比作蟾蜍，表明工作令人不快且难以摆脱。与之相似的是，伯明翰郊外的复杂路网被称为意大利面路口，仅仅是因为俯瞰时，此处看起来就像缠结交织的意大利面。在这两个例子中都很难看出基本隐喻的应用。

然而，基本隐喻并不是唯一涉及具身的隐喻。有时隐喻和手势一起出现，暗示这些隐喻通过语言和身体行为得到体验。我们可以从 Deignan 等（2013：144-145）的摘录中看到类似的例子：一位工商管理专家正在向一位新人解释各种组织管理模式的运作方式。这段摘录中，她正把运营一个组织的复杂性与弹钢琴的复杂性相比较（图 1.1）。

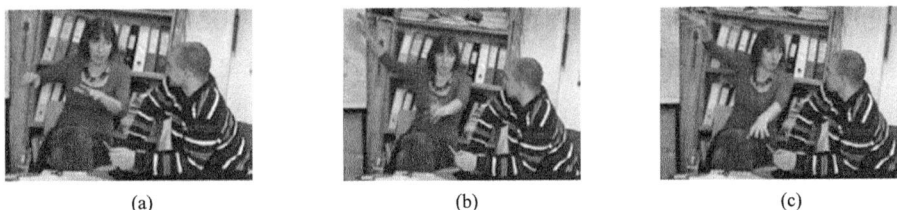

(a)   (b)   (c)

或者我认为你可以将它想象成**一架*钢琴***[2]	截图（a）双手放在身体前的同样高度，手指连续敲击
这是	
钢琴的左手侧	截图（b）放下左手，手心朝下，手指连续敲击。抬起右手并保持不动
保持原来的节奏 继续敲琴键 这个就是右手弹出的复杂旋律的部分 在右手侧	
钢琴的右手侧	截图（c）抬起右手，掌心朝下，手指连续敲击。放低左手并保持不动
高音	

图 1.1 "高音和低音"

　　上述例子中，说话者运用钢琴演奏这一隐喻来传达这样一种观点，即大型组织需要不同的、互补的技能，并且这些技能要像左右手弹奏钢琴一样协调。虽然这不是一个基本隐喻，但它确实涉及身体行为，通过语言和手势来表达。说话者使用的手势暗示了某种程度的身体激活，并赋予此隐喻以生命。正如我们之前所看到的，我们一看到别人的动作就会触发运动反应，这种反应与我们自己动作行为的触发相似。这意味着这位说话者很可能已经有过弹钢琴的感知模拟体验，能够借此来帮助自己理解说话内容。Müller（2008a）将这一例子描述为"激活的隐喻度"（activated metaphoricity），我稍后也将详细讨论她的著作。

　　因此，尽管对具身隐喻的讨论往往局限于基本隐喻，但我们可以从这个例子中看到，一些相似隐喻（resemblance metaphor）也有可能在更广泛的意义上具有具身效应。因此，本书采用的"具身隐喻"的定义比其他作者使用的定义要宽泛一些，因为它包括身体实施的基于行为的相似隐喻。这个"钢琴"的例子还有一个有意思的特点，即相似隐喻与基本隐喻交织在一起，音高被描述成了高度。说话者通过双手的位置来表达这个：当她讲到"高"音符时，她举高右手；当她讲到"低"音符时，她放低左手。这个手势是带有隐喻性的，并不代表真正弹钢琴时的手部动作。因此可以说这个例子包含两种具身隐喻：一是实施相似隐喻，二是用手势表达基本隐喻。

　　还是同一个对话，是另一个类似的例子。说话者在试图阐释一个组织内部平衡的必要性时提到了"太极"（图1.2）。

　　正如 Deignan 等指出，这个隐喻有一个标记性的建构（"有点像那个什么……"），这表明说话者正在努力用一种有效的方式来呈现这个概念，或者她正试图提示对方自己正在用比喻性描述来帮助他进行理解。这里比画的手势想要传达的是她正在摆弄着一个巨大的假想中的球体，就像上太极拳课的人所做的一样。有趣的是，在开口前她就已经做这个手势了，表明这样做可能有助于自己或者对方构建相应的思维。这个例子中还有一个混合隐喻。说话者提到了太极拳和阴阳以传达"直觉平衡"这一概念在商业活动中的必要性。这些隐喻不同，但是具有联系密切的源域，有助于理解对话的内容。她用手势比画握球动作，这表明太极拳这一隐喻在某种程度上得到了体验。

(a)

(b)

(c)

演讲者	所以我所青睐的是当你……	
	它有点像 **那个什么……** **太极** **不是太极** **是太极吗?**	截图（a）、（b）和（c）双手掌心相对，双手放平，顺时针与逆时针做圆周运动
	当他们做阴阳动作的时候呢?他们在身前握成一个球	
对话者	这个*球*一直在*移动*	

图 1.2 "太极"

上述两个例子使人们对基本隐喻和相似隐喻之间的显著区别提出质疑。Ureñ和 Faber（2010）也不赞同这种区分。他们认为，基本隐喻和相似隐喻皆涉及视觉、动觉、躯体或触觉的意象，两者都具有转喻基础（见下文）、涉及虚构运动、可以有效延伸。这两种隐喻的唯一区别是，相似隐喻并不像基本隐喻那样形成于字面上的共现。因此，尽管我们能真切地体会到情感即温暖这种感觉，但实际上我们无法体验到像弹钢琴或者上太极拳课一样管理一个组织。然而，这两种类型的隐喻都有可能具身化，因为人们可以体验、付诸行动，而不仅仅是简单地接触它们。

最后，我想提一下 Kövecses（2015，2019）的隐喻图式层次结构，其有效性在隐喻分析中得以证明。Kövecses 认为，隐喻的运作分为四个层次，每个层次的具体程度（degree of specificity）逐层递增，随之图式化程度则递减。最基本、最具图示化的层次是"意象图式"（image schema）（例如"强度"可能隐喻性地概念化为"热量"）；第二个相对具体的层次是"领域"（例如"情感"为"温度"的隐喻）；随着具体程度的递增，进入到"框架"（frame）或"理想化认知模型"（Idealised Cognitive Model）层次（例如"爱"是"火"这一隐喻）；最后进入最为具体和内涵丰富的"心理空间"（mental space）层次（例如"爱情的波动"可能被隐喻性地概念化为"温度的变化"）。在此层次结构中还应该添加

"情景"（scenario）的概念（Musolff，2004，2017）。情景出现在话语中，可以包含多个隐喻。情景通常包含强烈的叙事元素，并经常执行一个或多个评估功能。在本书中，我的阐述可能会在这些层次间来回转换，因为不论是哪个层次，重点都是关注我们的身体以及有关身体的知识在各种隐喻表达中所发挥的作用。我认为，在每一个层次中，隐喻都有可能为我们身体所体验，尽管情况并非总是如此，且有时我们甚至不会察觉到这些层次的隐喻。隐喻体验具身化的程度可能会随着时间、个人和环境而波动。也就是说，隐喻可以被"体验"、被"概念化"或仅仅是被"语言表达"，但这取决于所在的语境以及使用其或与之互动的特征[3]。

具身隐喻与"4E"方法

我们之前看到在"4E"认知方法下，认知或为具身的、嵌入的、生成的和延展的。换言之，认知既不受"头脑束缚"（Di Paulo，2009），也不独立存在于个体。近年来，越来越多的人认识到隐喻同样如此。将这种方法应用到隐喻突出了一个事实，即隐喻可以是"行为"，而不仅仅是"存在"。当下的基本隐喻研究更多地强调了动态性和互动性的作用。研究表明隐喻存在于全身行为（whole-body behaviour）中，人们能凭经验识别出来。隐喻不仅出现在说话和写作中，还出现在手势、凝视、动作、姿势和舞蹈里。这种动态视角将具身隐喻视为一个动态系统，在这个系统中，我们的感觉运动体验以复杂的、非线性的方式与文化模型和人们所处的更广泛具体的语境联系在一起（El Refaie，2014）。这意味着如果我们想更深入地理解隐喻在现实生活中是如何体现的，我们就不能仅停留在静态的源域-靶域映射这一概念上。

同样，Kok 和 Cienki（2014）指出，任何具身认知理论，以及由此延伸而来的具身隐喻理论都必须考虑到交际中诸如社会、语境、分布和语用所发挥的作用。这样，人们在预测、预期和识别对方的交际意图、明确共同点和相关性、实时整合多模态线索等方面的能力将得到展现。这也意味着隐喻分析者必须非常清楚体裁（genre）、语域（register）的作用，以及语境中心理模拟（mental simulation）所提供的供给性（affordances）信息。

Müller（2008）对这种更具动态性、互动性与更加多模态的具身隐喻观比较支持。她认为概念隐喻理论往往过于关注概念化而低估了隐喻的体验性。在她看来，隐喻意义的产生涉及以一个概念域去观察和*体验*另一个概念域。隐喻的生命力主要在于"使用"，因此隐喻可以是"死的"同时也可以是"活的"。它们的生命力取决于使用的语境。基于此论点，隐喻是主体间过程（intersubjective process）这种看法最为恰当；对话者的回应有助于确定隐喻的显著性，如果得不到回应，隐喻性可能更强。因此，在单个交际实践过程中，隐喻具身体验的显著性是变化的。

Müller（2008）进一步提出说话者可以在不同程度上意识到他们所说的话中的"隐喻性"（metaphoricity）。她将这种意识称为"激活的隐喻度"，并概述了影响隐喻激活程度的三个因素：其一是概念隐喻在特定文化中的规约度（介于完全规约和完全新异之间）；其二是隐喻表达在特定文化中的规约度（介于完全规约和完全新异之间）；其三是对使用中特定隐喻表达的注意程度，即在认知显著度上强弱的感知。因此，一个人对隐喻的认知可以同时沿着三个方向变化，并且对于每位说话者和听者来说不会总是相同的。第 2 章会继续对 Müller 的著作进行引述，旨在讨论在手势研究领域有关具身隐喻的证据。

1.4 基本的具身隐喻从何而来

在基本的具身隐喻的来源问题上，目前学界并没有达成真正的共识。理论众多，为不同情境下不同的具身隐喻提供了不同程度的解释。最初的假设是由研究具身隐喻的学者提出的，他们认为具身隐喻是人与环境相互作用的结果。"情感即温暖"的隐喻这个常用的例子便印证了这一理论（Grady，1997：299）。婴儿时期，我们从父母那里感受到的爱通常以身体上的亲密和温暖展现，成年之后我们仍然沿用隐喻的方式将关系描述为"亲密"和"温暖"。因此，有人认为这些表述有其物理起源，而不是凭空出现的。对于婴儿来说，情感和温暖是相同的，随着年龄增长，我们通过转喻推断出更一般的情况，源域（温暖）实际上可能没有被激活，而我们用温暖来转喻那些可能会让我们感到温暖，或者曾经让我们感受到温暖的人际关系。Radden（2002）提出了非常有说服力的对具身隐喻其转喻基础的理论解释，颇为详尽地阐释了许多心理隐喻的起源问题。但是，并不能完全解释不同文化背景的人在日常交流中对隐喻加以扩展、详释和使用的不同方式。要理解这一点，需要考虑语言和文化的影响。

关于对具身性的基本隐喻倾向于基于使用（usage-based）的解释，其中一些对应关系反映了语言环境中统计规律的内在化。从最基本的层面上来说，儿童会反复接触字面意义和隐喻意义之间的对应关系，因此可能没有区分同一个词字面意义和隐喻意义的能力。例如，"看"这个词既可以指物理意义上的看（如"让我们看看这个盒子里有什么"），也可以指其隐喻意义（如"让我们看看妈妈怎么想"）。Grady（1997）的"混淆假设"（conflation hypothesis）总结了这一观点（Johnson，1997）。该假设指出，最初是孩子们在混淆文字字面意义与隐喻意义的场景中将两者关联。Johnson 从布朗语料库获取了 CHILDES（儿童语言数据交流系统）的儿童语言语料，他引用了一个片段，一个成人正在回应儿童对玩具的请求：

Oh, I see what you wanted (CHILDES)
哦，我看得出你想要什么（CHILDES）

这句话既可以从字面意义上理解为说话者的视觉体验，也可以从隐喻意义上指代说话者意识中一个新的状态，即"理解是看见"这个隐喻。然而，要理解这里的意思，没有必要确定"看见"的用法是字面的还是隐喻的。因此，小孩子可能将"看见"的字面意思和隐喻意思混为一谈，形成了初步的理解，后面逐渐才能区分这两种含义。

根据"基于使用"的说法（Tomasello，2003），随着孩子接触的语言越来越多，他们将通过自然的敏感性学习所学语言的分布特点，掌握形式-意义的配对。越来越多的证据表明，语言是通过直觉性的、或然的方式掌握的，因此没有理由不相信隐喻会以同样的方式习得，换言之，很可能通过积极地具身模拟（embodied simulation）和基于使用的学习相结合的方法习得。在第 4 章详细讨论基本具身隐喻的习得和发展时，还会提到这一观点。

最后，人们越来越关注文化产物（例如时钟、日历和书写系统）在隐喻思维发展中所起的作用。我们的概念体系由我们所见到以及与之互动的方式来塑造（Winter & Matlock，2017）。例如，西方写作从左到右，因此其认为时间也是从左到右移动的。现在越来越多的文献探讨文化制品在构建基本隐喻中的作用（Hutchins，1995，2005），并且有人提出，一些主要隐喻既受文化和书写系统的影响，也受具身本身的影响（Casasanto，2014，2017）。

为解释一个人的身体和其所处的语言文化如何共同作用于隐喻模型，Casasanto

（2014）提出了"层级心理模型理论"（Hierarchical Mental Models Theory）。这个理论旨在解释基本隐喻中观察到的悖论：如果基本隐喻起源于身体与世界的互动，并根植于普遍经验，那为什么它们又不是普遍的呢？尽管基本隐喻具有基本的身体基础，但它们的表现方式存在着相当大的跨文化差异，例如，在英语中，时间沿着水平矢状（前/后）轨迹移动，过去在后，未来在前。然而，隐喻的具身性不一定是普遍的。包括英语在内的许多语言中，时间也可以沿横轴移动，自左向右或自右向左，与书写系统保持一致（Fuhrman & Boroditsky，2010），而在中国，时间可以是垂直方向的，过去在上，未来在下（Fuhrman et al.，2011）。

　　Casasanto 认为，要解释这种差异，需要接受基本隐喻是分层建构的。其发展分为两个阶段：第一阶段是从物质世界和社会的经验中学习规律，例如，我们可能产生亲近即温暖的想法，以及更多为上（more is up）的想法等。第二阶段在于从语言和文化输入的规律中学习。Casasanto 通过引用他关于涉及左右轴基本隐喻的工作来说明这个模型。这里的轴可以用来指效价（左是"坏"，右是"好"）、时间（左是过去，右是未来）、政治（"左"是社会主义者，"右"是保守主义者）。他展示了这些隐喻何以有不同的起源。他对左右手偏好和左右效价之间的关系进行了广泛研究（右撇子更喜欢右场，而左撇子更喜欢左场），研究表明，这种隐喻在很大程度上是具身隐喻。相反，时间轴在不同文化中显示出相当大的差异，有些文化采用矢状轴，有些采用垂直轴，还有一些完全不同的模式。这些发现表明，这种隐喻关系更可能受到身体和文化两方面的影响。"左"和"右"与不同的政治派别的联系几乎完全是基于文化的，并非具有广泛的普适性。

　　Casasanto 的论述中存在的问题是"阶段"（stages）一词暗示了某种线性顺序。婴儿从出生起就接触物质世界，接触表达这个世界的语言以及对这个世界的文化理解，所以从他们出生的那一天起，所有这些输入都可能对他们理解世界的方式产生影响。这些信息源之间也有大量的互动和重叠，这一点在Casasanto 的模型中可能没有得到充分的强调。然而，层级心理模型理论为具身隐喻普遍性与变异性共存的现象提供了有用的解释。在本书中，我的目的是广泛分析具身隐喻中各种各样变化的来源，甚至比 Casasanto 和同事讨论得更为详细，以便更好地理解具身隐喻现象，更深入地了解人们通过隐喻体验世界的不同方式。

1.5 总 结

在这一章的引言中，我们已经看到隐喻不仅仅是偶然碰到的东西，它是我们切身体验的（lived）生活。我们使用的很多隐喻都源于我们与身体的关系以及感知身体的方式，因此隐喻是"具身的"。事实上，在大多数情况下，我们因身体上的相似而使用相似的方式体验，这就意味着隐喻体验具有高度的普遍性。这也同时意味着在许多方面，人类在概念化和表达抽象概念时使用一种共同的语言。然而，到目前为止，一个一直被忽视的问题是人类与自己身体的关系以及感知身体的方式在多大程度上存在差异，这意味着除了一些关于语言和文化差异的研究之外，还需要大量补充人们对具身隐喻的体验所存在的不同方式的研究。我认为理解人类在具身隐喻体验上的不同方式是很重要的，因为这些差异可以解释一些尚存的不同的、根深蒂固的、难以调和的观点。在本书中，我将说明在语言和文化之外的大量语境中，我们是可以发现具身隐喻体验的差异的，并且通过探索这些差异，可以更多地了解隐喻的具身性，了解为什么人们以如此不同的方式看待世界，且很难从他人的角度看待事物。因此，我的目的是提供第一个有关具身隐喻差异广泛性的解释，并讨论这种差异的相关理论、实践和社会意义。

2 "你要铅笔还是消毒湿巾？"

具身隐喻有什么证据？为什么考虑这种差异很重要？

2.1 引　言

本书的重点是研究人们对具身隐喻的体验的变化，但在转向这种变化之前，有必要考虑用大量的证据来支持具身隐喻。这些证据来自行为研究、神经学研究和自然发生的数据。在这一章中，我将讨论支持和反对具身隐喻的证据，然后解释为什么关注人们对具身隐喻的不同体验方式是很重要的。具身隐喻的变化将构成本书其余章节的基础。

2006 年的一项研究中，Zhong 和 Liljenquist 邀请参与者进入一个房间。这些人将参加一项书写研究，并复述一篇故事。对于一半的参与者，故事描述了一个道德的、无私的事迹（帮助同事），而对于另一半参与者，故事则描述了一种不道德的行为（陷害同事）。在离开房间的时候，所有参与者都能挑选一个小礼物，即一支铅笔或一包消毒湿巾，以感谢他们参与了这项研究。那些抄写了"不道德"故事的参与者明显比那些抄写了"道德"故事的参与者更有可能选择消毒湿巾。为什么会这样呢？Zhong 和 Liljenquist 认为，这项研究（以及其他类似的研究）支持了这样一个观点，即人们隐喻性道德的体验是一种身体上的清洁隐喻。换句话说，接触道德上的不检点行为（无论是自己的还是别人的）会构成道德威胁，刺激人们需要身体净化。因此，用"肮脏的交易"[英国国家语料库（BNC）]来指代不道德的行为似乎有其物理基础。人们把这一现象称为"麦克白"效应——谋杀邓肯国王之后，麦克白夫人尽管过度洗手，却无法洗刷她那残忍的心。当她试图抹去象征她因为内疚产生的血迹幻象时，她说出了那句著名的台词：

"滚，滚，这该死的血迹，我说！"最后，她疯了。

这只是百余项具有显著数据支持的有关隐喻具身性本质研究中其中的一项。近年来，大量的实验证据表明，隐喻具有不同的具身程度和具身方式。正如本章之后的内容，这一证据表明，一个词同时具有字面意义和隐喻意义不仅仅是语言上的巧合：人们以极其相似的方式体验该词的字面义和隐喻义。研究证据的来源广泛，采用的研究方法也多种多样，包括反应时研究、神经学研究、眼动研究、手势研究、问卷调查、话语分析和访谈等。这些研究可以大致分为三大类：涉及行为证据的研究（如前文提到的研究）、利用神经学证据的研究，以及表现为不同表达形式（如语言、手势、富有表现力的舞蹈和艺术）的自然数据证据的研究。在本书中，我将依次查验这些不同来源的证据，评估研究的结果和研究人员提出的观点。

2.2 行为研究的证据

针对具身隐喻的行为研究主要关注基本隐喻。这些研究发现，人们使用这些隐喻与他们的姿势、肢体动作和环境有密切的关系。一些研究表明，我们的身体位置或环境会影响我们用隐喻进行思考的方式，而其他研究表明，反之亦然：让人们参与各类隐喻思考会影响他们在实验期间或之后的行为。我在这一节呈现了一些证据，主要用于论证隐喻的具身本质。所有的结果都具有统计学意义。

在时间中行进即在空间中行进

有人认为，我们通过空间隐喻地来理解时间，至少在英语中，未来在我们前面，而过去在我们身后。这种关系被认为是语言隐喻的基础，如"展望今晚"（BNC）和"回想那天下午早时"（BNC）。研究已经发现人们的身体位置和他们倾向使用这些隐喻之间的关系。例如，有研究表明，相比于向后倾来说，人们在向前倾时，更容易谈论未来，反之亦然（Lempert & Kinsbourne，1982）。同样地，Miles等（2010a，2010b）发现，思考未来事件会使人身体前倾或向前移动，而思考过往事件会使人身体后仰或向后退。因此，他们得出结论：时空的认知加工似乎是基于调节人体运动的感觉运动系统，时间和空间的具身性"使得不可见的心理活动产生了明显的行为标记"（Miles et al.，2010b：223）。同样，研究还发现，在阅读描写积极、成功的画面内容时，人们更易朝着目标往前迈进，蕴意"取得进步"；消极、不成功的画面描写则相反（Gibbs，2013）。此外，Casasanto 和 Boroditsky（2003）发现，空间位移可能会造成对时间的判断偏差：人们认为，空间位移越大，所感知到的持续的时间则越长，尽管事实并非如此。

作为这个隐喻的延伸，前后方位也构成了成功和失败的隐喻。人们经常用"前进"等词谈论成功，用"倒退"等词谈论失败，就好像它们是向前与向后运动的。Robinson 和 Fetterman（2015）让受试者通过向前或向后移动操纵杆来对"成功"和"失败"进行分类。他们发现，当研究者要求受试者向后移动操纵杆来表示失败时，受试者判定失败的速度更快；当研究者要求受试者向前移动操纵杆来表示成功时，他们判定成功的速度更快。这些发现表明，成功和失败的抽象概念和前后方位之间的关系既有语言基础，也有身体基础。

关于时间和空间之间的隐喻关系引用最广泛的文献之一是 Boroditsky 等（2002）对"时间移动"与"自我移动"的研究。在英语中，一个人的空间位置与时间的关系有两种截然不同的表达方式：*时间移动*隐喻（*moving time* metaphor）认为，事件朝着人所处的时间向前移动；而*自我移动*隐喻（*moving ego* metaphor）认为，人朝着未来向前移动。人们认为，*时间移动*隐喻是表达事件在时间上向我们移动的基础[例如，"期限快到了"（BNC）或"当地政府审查快"（BNC）]；*自我移动*隐喻是表达未来事件或情况在我们面前的基础[例如，"情况正迅速步入最终的对抗局面"（BNC）或"许多国家正走向衰退"（BNC）]。不同的人喜欢的表达方法也截然不同。当问及"下周三的会议已经提前了两天，重新安排的会议在什么时候？"时，使用"时间移动"隐喻的人会说会议改到了星期一，而使用"自我移动"隐喻的人会说会议改到了星期五。根据 Boroditsky 等（2002）的观点，在"中立"（neutral）语境中这两个概念被唤起的可能性是相同的；有些人的回答是星期一，而有些人的回答是星期五。然而，操控语境信息可以改变人们的视角。例如，他们发现，那些倾向于认为物体向他们移动的人更有可能认为时间向他们移动，因此更有可能采取"时间移动"的观点。站在队伍前面的人相对于后面的人更有可能认为自己在时间中移动，从而采取一种自我移动的观点，刚刚抵达机场的人（与那些接机的人相反）和在赛马场赌了几匹马的人（与那些没有的人相反）也是如此。这些发现表明，就不同类型的运动而言，一个人对物理运动体验的思维和对时间的隐喻识解之间存在强烈的相互作用。

最后，眼动追踪研究结果也证明了这一观点，即人们会在心理上将穿越时间模拟为穿越空间。当人们听到描述未来事件的句子时，他们的眼睛会向上和向右移动。Hartmann 等（2014）要求受试者思考过去或将来，并监测他们的眼球在空白屏幕上的自发运动。与思考过去相比，人们在思考未来时，眼睛会更倾向于向右和向上看。眼球的向右转动与左右时间轴对应，向上转动则印证了视觉感知的研究结果，即随着物体移远，讲者会认为面前的物体升高了，即便事实上物体没有升高而只是移远了（Ooi et al., 2001）。因此，在 Hartmann 等的研究中，受试者似乎在大脑中投射了一个向电脑屏幕延伸的矢状轴，当他们思考未来事件时，他们会顺着这条轴望得更远。

更多/积极/有力为上，更少/消极/无力为下

大量的行为学研究结果可以证明上下方位隐喻的具身性。反映"更多为上"隐喻潜在含义的语言表达包括"人口增长"（BNC）和"价格下降"（BNC）。在有关阅读速度的研究中，也可以发现有关"更多为上/更少为下"隐喻的具身性行为证据。Langston（2002）在测试中向受试者呈现了物质含量不同的句子（例如，"咖啡因含量很多的咖啡"和"咖啡因含量较少的茶"）。这两类句子被分别置于电脑屏幕的上方或下方。他发现，当句子出现在标准位置时（即"更多"类型的句子在屏幕顶部，"更少"类型的句子在屏幕底部），受试者阅读的速度更快。因此，违反"更多为上/更少为下"这一隐喻的设置会使得阅读速度显著降低。身体姿势也会激活"更多为上/更少为下"这一隐喻；当研究者要求受试者输出数字时，向上看的受试者比向下看的受试者生成的数字更大（Winter & Matlock, 2013）。

和数字概念一样，积极和消极也与上下方位相关，例如"你会感到立于世界之巅"（BNC）或"她感觉低落"（BNC）等诸如此类的语言表达。这些隐喻似乎也有具身的能动性（emobodied motivation），当表现积极情绪的图像出现在电脑屏幕顶部时，受试者记忆效果更好，同样当消极情绪的图像出现在电脑屏幕底部时，受试者的记忆效果更好（Crawford et al., 2006）。Meier 和 Robinson（2004）发现，当积极词汇出现在屏幕上方时，受试者更容易识别它们，而当消极词汇出现在屏幕下方时，受试者更容易识别它们。因此，同样地，人们认为，向上运动与积极之间以及向下运动与消极之间存在隐含联系。人们的身体动作也符合上下方位隐喻，沮丧时我们会弯腰驼背，高兴时我们会昂首挺胸。

上下方位也用于象征权力，如"高级官员"（high-ranking officers）（BNC）或"组织底层职位"（a position at the bottom of the organization）（BNC）等表达。此类隐喻似乎有具身性，调查发现，若置于电脑屏幕上方评判某社会群体的影响力，相对于屏幕下方的评判而言，人们倾向于认为前者的社会影响力更大（Schubert，2005）。Lakens 等（2011）发现社会等级和垂直图式之间的关系受到相关人员角色的强烈影响。他们在 Schubert（2005）研究的基础上进行了扩展，旨在评估简单的情境线索（如刺激物的相对空间位置）是否会影响结果，特别关注关系差异在权力维度上的呈现是否会调节权力在垂直维度上的表现。他们发现，强势群体（如教授）出现而弱势群体（如学生）不出现时，相比弱势群体（如学生）和强势群体同时出现时，受试者会将强势群体（如教授）置于更高的垂直空间。最后，Zanolie 等（2012）发现，当受试者看到权力等级较高的词语（如"国王"）后，他们识别置于电脑屏幕上方的目标时速度会更快，而当受试者看到权力等级较低的词语（如"仆人"）后，他们识别电脑屏幕下方的目标时速度会更快。综上研究表明，上下方位用于形成关于数量、正负和权力的隐喻表征。

情感即温暖

就人与环境的互动而言，研究人员发现有关情感与温暖的隐喻（例如，"Goldie是一个非常温暖、诚实的人"——BNC）也有具身基础。受试者手持温暖而非冰冷的咖啡，几分钟后，他们就会认为另一个人的人际交往特征更为和煦（Williams & Bargh，2008）。在一项后续研究中，他们让受试者感受和评估热敷袋或冷敷袋。在评估之后，研究人员询问受试者想把袋子送给朋友还是留给自己。那些拿到热敷袋的人更有可能说他们会把它作为礼物送人，而那些拿到冷敷袋的人更倾向于说他们想把它留给自己。他们从这些研究中得出结论，身体上的温暖可以通过隐喻转化为范围更广的人与人之间的温暖。但是人们需要谨慎对待这项研究，因为许多学者都试图复制实验结果，但都以失败告终（见 Lynott et al.，2014）。Lynott 等试图解释他们未能重现这项研究的原因，他们暗示 Williams 和 Bargh 观察到的结果可能部分由于研究人员无意间给出的提示。在 Williams 和 Bargh 的研究中，研究助理在受试者收到热敷袋或冷敷袋时直接与他们互动，在短暂的交流中，很可能传递了潜意识的暗示，而在 Lynott 等的重复实验中，研究者对研究助理刻意隐瞒了研究目的。

一些语言隐喻将寒意与社会和/或情感上的排斥联系起来[例如，"你一会儿让我帮助你，一会儿又把我晾在一边（leave me out）"——BNC]。行为学研究表明，这种关系也有具身基础。Zhong 和 Leonardelli（2008）发现，受试者在被要求回忆某段曾被社会排斥的经历体验时，相比去回忆被社会接纳的经历体验时更可能对房间温度作出更冷的评价。他们还发现，通过在线虚拟互动活动让受试者直接感到社会的排斥，那些被"排斥"在活动之外的受试者比没有被排斥的受试者更渴望得到温暖的食物和饮品。根据上述研究的研究成果，他们认为，社会知觉涉及知觉内容，而对于寒意的心理体验是社会排斥体验固有的一部分。作家选择与温度有关的隐喻时，似乎也受到季节性因素的影响。在对《经济学人》杂志中使用的季节性隐喻的研究中，Boers（1999）发现，《经济学人》冬季版明显使用了更多具有疾病相关源域的隐喻，而相应地，夏季版使用了更多具有热相关源域的隐喻。

道德即洁净

2.1 节中出现了将道德与洁净联系起来、将缺乏道德和肮脏联系起来的隐喻性表达（例如，"这也是一桩肮脏的交易"——BNC），这些表达都有具身基础。研究表明，突出身体洁净这一概念的重要性，会影响人们做出道德判断的方式。除了本章前面提到的 Zhong 和 Liljenquist 的研究外，Schnall 等（2008a）发现，让受试者分别对在肮脏的工作区和在干净的工作区的人们的行为做出判断，同样的判断会发现前者比后者可能被认为某一行为不道德的程度更高。当受试者经历了恶心的体验，他们会进行自身清洁，这同样符合之前的结论。对道德或不道德行为的思考会对后续行为产生影响。这些发现为"洁净隐喻是道德的具身性本质"这一论断提供了支持。

其他研究发现，道德和洁净之间的隐喻关系是具有特定情态的（modality specific）。例如，人们发现，挑选礼物时，说谎话的人会选择漱口水而不是洗手液，打手势撒谎的人更倾向于选择洗手液而不是漱口水（Lee & Schwarz，2010）。人们发现，洁净的源域也会通过具身隐喻映射到人类行为的其他方面。Lee 和 Schwarz（2012a）发现，房间里不好闻的气味会加深一个人将要做出的道德判断的严厉程度。人们还发现，个人的清洁程度可以通过将物理上的清洁程度与道德上的纯洁性相联结的具身隐喻的方式塑造一个人的道德判断力。Zhong 等（2010）

发现，最近进行过身体清洁或被要求想象清洁身体的受试者，对道德上有争议的问题（如堕胎和淫秽作品）会做出更严厉的判断。也有证据表明道德行为受到环境照明的影响。Chiou 和 Cheng（2013）发现，坐在光线充足的房间里的受试者其行为可能更道德。更具体地说，在一个商业模拟游戏中，他们发现受试者更有可能退还那些本不应得的钱，并且为了回应所谓"研究人员"的虚假请求，受试者提出要编写更多的数据表。

重要性即重量

人们经常以重量来类比重要性，正如我们在"重量级采访"和"轻量级电影"（BNC）等表达中看到的那样，它们分别指的是涉及重要主题的采访和不涉及重要主题的电影。这种具身隐喻似乎也具有一定程度的心理现实性。Jostmann 等（2009）发现，让受试者拿着一个重的而非轻巧的写字板，会使他们认为公平的决策程序更重要，这引发了他们更加深入的思考，并由此得出结论，重量和重要性之间的隐喻关系不仅存在于语言层面，而且存在于概念层面。在随后的研究中，Schneider 等（2011）发现，当受试者被告知某本书中包含重要的信息时，他们对这本书重量的预判明显高于被告知该书并未包含那么重要的信息的受试者。他们由此得出结论，重量到重要性的激活方向是可逆的，重量和重要性之间的联系超出了隐喻性的映射，更符合具身模拟的描述。关于重量的问题，Chandlera 等（2012）发现，当受试者发现他们手中的书很重时（重量是隐藏的），他们会认为这本书更重要，但当且仅当他们对这本书有实质性的了解。那些读过书的简介、整本书或知道其情节细节的人会受其重量的影响，而那些不熟悉该书的人则不受影响。Ackerman 等（2010）发现，与拿较轻写字板的受试者相比，拿着较重写字板的受试者更加重视求职者，根据这些研究，研究人员提出，这种关系超出了表达重和轻不同含义单词之间的简单相似范畴，因为这些信息纯粹是通过感知得来的。

困难和内疚即重量

认为重要的事之所以"重"与认为困难的事和愧疚的事也同样"重"相同。Brdar 等（2015）提供了"困难即重量"这一隐喻的具身依据，他们发现，比起背着轻一些帆布包的受试者，背着重一点帆布包的受试者认为他们所做的电脑任务更难，尽管帆布包实际上并没有妨碍到他们，且两组受试者的表现一样好。

Kouchaki 等（2014）就重量是愧疚这一隐喻的具身依据发现，背着重的帆布包会产生愧疚感，重量的具身体验与愧疚这一心理体验相关，因此重量会加剧愧疚感。他们发现比起背着轻的帆布包的受试者，背着重的帆布包的受试者愧疚感更强。除此之外，在后续的模仿游戏中，背着重的帆布包的受试者更少作弊，承受着物理重量时，受试者可以更流畅地处理愧疚的刺激源。因此在某种程度上，当我们谈论到感觉"被事情拖累"（weighed down by events）或那些事"压在心头"（weighing on our mind）（BNC）时，我们会激活承受重量的物理体验。

积极情绪与消极情绪即光明与黑暗

将积极的情绪与光明联系在一起（"他的性格很阳光"——BNC）以及将消极的情绪与黑暗联系在一起（"有时阴暗的情绪会伏击他"——BNC）是由来已久的隐喻，这种联系可见于文学作品、电影及艺术品中，当有负面情绪存在的时候，往往会呈现暗色、阴暗的天气、黑夜等等（Winter，2014）。行为研究表明，这种隐喻的联系是隐性且自动的。Meier 等（2007a）发现，当受试者受到积极意义词汇的诱导时，他们会认为正方形的亮度更高；受到消极意义词汇的诱导时，他们会认为正方形的亮度更低。他们还发现，词语的亮度会影响受试者识别词语与积极或消极情绪相关的速度。当用更亮的色调展示具有积极意义的词语时，受试者将其识别为积极词汇的速度更快，反之则更慢，以此类推。这些研究表明情绪与亮度的联系是超越语言的。

相似即相近

亦有证据表明，隐喻关系的具身本质使我们用相近（closeness）表示相似（similarity）。例如，"（他）与我们学校的门卫很像"——BNC。Casasanto（2008）在屏幕上向受试者展示一些成对的词语（如"责任"与"自豪"），并让他们就词语意思的接近程度进行评价。有的词语在屏幕上的位置会比其他词更近一些。比起距离稍远的词语，受试者更可能评价那些位置更接近的词语有着相近的意思。因此相似与相近的隐喻联系超越了语言，延伸到了物理范畴。

虚拟位移

虚拟位移是具身隐喻的一种形式，使我们可以描述某条大道或小路穿过了某个地带，就像这些道路真的"穿过"一样。包含虚拟位移的句子会以正在移动的形式讨论静止的物体（如"沿着沃尔夫河行进的路径"——BNC）。有时候还会以转喻的方式延伸，例如，将人类的动作与静止的物品联系起来（如"那一扇窗望着那条窄街"——BNC）。Talmy（1996）首次提出"虚拟位移"这一概念，但后来该概念在心智模拟（mental simulation）以及具身认知领域得到了广泛研究。

虚拟位移具有具身性，且意味着心理模拟这一假设在 Teenie Matlock 和她同事的研究中得到了大量证实。在 Matlock 2004 年的论文中，她设置了一个自定步数的阅读任务，受试者要阅读包含虚拟运动句子的短篇故事，这些句子大部分都含有共同延伸的道路（co-extension path）（如"穿越粗糙地面的道路"）。有一半句子包含崎岖的地势，一半则包含平缓的地势。每一篇故事结束后，她都会问受试者一个与故事有关的问题。她发现受试者阅读包含地势崎岖的句子所花费的时间明显更长，回答与这些句子相关的问题所花的时间也更长，尽管句子长度相同。在后来的一个研究中，Richardson 和 Matlock（2007）让受试者听含有虚拟位移的句子，这些句子同样包含着难易程度上的差别。当受试者一边听那些句子，一边看与场景相符的图片时，实验者会使用眼动仪来追踪受试者眼神的移动。Richardson 和 Matlock 发现，与听到形容地势平缓的句子相比，当受试者听到形容地势崎岖的虚拟位移句子时，眼球的移动速度会显著变快。总之，这些研究提供了强有力的证据，表明即便道路实际上是静止的，受试者还是会对路（road）和道（path）覆盖的路线进行心理模拟，其中包含着各种运动。

Talmy（2000）指出，听众与读者能感受到由虚拟位移例句引发的运动感觉，但他们的感知程度有很大差别，这被称作"经验型虚拟位移"（experienced fictive motion）。换句话说，有的人会称他们感觉到了运动，有的人则感觉不到。此外，个人在虚拟运动句中，对运动内容方面的感知也有所不同。例如，对于"这条小路延伸至伊普斯威奇"（BNC）这句话，有的人认为是旁路本身在移动，有的则认为是车沿着旁路行驶，而有的人只是单纯感受到一种抽象的移动，甚至还有一些人则感觉不到任何移动。

Blomberg 和 Zlatev（2014）对虚拟位移引发心理模拟的观点进行了质疑，认为"心理模拟"一词过于简单——它没有规定模拟的是什么运动（例如，可以看作是道路本身在移动，也可以看作是一个人在路上移动）。他们觉得，这种观点模糊了有意识的想象过程和潜意识机制之间的界限。他们还声称，这种观点将体验性动机和传统语义合二为一了。与之相反，Blomberg 和 Zlatev 提出了一个更加多面的术语——"非实际位移"（non-actual motion），他们认为必须更多关注在遇到不同类型的非实际位移时，有意识的心理过程和潜意识的心理过程所起作用的变化。两人将非实际位移可能触发的体验分为三类：主动感知（enactive perception）、意向性（intentionality）、想象（imagination）。他们认为非实际位移的类型和其所在的语境将决定这三类体验的程度。我会在第 3 章谈及影响具身隐喻体验的语境因素时再次谈到 Blomberg 和 Zlatev 的研究，并进行更深入的探讨。

具身习语

最后，有证据表明，一些隐喻性习语可以激起感觉运动（sensorimotor）反应，从而表现出具身性。例如，Wilson 和 Gibbs（2007）发现，如果人们事先做或想象一个相关的身体动作，就会更快地理解隐喻性习语，比如想象或实际做出用手掌握住东西这一动作时，就会更容易理解"很容易*掌握*这个概念"这句话（BNC）。一项非常有趣、以英语使用者为研究对象的研究考察了在玩信任游戏时，闻到腥臭味是否会增加受试者对旁人的猜疑。这项研究的灵感来源于 fishy 这个词，fishy 不仅可以表示"有腥味的"，也可以表示"可疑的"（例如，"there was something kind of fishy going on"意为"有什么可疑的事情正在发生"——BNC）。受试者被依次带入喷有鱼油、甲烷气体或无味水的房间。相比于其他气味，他们在闻到鱼油的气味时，更不愿意投资公共共享资源，这表明闻到鱼腥味会提升人们对社会的怀疑程度（Lee & Schwarz，2012a，2012b）。最后，Hellmann 等（2013）调查了在受到隐喻习语"复仇是甜蜜的"的间接刺激后，受试者尝到甜味是否会影响他们对违法行为的判断。他们发现，受试者在事先听过"复仇是甜蜜的"这个习语后，再吃一些甜的东西，会比没有事先听过此习语的受试者更可能对犯罪行为做出宽容的评判。在迄今为止所有讨论的研究结果中，涉及习语的研究是最难解释的，因为在很多情况下，习语含义使用的动机并不显而易见。我在第 3 章研究新异性对隐喻关系具身程度的影响时，会继续谈论具身习语的问题。

行为研究证据的局限性

尽管我们刚刚回顾的行为研究证据大多数非常有说服力，但必须指出，其中的一些研究确实存在局限性。对一些研究的一大批评在于研究中呈现的反应可能是训练的结果。为了调查这种可能性，Slepian 和 Ambady（2014）在一个控制性实验中，向受试者教授了两个新异隐喻（novel metaphors）：过去很重，现在很轻。他们假设，教受试者一个新异的具身隐喻会让他们在进行社会判断时，以这些新异隐喻为基础，从而对以具身为基础的研究结果进行质疑。他们在研究中将受试者分成两组，采取间接引导的方式，使一组将沉重与过去联系起来，另一组将沉重与现在联系起来。第一组阅读的文章据说是由某位哲学家写的，其中有"你过去的决定没有重量"这样的句子，而第二组阅读的文章则包含"你现在的决定没有重量"这样的句子。培训结束后，让两组受试者对新旧书籍的重量进行判断，实际上两本书的重量是一样的。第一组受试者判断旧书更重，而第二组受试者则判断新书更重。Slepian 和 Ambody（2014）认为与重量相关的新异隐喻的研究结果可能不像那些基于身体的具身隐喻的研究结果那么平常，但确实可以引发对行为心理学研究结果的质疑。然而，我想说的是，Slepian 和 Ambody 的研究结果并没有对具身隐喻假说产生重大的撼动，因为大多数支持具身隐喻假说的研究，其研究过程并不涉及任何与训练有关的内容。此外，许多已发现的隐喻关系可以在很多语言和文化中找到，这表明除了语言因素影响之外，隐喻还涉及许多其他因素。

另一项由 Maglio 和 Trope（2012）展开的行为研究的结果似乎也引起了对具身隐喻假说的质疑。他们比较了一个人的临时身体状态对具体事实判断和对抽象概念判断的影响。结果发现，对于那些被引导进行具体思考的人来说，上下文中与身体相关的信息会影响其对可视的长度的估量和对重要性的评定，但对于那些被引导进行抽象思考的人来说，则不会。他们因此得出结论，即具身认知在基础的、字面层面的效果最为突出，而在抽象的概念上则不然。然而，参考大量关于抽象概念的隐喻理解研究，具身隐喻似乎可以作用于所有水平的抽象概念，尽管程度有所不同。值得注意的是，人们并不总是需要在每次遇到具身隐喻时都对其进行全面的分析，在很多情况下，他们只是根据当前的需要创立必要的表征（Gibbs，2017：461）。

2.3 神经学依据

除了行为学，各种神经学研究也为隐喻的具身性提供了支持。例如，研究发现，隐喻中具有感觉运动特征的词会调动大脑的感觉运动区，这为具身隐喻的神经学基础提供了依据（Rohrer，2006）。绝大多数隐喻具身性的神经学依据都要归功于研究中使用的功能性磁共振成像（fMRI）这一技术——它能通过检测人的血流变化从而监测人的脑部活动。在相关研究中，Lacey 等（2012）让受试者躺在扫描仪下阅读成对的句子，例如：

> "Sam had a bad day"
> "山姆今天过得很糟糕"
> "Sam had a rough day"
> "山姆今天过得很坎坷"

在读懂一句后，受试者就要立刻按下反应键。Lacey 等分析受试者的功能性磁共振成像后发现，在阅读含有修辞手法的句子时，他们大脑的选择性感觉区会被激活，而该部位与隐喻形成的源域有关（比如"坎坷"与触感或质地有关）。涉及质地隐喻的功能性磁共振成像的结果表明，大脑语言区和躯体感觉皮层都处于活跃状态（躯体感觉皮层在通过触觉和视觉刺激察觉到可感知的质地后会被激活）。然而，不涉及隐喻的句子的功能性磁共振成像的结果并未显示这样的活跃状态，这表明大脑在处理涉及质地隐喻时会激活其处理触感的运动区。Ackerman 等（2010）实验发现，受试者接触粗糙或坚硬的物体后在社交中会表现得较为困难，谈判时也会表现得更僵硬。这一实验结果和前文提及的将"坎坷"的字面意思和隐喻意义联系起来的研究发现是一致的。因此，简单的触感似乎通过隐喻这一特定方式影响了更高级的社会认知加工过程。

在 Lacey 等的研究基础上，Wehling 等（2015）更进一步证明了诸如 grasp 这类词的隐喻使用也适用于其否定形式。基于模拟的否定模型表明，否定是对肯定情形的模拟和事件实际情况的模拟进行比较的产物（Kaup et al.，2007）。研究显示，这一比较涉及肯定情形的模拟及其随后的抑制（Hasson & Gluksberg，2004；Kaup，2001）。换句话说，为了想象某人*没有*做出某一特定行为，我们必须首先想象他做了。Wehling 等研究了这种认知加工模式是否在隐喻中也同样适用。为此，他们针对人们对拥有特定执行者的运动动词（即由身体某一特定部位实施的动作）的理解过程展开了研究，这一理解既包括该类动词的本义也包括其隐喻义，同时还涉及肯定和否定两种句型[如"他（没有）压榨工人联盟"与"他（没有）压蒜"相对比]。他们发现在涉及手部动作的隐喻中，人脑的初级运动和前运动皮层的活跃性在理解否定句时会减弱。结合此前的发现，研究结果进一步表明，人在理解规约隐喻时会刺激其大脑的感觉运动神经。同时，这些研究结果也表明，大脑感觉运动神经的刺激程度与语言语境（肯定或否定）有关，暗示了具身认知在理解隐喻时所起到的作用。Wehling 等的研究结果进一步提供了具身隐喻的神经认知依据。

Gamez-Djokic 等（under review）开展的一项研究也提供了类似的依据。他们应用功能性磁共振成像来研究人脑在理解以下两种情况时所涉及的神经基质（neural substrates）是否一样：一是抽象且含肮脏或恶心隐喻意的事物（如 that was a rotten thing to do），二是字面意义就让人恶心的病原体类的事物（如 maggots）。他们让受试者看让人感到恶心的图片，并让他们阅读含有"让人恶心"这一隐喻的句子；同时，在对照组中，受试者会看到直接表达恶心的图片或文字。研究发现，人在接触到"让人恶心"的隐喻时激活的大脑部位，和人在实际看到或体验到恶心的事物时是一样的。

Desai 等（2011）应用功能性磁共振成像这一技术开展了另一项研究，通过比较人在读本义句、抽象句和含隐喻义的句子时的思维活跃状态来证明具身隐喻的理解需要感觉运动神经。受试者边读句子边要思考其含义。这些句子分为两类：一类的动作词包含隐喻义（如 the jury grasped the concept 或 the council bashed the proposal）；一类的动作词则是其本义（如 the daughter grasped the flowers 或 the thief bashed the table）。Desai 等比较了受试者在阅读这两类句子时的神经反应情况。受试者的功能性磁共振成像结果表明，在读以上这两类句子时，其大脑左顶叶的前下方会被激活，而左顶叶这个部位的激活通常与人计划具体行动有关。此外，受试者在读含隐喻义的句子时，其大脑的左上颞区会被激活（这个部位在人理解抽象句时会被激活）。这个研究的结果再次佐证了"人在理解含有隐喻意义的动作时，会动用理解简单直白的动作时的认知能力"这一观点。

Boulenger 等（2009）比较了受试者在理解涉及手部和腿部动作的本义句和惯用句（如 grasp the concept 和 kick the habit）时的功能性磁共振成像的结果，发现无论是在使用词的本义时（如 grasp a piece of wood）还是隐喻义（如 grasp a concept）时，包括前运动皮层和运动皮层（motor cortex）在内的中央前回和额中回都会被激活。该项研究证明人在理解习语时会牵涉到大脑的运动皮层和前运动皮层，这表明人在理解含有隐喻义的习语时是以大脑的感觉运动神经为基础的。Bardolph 和 Colson（2014）使用事件相关的脑电位分析（即对大脑反应的测量，这些反应是特定感觉、认知或运动事件的直接结果）后表明，在实验中，人手臂的向上移动或向下移动会影响人对下列词语的反应：字面上表达垂直空间意义的词（比如上升、下降）和隐喻上表达垂直空间意义的词（并参照"好为上，坏为下"这一隐喻，如鼓舞、挫败）。他们发现人在看到本义词后的 200 到 300 毫秒内就出现了一致性效应，而看到包含隐喻意义的词后要到 500 毫秒后才出现这一效应，从而得出了以下结论：虽然他们的研究结果并未证明强具身隐喻的观点（认为人自下而上的感觉运动神经对人理解英语有明显作用），但确实佐证了弱具身隐喻假说。

最后，虚拟位移有具身性这一观点具有神经学依据。研究表明，加工涉及虚拟位移和客观位移的句子都会激活与运动检测有关的下颞皮质。但静态控制句子则不然，这为虚拟位移句的具身状态提供了神经学支撑（Saygin et al.，2010）。

综上，具身隐喻假说似乎得到了神经学的支持。虽然与更直义性的语言相比，针对基本隐喻产生的具身模拟也许没有那么具体，但这些具身模拟同样是运动的或感知的（Bergen，2012：208）。

神经学证据的局限

许多神经成像研究为具身隐喻理论提供了证据，但 Casasanto 和 Gijssels（2015）对这些证据持怀疑态度。他们的主要分歧在于 Barsalou（1999）的具身模拟假说，该假说认为思维涉及身体体验的"模拟"建构，并且在隐喻加工过程中，特定模态的区域被激活。Casasanto 和 Gijssels（2015）认为若想让一项实验支持所谓的模拟，就必须提供明确的证据来证明观察到的行为（如理解一个单词）与特定模态的神经活动相对应。与*模态特异性（modal specificity）*这个问题有关的大多数实验都失败了。隐喻的神经学研究发现源域表征是在大脑的多模态或某一模态区域完成的。虽然这些研究的发现都与意象图示（非模态且高度抽象）的观点一致，但 Casasanto 和 Gijssels 认为这些发现不能支撑隐喻是具身的这一观点。然而 Casasanto 和 Gijssels 的观点有些问题，因为他们似乎认为，只有具有特定模态时（如只涉及一种感觉），具身模拟才能算作是"具身的"。实际上，一个人与任何实体的互动（无论是具体还是抽象的）很少局限于单一的感觉：如果我们品尝某样东西，通常也会去闻它；如果我们听到某个东西，通常也会看到它。刺激因素以多模态方式加工是常态，从理论上讲，这应该扩展到其具身化方式。行为学研究文献中有大量的多模态模拟证据。例如，在阅读有关物体距离的句子时，研究发现语言理解者会在视觉和听觉两个方面都存储信息（Winter & Bergen，2012）。

有关理解抽象概念的过程中限制感官和运动的激活的一个更具有说服力的例子来自 Mahon 和 Caramazz（2008）。他们关注的重点是具身认知，而非具身隐喻本身。他们承认感官和运动激活伴随着概念加工，但也指出有感官及/或运动障碍的患者不一定会有概念缺失的问题。为了阐释这些发现，他们提出了一种介于具身与非具身认知假说之间的中间地带的概念加工解释。他们认为，在其"交互基础"（grounding by interaction）假说中，感官和运动信息都有助于概念加工，但也可以从这些加工类型中提取并形成更抽象、更具象征性的概念表征。因此，一个概念的实例化涉及对相关感官和运动信息的回溯，而移除这一过程会导致缺乏实质内容的概念。感官和运动表征的激活有助于加深对某个概念的理解，建立更多关于此概念的图示知识，使人们对于这个概念有了大致的了解。由此，似乎具身认知在抽象概念的加工中发挥作用，但又不能完全解释这个过程。

大多数行为学和神经学研究的主要问题在于，由于研究条件有限，在现实生活中，这两种方法难以充分重视隐喻的语境敏感性和互动性。研究用到的隐喻例子通常人为创造，且几乎都脱离语境。这一点就可能使人质疑这些例子的隐喻属性，并人为地夸大它们在人类体验中的具身性程度。因此，尽管这些例子确实表明理解隐喻可以高度具身，至少在高度脱离语境的情况下如此，但它并没有告诉我们隐喻出现在交际语境时的加工方式。这样的语境可能会降低隐喻的显著性，因为说话者可能会关注整体意义和交际意图，而非只是表达该意义的语言。一个特定的隐喻相对突显的部分很可能会影响它所激发的感觉运动反应及情绪反应。有人可能认为隐喻越显著，反应就越具身化，但我们并不知道实际情况是否如此。本章后面及后续章节将继续探讨这一主题。迄今为止，我们对交际语境中具身隐喻的工作原理知之甚少，所以我们从自然发生的语料（natually occurring data）中的隐喻开始看起。

已有大量有关 Grady（1997a）所提出的基本隐喻的语言学实例。语料库分析不仅能为与基本隐喻相对应的语言表达提供证据，而且还可以揭示这些隐喻是如何相互作用从而创造更复杂的隐喻，以及它们的意义是如何相互渗透的。为了阐明这一点，我们可以仔细看看与基本隐喻相关的三个词在网络新闻语料库（NOW）中的具体使用情况。首先是基本隐喻——"感情亲密即接近"

（emotional intimacy is proximity）。形容词 close 的前 100 条索引中，有 83 条是隐喻性的，其中 37 条涉及关系亲密度，这种亲密有时具有情感因素[如*他的密友*（*his close friend*）；*约会时害怕亲近*（*I'm afraid to get close when dating*）]，有时还涉及相互合作的关系[如*与罗马尼亚关系密切*（*a close connection with Romania*）]。24 条与相似性相关并体现了"相似性即接近"（similarity is proximity）的基本隐喻[如*他们的视角可能与你的过于接近*（*their perspective may be too close to yours*）]，其中也包括数字的例子[如*近 280 亿美元的市场估值*（*a market valuation of close to $28 billion*）]和排名的例子[如*紧随其后*（*a close second*）；*不相上下的比赛*（*a close game*）]。有趣的是，在像"不相上下的比赛"这样的例子中，转喻延伸也很明显，带有隐喻性质的"不相上下"的比赛分数代表了整个比赛。有 10 条基本隐喻是"时间中的瞬间即沿路运动的物体"（moments in time are objects in motion along a path），其中人可以被概念化为朝着未来某种情形或事件在移动[例如，*我们离没有癌症的世界有多近*（*how close are we to a world without cancer*）；*该镇也可能即将收回一家杂货店*（*the town may also be close to getting a grocery store back*）；*几乎不可能发生*（*pretty close to when Hell freezes over*）]。最后，12 条基本隐喻则有关"知道/理解即看见"（knowing/understanding is seeing）和由此推断而来的"仔细考虑即注视"（considering is looking at）以及如引申表达"仔细看"意味着更深入的理解等表达。在一些例子中可以看到，比如 *Maria Taylor 近距离观察了体育界，这位专心致志的调查者将会密切关注*（*Maria Taylor has seen the sports world up close and the focused investigator will pay close attention.*）等语例。因此，83 条含有单词 close 的隐喻实例似乎都是由基本隐喻激发的。

再如基本隐喻"情感即温暖"。形容词 warm 的前 100 条索引中，有 35 条具有隐喻性。除 3 条外，其余的都涉及情感而非身体温度的概念[如 *Modi 非常热情，善于接受意见*（*Modi was very warm and receptive*）；*热烈欢迎*（*a warm welcome*）；*热烈、亲切、积极的会面*（*a warm, cordial and positive meeting*）]。其余 3 个"温暖"的隐喻性例子用于描述颜色[如*暖色*（*a warm colour*）]，因此与 Grady 的基本隐喻并不严格对应。然而可以认为它们都具备物理基础，因为暖色（如红色、橙色和黄色）往往会唤起物质世界中让我们感到温暖的事物（如火和太阳），因此可以视为"具身化"。最后一个例子，形容词 hard 的前 100 条索引中，有 91 条可视为隐喻性。其中，59 条直接涉及基本隐喻"困难即坚硬"（difficulty is hardness）[如*难以预计经济将如何复苏*（*it's hard to see how* *the economy will recover*）；*试图学习高难度的动作*（*trying to learn movements that are too hard*）；*他仍然很难相信*（*he was still having a hard time believing it*）]。7 条是推断而来的基本隐喻 "同情即柔软"（sympathy is softness）[如*通过采取强硬、统一的立场*（*by taking a hard, unified stance*）；*不必难过*（*no hard feelings*）；*他对自己很苛刻*（*he's hard on himself about it*）]。部分例子似乎涉及一个以上的基本隐喻。例如，让我们仔细阅读*证据确凿*（*hard evidence*）和*英国硬脱欧*（*a hard Brexit*）这两个例子。虽然这些基本隐喻可能与 "缺乏同情心" 有些关系，但并不能说它们抓住了全部意思。在这些例子中，单词 hard 的使用也指所讨论的主体具有明确、不妥协和不让步的特性。hard 这个词的上述隐喻用法似乎是由材料的物理属性以及人类与这些材料的互动所激发的，因此，看起来有两种不同的具身隐喻在起作用。在剩下的 9 个例子中，只有一个是基于最基本的感官体验而使用的：*戴硬帽*（*wearing hard hats*，即安全帽）。经过判断，不具隐喻性的是*硬盘*（*hard drive*）等 6 个例子和在体育场景中使用的 hard 的 2 个例子，如*又一次重击*（*another hard hit*）。因为这些例子与客观事物或身体动作关系密切，因此可以被视为转喻。

从以上简短的分析中可以得出，基本隐喻激发了这些词大部分的隐喻用法，虽然方式可能并不直接。即使在许多情况中，只有一个基本隐喻被激活，但也有一些情况涉及一个以上的基本隐喻的实例，还有其他一些情况涉及隐喻意义向转喻的延伸和语用阐释。因此，基本隐喻似乎只是为这些隐喻表达提供了部分理据。这些表达本身可能是呈辐射形态运作的（Taylor，2003），更多典型的例子朝向中心，朝向边缘的例子更为复杂、更具语境的特殊性，且不时会借鉴其他的基本隐喻。

尽管这些例子表明基本隐喻具有相对应的语言表达，但这些语言表达的存在并不能证明作者在写作时主动唤起了这些基本隐喻，也不能证明读者在阅读时自动激活了这些隐喻。因此，我们不能对这些表达对具身体验的激活进行评价。虽然语料库数据存在局限性，但两项基于语料库的研究似乎间接支持了具身隐喻假说。两项研究都将语料库数据分析与心理语言学实验相结合，第一项是 Akpinar 和 Berger（2015）的研究，该研究表明，反映具身关系的隐喻表达比直白表达更容易在语言使用中留存下来。Akpinar 和 Berger 在 500 万本英文书籍的语料库中探索了 200 年来感官性的具身隐喻表达的发展，发现具身隐喻表达更有可能留存下来，比直白表达 "在文化上更成功"。例如 "急剧增加"（sharp increase）比 "严重增加"（severe increase）更容易留存在语言中，"温暖的微笑"（warm smile）

比"善意的微笑"（kind smile）更容易保留。Akpinar 和 Berger 对 365 名受试者的术语记忆能力进行了测试，发现比起同样意义的直白表达，他们在回忆感官性的具身隐喻方面表现更好。

第二项是 Johansson-Falck 和 Gibbs（2012）的研究，他们调查了人们对现实世界中"路"和"道"的心理意象与"道路"和"小径"两个词在语料库中的隐喻表达。他们首先收集了人们对"道路"和"小径"具身体验的直觉，特别是关注身体行为（Gibson et al.，1979），然后利用这些数据来预测这两个词在 BNC 中的隐喻表达。其预测基本准确，当人们看到"路"时，他们会想到笔直、宽阔和终点，而"道"唤起了人们对困难的地形特征的关注，前景化了某种漫无目的的想象。语料库的研究得到了一致的结论："路"更可能隐喻化地用于谈论有目的的活动以及政治或财政问题，而"道"则用于描述一步又一步困难的过程。此外，当大批人有组织地朝着明确的目标前进时，会选择"路"这个隐喻，而不是"道"。Johansson-Falck 和 Gibbs 认为这会让人想到载满乘客的汽车行驶在真实的路面上的画面。

此类研究将语料库与心理语言学结合，提供了最有前景的研究方法，并且此类研究最有可能为真实话语和真实交际情境中具身隐喻的心理现实性提供证据。

2.4 自然语料的证据

自然发生的语料表明，与基本隐喻对应的语言表达（如前所述）经常在语言中出现和用于其他形式的交流。如更多/积极/有力为上、在时间中行进即在空间中行进、情感上的亲近即温暖，我们可以在语言、手势、艺术、音乐及电影中找到这些隐喻的例子。然而迄今为止，我们还没有证据能够表明当隐喻在实验室以外的真实交际语境中出现时，人们对其有任何的"身体体验"（bodily experience）。正如我们之前的发现，实验室研究的一个缺点就是很大程度上依赖于脱离语境和人为的隐喻例子，而这些很可能会影响这些例子的加工方式。因此，与在自然发生的日常交流时遇到的隐喻相比，实验室中的隐喻的具身性会更为显著。在理想状态下，具身隐喻研究要考虑到人类交流的交互性和情境性，但想做到这点很难。

尽管将真实世界这一要素纳入到控制性实验中存在困难，但仍有少部分神经学结果支持感觉运动系统在话语理解中的作用。例如，Speer 等（2007）发现，大脑活动的模式映射在叙事事件之间的界限上；Wallentin 等（2011）发现，在故事讲述过程中，运动动词触发大脑左后颞中回的激活，这个区域与运动的处理加工相关。然而在话语研究中，在寻找脱离语境的单词和句子的具身性证据方面，尚未有能等同广泛的实验室研究的话语研究发现。据我所知，目前还没有在话语中研究隐喻潜在具身属性的实验室研究，就更不必说在多模态和互动环境中的研究了。考虑到介入的程序和实际困难，例如让受试者在核磁共振成像仪扫描下进行真实、交互、多模态的对话，这类研究的缺乏是可以理解的。将真实的交流任务与眼动追踪、神经和反应时研究等程序结合起来也存在困难。随着技术的发展，其中一些困难有可能得以克服。与此同时，我们需要利用更为间接、融入更多观察的数据，并接受方法上固有的局限性。清楚这一点，就可以探讨这些数据所带来的潜力。鉴于真实数据的局限性因数据类型而异，所以需要把它们放在相应类型的语境中进行讨论。因此，本节的结构与前两节有些不同。前两节把对局限性的论述放在了最后，而在本节中，我会一边论述，一边对数据的局限性进行讨论，并提出解决方法。

语言学证据

已有大量有关 Grady（1997a）所提出的基本隐喻的语言学实例。语料库分析不仅能为与基本隐喻相对应的语言表达提供证据，而且还可以揭示这些隐喻是如何相互作用从而创造更复杂的隐喻，以及它们的意义是如何相互渗透的。为了阐明这一点，我们可以仔细看看与基本隐喻相关的三个词在"网络新闻"（NOW）语料库中的具体使用情况。首先是基本隐喻——"感情亲密即接近"（emotional intimacy is proximity）。形容词 close 的前 100 条索引中，有 83条是隐喻性的，其中 37 条涉及关系亲密度，这种亲密有时具有情感因素[如*他的密友（his close friend）*；*约会时害怕亲近（I'm afraid to get close when dating）*]，有时还涉及相互合作的关系[如*与罗马尼亚关系密切（a close connection with Romania）*]。24 条与相似性相关并体现了"相似性即接近"（similarity is proximity）的基本隐喻[如*他们的视角可能与你的过于接近（their perspective may be too close to yours）*]，其中也包括数字相似性的例子[如*近 280 亿美元的市场估值（a market valuation of close to \$28 billion）*]和排名[如*紧随其后（a close second）*；*不相上下的比赛（a close game）*]。有趣的是，在像"*不相上下的比赛*"这样的例子中，转喻延伸也很明显，带有隐喻性质的"不相上下"的比赛分数代表了整个比赛。有

10 条基本隐喻是 "时间中的瞬间即沿路运动的物体" （moments in time are objects in motion along a path），其中人可以被概念化为朝着未来某种情形或事件在移动 [例如，*我们离没有癌症的世界有多近*（*how close are we to a world without cancer*）；*该镇也可能即将收回一家杂货店*（*the town may also be close to getting a grocery store back*）；*几乎不可能发生*（*pretty close to when Hell freezes over*）]。最后，12 条基本隐喻则有关 "知道/理解即看见" （knowing/understanding is seeing）和由此推断而来的 "仔细考虑即注视" （considering is looking at）以及如引申表达 "仔细看" 意味着更深入的理解等表达。在一些例子中可以看到，比如 *Maria Taylor 近距离观察了体育界，这位专心致志的调查者将会密切关注*（*Maria Taylor has seen the sports world up close and the focused investigator will pay close attention.*）*等语例*。因此，83 条含有单词 close 的隐喻实例似乎都是由基本隐喻激发的。

再如基本隐喻 "情感即温暖"。形容词 warm 的前 100 条索引中，有 35 条具有隐喻性。除 3 条外，其余的都涉及情感而非身体温度的概念[如 *Modi 非常热情，善于接受意见*（*Modi was very warm and receptive*）；*热烈欢迎*（*a warm welcome*）；*热烈、亲切、积极的会面*（*a warm, cordial and positive meeting*）]。其余 3 个 "温暖" 的隐喻性例子用于描述颜色[如*暖色*（*A warm colour*）]，因此与 Grady 的基本隐喻并不严格对应。然而可以认为它们都具备物理基础，因为暖色（如红色、橙色和黄色）往往会唤起物质世界中让我们感到温暖的事物（如火和太阳），因此可以视为 "具身化"。

最后一个例子，形容词 hard 的前 100 条索引中，有 91 条可视为隐喻性。其中，59 条直接涉及基本隐喻 "困难即坚硬" （difficulty is hardness）[如*难以预计经济将如何复苏*（*it's hard to see how the economy will recover*）；*试图学习高难度的动作*（*trying to learn movements that are too hard*）；*他仍然很难相信*（*he was still having a hard time believing it*）]。7 条是推断而来的基本隐喻 "同情即柔软" （sympathy is softness）[如*通过采取强硬、统一的立场*（*by taking a hard, unified stance*）；*不必难过*（*no hard feelings*）；*他对自己很苛刻*（*he's hard on himself about it*）]。部分例子似乎涉及一个以上的基本隐喻。例如，让我们仔细阅读*证据确凿*（*hard evidence*）和*英国硬脱欧*（*a hard Brexit*）这两个例子。虽然这些基本隐喻可能与 "缺乏同情心" 有些关系，但并不能说它们抓住了全部意思。在这些例子中，单词 hard 的使用也指所讨论的主体具有明确、不妥协和不让步的特性。hard 这个词的上述隐喻用法似乎是由材料的物理属性以及人类与这些材料的互动所激发的，因此，看起来有两种不同的具身隐喻在起作用。在剩下的 9 个例子中，只有一个是基于最基本的感官体验而使用的：戴硬帽（*wearing hard hats*，即安全帽）。经过判断，不具隐喻性的是硬盘（*hard drive*）等 6 个例子和在体育场景中使用的 hard 的 2 个例子，如又一次重击（*another hard hit*）。因为这些例子与客观事物或身体动作关系密切，因此可以被视为转喻。

从以上简短的分析中可以得出，基本隐喻激发了这些词大部分的隐喻用法，虽然方式可能并不直接。即使在许多情况中，只有一个基本隐喻被激活，但也有一些情况涉及一个以上的基本隐喻的实例，还有其他一些情况涉及隐喻意义向转喻的延伸和语用阐释。因此，基本隐喻似乎只是为这些隐喻表达提供了部分理据。这些表达本身可能是呈辐射形态运作的（Taylor，2003），更多典型的例子朝向中心，朝向边缘的例子更为复杂、更具语境的特殊性，且不时会借鉴其他的基本隐喻。

尽管这些例子表明基本隐喻具有相对应的语言表达，但这些语言表达的存在并不能证明作者在写作时主动唤起了这些基本隐喻，也不能证明读者在阅读时自动激活了这些隐喻。因此，我们不能对这些表达对具身体验的激活进行评价。虽然语料库数据存在局限性，但两项基于语料库的研究似乎间接支持了具身隐喻假说。两项研究都将语料库数据分析与心理语言学实验相结合，第一项是 Akpinar 和 Berger（2015）的研究，该研究表明，反映具身关系的隐喻表达比直白表达更容易在语言使用中留存下来。Akpinar 和 Berger 在 500 万本英文书籍的语料库中探索了 200 年来感官性的具身隐喻表达的发展，发现具身隐喻表达更有可能留存下来，比直白表达"在文化上更成功"。例如"急剧增加"（sharp increase）比"严重增加"（severe increase）更容易留存在语言中，"温暖的微笑"（warm smile）比"善意的微笑"（kind smile）更容易保留。Akpinar 和 Berger 对 365 名受试者的术语记忆能力进行了测试，发现比起同样意义的直白表达，他们回忆感官性的具身隐喻表现更好。

第二项是 Johansson-Falck 和 Gibbs（2012）的研究，他们调查了人们对现实世界中"路"和"道"的心理意象与"道路"和"小径"两个词在语料库中的隐喻表达。他们首先收集了人们对"道路"和"小径"具身体验的直觉，特别是关注身体行为（Gibson et al.，1979），然后利用这些数据来预测这两个词在 BNC 中的隐喻表达。其预测基本准确，当人们看到"路"时，他们会想到笔直、宽阔和终点，而"道"唤起了人们对困难的地形特征的关注，前景化了某种漫无目的的想象。语料库的研究得到了一致的结论："路"更可能隐喻化地用于谈论有目的的活动以及政治或财政问题，而"道"则用于描述一步又一步困难的过程。此外，当大批人有组织地朝着明确的目标前进时，会选择"路"这个隐喻，而不是"道"。Johansson-Falck 和 Gibbs 认为这会让人想到载满乘客的汽车行驶在真实的路面上的画面。

此类研究将语料库与心理语言学结合，提供了最有前景的研究方法，并且此类研究最有可能为真实话语和真实交际情境中具身隐喻的心理现实性提供证据。

电影、广告和艺术作品中的视觉证据

非语言数据中也可以找到基本隐喻的表达。例如，Winter（2014）发现恐怖电影始终反映垂直度与情感、亮度与情感之间的隐喻联系。他研究了几部恐怖电影，发现坏事往往出现在人物向下走动或灯光熄灭的时候，怪物和坏蛋从下方或暗处出现，人物被困在黑暗的地下洞穴、地牢、隧道和矿井中。即使一些电影将主要场景设置在地上或者使主要场景处于明亮光线中，最可怕的场景也往往发生在地下和暗处。Winter 对"邪恶为下"和"邪恶即黑暗"这两个隐喻表达在恐怖题材电影中表现出的惊人的一致性作了评论。这反映了两个基本隐喻："坏为下""坏即黑暗"。基本隐喻的证据在音乐理论中也可以找到，音符可"高"可"低"，声音可以有"深度"。音乐本身通常被视为"运动"（Larson，2012），而音乐实体是沿着道路运动的物体（Johnson & Larson，2003）。

同样，尽管这些研究表明图像和音乐的构成含有基本隐喻关系，但并没有提供证据表明人们在遇到图像和音乐时会有积极的具身模拟和感官激活。换句话说，它并不能证明当个体在这些语境中遇到或使用具身隐喻时，触发了具身隐喻的源域。证明这一点需要观察人们对电影、广告和艺术作品中隐喻的感觉运动反应和情感反应。虽然迄今为止还没有研究能直接证明这些表达中的隐喻能够唤起身体反应，但 El Refaie（2009）提供了间接证据证明人们对视觉模态中的基本隐喻具有敏感性。她让受试者解释了两幅含有具身隐喻的政治漫画，并分析了他们对所感知到的具身隐喻的解释，以寻找证据证明人们对具身隐喻有意识。她发现，对于基本隐喻映射如大小和权力之间的映射，以及空间移动和时间流逝之间的映射，即使对背景知识知之甚少的受试者也能理解。与此相反，对于那些复杂的结构隐喻，受试者只有在具备一定的常识和时事知识的情况下，才能按照漫画家的意图理解。在 El Refaie 的研究中，观察受试者的手势是很有意思的，因为这些手势可

能体现了这些隐喻在观众头脑中的激活程度。事实上，在所有可用的方法中，手势研究的前景是最好的，因为手势研究有可能提供对隐喻的具身本质的洞察。我们接下来要谈的就是这个问题。

手势的证据

正如前文所示，手势研究的发现证明即使是非常规约的隐喻也可以"切身"体验。手势研究领域的大多数研究者都认同手势和认知是密不可分的，许多手势同时具有交际功能和认知功能，这两个功能不可分割。手势和语言通常是"共表达的"（co-expressive）。换句话说，他们用不同方式表达了同一个潜在意义单位，经常强调同一事件的不同方面。同样的神经网络（如双侧中央颞区）参与了言语和手势的隐喻处理（Gentilucci & Volta，2008）。实际的身体运动在表现抽象概念时扮演着至关重要的角色。正如 Gibbs 所说："用身体运动表现的这些手势不仅仅是生理和/或大脑活动，而且是由反复出现的运动感觉和本体感受性动作模式构成的，这些动作反映了人们很多的感觉和主观体验。"（Gibbs，2005：12）

McNeill（2005）强调了语言、思维和手势之间的联系，他认为，通过关注一个人在话语过程中的语言和手势的使用，我们可以洞察他们表达自己想法的方式。他的论点是，通过手势我们看到思维中两种模式的统一：意象和语言。对于 McNeill 来说，思想的起点，即意象和语言内容相结合的点，被称为"生长点"（growth point）。这与 Slobin（1996）的"即时思维假说"有许多相似之处。根据该假说，我们所说的语言迫使我们以特定的方式包装自己的想法，只有当我们真正需要将它们表达出来时，我们的想法才会因此变得完全坚定（solidified）。该领域的研究人员已经发现，手势在将想法包装成特定语言结构的过程中扮演着重要角色（参见 Kendon，2004；Kita，2000）。

关于如何看待手势、语言和思维之间的关系，第二种提供补充的看法是 Kita等（2017）的"手势-概念化假说"（gesture-for-conceptualization hypothesis），这是由 Kita 最初的"信息包装假说"（information-packaging hypothesis）发展而来的（Kita，2000）。正如我们在第 1 章中所看到的，手势-概念化假说认为手势在思考和说话中都起着核心作用。根据这一假设，我们使用手势来系统化地整理空间运动信息，从而帮助我们激活、操作、打包和探索这些信息。换句话说，在做手势的同时，说话人在概念和语言上都在思考需要传达什么信息，以及如何以最好的方式传达这些信息。手势的使用有助于人们形成他们的想法，并将这些想法转化为语言。有以下四个事实支持这一观点：即使是天生失明的人在与其他盲人交谈时也会使用手势，所以手势并不总是具有显性的"交际功能"（Iverson & Goldin-Meadow, 2001）；那些失去了使用手势来解释物理过程和形状能力的人在说话时仍然会使用有意义的手势（McNeill, 2005）；有"幻肢"（phantom limbs）的人（也就是那些没有手臂但仍然能感觉到手臂存在的人）称，当他们说话时，幻肢也会自发地做出手势（Ramachandran et al., 1998）；人们在说话之前就开始做手势，特别是当他们想要传达的信息在概念上难以阐述的时候更是如此（Kita et al., 2017）。手势、思维和语言之间错综复杂的关系也体现在对儿童手势使用的研究中。这些研究表明，儿童的言语和手势只有在单词学习期结束，也就是在开始使用短语时才开始同步。因此，当儿童开始有建构意识时，才逐渐开始使用手势（Tomasello, 2003）。这是一项非常重要的发现，因为它表明，我们使用手势将我们的思维过程包装成符合语法的结构。因此，它为手势和语法之间的联系提供了强有力的证据。手势在互动中也起着至关重要的作用，因为它首先是一种协作行为。正如 Gallagher（2008：449）所说，当人们与他人互动时，"他们的行动和反应有助于构成意义"。我们稍后会看到，具身隐喻的意义通常是在手势中共同建构的。

手势、语言和思维之间关系的第三个观点是 Hostetter 和 Alibali（2008）的"手势作为模拟动作"（gestures as simulated action）框架，这也在第 1 章中讨论过。这个框架在这里非常有用，它的核心是具身认知，并提供了一个"手势如何使具身可见"的解释（Hostetter & Alibali, 2008：511）。该框架认为手势依赖于视觉空间图像，并将手势和语言视为一个单独的系统，认为手势源于与动作密切联系的意象表征。与本书最相关的是 Hostetter 和 Alibali 的观点，他们的框架适用于隐喻概念的形成和表达，也适用于字面概念，因为隐喻手势来自对这些隐喻所基于的空间图像的知觉或运动模拟。

在已发表的手势研究（gesture studies）中，有大量的证据表明存在基本隐喻。人们用手势表示诸如以下的基本隐喻：知道即看见，变化即运动，组织即物理结构，分析即切割，感情亲密即接近（详例请参见 Cienki 和 Müller 编辑的作品集，2008 年）。例如，Winter 等（2014）在对美国电视新闻档案中手势使用的研究中发现，新闻播报员和被采访者一直使用高手势来表示更大的数字；此外，握紧拳头通常对应"小数目"，而张开的手势则对应"大数目"。Calbris（2008）对法国总理利昂内尔·若斯潘（Lionel Jospin）的一系列电视访谈进行了研究，发现有大量的手势证据表明，讲者使用横轴来衡量价值（不喜欢的实体在左，喜欢的实体在右）、数量（小数目在左，大数目在右）、时间（过往事件在左，未来事件在右边）和因果关系（原因在左，结果在右）。现在有诸多关于这些"隐喻性"手势的文献，这些手势传达了抽象概念的身体表征（physical representation）（Andric & Small，2012）。在对这些手势进行认知加工的过程中，大脑会使用一些与处理语言相似的区域（Willems & Hagoort，2007）。

在我们收集的数据中（Littlemore & Kwong, in prep.），发现有证据表明人们使用手势来表达在他人眼中可能十分规约但实际高度具身化的隐喻。以下两个例子可见一斑。男性和女性在社会中的相对角色引发了广泛讨论，而女性与家庭的关系便是讨论的一部分，讲者在例子中就描述了她与家庭成员的关系。她用手势来搭配动词短语"整理"（sort out）和"融入"（fit in）。许多人可能会认为这些隐喻是"死"喻，然而，在这两种情况下，手势的使用都将隐喻的具身本源置于显要地位（图 2.1 和图 2.2）。

我必须花更多时间和她在一起，做事、整理东西、整理钱整理杂物，我的时间就用来干这些事了。
左手：手掌弯曲，从中心向外围呈弧形移动

图 2.1　　"整理"

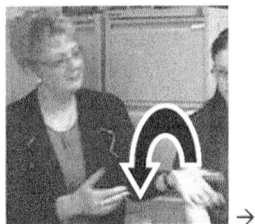

我家人还很小的时候我就开始兼职了，就为了融入他们。
左手：手掌打开水平向上，向中心呈弧形旋转移动

图 2.2　　"融入"

与表达是否一致，并且通过按两种不同的键作答。当受试者执行此项任务时，实验者会用脑电图（EEG）来记录他们的大脑活动。生成脑电图需要在头皮上安装小型传感器，以便接收脑细胞相互发送信息时产生的电信号。此项技术在检测语义异常的刺激反应时特别有效，这样的刺激会干扰神经处理过程。他们发现，隐喻表达与手势不一致明显比非隐喻表达与手势不一致的干扰性更强，这表明在传达意义方面隐喻手势比非隐喻手势更重要。因此，手势似乎为具身隐喻提供了丰富的证据来源。

"口头"姿态（"spoken" gesture）的相关研究话语的韵律模式会反映其部分语义，而口头的单词和短语往往会有多种韵律，这种现象被 Perlman 和 Gibbs 称为"口头"姿态。Perlman 和 Gibbs（2013）还把手势的隐喻象似性（metaphorical iconicity）这一概念延伸到了"口头"姿态这一范畴。某些"口头"姿态涉及隐喻。例如，他们引用了一项 Ohala（1994）的研究，该研究发现人们常用高频发声（high frequency vocalisation）来指代小，用低频发声（low frequency vocalisations）来指代大；前者可以引申为毫无威胁以及顺从和屈服，后者则引申为威胁、主导和自信。此外，他们还引用了 Shintel 等（2006）的一项研究，该研究发现人们使用升调谈论向上移动的物体，使用降调谈论向下移动的物体。Perlman 和 Gibbs（2013）认为这些对应关系源于感觉运动的模拟（sensorimotor simulations），并且同 Hostetter 和 Alibali（2008）一样，两人也认为某些特定的环境会起到加剧的作用。Perlman 认为人在抬高"口头"姿态的同时会使用更多的手势，他目前正在对此开展调查。Hostetter 和 Alibali 的研究强调了感知意象和具身认知的情感的重要性，Perlman 和 Gibbs 的研究则以此为基础。

2.5　具身隐喻的变化

在本章中，我们已经看到各种各样的资料都对具身隐喻进行了大量研究。然而，迄今为止，很多相关研究采取的都是处理人类行为和认知的标准化方法（normative approach），这套方法强调隐喻的同质性而非异质性，这便存在问题。Lakoff 和 Johnson（1999）的《肉身哲学：亲身心智及其向西方思想的挑战》（*Philosophy in the Flesh: The Embodied Mind and Its Challenge to Western Thought*）一书的下列节段就可以体现这一处理方法：

If you are a *normal* human being, you inevitably acquire an enormous range of primary metaphors just by going about the world constantly moving and perceiving. (Lakoff and Johnson, 1999: 57)

作为一个*正常的*人类，我们的身体在不断移动、思维在持续感知，因此会不可避免地掌握大量基本隐喻（Lakoff & Johnson，1999：57）。

Lakoff 和 Johnson 在早期著作《我们赖以生存的隐喻》中也重点关注了隐喻的同质性，书中还提到了"*典型的人物*"（*prototypical* person）（第 132 页）、"*正常的概念系统*"（*normal* conceptual system）（第 115 页）和"*自然经验*"（*natural kinds of experience*）（第 117 页）。Lakoff 和 Johnson（1980）考量了文化价值观在塑造人们通过隐喻体验世界的方式中发挥的作用，但他们并没有顾及可能存在的许多其他的差异。例如，有人可能会问他们提到的"正常的""典型的"人物到底是谁。在西方社会，用"典型的"一词形容人时通常指的是没有任何身体或心理残疾、身高和体重正常、性取向为异性的成人、白人、男性、中产、右利手人群。思考"那些不符合上述特征的人是如何体验具身隐喻的"十分重要，因为这样，我们能对人们感知世界的不同方式有更深入的了解，更重要的是，能了解这些不同的世界观的形成原因及发展机制。这类研究也能更好地揭示具身隐喻的性质，并在一定程度上解决隐喻文献中现存的以下争议：人究竟能体验隐喻到何种程度，而不是单单碰到隐喻（Gibbs，2017）。因此，本书的目的是探究不同的语境下，存在个体特征（individual characteristics）差异的人体验具身隐喻的程度的不同。现在就让我们一起来思考一下部分可能存在的差异。

那些没有所谓正常的身体的人的具身隐喻体验方式可能存在显著差异。比如说，左撇子可能不会像右撇子一样认同"好即右/坏即左"的隐喻（Casasanto，2014）。要对具身隐喻的性质有更深的理解，就要考虑其他诸如身高、体重、身体或心理缺陷的差异。基于对阶级、性别、性、种族、民族、年龄、健康和容貌的各种假设，人的身体在不断地建构和重构（Weiss，1999），人对自己身体存在各种认识，这可能导致他们在理解抽象内容时，使用的身体信息存在差别。

近年来，一些学者开始关注人们在利用身体隐喻来理解情绪和抽象思维上存在的差异。其中的大部分研究是在跨文化差异中进行的，在这种差异下，人们在运用具身隐喻推理时间、重要性和情感等其他事物上都存在差异（如 Gibbs，2006a；Johnson，2007；Kövecses，2005；Maalej，2004；Maalej & Yu，2011）。

　　隐喻与身体经验（bodily experience）的联系方式也有可能是由隐喻所处的即时情境决定的。Gibbs（2015：171）认为，"人们在不同的地理环境和社会背景下，会适应各自身体体验的不同方面，这在一定程度上使得人们用隐喻表达自我的方式存在差异"。

　　近年来，人们越来越认识到需要将研究隐喻的具体方法与研究具体交际的更具情境性和互动性的方法相结合，这就意味着一些因素的重要性，比如阅读和预测交流意图的能力，以及依据体裁和语域的变化而变化等特征（Gibbs，2017；Jensen & Cuffari，2014）。用 Gibbs 的话来说：

　　　　metaphors are "soft assembled" spontaneously given the present state of the system, the wider context, and the task at hand. (Gibbs, 2013: 30)

　　　　鉴于系统的现状、更广的背景，以及手头上的任务，隐喻自发地"灵活组装"（soft assembled）（Gibbs，2013：30）。

　　具身隐喻的时间维度（temporal dimension）还没有得到足够的重视。迄今为止，有关具身隐喻的大部分研究都多少采取了"文化、社会决定论"的观点，并没有考虑到我们的经历如何随时间的变化而变化。这些研究似乎认为人的肉体（physicality）体验是稳定且直接的，并且在人的幼年时期就永久地被固定了下来。但这一时期的具身隐喻绝非稳定、直接且永久固定的。更恰当的是将它视为一个高度复杂、动态且发展的过程，其性质会根据人所处的具体情况以及对自身身体的即刻的充分意识程度而变化。具身认知的性质也可能随着年龄的增长而变化。因此，具身隐喻的动态/发展观就将具身隐喻的特点概括为一个既发展又适应的过程。在研究这类隐喻时，需要考虑它是如何随着时间和环境的更迭而变化的。这样，就可以走出实验室，走进现实生活，了解人对具身隐喻的实际体验方式。

　　因此，把具身隐喻概念化为一个高度复杂、不断变化的过程是更恰当的，这一过程不仅涉及人所处的社会和文化背景，还涉及人所处的特定情境以及对自身身体的即刻的充分意识程度。在任何有关具身隐喻是如何影响我们思考以及语言使用方式的研究中，都需要考虑它是如何随着时间的推移和个人环境的改变而变化的。除了研究具身隐喻是如何在不同语境的使用（contexts of use）下变化的，探索它怎样因人而异也很重要，这也是本书的两大研究目标。

2.6　结　　论

　　本书余下章节探讨了人对具身隐喻的体验是如何随个体差异和语境差异而变化的，具体来说会探讨以下因素：身体特征、对自己身体的看法、社会地位、个人经历、心理状态以及说的语言。在每一章中，我都会选取上述因素的一个方面，探讨它如何塑造（或有可能塑造）人通过具身隐喻来体验世界的方式，以及如何决定（或有可能决定）人具身体验的强度。在分析中，我会结合本人单独的研究发现或与同事共同的研究发现。

　　并非所有与人体有关的隐喻都会始终以"具身"的方式为人们所体验。在研究具身隐喻体验存在的个体差异之前，需要考虑隐喻自身具有的内在特征，这些特征使得隐喻被以具身的方式体验的可能性更大，同时也要考虑影响潜在具身的程度的语境因素。因此，第3章将集中讨论那些可能决定人在身体层面对隐喻感受度的内在特征及语境因素。这些内在特征指隐喻的新异度、包含了多少感情、隐喻描述运动的程度以及对此的观察角度。我可以展示人们是如何发现上述因素决定大脑运动皮层和情绪中枢（emotional centres）的受刺激程度的。语境因素则包括物理环境、使用隐喻的体裁及语域。

　　要充分了解具身隐喻的工作原理，很重要的一点就是调查其是如何在人幼年时期发展的，又是怎样随着人年龄变化而变化的。因此，人的年龄是调查人对隐喻体验存在差异的一个关键因素。第4章的讨论也将因此以更具发展性的视角展开。我先研究了具身隐喻是如何在人幼年时期发展的，以及婴幼儿体验具身隐喻的方式相较于成人存在怎样的差别。随后我探讨了老年人体验这类隐喻的方式。我做过的一些研究关注了儿童（5—8岁）是如何利用具身隐喻理解数学与音乐的，以及他们的这种具身隐喻式理解行为与成人有怎样的不同，我也会将这些研究纳入第4章的讨论。

　　在第5章，通过研究拥有不同的身体如何影响具身隐喻的使用方式，我将继续对具身隐喻的同质性提出质疑。研究的重点不仅在于人身体上的差异，更在于社会如何看待这些差异。该章主要关注体型与体格、左右使用习惯（handedness）和性别。性别方面尤为重要，因为许多架构我们思维的具身隐喻都是基于男性的经历，即女性可能会发现她们生活在男性隐喻里。在该章中，我会介绍自己的一些研究，这些研究探索了人自身的性别和/或对性别角色的认知如何决定具身隐喻的使用。

第 6 章则关注人们对感官隐喻（sensory metaphor）的体验，感官隐喻是具身隐喻的一种重要表现形式。我先研究了感觉障碍（sensory impairments）如何影响人们以隐喻的方式动用感官，例如，盲人如何运用"理解即看见"这一隐喻，聋人如何运用"留意即倾听"这一隐喻。我还研究了手语提供的跨感官隐喻示能性（cross-sensory metaphorical affordances），然后讨论了联觉的条件，涉及新的跨感官的联想的生成，并介绍了我最近的一些研究，这些研究调查了有关跨感官隐喻联觉体验的独特方式。

第 7 章将关注那些因创伤性事件（traumatic events）和心理障碍（psychological disorders）而改变心理状态（states of minds）的人的具身隐喻的独特使用方式。创伤性事件的经历可以重塑一个人的世界观，而其重塑的方式之一就是隐喻。在该章的第一部分，我会探讨压力、焦虑和抑郁如何影响人们对具身隐喻的体验和互动方式，并介绍一些我本人对流产这一经历是如何塑造具身隐喻体验的探索。第二部分重点关注心理疾病（psychological conditions），包括孤独症、阿斯佩格综合征（Asperger syndrome）和精神分裂症（schizophrenia），介绍我本人所做的有关精神分裂症患者如何运用具身隐喻的有关研究。我对这些不同的心理状态进行了比较，找到了它们在影响人们使用隐喻的类型和使用方式这两方面存在的共同特征。

个体在品格、认知风格和政治宗教观点上的差异，不仅有可能改变人们使用的具身隐喻，还有可能改变他们理解相关隐喻的方式。第 8 章将关注个体在品格、认知风格、政治立场和宗教信仰方面的差异，研究这些差异如何塑造人们使用具身隐喻的方式。该章的上半部分关注个体差异下的个人特征或"内在"特质，下半部分则关注造成差异的社会或"群体"原因——政治立场和宗教信仰。在这两部分中，我会展现个体差异不仅决定人使用的隐喻，还决定隐喻的使用方式。人们依托自己的思维方式和信仰体系，通过隐喻来体验这个世界，而这些体验的方式却千差万别，我对此进行研究。

有证据表明，语言和文化对人们与隐喻的互动方式具有重要影响，这又一次挑战了隐喻的同质性。第 9 章将关注具身隐喻的跨语言和跨文化差异。首先我研究了说不同语言的人如何对具身隐喻有不同的体验，然后讨论了第二语言（L2）是否，或如何影响人们在该语言下对具身隐喻的体验。在上述的讨论中，我还将探讨自己的下列研究，即第二语言使用者对手势的使用以及"单词-颜色"关系在不同语言下的运作方式。通过这些探讨，我研究了隐喻关系的具身性强度是否预示着其可能是较为普遍的可能性这一根本问题。

最后，在第 10 章，我会总结本书的主要发现，并将贯穿各章的思路进行汇总。分析具身隐喻体验存在的差异能揭示具身隐喻的性质，我会对此做出总结。事实上，不仅第 10 章，甚至全书都提到了具身隐喻体验的差异带来的社会影响。

3

"我在这条涂满肥皂的传送带上奔跑，人们不断向我扔湿海绵。"

哪些隐喻是具身的，什么时候有所体现？隐喻的
具身性依据话语类型、功能、语境的变化

3.1 引　言

到目前为止，有来自各个领域的大量研究证据表明，隐喻有具身性。然而，大部分关于具身隐喻的研究都赞同具身隐喻具有同质性，本书的主要目的是对此提出质疑，并探索人们对具身隐喻的体验如何根据人的年龄、身体特质、性别、所处社会和所说语言等因素而变化。通过这些研究，希望大家能对具身隐喻的本质有更丰富的理解。

在开始研究具身隐喻体验的个体差异之前，需要先考虑隐喻本身的内在特征，这些特征使得人更容易以具身的方式来体验隐喻；同时还要考察影响潜在具身性程度的语境因素。一些隐喻可能比其他隐喻更具具身性，并且可能某些语境比其他语境更容易产生具身隐喻（Bergen，2012；Kövecses，2015）。具身的潜在性也可能随着时间推移而波动，甚至在一次个人交际中也会有变化。此外，人随时激活某一基本隐喻或概念隐喻的源域的程度很可能取决于不同因素之间复杂的相互作用，这些因素可能包括：文化模式、语言演变、固化水平、语言中规约表达的存在、说话人对现实概念和词义的了解以及交际情境（Gibbs，2011）。

这一章的研究重点在于隐喻本身以及使用隐喻的语境（包括上下文）。我探讨了：是否存在某些更能激发人的感觉运动反应（即在身体层面的体现）的隐喻类型；是否存在某些更容易使用具身隐喻的语境；是否存在某些更能孕育创造性

具身隐喻的条件。本章探究了隐喻类型、功能和使用隐喻语境产生的变化，此外还将手势研究中的发现作为模型应用于具身隐喻研究。依照 Hostetter 和 Alibali（2008）提出的"模拟动作下的手势"（gesture as simulated action）框架，可以看到，很多因素可能影响话语手势的数量。这些因素包括：要传达的信息涉及的动作的程度、说话者的观点、交际情境的各个方面（如说话者对听者理解能力的认知）、所讨论的材料的性质以及说话者对该材料的态度。如果说话者认为材料能引起较大反响或对接下来的对话至关重要，可能会使用更多的手势。Hostetter 和 Alibali 把这一特点称为*交际动力*。在本章中，在以上两位学者观点的基础上，我继而讨论了影响感觉运动图像（sensorimotor imagery）被隐喻唤起的可能因素（不仅仅通过手势来表达），并根据文献中的发现对以上罗列的因素进行了进一步扩展。

除了关注隐喻本身的特点之外，考虑它们出现的语境也很重要。例如，请看下面关于一位英国公务员描述他工作的采访片段。Littlemore 等（in prep.）对一系列英国公务员访谈中的隐喻使用情况进行了讨论，还对下面这个片段进行了深入分析[1]。

> I mean, I've described my role here as a bit like an It's a Knockout game. Over here I'm sort of running towards setting the future in the finance function, big change initiatives where finance can really make a difference, but I'm sort of running on this soapy conveyor belt with people throwing wet sponges at me and I've got this sodding great elastic band attached to my back.
>
> 我想说，我在这里的情况有点像"淘汰赛"。在这里，我是冲着财务的未来、冲着能真正带来变革的财务计划而奔跑的，但是我在这条涂满肥皂的传送带上奔跑，人们不断向我扔湿海绵，我背上还系着个该死的橡皮筋。

这位公务员用上述具身隐喻来表达他对工作的不满，创意非凡，令人印象深刻。这个隐喻来自 20 世纪 70 年代的电视节目《淘汰赛》。节目中，参赛队伍往往得穿臃肿的由海绵橡胶（foam rubber）做成的套装，参加一系列荒唐且丢人的挑战。在挑战（往往是不可能完成的）中，参赛者有时会被扔软投射物和被泼水。

他通过影射这个节目传达了对自己当前处境的一些负面评价——每天的挑战几乎不可能完成、路上会遇到各种各样的障碍、太挫败了、自己被套路了所以会失败和出丑。他之所以使用这样一个基于身体的创造性隐喻，有可能是受到交际目的和交流基调（tenor）的影响。他是在一对一的保密谈话中接受采访的，由此可以假设，他是因为对记者感到信任才如此畅所欲言。如果在更正式的场合，他是不会说这些话的。

在本章的第一部分，我会探究许多隐喻的内在特征以及更能引起人感觉运动反应的隐喻的上下文特点。其中，将重点关注以下五个方面：新异性、情感、运动、视角、标记和突出。在本章的第二部分，我会观照具体情境、探讨交际情境中隐喻的使用。采取的研究方式是对话性的，因为这种方式不仅考虑了对话者之间的互动，还探究了引发互动的交际情境的动态变化（Linell，1998）。由此，便能探究具身隐喻的使用是如何受到体裁（genre）（Swales，1990）和语域（register）（Halliday，1978；Halliday & Hasan，1985；Deignan et al.，2013）的影响的。

3.2 更能激发感觉运动反应的隐喻内在特征和上下文特征

刚刚提到，隐喻本身的某些内在特征和上下文特征更能使隐喻激活人的感觉运动反应，具体包括隐喻新异性、情感、运动、视角与标记和突出。尽管在实验室开展的研究较少考虑上述因素，但理应要考虑，因为这些因素很重要。接下来我会对它们分别进行讨论。

新异性

有证据表明，隐喻的新异性是决定人在神经层面对隐喻"具身"体验程度的关键因素。神经影像学的研究发现表明，感觉运动的激活（sensorimotor activation）和隐喻的新异性有关。这些研究证明了人在应对基本隐喻时会动用其感觉运动系统（Boulenger et al.，2009），而大脑感觉运动区的参与度和隐喻的新异性呈正相关（Desai et al.，2011）。因此，大脑感觉运动区的参与度似乎和人对隐喻的熟悉度呈负相关——人对某个隐喻越熟悉，这个隐喻的具身性就越弱。这类研究很多是围绕"隐喻生涯"假说（the "career of metaphor" hypothesis）展开的（Bowdle & Gentner，2005）。

　　根据这一假说，随着隐喻的不断使用，其新异性就会降低，变得更规约，而人们理解隐喻的方式也会改变——会更直接地理解常规隐喻，而较少进行明显的"修辞性"认知加工（"figurative" processing）。

　　Cardillo 等（2012）就做了一项这样的研究——借助功能性磁共振成像的数据，探究当隐喻变得越来越规约时，人对其的认知理解是否会发生质变。他们想出了一长串新异的比喻，并使其尽量符合规范，然后通过让受试者不断接触这些隐喻来模拟隐喻随着时间推移而逐渐被熟知的过程。研究后发现，随着受试者对这些新异隐喻越来越熟悉，在理解新异隐喻中要使用的大脑四块区域会被用得越来越少。其中第一块区域就是在对两相矛盾的语义做出选择时会用到的（左右脑）额下回（inferior frontal gyrus）。Cardillo 等发现，在理解隐喻时，这块区域的参与度随着人对隐喻熟悉度的上升反而下降了，这与前文提到的"隐喻生涯"假说是一致的，因为这一发现表明（意料之中）如果熟悉某一隐喻，就可以直接提取出它的意思。随着隐喻变得越来越熟悉，第二块活跃度降低的区域是右前额皮质（right pre-frontal cortex）。在对大脑左侧语言系统的认知要求太高时，这块区域会起到支持作用。因此，随着人对隐喻越来越熟悉，需要语言系统做的加工就会越少，右前额皮质活跃度因此下降这一结果也就不出人意料了。

　　第三块在人熟悉隐喻后变得越来越不活跃的区域是后侧颞叶皮层（postero-lateral temporal cortex）。该区域会在人理解包含动作的图片和视频或描述动作的词语时会被激活。因此，在以下两种隐喻中，大脑的后侧颞叶皮层都会被激活：涉及动词的隐喻（如 to slump）和基于动词名词化后隐喻义的隐喻（如 a slump）。这是因为上述两种隐喻都包含对动作的抽象感知。Cardillo 等认为，大脑后侧颞叶皮层靠近大脑中对运动敏感的部位意味着感知运动的神经基质和描述动作的词之间存在密切的关系。该观点使得后侧颞叶皮层被新异隐喻激活这一发现具有重要意义，因为它意味着新异隐喻的具身性比常规隐喻的更强。第四块随着隐喻熟悉度上升而活跃度下降的区域叫做右后侧枕叶皮层（right postero-lateral occipital cortex），主要与大脑对视觉形式（visual forms）进行加工有关。因此，对隐喻越熟悉，就越不需要动用具体的感官来对该隐喻的所指进行想象。在这四块区域中，大脑后侧颞叶皮层和右后侧枕叶皮层与隐喻具身性的关系最大。综上所述，有关这两块区域的研究结果表明，人对隐喻越熟悉，听到隐喻后就越不需要激活隐喻词的现实所指或做出肌肉反应，这也就意味着神经层面的反应的具身性更弱。

Cacciari 等（2011）的研究得出了相似的结果。虽然他们在分析中采用的方法有些不同，但关注的是不同类型比喻句的语义，而非句子本身的规约性。Cacciari 等利用测量大脑内运动反应的神经研究法——经颅磁刺激（transcranial magnetic stimulation，TMS）探究了阅读本义句、虚拟运动句、隐喻句和习语句是否会调节运动系统的活动，研究目的是调查句子的隐喻度/规约度是否会影响运动反应的激活程度。他们发现，在阅读本义句、虚拟运动句以及隐喻句时，运动系统会被激活，但在阅读习语句时却没有。他们认为原因在于本义句、虚拟运动句和隐喻句都保留了动词的运动语义（semantic motion），而习语句并非如此。换句话说，本义句中的运动动词（motion verbs）传达了真实的动作；读者在阅读虚拟运动句时会对其进行想象；隐喻句中的动作虽然较为抽象但还是保留了下来。相比之下，习语句的意义通常与动词原本的运动意义无关。Cacciari 等总结道："运动系统的兴奋性（excitability）受到动词运动成分的调节，并且动词的运动成分会在虚拟位移句和隐喻位移句中得以保留。"（Cacciariet al.，2011：149）

因此，可以从上述研究中得出以下结论：相较于常规隐喻，新异隐喻更有可能唤起具身模拟。上述发现对于本书提出的总论点具有重要意义，因为新异隐喻逐渐变成常规隐喻可能会与影响隐喻理解的其他个体差异有关。

情感

第二个可能影响隐喻唤起感觉运动反应程度的一大因素是情感水平。有充分的证据表明，相比于涉及情感较少的体验，人们在谈到情感体验时会用到更多的隐喻（Gibbs，1994，2002；Semino，2011）。Fainsilber 和 Ortony（1987）发现在相同事件中，受试者在描述其感受时用到的隐喻比描述其所做的事情时用到的隐喻明显多得多。此外，还发现相较于描述情感不那么强烈的事件，人们在描述情感强烈的事件时用到的隐喻会多得多（Fainsilber & Ortony，1987；Fussell & Moss，1998）。当人们想让他人对自己的经历感同身受时，就会以一种尤为生动的方式使用隐喻。Thagard 和 Shelley（2006）将这些隐喻称为"热"类比（"hot" analogies）。Hartman 和 Paradis（2018）认为相比于更客观的或"冷"的类比，这类隐喻更有可能让听者产生身临其境的感觉。最后，研究表明，与描写他人的强烈情感相比，人们在描写自己的时会创作出更多的新异隐喻（Williams-Whitney et al.，1992）。有人提出，正是因为亲身体验了这些强烈的情感，人们才会产出有创造力的隐喻（MacCormac，1986）。也有证据表明，隐喻认知加工本身就会激发情感。Bohrn 等（2012）在回看各种各样的脑成像证据时，认为阅读隐喻句比阅读本义句更能激活大脑的情感中枢。为了明确验证这种联系，Citron 和Goldberg（2014a）让受试者阅读带有隐喻内容的句子（如"她甜蜜地看着他"）及对应的本义句（如"她亲切地看着他"）。他们发现在阅读隐喻句时，大脑的左杏仁核（left amygdala）越来越活跃，而该区域的作用是处理各种情感及情感性语言。左杏仁核的激活促进了海马体（hippocampus）中情感言语物质的成功编码（Phelps，2004；Richardson et al.，2004），而左杏仁核和海马体的同时激活与成功检索情感记忆有关（Dolcos et al.，2005）。Citron 和 Goldberg 在研究中用到的所有刺激都涉及某一种感官，这表明隐喻、情感及感官激活间可能存在联系。

　　Damasio（2006）在讨论病感失认症（anosognosia）时，就已经提出情感与感官激活之间存在关联。病感失认症是指瘫痪的患者没有意识到自己瘫痪了，有时甚至拒绝承认自己瘫痪了。这是因为他们的躯体感觉系统（somatosensory system）受到了损伤，而大脑就是利用躯体感觉系统来整体感知身体的当下状态的。至关重要的是，病感失认症使患者无法在涉及情感推理的个人及社会问题上做出适当的决定。右脑中有着复杂的躯体感觉皮质（somatosensory cortices），一旦受损就会破坏推理/决策以及体验情感/感觉，除此之外也会扰乱身体传递信号的过程。上述过程由大脑前扣带回皮质（anterior cingulate cortex）专门负责，它与运动、情感和注意力有关。该区域病变的患者往往会在情感和隐喻这两方面出现问题（Miall，1987）。因此，人的身体运动和被"感动"（being emotionally "moved"）之间存在一种神经联系（neurological link）。实际上，运动和情感之间存在紧密联系是广泛研究的主题，本章也将对此进行详细探讨。

　　另一项研究似乎也表明情感与隐喻之间存在共生关系——对隐喻和共情（empathy）的研究。在一项有趣的研究中，Horton（2007）通过让读者阅读描述两个人物之间互动的短篇故事来探讨读者对隐喻人际功能的敏感性，而故事人物的关系也都是模糊的。在对话叙事的过程中，一方故事是以对话进行的，其中，有一方总是使用或隐喻义或字面义来指向故事中的前文信息。Horton 发现，人物互动中包含隐喻指称时，读者一致认为人物间更了解彼此；而且即使未能明确理解其中的关键表达，读者也是这样认为的。Bowes 和 Katz（2015）进行了后续研究，发现相较于字面语言（literal language），受试者看到含有隐喻的对话时，明显更会表示出与话者彼此亲近、感情亲密。除此之外，Bowes 和 Katz（2015）还发现接触过隐喻语言的受试者在后面的"眼神读心测验"（Reading the Mind in the Eyes Test，RMET）中表现得更好（Baron-Cohen et al.，2001）。该项测验包含了36 张黑白照片，这些照片对 36 名男性和女性的眼部进行了特写。受试者需要在给到的 4 项心理状态描述中选出最能反映照片中人物所想或所感的一项。有人认为，该测验提供了一种行为测量方式，能够测出人通过面部表情推断他人心理状态的能力。Bowes 和 Katz 认为，隐喻在帮助人了解他人的心理状态方面起着关键作用，使他们更能意识到他人当下的心境。有趣的是，参与者在 RMET 中的表现与催产素（oxytocin）水平呈正相关，催产素是一种与人际亲密、归属和依恋相关的神经肽（neuropeptide）（Domes et al.，2007）。在这个过程中，情感似乎是一个重要的介质。

有证据表明，在隐喻理解过程中，情感的唤起受到隐喻新异性的影响。Bohrn 等（2012）向 26 名受试者展示了一系列常见的谚语（如"罗马不是一天建成的"）以及经过了创造性改编的谚语（如"罗马不是毁于一日"），利用功能性磁共振成像研究了受试者对这些谚语的反应。他们发现被创造性改编了的谚语激活了大脑中几个与情感处理以及运动皮层和前运动皮层相关的区域。虽然改编后的谚语具有新异之处，但也具备一定的规约性，从而确保是有意义的，这便是"最佳创新"（Giora et al.，2004）。这些发现表明，创造性地使用修辞语言会引发大脑中的情感反应和运动反应，因此人们能在神经层面以具身化的方式理解它们。

基本隐喻可能比其他类型的隐喻更有可能唤起情感，我们近期的一项研究（Houghton & Littlemore，in prep.）为此提供了初步的证据，调查了修辞手法（隐喻、转喻、夸张和讽刺）在网络宣传视频中的作用。我们想研究的是以下三方面的内容：宣传视频中包含的修辞手法之间的关系、人们对视频的情感反应以及他们愿意将其分享在社交媒体上的可能性。研究发现，广告中包含的基本隐喻数量与广告唤起快乐、幸福和悲伤等感受的可能性之间有着显著相关性。此外根据这些情感反应，能有效预测观众是否会在 Facebook 上分享视频。有趣的是，在单纯基于感知相似性的"相似隐喻"中，并没有发现类似的关系。这表明与相似隐喻相比，基本隐喻能在更深层面与人类产生共鸣，因为它反映了人类基本的具身体验。我们的研究结果表明，正是人们与基本隐喻互动时产生的情感反应（而不是隐喻本身）使这些隐喻在整个社会中得以共享和传播，这也有助于解释为什么基本隐喻在不同文化间都如此普遍。

在讨论具身隐喻体验是如何存在个体差异时，应当考虑情感所发挥的作用。

隐喻、感觉运动激活和情感有好几种互动方式，每种都会导致不同的差异模式。有一种可能是，由于感觉运动激活与情感的处理都位于大脑的同一区域，两者能相互触发。这意味着所有具身化的基本隐喻都唤起了情感反应。第二种可能是，情感愉悦是在调和两个不同的体验领域时产生的，在这种情况下，我们希望有更多的情感参与到新异隐喻的处理之中。第三种可能是，处理新异隐喻时需要更多的精力，从而产生了情感反应。研究表明，当读者或听众必须自行总结信息时，他们对于信息的拥有感会增强（Stayman & Kardes，1992）。这种对于与自己相关的事物的偏好被称为"即时禀赋效应"（instant endowment effect）（Kahneman，1991）。第四种可能是，隐喻本身的主题引发了情感反应。有证据表明，涉及情感的隐喻的感觉运动模拟（sensorimotor simulation）更强。Citron 等（2015）在研究 619 个德语习语的情感和心理语言学规范时发现，情感唤醒值与隐喻程度值关系显著，换言之，隐喻性表达比直白性表达更能唤醒情感。他们还发现，情感唤醒度与隐喻的具体程度呈正相关，这一结果是通过测量受试者对隐喻义可能通过一种或多种感官体验的程度获得的。这一发现表明，更具体的隐喻习语会引发更强烈的感官表征，从而激发更强烈的情感反应。

　　隐喻所在的情感语境是导致神经唤醒（neurological arousal）发生变化的重要原因之一。Samur 等（2015）研究了以下这一问题：在一个更让人情绪化的环境中，那些包含运动动词的隐喻是否比对应的直义表达更有可能引起感觉运动反应？在研究中，受试者需要阅读以模糊行为/动作句结尾的故事[如"他明白了。"（He got it.）]。这类句子的理解——是隐喻的（他理解了这个想法）还是字面意义的（他抓住了球）取决于前文。同时，故事包含的情感有多有少。研究结果表明，出现在情感语境中的隐喻比出现在非情感语境中的隐喻更有可能在大脑的视觉运动区引发神经反应，同时在本义句中没有发现这种差异。这些结果表明，情感语境使隐喻运动（metaphorical motion）的表征更具体和具身化。Samur 等将上述发现作为能在情感上增强（an "emotional boost"）隐喻语言具身性的证据（Samur et al.，2015：109），意思是在情感语境的作用下，感觉运动皮层面对与运动相关的隐喻时激活程度更高。

　　情感参与的程度也可能影响手势体现隐喻的程度。研究表明，人们在讨论对象上投入更多情感时，会使用更多的隐喻和手势；比起骄傲和愤怒等更高级的情感，快乐和悲伤等基本情感产生的隐喻更多（Fussell & Moss，1998；Pollick et al.，2001）。Horstmann 和 Ansorge（2011）发现了音调、头部移动和面部表情之间具有协调性，进一步证明了情感、具身和隐喻之间互动的多模态性质。他们发现，与低声调相比，人在高声调时模拟出快乐的表情和头部向上倾斜的动作的速度更快；而与高声调相比，人在低声调时模拟出愤怒的表情和头部向下倾斜的动作的速度更快。同样地，Crawford（2009）回顾了各种涉及情感概念隐喻的文献并得出了以下结论：与具身隐喻的理论一致，情感与物理域之间的关系——如空间位置、音调、亮度和大小（在语言隐喻中可以找到），也会影响实验中的注意力、记忆和判断表现。

最后要考虑的是体现的情感效价（the valence of the emotion）。研究发现人类存在更关注消极实体的偏见，即相比积极的实体和事件，人们更会关注且记住消极的实体和事件（Rozin & Royzman，2001）。也有人提出隐喻经常被用来表达和缓和负面评价（Cameron，2003），尽管这一说法尚未经过实证检验。基于此有人提出新的假设，用于表达消极情绪的隐喻可能比用于表达积极情绪的隐喻更容易唤起感觉运动意象（sensorimotor imagery），这值得在未来的研究中作进一步探索。

总而言之，情感的数量似乎直接影响着隐喻在神经层面的具身程度。涉及的情感越多，具身隐喻就越多。这一点很重要，因为它进一步支持了隐喻是某种在情感层面其体验和感受更为活跃的东西这一观点，它是一种"活生生的体验"，而不是我们碰到的简单事物。

运动

源域或靶域中存在运动也可能使隐喻更有具身体验，我们可以在手势研究中找到证明这一观点的间接证据。例如，涉及动词的隐喻比涉及形容词的隐喻更能让人做出手势；前者表明有运动，后者则表明没有（Woodin et al.，forthcoming）。我们依托"电视新闻档案"建立了一个大的语料库，用以比较涉及垂直方向的隐喻的手势使用情况，包括动词（"提高标准和降低标准"）和形容词（"高标准和低标准"）两种形式，发现在表述动词隐喻时的手势比表述形容词时的多。这一发现表明，涉及运动的表述似乎比静态表述能引发更大的"激活的隐喻度"（Müller，2008a）。

在时间和空间之间的隐喻关系方面也有类似的发现，尤其是在体（aspect）的方面。研究表明，说话者对过去进行时句子的空间反应不同于对一般过去时句子的。Huette 等（2014）发现，受试者听到用过去进行时描述电脑屏幕上前一个图像时，他们的眼睛会四下移动，而那些听到一般过去时句子的受试者的眼睛则只盯着一个点。因此动词的过去进行时似乎将人的注意力转到了动词运动的持续性上。Anderson 等（2010）发现，在受试者用计算机模拟正在进行的动作的运动细节时，听到过去进行时句子的受试者沿路径移动鼠标的速度更慢。这些研究证明了过去进行时使读者更聚焦于活动的细节，而不是它的结束点。这一观点也得到了以下这一研究结果的支持——相比于一般过去时，当以过去进行时报告事件时，受试者能够回答更多关于事件细节的问题。因此，当一个动作通过过去进行时表达时，其具身模拟可能会更强。

前面的内容暗示了运动和情感是密切相关的（它们的词源可以表明这一点），而且大脑在加工运动时要用到的神经基质也在理解情感时被大脑使用。情感是通过运动来表达的（Wallbott，1998），运动的增加会导致情感的增强（Zlatev，2012）。这两者之间的关系已经被详细研究过了，并且还是两本编著的主题（Bråten，2007；Foolen et al.，2012）。这两本书的作者强调，运动和情感表达协同帮助婴儿和成人开发共情和主体间性（inter-subjectivity）。所谓的高级情感，如爱、内疚、骄傲、羞耻、尴尬和嫉妒，顾名思义，都是人际交往体验。更基本的情感的*表达*，如喜悦、痛苦、愤怒、厌恶、恐惧和惊讶（Ekman，1992），也是一种主要的社会活动，对共情的发展起着重要作用。近年来，对"镜像神经元"（mirror neurons）的研究加深了我们对运动和情感之间关系以及它们在分享经验中所起作用的理解。这一研究表明，当我们察觉到他人正在发出的动作时，神经网络就会被激活，而神经网络也会在我们自己去做出这些动作时被激活（Gallese，2001）。情况也同样适用于情感；无论是我们自己经历的情感，还是观察其他人经历这些情感，大脑某些区域（如杏仁核）都会处于类似的活跃状态。因此，运动和情感都唤起了"身体共鸣"（bodily resonance）（Gallagher，2008）。

总而言之，涉及某种身体运动的隐喻——无论是描述运动的隐喻，还是源域中有动作的隐喻，或是通过动作（如通过手势）表达的隐喻，都具有更强的生命力，更有可能在动作发出者和感知者身上唤起感知运动体验。这些发现也再度表明，隐喻是一种"活生生的体验"（lived experience），其生命力会因运动、情感和共情的参与而增强。"我们在自身运动的过程中，也带动了别人；在观察别人运动的过程中，我们自己也被带动。"（Zlatev，2012：2）这句话既适用于运动的字面意义，也适用于运动的隐喻意义，因此既指代共同的运动，也涉及共同的情感。

视角

第四个可能影响隐喻唤起读者或听者感觉运动反应程度的因素是视角。关于反应时间的研究表明，当使用代词"你"或"我"时，读者代入的是一个主人公视角，而使用代词"他"或"她"时，读者则采用外部视角。例如，Brunyé 等（2009）发现，当以第二人称描述图像时，人们对从内部视角拍摄的图像的反应速度更快，而当以第三人称描述图像时，人们对从外部视角拍摄的图像的响应速度更快。这表明读者私下里对主人公所做的动作进行了运动模拟。此外，研究还发现，与被动旁观者的视角相比，代词"你"能从沉浸其中的主人公的视角，促进读者对事件的积极心理模拟（Borghi et al.，2004；Ruby & Decety，2001）。当用"你"而不是"我"叙述时，读者更有可能对包含主角情感状态的叙述的情感效价（emotional valence）做出反应。例如，Brunyé 等（2011）观察到，当参与者阅读用第二人称写的故事时，他们不但能对故事环境的空间组织形成更准确的心理表征，更能对故事中主角经历的情感感同身受。这些发现对具身隐喻具有启示意义，因为它们表明，从读者、听众或观众的角度呈现的隐喻能引发更强的心理模拟和情感反应。

视角塑造了人们对具身隐喻的反应，这一观点得到了 Bloomberg 和 Zlatev（2015）关于感知非实际运动（即"虚拟运动"）的研究的证实，在第 2 章我们对它讨论过。他们让受试者看一些能引起运动知觉模拟的图片，其中有桥梁、小路、栅栏和墙壁。一半的图片以第一人称视角呈现（如某张关于一条索桥在眼前延伸的照片），另一半的图片以第三人称视角呈现（如某张关于从侧面看是一条索桥在两座山之间延伸的照片）。有些物体（如小路）通过邀请观众进入特定场景而会具备动感（如观众可能会想象自己沿着这条路走），而其他图片则不会（如含有栅栏的图片就不具备即时动感，尽管有人可能会想象自己沿着栅栏走）。Blomberg 和 Zlatev 要求受试者描述图片，然后根据描述内容是否包含非实际运动句来对各个描述进行编码。他们发现，受试者在描述那些以第一人称视角呈现的图片以及具有动感的图片时，明显会产出更多的虚拟位移句。与其他三种类型的图片相比，结合这两种特征的图片会让受试者更容易说一些包含虚拟位移的句子。

研究发现，视角也塑造了人们对时间运动和空间运动之间隐喻关系的反应方式。采用第 2 章提到过的"下周三的会议"范式（即受试者被告知下周三的会议已经向前移动了两天，然后问现在会议时间是下周一还是下周五），Feist 和 Duffy（2015）发现，与用第三人称视角提问相比，在用第二人称提问时，受试者更有可能说会议会改在周五举行。Feist 和 Duffy 得出结论，当问题以第二人称提出时，受试者会展示更多的能动性，采用一种移动自我视角而非移动时间视角，从而将会议时间向与自我移动一致的方向推移。

总而言之，在本节中，我们看到当人们以第一人称视角体验隐喻时，更有可能体验到隐喻的主动模拟。在这种情况下，他们有更多的能动性，并可能与隐喻建立更密切的情感联系。

标记和突出

最后一个可能影响隐喻所激发的神经具身反应程度的上下文变量是隐喻被标记或突出的程度。对隐喻框架的研究表明，当隐喻被明显地标记为隐喻时，当文本多次提到同一隐喻域（metaphorical domain）时，隐喻塑造人们观点的可能性更大，因为隐喻变得更加突出了（Steen et al., 2014）。现阶段尚不清楚的是，隐喻这种效用的提高是否与读者感觉运动反应的触发有任何联系。使用隐喻标记机制和不断重复同一源域（source domain）的要素都有可能让源域更突出，从而增加体验反应（experiential response）的可能性，但需要做更多的研究来确定这是否成立。

如果我们在语言代码之外寻找隐喻信号，就能发现信号化/前景化和感觉运动激活之间的更多联系。以口语为例，潜在的线索可以扩展到手势、身体位置、语调和面部表情。正如第 1 章所示，一个更全面的具身隐喻理论必须考虑手势所起的作用，因为手势提供了 Müller（2008）所称的"激活的隐喻度"的证据。也有人认为，手势能体现身体是否与手势同步参与思考和谈论，因此它们可以作为具身心理表征的一个良好指标（Alibali & Nathan, 2012; Núñez, 2005）。

Müller（2008）对手势的研究表明，具身隐喻是一种动态现象，其强度会随着时间而波动，以此来应对某情境的交流需求。Müller（2008）提出的三大方法可以通过手势对隐喻的源域进行前景化：象似性（材料越多意义越多）、交互性（例如，某种程度上，人们会观察对话者手势或关注自己的手势）以及句法和语义集成（例如，手势可能会代替语言或增添更多含义）。她认为，如果存在以上特征（最好是组合出现），则表明隐喻体验更深刻、更丰富。

为了说明此观点，Müller 和 Ladewig（2013）在对芭蕾课和探戈课的研究中，将以形式为基础的手势分析语言方法和隐喻前景化分析语言方法相结合。他们专注于隐喻表达的手势部分，认为"手势本身就是动作的体现和动态概念化"（Müller & Ladewig，2013：298）。两位学者之所以选择研究舞蹈课是因为舞蹈课提供了适合研究身体动作意义的环境，其中包含许多具身"激活"隐喻。其中一些隐喻体现了这两种舞蹈风格的差异。例如，在芭蕾课上，"找到平衡"这个概念通过一根丝线将肚脐拉向脊柱的体验来表达（口头和手势）；而在探戈课上，则是一种被锚链向下拉的体验。在探戈课上，老师演示锚链如何稳定小船。他将手当作锚链，让船在水面上晃动，然后指着他的腿，腿变成了锚链，他用动作强调了锚链的重量。学生们密切关注着老师在建构隐喻时的动作。Müller 和 Ladewig 认为，此时，这个被激活的隐喻非常显著，因为它立即得到了体现、体验、关注，变得"鲜活"。

Müller 与其同事进行的隐喻"激活"及其识别方式的有关工作为研究语境中的具身隐喻提供了可能性。现在需要对前景化、具身和意识之间关系的性质进行更多研究。在他们关于隐喻前景化分析的论文中，Müller 和 Tag（2010）称：

[The] foregrounding of metaphoricity also implies an embodied experience of metaphor and thus activation comes with an affective or experiential quality. The core assumption is: if metaphoricity is being foregrounded it is also activated – ideally for both the speaker and the listener. (Müller & Tag, 2010: 85)

隐喻的前景化也意味着隐喻的具身体验，因此激活具有情感或体验的性质。其核心假设是：如果隐喻性被前景化，它也会被激活——理想情况下对说话者和听者来说都是如此。（Müller & Tag，2010：85）

然而，正如 Johansson-Falck（2010）指出的，将激活线索的数量简单地等同于隐喻激活的程度可能并不总是合适的。虽然激活线索越多，隐喻性被激活的可能性就越大，但仅凭激活线索的数量不足以证明这一点。个人，乃至整个文化群体，在所使用的手势数量上有所不同，这并不意味着他们意识到具身隐喻的程度有所不同。

解决此问题的一种方法是检查个人在对话中特定时间使用的激活提示数量以及受试者在对话中其他时间使用的数量。这样的分析可以看出受试者在多大程度上积极地接触讨论的隐喻概念的源域。感觉运动图像可能更活跃，因为这些喻体能够被"看到"（甚至感觉到）以及听到。然而，我们需要谨慎得出结论，不对隐喻有意识的激活做出任何声明。尽管隐喻概念可能会塑造我们处理和表达想法的方式，以及周围的人理解我们想法的方式，但没有证据表明这需要是有意识或有意的过程。例如，说话者可能会下意识地用手势来表现"分析即切割"这一隐喻，即使话语中没有出现这一隐喻，听话者也可能会在有意或无意中接受这些隐喻手势，并用它们来解码说话者正在传达的信息。因此，在单个交际事件中关注手势和其他形式的表达方式，也许能让我们了解隐喻认知加工（无论是有意识的还是潜意识的）的程度。隐喻最终仍与共同的行为和人际隐喻思维相关。通过多种模态表达隐喻，可能会丰富一个人的隐喻体验。

综上所述，这五个领域的研究结果表明，描述情感和/或动作，并以第一视角来表达，并且明显地被标记和前景化的新异隐喻可能会比没有这些特点的隐喻更容易引起听者的感觉运动反应。与人类一样，在涉及情感、运动、创造力以及被标记和突出时，隐喻会变得更加"生动"。

3.3 更易激活感觉运动反应的语境因素：体裁和语域

上文提到，某些类型的隐喻以及某些背景条件，更容易激发我们的具身认知，而不只是简单地看见它们。隐喻引起感觉运动反应的程度可能会根据其新异程度、与运动和情感之间的关联、听者的视角以及强调的程度不同而有所差异。上述因素是否出现受到隐喻所处语境的影响。例如，一场生动的争论或辩论中可能会涉及更多的情感内容。因此，比起在学术论文中使用的隐喻，我们可能更能发自内心地体验情境中的隐喻。还有其他一些语境特征可能会影响人们"感知"、"再现"和"体验"隐喻，而不仅仅是简单地遇到它们。

"体裁"和"语域"的概念囊括了不同语境下语言使用的不同方式，且两者对语言隐喻的使用方式也有显著影响（Deignan et al., 2013）。Deignan 等提出了一个分析框架，可以准确且完整地描述隐喻所属题材和语域如何塑造其使用的方式。他们通过将框架应用于具有不同体裁和语域的一系列数据集来说明其有效性。在本节中，我扩展了这个框架，聚焦于具身隐喻。我举例说明了隐喻中具身认知角色的透明度可能受到体裁和语域的影响，并且聚焦了体裁的三个标志性特征（交际目的、阶段和话语共同体）和语域的三个标志性特征（语场、语旨和语式）。

体裁

体裁的三个标志性特征是话语共同体（即使用它的人）、交际目的（即交流的目的）和观点的组织（即观点呈现的顺序）（Swales，1990）。我将研究这三个特征如何影响具身性隐喻的存在和缺失。

话语共同体

隐喻的新异性是话语共同体成员和具身隐喻之间的重要因素，正如前文所述，新异性影响着隐喻触发感觉运动反应的程度。当话语共同体外的成员第一次接触到话语共同体成员的规约隐喻时，他们往往会觉得非常新异（Deignan et al.，2013）。我们刚刚看到，与规约用法相比，基本隐喻的新异用法更容易引起人们的具身反应，这表明话语共同体的新成员可能会更积极地去表现他们遇到的隐喻。除此之外，许多话语共同体，特别是学术圈，会以隐喻为基础构建特定于其圈子或学科的抽象概念。当与话语共同体之外的人交谈时，说话者可以通过明确这些概念的隐喻动机来弥补对话者缺乏的共享知识。我们可以在手势研究文献中看到以上这样的例子。Mittelberg（2008）讲述了在美国大学教授语言学入门课程的讲师如何通过使用一系列的手势（这些手势对应构成语法现象的基本隐喻），来将具体化的理论构成隐喻，如语言类别是对象，词和短语是对象/容器以及句法结构是层次空间结构。

Deignan 等（2013）调查了一位教授国际发展课的老师在向话语共同体内对象（同事），以及话语共同体外对象（外界人士）解释她工作的各个方面时，如何调整使用隐喻的方式。我们在第 1 章的研究中看到了两个例子，一个涉及了钢琴演奏隐喻，另一个则涉及了太极隐喻。这两个例子都取自这位老师与一个外界人士的交流，正如我们在第 1 章中看到的那样，讲师使用夸张的手势非常明确地表现了想法当中的隐喻基础。我们观察到，当她与同事交谈时，她不太可能用手势去强调或重复隐喻。由此可见，当她与外界人士交谈时，她会更努力地引起人们对隐喻的注意，隐喻的具身性也就更加明显。

Gibbs（2017）研究了运动员如何使用具身隐喻庆祝胜利，以此证明话语共同体内外部的人们理解具身隐喻的方式存在差异。他表示，许多运动员在庆祝时会模仿与打斗和狩猎相关的姿态。比如，假装朝着天空射箭，收紧鱼线，或是隐喻地"用机关枪扫射"对手。其中一名队员模拟将枪放回枪套的行为，用结果转喻过程，体现了他刚刚"射击"了对手的隐喻。Gibbs 发现经常观看体育赛事的观众比其他人能更好地理解这些隐喻手势而且更不容易受其冒犯，因为他们对这些手势的理解没有那么"真情实感"。对于话语共同体外部的人们来说，这些隐喻更加新异，因此具身性更强，从而更匪夷所思。

交际目的

体裁影响语言的使用方式，实现一系列的交际目的是其关键特征之一。换言之，说话者使用语言的目的会影响其使用语言的方式。本节中我想试着提出，基于某种交际目的话语更有可能使用更多的具身隐喻。

其中一种交际目的是说服对方，通常通过诉诸情感来发挥作用。实际上，当隐喻用以劝说时，情感的诉诸非常强烈。我们在 Hodder 和 Houghton（2014）的研究（见 Littlemore，2017）中看到一个例子，他们将罢工期间英国大学和学院联盟（UCU）在推特（Twitter）上使用的语言与非罢工期间的进行对比。非罢工期间，UCU 推文的主要交际目的是营造团体归属感，传播有关英国各个大学的实事，保持和增加其成员数量。罢工期间的推文更像是"号召积极行动"，鼓励成员加入罢工。Hodder 和 Houghton 运用语料库语言学的方法发现，在罢工期间，推文中与人体有关的词汇（包括动作词在内）数量明显增多。大多数这类词汇都以隐喻或转喻（或两者都有）的方式使用，并似乎涉及明确的身体指代。比如，罢工期间有一条推文这样问道："想知道我们学校压着多少钱吗？"在这个隐喻中，大学被拟人化，如同生命体般可以真的"坐在"钱上。再以另一条推文为例："今早又朝我们的纠察员大喊。"这里的"大喊"为隐喻用法，与之相结合的是因果转喻，用书面的形式表达意愿，希望许多人听到（即阅读）并回应所传达的信息。这些隐喻在某种程度上都带有感情色彩。上述例子暗示具身隐喻可能在情感强烈的情形下更普遍。文中的"身体行为"反映了这种强烈的情感。

交际目的可能会影响具身隐喻的使用，教学就是另一个例子。教学需要以易于理解的方式传达新概念，因此会使用高度前景化的隐喻，这对于学生而言通常都比较新异。下面的摘录选自录制课的语料库，该语料库将课程收录起来，旨在探索隐喻在小学数学教学中的使用情况（Littlemore，Duffy et al.，in prep.）。

teacher: Units are the same. Get your fingers out.

all together: Units are the same.

teacher: And again.

all together: Units are the same.

teacher: Show me.

all together: Units are the same.

teacher: Good, so units are the same.

老师：单位是一样的。把你们的手指伸出来。

全体：单位是一样的。

老师：再来一次。

全体：单位是一样的。

老师：让我看看。

全体：单位是一样的。

老师：很好，所以单位是一样的。

如图 3.1 所示，老师说"单位是一样的"这句话时将两根食指靠近，从而演示了"相似性即位置接近"这个隐喻。随后她又鼓励学生做出同样的动作，而后师生一起边读边做手势，又重复了四遍。这个隐喻伴有明确的教学手势并由师生一起重复了五遍，这印证了 Müller "激活的隐喻度"的观点，该概念在第 1 章中有所提及。

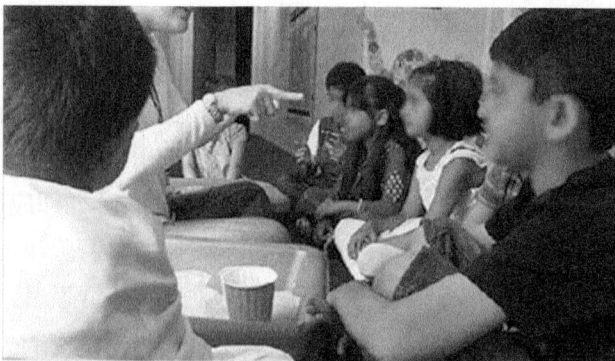

图 3.1　课堂上讲解"单位"含义的选段

阶段

Deignan 等（2013：128-164）在学术交流的研究中发现话语阶段会影响具身隐喻透明度（前文探讨了这一话题）。我们发现在两次交流中，隐喻和转喻都密集出现在结尾，它们将前面讨论的内容进行总结，都起到了总结的作用。研究人员在学术讲座（Corts & Pollio，1999；Low et al.，2008）、和解会谈（Cameron，2007）与宗教布道（Corts & Meyers，2002）中也有类似的发现。他们发现在讲座、布道或话语片段的结尾都密集使用了隐喻和转喻，目的是将之前提出的各种信息进行串联，形成一个总结段落。隐喻与转喻的高频使用通常还伴随着大量的手势（Corts & Pollio，1999；Corts & Meyers，2002），这有助于将注意力吸引到源域上，用 Müller 的话说就是"唤醒"隐喻性。其他研究发现，与出现在书面或口语文本中间或结尾相比，隐喻出现在开头会产生更加强烈的效果，因为这会影响人们解读后续信息的方式（Thibodeau et al.，2017）。虽然他们在研究中主要使用的是语言隐喻（"犯罪即野兽"和"犯罪即病毒"），但"犯罪行为就像生命体"这一观点一样有着强大的具身基础。综上所述，这两组发现表明，关于具身隐喻的影响和可记忆性，可能存在首因效应和近因效应（Ebbinghaus，1913）。我们需要开展更多的研究来验证这一假设。

语域

语域的三个标志性特征是语场（谈话内容）、语旨（对话者之间的关系）和语式（书面的还是口头的，视觉的还是手势的，辅助型语言还是构成型语言）（Halliday，1978；Halliday & Hasan，1985）。我将在此分别讨论这三个因素将如何影响隐喻的具身体验程度。

语场，即谈话内容，很可能会影响所包含隐喻的性质，且必定会影响隐喻的使用程度，从而足以引起感觉运动反应。我们发现，直接提及人体以及我们的身体所做或所经历的事情更有可能刺激大脑的感觉运动区域。当隐喻涉及人体时，很可能会引起感觉运动反应，其中包括描述字面意义上物理运动的隐喻和运动（包括虚拟运动）的隐喻指称。如果将诸如此类的描述纳入语场之中，则更有可能激发感觉运动反应，从而使人以一种更"具身化"的方式来体验它们。

语旨，即说话者与对话者的关系，已被证明可以塑造隐喻的使用方式。（Deignan et al.，2013），说话者之间的关系越亲密，隐喻的使用程度就越高。至于这是否同样适用于具身隐喻，迄今为止还没有相关研究。然而，有例子表明这个领域值得探索。例如，与让自己感到轻松的人交谈时，说话者更可能坦率地谈论自己和自己的情感，从而会使用更多的具身隐喻。

下面的摘录展示了说话者如何利用身体动作作为源域，来传达对消极情形的个人情感反应。此摘录出自一段对话，其中两位同事正在讨论对工作场所结构和管理的态度，以及一种将管理风格分为四类的模式，并探讨每类风格在他们各自工作场所的优缺点。该模型通过一张正方形的示意图呈现，里面的每个象限代表每类管理风格。其中，一名对话者拿到图表，指着不同的象限说出自己喜欢和不喜欢的风格。他特别指出一个象限，说道：

I find it very difficult to work in that environment for long. **I retreat there and shut my door**
我发现很难在那种环境下长时间工作。**我会关门走人**

在这个片段中，说话者在谈论时就好像已经隐喻性地"走进"了图表并成为其中的一部分。他将图表中的象限与自己的办公室融为一体，实现了具身隐喻和转喻的创造性融合，而这也暴露了自己的脆弱。如果是和一个令自己感到不自在的人交谈，他是不可能说出这种话的。我们需要进行更多研究来探寻信任关系是否会使人更具创造性或更自信地使用具身隐喻。

语式，即是否为口语、书面语、图画、手语等，也可能影响具身隐喻的显著程度。与纯粹用语言表达的语式相比，涉及身体的语式使隐喻的具身属性更加明显，如手势（Mittelberg & Waugh，2009）、手语（Taub，2001）和舞蹈（Müller & Ladewig，2013），因为这些交流形式涉及身体本身。第 2 章表明，通过强调隐喻的具身属性，使用手势可以突出进而加强表达整篇文章的"隐喻性"（Müller & Tag，2010）。Müller 认为隐喻性绝不是一个非此即彼的概念，且隐喻性的强度会因时间和例子而异。更"强烈"或"生动"的隐喻更有可能唤起感官和运动反应。"唤醒"隐喻的一个重要方式是使用伴随手势。鼓励听者自己做手势时，唤醒效果会更加明显。我们在数学课的片段中看到了这样一个例子：在展示"相似即相近"这个隐喻后，老师鼓励孩子们用语言和手势演示该隐喻。

本节展示了一组关于体裁和语域可能影响隐喻使用的假设。这些假设基于以下想法：容易产生感觉运动反应的隐喻一般在下列语境中出现，即需要进行解释时，主题涉及字面或隐喻意义上的运动时，对话者彼此较为熟悉时，开场和结尾时，涉及视觉和手部模态时。其中很多假设都有待验证，可以沿着这个方向开展进一步的研究。

3.4　结　　论

在本章第一部分，我们看到新异性、情感、运动、视角与标记和突出可以增强由具身隐喻所引发的感觉运动反应。在讨论具身隐喻时，应当将这些特征包括在内，并且在进行具身隐喻相关的实证研究时，应当对这些特征进行对照，或者至少将其考虑在内。基于上述特征，在本章第二部分，我尝试性地提出了一些关于体裁和语域如何影响具身隐喻突出性的假设。我认为，激发具身隐喻的因素包括以下这些：涉及运动的主题、带有强烈感情的话题、个人参与度高的主题、对话者之间关系密切的场合、需要解释清楚事情的场合、可以使用手势和其他身体语言的交际场合、需要说服别人的场合以及个人觉得需要用强有力的方式结尾的场合。这些假设现在需要进一步考证，而这些考证将为探究隐喻的具身性如何受到内在和环境特征的制约提供参考。在本书的其余章节中，我着重讨论了具身隐喻体验的个体差异，其中需要谨记的是，人们对隐喻的体验会因隐喻本身的性质和隐喻产生的语境的差异而有所不同。

4 "这个听起来像铃声，而这个听起来像是你死了"

年龄以及具身隐喻的发展性特征

4.1 引 言

要充分理解具身隐喻如何发挥作用，就要研究其在人幼儿期是如何发展的，以及在人的一生中是如何变化的。因此，在研究隐喻体验的个体差异时，年龄是一个关键因素。不可避免的是，幼儿使用具身隐喻的方式与成人有很大不同。相比于成人，幼儿使用隐喻的经验更少，而且大脑也不太发达，这意味着他们可能根本无法像成人那样在隐喻和现实间建立联系。虽然有些具身隐喻在幼儿期很早就出现了，几乎是一出生就有，但其他隐喻则是随着时间的推移而发展的。通过研究具身隐喻的发展，我们可以对其本质和来源有更深的了解。这也能帮助我们区分那些几乎可以完全用具身认知来解释的隐喻和那些需要更多地从实际应用来解释的隐喻。在这一章中，我概述了在隐喻的发展方面已经取得的发现，并强调了具身隐喻的发展。此外，还提出了对隐喻的发展进行有效研究的新方法，并报告了本人与同事合作进行的一项研究的结果，即幼儿对有关数量、时间、效价和音乐的具身隐喻的理解和使用的发展。

4.2 幼童具身隐喻理解能力的发展

在开始描述具身隐喻的使用是如何随着年龄的增长而发展之前，要指出的是，只能把年龄看作是某些其他方面发展的代表，包括语言、概念，甚至是百科知识。

因此，不应该把年龄本身视为解释具身隐喻发展的唯一因素，而应该将其视作一种附带现象。所以，在这部分的讨论中，我不仅关注年龄，还关注人随着年龄增长在其他方面的发展，这些发展可能会影响理解和使用具身隐喻的方式。

在重点关注具身隐喻之前，我想先总体讨论一下隐喻的发展。在有关隐喻研究的文献中，儿童隐喻理解和使用能力的发展受到了相当多的关注，其一系列发展阶段已经得以确定。第一个发展阶段被称为"特征映射"，发生在两到三岁的幼儿身上。在这个阶段，儿童能够察觉物体特征上的相似性，如形状、大小和颜色，并能在此基础上理解和创造隐喻。例如，他们可能会把一个球说成是炸弹，因为它们的形状相似。研究表明，这些比较是有意而为之的，儿童完全能意识到他们所比较的两个实体之间的相似性和差异性（Vosniadou，1987）。这些明显的"故意"行为都涉及基于感知相似性的映射。

然后进入第二个阶段，这个阶段涉及更多依赖于*关系结构*的跨域映射（Gentner，1988；Vosniadou，1987）。Gentner（1988）通过两个例子解释了特征映射和关系结构映射之间的区别。第一个例子"蛇像水管"就是特征映射——这句话只是基于"蛇"和"水管"这两个实体在外观上的相似性。第二个例子"轮胎像鞋子"则是关系结构映射——读者需要思考轮胎的用途才能理解为什么"轮胎像鞋子"。Gentner 的研究表明，幼儿特别倾向于使用并容易理解包含特征映射的隐喻；但随着年龄的增长，他们会越来越喜欢使用包含关系结构映射的隐喻。相反，成人往往更多使用包含关系结构映射的隐喻，他们认为这类隐喻比包含特征映射的隐喻更恰当。Gentner 把这一过程称为隐喻发展的"关联性转变"。这一转变很可能是因为随着对世界方方面面了解的增加，成人就比儿童更能察觉事物之间彼此联系的方式。成人对语义也有更深的了解——比如他们知道轮胎是用来干什么的，因此就更能与其他物体建立前面提到的关联。

其他研究人员（如 Winner，1997）认为，人在很小的时候就开始理解包含关系结构映射的这类特别复杂的隐喻了。儿童在语言游戏中会自发地使用大量隐喻（Gardner et al.，1975）这一事实就可以证明这一点。比如，Deamer（2013）发现即使是三岁的幼儿也具备了理解新的隐喻（如"汽车的脚坏了"——汽车的轮胎坏了）的必要认知能力。成人会觉得这种隐喻很怪，因为他们知道物体的实际名称。儿童产生这类新的隐喻的过程和成人产生隐喻的过程一样复杂，因为不仅要理解不同语义场的关联性，还要有深厚的语义知识。Gentner（1988）认为，学习的关键在于拥有觉察不同概念在关系层面的相似性的能力，人可能从出生就具备这一能力且该能力会随年龄继续发展。目前达成的共识是，幼儿在学龄前就开始理解和使用隐喻，但只有到童年后期才能在这方面达到和成人一样的水平，因为这时候他们的语言和认知行为以及百科知识才开始向成人靠近（Epstein & Gamlin, 1994；Özçalişkan, 2005, 2007；Rundblad & Annaz, 2010；Stites & Özçalişkan, 2012）。

那么这一切又是怎么和*具身*隐喻联系在一起的呢？如第 1 章所述，有人认为（如 Grady, 1997a），对还不会说话的幼儿来说，基本隐喻的源域和靶域是合二为一的，随着年龄增长，这两个区域才得以区分，他们才能基于两个区域共同的体验，将其相互联系起来。比如，很小的幼儿可能把情感这一感受当作温暖，因此"情感"和"温暖"这两个感受往往重合，还未得到区分。当这两个感受开始得到区分时，源域和靶域就会被分离并独立存在，但这两域会通过体验继续关联（Grady, 1997a）。因此，源域和靶域间的跨域联系一直存在，并成为曾经重合的"情感"和"温暖"的概念映射的基础。基本隐喻源于涉及感觉运动的体验，因此相比于其他基于跨域相似性的隐喻，可能理解起来更容易。

基本隐喻和人的身体感觉紧密相连，所以一些研究人员认为一旦基本隐喻在小时候形成，之后就不会再发展（Olofson et al., 2014）。研究表明，学龄前儿童在 4 岁时就具备了理解包含跨域映射（比如空间和时间）的基本隐喻的能力；在 5 岁时就具备了解释这一映射的能力（Dryll, 2009；Özçalişkan, 2005, 2007；Stites & Özçalişkan, 2012）。Stites 和 Özçalişkan （2013）发现，3—6 岁的儿童特别擅长理解涉及空间移动的隐喻，尤其是涉及自身身体感受的隐喻。他们认为这是因为儿童比成人更依赖感觉运动模式来理解他们对世界的体验。最后，他们发现靶域的基本知识是决定儿童理解时间隐喻的最重要的因素。

Siqueira 和 Gibbs（2007）做了首个有关儿童对基本隐喻的理解是如何发展的研究。他们测试了儿童（3—10 岁）对美式英语和巴西葡萄牙语中基本隐喻的理解。以下内容引起了他们的兴趣：基本隐喻是如何发展的，以及这些隐喻是普遍的还是由文化决定的评判标准。他们预测，由于基本隐喻是普遍的，所以它在两种语言中的发展轨迹会相同。为了验证这些假设，Siqueira 和 Gibbs 让儿童解释了一系列和八大基本隐喻有关的隐喻（这八大基本隐喻分别是：快乐为上、强烈的感情即热度、善良即明亮、默许即吞咽、困难即重量、感情亲密即接近、重要性即大小，以及同情即柔软），并让他们解释和隐喻源域相关的本义句以及和隐喻相关的图像。

　　Siqueira 和 Gibbs 发现美国和巴西这两个国家的儿童的反应模式几乎一样。只有对两类隐喻（强烈的感情即热度和重要性即大小）的理解，随着年龄增长而没有太大变化，这表明这两类隐喻在儿童很小的时候就已经被习得。随着年龄的增长，儿童对其余六个隐喻的解释能力也会相应提高。大量受试者在理解"默许即吞咽"这一隐喻时遇到了问题，但更易理解"感情亲密即接近"这一隐喻。这一发现也使 Siqueira 和 Gibbs 得出结论，即有些隐喻较其他隐喻更为基础易懂。儿童解释含更多"成人"靶域（比如"默认"）隐喻含义的能力会在后期得到发展，这一点是可以理解的。

　　此时有一个重要问题，即儿童的基本隐喻理解能力的发展能否反映出他们理解相似隐喻的能力，该问题的答案也为"具身认知在隐喻理解的发展中所扮演的角色"这一问题提供了见解。为了研究这个问题，Almohammadi（2017）进行了一项发展实验，即调查正值成长发育期、讲阿拉伯语的儿童如何理解理论上截然不同的两类隐喻。她专注于四组儿童（3 岁、4 岁、5 岁、6 岁），探索他们对基本具身隐喻和感知相似性隐喻的理解能力。实验共选择了五个基本的具身隐喻，分别是：目的即目的地，情感即温暖，坏为下，时间即移动，以及眼见即为实。她分别以规约和新异的两种语言表达方式来对应上述的每种隐喻，并用阅读理解任务来测试儿童的理解力。在测试中，儿童需要选择正确的图片来解释故事的隐喻结局。

　　Almohammadi 假设，由于基本隐喻被具身化了，所以从一开始就更易于人们理解，与之不同的是理解相似性隐喻，那需要年龄的积淀。有趣的是，不论假设如何，儿童理解基本隐喻的能力在四年中都有了显著提高。与假设一致的是，她发现在这四个组别中，儿童对基本隐喻的理解能力始终高于对感知相似性隐喻的理解能力，而且在这两种隐喻中，规约表达也更便于他们理解。据此，她认为儿童理解基本具身隐喻和感知隐喻的方式存在质的差异。儿童理解基本隐喻需要借助自身的身体经验，而不是进行类比推理，这一点最为显著。有趣的是，这些发现表明基本隐喻更易于理解，因此也比感知隐喻更易被人们唤起。

4.3　婴儿期尤其强烈的隐喻

　　为了更好地解释身体在儿童理解隐喻过程中的作用，我们可以思考儿童语言中有哪些特别普遍的隐喻类型，并评估这些隐喻是如何与人体以及儿童对人体的感知相关联的。现已发现，有三种隐喻发展于婴儿早期，它们都以某种方式与人体和/或具身体验相关，包括：拟人隐喻、联觉隐喻和数量巨大的隐喻。接下来将逐一分析。

拟人隐喻

拟人隐喻存在于所有形式的交流中，赋予无生命体以"人类"的意图。比如，我们可能会抱怨"计算机'不干了'"，或者观察到天空看起来"喜怒无常"。研究表明，婴儿和儿童倾向于过度使用拟人隐喻，比起成人，他们更有可能赋予无生命物体以追求目标的"人"之意图。换句话讲，对于很多孩子而言，拟人隐喻并非隐喻，而是真实存在的。儿童只有在成长的过程中才能学会区分生命体和非生命体的运动，才能将能动性归为生命体特有的本质（Inagi & Hatano，1987）。我们仍不太清楚儿童为何会过度使用拟人隐喻，但 Inagi 和 Hatano 假设，儿童之所以这么做，是为了将自己有关人类行为的知识应用到生命体和非生命体上，以增进对这些物体的理解。这种"将智力、生物学和能动性归于非生命体的倾向"被称为"万物有灵论的直觉"（Okita & Schwartz，2006）。儿童利用"万物有灵论的直觉"，从他们对人类的了解中，就生命体和无生命体如何"表现"做出合理的类比预测。Okita 和 Schwartz 发现，三岁的孩子倾向于认为动物机器人与人类有生物学上的相似性，而且和人类一样，有智慧、有想法。随着年龄的增长，这些特征的各个方面会以不同的方式零散地消失，有趣的是，儿向语（Wills，1977）中普遍存在拟人化的现象，儿童文学中也有大量拟人隐喻，例如我们发现有会说话的动物、树木、像人类一样能够相互交流的汽车。很少有文献能说明儿向语和媒体为何能如此广泛地使用拟人隐喻。一个可能的因素是，成人下意识地想以儿童的方式说话、思考，以进入儿童的世界，增强同理心。

联觉（通感）①隐喻

婴儿期第二种尤其强烈的隐喻是联觉隐喻，例如，婴儿根据形状来理解声音，根据颜色来理解味道，根据质地来理解气味。已有证据表明，联觉隐喻符合许多

---

① 联觉现象是一种基于神经系统的心理认知现象，通俗地讲就是通感现象。相对而言，联觉比较学术化，通感偏口语化，前者是认知语言学术语，后者是修辞学术语。

认知上的约束，这些约束由人们通过身体体验环境的方式决定，尤其是由人体感觉器官的构造所决定。例如，某种程度上的系统性决定了在跨模态反应中，哪些感觉更有可能作为来源，哪些感觉更有可能成为目标；意义的转移更有可能从触觉、味觉、嗅觉这些"低级"感官模式，转移到听觉、视觉的"高级"模式（Popova，2005；Williams，1976）。这种方向性也出现在英语之外的多种语言中。例如，在 Shen（1997）对希伯来诗歌的 130 处联觉描写的分析中，他发现了一个明显的趋势，即更"基本"的触觉、味觉、嗅觉会映射到更高级、更"复杂"的视觉和听觉中，反之却不然。Yu（2003）表示在中文里也有类似的发现，他还补充说，空间领域在这方面也占据着一个"特殊的位置"，因为它会为抽象思维提供一个基本依据。他以"中国文学中使用联觉隐喻"这一实证研究的结果来证明，在中文中，"触觉"和"维度"这两个与物体存在及其所处空间位置最密切对应的两个领域，构成了联觉隐喻最常见的源域。最后，Popova（2005）称，在以往的文献中，触觉对具身隐喻发展的贡献被低估了。她通过一系列例子证明了触觉与标量图式如何共同促成一些广泛应用的隐喻表达。这方面的研究结果表明，人们使用语言的方式与其感觉器官的组成有着强有力的联系。我将在第 6 章详谈联觉隐喻，但现在让我们再次聚焦于年龄因素。

感知联觉映射的能力在婴儿很小的时候就开始形成了，研究表明几周大的婴儿就能识别当中的联系。学龄前儿童可以感知联觉的相似性，理解联觉隐喻，这一事实表明这些机制在对隐喻理解技能的发展中发挥着重要作用（Marks，2013）。对婴儿联觉隐喻意识的研究，采用了心脏习惯性/非习惯性的方法，即测量其在外界刺激变化时的心跳变化。在这种方法下，研究表明，仅三周大的婴儿就可以判断出怎样的光强度对应怎样的声音强度（即白噪声的音量），即在婴儿发育的早期，就已存在一种跨模态强度的意象图式（Lewkowicz & Turkewitz，1980，1981）。有趣的是，Lewkowicz 和 Turkewitz 没有在成人中发现这种关系，这意味着这种独特的跨模态关联在婴儿时期更强，而且会随年龄增长而递减。

其他研究发现，质感和味道、亮度和响度、尺寸和音调之间的联觉联系，是婴儿期最早出现的部分隐喻（Marks，1982a，1982b；Marks et al.，1987）。例如，婴儿在四个月时就能够把高音和形状小联系起来（Casasanto，2014）。Mandler（2005）认为，婴儿是将来自不同感官的信息结合起来，并将其简化为一个更笼统的意象图式。同样地，Maurer（1993）认为，婴儿在出生后的第一个月，会有一种"新生儿联觉"，即本能地整合他们通过不同感官接收的所有信息，而感官之间的差异在以后会消失。两位学者都认为，婴儿对跨感官关联的敏感性体现着人类感知系统错综复杂的属性。

Dolscheid 等（2012）调查了四个月大的婴儿对高度-音调和厚度-音调映射的敏感性。他们发现，在这两种情况下，婴儿看具有跨模态一致性的刺激物，时间明显更长，这体现出婴儿对高度-音调和厚度-音调关联的敏感早于对语言的敏感。他们认为，这些映射可能只存在于婴儿早期，在成长过程中还会随着神经元修剪而消失。此外，在两到三个月大的婴儿中，还存在着颜色-形状的关联，但这种关联在八个月大时就消失了（Wagner & Dobkins, 2011）。他们认为，随着时间的推移，以高度描述音调的语言使用者（如英语），高度-音调映射会加强，而以厚度描述音调的语言使用者（如波斯语），厚度-音调映射会加强，而代价就是牺牲高度-音调映射。Dolscheid 等在回顾这一领域的文献时提出了一个有趣的观点，即运动的存在使得跨模态映射更容易被感知到。这与第 3 章中的建议相呼应，即当涉及运动时，人们对具身隐喻的体验会更加强烈。

在一项类似的研究中，Walker 等（2010）研究了四个月大的婴儿能否感知到音调和高度之间，以及音调和尖锐度之间的关系。为了测试这一点，他们展示了两个动画，一个是一个在屏幕内上下移动的点，另一个则是一个逐渐变尖的形状。在相同的条件下，当高音响起时，点移动到了屏幕的顶部，形状变得更尖；在"不一致"的情况下，当高音响起时，点移动到屏幕的底部，形状变得更圆。他们发现，在这两个部分中，三至四个月大还不会说话的婴儿，盯着前一种情况的时间明显长于后一种情况。换句话说，这些年幼的婴儿能够将音调与高度、厚度联系起来。

另一个实验则关注月龄稍大一点的婴儿，让他们在还没会说话的时候，接收几种语言的输出。就像之前提到的实验那样，该实验似乎有一种"偏好性观察范式"，在这种范式中，婴儿盯着一致的提示比盯着不一致的提示的时间更长。人们再次发现了跨模态对应，并指出这类对应关系是固有的或至少是语前的。很多此类研究专注于使用跨模态映射将音调概念化这一方式。Dolscheid 等（2012）指出，一些研究表明，母语不同的人对"音高"的概念化方式也截然不同。例如，利比里亚人用音调高低表达轻重；亚马孙盆地的苏雅（Suga）人用其形容老幼；中非的巴什（Bashi）人用以表达强弱。对于中非的曼扎（Manza）人而言，音高为小，音低为大；而对于说法语的人来说，音高为薄，音低为厚。这些关系都形成于婴儿早期。

针对大龄儿童的研究主要关注他们在理解情感和抽象概念时对联觉映射的使用。当涉及情感因素时，人们发现3—4岁的孩子能够察觉到颜色与面部表情之间的对应关系（Zentner，2001）。当谈及抽象概念时，Bakker等（2009）发现，幼儿能够通过动作来表现能帮助他们理解声音这一抽象概念的具身隐喻。此外，他们还进行了一项研究，旨在找出7—9岁的孩子（n=65）在建立与音乐声相关的抽象概念时使用的具身隐喻。他们在数据中发现了各种各样的具身隐喻，认为孩子们能用动作表达抽象概念的时间要比能用语言表达来得早。

我们还不清楚为什么联觉映射在儿童时期如此强烈。一种可能的解释是，幼儿要广泛地接触大量的概念，很多概念都是第一次接触且非常抽象，所以他们需要采用某种方法来理解这些概念。最简单的方法就是将这些概念与他们已经理解的事情联系起来。这便能解释为什么一些最常见的联觉隐喻形式包含字素-颜色、空间序列和数字-形态关系。以上也正是教育体系要求孩子们最开始学习的抽象概念。另一种可能的解释是，人们根据不同刺激之间的联系建立起一定频率的概率性学习过程，这在婴幼儿时期尤为强烈，由于婴幼儿需要理解和分类大量新的刺激源，这种概率性学习过程会集中存在。

广义的数量表征

一些有关前文所述的联觉映射发现可以用更广义的数量表征理论加以解释。有人提出，空间、数字和时间之间的关联被绑定在一个系统中，该系统包含一个基本的"多或少"结构，并在婴幼儿早期形成。人们有时将其称为"广义的数量表征理论"（Lourenco & Longo，2011）。根据该理论，空间、数字和时间之间的联系不仅是表层附带现象，而且是构成人类认知的基本深层现象。神经学能够证实这一理论，因为人们发现，这三个维度（即空间、数量和时间）的认知处理都发生在人脑的下顶叶（Walsh，2003）。

在西方文化中，广义的数量表征包括纵轴（从下到上）和横轴（从左到右）。研究表明，数字和时间的认知表征可以通过两轴之一在空间上表示，同时，这也会影响人们的手动反应速度。一般来说，左手对较小的数字和较早的时间段反应更快；而右手对较大的数字和较晚的时间段反应较快。这两种现象分别是数字编码联合效应（SNARC效应）（Dehaene et al.，1993）和时间编码联合效应（STEARC效应）（Ishihara et al.，2008）。我们可以认为垂直和水平的表征具有具身性，前者源自"多"即"上"的体验，而后者源自阅读和写作的身体行为。

　　除了连接空间、数量和时间三大维度外，横轴和纵轴也能为人们思考其他领域的体验建构一个框架，比如对声音、光线、音乐、触感和积极性效价体验的思考。举例来说，人们已经发现高音符与高位的关系，即音乐编码联合效应（SMARC效应）（Rusconi et al., 2006）。

　　有关这些效应的研究主要采取了三大方法：注意力研究、眼动研究、运动偏倚研究。注意力研究发现，当呈现的数字较小时，人们能更快找到左探头；当呈现的数字较大时，人们能更快找到低音符、较早的时间段和右探头。眼动研究发现，当实验者要求受试者找出小数、低音符和较早的时间段后，他们朝左看的速度更快；反之，他们朝右看的速度更快。运动偏倚研究表明，人们左手对小数、低音符和较早的时间段的反应更快；而右手对大数、高音符和较晚的时间段的反应更快。此外，患有左侧空间忽视的中风患者很难描述与过去相关的事件，因为过往事件处于心理时间线的左边（Saj et al., 2014）。

　　仔细研究以下案例能够帮助我们更好地理解这些实验的操作原理。Ishihara等（2008）的一项研究采用运动偏倚研究来测试时空关联效应（STAERC 效应）。他们在这项研究中向受试者播放了七次哔声，每次间隔 500 毫秒，而第八次播放了与哔声不同的节拍，有时该节拍与前一个哔声的间隔小于 500 毫秒，有时则大于 500 毫秒。在与隐喻映射相符的情境中，操作人员要求受试者在感觉时间间隔较短时（即哔声比预期早）用左手按键，在感觉时间间隔较长时（即哔声比预期晚）用右手按键。在与隐喻映射不一致的情境中，按键的操作相反，即哔声较"迟"时，受试者必须用左手按键，反之，则用右手按键。研究中的所有受试者都参加了 4 次试验（2 个在一致条件下，2 个在不一致条件下）。Ishihara 等发现，对出现得较早的哔声，受试者左手反应更快，而对较晚的哔声，受试者右手反应更快，这一研究结果佐证了时空关联效应。

　　有大量证据表明，广义的数量表征在婴儿期就出现了，研究发现孩子大约 8个月大时就出现了联结着空间、数量和时间的单一系统，（Lourenco & Longo, 2010；Srinivasan et al., 2010）。正如前文所述，人们在生命早期便形成了空间与亮度之间的联系，但十分有趣的是，婴儿对两者关系的感知与成人相反。3—4 个月大的婴儿更容易将较大的物体与较暗的刺激物联系起来，而成人则更容易将较大的物体与较亮的刺激物联系起来（Smith & Sera, 1992）。在空间与音乐的对应关系上，婴儿的倾向与成人相似。正如前文所示，研究人员发现 3—4 个月大的婴儿在音高和视觉空间高度以及音高和尖锐程度之间建立了联系，他们更喜欢盯着那些音调高且位置高或音调高且尖锐的刺激物（Walker et al.，2010）。

广义的数量表征有一些特定的文化延伸，但人们通常在之后的成长阶段才会习得这些文化延伸。例如，在许多西方文化中，人们认为，数字通常沿着横轴，从左到右，不断递增。这到底是一种"自然"倾向，还是西方阅读和写作习惯所致，目前尚无定论。有一些研究表明，儿童只有在特定的文化中学习阅读和写作，才能习得这种空间组织形式；而另一些研究则表明，至少有一部分空间组织形式在儿童识字前就形成了。为了研究这一问题，Tversky 等（1991）从发展的视角对水平图式和垂直图式在表征时间、数字和配价方面的发展和使用进行了广泛的跨文化调查。大约 1200 名具有三种语言文化背景（英语、希伯来语和阿拉伯语）的受试者参与了这项研究，包括儿童（四个年龄组：5—6 岁、6—7 岁、8—9 岁和9—10 岁）、青少年（两个年龄组：12—13 岁和 14—15 岁）和成人。操作人员要求受试者在正方形的纸上贴贴纸来代表一些概念，比如数字增长、时间变化（如早上、下午和晚上）和配价（如不喜欢的食物、喜欢的食物和最喜欢的食物）。他们对这些数据进行了方向性分析和区间分析。

方向性分析表明，在与时间相关的概念中，英语使用者以从左到右的方向性为主，阿拉伯语使用者以从右到左的方向为主，而希伯来语使用者对这两种方向的使用倾向相同。在数量和偏好方面，研究人员发现受试者使用了两种水平方向（从左到右和从右到左），但只使用了一种垂直方向（从下到上）。这些发现表明，从左到右或从右到左的方向性在某种程度上与语言和文化相关，但*更多或更好*与向上运动之间的关联似乎更普遍。区间数据分析显示，成人和大龄儿童的图表测试结果更有可能提供间隔信息。儿童的测试结果更有可能提供时间间隔信息，其次是数字间隔信息，最后是配价间隔信息。四组以阿拉伯语或希伯来语为母语的儿童在上述四项任务中的表现随组别年龄的增大有所进步。以英语为母语的儿童组则没有出现类似的实验结果，但这可能受到了测试条件的影响。这是因为以英语为母语的儿童参与的是整组测试，而以阿拉伯语为母语和以希伯来语为母语的儿童则是单独进行的测试。

上述研究结果表明，儿童使用具身隐喻的方式与成人不同。儿童倾向于将空间映射到时间上，而不是数字或配价上，而成人会用空间映射上述三者。此外，儿童还更倾向于使用基于动画和拟人的隐喻以及感官隐喻。通过研究这些特征的相互作用，我们可以获得有用的见解，了解儿童用隐喻进行思考的方式、创造的映射的性质以及这些映射的发展方式。我们希望看到更多关于儿童使用具身隐喻的定性研究，这些研究将提供更多信息，帮助我们了解儿童头脑中隐喻的发展方式以及他们使用隐喻理解世界的方式。

4.4 数学、音乐与隐喻：幼儿与成人在数字、配价、音乐和时间上的表征比较

在上一节中，我们了解到儿童与成人在使用具身隐喻的方式上稍有不同，我认为，采用更为定性的方式来探讨这一问题会更有趣，且能更好地理解儿童建立的隐喻联系的本质及产生的原因。更偏向定性的研究也能帮助我们确认拟人（personification）和跨感官（cross-sensory）隐喻是否与广义的数量表征相互作用，如果是，又是如何实现的呢？

为了探讨这些问题，Littlemore 等（in prep.）采用混合研究方法（mixed-methods investigation）对儿童具身隐喻映射的本质进行了调查，并将结果与成人的进行比较。调查主要围绕数字、配价、音乐和时间进行，这一组合能够让我们找到广义的数量表征、拟人和跨感官隐喻之间的关系，进一步深化之前提到的研究。虽然数字、配价、音乐和时间是截然不同的现象，但它们的概念之间有非常强烈的联系，尤其是具身隐喻在数学（Lakoff & Núñez, 2000）和音乐（Zbikowski, 2002）中扮演的角色引起了广泛的讨论，这两个学科之间有众多相同的隐喻。例如，音符和数字都可以用"高"和"低"来形容，都涉及"沿着路径运动"，都可被视为"对象集"，两者的重复可被设想为"循环"，等等。音乐和积极性效价之间的紧密联系显而易见，理解时间概念则需要数学推理能力。

我们的总体目标是找出在使用基本隐喻构建数字、配价、音乐和时间概念时，5—8 岁的儿童与成人之间的异同，以及三年来，儿童对这些具身隐喻理解的变化。我们主要关注 5—8 岁的儿童，是因为在英国，该年龄段的孩子接受了第一个三年的全日制教育。他们刚开始学习数字、音乐和时间，这些内容的教学经常使用含横轴和纵轴的隐喻。我们在不同的年龄组中寻找这些变化的证据，并试图用合适的方式来描述这一变化。至关重要的是，在我们实验里的所有受试者的采访中都有一个定性的因素，即让他们解释答案背后的原因。如此一来，我们便可以调查他们所使用的映射以及使用这些映射的不同动机。

对于数字、时间、积极性效价和音高，相关的研究方法大致基于 Tversky 等（1991）的研究，因为我们主要关注儿童是否会使用横轴和纵轴的概念，以及使用的程度如何。但我们的研究流程与 Tversky 团队的大体一致，在研究过程中，我们给受试者一些贴纸，让他们按照相关性贴在一张纸上。Tversky 的团队会提前把中间的贴纸放在纸张上，而我们希望没有任何因素干扰他们的选择，所以只会让受试者用他们觉得合理的方式来放置贴纸。在研究中，我们没有使用实际的坐标轴，而是给受试者一张置于垂直框架上的白纸。如此一来，我们便能确定受试者是否使用了坐标轴。回答完问题后，受试者要解释自己的选择，我们也会记录下来。

为了了解人们在理解其他音乐特征时使用的隐喻，我们也安排了一项比较自由的任务，让受试者按要求画出并解释两组音乐提示符的区别：一系列断奏和连奏的音符，以及一个大调和一个小调和弦。然后，我们分析了受试者的图纸和转写出来的文字记录，以确定隐喻映射的类型以及映射的动机。

在每项任务完成之后，我们都会采访受试者做出选择的原因，从而获得定性数据来揭示映射的发展方式以及儿童和成人身上"起相同作用"的程度。该研究的受试者（n=119）包括：31 名 5—6 岁的一年级学生、32 名 6—7 岁的二年级学生、36 名 7—8 岁的三年级学生，以及 20 名 18—40 岁的成人。所有受试者都单独进行测试。学生的测试在一所英国的小学里进行，而成人的测试在几个安静的地点进行。在这 6 项任务中，我们关注的是儿童表现的进步，并与成人的进行比较。这 6 项任务的详情如下。

任务 1：数字（白纸置于垂直框架上）

受试者会收到有数字 1、3、5、6、7 的贴纸以及一张白纸。说明如下："请按照相关性将数字贴在白纸上，并说明这样摆放的原因。摆放没有对错之分。"

任务 2：时间（白纸置于垂直框架上）

受试者会收到表现不同年龄阶段（婴儿、幼儿、青少年、成人、老人）的贴纸以及一张白纸。说明如下："请按照相关性将贴纸贴在白纸上，并说明这样摆放的原因。摆放没有对错之分。"

任务 3: 配价（白纸置于垂直框架上）

受试者会收到印有快乐、没有表情、非常快乐、悲伤和非常悲伤的表情的贴纸和一张白纸。说明如下："请根据表情的相关性将贴纸贴在白纸上，并说明这样摆放的原因。摆放没有对错之分。"

任务 4: 音高（纸在竖框中）

受试者将会听到三个音符：[基本音中央 C（Middle C）]；比基本音高五度的 G；比基本音低三度的 A。受试者会得到三张贴纸（斑点、条纹和对角线），说明如下："请将能代表音符的贴纸，根据音符的相关性贴在纸上。你需要说明为什么要这样摆放。摆放没有对错之分。"

任务 5: 断奏和连奏（纸平放在桌上）

依次演奏五个音符（音高相同，重复演奏）。一组音符以连奏的方式演奏，另一组则以断奏的方式演奏。说明如下："请为两个片段作画，体现它们的差异，并对画作进行解释。该任务没有对错之分。"

任务 6: 大调和小调（纸平放在桌上）

受试者将听到 C 大调和 C 小调，并为这两段和弦作画，所画内容需要体现这两种和弦的差异。

实验结束时，受试者需说明是否识谱，因为我们假设识谱能力（音符的垂直分布），会影响受试者的隐喻使用。通过让受试者解释为何作出这个回答，对其进行记录和转写，以此获得能解释受试者答题内在逻辑的重要数据，以窥他们头脑中隐喻的发展模式。通过这种定性的研究方法，我们还可以探索叙事和个人经验在塑造人们将隐喻当作思维工具的过程中所发挥的作用。

在任务 1 到任务 3 中，我们探究了儿童和成人在使用横轴和/或纵轴表达数字、时间和配价方面是否存在差异，并在三个未成年组中探索是否存在某种发展模式。我们的假设是，成人更倾向于将贴纸按水平方向排列，在三个任务中，从左到右分别表示数字从低到高、年纪从小到大、情感从悲伤到快乐。我们假设，儿童要么喜欢纵轴（因为这与更基本的具身体验有关），要么他们会直接随机粘贴贴纸。在任务 1 中，我们给出的数字有不一的差异，我们想知道儿童或成人是否会以一种能体现差异的方式进行排列（即 1 和 3 之间的距离是否会比 6 和 7 之间的距离大）。

在任务 4 至任务 6 中，我们探索了受试者对音乐的隐喻理解。在任务 4 中，我们推测，相比于儿童，成人更有可能将页面上的贴纸以"高音"到"低音"的方式排列，且他们更有可能按照音符出现的先后顺序，从右到左摆放贴纸。在任务 5 中，我们假设成人更有可能画出更长、更圆的连奏音符，而在任务 6 中，我们假设成人更有可能在大调和弦上画一张快乐的脸，在小调和弦上画一张悲伤的脸；或分别在页面的顶端和底部画出快乐、悲伤的脸。

发现

结果和我们预想的一样，在 6 项任务中，无论是图画，还是对图画做的解释，成人和儿童的表现截然不同。在 6 项任务中，成人比儿童更可能做出符合规约隐喻的回答。儿童的回答则更加随机，有些甚至十分"新异"，但也不都是如此。让我们来细细进行分析。

有关数字的发现

任务 1 的调查结果出乎意料。结果显示儿童更倾向于将数字按水平方向排列在页面上（p<0.001）。成人则更倾向于将数字垂直排列在页面上，或从下到上，或从上到下。其中一个原因可能是儿童在学校里经常遇到水平排列的数字，而已走出校园的成人则采用了一个更基本的"更多为上"的隐喻视角，或者联想到了表格的形式，进而将数字竖直排列。这些发现表明，从左到右的数轴概念可能在 5 岁左右就已出现，这是学校教育的产物。离开学校环境后，他们则可能会使用更为基本的、具身性更强的隐喻（即"更多为上"或"沿着页面朝下发展"）。因此，当人们用隐喻来解释抽象概念时，他们的教育背景会对其产生短暂而强烈的影响，但仍需要更多的研究来检验这一发现的普适性。比起儿童，成人明显更能留意到数字之间空白的大小，并在页面留下相应的空间（p< 0.01）。有些儿童不会在页面上水平排列那些数字，而是以自己认为美观的方式来排列，比如，将最大的数字放到中间，将它们排成一个菱形。

有关时间的发现

我们与时间有关的研究表明，对于是否将不同年龄的人的面孔贴纸沿横轴排列，儿童与成人间有着显著的差异。成人几乎一直都会按照这种方式排列，而儿童反之。5—6 岁的儿童和稍大一些的儿童在这一行为中也有明显的差异（p<0.05），5—6 岁的儿童不太会选择横向排列。大多数儿童排列面孔的方式都与垂直或水平无关，他们可能只是在页面上进行随机排列。在少数情况下，儿童的确以水平方向排列，但是原因也是高度个性化的，比如，他们常以"那是爸爸"之类的原因解释自己为什么要那样排列贴纸（图 4.1）。

图 4.1 一个 5—6 岁的儿童用贴纸水平地表示时间

少数成人和儿童都使用了竖轴，但都不是系统性的。我们对定性数据的分析表明，一年级和二年级的儿童（即 5—6 岁、6—7 岁之间的儿童），在语序的表达方面有明显提升；一年级的儿童没有明确提及要把东西摆放整齐。此外，随着年龄的增长，儿童将任务和自己每天的生活经历（如提及自己的家里成员）联系起来的可能性降低了。随着儿童的成长，他们的答案变得更加模式化或抽象化。这一现象表明，随着"时间线"隐喻成为常态，从具体的经历发展为更为抽象的笼络概括这一过程是与年龄相关的。

有关积极性效价的发现

我们对积极性效价的研究结果表明，儿童和成人（p<0.001）、5—6 岁的儿童和年龄稍大的儿童（p<0.05）之间，在把图片按横轴排列方面存在明显的差异。据发现，效价的水平概念在 5—6 岁时并不明显，但 6—7 岁时会开始明晰。这些发现与有关时间的实验结果非常相似。

我们的效价定性数据再次表明，儿童在解释这项任务时，会使用大量的叙述，将自己的答案建立在现实生活的基础上，并做出以下解释，如："你本来是悲伤的，但你的朋友来了，你又开心了起来。"与时间数据不同，效价定性数据表明，一至二年级期间，儿童对叙述的使用会显著增加。以下是两份对二年级儿童的采访摘录：

摘录 a：

采访者：那你想说说在那里得到了什么吗

儿童：我得到了（这个）它很开心

采访者：嗯

儿童：然后发生了一些事

采访者：然后呢

儿童：然后他不高兴了，还生气了

采访者：之后呢

儿童：之后他和老师谈了谈，但他还是很不开心（。）老师让他理解一下，他就又开心起来了

摘录 b：

儿童：因为你要知道（。）无论你开不开心

采访者：嗯（。）无论你开不开心（。）<1>对</1>

儿童：<1>对</1>总有一天你很开心的

采访者：嗯

儿童：如果有一天（。）你很困惑，或者有一天你不开心，有一天你不开心

采访者：然后呢

儿童：然后有天你就开心了

这些例子表明了一个普遍的趋势，即儿童会将他们的回答变得更加个性化，并增加自己的叙述，这是成人不会采取的方式。因此，个性化和叙述似乎在这些隐喻的发展中发挥了作用。

有关音高的发现

我们发现，儿童和成人在"音高"任务中存在明显的差异。只有一个孩子按照预期模式，将代表低音的贴纸贴到了高音贴纸的下方。其余的孩子则随机摆放贴纸，或是简单地将它们贴在了纸上，以展现音符的序列，但他们并没有使用如图 4.2 所示的"音高即高度"的隐喻。

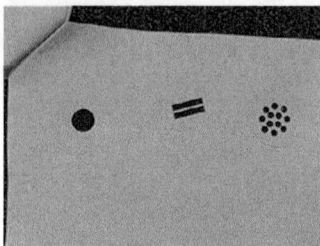

图 4.2　一个 5—6 岁的儿童做出的贴纸布局，在不使用竖轴的情况下表示音高

这与成人的表现形成了鲜明的对比（p<0.001），如图 4.3 所示，他们都以如下方式放置音符，体现出从左到右的时间进程，并以不同的高度对应其音高。

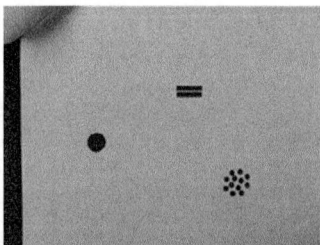

图 4.3　一个成人利用竖轴做出的表示音高的贴纸布局

如前所述，大多数儿童只是水平地放置这些贴纸，以凸显其时间顺序，只有一个孩子体现出对音高和高度关系的留意。他们在采访中的表现稍好一些，有三个孩子表达了对二者关系的认识，他们都在年龄最大的一组（三年级组）。有趣的是，很少有孩子表现出对高度和音高关系的认识，这与 4.3 节中提到的结论相矛盾，后者表明，即使是小婴儿也能建立这种联系。

综上所述，这些研究表明，在人们能够用语言或图表表达出高度和音符的隐喻关系之前，这种关系就已经在潜意识中发展了。哪怕人们常用一些具身隐喻来理解或推理自身所处的环境，他们可能也要经过数年才能意识到这一点。研究结果的差异也强调了一个事实，即不同的研究方法通常会产生不同的研究结果。引发参与者特定行为的活动，如沿着想象的连续统（imaginary continua）主动放置贴纸，将不可避免地从更多隐性反应时研究中得出不同的结果。当我们评估已有的发现（如第 2 章中对具身隐喻提供了不同的例证）时，更需要考虑到上述情况。具身隐喻会有怎样的表现形式以及表现程度，取决于人们以何种方式对其进行研究。

基于连奏与断奏的研究结果

我们对连奏/断奏的研究表明，绘制"有动机性的"图画的能力会在长大成人的过程中逐渐发展。哪怕数据量还未能有显著的统计学意义，但它们表现出一种年龄段间的渐进，哪怕儿童作画的动机性远小于成人（p<0.001）。

我们对儿童的作品所做的定性分析，以及他们对这些画的阐释，都揭示出儿童和成人之间的显著差异。

尽管有例外，但与成人的答案相比，孩子们的回答似乎并非完全源于规约隐喻映射。即便用同一种乐器演奏，许多孩子都称这些音符是由不同的乐器（最常见的是钢琴和吉他）弹奏的，他们还会将这一点反映在画中。从访谈中，我们很难确定孩子们是否真的认为音符是由不同的乐器弹奏的，抑或只是认为这些乐器能演奏出他们所听到的声音。对于乐器上的优势，有一种可能的解释就是它们与教育的环境相关。孩子们在音乐课上会学习不同的乐器，还要将其画出，因此他们可能认为这是我们研究中的一项要求。

有趣的是，当孩子们使用规约隐喻映射时，通常会以创造性或者个性化的方式扩展它们。例如，一个 6—7 岁的孩子评论说，断奏音符听起来像是有人在跺脚，还画了一幅女孩跺脚的图来说明（图 4.4）。在这里，断奏音符"愤怒/不耐烦"的声音被赋予了人类的形态。

图 4.4 一名 6—7 岁的孩子将断奏音符画成"愤怒的女孩"

其中一个 8—9 岁的孩子画的连奏音符琴键要比表断奏音符的大，这体现了从听觉到视觉的联觉映射，或是一种广义的数量表征。有些结果很难用规约映射来解释。例如，一个 7—8 岁的孩子画了一个正方形和一些花来表示断奏音符，画了个太阳来表示连奏音符，而另一个 5—6 岁的孩子则评论说，连奏音符像一个女孩和一个男孩同行，断奏音符则像座火山（图 4.5）。

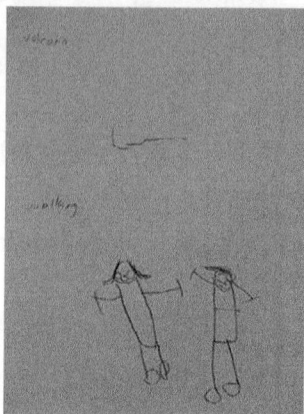

图 4.5　一个 5—6 岁的孩子分别将连奏与断奏音符描绘成"一个女孩和一个男孩同行"以及"火山"

如果要争论这种表现的动机，也是有理可循的，例如连奏代表和谐，因此是友谊；而断奏代表不和谐，因此是火山。

然而，这些解释都是事后所作的，需要谨慎对待，因为如果有人提出一种模式，那么进行反驳也并不很困难。

下面的例子也类似，一个 7—8 岁的孩子说："第一首曲子【连奏】我觉得它（就像）是……一座房子，另一首【断奏】感觉像有人在（蠕动）。"图 4.6 就是他的画。

图 4.6　一个 7—8 岁的孩子分别将连奏与断奏音符描绘成"一座房子"和"在蠕动的人"

同样地，人们或许能解释这些画作，但极可能面临实验者偏差（researcher bias）。因此，在这种情况下，我们会选择将这些反应标记为不积极的。这些例子也说明了一个事实，即许多孩子的反应是非常个性化的，涉及人、运动、生理或心理的反应。相比之下，成人给出的答案则更加抽象和简单，很多都像图 4.7 那样，涉及长线和短线，或者线和点。

图 4.7　一位成人分别将连奏和断奏音符比作一系列线和点

成年受试者通常会使用"连奏"和"断奏"这两个词，这说明他们很清楚这些通用的名词及其所代表的概念。

基于调性（大、小和弦）的研究结果

孩子们似乎认为区分大、小和弦是所有任务中最难的，并且明显比成人提供积极反应的可能性要小得多（p<0.01），各个年龄组之间的差别也不明显。13 个 5—6 岁的孩子中，只有 2 个孩子对这项任务做出了"积极"的回答，该数据在 16 个 6—7 岁的孩子中是 3 个，在 15 个 7—8 岁的孩子中是 3 个，而 10 个成人则都是如此。回到上文，有些孩子说这些片段是由两种不同的乐器演奏的（通常是钢琴和吉他），并用画图来表示，哪怕事实并非如此。当然了，这种画出乐器的倾向可能只是反映了他们在音乐课上被要求完成的各种任务。一些孩子的答案与描述大、小和弦规约隐喻的方式一致。例如，一个 7—8 岁的孩子用"晴天下的草地"描绘大和弦，用一些带锯齿的形状描绘小和弦（图 4.8）。

她对小和弦作了如下解释：

> 然后这个……它声音有点不同，也改变了我的感觉，所以
>
> 这个还……行，但又有点……悲伤，因为
>
> 我觉得……因为就像……在电影里一样，像是什么邪恶的东西。

图 4.8　一个 7—8 岁的儿童画的图，将大和弦和小和弦分别表现为"晴天下的草地"和"锯齿状"

其他答案似乎基于规约隐喻映射，但更有创造性。一个 7—8 岁的孩子画了一架钢琴和一些熊，并说小和弦听起来像"熊"，而熊是有攻击性的。图 4.9 是她的画。

图 4.9　一个 7—8 岁的儿童画的图，用"钢琴"和"熊"分别表示大和弦和小和弦

正如我们在本章开头所看到的，一个 5—6 岁的孩子说，"这个听起来像铃声，而这个听起来像是你死了"。另一个孩子画了一个沐浴在阳光下的快乐孩子和一个在月光下恐惧的孩子，并说这两个声音对应着"美好的白天和可怕的夜晚"（图 4.10）。

图 4.10　一个 5—6 岁的儿童画的图，将大和弦和小和弦分别表示为"美好的白天"和"可怕的夜晚"

　　所有这些答案都是积极的，小和弦听起来比大和弦更消极。就像前面有关连奏和断奏的实验一样，孩子们的回答也涉及情感、个人经历和叙事。

　　另外，与前面的实验一样，一些孩子的画很难客观地将声音联系起来。例如，一个 7—8 岁的孩子画了一团火和一片有一只猴子的丛林。有趣的是，这个孩子就是那个在连奏和断奏任务中画了方形和花朵的孩子。

　　成人的画更简略、更抽象、更规约。许多成人受试者在白纸上端画了一条上升的斜线，表示大和弦，在下端画了一条水平线，表示小和弦，这也许反映了"好为上，坏为下"的隐喻（图 4.11）。

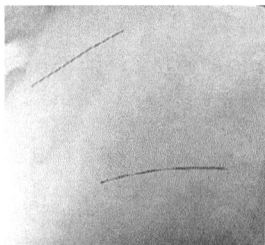

图 4.11　一个成人画的图，将大和弦和小和弦分别表示为一条位于高处的上升的斜线和一条位于低处的水平线

　　有两个成人用一条波浪线表示小和弦，用一条直线表示大和弦，这可能反映了有关稳定性的思考。有三个成人将和弦与快乐和悲伤联系起来，并用简单的笑脸和哭脸来说明这一点。这与前面有关连奏和断奏的实验高度一致。

　　最后，本研究的许多发现都与上一节中关于儿童具身隐喻发展的讨论有关。很多儿童的理解过程都体现了拟人化，或者至少是有更强的活力感，因为他们的很多回答涉及人（无论是抽象的还是他们知道的）、动物和自然。与成人相比，儿童的回答更有可能围绕人类的活动展开，如跺脚、爬楼梯或行走，也更有可能涉及个人的经历、关系、运动、对场景的详细描述和叙事。同时，儿童的回答还包含更多的情绪，这表明他们在处理这些基本隐喻时会更多地调用情感。相反，成人的回答非常规约，没有一个涉及个人经历、关系或叙事。这些发现表明，儿童隐喻推理的发展涉及对个人经历、情感、关系和叙事的创造性使用，换言之，是基于自己日常经验的。除此之外，教育背景似乎决定了他们的部分反应，特别是体现在他们使用水平坐标轴来解释数字以及不同乐器的声音的时候。

4.5　具身隐喻和老人

与婴幼儿具身隐喻发展的研究相比，老年人体验与使用具身隐喻的研究显得非常少。尽管如此，但其研究成果还是值得一提的，因为它们揭示了具身隐喻的一些特征。那些仅有的、针对老年人的研究表明，一般来说，老年人倾向于和年轻人使用相同的基本隐喻。Hurtienne 等（2010）要求来自两个年龄组的 65 名受试者（年轻人和老年人）针对给定的抽象关键词和运动的空间维度，做出对应的二维的接触或任意的三维手势。结果显示，92%的受试者采用的手势与基本隐喻一致，与青年组一致。但也有证据表明，如果隐喻受文化的影响，而老年人又经历过文化变迁，那么他们在使用这些隐喻时就会和年轻人有所不同。换句话说，有时老年人使用的具身隐喻和年轻人不同是因为他们的生活经历不同。De Sousa（2012）发现在时间上存在明显的代际差异：习惯于传统书写方式（从上往下、从右往左）的广东老年人更有可能将时间概念化为从右向左移动，而采用西方书写方式（从左向右）的广东年轻人则将时间概念化为从左向右移动。

研究发现，在科技因素影响下，老年人使用具身隐喻的方式也存在差异。Hurtienne（2011，2014）开展的用户界面（如加热控制、远程控制和电脑屏幕）研究就证明了这一点。在研究中，他把传统界面效能和基于基本隐喻的界面效能做了比较，后者可能包括：把不同时隙描绘成 24 小时时间线（道路）上的容器，或用户可以通过拉大或缩小与温度相关的某一物件来控温。Hurtienne 发现，人们使用后者时的表现比使用前者时好很多，而且更得心应手。有趣的是，Hurtienne 还发现，与年轻人相比，老年人表现出来的差异更为显著。换句话说，老年人似乎更依赖基于具身隐喻的直观界面。这或许是因为他们更不习惯使用这类工具，因此需要尽可能简单的界面设计。

在这部分讨论的两个研究中，值得注意的是，有些具有文化内涵的手工艺品和特定具身隐喻相关，而人们对手工艺品的熟悉度和使用经验似乎会影响人们对相关隐喻的使用。这些发现说明了人与物质环境和文化环境间的互动是如何塑造认知的，还展示了这一过程是怎样受隐喻思维影响的。

4.6　结　　论

在本章中，我们了解了人对基本隐喻的理解是如何随时间而发展的，还特别探讨了儿童处理基本隐喻的方式随年龄增长有怎样的变化。我们得知，儿童理解具身隐喻的方式和成人截然不同，他们更多地依赖于个人的经历、关系以及叙事结构。换句话说，儿童在很多方面和隐喻更"亲密"，更可能在自己的世界中去体验隐喻，然而对成人而言，隐喻会更抽象、简略，而且和日常生活的联系并不紧密。出现这一现象的主要原因是熟悉与否，成人已经对规约的基本隐喻有所了解，因此对这类隐喻的体验就不像儿童那样生动和明显，成人觉得没必要去积极地"体验"隐喻映射或是将隐喻和其日常生活联系起来。本章结尾提到了 Hurtienne 对老年人的研究，从中我们了解到，人对事物运作的方式（比如研究中的中央加热系统）不熟悉时，基本隐喻可以帮上忙。这些发现与本书第 3 章相呼应。我们了解到，不熟悉的或新异的隐喻会比规约隐喻更能引起人的具身体验，由此我们可以看到，研究发现不仅和语言有关；当人的隐喻思维在陌生情境被激发时，相关隐喻随之产生，这些隐喻在使用过程中被个性化，进而被内化，最后在使用时就变得理所当然了。

回到对儿童隐喻思维发展的研究，另一个有趣的发现是，教育似乎在决定儿童如何使用隐喻中发挥关键作用，但这一作用在成年后就消失了，因为成年后，其他影响力更大、更能激发具身反应的因素又出现了。但这方面的研究还有所欠缺。比如，为了更好地理解儿童使用隐喻的方式是如何随时间发展的，可以扩大样本量，研究更多年龄阶段的儿童以及更多种类的隐喻。儿童理解基于基础具身隐喻的新异隐喻的能力如何，也需要更广泛的研究。为了明确教育在这方面的作用，可以考察未受过教育的儿童的隐喻使用发展情况。最后，和其他类型的隐喻相比，儿童产出与基础具身隐喻相关的语言的能力如何发展也需要进一步研究。

本章的最后一个有趣的发现是，隐喻是否具身似乎也具备多样性，这要取决于该隐喻如何激发以及运用的研究范式。在本书第 2 章我们看到，口头及书面数据、手势研究、大脑扫描图和涉及身体及环境操控的测试都为这一发现提供了证据。本章还进行了一些研究，其中对婴儿的心率、注视以及一些积极的行为（如何摆放贴纸）进行了监测。这些不同的研究方式涉及不同的意识水平，这或许就是研究结果不一样的原因。未来在研究不同水平的认知如何影响人的具身隐喻体验时，可以使用三角测量法。

5 "我不知道我从何处开始、在何处结束。"

身体不同——思维不同？惯用手、体型和性别如何
影响我们通过隐喻感知世界的方式

5.1 引　言

Lakoff 和 Johnson（1999）认为："人的概念系统很大程度上取决于人的身体共性和人所处环境的共性。"（Lakoff & Johnson，1999：4）"我们的共同具身性使得常识成为可能"（Lakoff & Johnson，1999：5），这些常识不因个人身体差异而改变。然而，如果我们体验隐喻的方式是由我们的身体以及身体与物质世界和社会互动的方式决定的，这就引出了一个问题——不同的人通过隐喻感知世界的方式是否也会不同？要深化对具身隐喻的理解，我们就要考虑个体差异对隐喻思维的影响。

身体以及对身体的感知会通过多种方式，影响人们运用具身隐喻形成世界观的过程，这就是本章要探讨的内容。我们还将看到，在某些情况下，社会建构的身体意象以及该建构对身份认知的影响会调节我们形成世界观的过程（见 Cuccio，2017）。我关注的人群，他们与物质世界和社会世界的互动偏离了所谓的"常态"。在某些情况下，由于这些人是少数或社会弱势群体，他们就被迫透过别人的视角观察世界，并借用优势群体的隐喻，哪怕这些隐喻不一定体现他们的经验。

1949 年，Simone de Beauvoir 在她的开创性小说《第二性》（*The Second Sex*）中提出人类即男性这一观点。男人是默认模式，而女人则是"其他选项"。由此，她在文中写道：

Representation of the world, like the world itself, is the work of men;

they describe it from their own point of view, which they confuse with absolute truth.

世界的代表，如同世界本身，是男人的杰作；他们从自己的角度描述世界，将其与绝对真理混淆。

如果"人类"的现实就是"男性"的现实，那么很可能会出现这种情况：在对世界的推理中，所谓的"所有正常人"（见第 2 章）去推理世界，所用到的基本隐喻事实上大部分都为"男性"隐喻。如果男性和女性的世界观在公共领域中得到同等体现，那人们也许就不会从体育的角度探讨政治，也不会用力量与战争来类比争论。同样地，如果在人口统计中左利手群体和右利手一样多，那耶稣可能就会同时坐在上帝的左侧和右侧，不可靠的人可能不会被当成是"邪恶的"，不善交际的人也不会被认为是"笨拙的"，"右侧"也不总是"正确的"。

我将从惯用手讲起。有证据表明，惯用手直接影响个人使用"左"与"右"相关的隐喻。接着我将继续讨论体型和体格的相关问题，并说明我们感知自身以及他人体型的方式将如何对我们使用具身隐喻产生重要影响。在本章的最后我还会对性别进行观察，并关注男性和女性使用具身隐喻的方式，是如何由男性和女性被期望实现的社会角色所塑造的。在整个章节中，我会在实际体型与感知体型间反复考量，而这个感知体型又与身份，尤其是社会建构的身份紧密相连，也正是在这种社会身份中，后天习得行为与个人价值和自我价值的社会化感受密切关联。

5.2 惯用手如何影响隐喻的具身体验?

众所周知，大多数人（约 90%）更喜欢在做手工时使用右手，因为右手的运动技能更强。其余 10%的人要么是左利手，要么双手都很灵活，又或是可以用不同的手完成不同的任务，不过这三类人的占比非常接近，因为利手性更像是一个渐变群，而非独立的类别。

右利手与隐喻思维相结合已得到证实。西方文化中有一种由来已久的隐喻，可能受到人的右利手体验的影响，认为"右即好""左即坏"。这个隐喻在语言中的体现就是：与右侧相关的词[比如 right（正确的）或 dexterous（灵活的）]具有积极色彩，而与左侧相关的词[如 sinister（邪恶的）或 gauche（笨拙的）]则带有负面含义。有人认为这个隐喻有其具身来源，因为更强的运动流畅性与积极的感受及评价有关（如 Ping et al., 2009）。换言之，相比于左手侧，大多数人与右手侧的环境互动时会更加顺畅，因此人们形成了积极意义对应右侧、消极意义对应左侧的隐含关联。

右利手群体比左利手更有可能将积极经验与右侧区域联系起来，此类实证研究表明个人与具身隐喻的关系受到利手性的影响。Casasanto（2009）进行了五项不同寻常却说服力强的实验，旨在研究利手性是否会影响涉及情感效价的决策过程，而该效价又与左右视野相关。第一项研究中，受试者会看到一个卡通人物，他喜欢斑马，讨厌熊猫，同时准备去动物园。然后他们会看到两个表示动物笼的箱子，并要分别在任意一个箱子中写下或画出斑马和熊猫。Casasanto 发现右利手比左利手更有可能在右侧箱子写下或画出斑马。此发现为他提出的"身体特异性假说"（body specificity hypothesis）提供了依据，该假说认为右利手群体比左利手更喜欢右侧领域。Casasanto 后续的四项研究表明受试者完全没有意识到利手性偏好，在要求受试者说出（与写不同）动物的去向后也得出了相同的结论。右利手受试者倾向于对出现在纸张右侧的角色、物品及描述做出积极的评价，左侧反之；而左利手受试者的结果则相反。需注意的是，尽管左右手群体间有显著差异，但不是所有左利手者都偏向左侧区域。这些数据普遍偏向于"右利手"应对刺激的方式，这可能表明左利手也被同化了，也认为右侧带有积极意义。

为评估这种隐喻的可塑性，Casasanto 和 Chrysikou（2011）训练受试者使用非惯用手，从而探寻其处理效价的方式是否会发生变化。为此，他们测量了实验组和对照组的空间-效价关联。在实验组，右利手们需要在右手戴上手套以限制行动，促使他们使用左手。随后，他们需要完成上文提到的熊猫和斑马任务。经过一段时间的训练，他们的左手比右手更加灵活，这时他们与左利手群体一样，更有可能将积极评价与左侧区域相联系。这表明身体特定的运动模式与抽象思维的形成之间存在着因果关系。

为探究该现象是否也存在于真实语料中，Casasanto 和 Jasmin（2010）研究了左利手与右利手政治家在谈论某些话题（既有肯定也有否定态度）时的手势。他们分析了 2004 年和 2008 年美国总统大选最后辩论中候选人使用的语言和手势（3012 个口语小句，1747 个手势），其中包括两名右利手（John Kerry 和 George Bush）和两名左利手（Barack Obama 和 John McCain）。演讲中的小句根据积极或消极效价进行编码，手势则根据利手性进行编码。结果显示，两名左利手候选人的左手手势与积极效价的小句关联更强,右手手势与消极效价的小句更加相关;而两名右利手候选人则相反。上述发现不仅为隐喻"好即右"的具身性提供了依据,还说明了身体的运作方式或被迫运作方式如何影响着具身隐喻。

5.3 体型与身材如何影响隐喻的具身体验?

若个人对具身隐喻的使用源自自身体验,那么体型和体格可能会影响具身隐喻的使用。身高和体重是身体差异的两个关键指标,两者皆与社会地位和重要程度相关。等级即垂直,重要性即大小,这两个隐喻在职场和社会中非常普遍。许多研究表明,个人的职业声望会影响人们对其身高的判断,人们还认为,胜出的总统候选者比落选者长得高(Hensley & Angoli, 1980)。高度是重要性和权力的一个隐喻,因此高个子仿佛比矮个子更受人尊重,这种观点仿佛更令人信服(Judge & Cable, 2004)。在谈论我们敬仰和轻视的人时,我们所使用的语言(look up to 和 look down on)也证实了身高的社会力量(Frieze et al., 1990)。除了影响别人的看法,身高也影响我们看待自己的方式。事实证明,因为高个子受人尊重,他们会产生更加强烈的自我价值感和自信心,并且这种感觉会内化(Roberts & Herman, 1986)。Martel 和 Biller(1987)发现,与高个子男性相比,矮个子男性更容易感到自卑和抑郁。显然,社会媒介在这些联系中发挥着巨大的作用。在成长的过程中,孩子们形成了"高个子更受人尊重"的意识,并产生了相应的表现。随着高个子孩子的自信心越来越强,同龄的孩子也会更加敬仰他们。因此,自尊心与社会尊重是相辅相成的。Judge 和 Cable(2004)认为,这将继续从主观与客观两方面影响人们在职场中的表现,最终影响他们能否在职场中取得成功(衡量标准是其所处的领导职位和收入水平)。Judge 和 Cable 还研究了美国和英国政府的调查数据,发现身高与社会声望、个人表现、领导职位及薪资水平呈显著正相关。对男性而言,该相关性略强于女性,但并不显著。该发现适用于大部分白领和蓝领职业。

因此,高度与重要性、成功的隐喻性联系似乎对矮个子的生活有不利影响。然而已得到证实的是,个子矮在某些情境中也是一种优势。van Quaquebeke 和 Giessner(2010)发现足球运动员的身高与被裁判指控犯规之间存在联系。他们指出,在足球比赛中许多犯规都难以归因,也没有客观的方法来确定谁是"真正的"

犯规者或"真正的"受害者。他们通过研究发现，在欧洲冠军联赛和德国足球甲级联赛的七个赛季以及国际足联世界杯的三场冠军赛中，裁判员更有可能认为是两名球员中较高的那位犯规。在随后的两项实验研究中他们也得出了相同的结论。对此他们认为原因在于，通过具身隐喻，人们将身高与力量、权力和攻击性的概念联系起来。

在开始探讨另一组隐喻前，我们需要重点留意垂直方向的隐喻如何影响着残疾人士。Nancy Mairs 在她 1996 年出版的《腰以上的世界》（*Waist High in the World*）一书中评论道，作为一名轮椅使用者，她觉得"瞧不起"（look down on）等隐喻表达带有冒犯之意，因为这人为地将她和其他轮椅使用者定位为"一生可悲"之人。

除身高之外，一个人的体重也会影响人们对他/她的感知。例如，研究表明，与身材苗条的人相比，肥胖人群会给人一种更友好、更懒惰和不聪明的印象（Besenoff & Sherman，2000；Cogan et al.，1996；Schwartz et al.，2003），而且超重对晋升前景有着显著的负面影响，有证据表明，就业周期的每个阶段都存在着对超重人员的歧视（Roehling，1999）。这里具身隐喻的角色并不像本节前面讨论的身高关系那么直接。与之最为相关的基本隐喻是"重要性即大小"，但是这个隐喻所预判的关系可能与事实完全相反。这里最有可能发挥作用的是转喻思维，人们将体重与暴饮暴食和缺乏运动联系在一起，这是一种过度简化的因果转喻效应，完全不考虑可能导致肥胖问题的其他因素（如甲状腺功能减退）。这种转喻体现在将自己的亲身体验投射到其他人身上，哪怕这些人自己的体验可能完全不同。

这些研究表明，虽然身材不一定会直接影响我们使用的具身隐喻，但其他人对我们身材的看法，如果表达得足够频繁和有力，很可能会影响我们看待自己的方式，这可能会反过来影响我们体验具身隐喻的方式（Cuccio，2017）。换句话说，由于认知的社会性质，我们对自我形象的认识很可能受到他人观点的影响，并不断加深，这反过来可能会影响我们体验具身隐喻的方式。这种对自己身体的高度意识有时被称作"异常出现"（dys-appearance）（Leder，1990）。身体机能正常时，人体有一种自我隐藏的倾向，这意味着我们在日常生活中不会过多留意到自己的身体。换句话说，当我们的注意力在外部世界时，身体往往会从我们的意识中"消失"，然而，若出现生病、青春期、厌食、衰老等情况，身体就需要我们的关注，因此"异常出现"（Leder，1990：91）。在某些情况下，由于肤色、性别、外貌、残疾等因素，其他人可能会视我们为客体的"他人"，当我们吸收和内化这种看法，就可能会导致身体"异常出现"。身体的异常出现可能会增强人们心中具身隐喻的显著性（El Refaie，2014）。

身体的"异常出现"影响人们处理具身隐喻的方式，最明显的例子可以在神经性厌食症的文献中找到。神经性厌食症是一种以"通过拒绝进食来减肥的强迫性愿望"为特征的情绪障碍。从神经性厌食症中我们清楚地看到一个人对自己身材的认识是如何从根本上影响体验隐喻的方式的，以及这种变化了的隐喻体验会如何影响其日常生活（Knapton，2013）。神经性厌食症的一个关键特征是将具身隐喻的源域和靶域混淆，这意味着他们不再把隐喻看作连接抽象和具体体验的中介。对他们而言，一切都是"实实在在的"。Enkell（2002）将其称为"具体隐喻"（concretised metaphors）。Skårderud（2007）在三篇相关的论文中提供了许多关于这些具体隐喻的清晰的例子，这些数据是他与 10 名神经性厌食症患者交谈之后得到的，随后，他提出了分析这些数据的理论框架，并为治疗神经性厌食症提出了一些建议。

让我们来看一下这些经常被神经性厌食症患者用来谈论他们的经历的具体隐喻。他把具体隐喻分为"特定身体隐喻"和"复合身体隐喻"，前者指一个域的体验，后者则基于两个或两个以上的特定隐喻（Skårderud，2007：167）。正如Skårderud（2007：15）指出的，在所有例子中，隐喻上的"仿佛"变成了字面上的"是"。

他确定了许多"特定身体隐喻"。这些隐喻通过空或满、纯净、空间性、轻/重、坚固和去除等概念与身体相关。这些隐喻混合了身体的物理体验和隐喻体验，如神经性厌食症将"负担"的隐喻意义与身体体验的"沉重"混为一谈：

I feel sad. And when I am sad, I feel burdened and heavy ... and then comes the urge to lose weight. (Skårderud, 2007: 168)

我感到悲伤。当我悲伤的时候，我感到负担和沉重……然后就会产生减肥的冲动（Skårderud，2007：168）。

以下的例子，是神经性厌食症患者将"纯洁就是洁净"的隐喻概念与通过分离实现的纯洁的字面概念混为一谈：

I became so pure, I hadn't sullied myself with food, conversation with others, or dirt on my body. (Skårderud, 2007: 168)

我变得如此纯洁，我没有用食物、与人交谈或身上的污垢玷污自己（Skårderud, 2007: 168）。

他还指出了一些他称之为"复杂身体隐喻"的隐喻。这些隐喻往往涉及控制、脆弱/保护和自我价值等多方面领域。下面是一个神经性厌食症患者用复杂身体隐喻讨论控制的例子：

The questions that haunted me, the fluxes of life, and the inexplicable desires were harnesses when my anorexia and I were working together in our lofty pursuit of some unabashed true me. It was guidance or faint whispers of it, as an alternative to the unfamiliar course I was travelling along without brakes, road signs, and power steering. (Skårderud, 2007: 170)

当我患上神经性厌食症、努力追求一个毫不掩饰的真实自我时，困扰着我的问题、生活的变化和莫名其妙的欲望都得到了控制。这是一种指引或是微弱的耳语，成为我在没有刹车、路标和动力转向的陌生路线行驶时的替代（Skårderud, 2007: 170）。

在这段摘录中，她指的是她生活中由于神经性厌食症而得以控制的那些部分，并将其延伸到她生活中感觉更加飘忽不定的其他部分。她似乎不承认这两个经历域（对饮食的实际控制和对生活事件的抽象控制）之间的独立性。有趣的是，就像她的数据中许多例子一样，神经性厌食症被拟人化了，并被赋予了近乎人类的形态，这展示了隐喻思维被神经性厌食症扭曲的另一种方式。

在 Skårderud 的研究中，涉及脆弱性/保护的隐喻往往涉及物理和抽象的边界，例如：

I was not able to limit myself; I did not know where I started and where I ended. That is why I did like this: (She describes with her whole body how she diminished herself). Like from a grape to a raisin. (Skårderud, 2007: 171)

我无法限制自己；我不知道我从何处开始、在何处结束。所以我要这样做：（她用她的整个身体来描述她是如何贬低自己的）。就像从葡萄变成葡萄干一样（Skårderud, 2007: 171）。

在这个例子中，神经性厌食症患者的隐喻性思维方式显然与她的身份有关；患者想通过拥有一个更清晰、精心设计的身体轮廓，从而努力在生活中获得更独特和"突出"的体验，如果患者有一个更清晰的身材轮廓，那么她也会有一个更清晰的身份，对"她是谁"也会有更清晰的认识。

在所有这些例子中，我们看到 Skårderud（2007）将其描述为"隐喻能力降低"，或隐喻思维过程的中断。正如前面提到的，这些患者都有一种将他们赖以生存的隐喻具体化的趋势，他们会觉得这是真实的，事情就是这样的。我们还可以在 Figueras Bates（2015）的调查中找到相似的例子。Figueras Bates 对支持神经性厌食症网站的成员使用的隐喻结构进行了调查，以描述他们的状况和他们对神经性厌食症的感受。其中有一个是"自我即重量"的隐喻，神经性厌食症患者会将自己的身体拟人化，经常在"好的"骨骼和"邪恶的"肉体间斗争，如下所示：

I feel savagely surrounded by myself on all sides. I feel the substance sticking to my alabaster bones in contempt; you can rid of me so easily says the flesh, holding and sticking every bite to the pure frame that truly is the heart of me. (Skårderud, 2007: 195)

我感到四周被自己野蛮地包围着。我感到那物质轻蔑地粘在我的雪白的骨头上；你可以如此轻易地摆脱我，肉体说，抓住并粘住我每一口纯粹的骨骼，那才是真正的我的心（Skårderud，2007：195）。

这种对隐喻思维过程的破坏，也可见于其他精神分析文献。例如，Enkell（2002）观察到，患有边缘型人格障碍的患者有时会表现出一种通过隐喻体验生活的倾向，但他们并不承认这些体验是隐喻。相反，患者将其视为具体的、真实的经历，Enkell 将其描述为"具体的"隐喻。这些"具体的"隐喻传统上被视为"象征能力"（symbolic capacity）发展不足的证据。然而，近年来，它们更多地被视为处理内在分裂的一种方式；人们试图通过强化扎根于自己身体的体验来增强自我意识。通过运用具体的隐喻，神经性厌食症患者试图在"自我意识非常脆弱"的情况下寻求保持凝聚力和稳定性（Skårderud，2007）。我们在这里遇到的情况是，人们把他们的身体图式和身体形象混为一谈（Cuccio，2017）。他们对自己身体的负面看法不仅影响了他们使用的具身隐喻的类型，也影响了他们与这些隐喻互动的方式。隐喻变得更加"确切"和"真实"。

5.4　性别如何影响隐喻的具身体验？

在第 5.1 节中，我简要地提到了这样一种观点，即社会的某些人群发现自己被迫采用了一种主流隐喻，反映着社会中最强大群体的世界观，但他们对这些隐喻并没有强烈的共鸣。性别就是该现象的一个鲜明例子。隐喻与性别的关系非常复杂，就连性别这个概念本身也很难定义。一方面，性别是一种相对稳定的身体特征，所以一个人是男性的躯体还是女性的躯体很可能影响隐喻的具身方式。另一方面，最近性别研究的大部分工作都集中在性别的社会建构性质上，这也表明性别与具身隐喻之间的互动可能是非常复杂的。

正如前文所见，我们生活的社会和我们用来描述它的语言都是男性主导的，这意味着即使是所谓的基本隐喻也更可能反映着男性对世界的看法。因此，研究男性和女性是否以同样的方式体验这些隐喻是很有趣的。如果从男性视角出发，人们就会认为它们与男性受试者的共鸣强于女性。还有一种可能，就是女性更喜欢其他的具身隐喻。

在本节中，我从具身隐喻的产生和人们的反应来观察性别差异。除了分析这一领域的文献之外，我还汇报了我与这一领域的同事进行的两项研究的初步结果。

隐喻生产中的性别差异

在语言隐喻的产生中，我们发现了有趣的性别差异。例如，Hussey 和 Katz（2006）发现，在对话中，男性明显会比女性用更多隐喻，包括规约隐喻和非规约隐喻。女性的隐喻使用情况视她们的对话者而定，她们在与密友交流时会使用更多的隐喻。

此外，人们阅读含有大量明显的隐喻的文本时，更容易认为作者是男性，而阅读仅表达字面义的文本时，会倾向于认为作者是女性（Hussey & Katz, 2009）。英国议会中，男性使用隐喻多于女性的现象也支持了这一观点（Charteris-Black, 2009）。

Stefanowitsch 和 Goschler 研究了德国男性和女性政治家的隐喻使用情况，发现男性政治家略微有使用空间隐喻的偏好，这一发现意义重大。他们认为这是由于男性的空间推理能力更强，但他们特别强调在阐释这一发现时要谨慎，因为空间推理能力对隐喻使用的影响很小，而且男性在空间推理的优势也很小，只有在严格的实验室条件下才会实现。他们还声明，这一发现可能只在一两个隐喻中得以体现。比如，男女性之间一个显著的差异是对 unter（下）的使用，男性使用这个词的频率明显高于女性。这个词经常用于指代等级关系，所以两位学者猜想他们的发现可能只是反映了男性政治家对于等级有更强烈的迷恋，而与空间推理能力无关。

其他研究也发现了男性和女性在使用隐喻的方式上存在细微的差异，且隐喻的使用与体裁、语域、受众类型等其他话语特征相互作用。例如，Semino 和 Koller（2009）对意大利政治家西尔维奥·贝卢斯科尼（Silvio Berlusconi）和艾玛·博尼诺（Emma Bonino）使用的隐喻进行深入研究，聚焦于运动隐喻。他们发现 Berlusconi 使用运动隐喻主要是把国家政治或国际政治比作一场竞赛，且经常把自己比作参赛者，这样做是为了利用观众对于当地运动队的喜爱和支持。相比之下，Bonino 用运动隐喻来批评意大利的政治环境，并引导人们关注其规则的缺失。他们从而得出结论，除了性别的影响，这些政治家使用隐喻的方式还受到他们的政治取向和目标、讨论的主题、机构角色以及各自受众类型的影响。

Charteris-Black（2012）研究了男女性描述他们的抑郁经历时所使用的具身基本隐喻，发现了有趣的性别差异（以及相似之处）。他对这些抑郁症患者进行了 38 次采访，并比较了他们使用的隐喻，以此来确定抑郁症的表达是否具有性别差异。他发现男性和女性使用的隐喻类型大体相似，都使用了"下降""重量和压力""黑暗和光明""遏制和约束"等相关的具身隐喻来谈论抑郁症。

然而，男女性在使用隐喻的方式上存在着显著差异。女性比男性使用的混合隐喻更多：

> Let it out because if it doesn't come out, it gets stuck, I think. And it builds up and it builds up and it builds up and you get full and you get full of all these feelings that have never been expressed. And [um] for me at the moment in therapy they are pouring out of me, all sorts of feelings, thoughts and feelings and are coming out through all sorts of different means as well. They are coming out through poetry, and through music. (DP39 female, 37) (Charteris-Black, 2012: 210)

发泄出来，如果它不出来，我想它会卡住。它不断累积、累积、累积，所有这些从未被表达的情绪会让你感到爆满。对我来说，治疗的时候这些情绪会倾泻而出，各种各样的感受、想法以不同方式流泻出来，包括诗歌、音乐等。（DP39 女，37）（Charteris-Black，2012：210）

数据也表明女性更倾向于使用某些隐喻，比如下面这个例子：

I think that was the other one they put me on instead of the Librium and I just went down and down and down. They weren't doing me any good at all. They got me really low again. To the stage where I was going and sitting in the park ...I was talking to the down-and-outs, and not even knowing I was doing it. I, I did not know I was doing it. (DP25 female, 30) (Charteris-Black, 2012: 210)

我觉得他们给我的不是 Librium（利眠宁，一种安定药），而是别的药物，我感到情况在恶化，这些药物不起一点作用。它们让我变得非常低落，让我想到以前，我坐在公园里……正在和穷困潦倒的人交谈，但我意识不到我在做这件事。我，我当时不知道我在干什么。（DP25 女，30）（Charteris-Black，2012：210）

这些发现表明，尽管男性和女性都使用相似的具身隐喻来概念化并传达他们的抑郁情绪，但使用方式不同。女性使用隐喻的方式更灵活，在一段讲述中可以在不同隐喻之间来回切换。

男性和女性对"社会/心理距离即身体距离"隐喻的使用

另一个具有性别差异的概念隐喻是"社会/心理距离即身体距离"。许多研究已经发现了这个隐喻的心理现实依据。例如，Matthews 和 Matlock（2011）用一系列绘画和评估任务来探索社会距离的概念结构。他们让受试者在地图上画出一个人穿过人群的路线，人群中有的被设定为朋友，有的被设定为陌生人。他们发现，人们画的路线更贴近"朋友"而远离"陌生人"，这反映了潜在的具身隐喻，即社会距离是身体距离，或者至少二者有着类似的心理通路（Bar-Anan et al.，2007）。然而，男性和女性体验社会、心理和生理距离的方式不同：女性会比男性形成更紧密的情感纽带，且同性别的人之间的关系与异性不同。这种差异可能会对男性和女性使用社会距离的方式产生影响。

为了验证这一点，Littlemore，Turner 和 Alexander（in prep.）在 Matthews 和 Matlock 研究的基础上纳入了性别因素。Matthews 和 Matlock 给了受试者（35 名女性，14 名男性，18 到 35 岁的成人）一张地图，地图上有许多障碍物，还有一些人分散在障碍物周围。受试者被告知这些人要么是朋友，要么是陌生人，要么是同性，要么是异性。我们的假设是，女性参与者会把线画得更靠近图片中的人，因为研究发现女性的友谊关系比男性更紧密（Wright & Scanlon，1991），而且她们可能对这些人是朋友还是陌生人更为敏感。我们还研究了受试者是否会将线画得离同性较近。与 Matthews 和 Matlock 的研究一致，我们在朋友/陌生人这一变量上发现了显著区别，受试者画出的线条离陌生人更远而离朋友更近。

当把受试者按性别分组时，我们发现女性受试者在此变量上的差异更显著，而男性受试者则不然。换句话说，性别似乎影响了参与研究的受试者的反应，与男性相比，女性更有可能把线画得更接近朋友而不是陌生人。进一步分析这些数据后，我们发现，如果女性参与者被告知这些人是异性时，她们更有可能走得离朋友更近，而不是陌生人（p<0.05）。当被告知这些人与他们是同性时，两组的行为则并没有什么不同。从这些发现中可以看出，社会/心理距离即身体距离的隐喻在女性身上更强，尤其是当她们想到异性的时候。然而，对待这些发现需要谨慎。首先，可能因为研究中男性参与者的数量少而产生偏差。其次，它们可能只是反映了许多女性生活的现实：一般来说，最好避开陌生男人。这是一个非常直白的解释，根本不涉及隐喻。虽然如此，这些发现还是表明了一种可能性，即基本隐喻是如何建立在男性和女性不同的日常实践经验之上，并与之相联系的。

对具身隐喻反应的性别差异

我们之前看到，一些所谓的普遍的具身隐喻可能反映了一种男性的世界观。因此，男性和女性回应这类隐喻的方式可能有所不同。行为研究中确实有证据表明，男性和女性并不总是以同样的程度或方式体验普遍的具身隐喻。Ackerman 等（2010）研究了人们对重量的隐喻联想如何影响决策过程。他们准备了一轻（453.6克）一重（1559.2 克）两种写字板，分别发放给 43 名路人，让他们参与一项"社会行动调查"，询问特定公共问题应该得到多少政府资助，包括一些严重的社会问题（如空气污染标准），以及一些可能被认为更特殊和不那么重要的问题（如公共厕所的管理）。他们发现，男性参与者在拿到"重"写字板时会在社会问题上分配更多资金。相比之下，女性参与者在"重"和"轻"情况下都选择资助几乎所有的社会问题。

与男性相比，女性通常认为自己不那么强势（Feingold，1994）。男性和女性对胁迫的看法也可能不同，男性更可能将身体力量与施加影响和获得权力联系在一起，而女性则更可能将身体力量与自我控制的崩溃和权力的丧失联系在一起（Campbell et al.，1992）。这些差异反映了男女对自己身体的不同体验，以及决定男女恰当行为的不同社会规范。与此相一致的是，Schubert 和 Koole（2009）发现与权力相关的行为（如握拳）可能会使男性参与者认为自己更果断、更受尊重、更有力量。Stepper 和 Strack（1993）的一项类似研究发现，比起垂头丧气的姿势，男性直立时，他们更有可能对正面反馈感到自豪。

在性别和垂直等级隐喻之间我们发现了有趣（且有些令人沮丧）的相互作用，这在第 2 章中已经讨论过。Meier 和 Dionne（2009）发现，当女性的形象出现在较低的位置时（例如在屏幕的底部），男性会觉得她们更有吸引力。当女性的形象出现在一个较高的位置时（例如在屏幕顶部），吸引力则会大打折扣。Meier 和 Dionne 认为这是因为男性可能对弱势的女性更感兴趣。Gkiouzepas（2015）发现，在垂直层次取向的情况下，具有高度"权力需求"取向的男性明显更青睐产品放置在高于标题处而不是低于标题处的广告，女性则没有这种情况。这一发现将在第 7 章中详细讨论。

Hutchinson 和 Louwerse（2013）进行了另一项有趣的研究，以探索男性和女性与基本隐喻互动的不同方式。他们比较了二者处理基本隐喻的方式，在这些隐喻中，垂直图式与价值（如好与坏）、权威（如医生与患者）、温度（如冷与热）或性别（如男性与女性）有关。他们向参与者展示了成对的单词，其中一个高于另一个，并要求其说出这些单词是否来自同一个语义域。他们的假设是，与不一致的展示方式相比，当单词以一致的方式展示时（如"好的"在顶部，"坏的"在底部），受试者会更快作出反应。

除此之外，他们还假设：相比于男性受试者，女性受试者的反应类型可能会更贴合在语言数据中已观察到的类型，因为女性的通用语言和口语能力往往比男性强。研究发现，女性在言语流利度、语义分类及言语记忆任务中的表现都优于男性（如 Andreano & Cahill，2009）。因此女性对频繁出现的表达更加敏感，这反映出她们在学习新概念时会更加关注上下文，更频繁地使用它们。Hutchinson 和 Louwerse 尤其关注顺序效应。例如在谈论事物时，"上下"比"下上"更常见，我们平时也更常说"男女"而非"女男"。为探讨哪种情况最有可能使人们必须按照一定的词序进行表达，他们首先统计了这些词对在 1 至 5 元文法语料库（Web 1T 5-gram corpus）中词序规范和非规范的频率（Brants 和 Franz，2006）；接着比较了词对的 a 到 b 方向（如快乐—悲伤）与 b 到 a 方向（如悲伤—快乐）的对数排序；最后他们将这些分布与上述研究结果相关联。

与假设一致，他们发现受试者明显对典型用法的反应更快（如"快乐"在屏幕顶端，"悲伤"在底端）。同样，他们发现在涉及垂直层级的四项测试中，女性受试者的反应明显与语料库数据中的频率分布更加一致。看来，虽然使用的是相同的基本隐喻，但在内化基本隐喻时，女性比男性更熟悉语言环境中的统计分布。

男性和女性对垂直层级隐喻的认知：反应时间研究

迄今为止，一个尚未被充分研究的领域是：从小就接受的社会角色在多大程度上影响男性和女性对具身隐喻的处理。人们通过观察男女性所扮演的社会角色形成对于性别的看法（Eagly et al.，2000）。我们对男性和女性的期望反映出并体现在整个社会的性别劳动分工以及性别等级中，即所有女性都要比男性做更多的家务，赚取更少的工资，处于更低的地位（Eagly et al.，2000）。此外，人们还经常期望女性表现出集体主义的特质，如感情充沛、敏感、有同情心以及关心他人的利益，而男性则要展现出主动性的特质，如强势、好胜、有抱负和关心自己的利益。这些期望很大程度上解释了社会中对于当权女性的偏见。

行为学研究发现，这些关于男女的社会刻板印象很容易自动激活。比如，Banaji 和 Hardin（1996）进行了一项反应时间研究，即给受试者展示多组提示词时，包括有性别偏向的词汇（如"母亲""父亲""护士""医生""秘书""机械工"）和中性词（如父母、学生、人），后面跟着涉及性别（如她、他）或中性（它、我）的目标代词。结果发现，当代词位于有性别偏向的词之后时，受试者能更快地识别出目标代词的性别。换言之，受试者在看到诸如"护士"和"秘书"这样的提示后，会更快地确认性别为"她"的代词，同样，在看到"医生""机械工"这类词后可以更快地确认性别为"他"的代词。这些发现都表明，在进行基于性别的分类时人们很难不联想到刻板印象，即使这些刻板印象和任务没关系。

为探讨所感知的社会角色对人们性别和等级观念的影响，Duffy 等（in prep.）在 Schubert（2005）的研究基础上（已于第 2 章探讨过）进行了一项反应时间研究。Schubert 发现相比位于电脑屏幕底端，当一个群体位于屏幕顶端时人们会认为其社会权力更大。Schubert 要求受试者对权力不一且分别位于顶端与底端的群体（如雇主与雇员、国王与侍从、教练与运动员、老师与学生）进行快速判断。Schubert 发现当权势不一的群体共同位于垂直权力轴上时（即强势群体在顶端，弱势群体在底端），受试者反应更快。这表明权力的高低在人们的心里表现为垂直方向的层级。此研究证明了权力的垂直意向图式具有心理现实性，即关于权力的概念思考涉及垂直空间的心理表征。

我们在研究中通过使用配对的性别提示词（如男/女医生与男/女护士）将性别因素纳入最初的权力/等级范式中。本研究的主要目的是探讨在对权力做出判断时，关于性别、权力和等级等先入为主的观点是否会相互影响。换言之，我们想知道人们在感知他人的职权时，是否会受到提示词的性别及其在垂直轴上的位置的影响。我们假设，当强势和弱势两组人（就其职业和性别而言）共同出现在垂直轴上时，受试者会更快做出反应。我们的预测是：当代表有权势的男性的提示词出现在屏幕顶端，以及无权势的女性的提示词出现在底端时，受试者的反应速度最快。该实证研究将证明受试者潜意识里存在性别偏见。本研究还将具体回答以下几个问题。

我们的研究包含 60 名参与者（11 名男性和 49 名女性），均为伯明翰大学的本科生。反应时测试结束后，我们还对受试者进行访谈，尝试研究受试者对性别与权利叠加作用的态度和在反应时测试中他们的反应方式之间的潜在关系。最终我们想证实的是，性别在影响人们通过隐喻概念化权力的过程中产生作用。

我们发现，当职业地位高的男性位于顶端，职业地位较低的女性位于底端时，受试者的反应速度确实最快。这一现象在男性受试者中表现得尤为明显，说明受试者的性别也影响判断。这表明以垂直方向的视角看待男女各自的角色时，男性的偏见比女性要更深。

上述发现（包括前文提及的男性和女性对待"社会差异即身体距离"隐喻的态度存在差异）均表明，性别确实影响人们与具身基本隐喻互动的方式，这些差异在很大程度上是由社会期望造成的。人们体验了这类隐喻，而它们也反过来塑造人们的世界观，这也意味着女性接受了男性的隐喻（从而也接受了男性的世界观），但接受程度更低，方式各异。

5.5 结 论

在这一章中我们看到，身体特征的不同在现象层面影响着人们与具身隐喻的互动方式。这种差异为基本隐喻的经验基础与社会建构属性提供了支持，并存在于基本隐喻的类型与使用方式之中。利手性的相关发现清晰地表明，在与基于身体的隐喻互动时人们会受到身体特征的影响，例如右利手比左利手群体更有可能下意识地使用"好即右"的隐喻。关于身高和体重的发现表明，具身隐喻具有映射作用，而这会影响社会如何对待不同身高和体重的人。关于神经性厌食症的研究表明，具身隐喻一旦内化，就会部分甚至完全代表一个人的身份。这层关系实质上是隐喻性的，但受试者往往容易忽视这一点，所以开始认为关系是真实的，这种想法有损身心健康。关于性别的发现则说明了女性如何内化由男性主导的隐喻世界观，而这些世界观则通过语言得以强化。对基于身高和力量的具身隐喻，男性比女性体验得更深。

总而言之，本章的发现都表明，当隐喻的具身属性与占支配地位的社会成员产生共鸣时，此类隐喻往往会成为"主流"。接着，由于对人类语言与行为模式的敏感性，社会中其他地位较低的成员通过使用主流隐喻将其吸收和内化。此时，人们对于它们的体验感似乎不那么强烈了，但这并没有改变一个事实，即社会中大多数人赖以生存的隐喻都曾是他人的专属。

6 "那些饼干有悔恨和腐肉的味道。"

感官隐喻、感官损伤与异常

6.1 引　言

感官是我们与世界互动的主要媒介，在我们对世界的真实体验中起着重要作用。面对更抽象的体验时，我们会在感官的基础上结合隐喻加以理解。五种感官均以此种方式为人们所运用。例如，我们用看和听来表示理解和注意（"啊哈，我明白了"[①]；"是的，我听清楚你所说的了，现在你也听清楚我所说的了"——BNC）；用物理温度来谈论情感，从而激活触觉（"Charles 是个冷漠无情的人[②]，Diana 需要一个能温暖她的人"——BNC）；用嗅觉和味觉的相关表达来谈论厌恶和信任，从而激活嗅觉和味觉（"他们口中还残留着[它的]恶心的味道"，"还能闻到职权滥用的恶臭味"——BNC）。正如我们在第 2 章中所看到的，这些隐喻关系往往不仅在语言层面，在物理层面上也发挥着作用，因此可视之为具身的。

因各种原因而感官损伤或感官功能异常的人，其体验世界的方式与感官功能"正常"的人非常不同。部分情况下，他们用其他的感官来弥补缺陷；但在其他时候（正如我们将在本章中看到的那样），因为感官损伤或感官状况不同，他们能以异于常人的方式体验世界，因此认为自己的生活因其感官状况而变得丰富。那么，由此引出一个问题：感官状况的不同是否会以及如何延伸至具身化的感觉隐喻呢？有感官损伤的人在理解抽象世界时，是否会使用和常人相同的感官隐喻呢？如果是，使用的方式一样吗？例如，对一个盲人来说，理解和"看"有关的隐喻是不是更困难？探索诸如此类的问题，不仅可以深入了解有感官损伤和/或患

---

① 原文为 Aha, I see, see 本义为"看见"，引申义为"明白"。

② 原文为 Charles is a cold fish, cold 本义为"冰冷的"，引申义为"冷漠无情"。

感官疾病的人如何通过隐喻来体验世界，还可以加深我们对具身隐喻的语言和身体两个层面之间联系的理解。因此，在这一章中，我探讨了有感官损伤和/或患不常见感官疾病的人如何处理具身感官隐喻，希望能借此丰富大家对不同人的具身隐喻经历的理解，而不仅仅局限于 Lakoff 和 Johnson（1980）称的"正常"（115）或"典型"（132）的人。

在本章第一部分，我考察了有感官损伤的人对涉及感官的所谓通用基本隐喻的反应方式，并探讨了这对他们隐喻思维过程的影响，还研究了他们对隐喻的体验与常人有什么不同。虽然有一些文献（如 Mitchell & Snyder，2006）探究了隐喻在描述身体残疾时的作用，但迄今为止，关于感官残疾对具身隐喻使用的影响的研究非常少。值得注意的是，对失聪者的研究是个例外，其中有大量文献探讨了手语中具身隐喻的作用（如 Taub，2001），并且这类研究的数量在逐渐增多。我会深入探讨这些文献，并验证失聪者体验具身隐喻的方式比常人更直接。总的来说，在第一部分，我探讨了各种感官损伤如何影响一个人对隐喻的体验。

在本章第二部分，我研究了患有联觉的人是如何体验感官隐喻的。联觉是指一种感官体验会自动触发另一种感官体验。拥有联觉体验的人可能会把声音当作视觉图案，把数字当作颜色，把气味当作身体感觉，等等。与有感官损伤的人相比，有联觉的人可以说是感官"过剩"，因为他们的感官体验比正常人更强烈，而且彼此之间相互关联程度更高。我开展了一项小规模研究，调查了联觉者和非联觉者使用隐喻来描述积极和消极的感官体验的不同方式，并会在这里公布研究结果。

6.2 感官语言和感官损伤

我们理解世界主要依靠各种感官，而语言和感官认知之间的关系已经得到广泛论证。例如，有研究表明，当人们阅读与气味有关的词语（如"大蒜"）时，他们大脑嗅觉区的激活程度更高（González et al.，2006）。还有研究表明，人们在判断物体的颜色属性（如判断香蕉是否为黄色）时，视觉皮层的激活部位和他们在做判断颜色序列的感知任务时一样。Goldberg 等（2006）发现，识别颜色、声音、触感和味道的相关特性会激活部分皮质区域，而这些区域与视觉、听觉、触觉和味觉体验的生成相关。因此，当我们听到诸如"响亮"和"酸"这样的属性词时，我们会模拟或重演响亮和酸味的感觉体验。例如，当参与者对水果类词语做出评判时，大脑的味觉和嗅觉区域显示出血流增加；当参与者评判涉及身体部位和服装的词语时，与身体感知相关的大脑区域的血流增加。另外，人们在处理诸如"芬芳"、"光滑"和"蓝色"等涉及感官的词汇时用到的大脑区域和在对应的具体认知过程中是相同的（Pecher et al.，2003）。这些发现表明，当我们通过语言媒介接触感官概念时，我们对它们的理解是具身的。

根据 Winter（2019）的研究，有两个现象为感官激活和语言处理之间强有力的联系提供了进一步证据，即所谓的"触觉劣势"和"感官模式转换成本"。"触觉劣势"（Connell & Lynott，2010）指的是相比于其他四种感觉，触觉更不容易定义和解释，而且与视觉和听觉刺激相比，人们需要更长的时间才能感应到触觉刺激（Turatto et al.，2004；Karns & Knight，2009）。触觉处理的劣势已被证明会延伸到对语言中感官词的处理，这表明在语言加工和概念处理中都存在着"触觉劣势"（Connell & Lynott，2010）。"感官模式转换成本"是指当刺激物与前面的刺激物以相同的感官模式出现时，人们对刺激物的感知会更快。在非语言数据（Spence et al.，2001；Turatto et al.，2004）和语言数据（Pecher et al.，2003）中都观察到了这一现象。Pecher 等向受试者提出了一系列关于物体属性的问题。例如，要求受试者判断搅拌器是否能发出很大的声音(真)或烤箱是否能被烘烤(假)。他们发现，当要求受试者先判断某一感官模式下的某个属性，比如听觉模式（搅拌机—大声），然后再让他们对不同模式下的属性（蔓越莓—酸的）进行判断时，相比于继续判断同一模式下的属性（树叶—沙沙声），他们的速度明显变慢了。综合这部分的其他发现，"触觉劣势"和"感官模式转换成本"进一步表明，在理解感官词的过程中，相应的感官模式会被激活。语言和感觉似乎是密切相关的，因为与感觉相关的语言可以激活脑部的感觉区。因此，可以认为对这类语言的理解涉及具身认知。

如前所示，感官语言经常被用作隐喻，比如，人会"嗅到"腐败，我们听到的事或说的话会在人嘴里留下"不好的味道"，奶酪的味道很"刺激"，"大"红"大"绿的颜色，音乐很"流畅"。有证据表明，诸如上述的感官隐喻有具身性。当人听到有关味道的隐喻时（比如"分手对他而言很苦涩"），初级味觉皮层和次级味觉皮层会被激活（Citron & Goldberg，2014a）。同时，文献中讨论的许多基本隐喻都涉及潜在的、系统的跨感官映射，即某一感官感受到的刺激会自动和另一感官的体验相关联。比如，市场调查研究表明，顾客对产品尺寸的预期受解说者声音音调的影响——音调越高，顾客就会觉得产品越小（Lowe，2017）。Köhler（1929）发现的"波波-奇奇效应"是有关跨感官隐喻的最早和最负盛名的研究之一，实验要求受试者用"波波"和"奇奇"这两个名字来称呼圆形和菱形，他们几乎总是把圆形叫做"波波"，把菱形叫做"奇奇"，该结果表明视觉和听觉之间存在跨感官映射。研究发现这种系统性跨模态关联也存在于气味和音调之间。比如，人们总是把香草的气味和更高的音调联系在一起。由于这些关系不符合环境中的统计规律，因此不能从联想学习方面进行解释，但这些关系似乎确实是站得住脚的（Deroy et al.，2013）。还有研究发现，人们会自动把特定颜色和特定味道联系在一起，同时这种广泛存在的双向跨模态关联在不同文化中也普遍适用。下面的几个例子关联性最强：红色和甜味、黄色和酸味、白色和咸味、黑色和苦味。当然，在某些例子中，这些关联可能是由食物本身的颜色造成的（比如酸柠檬是黄的；盐是白的），但红色食物和甜味之间并不相关，也有人解释说，一些水果和蔬菜成熟时颜色会由绿变红（味道也因此更甜）。有趣的是，上述研究的参与者并不相信这些关联的存在，尽管他们的选择高度一致（Wan et al.，2014）。

Spence 和他的同事对从隐喻角度解释上述现象持谨慎态度，因为目前还没有映射能清楚地反映具体现象和抽象感觉之间的关系。他们强调跨模态关联的复杂性，同时认为不能忽视中介因素的作用。情感就是这些关联中的一个中介。在最近的研究中，Spence 等发现情感似乎在识别这些跨感官关联中发挥着作用。比如，在探究古典音乐和红酒的跨模态关联的研究中，Wang 和 Spence（2017）发现主导情绪的强弱（从弱到强的渐变）和兴奋情绪的唤起（从冷静到激动的渐变）会影响关联结果。参与者更有可能将特定的葡萄酒与特定的音乐选择相匹配，如果两者的主导程度相似，那么兴奋程度相反。然而，对隐喻的理解也涉及中介因素，比如紧张的程度（Barnden et al.，2003）。在第 1 章中我们看到，描述具身隐喻的最佳方式不是"从源域到靶域"的映射，而是"通过动态的涉及情绪的生活经历，人们会把靶域'体验'为源域"。我们也发现，具身隐喻不一定非要涉及具体的源域和抽象的靶域——这两域如果和身体或感官体验有关，则都可以说是具体的。在这种更广义且细微的定义下，Wang 和 Spence 的研究结果或许确实可以看作涉及某种具身隐喻。

与此相关的一个关键问题是，不同的人感官体验的差异是否会影响对具身隐喻的体验，以及当人丧失某一感官或不同感官的灵敏度不一样时，他们理解隐喻的过程会受到怎样的影响。有大量证据表明，当人的某一感官不管出于何种原因衰退时，为了弥补缺陷，其他感官会变强。Merabet 和 Pascuale-Leone（2010）发现，失明对人除视觉外的其他感官模态有利。双目失明（特别是从出生或很小就失明）的人与正常人相比，会表现出相当甚至是更优越（在某些情况下）的行为技能，包括更敏锐的触觉和听觉以及更杰出的空间声音定位能力。除此之外，他们在其他行为和认知任务中也表现得更出色，包括空间导航、声音辨别以及言语记忆。Merabet 和 Pascuale-Leone 还发现失聪的人与正常人相比，表现出更敏锐的触觉，同时在区分人的情绪表达和局部面部特征上表现得更好；他们也更擅长执行边缘视觉任务以及分散精力给视觉边缘区域。这一论证可能反映了以下事实，即失聪的人通过将注意力资源分配给视觉边缘区域来弥补自身缺陷，即无法通过听来感知视觉外围发生的事情。

相反，其他研究表明，如果幼儿的某一感官受损，可能对其他感官不利。Gori（2015）和她的研究团队发现，儿童从 8 至 10 岁才开始整合多感官信息，在此之前，某一更发达的感官调节着其他感官。当这一感官丧失时，其他感官也会受损。因此，视力受损的儿童在空间触觉或听觉感知上会有困难；运动能力损伤的儿童在观察判断物体的尺寸上会有困难。现阶段，具身隐喻可能产生的影响尚无定论，还需要用更多的实证研究确定。因此，感官损伤可能会导致其他感官的"得"或"失"取决于具体环境。接下来的章节中会对五种感官进行讨论，探讨感官损伤或感官增强如何影响人们使用具身感官隐喻的方式。

视觉和失明

充分的实证研究表明，由于视觉是人类的主要感官，视觉类的词语在语言中更为常见（Viberg，1983，1993；San Roque et al.，2014），视觉词的种类更多，至少在英语中是这样的（Winter et al.，2018），而且比起其他感官，语言对视觉分辨更加敏感（Levinson & Majid，2014：416）。在许多语言中，包括英语，人们使用感官词的频率顺序如下，以视觉为首：看 > 听 > 摸 > 闻 > 尝（Viberg，1983：136）。这就引出了一个问题，即涉及视觉的具身隐喻，例如用看到表示知道（knowing is seeing），对于那些主要感官并非视觉的盲人来说是否同样具有意义。

许多研究人员对语言自然偏向健全人群表示担忧。例如，Vidali（2010）观察到，如果一个人先天失明，他们就不太可能体会到"看到"和"知道"之间的密切关系，因此可能会以不同于视力正常的人的方式来体验这两个域之间已有的隐喻联系。她指出,将残疾作为隐喻,用于指代"身体失调和社会混乱导致的问题",例如"盲人给盲人带路"或"她对批评视而不见",对盲人来说是一种冒犯。Vidali认为,这样的隐喻解构了我们"了解"事物的复杂方式。为了在一定程度上解决这个问题,也为了挑战具身感官隐喻的规范性,她提出了一种"残疾隐喻",以各种缺陷为基础,鼓励身体健全的人从残疾人的角度看世界(不论是字面意义上的还是隐喻意义上的),从而对常规隐喻进行创造性重释。她接着表示,研究人员应该从艺术家那里获得启发,并"在残疾隐喻的边缘进行批判性、伦理性、越轨性、创造性的"工作(51),以挑战"这种隐喻是'自然'衍生出来的"观点。她的论点要旨为,应该更多地关注盲人、弱视者的创造性产物,如果以这些人为案例,人们就能更全面地用感官来体验世界。作为一位研究多感官的作家,她引用了尼克·弗林(Nick Flynn)对失明养蜂人弗朗索瓦·休伯(Francois Huber,1750—1831)的描写,引文讲述了养蜂人如何以触觉和味觉形容他与蜜蜂的关系,充满诗意:

> Sometimes bees, the glittering
>
> Curtain they form, cling to me face,
>
> & the moment before knowing
>
> I can imagine them a leaf, able to be Brushed away, but they
>
> Hold on, their tongues
>
> Seek each pore,
>
> As if my cheek offered nectar, they move Delicately, caress & shade, as
>
> if not threatening
>
> To flood my eyes.
>
> *Nick Flynn. Blind Huber (2015)*

> 有时蜜蜂,那闪闪发光的
>
> 由它们形成的帷幕,紧贴着我的脸颊,
>
> 在明晰那就是蜜蜂的前一刻
>
> 我可以想象它们是一片叶子,可以
>
> 被拂去,但它们
>
> 从未停歇,蜂之喙

在寻找每一个毛孔，

仿佛我的脸颊流淌着花蜜，它们轻摇曼舞

爱抚，游走，仿佛不受威胁

涌入我的双眼。

Nick Flynn. Blind Huber（2015 年）

这首诗将我们的注意力从眼睛上移开，不把它当作主要感官感受器，展示了如何通过各种感官感受一群蜜蜂。

我们可以从 Vidali 的作品中看出，失明会影响以视觉为源域的具身隐喻的*显著性*。可以说，盲人和弱视者更能清楚地意识到这种隐喻，也更有可能对它们抱有矛盾的态度。但仍需指出一点，即这种显著性及其与语言的关系，不太可能保持稳定，其本身会发生变化。我们可以从 Kleege（1991）的自传《看不见的景象》（*Sight Unseen*）的一段引文中看到这一点：

My blindness is as intrinsically part of me as the shape of my hands or my predeliction for salty snacks. Some days, and in some contexts, my blindness is at the forefront of my consciousness. Other days it is not. When I am trying on gloves, or eating potato chips, my blindness hardly matters at all. It all depends on where I focus my attention. (Georgina Kleege, *Sight Unseen*, Yale University Press (1991), p. 4)

失明是我内在的一部分，就像我的手型或是我喜欢吃咸的零食一样。有时在某些情况下，失明成为我意识中重要的一部分。其他时候则不然，当我尝试戴手套或是吃薯片时，我的失明变得无关要紧。这完全取决于我将注意力集中在哪里。[Georgina Kleege，《看不见的景象》，耶鲁大学出版社（1991 年），第 4 页]

此外，认识到失明并不妨碍视觉体验这一点十分重要。正如 Kleege 随后指出的：

Though I see less than 10% of what a normal person does, I would describe myself as intensely visual. Given the choice, I would rather go to an art gallery or movie theatre rather than a concert hall. This is due in part to the fact that both my parents were visual artists. I grew up surrounded by their art and an awareness that vision involves more than aiming one's eyes at a particular object … The pleasure I derive from visual media, and from the visible world in general, suggests that although my eyes are blind, my brain is still sighted. Through nature or nurture, I know how to make the most of what I see. (Georgina Kleege, *Sight Unseen*, Yale University Press (1991), pp. 1–2)

　　虽然我的视力不足正常人的 10%，但我会说自己是个视觉强烈的人。如果可以选择，我宁愿去美术馆或电影院，而不是音乐厅。有一部分是因为我的父母都是视觉艺术家。我在他们的艺术熏陶下长大，也意识到视觉不仅仅是用目光关注特定对象……我从视觉媒体和平常可视化的世界中获得的乐趣表明，哪怕我失明了，我的大脑仍然可以"看见"。通过先天获得或后天培养，我知道如何充分利用我所看到的东西。[Georgina Kleege，《看不见的景象》，耶鲁大学出版社（1991 年），第 1—2 页]

　　至于盲人和弱视者在日常生活中使用视觉相关基本隐喻的倾向，行为研究呈现的结果不一。Lossifova 和 Marmolejo-Ramos（2012）要求三组儿童（正常发育的儿童、有视觉运动障碍的儿童、盲童）指出与他们身体相关的空间和时间位置。换句话说，在空间指示语下，要求他们用手或食指指向"后面"或"前面"，而在时间指示语下，指向"昨天"和"明天"。他们发现，正常发育的儿童根据空间指示语做出指向动作的准确率几乎是时间指示语的两倍，而在非正常发育的儿童中，这一比率更高。换句话说，与正常发育的儿童相比，盲童更难将空间和时间联系起来。有趣的是，比起正常发育的儿童，盲童更容易指向自己的身体和身体周围的空间。

　　同样，Rinaldi 等（2017）发现，与健全的成人不同，先天或早期就失明的成人对于时间的具身概念化是体现在矢状空间方向上的，过去在后，未来在前。研究者进行了一项"空间-时间"运动一致性的实验，要求受试者通过前后摆动自己的手，来将一系列词语划分为"过去的"或"未来的"。比起反常的设置，视力正常的参与者明显在常规设置下反应更快（即以向前摆手象征未来发生的事，以向后摆手象征过去的事）。相比之下，盲人受试者没有体现出这种"时间-空间"

映射上的优先级。在实验的第二部分，他们让受试者完成一份问卷，以确定他们所认为的未来和过去的事件有多近或多远。例如，他们会告诉受试者在过去和未来一天、三天、三周、一个月后发生的事件，让受试者（在 1 到 10 的范围内）说明他们认为这件事有多"近"，并从 0（很近）到 10（离现在很远）进行打分。过去的研究表明，对于视力健全的人而言，未来的事件在空间上总比过去的事件更近，或许是因为，相较于过去发生之事，人们更关注眼前的东西。Rinaldi 等发现在他们的实验中，视力健全的人确实如此（与之前的研究一致），但对盲人而言就不是了。综合而言，这两部分实验的结果表明正常的视力发育对于将涉及矢状轴的时间进行概念化这一过程至关重要。有趣的是，在实验的第二部分，盲人将过去和未来概念化后的结果，明显比视力正常的人更接近现在。研究表明盲人与视力健全的人对于空间的体验有质的不同，因为他们更依靠于触觉的摸索和语音的输入（Schinazi et al.，2016）。Rinaldi 等将这两个事实摆在一起从而提出一个耐人寻味的假说，即（与视觉相比）用触觉或听觉弥补空间方面的欠缺或许会导致盲人的时间观崩溃。这一假设也符合本节已提到的 Lossifova 和 Marmolejo-Ramos 的研究发现，遇到时间指示语时，盲童更容易指向自己的身体及周围的环境，而视力正常的儿童会指得更远。有关"盲人比视力正常的人以一种更支离破碎的方式感受时间"的假说值得进一步研究。

和上述研究结果不同，对积极与消极情绪的垂直表达这一具身隐喻似乎不受视力影响。即便是先天失明的人也会用向上和向下的姿势和手势来表达骄傲和羞耻，尽管他们之前从未见过他人的这些行为（Tracy & Matsumoto，2008）。其中一个原因可能是，与沿矢状轴的时间表现相比，沿纵轴的情绪表达是一个更具体的、体验性的现象。因此，它是通过视觉以外的感官来体验的。身体姿势和情感表达的联系是天生的，而与时间上的联系则是后天习得的，这些发现很有意思，它们表明了关注一位感觉障碍者使用隐喻的方式可以让我们区分不同等级的具身认知。对这方面的进一步研究有助于我们细化具身认知在有关视觉的基本隐喻起源中的作用。

听觉与失聪

在 20 世纪 70 年代，许多研究者认为失聪人士是无法理解隐喻的（如 Blackwell et al.，1978）。到了 80 年代这个假设受到了质疑，有研究表明失聪儿童和成人能像健全人一样理解隐喻（Rittenhouse et al.，1981）。为了验证这两种截然相反的说法，Siqueira 等（2016）研究了听障人士理解不同隐喻的能力。她想要检验这样一个假说：听障儿童可以理解基本隐喻，但是不能像正常儿童一样理解习语。她设置了一个口头与非口头的隐喻理解实验以及一个习语理解实验，受试者为 17 个听力受损的以及 33 个听力正常的巴西裔葡萄牙儿童，均为单语者。这些任务的测验方式均为笔试，没有听力部分，她发现口头隐喻实验（p<0.001）和习语实验（p<0.001）的结果有明显的组间差距，而非口头隐喻实验的差距则不明显。这些发现都表明，虽然听障儿童可以进行隐喻映射，但在理解语言方面的隐喻上会有困难。这可能是因为，哪怕对基本隐喻的理解主要是通过具身化的方式实现的，但理解能力需要通过听觉输入才能进行巩固。Siqueira 的研究表明听障人群可以形成观点间的隐喻连接，但是以语言的方式表现这些连接会存在困难。这不足为奇，因为想不到什么原因可以阻碍听障人士识别观点间的隐喻联系。

手语中有大量的隐喻，我们可以在针对手语的分析中找到证据以进一步证明听力受损个体在隐喻理解和表达方面并无障碍。手语中包含规约隐喻和新异隐喻，其中许多都有很强的具身基础。事实上，Taub（2001）进行了一项调查，其内容足有一本书厚，主要调查隐喻，尤其是具身隐喻在美国手语（ASL）中所扮演的角色。她列举了基于具身基本隐喻的规约隐喻使用以及这些隐喻的创造性延伸的例子，有时候同一个符号包含了几个不同隐喻的复杂组合。

在手语的身体特征及其可提供的功能供给中，我们可以找到失聪者和听力正常的人在具身隐喻体验方面产生差异的潜在原因。正如 Kaneko 和 Sutton-Spence（2016）所指，手语以身体和空间为主要表达方式，而这两者比口语更具象似性意义，从而更加凸显了用于表达抽象概念的具身隐喻。美国手语中"思考（think）-穿透（penetrate）"（即"透彻地理解他人的观点"）是一个体现凸显作用的例子。美国手语通常使用惯用手的食指来代表细长物体，如钻头（代表想法或思考），戳非惯用手的手掌（代表一面平整的墙）。这一例子反映了 Taub（2001）所描述的"双映射"现象，即手语受到象似性（食指代表钻头）以及隐喻（钻头代表想法进入大脑）的驱动。同样，在西班牙手语中，人们通过向前伸手并模拟抓取东西来表达理解某物，所以"吸取想法"的隐喻概念是表达理解的默认方式。

据 Kaneko 和 Sutton-Spence 所言，在手语中，单个符号通常包含了口语中整个短语或句子的意思，而这一特征塑造了失聪者使用具身隐喻的方式。除了手的运动方式外，手的形状、位置、运动的性质和手掌的朝向都为手语增添了重要信息。正因为这一特征，一些口语中使用的隐喻并无对应的手语表达（Taub，2001）。

例如，隐喻"消耗是吃"（如时间会被吞噬），这类表达在手语中是没有的，因为利用手的形状和朝向等来表达"吃"的本质以及吃的东西，会无法避免地传达这一手势的字面意义，而这一信息会自动激发我们对该手势的字面理解。其潜在问题是，原本的图像映射中包含的所有信息，不管相关性如何，都必须在隐喻映射中得以保存。诸如"吃"这样的隐喻需要一个更加通用的结构，这在手语中是不可能实现的。因此，手语包含太多信息使其难以具有隐喻性。正因如此，这一现象被称为"双映射约束"（Meir, 2010）。Kaneko 和 Sutton-Spence 指出，一个单一的手势包含大量信息，使得手语隐喻具有创造性潜能，这一点在口语中很难找到；手语者可以利用手的形状、朝向和/或位置来为他们所传达的隐喻性信息添加细微差别和视角。

也有证据表明，手语利用肢体语言作为交际手段，具有动允性，而口语则没有这一特点，这导致了人们在口语和手语中使用具身隐喻方式的差异。例如，Wilcox（2000）表示，在美国手语中，指着前额表示"思考"，而指向前额和后脑勺还可以分别表示显意识和潜意识。后脑勺代表潜意识想法，因其包含了手语者看不见的信息。Wilcox（2000：107）举了个例子：一位手语者指向前额和后脑勺，提醒对话者要从显意识和潜意识层面记住信息，以此实现"面面俱到"。Wilcox还提到使用涉及手部形状的类符来添加隐喻含义的方式。例如，在用手语表达物体时，手语者能用手的形状表达想法/物体的性质。比如说，他/她可能会用手部形状呈现一个精细、深思熟虑的运动控制，以此表明这是一个需谨慎处理的微妙想法。最近，有研究表明，相比于美国英语口语者，美国手语者在使用事件结构隐喻时更为细致，因为他们能够在手语过程中使用身体的空间逻辑作为容器（Roush, 2018）。

手语使用感官隐喻的方式也有所不同。在手语中，较少使用基于听觉的隐喻，而基于视觉、触觉、味觉和嗅觉的隐喻会相应增加。手语中有一些隐喻性手势反映了失聪者的身体体验。例如，西班牙手语在表达 roncar（打鼾）等词时会使用"声音强度即振动"这一隐喻（Peñalba et al., 2015）。美国手语中也有振动隐喻，尽管这一手势在手部形状结构、位置和朝向方面与西班牙手语存在差异。第二个例子是在西班牙手语中，人们会将食指和中指并拢，并将指尖放在鼻尖，来评价某事"听上去很有趣"，所以这一动作其实表达的是"闻起来很有趣"。

最后，手语者的世界观能更好地解释具身隐喻在手语和口语中的使用差异。Siqueira 和 Marques（2016）在对巴西手语的研究中发现，手语者用左手指代听力正常的人，用右手指代失聪者，与规约的顺序相反。这与 Casasanto（2009）的研究结果一致，正如第 5 章所述，他的研究表明，人们用惯用手来指代自己认为更重要的概念。

味觉和嗅觉

味觉和嗅觉特别有趣，因为在所有感官中，它们与记忆，尤其是情感记忆的联系最为紧密（Krishna，2012）。马塞尔·普鲁斯特（Marcel Proust）1908 年出版的小说《追忆似水年华》（*A la Recherche du Temps Perdu*）为味觉和情感记忆之间的关系提供了例证，一块玛德琳（蛋糕）的味道就会让主人公立刻回想起童年，以及与蛋糕相关的一切。味觉和嗅觉能唤起强烈的情感记忆，一种可能的原因是，负责味觉和嗅觉、记忆和情感的功能区在大脑中紧密相连。这些功能区都位于边缘系统，包括嗅球（味觉/嗅觉）、杏仁核（情感）和海马体（记忆）。广告研究表明，愉悦的香气可以让人们对记忆形成基于情感的语义连接，进而对产品持更积极的态度（Bosmans，2006）。此外，研究还发现，相比其他线索，由气味提取线索触发的记忆更为情绪化（Herz，2004）。Winter（2016）发现，在表达情感的词组中，涉及味觉和嗅觉的词汇比涉及其他感官的词汇更多。他还发现，与味觉和嗅觉相关的词汇在情感上更灵活，它们既可以用来指代积极的现象，也可以用来指代消极的现象。据此，他认为，味觉和嗅觉相关词汇构成了"英语词汇的有效负载"（Winter，2016：1）。这或许可以解释为什么许多禁忌语都涉及基于味觉和嗅觉的隐喻（Allan & Burridge，2006）。涉及这两种感官的词语更加真实自然，且更容易带来震撼之感。

据我所知，少有研究涉足味觉和嗅觉缺陷对人们理解味觉和嗅觉相关隐喻的影响，主要原因可能是味觉和嗅觉难以客观衡量，且这两种感觉对隐喻感知的影响更难以衡量。唯一针对嗅觉的隐喻变体的研究在跨文化变体领域。在英语中，嗅觉被称为"无声的感觉"（Olofsson & Gottfried，2015），因为在印欧语系中，嗅觉术语的数量相对有限。然而，语际研究表明，一些语种拥有更多涉及嗅觉的词汇（Majid & Burenhult，2014）。事实上，在英语中，嗅觉比其他感官更难描述，这意味着更多的用法需要涉及跨感官映射的隐喻（Williams，1976；Yu，2003），如借用与味觉相关的词汇，如"甜香"。在其他拥有更多涉及嗅觉词汇的语种中，跨感官隐喻则相对较少。相关讨论这里不再详细展开，我将在第 8 章谈到具身隐喻在不同语言和文化间的差异及其原因，届时会更深入地讨论这一现象。

触觉和失用症

触觉是我们在胎儿时期形成的第一种感觉，也是我们随着年龄增长最后失去的一种感觉（Krishna，2012），也许正因如此，它构成了许多具身隐喻的基础，特别是那些用来描述和联系情感体验的隐喻。有人指出，听觉概念更有可能通过声音符号来表达，并且经常通过触觉术语来描述，如"粗糙的声音"、"平滑的声音"和"刺耳的声音"（Winter，2016）。由于人们丧失触觉的可能性极小，所以我们很难提出和验证关于触觉丧失如何影响隐喻联系的假设。然而，*失用症* 不失为一个有趣的研究方向，因为该病症涉及触觉且与隐喻生成相关。失用症是一种认知障碍，会让患者失去准确执行已习得且熟练掌握的动作的能力。失用症患者除了在执行习得的运动活动上存在困难，在理解动作词汇方面也存在障碍。例如，Buxbaum 和 Saffran（2002）发现，与其他左半球（LH）病变的患者相比，那些患有左半球病变和失用症的患者能说出动物的名称，但不能说出人造物品（如工具）的名称。此外，他们发现失用症患者不了解身体，他们认为这是由于身体部位与使用工具密切相关。他们还发现，失用症患者不明白如何使用物体，即操作方式，但了解物体的功能。失用症患者在理解或产生涉及工具和行为的隐喻时是否会遇到困难是一个有趣的话题，目前尚无研究对这类患者使用涉及动作、触觉和工具操作的隐喻的方式进行调查。这方面的研究将会提供有关具身隐喻以及具身隐喻与现实世界经验关联方式的启示。

虽然目前在触觉受损对人类与具身隐喻交互方式的影响方面尚无研究，但人们在剧烈疼痛体验影响隐喻思维方面展开了一些有趣的研究。研究表明，当体验到无法用言语形容的剧烈疼痛时，人们通常会采用创新性的具身隐喻延伸来向医护人员在内的其他人表述这种疼痛。在 Semino（2010）引用的例子中，患者将疼痛表述为整个身体被金属线圈紧紧缠绕或淹没在成堆的垃圾中。这类表述与其来源一样是高度规约的基本隐喻，不过由于所描述的疼痛强度，其极具创意。它具有高度的创造性。在一项类似的研究中，Charteris-Black（2016）发现，患者在描述他们经历的剧烈疼痛时，会使用大量混合隐喻。他认为，这些患者使用混合隐喻来描述疼痛，以此来强调疼痛不受控制，因而疼痛程度更加强烈。

至此，我已经在本章探讨了感官受损影响人们使用感官隐喻的多种方式，表明了感官受损如何影响人们对具身隐喻的选择，人们与具身隐喻的交互方式以及隐喻的相对显著性。感官受损不应只被冠以缺陷之名，因为我们已经知道，一些感官受损能够给人们提供使用不同的具身隐喻契机，或促进对现有隐喻的创造性使用。这些研究发现为感官隐喻的具身本质提供了身体和现象层面的证据。在本章的最后一部分，我将探讨联觉——研究发现，联觉能扩大感官连接的数量和类型。

6.3　联　觉

联觉是多感官关联的一种极端形式，只出现在 4% 的人身上，这类人通常被称为"联觉者"（Simner，2007）。对于这类人而言，一种感官刺激会不自觉地引发另一种感官刺激，使他们频繁地在不同感官之间建立关联。Morrall（2003）在小说《惊艳的色彩》（*Astonishing Splashes of Colour*）中对联觉体验的描述很到位，该书的主人公 Kitty 是一位联觉者，而联觉也让 Kitty 能够体验到强烈的色彩情感：

> There are only certain times, when I feel right and he feels right. Then his white slows down so that all the yellows and blues and reds in his spectrum meet mine and merge, complementing the frenetic whirls of colour inside me. We look at each other and we match. Things can only work if we can share the colours out properly, evenly, between us. (Astonishing Splashes of Colour, Claire Morrall, Tindall Street Press, Birmingham, p. 102)
>
> 只有在某些时候，我和他的感受是一样的。每当这时，他的白色会减速，他色谱中的黄色、蓝色和红色与我的融合在一起，与我内心中疯狂旋转的颜色相辅相成。我们相互凝视并达成一致。只有当我们恰当地、旗鼓相当地分享颜色时，事情才会奏效。（《惊艳的色彩》，Claire Morrall，廷道尔街出版社，伯明翰，102 页）

联觉也分不同种类。对于一些联觉者而言，某些声音可能与特定的颜色有关，对另一些联觉者而言，某种质地可能与特定的气味有关，或某种味道与特定的声音有关，等等。因此，"周三"在一些人眼中可能是"橘色的"，数字"4"在一些人眼中可能是"开心的"，或者柴油的气味在一些人看来可能是"蓝色的"

（Cytowic，1989，1994）。

联觉可以分为两种类型，即"联想联觉"（associator synaesthesia）（如一周中的某一天会触发视觉看到某种颜色）和"投射联觉"（projected synaesthesia）（投射于空间或页面上，而非实际所见）（Simner，2007）。

联觉具有神经学根源。人们认为，联觉是由感觉皮层（负责接受和整合感觉信息）和杏仁核（负责处理情绪）之间异常强烈的关联引起的（Ramachandran & Hubbard，2001）。因此，联觉者对感官刺激会产生强烈的情绪反应。研究发现，相比于非联觉者，具有听觉-视觉联觉的联觉者在声音感知过程中下顶叶皮层的大脑活动明显更多（Neufeld et al.，2012）。该区域也负责多模态整合、面部刺激中的情绪感知以及感官信息解释。

联觉者所构建的一些关联似乎出于某种原因且并非任意的（Marks，1975）。例如，Simner 等（2004）发现，当联觉者按要求建立图形与颜色之间的关联时，他们倾向于将高频率的图形与高频率的颜色关联起来，而非联觉者的选择通常会受到顺序和颜色的语义典型性影响。也有证据表明，相比于非联觉者，联觉者体验到的时间、数量和空间之间的相关性更强（Cohen Kadosh & Gertner，2011），正如第 4 章所示，根据广义数量表征理论，时间、数量和空间之间的关联是一种动机性现象（Lourenco & Longo，2011）。然而，联觉者构建的一些关联的动机与常人不同。例如，Cohen Kadosh 等（2007）发现，联觉者可能将较大的物体与较深的颜色关联起来，将较小的物体与较浅的颜色关联起来。这种模式与婴儿的行为一致，与成人不同。这一发现表明，联觉者青睐的关联模式可能更具生物学上的具身性，而成年非联觉者采用的关联模式更有可能通过社交化过程获得。

其他有关联觉的研究（如 Ramachandran & Hubbard，2001）强调了联觉者建立的关联的创造性本质。有证据表明，联觉者比非联觉者更擅长创造性思维（Dailey et al.，2010），这一点在艺术、语言和音乐等一系列活动中不言自明（Mulvenna，2013）。对此，有一种解释是联觉者的神经连接程度可能更高，而神经连接是联觉和创造力的一个重要共同点。神经连接有助于促进关联思维——创造性思维任务中的核心组成部分。联觉者对一些配对也有强烈的情感反应，尤其是当配对"不正确"时（比如，当数字以"错误的"颜色打印时）。根据 Ramachandran 和 Hubbard 的说法，这可能是由联觉者感觉皮层和杏仁核之间的超连接导致的。

Ward 等（2008）对这一观点提出了质疑，他们认为创造是更为刻意、更具目的的过程。他们指出了前额叶皮层在发展检索策略、保留其余选项的记忆和验证新关联有效性方面发挥的作用。他们认为，这些深思熟虑的、目标驱动的过程与联觉者自然产生的连接截然不同。但是联觉者的反应仍然值得研究，因为他们建立的创造性连接似乎受隐喻驱动，他们对一些刺激的情感反应也更激烈，这些情感反应似乎推动了多感官隐喻的产生。针对联觉者的研究可以让我们深入了解身体、情感和隐喻创造力之间的关系。到目前为止，我们对联觉者的多感官隐喻联想及其与非联觉者对此产生的关联之间的区别都了解甚少。同样，我们对情感和情感因素所起的作用也知之甚少。

联觉个体如何在谈论感官体验时使用隐喻？

为了调查上述一些问题，Littlemore 和 Turner（in prep）进行了一项研究，旨在调查当研究者要求联觉者写下刺激感官的物体时，联觉者如何使用多感官隐喻。我们感兴趣的是找出他们在书写的时候使用了什么隐喻，这些隐喻在何种程度上以及以何种方式展现了动机和/或新异性，哪种多感官映射更受欢迎，情感在联觉关联的创造中扮演了什么样的角色。此外，联觉者是否比非联觉者能更深切地体会到包含具身隐喻的关联。最后，我们想要调查联想联觉者和投射联觉者在这些方面是否有所不同。

为了回答这些问题，我们对 20 名联觉者（通过英国联觉协会和在线联觉论坛招募）和 20 名非联觉者（通过社交媒体招募）进行了线上调查。首先，我们让受试者写下一些他们喜欢和不喜欢看到的东西。然后，我们在其余四种感官（味觉、听觉、嗅觉和触觉）上也重复了上述步骤。接下来，我们向他们展示了六种基本情绪的名称（快乐、悲伤、恐惧、愤怒、惊讶和厌恶），并要求他们写下他们读到这些单词时的想法。在研究的第三部分，受试者需要阅读以下句子：

- "Seeing those people again made my skin crawl."
- "It made me feel sick to see such meaningless cruelty."
- "The sound of fingernails of a chalkboard set my teeth on edge."
- "Their constant excuses left a bad taste in my mouth."
- "再次见到那些人让我起鸡皮疙瘩。"
- "看到这种毫无意义的残忍行为让我感到恶心。"
- "指甲划过黑板的声音让我心烦意乱。"
- "他们没完没了的借口让我很不舒服。"

研究人员要求受试者想象自己刚刚对一个朋友说了这些话，然后，根据他们的理解，对这些句子的字面含义程度按 1 到 5 进行打分。这里我们假设，相比于非联觉者，联觉者能更好地理解句子的字面意思。最后，我们问联觉者他们有什么样的联觉（例如，他们是否将字母/单词与颜色、声音与颜色、数字序列与空间中的点、类似一周中的天数或月份的顺序序列与性格或性别、单词与味道关联起来，或者他们是否有过类似的关联经历）。

正如预测的那样，联觉者明显比非联觉者更容易理解上述句子的字面意义（p<0.01），这表明具身隐喻在联觉中更容易通过字面来理解。在研究人员询问他们喜欢和讨厌看到、尝到、听到、闻到和触碰的事物时，两组受试者产生的跨感官映射的数量有所不同，联觉者的跨感官映射要比非联觉者多得多。两组在跨感官映射中使用的源域也存在差异。从数据来看，到目前为止，受试者在回答中提到次数最多的感觉是触觉（92），其次是视觉（53）、听觉（10）、味觉（6），最后是嗅觉（3）。有趣的是，所有有关听觉、味觉和嗅觉的回答都是由联觉者提供的。非联觉者只提及了触觉和视觉。

联觉者产生的大多数关联由现有的概念隐喻激发并与之对应。激发他们反应的最常见的隐喻对应是温暖和寒冷、光明和黑暗、秩序与混乱、尖锐和钝性、强度水平、持续时间、分化和运动。这些关联通常以新异的方式延伸，如以下例子：

I hate hearing pure bright high singing because *it sounds like jagged white walls and they become overwhelming and bright.*

我讨厌听到纯粹明亮的高音歌曲，因为*那听起来就像锯齿状的白墙，非常有压迫性并且十分明亮。*

I hate the sound of metal that squeals. *When I hear it I see silver lightning bolts coming from the source.*

我讨厌金属发出的尖刺声。*当我听到它的时候，我会看到声源处释放银色的闪电。*

一些由联觉者产生的隐喻性解释涉及拟人：

Ocean air feels like it's calling, "*let me love you!!!*"
海边的空气就像在呼唤："*让我爱你!!*"

The bass is my favourite instrument. I love its warmth and *the way the sound just holds you in a way.*

低音电吉他是我最喜欢的乐器。我喜欢它的温暖以及*它摄人心魄的乐音。*

与非联觉者相比,联觉者在情感层面和生理层面的反应更强烈,更有可能表示刺激物影响了他们的思维模式:

Drips falling from the roof into a pail outside my window. They *wear a hole in your mind.*

雨水从屋顶滴落到窗外的桶里,*在你的脑海里穿了一个洞。*

除了跨感官的对应和隐喻,联觉者的反应也比非联觉者的反应包含更多共情,这可能是因为联觉者具有不自觉地将其他感官与触觉关联起来的强烈倾向。

I do not like to see pain or things that are painful or disgusting. When viewing someone get a cut or other bodily damage, it is very difficult not to imagine the feeling. *If someone's having their hand or arm cut, I often shake my arm to get the feeling out.* It is very unpleasant.

我不喜欢看到痛苦或任何让人感到痛苦或恶心的东西。当看到某人被割伤或遭受了其他身体伤害时,不去想象这种感觉实属不易。*如果有人的手或手臂被割伤了,我通常会摇晃自己的手臂来摆脱被割伤的感受。*真是不那么愉快!

有趣的是,有一些联觉者甚至与无生命的物体产生了共鸣,如下文之例所示:

The reason this is enjoyable is that it helps to "empathize" with things that most people probably wouldn't even know you could empathize with; *yellow street-lines, beehives, computer monitors, etc..* (I use empathize in a way similar to, but not exactly like it's actual definition. Rather, it is closer to a feeling of "complete understanding" of that one object).

这之所以有趣，是因为它会让人们共情一些大多数人甚至都不知道可以共情的东西；比如黄色的街道线、蜂箱、电脑显示器等等。[我使用"共情"（empathize）一词的含义与其定义有相似之处，但不完全相同；这里的含义更接近于"完全理解"所描述的事物]。

联觉者似乎更接近于所描述的对象及体验，这也意味着他们有时似乎会将字面意思与隐喻体验融合起来。

I don't like to see a cluttered room, it clutters my mind.
我不喜欢看到房间乱糟糟的，它会扰乱我的心绪。

将字面意思和隐喻意义相混合，这与神经性厌食症患者的经历很相似，我们已在第 5 章进行过探讨。

联觉者远不像非联觉者那样对自身反应做出字面解释，或是根据想象做出解释。以下是非联觉者的一些典型例子：

Strong body odour/perspiration. *Suggests lack of cleanliness and hygiene.*
强烈的体味/汗水　表明缺乏清洁，不卫生

Petunias. *It reminds me of a place where we used to go on holiday,* where there were lots growing by the main footpath.
矮牵牛花（喇叭花）　它让我想起了我们曾经度假的地方，在那里，主人行道旁长了许多喇叭花。

I love the smell of a dog after the vet *because it reminds me of my childhood.*
当送狗看过兽医之后，我很喜欢它的气味，*因为这让我想起了我的童年*。

联觉者比非联觉者在同理心及跨感官的隐喻联系方面更强，对刺激表现出更为强烈的个人情绪反应，而且也更身体力行地体验隐喻，这与我们在第 3 章讨论出的结果不谋而合，表明这些因素之间有着异常紧密的联系。因此，具身隐喻、共情、情感和身体体验之间似乎存在着一种共生关系，且环环相扣，紧密相连，这在联觉者身上尤其突出。联觉者和非联觉者对不同的感官提示会做出不同的反应，以下是一些具体实例。

视觉

联觉者在描述自己喜欢和不喜欢看到的事物时，会比非联觉者产生更多的跨感官反应。联觉者主要以触觉来描述视觉感受，如下文示例：

I like to see words and to read them, *because in my head I "feel" them quite strongly. Not a physical texture, but the meanings, the shapes, and the colors.*

我喜欢看文字、阅读文字，因为在我的脑海中，我能强烈地"感受"到它们。不是它们的物理结构，而是它们的含义、形状、颜色。

I like the color purple. *It's like silk fabric that caresses and folds over my mind.*

我喜欢紫色。它宛若绫罗绸缎，轻抚、拥抱我的心灵。

Chain-link fence with either very small holes, or a "barbed-wire"-style top. In the first case, *it feels gritty, rough, screechy to look at;* in the latter, the pattern is broken too harshly and in a way that feels very much like running one's hands down slightly rusty metal.

带有小孔的铁丝网或顶部"带刺的"的铁丝网　第一种铁丝网给人一种沙砾、粗糙、刺耳之感；第二种铁丝网的图案太过破碎，感觉就像在抚摸生锈的金属。

在最后一个例子中，我们可以看到小孔的概念之间的隐喻联系，它看起来像带刺的铁丝，也因此感觉粗糙又"刺耳"。联觉者的一些回答还涉及了听觉，如：

Peacocks. I hate the patterning. *It's like somebody playing the piano out of tune.* It's awful.

孔雀　我讨厌图案结构。就像有人弹钢琴时走调了。太糟糕了。

联觉者也比非联觉者更多地使用拟人化修辞。

The waves seem *angry* and I do not trust them.

海浪似乎很生气，我不相信他们。

在很多情况下，联觉者表示自己对刺激产生了强烈的身体反应：

I don't like the colour yellow. *It's too startling and hurts my brain.* It's sudden.

我不喜欢黄色。*它颜色太过鲜亮，会让我头痛。*这很突然。

*联觉者还使用了一些相似隐喻，*他们也会对刺激产生强烈的情绪反应：

I don't like to look at baby carrots for too long. They remind me of obesity. They're too smooth, and I do not like the little ridges. I'm not joking, sometimes the images of carrots keep me up at night. It's been this way since I was little. I was always afraid of becoming fat, and I guess it manifested itself in the texture of baby carrots.

　　我不喜欢盯着小胡萝卜太长时间，那会让我想起肥胖。它们太光滑了，我不喜欢它们纤细的躯体。我不是在开玩笑，有时胡萝卜的形象会让我彻夜难眠。我从小就是这样。我一直害怕变胖，我猜这体现在小胡萝卜的质地上。

有一次，人们将味觉作为描述视觉刺激的源域，这似乎是受到了一个相似性隐喻的启发，即将日落比作冰冻果子露：

It makes me think of rainbow sherbet, even though those colors are not right – too orange and dark mulberry, and not mixed together. However, if sunsets had a flavor, they would be sweet and tangy like rainbow sherbet.

　　这让我想起了彩虹果子露，尽管那些颜色不大对——橘色和桑葚黑太浓了，并没有融合起来。如果日落有味道的话，它一定会像彩虹果子露一样甜美浓郁。

听觉

与非联觉者不同，联觉者表示，他们对自己喜欢和不喜欢的声音会表现身体反应，如以下示例：

The sounds – *I can feel them in my head. Like a little massage.*
声音——我能感觉到他们在我的脑海里。就像是一条小小的消息。

声音最容易唤起联觉者的视觉和触觉，而这些有时会融合在一个答案之中，如下所示：

His voice *melts my mind and makes me warm… [it] looks like deep dark colours* and it is my favourite sound.
他的声音融化了我的心，温暖了我……[它]看起来是深黑色的，是我最喜欢的声音。

联觉者产生的许多反应都涉及隐喻映射，如下文的例子就将隐喻意义上的沉重与厚重同具身的下沉的感觉联系起来：

An example of a voice I don't want to hear (not that it's not a nice voice, it's just uncomfortable to listen to), is the song "Royals" by Lorde. *Her voice is very heavy and thick and makes me feel like I'm sinking down slowly under dark water.*
我不想听到的一种声音（并不是说声音难听，只是听起来不舒服），是 Lorde 的 *Royals* 这首歌。*她的声音太过沉重与厚重，让我仿佛缓缓沉没在黑暗的水底。*

有关联觉者的数据中还有许多奇特的相似隐喻之例，如：

His voice was brown, woody, and prickly like a pine cone.
他的声音是棕色的、木质的，就像松果一样刺耳。

联觉者表示，与非联觉者相比，他们对不同声音的反应更真实、更情绪化、更强烈，如下文的例子所示：

[very] high-pitched noises. *These terrify me*. If any of my skin is left uncovered when I hear these sounds, I NEED them to be covered immediately, or at the least I need to get off of the ground. *They feel like thousands of red hot needles stabbing in to every inch of my body over and over, and they look like seeing a fire from INSIDE the fire ...*

[非常]高的高音。*它们使我害怕。*当我听到这些声音时，如果我有任何一处皮肤没有被衣服遮挡，我就需要立即将那儿裹起来，或者说，至少我要离开地面。*这些声音给我的感觉就好像成千上万根烧红的针一遍又一遍地刺入身体的每一寸肌肤，而且看着它们就像在火中看到火一样……*

这反映了神经语言学方面的研究结果，它表明在感知声音的过程中，联觉者比非联觉者在顶叶皮质下区出现了更明显的大脑激活反应（Neufeld et al., 2012）。这个区域与多模态整合、面部刺激的情绪感知，以及感官信息的解释有关。

除了进一步支撑已有的、完善的听觉与视觉之间的联系，我们的数据还体现出听觉刺激与其他感官之间的联系。例如，很多联觉者都表明可以通过声音看到颜色：

Vacuums make me see so much red it's actually a little uncomfortable.
*吸尘器让我看到太多红色了，*让我有点不舒服。

I hate the flute. So much. I don't like how airy it is. I get lightheaded thinking about it. *The color of the sound is a terribly obnoxious baby blue.*
我讨厌笛子，很讨厌。我不喜欢它那种轻浮的声音，一想到就觉得头昏眼花。*那声音的颜色是很讨人厌的淡蓝色。*

非联觉者有时候会对声音有一定的身体反应，但这些都不是由隐喻反应所激发的，与联觉者不一样。以下就是一个例子：

Arguments or bickering amongst adults - makes me feel anxious and want to remove myself from the area I'm in. Dogs barking over prolonged periods – very stressful. Whistling – a phobia I have. The noise of a whistle just grates and makes me literally shiver. People clicking their fingers or hands to release whatever it is they have to My arms become riddled in goose bumps!

大人们之间的争论或争吵——让我感到焦虑，想从这样的环境中逃离。狗长时间的吠叫——也让我很有压力。吹口哨——我有恐惧症。哨子发出来的声音很刺耳，让我不寒而栗。人们弹手指或者手掌之类的声音，都让我的胳膊起鸡皮疙瘩了！

嗅觉

至于其他感官，联觉者对于各种味道的反馈，会比非联觉者涉及更多的跨感官映射，其中，很多映射还与隐喻有关。有些联觉者对于难闻气味的反馈会包括一系列感官，例如下述例子就包含了听觉、触觉和嗅觉：

Candles that supposedly smell like coffee are disgusting. *They smell like the loud static sound a TV makes when it's turned to a channel you don't have.* It feels like breathing in pepper-spray but without all the coughing and choking. Fake peach scent in candy or candles makes me gag. My stomach doesn't get upset, but it sets off my gag reflex. I don't think there are words to describe how awful that scent is, but it gets in your mouth so that you taste the nasty fake peach flavor when you smell it.

据说有些蜡烛闻起来像咖啡，着实令人恶心。它们的味道就像将电视换到一个你没有订阅的频道时所发出的巨大静电声。这感觉就像闻到了胡椒喷雾，却又没有咳嗽和窒息感。糖果或蜡烛中的假桃子味让我作呕。尽管我的胃不会难受，但它会让我想呕吐。我想不到用什么词来形容这种香味有多可怕，但它就是会进入你的口腔，让你尝到难闻的假桃子味。

在这个例子中，蜡烛的气味被描述为听觉（"就像电视发出的巨大的静电声"）、触觉（"像闻到了胡椒喷雾"）和味觉（"让你尝到讨厌的假桃子味"）。尽管没有明确说明，但粗糙与丝滑的隐喻贯穿了整个反馈过程。

联觉者也表现出与刺激物有更多的"个人"联系，因此，当跨感官映射在某种程度上是"错误的"时候，他们有时会表示烦恼，这表明他们对自己的"应该"和"不应该"有强烈的感觉：

> I don't like to smell gasoline because the color of the smell is bright orange but gasoline isn't and that annoys me. Bleach smells light blue but it is actually clear; that annoys me too.
>
> 我不喜欢闻汽油的味道，因为它的味道该是亮橙色的，但实际上并不是，这让我很恼火。漂白剂闻起来是淡蓝色的，但实际上是清澈的；这也让我很恼火。

联觉者对气味的反应也比非联觉者更夸张，正如我们在这里看到的：

> The last time someone bought this and was about to use it, *I quite literally ripped it from their hands and emptied and entire bottle outside.* If you can't tell, I loathe smells, since they almost always taste awful.
>
> 上次有人买了这个，正要用的时候，*我直接从他们手里抢过来，在外面把它全部倒光。*如果你看不出来，我讨厌气味，因为它们几乎总是很难吃。

并非所有联觉者的跨感官映射都是隐喻性的，例如以下这个例子：

> I don't like to smell cooked green or red peppers because *it reminds me of their texture.*
>
> 我不喜欢闻煮过的青椒或者红椒，因为*那会让我想起它们的口感。*

联觉者有时会对一些不含跨感官映射的问题做出书面回答，但此时他们的答案往往比非联觉者的答案更新异，例如以下例子：

> Laundry washed without detergent. *A bit of sweat cooked in warm water is quite a musky and unfortunate aroma* and it tends to infect the area for a while.

不用洗衣液洗衣服。泡在温水里的汗液会有一股麝香和奇怪的香气，会浸染到周围的区域中去。

比起非联觉者，联觉者更能用抽象实体来比喻确切的实体：

My favorite scents are citrus or vanilla. Citrus smells fun. Vanilla smells like *refined confidence*.

我最喜欢的味道是柑橘或者香草。柑橘闻起来令人感到欢心。香草闻起来有*高洁、精致*的感觉。

相比之下，非联觉者对气味的反馈要么是书面的，要么是基于个人的联想：

I do not like the smell of hospitals/disinfectant. The smell is often too strong / overwhelming and *I associate it with illness*.

我不喜欢医院/消毒剂的味道。这种气味通常都很强烈/令人难以承受，会让我*联想到疾病*。

味觉

非联觉者用文字描述味觉，而联觉者会动用包括声音在内的一系列感官形式来进行描述：

The taste is like a "burn", but not quite. Take the searing feeling out of a burn and discard the pain and discomfort. If all you have is the searing feeling, that is bell peppers and celery. *Much like the sound of a Harley*, tasting either of these makes me angry, instantly.

有点像"烧焦"了的味道，但又不完全像。除去烧伤的烧灼感，忽略掉疼痛和不适。如果你只有烧灼的感觉，那就是青椒和芹菜。*就像 Harley 的声音一样*，品尝这两种味道会让我立刻就生起气来。

以及视觉：

I don't like some types of Hershey's chocolate because *they taste like how ripped up tires look*.

我不喜欢好时某巧克力的几款味道，因为它们*尝起来就像撕裂后的轮胎*。

在某些情况下，一种特殊的味道或几种特殊味道的组合，可以同时唤起几种不同的感官：

On their own, bananas and honey are already miraculous. They're so delicious and they invoke so many different senses and thoughts and ideas all at once that it's impossible to describe. But, combined? It is an entirely new level of bliss. Think "ambrosia" from Greek mythology. It is something so far beyond comprehension. One of very few things that triggers literally every sense at once. I take a bite, and ... *It smells like rain. It sounds like a deep pink/ blue noise. It looks like a beautiful, opalescent fractal. It feels like velvet all over my body.*

香蕉和蜂蜜本身就已经是奇迹了。它们是如此美味，能同时激发如此多种不同的感觉、想法和观点，以至于无法描述。但是，结合起来后呢？这完全是另一种程度的幸福。想想希腊神话中的"神仙的食物"（ambrosia）。这是一种远远超出理解范围的东西，是极少数能一触即发所有感官的事物。我咬了一口，然后……*它闻起来像雨，听起来像是深粉色/蓝色的杂音，看起来像一个美丽的、乳白色的不规则的形状。我感觉全身都像覆盖着天鹅绒一样。*

与非联觉者相比，联觉者对某些不喜欢的味道更有可能涉及拟人化修辞：

Lemons. *Lemons need to chill out.* Eggs and cheese. Feels fake. Anything too bitter, for obvious reasons.

柠檬　*柠檬需要冷静一下*　鸡蛋和奶酪　感觉很虚伪　任何过于苦涩的东西，显然都是有原因的。

Water which is flavored, but only slightly. *What are you? Are you water or are you flavored water? Pick something!*

只加了一点调料的水。*你是什么？你是水还是调了味的水？做个选择！*

联觉者在描述食物时也更喜欢谈论口感，而且经常涉及相似隐喻，例如下面这些例子：

Pickled beets taste like death. Raw mushrooms *are like eating sliced sponges*, and cooked mushrooms *are like slimy slugs*.

腌甜菜尝起来让人毁灭，生蘑菇吃起来像海绵片，而熟蘑菇就像黏糊糊的鼻涕虫。

研究发现，联觉者对某些刺激物有特别强烈的情绪反应，这些反应偶尔会显得有点另类。

Caraway seeds have *an intensely disturbing taste* but I can't exactly describe why.

荠菜籽有一种强烈的令人不安的味道，但我无法准确说明到底是为什么。

他们还说了一些隐喻，在这些隐喻中，一个具体的靶域被描述为一个抽象的和一个具体的源域。

Those cookies tasted of *regret and rotting flesh.*

那些饼干有*悔恨和腐肉*的味道。

在这方面，联觉者在描述口味时的反应与他们在描述气味时的相似，都涉及与情感体验密切相关的抽象概念（如遗憾和信心）。

触觉

在谈到触觉时，与非联觉者相比，联觉者也更多地动用了跨感官映射，其中很多是基于隐喻的。例如，一位受试者将柔软的质地与"柔软"的颜色（粉红色）联系起来：

Velvet is quite enjoyable. I find that most "feelings" don't invoke any other senses. *Velvet is always pink, however, (regardless of its actual, physical color).*

天鹅绒摸起来是很舒服的。我发现大多数"触感"并没有唤起任何其他感觉。*然而，天鹅绒总是粉红色的（不管它实际的颜色如何）。*

一位受试者用一种"粗糙"的声音来描述粗糙的质地。

Rough linen, it feels pretty like thunder.

粗糙的亚麻布，摸起来像雷声。

一位受试者用尖锐的声音来描述尖锐的触觉。

Paper. Feels like the sharp edge of a knife and *sounds like nails on a chalkboard.*

纸，摸起来像锋利的刀刃，*听起来像在黑板上钉钉子。*

还有一位受试者用尖锐的图像来描述尖锐的触觉。

I hate scratching my nails through paper onto a table. The paper sticks to my nails and *the feeling is very green and has jagged squares all around it.* I can never see it completely though.

我讨厌用指甲隔着纸在桌子上刮。纸陷在我的指甲里，*感觉很绿，周围有锯齿状的方块，*虽然我从来没有真的看到过。

比起非联觉者，联觉者也更经常使用新异的相似隐喻：

I stepped on a pile of wood grubs that were under a piece of wood. *They poured like tiny balloons filled with mashed potatoes.* I only felt the sensation of them popping through my shoe, but it almost made me throw up. I rarely get nauseous from something like that.

我踩到了木头下面的一堆木蛴螬。*它们像装满土豆泥的小气球一样，在被踩爆的时候汁液横流。*我只是隔着鞋子感觉到它们在爆开，但这几乎让我作呕。我很少会因为这样的事情而感到恶心。

在描述不想碰的东西时，联觉者和非联觉者都提到了疼痛的身体反应（可以理解），但除此之外，联觉者还描述了与疼痛无关的身体反应，例如下面这个：

Many coats and some sweatpants have a lining inside them that's supposedly very soft and very warm, *but to me it's just suffocating. It makes me feel that if I pressed my face in it, the texture would clog my respiratory system.* I don't like how being loved feels like. *It creeps the hell out of me, the involuntary warmth somewhere deep in my chest area and the way my skin crawls along my neck and shoulders.*

许多大衣和一些运动裤里都有一个内衬，这个部分理应非常柔软、温暖，*却恰恰令我感到窒息。它让我觉得，如果我把脸按在里面，这种质地会堵塞我的呼吸系统。*我不喜欢被爱的感觉。*它让我特别反感，胸部某个地方不由自主地有温暖的感觉，脖子和肩膀则会有虫子爬的感觉。*

从这些例子中我们可以看到，与非联觉者相比，联觉者的反应不仅涉及更多的跨感官映射，还涉及大量的隐喻，而且更新异、更有同理心和感情、与身体关联更密切、具身性更强。上述发现表明，具身隐喻在联觉者群体中更加活跃和突出，这是神经连接水平提高的结果，特别是在负责识别感官刺激、多模态整合和情绪感知的下顶叶皮层方面有明显的提高。因此，我们可以得出结论，联觉者与非联觉者体验隐喻的方式截然不同，而这种差异可以从神经学角度来解释。

最有趣的发现是，联觉者所形成的跨感觉的隐喻性联想会唤起个人强烈的情感反应，甚至可以引发对无生命物体的共情。他们所使用的隐喻显然是新异的，并且具有高度的创造性。虽然我们不能肯定这种创造性是否是有意为之，但不管从哪个客观标准来评判，他们使用的隐喻都是很有创意的，因为它们发掘了实体之间新的对应关系或对现有对应关系进行了高度创新。这些发现表明，在跨感觉隐喻、情感、共情和创造力之间可能存在着一种共生关系。这与第 2 章中讨论的研究结果相呼应，后者强调了新异性和情感在隐喻的具身性中起到的重要作用。

6.4 结　论

在这一章中，我们看到了更多关于具身隐喻的非普遍性的证据。我们看到，一些身体疾病，比如失明，会让人们拒绝使用规约的基本具身隐喻，即使他们必须使用这些隐喻，他们也会用出乎意料的方式进行创新。我们还看到其他的残疾人，比如失聪的人，会使用其他的感觉模式进行交流，并利用这些感官给到的指示，对传统隐喻进行创新，甚至形成新的具身隐喻关联。最后，研究表明，联觉者能够产生富有创造性的基于隐喻的跨感觉关联，引发强烈的情感和身体反应，而这些关联有时需要与无生命物体产生一定程度的共情，这表明其中含有拟人化的成分。这些特征为研究具身隐喻提供了新方向，这个方向目前在主流研究中还鲜有涉足。这些特征还与第 4 章中提到的儿童使用具身隐喻时的特征有着惊人的相似之处。像儿童一样，联觉者在使用具身隐喻时，会高度个人化和情感化。他们会特别感受到生命的状态，并利用自己的生活经验来创造新的映射。这进一步支持了下面的观点：情感、创造力和个性化与具身隐喻密切相关，并且可以通过具身隐喻得到强化。

7 "不该说的话脱口而出。"

"思维改变"：抑郁和心理障碍对人们通过
隐喻体验世界的影响

7.1 引　言

英国杂志《大事件》（*The Big Issue*）刊载过有关抑郁的一篇文章，开篇就介绍了为有丧亲经历的年轻人提供社会支持的网络主人公贝丝·罗兰（Beth Rowland）的故事。她讲述了自己经历母亲去世的那些感受：

> Have you ever wondered what it would be like to be pulled into a black hole? The inevitability of the darkness, the struggle against the force, the crushing pain, the emptiness of everything? (The Big Issue, 21 May 2018 (p.15))
>
> 你知道被拽入黑洞是什么样的感受吗？是无处不在的黑暗，是面对引力的挣扎，是粉身碎骨的疼痛，还是虚无？（《大事件》，2018 年 5 月 21 日，第 15 页）

在这段节选中，Beth Rowland 从一系列想象的身体感受出发，描述了一段痛苦的情感体验。虽然没有进过黑洞，但我们都知道被拉拽、挣扎、置身黑暗以及疼痛是什么体验，因此，我们可以从身体层面理解这些隐喻，这意味着在某种程度上这些体验有具身性。研究表明，人在讲述引起巨大情感波动的改变人生的经历时（Semino，2011），会更多地使用这类隐喻。在第 3 章，我们了解到，不少研究表明，人在有强烈情绪体验时会创造隐喻（Fainsilber & Ortony，1987）；与描绘他人的感受相比，人在讲自己的感受时创造的新异隐喻更多（MacCormac，1986；Williams-Whitney et al., 1992）。Gibbs 对身患癌症的女性书写的记叙材料进行了研究，发现其中存在特别多的强具身隐喻。他认为，这些具身隐喻能帮助她们理解癌症并接受自己罹患癌症的事实。那么以下论点或许也就不足为奇了：当人无法在社会中找到自身经历的普遍共鸣时，隐喻通常就成了其交流的唯一工具（Gibbs, 1994）。

在本章，我们会看到，人在经历了极度的悲痛后，通常会说自己由此变成了一个"不一样的人"，自己的思维不知怎地"改变"了，再也"回不到"过去的自己了。"思维改变"以及其对人通过隐喻体验世界的影响是本章探讨的重点。相关研究为具身隐喻体验的多样性提供了进一步的证据，但或许更为重要的是，这些发现能运用于现实：了解了悲痛的经历是如何改变对人通过隐喻认知世界的方式，我们或许能更好地为这些人提供支持。

在本章开头，我谈到了抑郁的问题，即重点关注失去亲人后的悲痛，并探究了这种悲痛如何塑造人们基于隐喻的世界观。我还讨论了自己目前和同事合作的一项研究，即具身隐喻在人经历流产的悲痛时所起到的作用。这种痛苦特别强烈，因为父母没有机会了解他们失去的孩子。

接下来我会谈到两种非常不同的*字面上*"改变思维"的心理和神经疾病——孤独症和精神分裂症，这两种疾病都会改变人使用隐喻的方式。研究发现，患这两种病的人在使用隐喻时都会遇到困难，但原因不同。有人认为，对于神经正常的人而言，要成功理解新异的隐喻，需要整合死板的语义处理和灵活的语义处理，前者通常由左脑进行，后者通常由右脑进行（Faust & Kenett, 2014），这是因为理解不仅需要创造性，还需要理性。Faust 和 Kenett 认为，这两种语义处理的相互作用处在一个"死板-混乱"的序列中，高度僵化、基于规则的语义处理是一个极端，而陷入混乱、过于灵活的语义处理是另一个极端。他们认为孤独症患者往往位于这一序列的"死板"端，而精神分裂症患者往往位于"灵活端"。因此，这两类人在理解新异的隐喻时都会遇到困难，但他们遇到的困难有很大差异。在创造和理解隐喻映射时，孤独症患者思考的范围被认为太过狭隘和集中，然而精神分裂症患者思考的范围则被认为太过宽泛。

到目前为止，相关研究主要关注孤独症患者和精神分裂症患者理解和创造语言隐喻的方式，而对于他们如何理解和使用具身隐喻的研究还尚未出现。另外，对两种群体的研究中都出现了相反的结果：一些研究表明他们在理解和使用隐喻时会遇到困难,而另一些研究则表明他们有时能创造出富有创意的隐喻。在本章,我会说明产生这种不同的原因并引入具身隐喻这一概念,我认为具身隐喻或许能帮助解释这一矛盾。接着我会分析对精神分裂症患者进行的采访,从而研究他们如何通过具身隐喻来认识自己的疾病。

总而言之,在本章,我会探讨不同的思维状态和不同的疾病是如何影响人们体验和使用具身隐喻的。由此,我希望能揭露这种一般意义上的普遍现象如何被不同的人用不同的方式经历。更重要的是,部分人群的思维状况因为心理创伤、心理障碍或精神障碍而改变,我希望通过探究这类人群使用隐喻的不同方式,能加深对这种特殊思维状态的认知,从而能更好地理解并帮助他们。

我将重点放在他们对于具身隐喻的使用上,因为它们直接触及人们体验的核心,在下文的语录集中,我还会关注讲述者对具身隐喻的创造性使用,这可以折射出与没有遭受类似情形的人相比,他们的心理体验和心境状态有什么不同。了解亲历者以不同且常常新异的方式使用具身隐喻来构建经历,我们可以洞悉他们的思维过程并最终发掘更多的沟通渠道。

7.2 抑 郁 症

大量文献都探讨了经历过危机和失去的人如何运用具身隐喻构建体验(Papp,1982;Christi & McGrath,1987;Rosenblatt,1994,2000,2007)。抑郁症的表述本身就非常具体,如人们常用黑暗、下降、禁锢、重量与失控等概念对其进行描述(参见 McMullen & Conway,2002)。抑郁症也常常被赋予主体(Körner et al.,2011),主体化的抑郁症包含生命度,它有时甚至被具身化为动物,如英国前首相 Winston Churchill 将自己的抑郁症描述为"黑犬"。

因丧亲而抑郁的人更有可能使用创造性隐喻来理解新的现实,而使用这类隐喻能帮助他们吐露并探讨那些可能难以言喻的情绪(Nadeau,2006)。在上文提到的 Körner 等的研究中有一位受试者表示:"这条黑狗走过来坐在我的脸上,然后建了个狗窝。"抑郁症患者说出的许多创造性隐喻都是具身化基本隐喻的延伸使用,尽管人们在讨论它们时通常不会用到这类术语。例如,Nadeau 分析了四种隐喻场景,这些场景是人们在心理咨询中对自己丧亲经历的描述。虽然 Nadeau 没有提到具身隐喻这四个字,但我们仍能看到每个场景都涉及具身隐喻的复杂组合与创造性阐述。

第一个场景有关一位男士，他失去了好几位亲人。他这样描述自己的经历：

> I'm coming back to where I was. It's like a geodesic sphere coming apart, where you can see spaces between that are dark. The parts reorganize themselves and come back to the whole. You are not really different. You just know that you can come apart and go back together. (Nadeau, 2006: 207)
>
> 我回到了起点。就像一个球状物摔成了两半，中间的区域一片漆黑。它们又自行拼凑成一个整体。人与人并没有什么不同。我知道破碎的自己会再次变得完整（Nadeau，2006：207）。

虽然该隐喻极具创意，但它借鉴了许多可识别的具身化基本隐喻。整个隐喻是具身的，因为描述的物体是球状物。这个重要的具身隐喻还大量引用了其他隐喻，例如实体的本质即其形状，负面影响即黑暗，相互关联即身体联系。

描述第二个场景的这位女性刚刚经历离婚的痛苦，场景中涉及的隐喻略有不同。她从家出发开车到小镇，参加为单身人士举办的活动、教育研讨会和舞蹈课，她讲述这一段行程中获得的快乐。在豪车里，她讲述了这段经历并强调她喜欢开车，这样可以"掌控自己的命运"。在讲述离婚程序办理的过程时，她说得最多的一句话是"坐在驾驶位子上"。这个例子非常有趣，既包含字面意义也包含隐喻含义，她正"坐在驾驶位上"成为该隐喻的源域。这个隐喻的使用使其含义得以强化。与之前的例子一样，主人公将自己置于隐喻场景的中心，使自己处于主导地位。在这个概莫能外、使动和具身化的隐喻场景中，人们可以看到大量的具身化基础隐喻都以源域—路径—目标图示为出发点，这些隐喻包括：变化即运动、行动即自驱运动以及达成目标即到达目的地。

一位女士描述了第三个场景，她的女儿失踪一年后，遗体才被发现。她的具身化隐喻场景是一个反复出现的噩梦，梦中她被活埋，成为献祭仪式的一部分。她表示，这个梦表达了她对自己目前处境的看法：

> There had to be a sacrifice made and it had to come from within the family. Dad said "No!", Mum said "No!" All said "No!" It got all the way to me and then there was no choice. I wasn't asked. I didn't resist. In the dream

I crawled into a hole in the ground and my family threw dirt on me. It's kinda what they wanted. They seemed pleased as if they could go on living if I wasn't there; if I didn't exist. My presence kept something from them. That's how it always felt to me. (Nadeau, 2006: 212)

必须要有人成为祭品且一定要是家属。父亲说"不"，母亲也说"不"，所有人都说"不"。一直到我，而我别无选择。没有人问我是否愿意，我也没有拒绝。在梦中我爬进洞里然后家人朝我身上扔土。这可能就是他们想要的结果吧。他们看起来很高兴，好像如果我不在或不曾存在过，他们就能活下来。是我的存在使他们无法活下去。这就是我一直以来的感受（Nadeau，2006：212）。

与之前的案例一样，丧亲的人将自己置于具身化隐喻场景的中心，该场景借用了大量具身化的基本隐喻，包括悲伤即心情低落、心理伤害即身体伤害、坏即黑、不完美即尘土、掌控即高高在上。

一位女性描述了第四个场景，即她的父亲自杀了，留下了妻子和四名成年子女。父亲童年时受到虐待，因此为了保护现在的家庭，他与父母和兄弟姐妹断绝了关系。她以这种方式说出她的隐喻：

The image I have is of our family clinging to a life raft ... the raft is the sum of us, the sense of unity. Peggy, my brother's friend, is swimming away and taking my brother, Jake, with her. There are sharks in the water and they are the same for me as they were for Dad. What are the sharks? The sharks are Dad's parents. If sharks ate their young, my father would become the bait. He blocked the abuse by not passing it on to use but he never got over it, being abused himself. The sharks are also the brothers from whom my father was cut off. (Nadeau, 2006: 214)

我脑海里浮现的画面是：我们全家人紧紧抓住一只救生筏……木筏是我们的总和，是团结的感觉。哥哥 Jake 的朋友 Peggy 在游泳，把他也带走了。水里有鲨鱼，在我和父亲看来它们都长得一样。鲨鱼是谁？是父亲的父母。如果鲨鱼要吃掉自己的幼崽，父亲就会变成鱼饵。父亲切断了家暴链，从未打过我们，但他一生都无法摆脱被父母家暴的阴影。鲨鱼也是与父亲断绝关系的兄弟（Nadeau，2006：214）。

在第四个场景中，死者家属也将自己置于一个复杂的、创造性的具身化隐喻场景的中心，她和家人正在木筏上漂流。木筏让人有安全感，但难以操控并迫使他们挨得很近。同样，这个场景似乎由几个不同的具身隐喻加持：团体即物质结构、帮助即支撑、情感距离即物理距离、境遇即环境。这个场景比其他的场景更多变些，因为鲨鱼扮演了两个角色，她也因此可以直截了当地描述自己对祖父母的态度，也可以模棱两可地描述对叔叔们的态度。

我们可以看到，每一个场景都暗含具身化的基本隐喻，这些隐喻以全新的、创造性的方式得以延伸和组合。死者家属通过这些共享的具身化基本隐喻体验悲伤，但每种体验都是独一无二的，因此他们也以不同的方式组合使用隐喻。研究人们如何从具身隐喻的角度描述个人经历不仅具有理论意义，帮助我们进一步了解人们使用隐喻时的内心活动，还可能为我们的实践提供重要指导。通过关注和讨论此类场景中隐喻的共性和特性，丧亲者的家人、朋友可能会找到更好的途径理解从而帮助他们。

除上述语录之外，还有行为研究表明，情感状态会影响个人与具身隐喻的互动方式。例如，在研究情感压力如何影响个人对困难的具身感知时，Slepian 等（2012）发现通过具身隐喻，秘密被体验为重物，影响人们对环境的感知和互动方式。为探讨此类具身隐喻，他们进行了四项研究，全面观察受试者的一举一动，这些受试者均藏有难以启齿的秘密，如对伴侣不忠、特殊性向等。研究发现，那些回忆起、沉思于或试图隐藏重大秘密的人觉得山坡更陡、距离更远、体力任务更难，且不太可能帮助他人干活。秘密越是沉重，纠结时间就越长，感知和行动受到的影响就越大，就像负重前行一样。因此，他们总结道：秘密如同重物，真的几乎把人"压垮"。有趣的是，其他研究表明，如果能获得亲朋好友的支持，这种效应会有所减轻。Schnall 等（2008b）发现，与孑然一身的受试者相比，有朋友陪伴身旁的受试者觉得山坡更加平缓。另一项相关测试要求受试者回忆自己的一位朋友，发现当想起的是支持自己而非无感或讨人厌的朋友时，这部分受试者会认为山坡更为平缓。如果此人是自己的密友或者老友，上述效应会更加明显。

也有部分行为研究表明，临床和亚临床抑郁症会影响人们使用具身化基本隐喻的方式。垂直层级与具有积极或消极影响的体验联系紧密。例如，Meier 和

Robinson（2006）发现抑郁症状会影响个人的垂直性选择注意力。与病友群相比，更加神经质或抑郁症状更加严重的受试者对较低（相对于较高）的空间注意力目标反应明显更快。我们在第2章中看到，Meier等（2007a）发现积极情绪与亮度之间存在着密切且必然的关联。虽然他们没有在抑郁症患者身上进行试验，但确实指出光疗法能有效治疗某些类型的抑郁症（Terman et al.，1998）。

有研究表明，使用某些身体姿势或面部表情会影响人们处理情感信息的方式（Strack et al.，1988）。一项实验要求部分人"快乐"地行走，另一部分则"抑郁"地行走，结果表明前者能回忆起的负面词汇比后者更少（Michalak et al.，2015）。同样，Casasanto和Dijkstra（2010）发现，即使是上下或下上移动弹珠这一基本的抽象运动也会影响人们提取积极或消极回忆的能力，并影响他们选择记忆的内容。为解释这一现象，在参照具身化的基本隐喻"快乐即向上""悲伤即向下"后，他们认为这种影响源于现实生活：我们要穷尽一生的力气去抵抗重力并保持直立，因此会将"向上"与成功、身体健康和幸福联系在一起，将"向下"与失败、疾病和不幸相关联。El refaie（2009）指出，对患有抑郁症的漫画作者而言，垂直方位在他们的自我表征中发挥着关键作用。

Coker（2004）在描述开罗南部苏丹难民用基于身体的隐喻讲述他们的苦难时，提出了一个略微不同的解释，即一个人使用具身隐喻的方式是由焦虑和抑郁所塑造的。她聚焦于身体和疾病在难民讲述的故事中起到的隐喻作用，以探明他们对社会、经济、身体和心理损失的感受。她的研究源于与一位英国医学主任的谈话，这位主任最先发现了大量的"躯体化"病症，即人们将身体症状与心理症状混为一谈（Lipowski，1988）。然而，在对病例进行更深入的分析之后，他开始意识到这种症状并不仅仅是躯体化本身，而是一种将精神状态映射到身体状态的一种隐喻投射。她评论说，大多数难民更愿意从社会或生存的角度而不是从身体的角度来讨论他们的疾病。和Becker（1997）一样，Coker认为"躯体化"一词反映了西方医学思想的二元性，以及西方文化将压力理性化的倾向。因此，用"躯体化"一词来描述这些难民的经历并不合适。

她的数据中，有一个特别突出的隐喻，即疼痛在身体上的转移对应了人从一个地方搬到另一个地方。这体现了一种潜在的思想——失去控制，不知道人（或疼痛）将去向何方。这个隐喻传达了一种缺乏控制的感觉，同时也暗示了一种坚持的力量，因为这表明身体最终能够承受不同类型疼痛的持续冲击。

在她的研究中，一些受试者无法移动，这既是身体上的也是隐喻上的，我们从对一位 24 岁的 Pojulu 女性的采访中可以看到：

> My body stiffens and my head and legs and hands are forced to turn backwards. It started suddenly when I was preparing supper. I had a severe pain after the incident and I found a wound on my hand. (Coker, 2004: 31)

> 我的身体僵硬，我的头、腿和手被迫向后转。当我准备晚饭时，突然就这样了，我感到剧烈疼痛，我发现手上有伤口（Coker, 2004: 31）。

Coker 研究中出现的融合隐喻经验和身体体验的现象与 Low（1994）对"神经紧张"的研究吻合，"神经紧张"的人群在情绪受伤时会体验到生理上的痛苦。例如，焦虑症或抑郁症患者可能会有发抖、头晕、失去控制等症状。在许多西方国家以及如哥斯达黎加、危地马拉和加南大纽芬兰等地都出现了这样的病例。"神经紧张"在感知上突出了本节中讨论的具身隐喻的类型。出于文化原因，它们被描述得更直接，但这反映了一种基本的人类体验，即在压力下混合源域和靶域。因此"神经紧张"是受文化影响、隐喻具身化的痛苦。

鉴于这些发现，最近在心理治疗方面的工作更加关注身体在塑造和表达人们的抑郁症和其他类型的精神疾病方面的作用，一些治疗师承认身体感觉可以帮助洞察精神状态（Leijssen, 2006），这一变化十分令人鼓舞。Tay（2017）表达了一些对具身隐喻的看法，引用了一些治疗师倾听他们的客户使用的具身隐喻的例子，然后通过交谈使这些隐喻的具身本质更加突出，从而让客户思考更多的基于身体的隐喻来治疗他们疾病的方式。例如，一位患者说他感到腹部肿胀，另一位患者抱怨说他感觉自己就像一株已经长到花盆外的植物。在这两个例子中，治疗师和患者都能够与这些隐喻合作，充分利用其字面意义和隐喻意义。

7.3 流　产

流产是一个特别强烈的抑郁源，可能会引起许多不同的隐喻概念化世界观。因为死胎的父母在哀悼一个他们永远不会真正认识的人，他们所经历的失去的感觉尤其强烈。

此外，在许多国家中，流产并没有得到广泛讨论，那些没有经历过流产的人在与经历过的人谈论时常常感到尴尬，这意味着流产可能是一种非常孤立的体验。

这种孤立感通常以隐喻的方式表达，正如英国议员 Byron Davies 在议会辩论时谈到失去婴儿所经历的悲痛：

> In an instant, the whole world, your family and your life spiral out of your control. You are a bystander to your fate and future.
>
> 在一瞬间，整个世界、你的家庭和生活螺旋式地脱离了你的控制，你成为自己命运和未来的旁观者。

迄今为止，有关隐喻的文献中，还没有研究那些经历过流产、妊娠终止和死胎而失去婴儿的人们是如何用隐喻的方式来描述和接受这种经历的。这样的研究可能是有用的，因为通过识别丧亲人群谈论这种包含复杂情绪和潜在孤立体验的经历时所使用的隐喻，可能有助于深入了解他们的思维过程，并开发更多的沟通方式。我们可能以此打破围绕在失去胎儿问题上的沉默。

出于这些原因，一个题为"胎儿死亡：经历过流产、妊娠终止和死胎的人们的理解、告知和支持选择"的研究项目（https://deathbeforebirthproject.org/）探讨了这一人群如何用隐喻来接受和传达他们的悲伤（Fuller et al.，2016—2018）。研究者关注点之一是具身隐喻在这些经历中所起的作用，以及人们如何创造性地扩展具身隐喻，试图让人理解、接受和表达他们的体验。我们找到了 35 名经历过流产的人，并请他们谈谈自己的经历，同时采访了 12 位为经历过流产的人提供专业支持的工作者。

到目前为止，我们的发现已陈述在 Littlemore 和 Turner（in press）以及 Turner 等（2020）两部著述中。在这里，我会将一些主要的发现加以汇报。其中之一就是经历过流产的人会使用大量的具身隐喻，在很多情况下，这些隐喻和那些经历过其他丧亲之痛的人使用的隐喻很相似。例如，像其他失去亲人的人一样，她们会使用非常空间化的具身隐喻，就像我们在 Littlemore 和 Turner 的例子中看到的那样：

> when you're grieving *you can sort of enter sort of a grief world* where y-you start to push people away. (Bereaved parent)
>
> 难过时，*你可能会进入一个悲伤的世界*，你开始将别人推远。（失去孩子的父母）

the all thoughts get all jumbled and you get claustrophobic and it all just keeps going round and round so *you need I need somewhere else to try and put it*. (Bereaved parent)

所有的想法都变得混乱，你会产生幽闭恐惧症，一切都在不停地旋转，所以*你需要试着把这些想法安放在别的地方去*。（失去孩子的父母）

像其他经历过丧亲之痛的人一样，受试者用身体上的语言描述了他们的悲伤，说自己"完全崩溃了"，经历了"沉重的"悲伤，感觉"淹没"在自怜的苦海之中。

然而，具身隐喻的其他用法在丧亲群体中更为特殊。他们使用的具身隐喻与一般意义上与悲伤有关的隐喻的一个不同之处在于，前者结合了隐喻性和字面性的体验，特别是关于失去的概念。这是可以理解的，因为参与实验的女性在经历生理损失的同时，也经历了一种隐喻性的损失。他们经常从字面和隐喻的角度谈论失去了自己的某一部分，正如我们在下面的例子中看到的，同样来自 Littlemore 和 Turner（in press）：

Yes for instance erm I feel a lot stronger cos not many people go through this and it err it like it's not like losing a parent or erm a it's not like I've lost grandparents and even friends that have died but *it's NOT like that because it's part of you and he's a part of me it's like I lost myself for a long long time* and then you have to try and rebuild yourself and your confidence and everything. (Bereaved parent)

是的，例如，我感觉自己更强大了，因为没有多少人经历过这个，这种感觉不像失去父母，也不像我已经失去了的祖父母或朋友，*都不像，因为他是你的一部分，他是我的一部分，所以就像是很长的一段时间里失去了自己*，然后就必须试着重建你自己、你的信心和一切。（失去孩子的父母）

we're all sort of left like with *this emptiness inside of us* which is very physical as well as emotional. (Bereaved parent)

我们的内心都残留了空虚，*这种内心的空虚*既是心理上的，也是情感上的。（失去孩子的父母）

　　为了弥补这种损失，被采访的一些女性把孩子的名字文在身上，Littlemore 和 Turner（in press）认为，他们可能是想通过实施某种"重新统一"的隐喻来重新建立某种身体接触。

　　正如 Turner 等（2020）指出，她们经历的另一种被改变的隐喻思维形式，同样也可以在丧亲者身上发现，甚至在后者中更普遍，他们的时间概念隐喻被改变了，在我们的研究中，许多人说，他们觉得自己似乎在某种程度上"脱离"了时间：

> it's so hard because you come out of hospital and *the world is still carrying on but your world has stopped.* (Bereaved parent)
> 太难了，当你从医院出来，*世界还在继续，你的世界却已经停止了。*（失去孩子的父母）

　　我们采访的助产士似乎已经习惯了这一现象，其中一名助产士说，她经常提醒刚刚流产的父母，他们可能会有这样的感觉：

> this is what I describe to parents *if the world is going round that's the world you know* and then when you have a baby that's died *you get off*; you know *the world is still going around* and then as time goes on you know *you might go round a couple of times and then get off again and get on again* do you know what I mean and then gradually you'll get back on but you have to do it at your own pace *so it's kind of dipping in and out you know.* (Midwife)
> 我是这么跟这些父母描述的：*如果世界一直在运转，那就是你所知道的世界，*而如果你的孩子不幸离开了这个世界，*那你就与这世界告别了；你明白世界还在转动，且随着时间的推移，你可能也会跟着转动若干次，然后离开，再回到这个世界。你明白我的意思吗？*慢慢地，你会回到正轨，但你必须按自己的节奏来，*你知道这是一种反反复复的过程。*（助产士）

　　然而，在论文中我们继续论证了失去孩子的父母对时间的隐喻体验在某些方面与那些经历"传统"丧亲之痛的人有所不同。这些差异可能是因为她们失去的是一个从未谋面的人，一个还没有体验过生活的生命。因此，他们对时间的隐喻体验有时会被压缩。例如，以下节选是对两名医院工作人员的采访，与失去孩子的父母有关：

a: Before the funeral, it's your time to do the things that you wanted to do, so I understand that many dreams you had aren't achievable, but if there are some, our job is to help you dream the dream basically, and lots of them are to do with dad, but we've had dad who always wanted beer, and he said *I want a can of beer, dad and lad*, we've facilitated that. (Bereavement midwife)

a:在葬礼举办之前，你可以做你想做的事情，我知道你有很多无法实现的梦想，如果有的话，我们的任务就是帮助你认识你的梦想，这些梦想很多都和爸爸有关，但爸爸一直想要啤酒，他说*我想要一罐啤酒，爸爸和孩子*，我们已经帮他实现了这个梦想。（助产士）

b: Yeah he wanted a can of beer with his da- his son and sadly his son was stillborn, *so we let him have some beer in the family room with his baby.* (Bereavement midwife)

b:是的，他想和他的儿子一起喝啤酒，不幸的是，他的儿子还未出生就夭折了，*所以我们让他和他的孩子在家里喝啤酒。*（助产士）

这段节选在 Turner, Littlemore, Fuller 等（in press）的书中有详细的论述，这位父亲隐喻性地和儿子"共饮一杯啤酒"，这是他可能在儿子 18 岁生日时会做的事情。但由于意外，他只得把这 18 年压缩成一个瞬间。这使得父亲能够调和两个不相容的事实。这种时间的隐喻性压缩可以用整合理论来解释（Fauconnier & Turner，2008），现实世界和想象世界的时间压缩，即在父亲和医院工作人员的眼中这是说得通的，但在外人看来可能是矛盾的。同样，与丧儿父母一起工作的助产士认识到这一点的重要性，并试图找到进一步使用这些隐喻的方法，如：

a: He dreamt the dream ... and that's his memory so I think from then we learned that this is the time to capture the memories, so now when I do speak to the families and say to them, *is there a dream that you're dreaming, let's do it.* (Bereavement midwife)

　　a:他做了一个梦……那是他的记忆，所以我认为从那时起我们就知道，现在是捕捉这些记忆的时候了，所以现在当我和这些家庭交谈时就说：*你是不是做着一个梦啊？我们聊聊吧。*（助产士）

正如 Littlemore 和 Turner（in press）所指出的，这种隐喻思维也延伸到妇女对其尚未出生便夭折的婴儿的态度上。多数情况下，夭折的婴儿在某种程度上还"活着"。一对父母说道："我想把他和其他孩子埋在一起，好让他有伴。"一位医护专业人员说，让父母抱抱死去的孩子、给他们洗澡、换尿布，陪伴在他们身边，这很重要。其中一位母亲表达了自己的看法，她很担心自己的孩子只能孤零零地被送入验尸房：

I went back the following day actually on my own cause I wanted to see him again and I wanted to give him the soft toy and the photo of us because those are the things that he was going to go to the post-mortem with. *Didn't want him to be on his own when he went.* (Bereaved parent)

　　实际上第二天我自己又回去了，因为我想再见他一面，放一个毛绒玩具和一张我们的合照在他身边，这样在验尸时这些东西还可以陪着他。*我不希望他走的时候是一个人。*（失去孩子的父母）

这些隐喻思维反映了这样一个现实，即当人们发现自己分不清现实还是虚幻时，往往会将它们混在一起。在我们的研究中，许多受访者表示，尽管失去了自己的孩子，他们仍需要继续育儿行为。他们会把这种行为转向其他目标，例如，一对夫妇表示他们在做的慈善工作是他们仿佛在"抚养"自己已逝孩子的唯一方式。

Littlemore 和 Turner（in press）展现了流产的经历如何影响参与者自己身体与思想的关系，受访者都用了"变成一个不同的'人'，踏上不同的'旅程'，或者生活在一个不同的'世界'"这样的隐喻。

But I go through it and I *came out the other side* and you know you can *look back* and erm you know think about it *almost sort of looking at it as if you're another person* but you know I I you know went through it got through it don't know how cos it was yeah dreadfully horrible. (Bereaved parent)

我经历着这一切，又从另一个世界走了出来，你知道你可以回头看，你知道，你知道，想想看，就好像你是另一个人，但你知道，我，我，我经历了这一切，不知道我是怎么走出来的，因为这一切太可怕了。（失去孩子的父母）

You can't have a break from grief. It's with you all the time. In varying degrees and it's how you deal with it. So just be prepared for it to be all consuming and life changing ... *and just don't try to be who you were before* cause you can't be I don't see how you could be. It changes everything. (Bereaved parent)

你不能够从罪恶感中解脱出来，它时刻折磨着你。在不同程度上，这是你处理它的方式。它会消耗你的生命，改变你的生活，所以要做好心理准备……不要尝试做回曾经的自己，因为你不能，我不知道你如何能变回原来的自己。它改变了一切。

我们还认为，有许多人都会引用"分裂的自我"这一隐喻，就像在如下示例中看到的，参与者看到自己的思想和大脑（或者他们思想和大脑的一部分）与其自身的主要身份是分离的：

So if I go there and think about them and cry maybe I can go home and cry a bit less because I can *siphon off my crying into that part*. (Bereaved parent)

所以如果我去那儿，想想他们，哭一场，或许我回家就能少哭一会儿，因为我可以把我的眼泪收一部分回去。（失去孩子的父母）

I think *the sensible part of my head KNEW* (that it wasn't going to happen). (Bereaved parent)

我想我头脑中理智的那部分知道（这不会发生）。（失去孩子的父母）

I think you just put up a barrier of being normal to protect yourself but your brain isn't really functioning the same way *your brain is just getting you through the motions* rather than … disconnect from what's happening in your life EMOTIONALLY to get you through the day. (Bereaved parent)

我认为你只是设置了一个屏障，让自己正常一点，以此来保护自己，但是你的大脑并没有按照想象的那样运转，大脑只是帮你完成这些动作，而不是……从情感上脱离你生活中发生的事情，让你度过这一天。（失去孩子的父母）

我们的许多受试者也与自己的身体脱节了，有时甚至将其拟人化，并赋予其力量：

I knew my body could do what it had to do. (Bereaved parent)
我知道我的身体可以做它必须做的事。（失去孩子的父母）

Mine stopped growing at six weeks but I was twelve to thirteen weeks pregnant cause *my body hadn't realised that nothing was happening.* (Bereaved parent)
我的宝宝在第6周的时候就停止生长了，但我已经怀孕12—13周了，因为我的身体并没有意识到一切都停止了。（失去孩子的父母）

it'd been several weeks already and that *my body hadn't caught on* that I'd probably need to have some kind of induction. (Bereaved parent)
已经好几个星期了，我的身体没有意识到，我可能需要某种感应。（失去孩子的父母）

在某些情况下，一旦身体被人格化，与"自我"渐行渐远，它就可能成为流产的"罪魁祸首"：

My primary feeling, the first feeling was that *my body had failed me totally.* (Bereaved parent)
我最初的感觉，第一个感觉是我的身体完全背弃了我。（失去孩子的父母）

There is a whole range of emotions from *feeling really angry with my body* and myself not knowing that it was happening and for *my body for letting me down.* (Bereaved parent)

　　我的情绪经历了一系列的变化，从对*我的身体*感到非常生气，到不知道发生了什么，再到*对自己的身体*感到失望。（失去孩子的父母）

　　总而言之，流产的经历似乎塑造了人们通过隐喻看待世界的方式。它的一些表现方式与人们对丧亲之痛的反应类似，但在其他情况下，其产生的隐喻性思维似乎是这种经历所独有的。具身隐喻的体验似乎是怀孕过程中更显著的特征，包括：身体上和隐喻上的双重损失（并试图用身体上的方式来补救，比如文身），感觉到时间的压缩，对时间高度警觉，使用"分裂的自我"这种隐喻（它使得女性可以将所发生的事情"归咎于"自己的身体）。从隐喻视角来看，在某种程度上，婴儿还活着，需要被保护，而这种隐喻性的育儿方式也转向了其他目标。

　　正如我们在研究中指出的，这些发现对于那些照顾经历过流产的人（包括医疗保健专业人员、护工、家人和朋友）来说，需要对流过产的人产生的隐喻性反应保持敏感，并报以宽容的态度，乍一看这些反应似乎是"非理性的"，但确实是处理并适应这样一种经历的有力方式。护工应该倾听失去孩子的父母所使用的语言，包容地予以回应，对其进行引导。

7.4　精神分裂症

　　在本章的开头部分可以看到，人们认为精神分裂症患者在隐喻方面是有问题的，这可能是因为他们在源域和靶域之间建立的联系过于松散、不受约束。事实上，多年以来人们认为精神病患者在隐喻的理解上存在问题（Searles，1962；Mo et al.，2008），Langdon 等（2002）发现与健康对照组相比，精神分裂症患者对隐喻的理解受到了损害。在一项针对精神分裂症患者的隐喻测试中，受试者需要阅读一个短篇故事，并判断其隐喻性的结尾是否合理。结果表明，与健康人群相比，精神分裂症患者拥有"认为隐喻是有意义的"这种想法的可能性要小得多。他们认为，精神分裂症患者的隐喻缺失可以用语义表征的"退化"来解释，这意味着他们无法获得提示词的相关特征。例如，他们无法理解"我的律师是鲨鱼"这一隐喻，部分原因为他们难以激活"鲨鱼"一词的"捕食者"特征。对精神分裂症患者理解隐喻存在困难的这一解释，同他们在源域与靶域之间所建立的松散联系的想法并不匹配，因为人们倾向于认为松散的联系会更容易帮助其找到隐喻的意义。这表明有关精神分裂症患者的隐喻理解困难及其原因的发现尚未有定论。

研究表明，精神分裂症患者在隐喻手势方面也有困难。Straube 等（2014）对精神分裂症患者对隐喻手势的处理进行了深入调查，重点研究了该过程中的大脑活动。他们对大脑的两个部位特别感兴趣：左颞上沟和左额下回。健康人群的左颞上沟参与处理图式手势和隐喻性手势（Holleet al.，2008；Holleet al.，2010）。此外，能否准确理解隐喻手势还与左颞上沟能否与左额下回完好连接有关（Kircheret al.，2009）。Straube 等人发现，与对照组不同的是，精神分裂症患者在处理隐喻手势时遇到了困难，且在此过程中，他们的左颞上沟和左额下回没有任何功能性连接。他们认为，这种不连通可能根源于精神病患者难以整合句子的手势信息与抽象意义，而成功的整合需要感知者在具体的视觉信息和抽象的语言信息之间建立抽象关系。

然而，有些研究表明，在某些情况下，精神分裂症患者能够理解并使用隐喻。例如，据报道，在心理治疗中有意使用隐喻明显有助于治愈精神分裂（Hains，2014），这表明隐喻在情境中使用，且与自身相关时，精神分裂症患者就可以理解隐喻。Shaw（1996）发现在心理治疗中使用涉及"能量流动"的隐喻实际上可以帮助精神分裂症患者更容易意识到自己的疾病。精神分裂症患者若要通过隐喻疗法来进行心理治疗，就必须保持一定的隐喻理解能力。他们在隐喻方面遇到的困难可能取决于所涉及的隐喻类型。例如，能量流动隐喻比相似隐喻（常用于实验隐喻理解测试）更具有具身性，另一个因素可能为：广泛使用的隐喻理解测试是高度人工化的，其提供的语境信息十分有限。还有一种情况是，隐喻理解较隐喻产出所受到的损害更大。

迄今为止，大多数的研究都集中在隐喻理解上，而且这些发现不一定能延伸到隐喻产出。Despot（2017）在对讲克罗地亚语的精神分裂症患者言语产出的研究中，使用了 Pragglejaz Group（2007）这一隐喻识别程序来衡量其所用的隐喻数量，发现该组与健康对照组使用的隐喻数量相当，因此对精神分裂症患者无法使用隐喻这一观点提出质疑。

确实有许多研究的结果表明，精神分裂症患者能够使用隐喻来描述自身病史，尽管有些学者认为许多情况下患者的认知困难致使其仅使用隐喻的字面意义，而非将其用作连接自身经历与"真实"世界之间的"桥梁"（Kitayana，1987）。近来，Demjen（2020）观察到，当要求精神分裂症患者谈论自己所听到的声音时，那些使用与剥夺权力相关隐喻的患者所表达出的悲伤程度更高。Mould 等（2010）

广泛回顾了 28 项对精神分裂症及其他精神疾病患者的隐喻使用研究，其中患者以第一人称进行叙述。所有研究都基于真实的精神治疗，探索了隐喻使用对理解疾病与促进患者康复所起的潜在作用。其中两种隐喻最为突出，一是用本体隐喻来描述失去自我意识等体验，如"我正失去与自己的联系"（Mould et al., 2010：284），"我不再在我的身体里，它是另一个人"（Mould et al., 2010：285）；二是使用方位隐喻来描述恢复过程。他们认为，治疗师可以与患者一起探索这两种类型的隐喻，以帮助康复，其中本体隐喻尤为有效，有助于将患者的主观现实具体化，因此可以用来帮助巩固患者的自我意识。

这些发现表明，精神分裂症可能会改变个人的思维方式及其与世界的关系，还表明精神分裂症患者可以运用具身隐喻来表达此类不同于以往的体验。这一现象值得进一步研究，既要关注隐喻语言，还应聚焦于隐喻手势的运用。研究精神分裂症的专家认为，专注于患者日常使用的手势对研究有益（Walther & Mittal, 2016），但并未提及关注隐喻手势所带来的价值。然而，对于后者的研究具有重要意义，有利于专家们了解精神分裂症患者如何定义自己的体验，从而更好地认识这种疾病。如第 1 章所示，对伴随口语产出隐喻时所使用的手势，或单独使用的隐喻手势进行研究，有助于更好地理解人们如何利用具身隐喻来理解现实。

此研究可以有效探究（a）精神分裂症患者在语言和手势上是否都使用具身隐喻。（b）如果是，他们使用的具身隐喻是否与其他人的有所不同。（c）这类隐喻是否会帮助人们了解精神分裂症如何塑造患者的世界观。如果能获取此类信息，也许就能开辟新的沟通渠道以帮助患者更好地康复。在此项研究的准备过程中，Littlemore 和 Turner（in prep.）进行了一个小规模的测试[3]，目的是探究精神分裂症患者如何运用具身隐喻来体验世界。为此，我们分析了患者在描述自己症状时所使用的语言，重点关注其中的具身隐喻。当隐喻与基本隐喻密切相关或是以患者身体作为源域时，就将其定义为"具身的"。该研究旨在探讨精神分裂症患者描述病情时在多大程度上使用具身隐喻构建想法，旨在确定所出现隐喻的类型以及识别分析数据集中具身隐喻的创造性运用。

数据集包括精神分裂症患者与医生会诊时的 1 份录像转写以及 10 份录音转写[4]。所有录制均在美国完成，参与者为正在接受药物治疗的成年患者，他们都同意录下会诊过程以作研究用途。初步发现表明，精神分裂症患者在描述病情时有运用具身隐喻的能力，而且在少数情况下会创造性地使用具身隐喻。当离开语言交际层面，转而对其图画和手势的使用进行观察时，这一点尤为明显。下面这段摘录选自一名精神分裂症患者的采访录像。

interviewer: Where do you see how schizophrenia impacts you? So kind of like, if you can draw yourself, just a very simplistic [sic], you don't have to be an artist.

采访者：你认为精神分裂症对你有什么影响？你能画一下自己吗？简单一些即可【原文如此】，不用像画家那么专业。

patient: Yeah

患者：好的。

interviewer: And then just to point out to us ... how this thing, schizophrenia, what do you think of it as?

采访者：然后告诉我们……精神分裂症，它怎么样？你认为它是什么？

patient: *[Draws a picture of the front of train approaching a man on a track]*

I guess that sort of describes it, like almost like getting run over by a train

患者：【画了一幅画：一列火车正驶向一个站在轨道上的人】

我想可以这样描述它，就像快被火车碾过一样。

interviewer: Wow. Was it always a train? Was it something different years ago?

Was it a different feeling?

采访者：哇。那精神分裂症一直都是火车吗？几年前与现在有什么不同吗？会不会是另一种感觉？

patient: Well at one time it might have seemed like bird poop coming from the sky

患者：有一次我觉得它有点像天上掉下的鸟屎。

interviewer: [Laughs]

采访者：【笑】

patient: You know ... That was I guess in the early stages when I still thought

I had the bipolar disorder but when it came on with the schizophrenia, wham it was ...

患者：你知道……早些时候我是这么想的，那时我认为自己有双相障碍，但与精神分裂症一起出现时，它……

interviewer: So the bipolar years were more of an annoyance?

采访者：所以在两级世界的那些年令人更加烦恼，是吗？

patient: Yeah

患者：是的。

interviewer: You could kind of deal with that?

采访者：你可以应对它吗？

patient: You could kind of deal with that. But the schizophrenia, no. It seems there was always that train moving there, just on the other side of the great divide and er ... no matter what cargo it may be carrying, it represents more and more ... pressure from without [cupped hands moving towards head from either side three times], to have to deal with [cupped hands coming together in front of stomach] the schizophrenia ... er, since I've been on the Latuda and the Seroquel together, I don't notice that train so much.

患者：我可以应对躁狂抑郁症。但是精神分裂症的话，不可以。就好像总有一列火车在那里行驶，就在大的分岔路的另一边……不管它载着什么货物，都代表着越来越多的……来自外界的压力【双手三度要撑住自己的两颊】，不得不应对【双手交握放在腹部前】精神分裂症……呃，自从同时服用鲁拉西酮和思瑞康（抗精神病药物，用于治疗精神分裂症），我就不那么注意这辆火车了。

interviewer: So you say you don't notice it but it's still there?

采访者：所以你的意思是你不注意它，但它仍在那吗？

patient: It's still there

患者：是的。

interviewer: OK, it doesn't go away? It's just

采访者：好，它不会消失吗？只是

patient: No
患者：不会

interviewer: You pay attention to it less?
采访者：你不再那么关注它了？

patient: Less, yeah
患者：很少关注了，对。

interviewer: OK
采访者：好的。

patient: Well, usually I try to deal with it on my own. I try to tell myself, look, the damn train isn't there right now, it's not out to get you so, what are you feeling hyper or nervous about? I try to reason it out myself ... to try to reach the point where the train isn't coming at me, it's just parked standing still, as it were, somewhere in the distance ... and that I've got plenty of time to get off that railroad track before it does come.

患者：呃，我常常试着自己应付它。告诉自己，看，这该死的火车现在不在那，它又不是来抓你的，你紧张什么？我尝试自己找答案……想要达到这样一种状态：火车并没有驶向我，它只是静静地停在远处某个地方……而我也有足够的时间在它驶来前离开轨道。

Male patient, aged 19-34 years, Medication: Abilify
男性患者，19—34 岁，药物：阿立哌唑（抗精神病药，用于治疗精神分裂症）

此摘录中，患者在语言和手势上都使用了具身隐喻。起初他将自己描述成车轨上的人，即快被一辆迎面而来的火车碾过。因其从"大裂缝"的另一边驶来，他无法控制，而最后说道，在接受药物治疗后会尽力去相信"火车不再驶向[他]"，并告诉自己"在它（火车）到来前有足够的时间离开轨道"。因此，在整个交谈过程中，他将自己置身于隐喻场景的"内部"。在访谈的尾声，他表示自己会尝试"离开轨道"，展示出了更强的主动性。正如 Müller 和 Tag（2010）所预测的，当他开始使用手势时，与隐喻相关的交流明显增加，内容也变得更加丰富。此时，其所使用的隐喻已混为一体，"沉重的货物"和"压力"这两个概念结合起来。值得注意的是，他在谈到"应对"精神分裂症时双手合十，宛若其为可由自己握住并控制的实体。我们再一次看到，他在使用语言隐喻和手势隐喻时，不再受到精神分裂症的肆意摆布，而是积极主动地控制这一疾病。

虽然我们没有相关的录像资料，无法研究与这些隐喻共现的手势，但在音频的转写文本中发现了大量的具身隐喻。与妊娠终止的数据库一样，在本数据库中"分裂的自我"这一隐喻（Lakoff，1996）尤为常见，如下文摘录所示：

> And so I, I find myself, you know, just finding a corner and, you know, *just trying to talk it out with myself.* (Male patient, 35–54 years old, on medication (Risperdal and Prozac))
>
> 我发现自己只是画地为牢，呃，*妄图通过向自己倾诉这一方式摆脱精神分裂。*[男性患者，35—54 岁，服药中（利培酮和百忧解）]

这个例子很典型，但与"分裂的自我"隐喻相关的其他例子更为引人注意，它们有可能反映了个体人格分裂的历程，而此症状在 *Schizophrenia* 期刊中有据可查（见 Davidson et al.，2004）。通过此类隐喻，可以发现不少患者都难以控制自己的行为举止。例如，有这样一位患者，他觉得自己的身体里住着一个魔鬼。

> I'm, *I'm just a holy ghost.* So, you know, *sometimes things come out of my mouth that shouldn't be there* and I've explained to my parents on many occasions that it has nothing to do with how I feel about them, it's just the devil at work. So, if, I apologize to them and I tell them many times over that if you would bear with it and considering that I have bipolar then I would apologize and make it a daily issue avoiding because it's not me, it's just the devil.
>
> 我，我只是一个圣灵。不该说的话脱口而出。我已告诉我的父母多次，这无关于我对他们的感觉，只是魔鬼在作祟。我跟他们说过很多次，如果他们能忍受且考虑到我有躁狂抑郁症这一事实，那么我会道歉，平日里尽量不说这些话，因为这不是我，而是魔鬼。
>
> Male patient, 35–54 years old, on medication (Haldol decanoate and Depakote)

男性患者，35—54 岁，服药中（氟哌啶醇癸酸酯和丙戊酸钠）

在另一个例子中，患者讲了自己与脑海中的声音（对他而言是真实存在而非隐喻的）的关系。他将声音具身化成自己时而可以控制的人。

> dr: He, he's not intruding himself on you?
> 医生：他没有压制住你？

> pt: Right.
> 患者。对。

> dr: Because you talked about splitting your mind before, and, um –
> 医生：你之前有谈到内心割裂，嗯

> pt: *Theoretically he could maybe take it over, but that's if I put way too much thought into him.*
> 患者：理论上，他可能会占领我的大脑，但那是因为我把太多的心思放在他身上了。

> dr: [PATIENT NAME], take your, take over your mind?
> 医生：[患者姓名]占，占领你的大脑？

> pt: *Uh, it's really just another person my brain has to keep up with.*
> 患者：呃，他是我大脑要跟上的另一个人。

> dr: Right.
> 医生：好的。

> pt: So I could beat him theoretically, but it, as of right now, my personality is the dominant one.
> 患者：所以理论上我可以打败他，但是，就目前而言，我的人格处于主导地位。

> Male patient, aged 19-34 years, Medication: Abilify
> 男性患者，19—34 岁，用药：阿立哌唑

这名患者与他的身体似乎也有一种不同寻常的关系。与常人不同的是，他赋予了身体更多的主动性。在谈论自己的身体部位时，他的表述让人觉得它们可以

独立于大脑而发挥作用。在下文中，患者解释了自己为何厌食：

> dr: What's gross about it?
> 医生：哪里恶心呢？
>
> pt: *You, your [INAUDIBLE] skeleton crushes it up and then a meat tentacle pushes it into a vat of acid and then you poop it out later.*
> 患者：你，你的[听不清]骨头把它压碎了，接着你的肉肠把它推到一桶酸液里边，然后你再把它拉出来。
>
> dr: That whole process is disgusting?
> 医生：这整个过程很恶心吗？
>
> pt: It's supposed to be painful.
> 患者：应该说是很痛苦。
>
> dr: Supposed to be painful?
> 医生：很痛苦？
>
> pt: Like the stomach acid eats through your stomach like four times. Uh –
> 患者：是的。就像胃酸把你胃里的东西吃了个遍，还是四次。呃
>
> dr: Well, there are special cells in your stomach so that acid doesn't bother your stomach.
> 医生：其实你的胃里有特殊的细胞，胃酸是不会对你的胃造成负担的。
>
> Male patient, aged 19-34 years, Medication: Abilify
> 男性患者，19—34岁，用药：阿立哌唑

一些患者在描述自己的感受时，明显使用了涉及身体行为和体验的隐喻，其中一些隐喻还具有创新性（如下）。这一例子对比了两个不同的场景：

> I guess because, you know, this isn't, you know, *it's not McDonald's and you're on the playground equipment sliding down a slide. You know? It's like going to the dentist and you're getting your teeth drilled. This is not like a, not a place for me to be.* (Male patient, aged 18–34, on medication (Perphenazine Effexor XR))

我猜是因为，呃，这不是，这里不是麦当劳，你能从滑梯上滑下来。你知道吗？这就像去看牙医，你要去钻牙。这不像是一个适合我的地方。

[男性患者，18—34 岁，服药中（盐酸文拉法辛）]

在这里，为了理解话语中的指称意义，患者必须将自己的注意力从靶域暂时转移到隐喻表达所唤起的源域上。这样做能鼓励他们进行心理模拟，对比在麦当劳玩滑梯和去看牙医时的痛苦这两种体验，这两个例子都可以看到"场所"的隐喻化，这样的示例比较常见，例如：

I mean, I like, I mean, I like doing construction work, you know, and when I'm doing that, *it's like I'm in, I'm in a whole, another world, like I'm free or something*. (Male patient, 35–54 years old, on medication (Risperdal and Prozac))

我的意思是，我喜欢，我想说，我喜欢建筑工作，你知道，当我在做这些工作时，*就像我在，我在一个世界，完全不同的世界里，感到自己自由自在*。[男性患者，35—54 岁，服药中（维思通和百忧解）]

正如上文所述，在描述严重的抑郁症及因减轻抑郁症后所获的解脱感时，患者们常用的表述为：觉得自己被带到了另外一个地方。

这项探索性研究的结果表明，精神分裂症患者能够使用具身隐喻，而且其使用隐喻的方式与心理体验、情绪状态密切相关。他们使用隐喻等方法，将自己带到"别的地方"，对处于"分裂的自我"时的体验进行描述，并让自己从精神分裂中抽离出来。更加广泛地探索精神分裂症患者在语言和手势中所使用的不同具身隐喻，这是十分有益的，通过这些隐喻，可以深入了解精神分裂症的主观体验，这也许有助于对该疾病的临床描述，使其更加细致入微，更能反映出患者的生活体验。

7.5　孤独症和阿斯佩格综合征

在引言中已看到，孤独症患者和阿斯佩格综合征患者在理解隐喻方面也有困难。然而，和精神分裂症一样，情况有些复杂，因为这些患者又似乎能使用某些类型的隐喻。我想用文学作品中的一个例子来说明这一点。在马克·哈登（Mark Haddon）的小说《夜行狗奇遇记》中，有一个患有阿斯佩格综合征的男孩 Christopher，他和其他患者一样无法理解隐喻，因此他想知道为什么人们"把骷髅放在柜子里"（keep skeletons in cupboards，意为掩盖不光彩的事情），想知道是否真的有人"把袜子都给笑掉了"（laugh their socks off，意为笑得很开心）。

人们经常使用隐喻来交谈，这里有些例子：

I laughed my socks off.
我把袜子都给笑掉了（意为笑得很开心）。

He was the apple of her eye.
他是她眼中的苹果（意为珍视之物）。

They had a skeleton in the cupboard.
他们的橱柜里有一具骷髅（意为有不光彩的秘密）。

We had a real pig of a day.
我们过了猪一样的一天（意为糟糕的一天）。

The dog was stone dead.
那条狗死了，跟石头一样（意为死得很彻底，一动不动）。

"隐喻"这个词意味着把某样东西从一个地方带到另一个地方，它来自希腊语的 μετα（意思是从一个地方到另一个地方）和 φέρω（意思是携带），使用隐喻时，将描述某个东西的词拿来描述另一个东西。这意味着"隐喻"一词本身也是一种隐喻。

I think it should be called a lie because a pig is not like a day and people do not have skeletons in their cupboards. And when I try and make a picture of the phrase in my head it just confuses me because imagining an apple in someone's eye doesn't have anything to do with liking someone a lot and makes you forget what the person was talking about.

The Curious Incident of the Dog in the Night-Time, Mark Haddon,

Vintage Press (2004) pp. 19-20

我认为应称其为谎言，因为猪不像某一天，人的柜子里没有骷髅。
当我试图在脑海中想象这个短语时，只感到困惑，因为人眼中的苹果跟
非常喜欢一个人没有任何关系，而且想象这个场景会让你忘了说话人到
底在说什么。

《夜行狗奇遇记》，马克·哈登，佳酿出版社（Vintage Press），2004
年，第 19–20 页

有趣的是，尽管 Christopher 自称在隐喻方面有困难，但在小说里有一处，他
说登上伦敦地铁"就像站在大风中的悬崖上……就像踩着钢丝走下悬崖"。这个
比喻不仅表达了他对上地铁的感受，也表达了他对生活不可预测性的感受。最终，
他学会了克服恐惧，"走下悬崖"。这个例子表明，他能够以具身隐喻的方式进
行思考。

正如该小说中的例子所表明的，人们尚未完全理解孤独症和阿斯佩格综合征
患者理解和使用隐喻的能力。虽然他们对传统习语的理解存在问题，但似乎很容
易理解和使用具身隐喻。这种差异在研究文献中也可以看到。大量研究表明，患
有孤独症和阿斯佩格综合征的人在理解和使用隐喻方面有困难，但也有其他研究
表明，他们能够为隐喻提供合理的解释，甚至在讲话中使用这些隐喻。

一些文献的研究结果表明了某种缺陷的存在。在 Gold 和 Faust（2010）的一
项实验研究中，受试者被要求解释一系列隐喻的含义，结果发现阿斯佩格综合征
患者在理解新异隐喻方面存在困难。与本章开头讨论的猜想一致，他们还发现，
与对照组不同，阿斯佩格综合征患者在处理新异隐喻时，大脑右半球并未显示出
优势。本节后文将展示其研究中使用的一些隐喻示例。现将集中讨论一下他们对
其研究结果的解释。Gold 和 Faust 认为，阿斯佩格综合征患者面临的困难是由大
脑右半球功能失调所造成的。有大量文献表明，右半球参与了对新异隐喻的处理
（Mashal et al.，2007）。正如本章中所见，对新异隐喻的理解需要将灵活的语义
处理（通常由右半球进行）同僵硬的语义处理（通常由左半球进行）整合起来。
这种推理受到 Jung-Beeman（2005）"精细"与"粗糙"语义编码理论的启发，
根据该理论，右半球用以激活较大的、分散的语义领域，然后由左半球将其缩小。

还有另外三种理论为孤独症患者和阿斯佩格综合征患者在理解、使用隐喻方
面所面临的困难提供了解释。这些理论是：心智缺陷理论、弱中央统合理论以及
缺乏广泛的语义知识（Rundblad & Annaz，2010）。

其中，*心智缺陷理论*最广泛为人所接受（Baron-Cohenet al., 1985），即孤独症患者在理解别人的心理状态（如信念和意图）时遇到的问题。人们普遍认为，对隐喻的理解依赖于对说话者交流意图的理解（MacKay & Shaw, 2004）。这意味着听者需要与说话者共情，才能正确理解隐喻表达（Winner et al., 1988）。在一项运用功能性磁共振成像技术的研究中，Gallagher 等（2000）发现，在完成测量隐喻理解能力和心智理论能力两项任务时，受试者的内侧前额叶皮层都会被激活，这一结果为隐喻理解能力和心理理论能力之间存在关联提供了间接证据。研究人员对孤独症患者这两种能力之间是否存在关系进行了研究，结果存在分歧。总的来说，研究结果更偏向于支持上述两种能力之间存在联系（如Happé, 1993, 1995），虽然有人认为其中很多研究没有充分控制好年龄范围这一变量（Rundblad & Annaz, 2010）。

从第二个理论——*弱中央统合理论*来看，孤独症患者在理解信息时会"只见树木，不见森林"，因此在提取隐喻的意义时无法充分利用语境信息。到目前为止，这一理论还没有得到直接验证，但许多研究表明，孤独症患者在整合来自不同感官的信息时会有困难（Russoet al., 2010），这表明他们可能很难理解跨感官隐喻。

最后，有人认为，要在两个属于不同概念域的所指之间建立共识，需要*广泛的语义知识*，因为要找到两者之间潜在的相关特征和相似点，就需从各种层面理解词汇。举个例子，为了理解"抚养孩子就是种植花木"这个隐喻，就需要知道抚养孩子涉及养育这一要素，孩子的抚养方式和他们最后成为什么样的人并没有直接关联，且外力或会产生影响等等。Norbury（2005）的发现为广泛的语义知识和成功理解隐喻之间存在关联提供了证据，但他并未将隐喻和其他修辞语言（比如讽刺）区分开来（Rundblad & Annaz, 2010）。

一些研究发现表明孤独症患者和阿斯佩格综合征患者在理解隐喻时没有困难，甚至在某些情况下具备优势，现在便来谈一谈这些研究。它们的基本特征是都聚焦具身隐喻和（或）新异隐喻。Olofson 等（2014）创造了许多和基本隐喻相关的新异隐喻表达。接着，通过让受试者阅读故事，比较了孤独症患者和健康受试者（对照组）对这些隐喻的理解情况，最终发现这两组的结果没有差异。他们认为，出现上述结果是由于这些隐喻和感觉运动体验有关，因此与其他类型的隐喻相比，这类隐喻能更早地被孤独症患者理解。

还有研究表明，孤独症患者有着不同寻常的语义联想，能用独特的方式解释新异隐喻（Melogno et al., 2012）。同样地，Kasirer 和 Mashal（2014）发现，在理解新异隐喻时，孤独症患者和健康的同龄人不相上下。同时，前者明显更擅长*创造*新异隐喻，表现出超越后者的语言创造力。这类创造性隐喻包括"成功的感受就像从山顶看风景""一无是处的感觉就和给南美人吃沙拉一样"。相反，健康的成人会更多地使用普遍隐喻，比如"忧伤的感受就是听布鲁斯音乐"。Kasirer 和 Mashal 认为上述研究结果可归因为孤独症患者对细节的关注度更强、记忆力更好，同时，也更能跳出语境的束缚；而他们能产出更多具有原创性隐喻的另一个可能的原因则与心智理论中人们所经历的困难有关。这些患者可能缺乏从旁人的角度看待事物的能力，仅专注于自己的想法会忽略和他讲话的人（Happé & Vital, 2009），因而反而创造出了不同寻常的表达（Liu et al., 2011）。Kasirer 和 Mashal 的这一说法并不新鲜。早在 1946 年，Kanner 就表示，他的研究中，孩子们所创造的独特短语就可以看作隐喻。

研究发现，阿斯佩格综合征患者也能创造新异隐喻。Asperger（1941）发现其患者使用的某些表达和正常发育儿童使用的新异表达具有相似性。Asperger 和其他研究人员认为，具体智力及对社会习俗的无视等特点或许是某些"新想法"和创造力的前提条件（Gillberg, 2002）。同时，阿斯佩格综合征患者的以下能力也更突出：毅力和观察力、精力和驱动力、建立独特跨感官联系的能力和对单一话题的专注力（Happé & Frith, 2009）。因此，某些孤独症患者和阿斯佩格综合征患者似乎更富有创造力和想象力，独创性也很强，这些能力或许会迁移到对隐喻的使用上。

有关孤独症患者和阿斯佩格综合征患者隐喻理解能力的研究结果存在差异，这一结果可能和调查中使用的词条有关。在前文中已了解到, Gold 和 Faust（2010）发现阿斯佩格综合征患者在理解隐喻时有困难，下面来具体看一下两人在研究中使用到的词条：

> Firm words 强硬的话
>
> Winding plot 曲折的情节
>
> Fragile pride 脆弱的自尊
>
> Misty scarf 薄雾似的围巾
>
> Dying star 消亡的星星
>
> Dead words 死去的文字

Stormy dream 暴风雨般的梦

Leaden rain 灌了铅的雨

Silent tears 无声的眼泪

这组词条内容混合。首先需要注意的是，这些词条中的部分词汇包含抽象概念（如脆弱的自尊、曲折的情节、死去的文字），因此更易于激活基本隐喻（如确定即坚硬、穿越时间即穿越空间、不活跃即死亡）。其他涉及具体实体的组合，可能更易唤起相似隐喻（如灌了铅的雨、薄雾似的围巾）。这些物品涉及的认知处理非常不同于更为抽象之事物所需的认知处理。正如第 4 章所见，基本隐喻和相似隐喻建立于不同的阶段，甚至可以建立于不同的实体。形成该事物间多样性的另一个重要来源则与新异程度有关。一些物品（如薄雾似的围巾）看起来非常新异，这是由于该隐喻将两个不常搭配的概念组合在一起。其他事物如"灌了铅的雨"只是对传统隐喻（大雨）的一种润色修饰。"消亡的星星"也是一种规约隐喻（该表达在谷歌的点击量高达 22 000 000 次）。此外，这种表达还存在一定的复杂性，因此它可以有不同的解读方式。它可能指的是一颗实际存在的、即将消亡的恒星，但也可能指的是一个人或是一场梦。这组的其他例子都是转喻或几乎为直译："无声的眼泪"可以简单地理解为一个人在没有发出声音的情况下哭泣，也可以指一个人的悲伤被忽视掉了这一事实。因此，这一例子所引发的隐喻性刺激可能会存在个体间的差异。它也含有一些规约隐喻的色彩，如"消亡的星星""曲折的情节"。

上述简短的文献综述表明，孤独症和/或阿斯佩格综合征的患者处理隐喻的方式与健康的人略有不同，但为更彻底地研究这一现象，则必须谨慎地选择所要使用的提示性语言，尤其要注意辨别这些提示的类别为新异的还是传统的，是否涉及基本隐喻或相似隐喻。与传统的语言隐喻及习语相比，具身基本隐喻似乎算不上什么。因此，需要对患者进行更多的研究，探讨他们如何表达具身隐喻。如果这些研究（如针对精神分裂症患者提出的研究）能够将手势作为重点之一，或许能得到可喜的结果。两组研究的结果都将为"这些综合征患者如何体验世界"这一问题提供有价值的见解。

7.6　结　论

从本章中已经看到，一个人的心理状态可以从根本上影响他如何以具身隐喻来体验世界。本章最大的亮点就是，当人们处于压力之下时，会倾向于将源域和靶域结合起来，以文化为媒介，通过隐喻来表达痛苦。此二域的结合将人们送回隐喻之起源，使其以近乎"字面意义上"的方式来体会隐喻。这表明，隐喻的首要物质基础总在某种层面上得以存在，尽管大多时候都不可见，但在面对压力，或当"传统"的交流模式受到某种干扰时，人们又可以以一种创新或重构的方式将其调动、使用。如果对患有抑郁症、精神分裂症、孤独症、阿斯佩格综合征和其他彻底改变人精神状态的疾病之患者使用具身隐喻的方式进行更多研究，将会为此领域的发展作出贡献。为更加全面地了解上述患者的经历，此类研究需谨慎选择提示语，以及重点关注手势的使用。研究结果将对此类患者所使用具身隐喻的类型及方式提供见解，还可因此构成丰富的数据源以推进（进一步的）研究。

8 "这是我的身体，我将为你献上。" *

个性、思维方式、政治立场和宗教信仰上的个体差异

8.1 引　言

罗马天主教和新教对于主要教义的一大争议涉及圣餐变体论。对于罗马天主教徒来说，当神父说出本章标题中的那句话——"这是我的身体，我将为你献上。"（This Is My Body Which Will Be Given Up for You.）时，弥撒中提供的面包和酒就会成为基督的躯体和血液。对于新教徒来说，这种关系是象征性的，面包和酒是对基督躯体与血液的隐喻。多年来，这种字面/隐喻视角的差异，再加上各种社会政治因素，导致了激烈的冲突，也导致数十万人失去了生命。因此，隐喻视角的差异会产生严重的后果。

正如该例所示，宗教信仰通常以具身隐喻来表达。宗教观点可以塑造用于理解世界的隐喻，也可通过这些隐喻被塑造，而人们常常发现很难去调和对立的隐喻观点，这可能是因为这些观点早已深入人心，且经过了具象化的过程。在本章中我广泛研究了个体差异，首先是人格与认知风格这些内部驱动的个体差异的因素，然后是更多外部驱动、受社会影响的个体差异（这类差异更有可能由一个人所处的外部环境所塑造）。这就是意识形态、政治立场、宗教信仰。本章会探讨在每一种情况下，这些差异如何通过隐喻塑造人们体验世界的方式，也会探究其对隐喻理论及如何理解人类思考世界之方式所产生的影响。

8.2　内部驱动的个体差异

本节将着眼于内部驱动的个体差异，重点关注一系列认知风格与人格特征。

研究表明，已被选用作讨论的各项维度都以这样或那样的方式，影响着个体为感受世界所采用的具身隐喻。那就是认知风格、类比推理能力、责任心、身体意识和清洁倾向、权力需求、认知需求、创造力和精神变态。

认知风格

隐喻文学中充斥着有关"如何理解隐喻"这一问题相互矛盾的描述（见 Gibbs，2001）。其中人们较为接受的两种说法是由 Lakoff 和 Johnson（1980）以及 Fauconnier 和 Turner（2008）提出的。根据 Lakoff 和 Johnson 的说法，隐喻理解涉及两个独立领域之间对应关系的映射：源域和靶域。因此，举例来说，战争的源域可用于构造争论的靶域。根据 Fauconnier 和 Turner 的观点，隐喻的理解涉及一个"混合"的过程，这会形成一个有自己"突出特点的"、新的"心理空间"，因此，例如，在"外科医生是屠夫"这一隐喻中，出现了不恰当的、既不是"外科"也不是"屠宰"的概念。其他理论家认为，意象在理解隐喻的过程中发挥着作用，人们从刻板印象中推断出隐喻的含义（McGlone，1996，2007）。这些相互矛盾的观点可能会有不同的解释。例如，有人认为概念隐喻理论为规约隐喻提供了很好的解释，而混合性的理论则对创造性的隐喻提供了很好的解释（Kövecses，2015）。除此之外，这些理解隐喻而涉及的不同直觉反映了个人认知风格上的差异。有两种认知风格与这种差异尤为相关：整体-分析维度，即个人对处理信息的偏好，要么分为大块，要么分为独立的部分（Kirby，1988）；以及言语-表象维度，即人们是否处理文字或图像中的概念信息（Katz，1983）。比起"分析性"的思考者，"整体性"的思考者更易于混淆源域和靶域的概念，且更易提出应从二者中做出解释，而"表象者"比"言语者"更易于以刻板印象来解释隐喻的含义。

下面是 Boers 和 Littlemore（2000）测试的一个想法。他们进行了一项研究，调查了不同认知风格（整体-分析和言语-表象）的人解释概念隐喻的方式。首先，要求受试者解释三个概念隐喻：经济竞争就是赛跑，经济是一台机器，经济是健康的。实验使用 Riding（1991）的反应时间和基于计算机的"认知风格分析"（CSA）来测量认知风格维度。为了使受试者处于整体-分析维度上，电脑程序计算了他们分析测试（他们必须在一个较大的形状中找出一个较小的形状）和整体测试（他们必须判断两个形状是否相同）的平均反应速度之间的比率。为了使受试者处于言语-表象的连续体中，程序计算了他们在言语测试和表象测试中的平均反应速度之间的比率，前者必须判断两个事物是否来自同一语义领域（如苹果和香蕉），后者则必须判断两个事物的颜色是否相同（如香蕉和金丝雀）。

我们发现，"整体性"思维者确实比"分析性"思维者更有可能将源域和靶域的概念混合起来，以此得到新的解读。这些解释与源域的关系也很微弱（如他们对"经济竞争就是赛跑"这一隐喻的解读之一就是"经济是残酷的森林，只有最强者才可以生存"）。此外还发现，"表象者"确实比"言语者"更有可能以刻板印象来解释隐喻（例如，对于健康隐喻，他们认为健康的、营养充足的人口形象是经济繁荣的象征）。"整体性处理"和"以混合取代映射"二者之间的关系，与我早期的一个发现相呼应，即具有整体性认知风格的人要比具有分析性认知风格的人更快发现创造性隐喻的意义（Littlemore，2001）。在那篇论文中，我将这一发现归因于他们更强的类比推理能力（见本章后文），以及不充分的细节把握。但是，另一种解释是，他们处理隐喻的方式不同于分析性思维者，混合的过程快于映射的过程。为了检验这一假设，还需要进行进一步的实证研究。综上所述，本节所概述的两项研究的结果，恰恰是本书理论的核心。

一个人的认知风格对其处理隐喻的方式有显著影响，这一定程度上也解释了为什么即使在同一文化和语言背景下，同一个隐喻可以得到不同的解读。

类比推理能力

另一个影响人们处理具身隐喻的个体差异变量是类比推理能力。类比推理能力是指感知不同实体之间的关系并从中进行推理的能力（Holyoak et al.，1984）。因此，它有点类似于刚刚提到的整体性处理。已有证据表明它与寻找语言隐喻意义这一能力有关（Kogan et al.，1980）。还有证据表明，它会影响人们处理具身隐喻的方式。Marin 等（2014）调查了基于身体的视觉隐喻对创作过程的影响。他们发现，当人们接触到像"打破常规"之类的积极隐喻时，在后续的创造力测试中会有更好的表现，而当人们接触到"精疲力竭"之类的消极隐喻时，表现则会更差。这种效果在类比推理能力较高的人身上更为明显，这表明他们特别容易受到说服力强的具身隐喻的影响。因此，个体的认知风格不仅会塑造其处理隐喻的方式和速度，也会影响个人行为受具身隐喻影响的程度。对所有使用隐喻劝导、影响他人的个体而言，这些发现都具有重要意义，在某种程度上解释了为什么一些人比其他人更容易受到影响，更容易从隐喻中获得更多信息并受其影响，而认知风格是一个相对稳定的个体差异变量。

责任心

责任心是一个人格维度,主要对比高效和/或有组织的人和懒惰和/或粗心大意的人（Goldberg，1992）。有责任心的人会更加自律、尽职尽责、致力于取得成就，更喜欢有计划而非自发性行为。责任心水平较低的人往往更加灵活,更喜欢自发的行为。人们发现,这一人格维度与人们体验时间具身隐喻的方式相互作用。在第 2 章中已提到,人们可以使用两种不同的方式表达个人的时空关系：*时间移动隐喻*（将时间概念化为向人的方向移动）,以及*自我移动隐喻*（将人概念化为向未来的方向移动）。当问及"下周三的会议已经提前了两天,请问会议改在周几？",使用时间移动隐喻的受试者的回答是周一,而使用自我移动隐喻的受试者的回答是周五。Duffy 和 Feist（2014）的研究表明,责任心水平更高的人更有可能将时间概念化为向自我移动,而责任心水平较低的人则更倾向于将自我概念化为向未来移动。换句话说,当隐喻性地思考时间在空间中的运动时,责任心水平较低的人更有可能采用自我移动视角。他们还在一项后续的研究中发现,采用时间移动视角的人呈现认真行为的可能性更大,而采用自我移动视角的人拖延的可能性更大,这表明先前提到的研究结果也适用于实验室之外的情境(Duffy et al.,2014)。其中一个可能的原因是,认真的人会感受到未来时间和截止日期日益迫近带来的压力,从而促使他们及时完成任务。这也是一个明显的例子,能够证明内部驱动的个体差异通过具身化的隐喻思维塑造人们的行为。

身体意识和清洁倾向

人们发现,还有一项个体差异变量会影响人们的隐喻体验——身体意识。第 3 章中提到,房间里有一股难闻的气味会使某人更容易做出严厉的道德判断（Schnall et al.，2008c）。在同一篇论文中报道的另一项后续研究中,Schnall 等人继续加入了一项个体差异变量——"身体意识"。研究发现,一些人对自己的身体感觉更加敏感,而这一个体差异变量可以通过身体意识问卷来测量（Miller et al.，1981）。该问卷由五个问题组成,从 1（非常不同意）到 6（非常同意）进行打分。问题为："我对身体内部的紧张很敏感"；"当嘴巴和喉咙变干的时候,我能即刻意识到"；"我总是能感受到自己的心跳"；"我很快能够感受到由饥饿导致的胃部收缩"以及"我很清楚自己的体温变化"。Schnall 等人发现，在做出道德判断时，得分较高的受试者明显比得分较低的受试者更容易受到难闻气味的影响。

顺着道德这一主题，人们发现了另一个个体差异变量——"清洁倾向"，其也会影响道德判断的具身程度。Sherman 和 Clore（2009）发现，当黑色用来指代不道德的词（如"贪婪"）时，人们能更快说出"黑色"这一颜色；当白色用来指代道德的词（如"诚实"）时，人们能更快说出"白色"这一颜色。有趣的是，当他们将"清洁倾向"这一变量引入研究时，会发现，在更重视清洁的受试者中，这一效果明显更强烈。综上所述，这些发现表明，人们体验身体和所处环境的个体差异会对其通过隐喻进行抽象思维的方式产生深远影响。

权力需求

顾名思义，"权力需求"指的是某人能够掌控某种局面或有权掌控他人（McClelland & Burnham，2008）。第 2 章提到，人们对物体重量的感知会受到这些物体重要性的影响。研究也表明，人们对重要的感知会受到自身权力感的影响。Lee 和 Schnall（2014）发现，相比于自我权力感较低的人而言，自我权力感较高的人更易于认为物体较轻。他们也发现，操控人们的权力感会造成同样的结果。同样，Gkiouzepas（2015）发现，作为一种人格特征，"权力需求"会影响人们对广告中出现的"控制即为上"隐喻的反应。在早期的一项研究中，Gkiouzepas（2013）发现，相比于将产品图片置于标题下方的广告，置于标题上方的广告更容易理解。

Gkiouzepas（2015）在原研究的基础上纳入了个体差异变量"权力需求"，增加了研究问题以包括受试者对广告的多种反应。他发现，强烈渴求权力的男性受试者认为，与隐喻不一致的广告布局（产品放在标题下方）相比，隐喻一致的广告布局（产品放在标题上方）更积极，更有说服力。有趣的是，在这项研究中，女性受试者并没有给出相同的反馈。该研究结果与第 5 章中与性别相关的研究发现相契合。综上所述，这些研究表明男性可能比女性更易于内化垂直等级的隐喻。这种性别差异也在管理结构模型和组织权力关系中有所体现，此类差异似乎概括了一类性别偏见。

认知需求

另一个影响人们使用具身隐喻的个体差异变量是"认知需求"，即个体做出努力的倾向（Cacioppo & Petty，1982）。认知需求强烈的个体在辩论、评价想法、解决问题方面的阐述能力可能更强。在涉及隐喻的语境中，Chang 和 Yen（2013）表明，与认知需求较弱的受试者相比，认知需求较强的人更有可能准确解读视觉隐喻。Chang 和 Yen 的研究聚焦于广告中的视觉隐喻，已有研究证实使用这类隐喻能激发潜在消费者的积极反应（McQuarrie & Mick，2003）。然而，他们的研究并没有关注*具身*隐喻本身。

一项小型研究（Pérez-Sobrino et al.，2018）探究了人们对广告中的隐喻和转喻的反应，该研究间接证明了认知需求和具身隐喻的使用之间存在联系。一些广告可能在图片或文字中使用简单的隐喻或转喻，而另一些广告可能会结合图像和文字使用复杂的隐喻和转喻组合。在此之前，没有任何研究考察过此类复杂的组合是否会影响人们对广告的理解和认可，也未调查过如认知需求等个体差异将如何影响人们对复杂程度不同的隐喻和转喻做出反应。为了探究这些问题，我们开展了一项研究，以调查认知需求较强的个体是否比认知需求较弱的个体更喜欢广告中复杂的修辞。假设，认知需求较高的个体能（a）更快地理解广告，（b）有较高的广告欣赏能力，（c）认为广告包含的隐喻和转喻组合越复杂，广告就越有效。

为验证这些假设，要求来自英国、西班牙、中国的 90 名受试者观看了 30 个包含简单或复杂的该类修辞手法的广告。简单的修辞广告仅包含隐喻或转喻，而复杂的修辞广告包括转喻链（一个转喻连接着另一个转喻）、隐喻复合体（几个隐喻一起传递一个信息）和隐转喻（隐喻和转喻结合）（Ruiz de Mendoza & Galera，2014）。研究人员让受试者观看电脑屏幕上的这些广告，并要求他们在理解广告试图传达的信息后尽快做出反应。然后他们需要完成认知需求量表，这种评估工具能定量测量"个体思考的倾向及享受程度"（Cacioppo & Petty，1982：116）。

我们发现，个体的认知需求水平显著影响了他们对广告的反应和反应方式。认知需求强烈的个体在理解含有复杂修辞的广告时明显快于含有简单修辞的广告。但在认知需求较弱的个体身上没有得出相同结论。然而，认知需求水平与受众认可度或广告有效性并没有关系；其他变量，如广告中颜色的使用或受试者对广告产品的态度，都可能影响受试者对广告的认可度。

上述研究发现为具身隐喻提供了有趣的启示。虽然我们研究的很多隐喻是相似隐喻，但几乎所有研究中的隐喻都涉及身体体验。第 1 章中提到，具身隐喻和相似隐喻在实际运用中的区别并不明显，相似隐喻往往会激发视觉、运动感觉、身体美学意象或触觉意象（Ureña & Faber，2010）。

在奥迪的一则广告中，可以看到相似隐喻激活具身隐喻的例子。广告中有两条白线（通常处于道路中间），广告标题为"奥迪疲劳检测器：醒醒！"从视觉上来看，这则广告就像是玩文字游戏，两条白线可以有不同的含义。一种理解为：将两条白线当作闭上的眼睛，因此白线指的是睡眠这一行为。另一种理解为：将两条白线看作道路分界线。当司机在光线较暗的地方驾驶时，这两条线可能会对司机产生催眠效果。在上述两种情况中，车里的疲劳检测器都会唤醒驾驶员。这两种解读都涉及感觉运动反应，它们会激发睡眠和驾驶行为。然而，这种感觉运动反应由转喻触发的可能性较隐喻而言更大，因为广告图片仅仅通过间接的方式暗示了身体体验。研究结果表明，与认知需求较低的个体相比，认知需求较高的个体能更快地识别此类复杂修辞广告的含义。

创造力

第 2 章中提到，相比于规约性隐喻，基本隐喻的创造性实例化更有可能唤起听者的具身反应。人们发现，创造力作为个体差异变量也会影响创造具身隐喻的方式（Birdsell，2017）。Birdsell 给大量以英语为母语或第二语言的日本学生布置了一系列有关缔造和理解创新性隐喻的任务，以及一系列既定的创造力测试。他发现，上述两组测试在以英语为母语或第二语言的受试者组都有显著的关联，因此得出结论，创造性隐喻能力是一种稳定的个体差异，该能力有独特性和新异性的内在倾向。他认为，"一些人更倾向于寻找相距甚远的概念之间的语义关系，而这种组合能力是创造过程的重要组成部分"（Birdsell，2017：309）。研究中使用的隐喻测试本身并未对具身隐喻反应作明确要求，但受试者做出的反应，尤其是创造性反应，几乎都涉及身体体验。例如，在一项任务中，受试者要以"记忆是……"造句，其中创造性的回答包括"记忆是手铐""记忆是楼梯""记忆是翅膀"。这些反应表明，受试者是以非常具身的方式思考记忆的，这有助于帮助他们作出创造性反应。创造力较差的受试者作出的反应相对而言更少涉及身体体验，其回答包括"记忆是时刻""记忆是图片""记忆是最珍贵的宝藏"。因此，创造性的个体使用具身隐喻创造潜能的可能性更大。然而，这些发现仅供参考，因为并非来自专门关注具身隐喻的研究。仅对有身体基础的隐喻进行进一步研究会很有意义。

精神变态

研究发现，影响人们与具身隐喻交互方式的最后一个内在变量来源是精神变态，有时也称为"精神障碍"。精神障碍涉及一系列人格特征，包括夸张、操纵性、冲动、缺乏同理心及毫无悔意，以及做出不道德行为的倾向（Hare，1996；Meier et al.，2007a）。这些精神障碍的特征位于一个连续体中，在"正常"人群和精神病院患者身上均有所体现。第 2 章中一些研究的发现表明道德具身化隐喻为干净。Meier 等（2007b）提出的另一种可能性是，在垂直空间上表现为道德在顶端，不道德在底部。第 2 章中还提到其他具身隐喻，如"好为上""坏为下"。他们假设，由于有精神障碍的人很少激活道德概念，所以相比于正常人而言，他们对"道德为上""不道德为下"等隐喻的使用频率更低。

为证实这一假设，他们进行了两项实验。第一项实验的目的是确定人们是否倾向于将道德（或缺乏道德）与垂直空间关联起来。为此，他们采用了内隐联想测验（Greenwald et al.，1998），该测验要求受试者根据是否具有道德或不道德含义对单词分类，并根据是否出现在屏幕中心上方或下方对一系列星号分类。在一些测验中，回答"道德"和"高"对应相同按钮；而在其他测验中，回答"道德"和"低"对应相同按钮。他们致力于评估在前一种情况下是否存在促进效应，而在后一种情况下是否存在干扰效应。研究发现，当受试者为屏幕中心上方的星号分类时，将单词归类为道德的速度更快，而为屏幕中心下方的星号分类时，将单词归类为不道德的速度更快。这些发现表明，人们确实会将道德和垂直空间联系起来。

在第二项实验中，研究人员只是要求受试者将随机出现在屏幕顶部和底部的单词评价为道德高尚或道德低下。随后他们要求受试者完成 Levenson 等（1995）的自陈式精神病态量表（The Levenson Self-Reported Psychopathy Scale，LSRP）。实验发现，相比于在 LSRP 中得分较高的受试者，得分较低者的道德和垂直空间之间的互动明显更强。这些发现表明，相比于没有精神障碍特征的人，具有精神障碍特征的人确实在道德的垂直表征上表现稍逊。

总而言之，这些研究表明，内部驱动的个体差异似乎会塑造人们对具身隐喻的反应方式，影响他们喜欢的具身隐喻关系类型、他们从具身隐喻中获取的含义、他们倾向于采用的隐喻、他们与隐喻之间关系的强度以及某些具身隐喻对其世界观的影响程度。因此，我们能进一步证明具身隐喻的非普遍性，更好地理解人们看待世界的不同方式，这些世界观取决于人们与具身隐喻的关系。

8.3 外部驱动（社会）变异来源

截至目前，本章的重点一直是内部的、个体来源的变异。在本章的第二部分中，我将转向变异的来源，尽管在某种程度上是深刻的、个人的、内部的，但更明显地受到社会力量的影响，包括意识形态、政治立场和宗教信仰。这些如何影响人们体验和使用具身隐喻的方式。尽管意识形态、政治劝谏和宗教在某种程度上是内在的，但它们都依赖于外在的社会结构。

意识形态和政治立场

人们观察到，意识形态和政治立场既可以通过人们看待世界的方式塑造隐喻滤镜，也可能被隐喻滤镜加以塑造。例如，右翼自由市场经济支持者使用的许多修辞中都包含与健康、竞赛和健身有关的具身隐喻（Boers，1997a）。20 世纪 80年代，英国政治转向右翼，人们将福利国家概念化为"安全网"，而不是"避难所"，进而弱化了受庇护人群的脆弱性（Boers，1997b）。Caers（2006）对英国撒切尔时代（时代特点是强力支持自由市场的发展，同时削弱工会力量）的《经济学人》（右翼杂志）和《卫报》（左翼报纸）的隐喻使用进行分析，发现在《经济学人》使用的隐喻中，与健康、冲突和移动相关（特别是向前移动）的隐喻更突出，而《卫报》中与犯罪和生物体相关的隐喻更突出。他在对《卫报》的研究中发现，使用生命体隐喻与对福利国家的正面评价之间存在相关性。正面评价是指将福利国家形容为"健康"，负面评价则将私有化描述为"疾病"。

这一领域的大多数研究都聚焦于记者和政治精英使用的隐喻（Musolff，2004；Charteris-Black & Charteris-Black，2005），但近年来，有少数研究将重点放在非业内人士的隐喻使用上。"国家即身体"是政治领域中得到最广泛研究的隐喻之一。这一隐喻的形成通常受到个人所处政治体系的影响，并且也可用于凸显政治观点。Landau 等（2009）发现，当美国民众接触到"国家即身体"的隐喻时，他们更有可能更为严厉地对待进入美国的移民。有关这一隐喻更深入的探讨将在第9 章讨论隐喻体验中的跨文化差异时呈现。

Thibodeau 和 Boroditsky（2011）深入研究了隐喻可以凸显政治观点这一看法，以及隐喻的使用对人们思考和解决复杂社会问题的方式的影响。他们向受试者展示了与虚构城市艾迪森城的犯罪率有关的场景，受试者需要提供解决方案。一半的受试者接触的隐喻为犯罪活动是"捕食"艾迪森城的"野兽"，而另一半则为犯罪是"感染"艾迪森城的"病毒"。在两种隐喻模式的报告中有关犯罪的统计数据是相同的。

那些看过将犯罪比喻成野兽的受试者提出抓捕和监禁罪犯以及制定更严厉的法律的可能性更大。看过将犯罪比喻为病毒的受试者更可能提出要调查问题的根源，通过实施社会改革来预防社区犯罪，重点关注消除贫困和改善教育。有趣的是，当被问及这个问题时，较少受试者认为隐喻在他们的决定中起到了重要作用。然而，不管隐喻框架有否形成，受试者都容易受到隐喻的影响。这些发现表明，隐喻可以通过隐秘的方式在推理中产生作用。Boroditsky 等人也研究了政治倾向在犯罪推理中的作用，结果显示，相比于民主党或独立党，共和党提出惩治犯罪活动方案的可能性更大，受隐喻左右的影响较小。此外，民主党和独立党明显比共和党更易受到隐喻框架的影响。

研究发现政治态度和行为可具身化为身体体验。第 3 章中提到，厌恶感和对不道德行为的态度之间有着密切的联系。Cannon 等（2011）发现，判断道德上的厌恶感会诱发"厌恶"的面部表情，这体现了这种关系的具身本质。人们通常认为政治信仰保守的人更关心道德和纯洁，一些人认为这一人群更有可能体验到字面和隐喻意义上的厌恶感（Landau et al., 2009）。Inbar 等（2009）的一项研究支持了这一观点，他们对一组美国人进行了"厌恶敏感性"问卷调查和政治倾向问卷调查，发现这两个变量之间的相关性很大。他们发现，保守派比自由派对厌恶情绪更敏感，因此得出结论，保守派党人更有可能具有"厌恶道德问题的大脑"。因此，政治观点似乎既会影响人们喜爱的具身隐喻类型，也会影响人们体验到的隐喻强度。

宗教和精神信仰

宗教语言具有高度的隐喻性，这是一个公认的事实（Ptzemyslaw et al., 1998），人们越来越认识到宗教信仰对具身隐喻的影响。人们愈加发现，强烈的宗教信仰强化了人们对具身隐喻的体验，例如，道德被感知为"上"，而不道德被感知为"下"。Li 和 Cao（2016）假设，如果对道德的关注响应了道德的空间表征，那么道德观念对有宗教信仰的个体或拥有宗教思想的人影响更大。为了检验这一假设，他们扩展了 Meier 和 Robinson（2004）上述的研究，还要求受试者对含道德色彩（如正义）和不道德色彩（如罪恶）的单词进行评估，而这些单词会随机显示在屏幕顶部或底部。他们还要求参与者按照 1 到 7 的等级指出这个单词的"道德"程度。（全部均为中国人的）受试者分为两组：有强烈宗教信仰（佛教和/或道教）、无宗教信仰。他们发现有宗教信仰的受试者明显更有可能表现出 Meier 和 Robinson 研究发现的那种效果（如他们对出现在屏幕顶部的道德类词语，以及在屏幕底部的不道德类词语反应更快）。这些发现表明，宗教信仰加强了道德观念与垂直意向图式之间的关系。佛教徒和道教徒不相信天堂和地狱，因此这些发现不能用人会"上"天堂或"下"地狱的教义来解释。为了进一步检验二者的关系，Li 和 Cao 重复对两组无宗教信仰的人进行了这项研究；他们要求一组人打乱含有宗教概念的句子语序，而另一组人则将非宗教的句子恢复原状。结果发现，那些受宗教概念引导的人更有可能证明道德垂直图式的存在。这些发现十分有趣，其表明，尽管宗教可以影响垂直道德图式的强度，但这种关系是高度流动变化的，而且极易受到先前活动的操纵。这种变化证明了具身隐喻与语境相关的、动态的性质。

现已发现，具有不同宗教信仰的人对涉及"源域—路径—目标"图式的具身隐喻会有不同的使用方式。Richardson（2012）对此进行了分析。

能够进一步证明宗教信仰影响具身隐喻的证据可在有关于这些宗教的实物中找到。不同宗教的建筑就是一个很好的例子。Stec 和 Sweetser（2013）在对法国沙特尔主教座堂和印度尼西亚婆罗浮屠（一座建造于 9 世纪的佛教纪念碑）这两座宗教建筑进行描述时，展示了其是如何设计的，以便游客在穿过这些建筑时有不同的具身隐喻体验。游客在进入沙特尔主教座堂后，顷刻间，一座高耸的建筑便会映入眼帘，他们会不自觉地被天花板吸引，牢牢盯着它。祭坛置于一个凸起的平台之上，十字架从天花板上悬挂下来，因此能亲身体会到"权利即上升"这一隐喻。在婆罗浮屠，游客由莲花之根开始逐渐绕圈而上，从茎部向上走，最后到花朵中，到达涅槃。这些不同的建筑设计唤起了以下两种隐喻——力量即上升，状态变化即物理运动。然而，当我们更仔细地观察每座建筑物时，便会发现这些隐喻的产生存在许多差异。沙特尔主教座堂的设计极其强调等级制度，因此需要让参观者明白他/她与神明的关系：一位无论是真实还是想象中都无法触及的神明。与此相反，在婆罗浮屠中存在一个明确的假设，即人们能够通过自己的努力而开悟，且该信仰体系也融入了此建筑的设计风格之中。

最后，在 Winchester（2016）的论文《上帝的饥饿》（"Hunger for God"）中，可以找到宗教中具身隐喻动态性的证据，文中他描述了美国东正教皈依者斋戒的一项人类学调查。Winchester 发现，斋戒行为通过与食欲、食物、饥饿相关的具身体验，以及与涉及灵魂、罪恶、宗教美德这些更为抽象的宗教话语之间一系列的隐喻联系重塑了皈依者的主观思维及其随后的行动。他得出结论，对于这些皈依者来说，具身隐喻构建出一种认知过程，它解释了"这两种认知语域之间动态、相互知会的互动作用"（Winchester，2016：585）。在本节的讨论中，我们可以看到两种截然不同的观点。Richardson 的研究举例说明了语言分析在揭示宗教经验差异方面的潜力，而 Li 和 Cao 的研究说明了纯粹的认知方法如何强调宗教体验的共性。为进一步探究宗教信仰的存在与否如何影响人们隐喻下的世界观，Turner 和 Littlemore（in prep）目前正在调查个体宗教信仰及精神信念如何影响他们在描述信仰时所使用的隐喻。我们特别关注由语言和手势表现出来的具身隐喻。

在我们的研究中，我们会在受试者谈到自己的信仰时进行录像，受试者包括以下两类，即有一个或多个宗教信仰的人，或无宗教信仰的人。我们正在调查受试者在箴言中使用具身隐喻和隐喻手势的现象，特别关注不同信仰团体或传统的成员所使用的（语言和手势）隐喻的相似程度和变化程度。我们感兴趣的是，明确在谈论宗教或精神信仰时，如何使用或不用基于身体的隐喻；如何使用或不用隐喻手势；有不同信仰或无信仰的人在描述宗教精神信仰时，在使用或不用隐喻（包括语言和手势方面）上有多大的共性；以及宗教/精神信仰（如果有的话）或缺乏宗教/精神信仰这两者间关系的本质；在描述宗教/精神信仰时使用或不用隐喻语言/手势；以及通过大五人格测试（the Big Five Personality Test）衡量的人格类型。我们的初步发现表明，比起具体概念和"人类"行为，有宗教信仰和无宗教信仰的受试者都将（精神上和宗教上的）抽象概念和善良置于更高的手势空间，他们用宽度来表示模糊性和开放性。然而，我们还需要进一步分析，以研究具有不同信仰体系的人，或无信仰体系的人是如何使用具身基本隐喻的，比如那些涉及垂直层次的隐喻，以及在自然语言中"靠近与疏远""开放和封闭"的隐喻。

8.4　结　　论

　　如本章所述，内部驱动的和社会驱动的个体差异都会导致人们对世界产生非常不同的隐喻理解。内部驱动的人格和认知风格差异，不仅影响人们使用的隐喻类型，也会影响处理这些隐喻的方式和速度，还会影响到他们的行为受隐喻框架操纵的程度。这些差异可能是非常深刻的，例如，差异会影响人感受时间的方式，以及对伦理和道德问题的感受。我们还看到，更易于受社会驱动的个体差异（如宗教和政治观点），会塑造不同的具身隐喻思维，或通过这些思维而形成观点。在宗教话语和宗教建筑中可以找到解构这些不同隐喻的证据。这些差异在一定程度上解释了为什么人们经常误解对方，为什么以不同的方式解释同一个信息，可最终会发现冲突难以解决。具身隐喻将抽象概念具体化，从而将人们引向了不同的方向，一旦具体化了，这些抽象概念的可塑性就下降了。在意识形态、政治立场、宗教信仰方面，可塑性的下降可能会带来一些问题，因为它可能会导致冲突和误解。另外，通过隐喻的视角来看这些差异，在某种程度上是值得我们保持乐观态度的，因为在某些情况下，只是差异的内涵有所不同，但其背后的隐喻往往是非常相似的。此外，正如本章所讨论的一些研究所示，通过使推理过程中的隐喻本质更加透明化，以及向人们展示不一样的隐喻模型，可以带来更灵活的思考。

9 "臭臭的铁匠和懒惰的肝。"

具身隐喻的跨语言和跨文化差异

9.1 引　　言

"Whether you like it or not, history is on our side. We will bury you."

Nikita Khrushchev, 1956

"无论你们接受与否，历史与我们同在。我们将会'埋葬'（消灭）你们。"

赫鲁晓夫，1956 年

　　这句话源自赫鲁晓夫在波兰驻莫斯科大使馆的招待会上对西方国家的大使们发表的即兴演讲，仅仅是为了表达对共产主义取得最终胜利的坚定信念。但西方政治家并不明白这一表述在俄语中的含义，误解为"毁灭"之威胁，因此对国际关系造成了严重的影响。在这个例子中，误解的根源是赫鲁晓夫用了"埋葬"一词的隐喻含义，而西方政治家则只是照字面意思进行理解。研究表明，像这样由隐喻性语言导致的误解极其常见，尤其是在跨越语言和文化障碍的情况下（Musolff，2014），更令人担忧的是，人们往往没有意识到这一点：在没有理解的情况下，他们总认为自己已经理解了，并据此行事。正如刚刚的例子所示，具有不同语言背景的人在理解、使用隐喻的方式上的差异可能会产生严重的后果。

　　人们越来越认识到，具身隐喻不仅仅从身体而来，而且会"从身体的互动中产生，而这种互动在很大程度上是由文化世界决定的"（Gibbs，1999：155）。本章的目的是探讨语言和文化的差异对人们体验和参与隐喻的方式有何影响。我关注的是语言、文化经历同肉体经历相互作用的方式，从而形成使用隐喻来推理和交流思想的方式。在此过程中，我还探索了语言、文化、身体和隐喻之间的动态关系。首先是关注语言和文化塑造人们具身隐喻体验的方式。之后观察当人们面对多种语言和文化时会怎么样，以及思考具身隐喻在第一和第二语言中是如何运作的。我汇报了在这一领域进行的两项研究的结果，一个是研究具身隐喻的使用如何影响人们在跨语言中对手势的使用，另一个则是研究具身隐喻如何形成一种联系，即人们在第一和第二语言中，抽象概念和颜色之间所形成的联系。当我们对具有不同语言和文化背景的人使用具身隐喻来理解世界的方式有更为细致的了解时，就有望减少上述误解的例子。

9.2　不同的语言，不同的具身隐喻？

不同文化对身体和身体体验的概念化方式、它们赋予不同身体部位的意义和情感含义的水平和类型，都存在着重要差异（Yu，2002，2003）。Sharifian（2017）的"具身文化隐喻"概念概括了身体的文化概念在塑造具身语言和思想时的作用，该概念将文化置于具身隐喻的核心。关于隐喻的跨文化差异的传统说法认为具身隐喻是一种普遍现象，其文化差异只体现在其阐述方式上。Musolff（2017）对这一论断提出了质疑，并提供了证据（我们将在本章中看到）证明，即使是一些所谓的普遍的、基础的具身隐喻也会在基本的层面上表现出跨文化差异。这种差异会影响人们思考抽象概念和具体概念的方式（Schröder，2009）。例如，爱是人类的基本情感，Schröder（2009）发现，巴西人和德国人在使用具身隐喻对爱这种人类基本的情感进行描述时大有不同。数据显示，巴西人频繁使用涉及征服、进食和植物的隐喻，而德国人则更多使用涉及旅行和系统的隐喻。

在这一节中，我将讨论人们在使用具身隐喻方式的跨语言和跨文化差异的三个方面。我将重点关注时间、数字和空间之间的隐喻关系，将身体部位作为源域的隐喻，以及涉及感官的隐喻。

时间与空间的具身隐喻关系中的语言与文化差异

在隐喻的跨语言和跨文化差异研究中，最为热门的一大研究话题是时间和空间之间的关系。在世界上的许多语言中，时间的轨迹都被认为是空间中的一条直线。在英语中，这条轨迹是以自我为中心、基于前部的/后部的（后-前）轴的，所以我们说把过去抛在"身后"（behind）或"展望"（looking forward）未来。英语中也有从左到右的时间轨迹，正如我们在第 4 章中看到的那样（Tversky et al.，1991）。然而，这些轨迹绝非通用——中文就使用垂直轴，较早的时间点位于上方，较晚的时间点位于下方（Fuhrman et al.，2011）。Boroditsky 等（2011）研究了这些不同是否会导致英语和中文使用者对时间的思考存在差异。为了验证这一假设，他们向以汉语为母语的人和以英语为母语的人展示了一连串描述简单时间进程的图像——例如，一个人在不同年龄的样子，或者一根香蕉一步步被吃掉。然后要求受试者通过键盘上的方向键来识别这些序列的时间顺序，这项任务是在两种不同的条件下进行的，每一种条件都包含一个标准的和一个非标准的顺序。在第一种条件下，标准顺序是"左"键对应"早"，"右"键对应"晚"，而非标准版本则与之相反。在第二种条件下，标准顺序是"上"键对应"早"，"下"键对应"晚"，非标准顺序也与之相反。研究结果显示，普通话使用者的反应时间受到垂直条件下（而不是水平条件下）标准顺序的显著影响，而英语使用者的反应时间受到水平条件下（而不是垂直条件下）标准/非标准顺序的显著影响。这些发现表明，相比于英语使用者，普通话使用者更可能将时间看作是垂直的，这和中文里将时间比作空间里的垂直轴这一隐喻是一致的。Fedden 和 Boroditsky（2012）的研究也进一步佐证了在时间概念的隐喻中存在跨语言和跨文化差异。在米安语（Mian，一种巴布亚新几内亚语言）中时间被认为是流向身体或从东向西流动，他们的研究发现说米安语的人会根据这些路径来排列对应不同时间的卡片。有些文化即使都采用了水平轴的时间概念，它们之间也存在差异。正如我们在第4 章中所看到的，Tversky 等（1991）发现，时间隐喻也受到人们书写方向的影响，说英语的人倾向于从左到右的模式，说阿拉伯语的人倾向于从右到左的模式，说希伯来语的人则表现出混合的结果。

有关时间的具身隐喻概念的跨语言和跨文化差异在手势中也有所体现。Núñez 和 Sweetser（2006）指出，艾马拉语使用者把过去称为在前面，把未来称为在后面，这些关系也体现在他们在谈论时间时使用的手势上。当他们谈论过去时会指着前面，而当他们谈论未来时会指着后面。

人们对时间在空间中移动的方式的看法似乎也存在跨语言和跨文化的差别。根据对运动方式的描述，世界上的语言可以分为两种类型。在所谓的卫星框架语言（如英语）中，运动路径体现在小品词中，而运动方式体现在动词中，所以会有诸如 jump out（跳出）、slide into（滑入）、crawl along（爬行）等表达（Talmy，

1991；Slobin，2005）。所谓的动词框架语言，如西班牙语，会直接呈现运动路径而省略运动方式，或者用方式补语（通常是分词）来表达运动方式：entró corriendo 意为"他跑进来"，字面意思是"他进来了，跑着步"；salió flotando，意为"它飘出去"，字面意思是"它离开了，飘出去了"。Özçalişkan（2004）发现，当人们将时间描述为在空间中移动的事物时，把空间隐喻指代为时间这一抽象概念的方式也存在差异。她给讲英语和讲土耳其语的儿童布置了一个讲故事的任务，结果发现讲英语的儿童比讲土耳其语的儿童使用了更多种类的运动动词，而且在语言表达上对运动方式给予了更多关注，即使在谈论时间时也是如此。她认为，对源域的词化程度的跨语言差异反映了对时间这一靶域的不同的概念化方式。因此，我们看到，具有不同语言和文化背景的人用具身隐喻来从空间解释时间的方式存在很大不同，这体现在时间的方向和运动方式两方面，实验数据和手势研究为此提供了证据。

以身体为源域的隐喻的语言和文化差异

有证据表明，不同语言和文化在这种把身体某些部分当作源域的隐喻的使用方式上存在差异。Sharifian 等（2008）所著的论文合集就包含了各种各样的研究，呈现了心脏、肝脏和胃在不同文化中所包含的具身思维和情感。在合集的一篇论文中，Ibarretxe-Antuñano（2008）展示了在巴斯克语中，gibel 这个词（翻译过来为"肝脏"）是如何被用于转喻指代一系列与背面和后方相关的意义的，具体如 gibeldu（推迟、迟到）、gibelarat hartu（把……往后退、撤回）和 gibelondo（忽略）。这些意义还被延伸，被用作隐喻来指代一系列负面情绪，包括懒惰、鄙视、反感、厌恶和怨恨。在同一本合集中，Sharifian（2008）讨论了在波斯语中，人们使用 del（大概译为"心脾"）这个词的方式。"心脾"是情感、欲望、耐心、勇气以及想法和记忆的基础。del 通常被拟人化，用以表示人的欲望，以及对人性格及其特征进行描述。在非言语交际中也可以看到我们用身体表示源域的方式的跨文化差异。例如，在日本漫画中，身体缩小表示尴尬；而在西方，这个动作则更可能和重要性减弱有关。

在涉及国家意识和集体身份的隐喻中，人的身体通常被用作源域。研究发现，这种源域在不同语言和文化中存在巨大差异。Musolff（2017）开展了广泛的研究，以探究不同国家的人对"国家犹如身体"这个隐喻是如何理解的。他让来自 30

个不同国家的人思考怎样才能把他提供的隐喻和他们各自的国家联系起来，并对其结果进行视觉呈现。他发现，在除中国人以外的其他许多国籍的人的反应中，国家会被概念化，其方式是在功能和等级层面把国家和身体类比。例如，一位英国受试者就写道，身体的头就代表女王，头部的特征就代表政客、首相和政府。相反，很多中国受试者则会把国家的地理形状和人身体的形状联系起来。例如，某一中国受试者就写到，北京是中国的心脏和大脑，上海是脸（因为它是中国的经济中心），天津是手（因为有军队驻扎），而深圳则是眼睛（因为它是中国第一个对外开放的地方）。这位受试者在这里使用转喻，用中国城市来指代这些城市的主要"功能"。Musolff 认为，对于这些中国受试者而言，基本的地缘政治转喻是他们创造隐喻的基础。他还指出，研究中的许多受试者把国家说成是一个人，而中国受试者则特别喜欢把国家说成是母亲。中国受试者与其他国籍的受试者相比，使用这种隐喻的方式是完全不同的。在这两个例子中，以下两方面可能决定了受试者的反应：从政治角度对国家角色的看法以及影响国家与其人民关系的政治或历史发展。

这些研究结果表明，人的身体在塑造我们对世界的理解时并不是直接发挥作用的，而是受到了对人体进行的文化建构的影响。换句话说，不同国籍的人用人体来推论抽象概念的方式不同，但这种不同存在于现象层面而非神经层面（详见于 Gibbs，2005）。

跨感官隐喻的语言文化差异

研究发现，第三种受到语言文化差异影响的具身隐喻是跨感官隐喻。在第 6 章中我们看到，人的跨感官隐喻体验受到了感官缺陷和感官"过剩"疾病（如联觉）的影响。有证据表明，跨感官隐喻在不同语言和文化中既有普适性也存在差异。例如，Bremner 等（2013）对纳米比亚北部的辛巴族人开展了一项研究，研究结果为 Köhler（1929）的"波波-奇奇效应"提供了支持，即圆形更容易被叫做"波波"，而坚硬且有棱角的形状则更容易被叫做"奇奇"。然而，在探究形状和味道的配对时，他们发现辛巴族人的行为模式和西方人截然不同：前者会把苏打水与不苦的味道和圆形配对，而非菱形，而后者则截然相反。

跨感官隐喻在描述音乐时所发挥的作用也存在跨语言和跨文化差异。比如，研究发现，不同语言的人会用不同隐喻来概念化音高。在英语中，人们用高音和低音来描述音调；在利比里亚语中，则用"轻"和"重"来形容；亚马孙盆地的苏亚人用"年轻"和"年迈"来描述；中非的巴什人则使用"弱"和"强"。中非的曼扎人认为，高音即"小"，低音即"大"。其他语言，如波斯语（如第 4 章所示）认为，高音即"细"而低音即"粗"。为了确定这种语言差异是否会影响认知加工过程，Dolscheid 等（2013）进行了一项"双分离"研究，他们让荷兰语和波斯语母语者看着电脑屏幕，接着为他们播放了许多音高不同的音符，屏幕上随即出现了高度和粗细不一的线条。受试者在听到音符后须立即看着这些线条并唱出音符。对于荷兰语母语者来说，他们的音准受到线条高低的影响（线越高，他们的音调越高，而线越低，他们的音调越低）；波斯语母语者的音准则受到线条粗细的影响（线越细，音调越高，线越粗，音调越低）。因此，把音符归类为"高"（hoog）和"低"（lag）的荷兰语母语者会根据高度这一无关因素判断音高，而把音符归类为细（nazok）和粗（koloft）的波斯语母语者则根据粗细程度这一无关要素进行判断。因此他们得出结论，这些语言差异塑造了荷兰语和波斯语母语者"体验"音准的方式。

　　语言和文化间的另一个差异体现在所谓的感官等级上，这一概念已于第 6 章讨论过。该等级结构（主要源自英语语言研究）认为视觉是"主导的感觉"，其次是听觉、嗅觉、味觉和触觉（Jütte，2005）。语料库语言学研究可以证明这一观点，其结果表明，与这些感官相关的隐喻意义出现频率递减（Viberg，1983）。Sweetser（1990）总结了西方文化所采用的关键隐喻映射，如下所示：

Vision > Knowledge (e.g., "I can see what you're driving at", BNC)

视觉>知识（例如："我知道你想说什么。"——英国国家语料库）

Hearing > Heeding (e.g., "I hear all the arguments about injuries", BNC）

听觉>注意（例如："我听到所有关于伤亡的言论。"——英国国家语料库）

Taste > Likes/Dislikes (e.g., "I must say it is not to my taste", BNC)

味觉>喜/恶（例如："我想说这不符合我的口味。"——英国国家语料库）

Touch > Feelings (e.g., "We were deeply touched to receive your gift", BNC)

触觉>感觉（例如："收到了你的礼物，我们深受触动。"——英国国家语料库）

Smell > Disliked feelings (e.g., "I can smell disruption", BNC).
嗅觉>厌恶的感觉（例如："我能闻到混乱的气息。"——英国国家语料库）

Aikhenvald 和 Storch（2013）质疑这种等级结构的普遍性，他们认为 Viberg 和 Sweetser 选用的样本大都以欧洲为中心，因此不能代表世界语言。他们指出，尽管在众多的世界语言中，认知确实是以视觉的形式表达的，但在其他语言中则与听觉、触觉或嗅觉等动词有关。

这一论点得到了实证研究的证实。例如，San Roque 等（2014）研究了 13 种语言的自然会话，对其中所使用的感官隐喻进行了探讨。他们发现，就整体而言，视觉的隐喻明显多于其他感官，但其他感官的相对频率也因语言而异，如有些语言偏向视觉以外的感官。其中马来西亚的塞迈语（Semai），非常重视嗅觉。就此他们得出结论：由于感官知觉既是一种文化现象，也是一种物理现象，文化以不同的方式利用不同的感官领域，因此与之相关的过程和价值存在很大差异。

在喀麦隆和尼日利亚的卡普斯基人中可以找到一个有意思的例子，从而说明文化感知如何通过隐喻运用感官知觉。当隐喻地谈论认知时，他们首先提及嗅觉并区分了 14 种不同的气味（van Beek，1992）。有趣的是，从具身隐喻的角度来看，他们用气味来表达复杂的社会关系，实现了两者间的转喻。气味是区分铁匠（rerhe）和"正常"的卡普斯基人（melu，复数为 melimu）的重要依据："好"闻的正常人的地位明显高于"臭"铁匠。对气味的指称（可能是转喻）是社会地位的重要象征，因为铁匠被视为"肮脏且危险的人"（van Beek，1992：40）。除了铸铁之外，铁匠还负责制革、制陶、医术、占卜、法术、音乐，更重要的是还负责葬礼。铁匠要给尸体穿衣，连跳两天舞，用鼓和笛子伴奏，准备埋尸，带头挖坟，在三天紧锣密鼓的仪式后埋葬逝者，这些都是葬礼的一部分。人们认为铁匠"臭"似乎是因为他们与死人打交道并且吃肉，而这是其他人所忌讳的。van Beek 总结道："气味所包含的强烈情感、它的经久不息以及对细微差异的敏感性使它非常适合代表社会高低阶层的长期分化……这样，鼻子就成为人类社会性歧视的最佳工具。"（van Beek，1992：52）

另一位研究者 Classen（1990）也质疑了视觉的普遍性，不认为视觉是跨感官隐喻最突出的源域。她详细描述了南美洲原住民如何复杂地将字面义和隐喻义关联到不同的感官知觉上。她比较了南美两个不同地区的土著文化感官模型：安第斯山脉中部高地和亚马孙低地。由于安第斯文化现深受西方文化的影响，为消除干扰，她选取 16 世纪西班牙人侵后记载的印加传统语料库作为对当代数据的补充。她的数据显示，在两组原住民中，听觉具有最高的文化价值，并由此衍生出了各种各样的隐喻意义。在成年仪式上，男性须一直"张开"耳朵以接收木乃伊和岩石等圣灵、圣物所说的话，从而能与这些自己敬仰的对象"交谈"，这反映出在印加传统中，听觉比视觉地位更高。巴西北部的迪萨纳印第安人会使用 pe mahsiri yiri 一词，其字面意思是"听-知-行"，大致可译为"自由意志"。反义词是 inya mahsibiri，其字面意思是"看-不知"。味觉对这两个群体而言也很重要。迪萨纳印第安人认为气味是颜色和温度的结晶，人和动植物均以"气味"群分和类聚。这些多感官体验在一定程度上与第 7 章中联觉者所描述的体验相呼应。

与喀麦隆和尼日利亚的卡普西基人一样，亚马孙人也很重视嗅觉，而这是他们与安第斯人的主要区别。嗅觉相关词汇具有一系列字面和隐喻意义。例如，智利安第斯山脉的艾马拉人使用 kisa 一词来指称干果浓缩的甜味、悦耳的辞令、柔软的触感和纺织品如彩虹般色彩斑斓。虽然原意与嗅觉相关，但其隐喻意义却自由穿梭于嗅觉、听觉、触觉和视觉之中。

不同的语言和文化所侧重的感官各异，这意味着某些语言中的感官动词要比其他的更加精细。Howes 和 Classen（1991：263）认为，盖丘亚语中一系列精细的嗅觉动词能够证明嗅觉对该言语社区的重要性；Ritchie（1991）使人们关注到豪萨语的基本感知动词表，里面包含了表示看的动词（gani）和表示其他所有感知（如听、摸、闻、尝）的动词（ji）。这意味着在英语和其他印欧语系中，与听觉、触觉、嗅觉和味觉相关的隐喻意义其有效范围在盖丘亚语中受到了更大的限制。

研究人员还发现对于涉及感官的隐喻，不同语言和文化有不同的理解方式。例如，Wang 和 Dowker（2010）在一项调查中要求英国和中国的受试者进行四选一，为每一个隐喻选择"最佳"的阐释。在每道题目中，四个选项分别涉及的是"感知的""心理的""感知与心理的""评价的"。他们发现，中国的成年受试者更有可能选择与心灵和情感相关的解释，而英国的成人则更有可能选择基于物理层面的感知性解释。除去文化习俗外，很难找出造成上述差异的原因。

因此我们可以看到，即便是像感官等基本的人类体验，也因语言和文化而异。

部分语言和文化会侧重于某个感官，部分则通过跨感官映射来描述体验，还有的是将更深层次的文化隐喻意义赋予了特定的感官。这些差异源自物理环境和文化习俗的不同。由此我们可以推断出，语言的影响和文化的影响相辅相成，不可分割。我们自己的身体体验是具身隐喻形成的起点，但在我们形成隐喻思维过程中起着关键作用的则是有关身体功能及其用途的文化认知。

9.3 使用第二语言是否会影响我们理解与使用具身隐喻的方式？

在第 2 章中我们看到，对语言的微妙操纵能影响我们隐喻性思考的方式。这就引出了这样一个问题：当学习外语时，个人使用的具身隐喻会发生什么变化？语言不同，具身隐喻的使用方式也有所不同，那么外语学习者是否会开始对这些新的隐喻进行"思考"？学习者使用这些隐喻的方式与母语者是否相同？

如上一章所述，在不同的语言中，用以概念化时间的具身隐喻各不相同，如中文母语者沿着垂直方向看时间，而英语母语者则沿着水平方向看时间。Fuhrman 等（2011）研究了此类隐喻对学习普通话的英语母语者有何影响。他们发现，普通话更熟练的人更有可能垂直排列时间；当用普通话（而非英语）进行测试时，双语者更有可能垂直排列时间。因此他们总结道：以前的语言经验和直接的语言环境都会影响人们如何从隐喻的角度形成对时间的概念。因此，学习外语也许会影响人们看待时间的方式。

Casasanto（2014）的层级心理隐喻理论（Hierarchical Mental Metaphor Theory，HMMT）可以解释上述发现。正如我们在第 1 章中所见，该理论解释了为何具身隐喻的共性和个性能够共现。他认为，基本隐喻普遍形成于同一年龄段的童年体验。然而，由于受到语言、文化和身体倾向的影响（如左利手或右利手），只有部分广泛使用的映射显现并得到加强，而它们的发展也因此削弱了其他映射的强度。尽管潜伏的隐喻可能不会出现在口头语言中，但仍可能表现在行为、社会和身体体验上。成年后所使用的语言隐喻仅是童年时期隐喻映射体验的冰山一角。因此，具身隐喻的普遍性是相对的，其中的一些基本隐喻仅为某些语言、文化和/或身体所特有。

Casasanto（2014）在研究了英语和希腊语使用者在时间隐喻方面的跨语言差

异后，提出了分层心理隐喻理论（参见 Casasanto et al.，2004；Casasanto，2008）。英语使用者倾向于用空间范围来表述时间（如长时间），而希腊人则倾向于用体积和数量来表述（如大量时间）。在 Casasanto（2008）的研究中，受试者接受了一系列关于估计持续时间的能力的非语言的心理物理测试。他们需要重现在电脑屏幕上看到的刺激的持续时间，这些刺激包括逐渐延伸到屏幕上的线条或逐渐填满的容器，受试者需要忽视屏幕上发生的其他事情，只专注于线条的空间范围或不断被填满的容器。英语使用者很难排除空间距离的干扰，而希腊语使用者则很容易受到数量的干扰。这些结果表明，在概念化时间时，人们所使用的具身隐喻会受到其所用语言的强烈影响。为了调查在更短的一段时间内语言的影响，Casasanto 随后训练了英语使用者使用希腊式的时间隐喻，发现在接触这些新隐喻二十几分钟之后，测试中的英语使用者的表现与希腊语使用者的表现已经别无二异了。在一项相似的研究中，我先前所提到过的 Dolscheid 等（2013）训练荷兰语使用者使用类似波斯语的隐喻，即从厚度而非高度的角度来谈论音乐音高。他们发现在接受过训练之后，荷兰语使用者在一项与描述时间的相似的干扰任务之中的表现与波斯母语者已经差别不大了。

这些发现表明，语言经历与时间语言表征的塑造具有因果关系，这些影响在短时间内也可以形成。这些影响是非常重要的，因为它们表明学习另一门语言实际上有可能通过隐喻以全新的视角来认识和理解世界，这使得学习一门新的语言变得更有价值与意义。

英语母语者与非英语母语者所使用的手势具身隐喻

我们在第 2 章中看到，手势为具身隐喻的潜意识激活提供了强有力的证据，同时它与抽象观点的形成与表达也密切相关。在第 1 章中，根据 Kita 等（2017）的*手势-概念化假说*，在概念和语言上，我们使用手势来实现需要传达哪些信息以及如何最好地传达这些信息。我们也看到，根据 Hostetter 和 Alibali（2008）的*手势作为模拟动作框架理论*，手势的使用反映了在前运动皮层、小脑和其他皮层下区域的模拟动作，在一定条件下它会传播到其他运动区域，从而产生了手势。

这些作者认为，当表达一些我们认为重要的或者包含复杂的概念化内容时很可能会触发手势的使用。我认为另一个手势激活的潜在来源就是交际压力，一个交际压力很高的情况就是当一个人在说第二语言的时候（McCafferty，2004）。

比起母语者，第二语言的使用者要把他们的想法转化成词语则比母语使用者要困难得多，并且也有人认为这一额外的认知努力会促使产生手势表达。据此，当学习者需要用第二语言表达抽象概念时，会引起更明显的空间运动思维模式（Gullberg & McCafferty，2008；Kita，2000）。因此有人可能会猜想第二语言的使用者在用隐喻性的语言来表达抽象概念时会使用更多的手势。

目前还没有研究比较低水平的英语二语学习者用英语表达时，使用隐喻性手势在多大程度上能帮助他们表达隐喻性的话语。例如，当遇到与时态相关的语法问题时，他们会用手势来指代特定的时间轴，因此隐喻地把想表达的时间映射到空间上。即使演讲中没有提及任何时间问题，他们也会这么做（Gullberg，1999，2006）。她还发现，他们会使用隐喻手势来帮助衔接其输出，特别是在照应指代方面。例如，通过手势将演讲中事件、物体或人置于周围空间的矢状和横轴上，每当他们再次提到这些点时，就会使用指示性手势来指向他们既定的位置（Gullberg，1998，2006；McCafferty，2004）。因此，他们用手势隐喻地将抽象概念锚定在想象的时间空间中。有趣的是，即使是在听众能够看见的情况下，他们还是会使用这些类型的手势。这也就意味着这些手势并不一定是由互动激发的，而是起到了一种认知的作用，帮助说话者组织其语言并通过文字表达出来。目前我们还不知道在谈论同个话题时，第二语言的使用者是否会比母语者使用更多的隐喻手势以及二者使用的方式是否相似。

为了调查这些问题，Littlemore 和 Kwong（in prep.）进行了一项小型的探索性研究，调查了英语的母语者与非母语者（第一语言为中文）在谈论相似话题时如何用语言和手势使用基本隐喻，分析了四名中国高等英语学习者和四名英语母语者在谈论以下问题时的手势使用情况:

1. How do you manage your time for your study, work, family and personal interest?
1. 你是如何分配你在学习、工作、家庭和个人兴趣上的时间的？

2. What do you think the global economy will be like in the coming five years?
2. 你认为近五年全球经济的走势将会如何发展？

3. What makes you really angry?
3. 什么会让你感觉非常愤怒？

4. In what ways do you think men and women should take control of finances in a relationship?

4. 你认为男女生在一段关系中应如何处理财务问题？

这些问题是用来促进对"平衡""时间""情绪""控制"这几个抽象概念的讨论的，因为这样做很大程度上会引发概念隐喻的使用以及相应的手势。

讨论用视频记录了下来，并且手势被特殊标记，以证明母语识解和具身认知在产出英语中的作用。我们意识到两组在讨论这些主题时实际细节方面会有差别，这是不可避免的。这反映了所有这类研究在确定性和可控性之间的固有权衡。我们没有采用目前手势研究中通用的人为任务，而是希望观察参与者在真实讨论任务中的表现，就像身处一堂语言课。

我们研究了出现的隐喻（包括语言和手势）以及它们的使用方式。在这里，我呈现了这项研究中关于两组参与者使用隐喻手势的一些发现。

隐喻手势使用方式的差异

我们研究的主要发现是，母语人士使用隐喻性手势而非单词，而非母语人士似乎使用手势来帮助他们传达信息。在这里，我以两位发言者为例。

前两个例子是由英语母语者产出的。在图 9.1 中，说话者似乎在用一个隐喻性的手势来表示室友的"固执"，尽管实际上他并没有用语言表达出来。在本章给出的所有示例中，伴随有手势的言语片段以粗体突出显示。如果手势中没有实际的词语，则用**表示。①

图 9.1 "固执"

---

① 此种情况并未在本章给出的示例中出现，为尊重原书表述，此处保留。

　　这里，他的手势似乎暗示他的室友是固执的、遵从秩序的、循规蹈矩的，喜欢做事情"井井有条"。在例子中，文字和手势很好地结合在一起，清晰地展示了室友的性格。有了手势，说话者不需要用词语加以修饰，我们就知道他想表达什么。这个例子很好地解释了"隐喻性思维"，视觉隐喻十分强烈、有效，不需要进一步的言语表达。

　　在第二个例子中，如图 9.2 所示，说话者用一个手势来表达这样的想法：在一段关系中，需要有一个人扮演和解性的角色来参与妥协、消除分歧、确保人们相处融洽、确保事情紧密结合。在这个手势中有一定程度的模糊性，说话者并没有试图去解决，但是从上下文来看，比较清楚的是这个手势指的是联结在一起的人或观点。

图 9.2　"交织在一起"

　　同样，这个例子证实了 Cienki（2008）的断言，即隐喻的手势并不一定总是伴随着相应的语言表达。然而，这两个例子中的手势都是与词语共同出现的，暗示着共同的潜在概念内容。

　　在这项研究中，没有一个非母语者通过使用隐喻手势来代替真实的词语。相比之下，他们经常使用隐喻性的手势来帮助他们表达自己的想法并将其转化为语言。我们可以在图 9.3 中看到，说英语的中国人在说出"跨学科方法"这个短语之前的几秒钟内，双手反复交叉。

　　在这个例子中，说话者在说出"跨学科方法"之前就用了这个手势。"跨学科"这个术语的隐喻本质首先在这个手势中表现出来。与 Kita 等（2017）的*手势—概念化假说*相一致，说话者似乎在用这个手势来帮助他形成自己的想法并将这个想法付诸语言。这种手势的使用可能由交际压力催生，在这种情况下，说话者试图用第二语言讨论复杂的抽象概念，同时面对被录像的压力。

图 9.3　跨学科方法

图 9.4 中也是类似的情况，说话者试图传达"成长"的隐喻意义。

图 9.4　"成长"

在这个片段中，我们可以看到演讲者的右手向上移动，在口头表达之前用手势很好地传达了成长的概念。我们再一次看到了在说出对应词语之前具身隐喻会出现在手势中，这可以增加话语的隐喻"厚度"（见第 1 章）。

在图 9.5 中，我们又一次看到这种现象，"聚焦"这个词的隐喻性本质是通过手势传达的，远远早于它出现在言语中。

在这里，这个手势似乎强调的是这个隐喻的另一个意思——缩窄，与本意略有不同。除了帮助说话者表达"聚焦"这个词，这种手势的使用丰富了说话者设法传达的信息。这与 Cienki 和 Müller（2008a）的观察是一致的，他认为隐喻识解的不同方面可以通过言语和手势同时突出。它强调隐喻使用中源域知识的复杂性。

*我们不……，我们只是，**我们不需要，我们不……我们不能**只专注于学习*
双手相向移动，指尖相互碰触
图 9.5 "聚焦"

正如我先前在本节内容中所提到的，该研究仅为探索性研究，但是研究中例子似乎支持 Kita 等（2017）关于使用手势来促进概念化的观点（见第 1 章）。第二语言所增加的认知努力和交流压力，可能会导致说话者使用更多的隐喻性手势来支撑他们的思维，帮助他们表达抽象概念。为此，他们可能需要理解用来表达抽象概念的隐喻的具身本质。进一步验证这些观点需要更多的实证研究。这些研究也可以用来确定这些发现是否适用于更大的数据集和具有不同语言背景的人。

到目前为止，我只讨论了语言产出方面的问题。在语言理解方面，情况有些不同。似乎高水平学习者比低水平学习者对对话者使用的隐喻性手势更敏感。Ibáñez 等（2010）运用脑电图研究（参见第 2 章，了解这些研究的工作原理）调查德语低水平和高水平学习者对手势和比喻语言产生的不一致性是否敏感。研究中有证据表明，高水平学习者具有这种敏感性，但低水平学习者没有，这表明一个人需要达到一定的水平才能注意到包含模拟隐喻动作的手势。因此，在人们使用具身隐喻的方式上有了另一个差异来源：一个人是否产出了隐喻或见证了它产生的变化。前者似乎受到努力程度的影响，而后者更多与能力有关。同样，这一领域有许多工作尚待完成。

9.4 具身性单词-颜色联想比非具身性联想更普遍吗？

在这一章中，甚至在整本书中，我们都看到了不同的具身隐喻普遍性不同。

对这种差异的一种解释是普遍性与具身*程度*有关。有人可能会假设，具身程度越强烈，或者说至少体现具身性的潜力越大，具身隐喻就可能越是普遍的。一个有效的检验方法是观察单词和颜色之间的关系。抽象的概念和情感通常与特定的颜色有关。例如，对很多说英语的人来说，愤怒是红色的，嫉妒是绿色的，纯洁是白色的。许多研究考察了具有不同文化和语言背景的人对颜色联想的异同。一些联系，如红色和愤怒之间的联系，已在许多语言和文化中被发现（Waggoner & Palermo，1989；Matsuki，1995；Mikolajczuk，1998；Kövecses，2005；Chen et al.，2014），而其他的联想，如红色和好运，仅限于几种语言和文化（Xing，2008）。

某些单词-颜色联想比其他词语-颜色联想更普遍可能是由于具身程度和体验程度不同。一些词语与颜色的联系似乎比其他的有更强的经验基础。例如，愤怒和红色之间的联系可以用这样一个事实来解释：当我们生气时，我们的脸会变红，因为更多的血液会流到皮肤表面。在其他案例中，则很难确定这种联系的经验动机，比如嫉妒是"绿色的"。

为了测试一个特定的单词-颜色联想的"感知体现"和它的普遍性程度之间是否存在关系，Littlemore 等（forthcoming）用英语和粤语作为我们的测试语言，考察了单词-颜色的关联。通过使用两种语言的在线单词-颜色联想问卷，我们试图确定在英语和粤语中最有可能表现出文化内部和跨文化差异的各种词汇-颜色关联的类型，以及文化内和跨文化差异（或缺乏）与关联的感知体验性质相关的程度。

在我们研究的第一部分，向参与者（99 名母语为英语的人用英语回答，195 名母语为粤语方言的人用粤语回答）展示 41 个单词。单词的顺序是随机的，以避免任何有关学习影响。对每个单词，他们被要求从 10 种不同的颜色（黄色、橙色、红色、蓝色、绿色、紫色、棕色、黑色、白色和灰色）中选择他们认为与之最密切相关的颜色。研究结果显示，在两种语言中，一些颜色词对似乎是普遍存在的，但也存在一定程度的跨文化差异。比如词语"生气""危险""暴怒"与"红色"之间存在普遍关联，这可能与人们对这些情绪或者经历的身体反应有关，即它们会让血涌向皮肤表面。

研究的第二部分旨在确定大家认为单词-颜色联想在多大程度上是有物理基础的，我们从第一部分的每一个概念中选择了英语和粤语中最常联想到的颜色，并让参与者根据他们对身体动机的感知程度对这些关联进行评分。他们被要求在 0（"非常弱"）到 100（"非常强"）的范围内对他们认为的颜色词有物理来源的程度进行评分。用术语"具身"的一个非常普遍的定义，我们将这个变量称为"可感知的具身"（参见第 1 章）。然后，在第一项研究中，我们将单词-颜色关联的"可感知的具身"评分与它们的相对选择频率联系起来，以观察"可感知的具身"的程度是否与反应的普遍程度有关。

研究发现，英语（$p<0.001$）粤语（$p<0.001$）的"可感知的具身体验性"评分和"联想强度"评分（通过第一项研究中颜色被选为给定单词的频率进行操作）都高度相关。这一发现表明，在最突出的单词-颜色选择和他们的可感知的具身水平之间存在着紧密的联系。此外在可感知的具身与两种语言共有的关联的可能性之间存在显著的相关性（$p<0.01$），这表明更普遍的单词-颜色联想往往具有更强的身体动机。因此，我们得出结论，单词-颜色关联的"可感知的具身"程度似乎在解释其普遍性水平方面发挥了关键作用。

9.5 基于身体的单词-颜色联想是否更容易被第二语言学习者所采用?

鉴于先前所讨论的第二语言的演讲者使用的具身隐喻，第二个有趣的问题就是，这些隐喻的关联是否也会迁移到第二语言中去。有证据表明，第二语言，包括它的隐喻，和母语一样也是具身化的。例如，De Grauwe 等（2014）研究了荷兰高级德语学习者和以德语为母语的人如何处理字面运动动词。在受试者接触德语动词时，学习者和母语者在运动和躯体感觉区域都表现出类似的激活。这一发现表明，在第二语言处理过程中，与运动相关的语义表征非常丰富，足以激活运动和躯体感觉脑区。

也有证据表明，至少有一些在第一语言中起作用的具身隐喻在第二语言中也起作用。Dudschig 等（2014）在非母语人士中发现了积极和消极情绪与上下取向之间的具身关联，正如我们在第 2 章中看到的，这种关联在母语人士中也得到了证实（Meier & Robinson，2004）。Meier 和 Robinson 发现，出现在电脑屏幕上方的积极词比出现在电脑屏幕下方的积极词更容易被识别，而出现消极词的情况则正好相反。他们认为，这是因为上下取向与积极和消极情绪的联系是具体的。Dudschig 等人选取了 20 个母语是德语的人进行了一项测试——让他们看英语中的一些积极和消极的情绪词汇，然后要求如果词语是某种颜色的话就在键盘上按下高按键，是另一种颜色的话就按下低按键。他们假设单词会干扰测试的反应时，因此，对一个肯定词按下低按键要比对一个肯定词按下高按键要花更长的时间，反之亦然。这一假设得到了证实：积极情绪词汇促进了向上反应，消极情绪词汇促进了向下反应。这证明，正负面情绪在外语中对应的垂直方向与母语一致。Dudschig 等人得出结论：具身隐喻的体验追踪再激活并不仅限于母语加工过程，且外语单词与感官运动系统关联方式与母语单词一样。

再回到单词-颜色联想的研究上，我们不知道学习外语时人们是将母语中的单词-颜色联想迁移过去，还是会采用外语中常见的联想，抑或混合使用母语与外语中的联想。此外，我们也不清楚为什么语言学习者即使在说外语时，也会运用其中的单词-颜色联想，而非保留母语联想。这可能与具身性有关，相较于基于文化的联想，人们更有可能接受以身体为基础的联想。

为验证此假设，Littlemore 等（forthcoming）将上述研究的对象扩展至第二语言为英语的广东人（126 人）。在邀请受试者完成单词-颜色联想问卷后，我们研究了他们的回答，以确定他们在何种程度上接受外语-类型联想，以及接受联想的可能性是否与联想所具有的"感知具身属性"程度相关（我们在第一部分的研究中发现了联想具有该属性）。我们对比了这三组词的颜色分布以确定这组新受试者的反应方式是否与广东人的那组更一致，保留了母语中的联想；或是与英语母语者趋同，回答更贴近外语中的联想。于是我们将单词-颜色联想的"感知具身属性"评分与第一项研究中的相对选择频率联系起来，以确定"感知具身属性"的程度是否与回答的普遍程度有关。在粤语和英语联想意义不同的词中，我们想要确定相比于非身体的联想，外语为英语的广东人是否有可能接受基于身体的外语联想。为此，我们查看了受试者对这些词的"感知具身属性"的评分，以确定外语为粤语/英语者所使用的联想是否更多以身体为基础。

我们发现在大多数情况下，同一问题由外语作答与由母语作答结果相似。然而，也有一些情况表明第二语言的使用者的联想与粤语使用者的明显不同。例如在说母语时，粤语使用者将"幸福"这个词与红色联系在一起，但当他们用第二语言（英语）回答问卷时，则会像英国本族语语者一样将幸福与黄色结合起来。由此我们判断，大部分受试者能摆脱母语中典型的单词-颜色联想，从而接受外语的经典关联，但有时也会受到母语的影响。最重要的是，我们的数据分析显示，联想越是以身体为基础，第二语言受试者接受它的可能性就越大。此外，母语中的联想基于身体的程度越低，人们在说第二语言时就越不可能产生这种联想。所以我们得出结论：单词-色彩联想与身体的相关程度会影响其在外语中被接受的程度。因此人们在说第二语言时对基于身体的单词-色彩联想更敏感。综上，两部分研究结果均表明联想越是以身体为基础，它就越普遍，且越有可能被第二语言学习者接受。

9.6 结 论

由本章可知，虽然很多具身隐喻具有相似之处，但是人们体验它们的方式各异。不同文化背景的人会以不同方式考量自己的身体，对各部位给予程度不一的重视并形成不同的隐喻感官联系，然后以不同的方式对这些关联进行隐喻性延伸。

我们还看到，为理解诸如时间、数字等抽象概念，人们所使用的具身隐喻因语言和文化而异。因此，语言与文化也许在深刻地影响着我们使用具身隐喻的方式。最重要的是，我们发现，至少在单词-颜色联想中，关联的具身化程度与其普遍性存在联系。我们可以进一步研究"感知的具身化"和普遍性之间的关联是否也适用于其他类型的隐喻。我们还发现，与身体更加相关的单词-颜色联想更有可能被外语学习者使用。然而，我们尚不清楚他们是如何习得这些关联的，以及这种习得与已知能影响习得的其他特征（如频率和显著性）之间有什么关系。因此，我们可以进一步研究在习得仅限于第二语言的单词-颜色联想和其他隐喻关系时，"感知的具身化"以及其他因素所发挥的作用。此外，我们还可以研究学习环境和教学风格如何影响学生习得第二语言中基于身体的隐喻关系。上述研究将进一步揭示人们如何习得具身的隐喻性关联，以及为何不同的语言和文化具有共通之处。

10 结　语

10.1　引　言

　　本书旨在挑战"具身隐喻是同质的"这一观点，并尝试突破 Lakoff 和 Johnson（1999）提出的"正常"人视角。我绝不是在质疑具身隐喻的概念本身。在整本书中，我们看到大脑与身体并非互不相关的，而这一前提得到了强有力的支持，并延伸至隐喻领域。身体体验影响我们使用隐喻以理解抽象概念的方式，而具身隐喻的使用也确实塑造了我们对于世界的理解。然而我们看到，具身隐喻产生的方式有很大不同，这不仅是由身体造成的，还因我们所处的物理、社会文化和话语环境、我们的年龄、性别、个性、认知风格、心理状态、政治和宗教信仰以及语言背景而异。这些因素不仅影响着所使用隐喻的种类，还影响了我们体验和使用具身隐喻的方式和程度。如第 1 章所示，我们可以将所谓的"具身"隐喻理解为连续体上的一点。在该连续体的一端，一些隐喻以"最纯粹"的方式体现出来（因为它们引起了感觉运动反应，该反应能直接证实相应的运动和感官产生了知觉模拟）；另一端的隐喻反映的是人体及其与环境的互动，但并不一定引发感觉运动反应。我们*可以*用自己对身体的理解来获取这些隐喻的意义，但这不是必要的方式，至少在意识的层面上并非总是如此。在本书中，我探讨了哪些因素决定着隐喻在连续体中的位置及其位置发生变化的可能性。其中的一些因素与隐喻本身有关，另一些则与使用的语境和人群相关。前文研究造成上述差异的原因，而在本章中，我将呈现主要的研究发现，并探讨这些发现对于我们理解具身隐喻与通过具身隐喻体验世界的方式有何意义。最后，本书将讨论有待探索的问题，以更好地理解人们如何使用隐喻进行推理和交流；物理和社会环境的差异如何转化为隐喻思维的差异；以及隐喻思维能以哪些不同的方式塑造人们的世界观。

10.2　隐喻体验差异的源头

在本书中,我探讨了哪些因素影响人们体验不同类型的具身隐喻和体验强度。通过一系列的研究,我们可以了解到许多关于具身隐喻的情况。现在让我们依次看看这些因素。

表达的是什么:新异性和情感

影响人们对具身隐喻体验程度的第一个因素与信息的内容和传达信息的人有关。大量证据表明,与传统隐喻相比,新异隐喻明显更能唤起听者的感觉运动反应,特别是当听者不得不通过基本隐喻来理解新的蕴含意义或新的言语隐喻时。正如我们所看到的,新异隐喻更有可能引起身体层面的具身反应,人们在描述自己的情绪时、在诉说自己的感受而不是别人的感受时更能产生新异隐喻。较多的情感投入会产生更多富有创造性的隐喻,这反过来又会在身体层面上得到进一步体现。有证据表明,仅仅接触隐喻就能激起情绪反应,而在理解隐喻的过程中,这种情绪反应会受到隐喻的新异性的影响。

我们还看到,运动和情感之间存在着强烈的神经学联系,这一点也反映在它们共同的词源中;情感可以引起身体运动,而身体运动也可以引发情感。与之相对应的,在运动和对隐喻的具身反应之间也存在着这种关系。我们还看到,富有感染力的"行动呼吁"特别可能使用到与身体有关的隐喻。

语境和上下文

影响人们对具身隐喻体验程度的第二个因素与它出现的语境和上下文有关。隐喻是从说话人还是听话人的角度出发也很重要,当隐喻是从读者或听话人的角度呈现时,它们更能引起具身体验。这并不奇怪,因为人们在谈论和思考自己的经历时可能会表现得更加形象、更加身临其境。

人们对具身隐喻的体验也会受到他们与对话者的关系的影响。当与来自话语共同体之外的不熟悉所讨论材料的人说话时,例如在教学背景下,说话者为了弥补对话者对共同知识的缺乏,会通过隐喻的方式表达要讲的概念,让其更直接,这或许可以通过言语或手势来实现。

物理环境也影响着我们用隐喻来构建思维的方式。例如，我们已经了解到，环境的清洁度、照明的质量、温度、季节，甚至我们所坐的位置，都会影响我们使用隐喻进行思考的方式，而思考的内容与环境完全无关。

最后，上下文也会影响对具身隐喻的体验程度。这一说法在 Müller（2008）的"激活的隐喻度"概念中得到了概括，这一概念同时适用于言语隐喻和手势隐喻。根据这一观点，在语境中被强调的隐喻，例如通过夸张的手势、隐喻标志或夸张的语调来实现，更有可能被说话者和对话者在身体层面上加以体验。

年龄和发展

另一个影响人们对具身隐喻体验程度的因素是年龄。我们已经看到，学龄前儿童在四岁时就能够理解涉及跨域映射（如空间和时间）的基本隐喻，并在五岁时就能够解释这些映射关系。我们还看到，涉及空间运动的隐喻，特别是那些涉及第一人称身体体验的隐喻，对儿童来说更容易理解，因为儿童更多依靠感觉运动模式来理解他们对世界的体验。我们对儿童如何理解与数学和音乐有关的具身隐喻的研究表明，相比于成人，儿童的解释更有可能基于人类活动、个人经历、关系、情感、运动、详细的场景描述和故事叙述。这与成人提供的解释形成了鲜明对比，后者更多的是模式化的、常规的和脱离实际的。这些发现表明，相比于成人，基本隐喻对儿童来说更具生动的"生活体验"。这可能是由于隐喻的新异性，也可能是由于儿童以一种更加笼统的方式处理他们周围世界的信息。对儿童习得基本隐喻的比较发展研究的结果表明，当儿童逐渐采用他们所处文化中广为接受的隐喻世界观时，他们会获得一些理解世界的方式，但同时也会失去一些。

身体差异

我们的身体差异以及对自己身体的觉知会影响我们如何通过具身隐喻来感受世界。相较于右利手，左利手对"好的在右边"这个隐喻的感受没那么强烈；但是，如果要求右利手也使用左手，一段时间后，其行为表现便开始和左撇子相似。这一发现很有趣——它强调了某些类型的具身隐喻的可塑性。

惯用手和"好的在右边"这个隐喻之间的关系似乎位于具身隐喻连续体的感觉运动端，而高度和重要性之间的隐喻关系则更靠近连续体的非身体端，因为它涉及社会规范的内化。然而，该隐喻关系的起源可能与身体有关，可能来自人们的存活与身高相关的环境中。体重和重要性之间的关系更复杂。在非人类情境（比如重的书被认为更重要）下的隐喻关系似乎对人不适用，因为大家更普遍地认为（至少在西方国家中是如此）瘦才是好的，而该隐喻关系正好相反。神经性厌食症患者的隐喻映射图会更加复杂。这类患者对其身体的意识更强烈（负面的），更倾向于使用具体化的隐喻（其字面义和隐喻义间的界限模糊）。源域和靶域在这类隐喻中合二为一后通常很难再分开。这种形式的隐喻思维源于社会规范，但随后被内化和扭曲，并走向极端，通常会给身体带来严重影响。

性别

性别影响人们具身隐喻体验的方式比较有趣。某些具身隐喻似乎在男性中更常见，包括用纵轴来代表等级以及权力地位，把女性置于这一等级结构的底部，以及用体力来指代抽象的权力和力量。有趣的是，上述隐喻与高度和力量直接相关，而高度和力量又是男性和女性在身体上存在差异的两大方面。此外，社会规范的存在意味着大家可能更会从身体和力量这两方面去定义男性（在某些情况下，男性会这样定义自己）。这些特点对成长中的男孩来说更重要，他们会彼此影响；而女孩则更可能关注外貌的吸引力和受欢迎程度。你们可能会由此得出以下结论：男人和男孩能更直接地习得和感受上述隐喻，女人和女孩则更为间接。的确，有证据表明女性更可能在语言模式的影响下对这些隐喻做出反应，而这进一步表明女性可能更多地通过使用隐喻来习得隐喻。对这一问题作进一步探究并考察更多种类的具身隐喻（包括那些涉及男女身体差异的和不涉及的）中存在的性别差异将会很有趣。同样，可以进行更多的发展性研究，探究这些具身隐喻在不同性别中出现的年龄。研究结果能让我们更了解不同具身隐喻的起源及其发展的原因，也能反映女人在多大程度上使用与男人相关的隐喻。另外，与性别和具身隐喻相关的研究能显示两性之间的互动和女人在社会上的普遍地位。如果女人在职业中，用的都是与男人相关的隐喻，那么这种情况是值得注意的；如果我们要实现性别平等，可能需要找到一些不那么"男性化"的方式来看待工作场合下的权力和地位。

感官缺陷和疾病

我们已经看到，感官缺陷和疾病会从身体能力和对隐喻的态度这两个方面影响人对具身隐喻的体验方式。一个关键的研究结果显示，感官缺陷和疾病在很多情况下同样也能提供新的具身隐喻体验的方式，这些方式有时候会更丰富、更个人化、比其他人体验得更深刻。比如，联觉者体验到的许多跨感官联系虽然是基于传统隐喻映射，但却有新的延伸，并且通常伴随更高的共情和更强烈的情绪反应。联觉者似乎可以体验到一种高度的跨感官隐喻，此类隐喻从根本上塑造了他们与物质世界进行互动的方式。

抑郁症和心理障碍

　　一个人的心理状态对其以具身隐喻体验世界的方式有着深远的影响。抑郁症的经历，尤其是在丧亲之后患病（抑郁症）的，似乎会影响人们使用的隐喻类型及方式。如果人在流产后又丧亲，此时具身隐喻的源域和靶域可能合并起来，人们对时间概念的隐喻认知会发生改变，有些人认为时间飞速般流逝，而另一些人则将对时间流逝的认识提到了一个新的高度——隐喻性理解。对一些人来说，"分裂的自我"这一隐喻变得更加明显，身体只是一个中介，可以为所发生的事情负责。与抑郁症相关的隐喻思维方式会对身体体验产生影响，比起非抑郁症患者，抑郁症患者会认为看到的山丘更加陡峭。与抑郁状态相关的隐喻思维也会以体征的形式表现出来，这一过程，虽然与躯体化相类似，但实际上是一种经文化调解的、有关痛苦的隐喻体现。

　　患有精神分裂症、孤独症和阿斯佩格综合征等心理、神经系统疾病的患者，也以不同于大众的方式体验着隐喻。我们发现，精神分裂症患者在访谈中，对具身隐喻进行创造性延伸，且广泛使用以描述自己的症状。与神经性厌食症患者一样，他们有时似乎会将对世界的隐喻理解和字面理解融合在一起，和流过产的人一样，他们也广泛运用"分裂的自我"这一隐喻，将身体的某些部分拟人化，还将外部因素纳入自己的思维过程。也有证据表明，哪怕传统研究表明患有孤独症和阿斯佩格综合征的人在体验隐喻方面有困难，他们也会表现出具有使用更具创造性的具身隐喻的能力。我们看到，该领域之所以出现此类相互矛盾的研究结果，可能源于隐喻理解研究中所使用的提示类型，因为这些提示包含不同类型的隐喻、转喻、习语、明喻。因此，我们可以多多调查患有这些疾病的人是如何进行隐喻性思考的，这也有利于他人进入其内心世界，为此提供支持。

个性与认知风格

个性与认知风格的个体差异表明，我们处理传入刺激的方式并不是统一不变的。一条信息可以由不同的人以不同的方式解释，这可能导致误解。在本书中可以看到，认知风格的差异也会影响人们使用隐喻的方式。我们发现，具有整体性、分析性、语言性、形象性认知风格的人会以非常不同的方式处理概念隐喻，这些差异也映射到隐喻文献中有关隐喻本质的长期争论，甚至可能在一定程度上解释了这些争论。

在对其他未受到广泛关注的个性与认知风格差异的研究中，也有证据表明其会影响人们对具身隐喻做出反应的方式。类比推理能力会增加人们受说服力强的具身隐喻影响的程度，而认知需求会影响人们从复杂隐喻中受益的程度，或享受复杂隐喻的程度。有精神病倾向的人在对道德问题进行推理时，似乎并不会运用垂直图式，这表明该图式可能在此类推理中发挥着重要作用。就时间和空间之间的具身隐喻关系而言，有责任心的人更倾向于采用移动的时间视角，而责任心较弱的人则更喜欢移动的自我视角。身体意识水平高的人更有可能将黑色与不道德行为联系起来，将清洁与道德联系起来。高度发达的"权力需求"可能会使人对"控制为上"的隐喻更加敏感，认知需求则与对更复杂、更有创意的隐喻偏好有关。因此，一个人体验具身隐喻的强度在很大程度上取决于其个性或认知风格。

有关个体差异的研究对社会的主要贡献之一是，有助于在工作场所中和更需要社交的环境中，让人们更好地了解彼此，从而更好地合作，建立工作效率更高的团队。理解"个体差异如何塑造*隐喻性的*思维"后，我们就能对以下问题做出阐释，即个体差异如何说明不同的人可以从同一条信息中产生非常不同的理解，以及不同的理解如何导致冲突和误解，这样就能将该项工作推进到下一个阶段。针对个体差异对具身体验影响的研究能让我们对这些不同的观点有更深入、更具体的理解。

政治和宗教信仰

在政治和宗教领域，不同世界观所产生的社会影响最为明显，也最为重要。这两个领域都涉及了大量由隐喻构成的抽象思维，而且这两个领域的很多方面都是由冲突决定的，这可能对人们的生活产生深远的影响。在本书中，我们已经看

最基本以及最重要的人类体验，如情感即温暖。可变性较大的隐喻类型包括在生活后期和人类进化中后期的抽象概念以及诸如时间和数字等需要测量的东西。早期获得的概念是普遍的，但当人们开始以更加微妙的方式理解这些概念时，变化也应运而生。

综上所述，这些发现表明，即使是最常规的以语言使用为基础的隐喻以及人们所谓的"死喻"在某种程度上都会更新和发展。触发这种更新的情况包括激烈的情绪体验、交际压力以及包含新刺激的新环境。这些条件也是人类创造力的强大催化剂，这也许并非巧合。成功的创意是新与旧、熟悉与陌生的结合。具身隐喻能够让我们接触到人类体验最古老、最基本的领域，通过探索这些隐喻的含义，我们可以找到基于普遍人类体验的表达自我的新方式。因此，具身隐喻的创造性拓展在不同时代和不同文化中普遍存在。

10.4　有待探索的问题

本书中，我已经明确了人类具身隐喻体验变化的诸多来源，以及人类通过隐喻体验世界的方式，并已得出初步结论，但还有许多事尚待完成。例如，针对具有不同的身体、情绪和文化生活经验的人开展更多研究，以调查他们体验具身隐喻的方式将大有裨益，这些研究将为我们提供更多的信息，以探索不同具身隐喻的本质和来源，并帮助我们更好地理解其起源及产生方式。本书中提到，一些具身隐喻在现象层面运作，而另一些在神经层面运作。对于这些层面的相互作用和相互影响程度，我们仍知之甚少。

第二大仍需研究的领域是学习第二种或第三种语言对个人在不同隐喻中转换的灵活性的影响。有大量的研究表明，人们在学习第二语言时能提升认知灵活性，然而迄今为止还没有研究探索双语者灵活使用具身隐喻的方式。

根据现有研究，人们可能会假设双语者比单语者更容易在不同的隐喻之间转换，从而以不同的方式诠释世界。如果多语者确实表现出了这种深层次的认知灵活性，这将为不重视第二语言学习的地区开展第二语言教学提供有力支持。此外，第9章的研究发现，隐喻的具身程度预示着其可能达到的普遍性，研究者可在此基础上开展更多有用的研究。

第三个值得进一步研究的领域是具身隐喻、情感和创造力之间的关系。我们已知在某些情况下，强烈的情感体验会使人们以创造性的方式扩展具身隐喻。情感投入、创造力和感觉运动激活似乎相辅相成。我们应该进行更多的研究来解读这种关系，因为这将提供更多揭示创造性思维以及其与隐喻思维关系的信息。

第四个有待进一步发展的研究领域是方法论。针对具身隐喻在真实交际环境中而非实验室中的使用情况，可以开展更多研究，而不是仅仅关注在实验室中产生的隐喻。正如第 2 章所述，在人为的实验环境中开展研究时，人们对隐喻的反应很可能被失真的环境严重扭曲。此外，针对说话者之间的关系对其使用隐喻的影响方面可以开展更多研究。这类研究能够有效地查明人们在语言产出和语言理解中使用具身隐喻方式的差异。使用的提示类型也需要得到更多关注。提示不仅要更加真实，还应筛除其他类型的修辞语言，如转喻、习语和明喻，因为这些修辞可能与隐喻的处理不同。除此之外，需要将相似隐喻从基本隐喻中分离出来。最后，还需进一步探索表达方式对具身程度的影响。预计通过手势表达的隐喻比通过语言表达的隐喻更能激发强烈的具身反应，因为看到手势会引起感知者的运动反应。然而，我们并不知道通过音乐、艺术或其他表现形式展现的隐喻所产生的影响。

最后一个领域是具身隐喻对长期记忆的影响。具身隐喻对记忆形成很重要，原因有二：第一，它们为我们接收到的信息提供了一种统揽式的框架；第二，它们很容易受到肌肉记忆的影响。以身体行为作为隐喻基础的抽象概念和情感比那些没有隐喻基础的概念和情感更容易被记住；更高水平的感觉运动模拟可能会使得记忆留存时间更长。已知那些唤起感觉运动模拟的隐喻可能更新异，更凸显受众视角，更情绪化，与运动和负面评价相关性更高。其他因素如年龄、性别、个性、心理状态、信仰体系、意识形态和语言背景，都可能与这些因素相互作用，形成人的具身隐喻体验。未来的研究可以探索本书中讨论的所有变量之间的相互作用，从而提供有用的信息。

10.5　结　论

长期以来，"不同的人经历的现实是不同的"这一观点饱受争议。在我们一生中，我们的身体、情感和社会经历都在不断变化，不断塑造我们的世界观。我们对上述因素塑造世界观的机制却知之甚少。在这本书中，我们看到，具身隐喻是一个关键机制，我们的身体、社会地位、语言和文化背景以及精神状态通过这个机制影响着我们理解世界的方式。本书也阐述了人们如何使用具身隐喻来形成自己的世界观以及内化他人的世界观。本书中讨论的例子表明，差异受到社会、政治、医学、经验和人际关系的影响。通过努力理解他人体验世界时采用的隐喻和塑造这些隐喻的力量源泉，我们将更深入地理解他人的思考方式，更好地欣赏丰富多样的人类经历，并在这条探索之路上有所收获。

注　释

前言

1 本书中的所有例子均来自真实语料，包括语料库。这些例子取自英国国家语料库（BNC）。

第1章

1 这些例子取自英国国家语料库（BNC）。

2 在这个例子和下面的例子中，用作隐喻的语词用斜体标示，伴有手势的语词加粗。

3 Kövecses 的意象图示概念类似于 Grady（1997a）所提出的基础隐喻。相反，Grady 用"意象图示"仅指源域，而非他所说的基础隐喻的靶域。

第2章

1 感谢我的研究助理 Sarah Turner 博士展开了该项语料库研究分析。

第3章

1 本数据库由伯明翰大学伯明翰商学院的 Penelope Tuck 收集，是对英国公务员服务机构人员观念调查的部分成果。

第5章

* Skårderud, F. (2007). Eating one's words, Part 1: "Concretised metaphors" and reflective function in anorexia nervosa – An interview study, *European Eating Disorders Review*, 15: 163–174, p. 171.

第6章

1 感谢马德里 Complutense 大学的 Ana Laura Rodríguez Redondo 所提供的西班牙语手语的例子。

第 7 章

1 www.bigisue.com/about/

2 英国下议院关于不良孕娩的辩论，2016 年 10 月 13 日（议会议事录）。

3 该项研究是一项更大规模研究提案的基础，调查精神分裂症个体在语言和手势方面的具身隐喻的使用。

4 我要感谢 Verilogue 股份有限公司（宾夕法尼亚广场东 100 号，费城南 11 号，PA 19107，美国），提供了该数据的访问通道。

第 8 章

*罗马天主教礼拜仪式的中心部分，面包和葡萄酒据说是基督的血肉之躯。

参 考 文 献

请用微信扫描下方二维码获取本书参考文献。

隐喻与转喻

转喻：语言、思维和交际中的
隐性捷径

Metonymy: Hidden Shortcuts in Language,
Thought and Communication

〔英〕珍妮特·利特尔莫尔（Jeannette Littlemore） 著

陈 朗 译

科学出版社

北 京

图字：01-2023-2345 号

This is a simplified Chinese edition of the following titles published by Cambridge University Press 2019/2015.
Metaphors in the Mind: Sources of Variation in Embodied Metaphor (978-1-108-40398-6)
©Jeannette Littlemore 2019
Metonymy: Hidden Shortcuts in Language, Thought and Communication (978-1-107-04362-6)
©Jeannette Littlemore 2015
This simplified Chinese edition for the People's Republic of China (excluding Hong Kong, Macau and Taiwan) is published by arrangement with the Press Syndicate of the University of Cambridge, Cambridge, United Kingdom.
© Science Press. 2023

图书在版编目（CIP）数据

转喻：语言、思维和交际中的隐性捷径 /（英）珍妮特·利特尔莫尔（Jeannette Littlemore）著；陈朗译. —北京：科学出版社，2023.12
（隐喻与转喻）
书名原文：Metonymy: Hidden Shortcuts in Language, Thought and Communication
ISBN 978-7-03-077132-2

Ⅰ.①转… Ⅱ.①珍… ②陈… Ⅲ.①比喻–研究 Ⅳ.①H15

中国国家版本馆 CIP 数据核字（2023）第 232937 号

责任编辑：杨 英 陈晶晶 / 责任校对：贾伟娟
责任印制：徐晓晨 / 封面设计：蓝正设计

科 学 出 版 社 出版
北京东黄城根北街 16 号
邮政编码：100717
http://www.sciencep.com
北京中石油彩色印刷有限责任公司 印刷
科学出版社发行 各地新华书店经销
*
2023 年 12 月第 一 版 开本：720×1000 1/16
2023 年 12 月第一次印刷 印张：28 3/4
字数：580 000
定价：196.00 元（全二册）
（如有印装质量问题，我社负责调换）

致　谢

　　首先，我要向剑桥大学出版社的 Andrew Winnard 先生表达我由衷的感激。在项目初始阶段，他给予了我宝贵的信任，而在本书的撰写过程中，他的支持和鼓励始终如一，源源不断。同样，我也要衷心感谢剑桥大学出版社的 Joanna Breeze 女士在出版过程中的辛勤付出。

　　此外，我还要感谢所有为本书提供宝贵意见、建议，以及为本书内容分享过有趣观点的相关人员，包括 Satomi Arizono、Antonio Barcelona、John Barnden、Tony Berber Sardinha、Ewa Biernacka、Lynne Cameron、Alan Cienki、Alice Deignan、Pilar Durán Escribano、Charles Forceville、Ray Gibbs、Nicholas Groom、Robert Holland、Joseph Holloway、Susan Hunston、Almut Koester、Tina Krennmayr、Graham Low、Fiona MacArthur、Khalid Mahmood、Daniel Malt、Joe Malt、Oscar Malt、Alice May、Rosamund Moon、Lee Oakley、Daphne Papadoudi、Paula Pérez-Sobrino、Peter Richardson、Ana Roldan Riejos、Francisco Ruiz de Mendoza、Wendy Scase、Elena Semino、Gerard Steen、Rachel Sutton-Spence、Caroline Tagg、John Taylor、Paul Thompson 和 Tong Xiaoqiong。

　　匿名审稿人，特别是那些进行清关审查的作者们，他们为本书的定稿提供了颇有价值的反馈，我对此表示深深的感谢。

　　最后，我必须向 Sara Peacock 女士致敬，她是一位无比称职的编辑。还有 Helen Bitton，他的索引工作①堪称一流，"现在已经开始到处寻找生活中的转喻了！"

---

① 中译本未收入索引，特此说明。

前　　言

　　转喻是我们用一件事物指代另一件事物的认知和语言过程。例如，用"好莱坞"一词来指代美国主流电影，用"莎士比亚"一词来指代莎士比亚戏剧和诗歌。这些例子中的地点和人都被用来指与其密切相关的特定的地方、特定的人、特定的事物或事情。转喻通常使用简单或具体的概念指代另一个更复杂、更抽象甚至敏感的事物。美国历史上"9·11"和"珍珠港"两个术语就分别用来指代发生在这个时间和地点的事件。本书中我们将看到转喻思维非常普遍。我们一直在用转喻的方式进行思考，从而将关于这个世界大量可用的信息集合为可管理的形式。日常思维中转喻的存在意味着它会在语言和其他的表达形式中留下痕迹。

　　转喻常与隐喻联系起来讨论，但两者截然不同。隐喻通常涉及可能基本不相关的实体（或在某一特定语境中识解为不相关的实体）之间的某种比较，而在转喻中，用以描述这一实体的术语与其所指对象之间的关系通常较为密切。从分析者的角度来看，该差异更难被发现，但对于使用者而言，转喻是传达细微差别、提供评价以及表述观点更加微妙的方式。

　　20世纪90年代以来，我们看到了诸多关于隐喻的著述，但鲜有较长篇幅、以著述形式来讨论转喻在真实话语和其他交流形式中的作用的研究。相较于转喻的普遍性和它的关键功能，这一现象还是比较奇怪的。除了耳熟能详的有关其指称功能的提法外，转喻实际上还具有在话语群体（discourse communities）中建立身份、便捷交流的功能；同时可以满足在共享知识基础上创建同伴关系、缩短社交"距离"（social "distancing"）的需要。转喻的间接性意味着大量委婉语、模糊语的存在；它还具有重要的评价功能，在辩论中常可用以表达立场；同时，转喻在"语言游戏"（language play）方面的潜质促成了大量幽默和讽刺的产生，以及其他有趣的、创造性语言的使用。在所有表达方式中转喻的存在反映了它在思想形成和交流中所发挥的关键作用。这是本书将论证的观点。

　　由于转喻非常微妙，不易察觉，因此很容易被遗漏或错解。当转喻按字面意义或隐喻意义理解，或者反过来字面意义或隐喻意义被理解为转喻时，错解最易发生。可能有时彼此了解、享有足够充分的共享信息的两个人也容易错解类似的转喻。错解还会发生在专业或学术环境中，如不同学科的研究人员就跨学科问题的交流。第 8 章中我们会看到错解还会发生在全球地缘政治环境中，造成国内和国际政治冲突。不同文化和语言背景的人之间的交流更易发生错解。因为转喻如此不易察觉，所以错解的原因往往被忽略，误解也就随即产生。

本书将对相关文献中已提及的不同类型的转喻、转喻的不同功能、它在语言和其他表达形式的成功交际中所作的贡献、在跨文化交流中的作用以及在上述这些语境中发生的转喻错解类型进行全面讨论。来自真实世界的语料（real-world data）将贯穿全书。本书首要研究的对象是语言模态中的转喻，但同时也包含转喻在其他模态中的表达，如艺术、音乐、电影和广告等。当前的转喻理论大多数是在认知语言学范式下发展而来的，我评估了这些理论在多大程度上可以被拓展到去解释产生于"野外环境"（in the wild）下本质复杂、层次多样的转喻。此外，我还研究了转喻在大脑中的加工，以及正常发育的个体和存在语言障碍的个体其理解和产出转喻的能力如何随着时间的变化而变化。

本书深入分析了转喻的语境化例子，可以看到转喻在口笔语、手语和其他表达形式中的使用方式。讨论转喻在口语交际中所起的作用时，我所关注的是它在双向交际中的互动性和动态性，如探索转喻在伴随话语产生的手势中扮演的角色。涉及成人和儿童、英语母语者和非英语母语者之间的交流以及来自日常、学术和工作环境中的互动都是我关注的内容。书面语中对转喻的讨论则择取了对"书面语"相对广义的界定，考察转喻在现代媒体（如短信）以及不同书面体裁中的使用，包括新闻、商务信函、文学、叙事和学术写作等。语料包括来自英语本族语者和非本族语者的书面语言片段，许多例子都来自真实语言语料，如柯林斯英语语料库（BofE）、英国国家语料库（BNC）、美国当代英语语料库（COCA）和网络语料库（Webcorp），没有刻意人为创造的例子。此外，本书还讨论了转喻在其他媒介中的使用，如具有多模态特征和动态特征的语料。通过分析实际使用中的转喻，希冀为转喻在语言和其他交流形式中的作用提供理论层面和实践运用层面的论证。[1]

---

① 本书中讨论的所有转喻实例均通过至少两位该语言的使用者的认定。为将实例编码为"转喻"，本书采用了 Biernacka（2013）的转喻识别程序。我们将在第 6.2 节中看到，该识别程序并非没有问题。相关问题将在正文中阐明。为从单个转喻实例中推断出"转喻类型"，本书还采用了 Steen（1999）概念隐喻识别程序的改编版本。这一点也会在第 6.2 节进行解释。

　　本书开篇先对术语作一下说明。在有关转喻的文献中，转喻（metonymy）的个别实例有时被拼读为 metonyms 或 metonymies。这种差异一般源于作者的视角。单纯从词汇角度研究转喻的人一般倾向用 metonym，而从认知语言学视角研究转喻的人则更倾向用 metonymy。由于本书采用的方法基本上与认知语言学视角一致，且研究的框线远远超出语言，因此全书使用 metonymy 一词。

"转喻"是日常交际中使用的一种修辞语言，一种我们可以基于共享知识、用更少的词汇来交流的表达捷径。"我先给你记下来"（I'll pencil you in）和"让我帮你一把"（let me give you a hand）都是转喻的例子。转喻具有广泛的交际功能，如语篇衔接、幽默、讽刺、委婉语和夸张，这些都在语言发展和话语群体中发挥着关键作用。本书全部使用真实语料，将展现转喻不仅在语言还在手势、手语、艺术、音乐、电影和广告中的运作原理，探讨转喻在跨文化交际中的作用，以及它给语言学习者和翻译人员带来的挑战。本书适用于语言学和文学领域的研究人员和学生，以及对交际艺术感兴趣的教师和大众读者。

目　　录

1 "那些男孩需要好好训一训"

什么是转喻？

1.1 引　言

转喻是语言和思维的一种修辞方式，用一个实体来指代另一个实体，或用认知语言学术语来说，即为指代另一个有关的实体"提供路径"。下文示例可说明这一点：

> The trains are on strike. (BofE)
> 火车正在罢工。（柯林斯英语语料库）

为了理解这句话，我们会用到与火车相关的知识，比如司机，火车没司机就不会跑，从而推断出：罢工的主体并非真实的火车，而是驾驶火车的司机。

我们来看另一个例子：

> The kettle boiled and bubbled. (BofE)
> 水壶开了，在冒泡。（柯林斯英语语料库）

这里我们用与水壶用途相关的常识或日常知识来推断，"沸腾和冒泡"的当然不是水壶，而是里面的水。在这些特定的示例中，我们是通过对火车与其司机之间，以及水壶与其容纳物之间的关系来理解其实际的含义的。因此，从更加基本的层面来看，转喻是一个过程，通常用某一事物易于理解的一个方面来指代整个事物，或指代该事物的其他方面，或指代与之密切相关的事物（Gibbs，1994）。它最适合成为用来思考事物和交流思想的工具，因此，转喻是我们概念系统和语言系统的一大属性（Gibbs，1999）。

我们所使用的语言不可能囊括其隐含意义的方方面面，这是我们需要使用转喻的原因之一。换言之，语言总是"不能充分说明"（underspecify）意义的，因为它不可能传达出与其解读相关的所有内容（Radden et al., 2007），而是需要运用推理来确定其含义（Frisson, 2009）。我们之所以"以转喻的方式"进行思考，是因为在实际操作中我们根本不可能在同一时间内有意识地激活与特定概念有关的所有知识，只可能关注到这一概念某一个突出的方面，并将其作为接触整体概念的一个点。例如，当要求人们画一台电脑时，大多数人能想到的可能只是屏幕，而不是硬盘、机箱、鼠标等。当想到"法国"时，人们可能会想到的只是曾到过法国的某个地方，或一张粗略的法国地图，或法国的地标性建筑，如埃菲尔铁塔，不可能一下子就能勾绘出整个法国，即使他曾走遍法国，因为这些信息无法保存在我们的工作记忆中。因此，在很大程度上，我们可以说转喻在语言中很普遍，仅仅是因为它是我们日常思维过程中的组成部分（Langacker, 1993）。

我们在后续章节将会看到，转喻与隐喻常放在一起讨论，有时会将转喻与隐喻混淆。然而，如上述例子所示，隐喻通常涉及的是两个不相关的实体之间的比较，而转喻则是一种认知和语言过程，用一个事物来指代某种程度上与之密切相关的另一个事物，这种关系不涉及比较。我们再来看一个例子：

Do you want me to *pencil you in* for the time being? (BofE)
你想让我暂时*把你记下来*吗？（柯林斯英语语料库）

在这个例子中，pencil you in 就是转喻用法，用来指代"做个临时预约"之意。秘书提出用铅笔而非钢笔来预约，这样客户就可以在必要时做最后的修改。因此，在转喻上，pencil in 指一个人用铅笔来做事（即可以写字，写好还可以擦掉）。you 这个词也是转喻用法，指"你的名字"。这是转喻在日常语言中作为"捷径或窍门"的一个典型例子，使人们能够基于共有的知识，用更简洁的语言进行交流。

尽管在上面的例子中，转喻主要起指代的作用，但它依然可以发挥各种交际功能，如建立关系、幽默、讽刺、委婉语（Deignan et al, 2013；Panther & Thornburg, 2007；Ruiz de Mendoza Ibáñez & Opal Campo, 2002）。其主要的一个功能是为人或物提供一种微妙的评价形式（Levin & Lindquist, 2007）。在下面的例子中，"西装"（suits）就是一个转喻，以一种消极的方式来指代会计师和经理。

The best part of working at night is that *the suits* have gone home. (BofE)

晚上工作最好的一个环节就是，*西装革履的人都回家了*。（柯林斯英语语料库）

作者通过提及会计师和经理所穿的西装，成功地将他们描绘成平凡、大众但又是有权之人。如果有什么不幸的事情发生，就可以简单地用另一套"西装"代替。转喻也会用于刻意模糊的情景（见 Channell 1994 年关于模糊语言功能的讨论）。例如，当我们问"你圣诞节做了什么？"时，"圣诞节"很可能是指包含圣诞节前后的假期，而不只是圣诞节当天。如果问"你在圣诞节当天和前后几天都做了什么？"这样的话听起来就太迂了。

有一种常见的转喻类型，即以生产者来指代产品，例如：

The kind of character we often find in *Dickens*. (BofE)

我们在*狄更斯*的小说里常见的角色（柯林斯英语语料库）

这个例子中，"作者"（producer）（Dickens）即指他的"作品"（product）（Charles Dickens 写的书），是一种转喻的用法。与转喻有关的文献中通常会用小写字母来表示这些"统摄性"（over-arching）的转喻类型，正如此例所述。其他类似的例子还有：

I softened to a mere fortissimo, trudging through *the Mozart*. (BofE)

我从极强音中缓和下来，在*莫扎特*中挣扎前行。（柯林斯英语语料库）

A fifty-year-old *Steinway* that has been reconditioned. (BofE)

已翻新一台五十岁的*施坦威*（柯林斯英语语料库）

另一种转喻则包含部分指代整体的关系，如：

The perfect *set of wheels* for the young racer. (BofE)

对这位年轻赛车手而言完美的*一套轮子*（柯林斯英语语料库）

在这个例子中，"一套轮子"指的是整辆汽车。语料库中的语例表明，用

"一套轮子"来指代整辆汽车时往往产生的语境是：一个年轻人正在购买汽车，或正在评价一辆汽车。评价时的注意力集中在*车轮*上是因为它们是汽车移动的关键部分，因此，这种表达还可能会让人想起这样一个场景，即没有东西能阻挡汽车的前进。该例子表明转喻可以用来突出某一现象的某些特征，而其他的特征则黯然失色（Langacker，1993）。它还体现出转喻的含义往往依赖于语境。

有时候，一个简单的行为可用来转喻性地暗示一个复杂的事件，如：

> *Put the kettle on.* I'll be home by five o'clock. (BofE)
> *把水烧上*，我五点到家。（柯林斯英语语料库）

这里，"把水烧上"指的是泡一杯茶（或咖啡）的整个过程。如果把泡茶的全过程都罗列出来会很奇怪，所以在这里有必要使用转喻，从而让交流合乎时宜。在某些语境中，"把水烧开"还有别的语用意义，当想和朋友聊一个问题的时候，就表示"让我们坐下来谈谈"，正如下面这个来自英式英语的例子：

> Now dry your eyes and *we'll put the kettle on.* (BofE)
> 现在，把眼泪擦干，*我们把水烧上*。（柯林斯英语语料库）

这是一个"转喻链"（metonymic chaining）例子（Dirven，2003），其中，一个转喻（在这个例子中，"把水烧上"指"泡一杯茶"）会引向另一个转喻（"一起喝茶"是指"一边喝茶，一边分享话题"）。它也可以被看作是"隐喻素"（metaphoreme），Cameron 和 Deignan（2006：674）将其定义为"将特定的词汇和语法形式与特定的概念内容以及情感价值和语用学互相结合"的非字面表达。本书的后续部分将对这两种现象（转喻链和隐喻素）进行探讨。

在另一种类型的转喻中，某一个人的突出特征（或与当前情况最相关的特征）可以用来指代整个人，如：

> But the brothers needed *muscle*, which is where Frankie Fraser came in. (BofE)
> 但兄弟们需要*肌肉*，所以 Frankie Fraser 就来了。（柯林斯英语语料库）

这个例子中，"肌肉"是对强壮的人（在这个例子中是暴力的人）的转喻。

某个人或某个事物最有趣或最相关的*特征*被用来指代这个人*或物*。Frankie Fraser 是伦敦一个臭名昭著的暴力犯罪团伙的成员。这里的"肌肉"可能是用来指打人或威胁他人，所以这里可能存在另一个转喻链，即用物体指代行为的转喻（肌肉代表肌肉可以发挥的功能）和用实际的东西指代潜在的转喻（打人这个实际的行为代表的是打人所带来的潜在威胁）。涉及其他身体部位的转喻可以是大脑，如"Ayyad 可能是炸弹制造*背后的大脑*"（Ayyad may have been *the brains behind the making of the bomb*）（柯林斯英语语料库），或是嘴巴，如"*这么多嘴要喂，这么多工作要找*"（*so many mouths to feed* and jobs to find）（柯林斯英语语料库），或是身体的任何其他部位。诸如此类的转喻在表达时不带个人色彩，因此可以传达对被讨论者微妙（通常为负面的）的评价。

从这几个例子中我们可以看到，在表达相当复杂的思想或概念时，转喻是较为高效的方式，同时也是描述冗长的事件或想法时的一种捷径。它非常普遍，我们的语言如果没有它，就会听起来很奇怪。成功地用转喻进行交流需要说话者之间有大量的共享知识，包括世界观和对"事情应该如何"的共同价值的期待（Durán Escribano & Roldan Riejos，2008）。这意味着，尽管转喻是一种有效的交际手段，但如果双方的知识和期望不完全匹配，就有可能造成严重的误解。通常很难确定这种误解的来源，因为转喻和转喻推理都很难被发现。如第 8 章所述，这个问题在来自不同文化或语言背景的人之间使用转喻进行交流时会更明显。

尽管上述所有的例子都涉及语言，但转喻首先是一种*认知*现象，任何情况下（无论是否涉及语言），只要一个特定实体的某一突出方面被用来指代整个实体或相关实体（Langacker，1993）时，就可以称之为转喻。例如，当要回忆我们从小长大的地方时，更容易想到的可能是某一条街道，而不是整个城镇；当想起一个朋友时，我们更可能想到的是他们的脸。转喻*思维*是在大脑中将一个部分与整体或相关实体联系起来的一种思维。撒切尔夫人在担任英国首相期间（1979—1990 年）使用了一系列有趣的转喻就可以说明这一点。撒切尔夫人以雷厉风行、手段强硬而闻名，她的追随者对她既畏惧又尊敬。据传闻，撒切尔夫人的内阁成员称，内阁会议时，她有时会中途离开，而她经常会把手提包留在桌子上，手提包在那里让大家觉得她好像还在房间里，所以会表现得和她在场时一样（Norton，1990）。因此，手提包就成为表达撒切尔夫人的存在以及她强势个性的转喻。与之而来的撒切尔夫人拿着手提包的形象则代表了她对政治和经济的立场（右翼），精明、节俭的家庭主妇政治形象，以及她对欧盟的特殊（消极）态度，不惜一切代价追求"物有所值"。所有这些内涵意义都来自不断扩展的转喻思维过程（extended metonymic thinking）。回到语言上，撒切尔夫人的手提包（handbag）也有"挨训"（handbagging）这一层意思，指受到严厉的指责（通常来自女人），如下面例子中的名词短语 a good handbagging：

> What those boys need is *a good handbagging*. (BofE)
> 那些男孩需要*好好训一训*。（柯林斯英语语料库）

handbagging 一词往往带有负面的、讽刺的（有点性别歧视的）色彩，因为它与撒切尔夫人以及一个"强势的女人"（bossy）有着紧密的联系。实际上，转喻不仅仅是语言现象，更是一种认知现象，而这意味着除了语言之外，它还出现在一系列其他的模态中（Müller，2008）。研究发现，转喻在各种不同的交流和意义创造的过程中都发挥着作用，如艺术、音乐、电影和广告。例如，在日本漫画中，人物没有手（或者没有脚）就是一种转喻，意味着该人物失去控制（Abbott & Forceville，2011）。转喻在雕塑和建筑中也普遍存在，宗教建筑尤甚；在这类建筑中，各种转喻会同时以不同的形式得以呈现，从而达到理想的"图符"（iconic）效果。音乐中重复的选段或者节录也可以起到转喻的作用（通常是出乎意料的），用来指代其他曲子或所有的音乐。音乐指挥也涉及转喻，音乐老师在教授音乐概念时运用的手势就是例证（Chuang，2010）。在*多模态的*媒体中（多媒体）也可以找到转喻，比如电影和广告。转喻在电影中的作用早已得到证实，可以通过拍摄角度和镜头焦点的变化来发掘转喻的巨大潜力。例如，为了继续"手"的主题，Forceville（2009）就在 Robert Bresson 执导的电影《死囚越狱》（*Un condamné à mort s'est échappé*）中展示了手部的特写镜头是如何反复出现并贯穿全影的，从而转喻性地呈现主角逃离纳粹战俘集中营时所遇到的助力或阻力。在广告中，人们热衷的生活方式和其他愿景也可以通过各种转喻来传达。人们可能瞥见了一个名牌包、一个迷人的男人或超大泳池的边缘，然后就开始在脑海中构建一种生活方式并想象自己过上了那种生活。在电影和广告中，借助语言、镜头角度、演员动作和音乐，互补的转喻信息可以通过单一的场景得以传达。我们在随后的章节会看到，转喻有时在艺术形式中的作用方式和在语言中的不同，虽然大部分时候是一样的。

1.2　从认知语言学视角看转喻

目前转喻的研究路径有两个：认知和语言。前者主要关注转喻的概念性特征，后者则关注转喻在语言中的作用方式。这些研究方法大体上呈现互补性，虽然偶尔存在分歧。最近关于转喻的研究都主要集中在认知语言学领域，其主要关注语言和思维的关系。在认知语言学中，转喻最为普遍的定义如下：

> Metonymy is a cognitive process in which one conceptual element or entity (thing, event, property), the vehicle, provides mental access to another conceptual entity (thing, event, property), the target, within the same frame, domain or idealized cognitive model (icm). (Kövecses, 2006: 99)
>
> 转喻是一个认知过程，其中某一概念元素或概念实体（事物、事件、属性）作为载体，在同一框架、领域或理想化认知模型（icm）中，帮助人们对另一概念实体（事物、事件、属性）进行理解。（Kövecses，2006：99）

从这一定义中我们可以看到，认知语言学家们持有的一个关键性的认识是，转喻涉及的是某一特定知识网络中的两个物体间的关系。上述定义中的某些术语需要作进一步分析。认知语言学的早期研究（如 Fillmore，1982）把这些知识网络称为"框架"，即"对生活典型场景和其中典型元素的静态或动态展示"，通过"对日常经历进行归纳和概括"得以形成（Blank，1999：173）。Blank 对"静态框架"（static frames）和"动态场景"（dynamic scenarios）进行了区分。生产商指代产品的转喻（比如前文列举的"施坦威"和"莫扎特"的例子）就涉及"静态框架"，因为其中没有时间这一元素的参与。相反，前文提及的"烧壶水"中的转喻则涉及"动态场景"，其包含了一系列动作，如把茶包放到茶壶中，把水浇到茶包上，然后把茶倒进杯子中并饮用。这些动作连贯成一个动态过程，而"烧壶水"这个动作只是一个开始。

在现实中，"静态"知识和"动态"知识间不可能存在不容更改的分界线。例如，英国手语（British Sign Language，BSL）中用打响指来指代出租车，就是通过动态过程的开始（招呼出租车）来指代静态的现象（出租车）。与此类似，英国手语中"公交车"的手语是展示一张想象的公交车票，这再次唤起了动态性质的知识，比如人要上公交车就必须给司机看自己持有的公交车票。因此，我们可以得出以下结论：事实上，"静态框架"和"动态场景"之间的区分多少有点主观。

因此，很有必要在这里提一下"理想化认知模型"（ICMs），因为这种模型强调了我们头脑中知识网络的以下特性：广博、灵活且有点独特（Lakoff，1987；Radden & Kövecses，1999）。[①]理想化认知模型包括人们的文化知识且不限于"现实世界"。也就是说它还包括人们对一个特定概念的主观看法，这些看法可能很特殊，因为它们是人们在接触此概念时抽象出来的。理想化认知模型也具有高度图示性和灵活性，可以是静态或动态的，或两者兼有。由于它们不一定是"真实的"，因此是"理想化的"。

图 1.1 展示了"汽车"可能的理想化认知模型。如上所示，转喻可以让我们用理想化认知模型的一部分去指代或"获取"另一部分的内容。在下面这个汽车的理想化认知模型中，转喻可能包括：

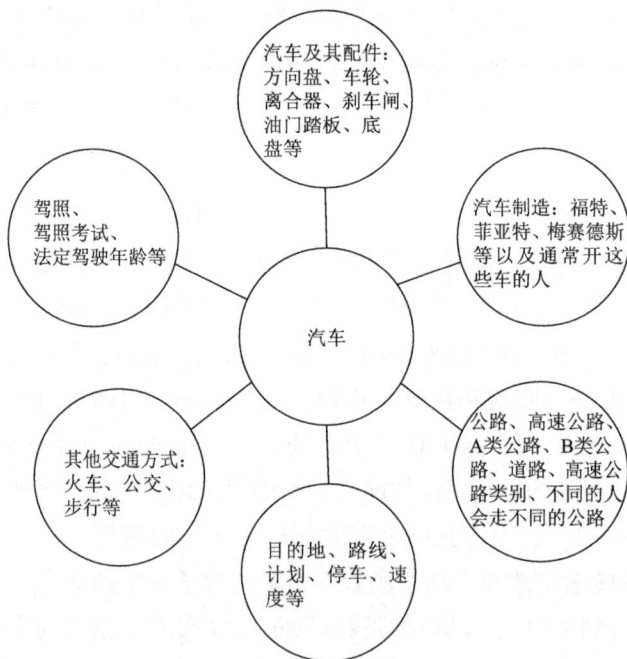

图 1.1　汽车的理想化认知模型

---

① Lakoff（1987）列举了五种理想化认知模型：命题理想化认知模型、意象图式理想化认知模型、隐喻理想化认知模型、转喻理想化认知模型和象征理想化认知模型。我在这里提及的是命题理想化认知模型。其实，Lakoff 在他的列表中加入隐喻和转喻的做法有些不合适，因为隐喻和转喻最好被视为操作型或"动态"化的认知过程，而不是非操作型认知模型。1998 年，Ruiz de Mendoza Ibáñez 也阐释了这一观点。

He falls asleep *at the wheel* at 5.30. (BofE)

他在 5:30 *开车*时睡着了。（柯林斯英语语料库）

Low quality junk food typical of *the M25 commuter*. (BofE)

食用劣质垃圾食品是 *M25 通勤者*的典型特征。（柯林斯英语语料库）

Businessmen and women rush to work in *Mercedes and Jaguars*. (BofE)

商人开着*梅赛德斯和捷豹*赶去上班。（柯林斯英语语料库）

Steve *floored the accelerator*, the *tyres screeched* and I smelled *burning*. (BofE)

Steve *猛踩油门*，*轮胎发出刺耳声*，我*闻到了烧焦的味道*。（柯林斯英语语料库）

New Labour has long sought to appeal to *Mondeo Man*. (BofE)

新工党一直试图吸引*蒙迪欧男*。（柯林斯英语语料库）

Webb wove his way between the leisurely *Sunday drivers*, curbing his impatience. (BofE)

Webb 压抑着不耐烦，在*周日司机*间穿行。（柯林斯英语语料库）

　　"*在车轮上*"是"正在开车"的转喻表达，与"睡着"搭配，也许是因为"在车轮上"比简单的"正在开车"更静态。*M25 通勤者*指的是生活忙碌的人，每天匆匆忙忙地上下班，经常没有时间好好吃饭。M25 是一条环形公路，这也就强调了他们生活的单调和重复。每天数千名司机都会途经这条环绕伦敦的高速公路，这也突出了 M25 通勤者生活的枯燥乏味和平淡无奇。商人们开着梅赛德斯和捷豹"赶去上班"代表着他们忙碌且富足的生活。"*猛踩油门*"、"*轮胎发出刺耳声*"和"*我闻到了烧焦的味道*"，这三个转喻共同唤起了超速的画面。*蒙迪欧男*（Mondeo Man）这个表达在 20 世纪八九十年代的英国很常见，指家境"一般"的人，喜欢车，住在郊区，周末有时会洗车、在车库里忙活（*蒙迪欧*看起来是这类人的明智选择，适配度高）。从其含义来看，*蒙迪欧男*并不是一个容易激动的男人。*周日司机*指的是喜欢缓慢、悠闲开车的人，就好像在"周日出游"一样，这让其他司机非常恼火。英国手语的"汽车"手势是一个人在转动着方向盘，这也是一个转喻。

　　这一理想化认知模型也产生了非语言转喻。喜剧人物憨豆先生开的迷你车也是对他性格的一种转喻表达。这是一辆难看且很小的黄色英产车，他还以低价修过与车身颜色不一的踏板。开黄色车这件事与他联系在一起，意味着这辆车是他性格的一种转喻。另外，车和人构建出不同的"概念域"，意味着憨豆先生的迷你车可以看作是一种隐喻。下文第 6 章会探讨区分转喻和隐喻的困难所在。

　　那何谓理想化认知模型？它们又是如何形成的？最佳的理解方式就是将它们描述为我们大脑中一系列具身的、百科全书式的、抽象的、松散联结的、有些个性化的知识网络。但理想化认知模型是如何进入我们的大脑的？一般的解释是，它是在我们与世界和世界中的人们不断互动的过程中逐步建立起来的。换言之，理想化认知模型很大程度上是在"使用的基础上"（usage-based）形成的。例如，上文提及的"汽车"理想化认知模型源自我们对于汽车的体验，这就解释了为什么理想化认知模型有时是个性化的：会开车的人与只坐过车的孩子有不同的"汽车"理想化认知模型，而修车工的理想化认知模型也会有别于他人且更加具体。这些"专业的"理想化认知模型为各领域专家所使用的许多（通常是转喻的）专业术语奠定了发展基础。除个人与汽车的互动外，其他人对汽车的看法也影响着"汽车"理想化认知模型。因此，在很大程度上，理想化认知模型具有社会建构性且因文化而异：我们不需要亲自体验什么是"周日司机"、"M25 通勤者"或"蒙迪欧男"就能理解这些表达。总而言之，理想化认知模型形成于我们自己以及他人对于这个世界的体验。因此，理想化认知模型在很大程度上为不同的话语群体共享，但相互间也存在差异，理想化认知模型随着个人体验与文化态度的变化而不断演变。当然，值得注意的是，任何一个转喻的例子都无法仅通过一个理想化认知模型来进行理解。在理解上文的汽车例子时，可能会同时激活多个理想化认知模型，包括"汽车"理想化认知模型、"司机类型"理想化认知模型、"周日"理想化认知模型、"高速公路"理想化认知模型等。任何情况下，语境在很大程度上决定了被激活的理想化认知模型的数量及类型。

　　最后考虑认知语言学中的另一个重要概念——"意象图式"（image schema）大有裨益。意象图式是构成认知最基本的模块之一，并构成了另一类理想化认知模型，是自孩童时期最初、最基本的知识形成阶段的心理表征。它形成于我们与物体的第一次接触、我们的身体与这些物体的互动过程中，因此是"具身的"（embodied）。例如：物体可以被容纳（容器图式），物体可以构成其他物体的一部分（部分-整体图式），物体可以是中心的或边缘的（中心-边缘图式）；物体可以是可数的或不可数的（质量-计数图式），物体和人可以沿着一系列连续的位置从一个地方移动到另一个地方（起点-路径-目标图式）。如本书所示，这样的意象图式在很大程度上介入了转喻的形成与理解。

因此，转喻可被视为一种认知过程，我们在使用语言或者任何形式的符号交流时都会使用转喻。转喻思维活跃时可能会出现新的转喻，但多数时候，我们所使用的转喻都很常规，以至于我们可能都没有意识到它们是转喻。当新异转喻（novel metonymies）出现（如接触到新的语言或进入新的话语群体）时，转喻思维会变得更加明显。

1.3 转喻与隐喻的区别

解释转喻最普遍且历时最久的方法是将其与隐喻进行对比。Jakobson（1956）在其著名论文中提出，隐喻和转喻构成了感知和处理世界信息的两种不同方式。自那时起，语言学家就发现了隐喻区别于转喻的多重层面。然而，如本书后文所示，隐喻和转喻之间绝非泾渭分明，部分研究者（Dirven，2003）认为，最好的区分方式是将字面意义、转喻和隐喻看作从字面意义到隐喻的连续体，而转喻则介于这两者之间。不过，就隐喻和转喻之间的实质性区别而言，目前尚未达成共识。

为阐释隐喻和转喻的差异，部分认知语言学家（Lakoff，1987）采用了"域"（domains）的概念，该概念最初由 Langacker（1987）提出。域与理想化认知模型类似，都构成了我们对特定实体的连贯且相对稳定的知识结构。两者的差别在于，域在某些方面的理想化与抽象化程度相对较低。语言学家认为，隐喻涉及*跨域映射*，这是最能区分隐喻与转喻的方式。例如，我们也许会认为在时间上向前移动类似于在空间上向前推进，因此概念隐喻"爱情是一段旅程"引发了语言层面上的实例，例如：

Their slowly evolving relationship *reached a turning point*. (BofE)
他们缓慢发展的关系*来到了一个转折点*。（柯林斯英语语料库）

在这个隐喻中，我们可以将时间、空间、爱情和旅程视为域，把时间和空间看成是比爱情和旅程更基础的域。这两种情况都是从时间域映射到空间域，或者从爱情域映射到旅程域。

与隐喻相反，在转喻中，映射被认为发生*在同一个域中*，在下面的摘录中，旅程的一部分（在这种情况下是开始）被用来指整个旅程：

> Her son, the king, *set out* to Africa to wage war. (BofE)
> 他的儿子，国王，*启程*去非洲征战。（柯林斯英语语料库）

与此相关的还有 Croft（2002）的"域凸显模型"（Domain Highlighting Model）。Croft 认为，任何给定的实体都构成了"域矩阵"（domain matrix）的一部分，这个"域矩阵"的不同部分在不同的情境中被突出显示或"触发"。域矩阵是"一个词汇项作为切入点接近可能域的范围"（Evans，2007：63）。例如，如果我们说莎士比亚"躺在床上"，那么我们就触发了"莎士比亚作为一个人"这一矩阵的部分，而如果我们说"莎士比亚很难读"，那么我们就触发了"莎士比亚作为一位作家"这一矩阵的部分。

另一个解释转喻的路径来自 Peirsman 和 Geeraerts（2006a）的相似性与邻近性（contiguity）概念，这也是辨别隐喻与转喻的第二种方法。隐喻涉及*相似性*（粗略来说，如把爱情比作旅程），转喻则涉及了*邻近性*（一段旅程的开始与接下来的部分相关或邻近，它们并不是分开的实体）。然而，正如我们将在此书中看到的一些观点，"邻近性"是个难以琢磨的概念，因为一个物体被认为的"邻近的程度"会根据语境和某人自己的观点的不同而有所差异。第 3 章会详细讨论 Peirsman 和 Geeraerts 的著作，而关于隐喻与转喻的异同点则会在第 6 章详细阐述。

1.4 本书目标与概述

在本章中，我给出了转喻的定义，并用了许多例子来解释，也对转喻的认知语言学方法进行了简要的探讨。同时，通过讨论像"框架""域""理想化认知模型"等概念，我介绍了一些转喻分析中使用的术语。

在引言中可以看到，本书旨在全面讨论转喻的不同类型、作用及其在成功的交际与其他表达形式中的贡献、可能出现误解的类型。在接下来的几章中，我将会展示转喻在语言和思维以及一系列不同模态中的表现形式，包括它所发挥的诸多关键性作用，它既为表达提供了很好的机会，又为交流埋下了潜在的"陷阱"。为此，我将在大范围的语料中探索转喻的使用。在研究书面语和口语中转喻的同时，也涉及转喻在多模态表达中的作用。我将研究目前的转喻理论，其中大多数都是在认知语言学范式下发展起来的，在真实语料中对这些理论进行验证。我认为当下转喻的认知语言学方法同样能够得以拓展，并适用于探析转喻在语言和表达的其他模式中复杂的、动态的、微妙的、文化共振的、多层的性质。本书最后将呈现一系列现实世界中转喻的应用案例。

第 2 章概述关键转喻-生产关系的分类，这已经在认知语言学文献中得到了证实，从而为本书奠定了基础。一种分类关注细节，其内容已通过真实语料的验证。该章的主要发现有：转喻的语用功能，其对上下文语境的强烈依赖，与隐喻的复杂关系以及在认知语言学分类中被忽视的缘由，语境和语言形式在确定转喻表达意义时所起的关键作用。

第 3 章探讨了许多之前已经提出过的转喻分析模型。这些模型将在随后的章节中作为真实语料中转喻分析的基础。该章从一些更为传统的方法开始，试图将隐喻分成两个或三个种类，接着转向模型，在语料库数据的基础上采用"径向范畴"（radial category）的方法对转喻进行分类。最后，三个模型都将转喻视为一个动态的现象，其意义会随着语境和时间的推移而出现。我提出了一些调整这些模型中某些部分的方法，以解释真实语料中的转喻。

第 4 章和第 5 章聚焦于转喻的功能。我们将看到，转喻通常具有特定的语义和语用意义，而这些意义并不总是能够通过第 2 章中讨论的转喻所产生的关系加以预测。第 4 章主要研究语言学文献中已证实的转喻功能，其中包括指称功能以及在突显和识解、回指照应和衔接方面的作用，言外功能及其在建立关系、构建话语群体过程中所起的作用。

第 5 章着重讨论了转喻中未被广泛探索的、创造性、评价性和态度性功能，并将其扩展到其他形式的表达和交流，如艺术和音乐，特别分析了转喻对委婉语、恶俗语（dysphemism）、夸张、反讽和模糊性等方面的贡献，探讨了转喻在评价、意识形态和定位方面的作用。第 5 章还探讨了转喻在语言、艺术、音乐、电影和广告中的创造性运用，阐述了转喻在这些不同表达形式中的不同功能如何用来发展现有的转喻理论，并讨论了在其他表达形式中对转喻的考量与现有的符号学研究的关系。在关于意识形态和定位的部分，我讨论了在外来文化的文本中如何刻意使用转喻来强化"异化"（otherisation）的过程。

第 6 章讨论了在语言和其他表达形式中识别转喻存在的困难，主要是因为转喻是一个极难界定的概念，并且在面对现实生活中的转喻例子时，诸如"邻近性"和"理想化认知模型"等概念往往难以界定。有时很难看出转喻从哪里开始和结束，因此人们往往不清楚应该是从单词层面还是短语层面研究转喻。同样的问题也出现在不同表达方式中的转喻识别中，转喻也可能逐渐变成隐喻或变得非常普遍，以至于不再是一个对分析者有用的概念。在该章中，除了讨论转喻的识别问题外，我还介绍了在语料库中自动识别转喻的一些探索，这一方面已取得重大进展，其他可靠的方法陆续被提出并得到检验。这一领域的发展是可喜的，因为大规模、系统化的转喻研究将使研究者能够就转喻的工作原理和用途形成更加有力的实证性观点。

第 7 章重点讨论了头脑中的转喻，该章首先对有语言障碍和无语言障碍的儿童和成人进行了转喻理解和产出的元分析以及转喻的发展研究，得出了关于转喻处理的神经和心理本质的结论，并试图找出转喻理解和产生的潜在认知过程。这个领域的研究非常活跃、发展迅速，我建议未来的研究可以帮助确定转喻的神经和心理基础。接下来的讨论转向了精神分裂症（schizophrenia）患者及相关疾病患者，并探讨了转喻在他们妄想的形成和表达中所起的作用。他们的妄想往往源于真实世界和想象世界的融合，而转喻思维在这一过程中起着关键作用。该章最后提出若干建议，建议将转喻思维更明确的重点纳入心理咨询中。

第 8 章讨论了转喻的跨语言和跨文化差异及其给语言学习者和译者带来的挑战。例如，该章研究了词汇层面转喻的跨语言差异，比如用身体部位来指代动作和性格特征，用地名来指代发生在那里的事件，以及拟人的使用。接着，该章探索了在语用推理和间接言语行为中使用转喻方式的变化。随后，该章讨论了转喻的跨语言变体与跨文化变体的联系，并汇报了一小部分关于转喻给语言学习者和译者所带来的挑战的研究成果。该章还讨论了为什么学习者有时低估"转喻"，将其视为字面语言，或"过度解释"，将其视为隐喻。该章还考察了第一语言对转喻的产生、扩展过度、扩展不足、偶然性学习的影响以及输入的作用，并展示了涉及转喻的错误如何导致语言听起来虽称不上"错误"，但具有"标记性"。然后，我思考了如何最有效地教授不同语言的学习者转喻（包括语言和手势），并报告了尝试利用语料库提高转喻意识的研究结果。最后，我继续讨论转喻给译者带来的挑战，尤其是在幽默的场合，并提出应对这些挑战的方法。该章最后探讨了转喻思维本身就是一种翻译策略的观点。

　　第 9 章是本书的结论部分，归纳了已经确定的转喻的主要特征，其中包括转喻在语言之外的许多其他表达形式中也存在的事实；转喻具有广泛的修辞功能；转喻经常被人们幽默地、创造性地使用；为了达到幽默的效果，转喻存在于许多不同的词类中；转喻是微妙的、灵活的、动态的，并依赖语境。该章以前瞻性的视角作结，概述转喻在现实世界中的运用方式，重点论述转喻研究在心理治疗、教育、广告、跨文化交际（最广义的）、二语教学和译员培训等领域中的潜在的实际应用。

2 "他总是又咳又呛，还打喷嚏，午饭喷得到处都是"

真实语料中的转喻类型和行为

2.1 引　言

在第 1 章中，我们探讨了转喻的定义、运作模式及其作用。转喻的类型包罗万象，用地点指代产品，如用"波尔多"（Bordeaux）一词指代一种葡萄酒；或用物品指代行为，如用"手提包"（handbagging）一词指代用手提包打人的行为。本章将详细分析所选的转喻类型，并用真实语料中的例子加以说明。此外，通过研究"野生状态"（即自然环境）中的转喻，由此来进一步说明识别转喻的更多特点本身是可能的，甚至在某些情况下还包括尚未在原有分类中涵盖的新的转喻类型。相关分析也为许多听起来平淡无味的转喻的语用和/或评价功能以及用以确定转喻意义的措辞的重要性提供了证据。

转喻类型[①]有大量分类方法，相关文献已有所提及（Lakoff & Johnson，1980/2003；Norrick，1981；Radden & Kövecses，1999[②]；Ruiz de Mendoza Ibáñez & Mairal Uson，2007；Sappan，1987；Seto，1999；Ullmann，1951；Yamanashi，1987）。这些分类方法对研究人员大有裨益——提供了不同转喻类

---

① 转喻类型也被称为"产生转喻的关系"、"高级转喻"或"概念转喻"。其中一些术语也存在问题。术语"产生转喻的关系"淡化了转喻在实际关系中的作用，"高级转喻"与转喻的一个特定模型相关，"概念转喻"则意味着关系相对固定和静态。到目前为止，并没有心理语言学研究明确表明当人们试图理解转喻性话语时会评估概念转喻（Gibbs，2007）。基于此，我采用"转喻类型"这一术语，因为该术语能使转喻类型本身及其讨论方式更灵活。

② Kövecses（2010）也在其作品中再次定义了该分类法。

型分类的方法以及它们之间的相互关系。它们也有助于识别过程，帮助研究者探索转喻的普遍性和特殊性。然而，研究人员有时也会用编造的例子来说明这些分类，但这些例子并不一定能为相应的观点提供强有力的支持。此外，这些分类法的作者很少阐释他们所列出的转喻类型的评价功能或实用功能。本章将采用真实语料中的例子来探究这些特点①，重点关注 Radden 和 Kövecses（1999）提出的分类方法。这也是迄今最详尽、最具影响力，同时也是引用最广的分类法。Radden 和 Kövecses 不仅提出了许多转喻类型，还提出了很多确定喻体选择的原则。我也会用真实语料中的例证来探讨这些原则。

2.2　转喻类型及其在真实语料中的体现

　　Radden 和 Kövecses 提出的转喻分类法按层级予以划分。他们将转喻类型分为两大类：整体-部分、部分-部分。每一类都包含很多理想化认知模型，这些认知模型反过来又规制了一系列转喻类型。

　　整体-部分转喻包含以部分指代整体（如用"美国"指代"美利坚合众国"）或以整体指代部分（如"人头数"指代"人数"）。Radden 和 Kövecses 在这一范畴中确定了 6 个理想化认知模型，下面包含 21 种转喻类型，涉及物理实体（该实体的一部分可以指代整体，反之亦然）、刻度（刻度的末端可以指代整个刻度）、成分（如某个物体的构成材料可以指代该物体）、事件（一个事件的部分可以指代整个事件）、类别成员（类别的一个成员可以指代整个类别）及类别的属性（类别的某一显著属性可以指代整个类别）。

　　在部分-部分转喻中，部分用来指代与其简单相关的概念（如有人可能会说"嫁给了钱"，在这里钱指为配偶所有的事物，但非配偶身体的一"部分"）。在这一范畴中，Radden 和 Kövecses 确定了 10 个理想化认知模型及其由此产生的 43 种产生转喻的关系，涉及行为（行为中的物体，或者执行动作的方式可用于指代动作本身）、知觉（用某个实体指代人对该实体的情感或身体体验，例如"我的膝盖又开始痛了"）、因果关系（某个特定的原因可用于指代其结果，反之亦然）、生产（生产者可能被用于指代该产品本身）、控制（实体的掌控者或

---

　　① 所有有关行为"模式"的论断都是基于柯林斯英语语料库、英国国家语料库或网络语料库最少 40 个的案例。

集团的领导者可能用于指代该实体和该集体）、所有（某物件可指代该物件的所有人，例如第 1 章中撒切尔夫人的手提包）、容纳（容器指代其所容物，反之亦然）、地点（某地可能指代发生在该地的特定事件）、符号（词语指代它们所表达的概念）和形式变体（一个单词的变体可能指代这个单词本身）。本书会讨论除了"符号"之外的上述所有转喻类型，因为"符号"这个概念太宽泛，讨论意义不大。图 2.1 概述了 Radden 和 Kövecses 的分类法，以及对应每种理想化认知模型的每一转喻类型的示例。

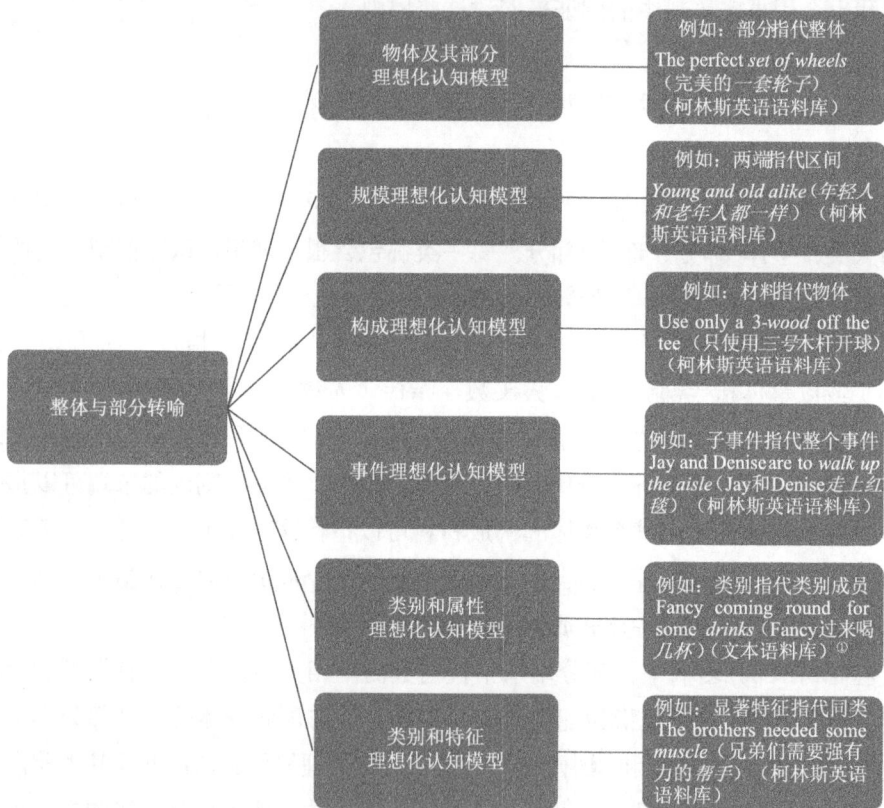

整体与部分转喻	物体及其部分理想化认知模型	例如：部分指代整体 The perfect *set of wheels*（完美的一套*轮子*）（柯林斯英语语料库）
	规模理想化认知模型	例如：两端指代区间 *Young and old alike*（*年轻人和老年人都一样*）（柯林斯英语语料库）
	构成理想化认知模型	例如：材料指代物体 Use only a 3-*wood* off the tee（只使用三号木杆开球）（柯林斯英语语料库）
	事件理想化认知模型	例如：子事件指代整个事件 Jay and Denise are to *walk up the aisle*（Jay和Denise*走上红毯*）（柯林斯英语语料库）
	类别和属性理想化认知模型	例如：类别指代类别成员 Fancy coming round for some *drinks*（Fancy过来喝*几杯*）（文本语料库）①
	类别和特征理想化认知模型	例如：显著特征指代同类 The brothers needed some *muscle*（兄弟们需要强有力的*帮手*）（柯林斯英语语料库）

---

① CorTxt 文本语料库是由 Caroline Tagg 收集的 11 067 条短信所组成的语料库（Tagg, 2012），共 19 万字，这些短信来自英国 2004—2007 年朋友和家人间的聊天内容。

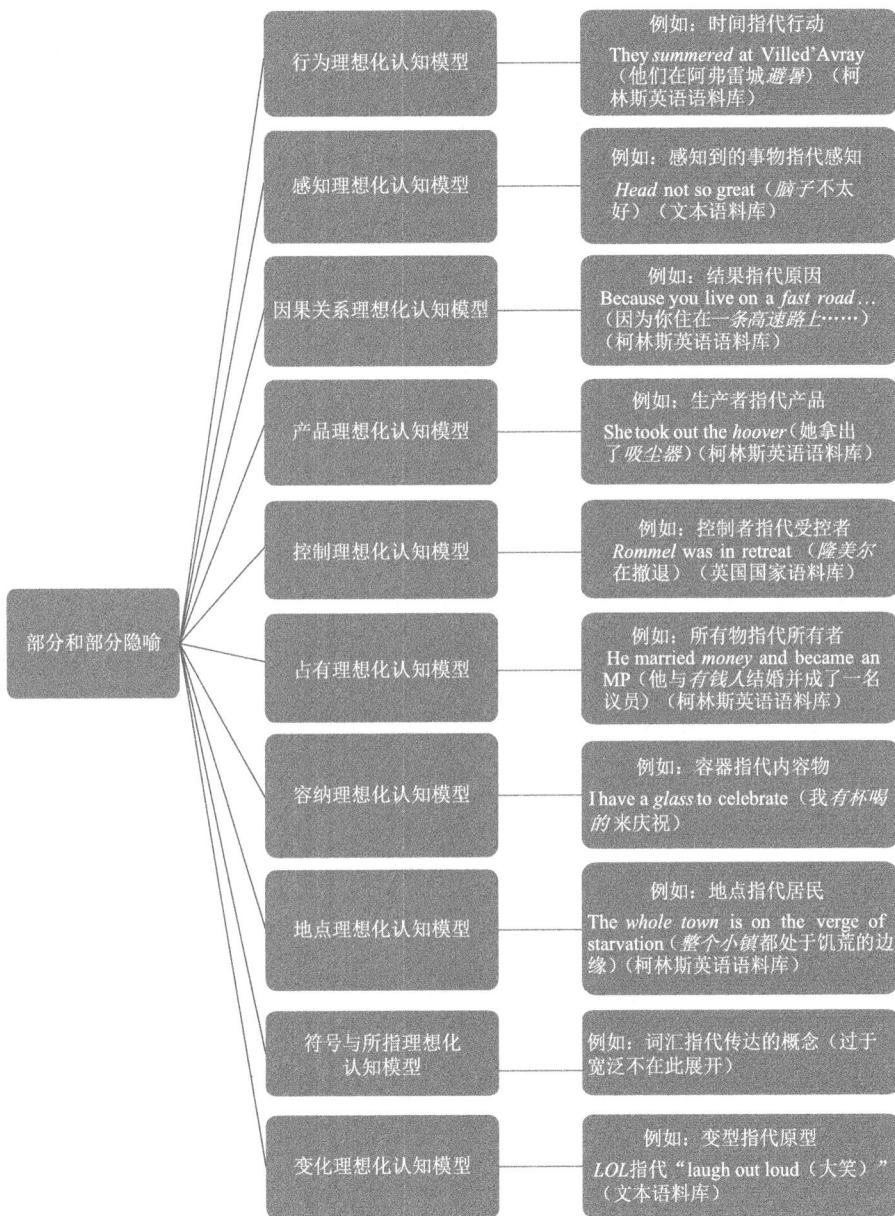

图 2.1　Radden 和 Kövecses（1999）分类法中的主要转喻类型

　　Radden 和 Kövecses 的分类法为转喻研究做出了重要贡献，为研究者提供了一种共同的语言来分享他们对转喻的认知和见解。然而，Radden 和 Kövecses 用来阐释不同转喻类型的例子在很大程度上脱离了语境，这也使得他们无法得出语义层面之外的结论。在本节中，我将选取两位研究者分类中的一部分转喻类型，来看它们在真实语料中的运作。例如，我们可以由此看到转喻所具有的强烈的语用成分，同一个转喻其意义在不同的语境中会有所变化，以及转喻的意义往往和形式有着怎样紧密的联系。本章首先关注整体-部分转喻，继而讨论一些部分-部分转喻。

整体-部分转喻的例子及其在真实语料中的体现

本节中我的目的不是覆盖所有该分类法中的每一个理想化认知模型，而是关注产生转喻类型的一部分理想化认知模型，真实语料数据中，它们会显示出现有文献中尚未被讨论的某些特征。所选的三种理想化认知模型分别为"物体和部分"理想化认知模型、"范畴和属性"理想化认知模型和"构成成分"理想化认知模型。

转喻类型涵盖物体和部分理想化认知模型。Radden 和 Kövecses 讨论的第一类整体-部分转喻是整体指代部分的转喻。语料库中的例子包括：

> The *university* will change its mind next week. (BofE)
> 该大学将在下周改变主意。（柯林斯英语语料库）

> The *police* turned up at about 5.30. (BofE)
> 警察大约在 5 点 30 分出现。（柯林斯英语语料库）

在这些例子中，整个大学指代大学理事会或管理委员会成员，而"警察"指代警察部队的一些成员。这些转喻的例子非常微妙，以至于一些读者可能会质疑它们的转喻地位，并将它们只是看作语言的字面使用。然而，并不是所有语言都有这样的表达，这也反过来证实了它们的转喻性质。例如，在希腊语中，第二个例子听上去非常奇怪，因为希腊语中常见的表达是"一些警员出现了"（Littlemore et al., 2011b）。

真实语料中，整体指代部分的转喻比较少见。事实上，在 Littlemore 和 Tagg（in preparation）对 1000 条短信的转喻研究中，没有发现这种转喻类型的实例，尽管他们发现了许多其他类型的部分指代整体的转喻的例子。

相比之下，部分指代整体的转喻则更常见，通常涉及身体部位，如以下例子：

The *hired hands* are here. (BofE)

帮手（雇工）来了。（柯林斯英语语料库）

A simple *count of heads* in and out of Britain. (BofE)

简单统计一下来往英国的人头（人数）。（柯林斯英语语料库）

有关"部分指代整体"关系的观点存在一些争议。Seto（1999）认为，应区分他所说的"分体"（partonomy）关系（如手和身体之间的关系）和"分类"（taxonomy）关系（如"冷杉"和"树"之间的关系）。在他看来，前者会引发转喻（比如当我们向某人伸出援手时），但后者最好描述为"提喻"（synecdoche），这是一种不同的关系，不应该归为"转喻"类别。他之所以作此区分，是因为分体法是基于对现实世界中相邻性的感知，而分类法则是基于头脑中类别层次的概念。诚如本书所述，我们通常很难区分"真实的"和"脑海中的"邻近性概念。我们所掌握的所有有关"现实世界"的信息都是通过反映我们世界观的思维模式过滤出来的，这也会反映到语言中。这就是为什么当我们在真实语料中看到"部分指代整体"关系的示例时，转喻和提喻之间的区别就变得非常模糊。正因如此，许多认知语言学家，如 Lakoff 和 Johnson（1980/2003）将"提喻"划归到"转喻"一词中。本书也将遵循这一路径。"部分指代整体"的转喻在艺术和音乐等非语言表达形式中尤为有效。这个问题将在第5章中讨论，而此处的重点则为它们在语言中的体现。

文献中未被讨论的"部分指代整体"转喻的一个实用性特征是，当它们用于形容人时，往往会带有强烈的去人格效应，因为其会将人简化为与其最相关的属性。这在文献中没有讨论过。上文雇工的例子指的是工人的工作适应能力，而人头的例子仅指他们是否在这里。在性别歧视和其他形式的偏见中，"部分指代整体"的转喻非常普遍，正如我们在下面例句这位女士的证词中所见：

I couldn't bear the way men regarded me as just a *pair of legs*. (BofE)

我无法忍受男人把我看成只是一双腿。（柯林斯英语语料库）

以上"身体部位"的转喻听起来特别令人反感，一个原因可能是与其唤起的意象有关。正如我们将在第7章中所见，转喻语言在头脑中的加工方式与字面语言相似。这就意味着为理解上述示例，人本身几乎自然地被简化为他们的手、头、腿的意象，而根据定义，这是一种简化的、不太人性化的方式。

*转喻类型涉及范畴和属性理想化认知模型。*上述例子失去人性化效应的原因之一是，应用于人本身时，身体上"部分指代整体"的关系与另一种"部分指代整体"的转喻密切相关，其中，类别的决定属性就代表了整个类别。在 Radden 和 Kövecses 的分类法中，据说会激发"范畴和属性"理想化认知模型。我们可以在以下例子中看到这种关系：

> Society treats *blacks* differently. (BofE)
> 社会对待黑人区别对待。（柯林斯英语语料库）
>
> Kenneth Branagh is a *ginge*. (BofE)
> Kenneth Branagh 是个*同性恋*。（柯林斯英语语料库）

当该类转喻被应用到人身上时，往往特别令人反感。这是因为它可以人为地创造出一类恰好具有某种相同特征的人。其他隐含的（通常是负面的）属性有时会施加到这一类人身上，而拥有这种"定式特征"的人群就自然令人感到反感，因此谈论"显著性"特征会在很多方面更加适宜。Radden 和 Kövecses 分类法中的另一种转喻类型就是以类别中的显著属性来指代该类别。该转喻类型能对这些例子做出更好的解释，因为"显著性"特征往往出现在旁观者眼中，而且并不客观。越来越多的人认识到，以类别的属性特征指代整个类别会极具冒犯性，诸如给患有疾病或综合征的人贴上"诵读困难症"、"精神分裂症"和"癫痫"等综合征的标签。现在人们认为，把患有这些综合征的人称为"患有阅读障碍的人"等会更为恰当。另外，在某些情况下，当说话者想要与某一特定群体保持距离时，他们就会在"他者化"策略中故意激发出"部分指代整体"或"类别的属性特征指代整个类别"转喻的去人格化效应。第 5 章中会对其进行深入探讨。

另一种依赖于部分指代整体关系的转喻是"以子事件指代整个事件"的转喻，如下文示例：

> He *ordered a pizza* and we drank loads of red wine. (BofE)
> 他*点了个比萨*，我们喝了很多红酒。（柯林斯英语语料库）
>
> Jay and Denise are expected to *walk up the aisle* in the summer. (BofE)

Jay 和 Denise 预计在夏天*走上红毯*（举行婚礼）。（柯林斯英语语料库）

It's Venus, as *a trip to the library* would have told you. (BofE)
这是维纳斯，*图书馆之旅*应该已经告诉你了。（柯林斯英语语料库）

在这些示例中，事件或过程的一部分（通常是开头或结尾，或事件中最突出的部分）代表了整个事件或过程。我们之所以使用这样的转喻，是因为描述整个过程会过于冗长、迂腐。这里列出的例子中，根据常识可以推断，比萨送达、人们食用，夫妇走上红毯其实就是结婚，图书馆之旅就是阅读书籍。第三个例子展示了转喻是如何与拟人化共存的（图书馆之旅并不会真的"告诉"人们某些事情）。转喻的这一特点有时让它难以与隐喻区分开来，第 6 章将对此作详细讨论，以及讨论与转喻识别相关的问题。这些例子中，另一个有趣之处在于它们显著性程度的不同。第一个例子几乎看不出来是转喻，因为它提到的是一种极其常见的事件图式（event schemata）（即点餐和吃饭）；第二个例子稍微明显一些，因为它运用了一个具体而并不那么常见的事件图式；第三个例子运用的是更松散的事件图式，且结合了一个明显的拟人化的例子。

转喻类型涉及构成成分（constitution）*理想化认知模型*。Radden 和 Kövecses 界定的另一种含部分指代整体关系的转喻类型是指用构成某一事物的材料来指代该事物的转喻类型，这涉及"构成成分"理想化认知模型。下面的例子可以体现这种关系：

Beginners at golf should use only a *3-wood* off the tee. (BofE)
高尔夫球新手只使用*三号木杆*开球。（柯林斯英语语料库）

He presented *a paper* to the Cambridge Philosophical Society. (BofE)
他向剑桥哲学学会提交了*一份论文*。（柯林斯英语语料库）

这些例子中，物体的材料被用来指代物体本身。这两者都是规约转喻（conventional metonymies）。但这也表示，了解不同话语群体赋予语言的特殊含义是理解转喻的重要前提。在英国国家语料库中，"木头"在打高尔夫这一语境中只用作表示高尔夫球杆（高尔夫球员可以选择"一号木""二号木""三号木"）。提交论文指的是在会议上发言的行为，实则是做学术报告。然而，"做报告"所涉及的具体细节在不同的学科中差异很大。在一些学科中，其含义与字面意思相当接近，即报告者会照稿宣读，有时会向听众发放（即字面意义上的"展示"）他们演讲的纸质稿件。而在其他学科，可能并不会这么做。观众希望演讲者可以讲得更自然，或使用幻灯片，或进行脱稿演讲。在后一种情况下，"报告"一词的使用就变成了隐喻，因为并没有展示真正的"报告"。因此，这句话的转喻含义是浮动的，且会根据讲话者所属的话语群体而变化。

有时，材料指代物体的转喻会有额外的含义，但在 Radden 和 Körecses 的分类法中并未列出。以下示例可体现这一点：

> I'll have *a glass* to celebrate. (BofE)
> 我要喝一杯庆祝一下。（柯林斯英语语料库）

在这个例子中，材料指代物体与容器指代所容物的转喻相结合，来指代玻璃杯中的东西。但实际上并不仅限于此，因其特指*酒精*饮料。事实上，当"一杯"这样的词语单独使用时，基本上只指酒精类饮料，假如当事人说出这句话后收到的是一杯橙汁，他肯定会大吃一惊。因此，通过"类别指代类别成员"的转喻，话语含义就进一步缩小了。这种现象也存在于英语中广泛使用的"饮料"（drinks）这一词中，在社交场合中，它专门指代酒精饮料。以下示例可以体现这一点，取自 Littlemore 和 Tagg（in preparation）有关短信研究的语料库：

> Fancy coming round for a peek and *some drinks* this eve before going
> on to somewhere nicer? (CorTxt)
> 去更好的地方之前，今晚想过来看一看，喝几杯吗？（文本语料库）

除了涉及类别指代类别成员转喻外，这条信息还包含了"子事件指代整个事件"的转喻，因为在某些情况下，*some drink* 指代社交事件，例如谈话，亦或者是一些"小点心"，可能还指派对气氛。因此，该例子既涉及"整体指代部分"关系，也涉及"部分指代整体"关系。一个转喻例子中可能涉及多重关系，这一事实与文献中的一些观点背道而驰，即与隐喻相比，转喻是一种相对直接而简单的比喻（Warren，2003）。在本书中，我们可以看到，当观察真实语料中的转喻时会发现，它同隐喻一样，总是很混乱，难以分类，还能同时传达几种不同的含义。

真实语料也揭示了转喻的另一个特点——词的形式和句法可以极大地改变词的内涵。在以下示例中可以看到这一点：

Yoko had a separate closet just for her *furs*. (BofE)

Yoko 给她的*皮草*单独准备了一个衣柜。（柯林斯英语语料库）

I went in to see the head master wearing *furs* and diamonds. (BofE)

我进去后看到校长穿着一身*皮草*，还戴着钻戒。（柯林斯英语语料库）

Someone so much in the public eye should want to be seen wearing *fur*. (BofE)

一个颇受公众关注的人，会希望大家看到自己穿着*皮草*。（柯林斯英语语料库）

Politically-correct women can no longer wear *fur*. (BofE)

政治正确的女性不能再穿*皮草*了。（柯林斯英语语料库）

尽管上述所有例子都涉及材料指代物体的转喻，但单复数形式的选择还是反映出人们对皮草的不同态度。在前两个例子中，复数形式的"皮草"强调了这样的一个事实：穿皮草表示富有，或者至少是想显得很富有。在柯林斯英语语料库中，最常见的与"皮草"搭配的词有钻石、珠宝、绸缎、香料和饰品，这也证明了这一点。在后两个例子中，单数形式的"皮草"并不具有这种内涵，反而经常在有异议的语境中出现，传达负面的评价。单数"皮草"的这种含义也反映在最常见的与其进行搭配的词语中，包括假货、动物和海豹等。

当"皮革"指代特定类型的服装时，"皮革"一词的单复数转喻用法也可以发生同样的意义转变，如以下例子：

Even the waitresses wear *leather* and carry whips. (BofE)

甚至连女服务员都穿着*皮革*，拿着鞭子。（柯林斯英语语料库）

Jennifer was wearing *leathers*, having arrived as usual on her motorbike. (BofE)

像往常一样，珍妮弗一身*皮革*装扮，骑着摩托到了。（柯林斯英语语料库）

同样，虽然这两个例子都涉及材料指代物体的转喻，但在第一个例子中，*皮革*的单数显然指代穿着性感的衣服，而在第二个例子中，*皮革*的复数指的是骑摩托车的人穿的防护服。对"穿+皮革（单数）"和"穿+皮革（复数）"这两个词条的语料库搜索显示，这些含义都是约定俗成的。因此，我们可以看到，在英语中，材料指代物体的转喻非常多，但其表达的实际意义绝不仅限于"由这种材料制成的东西"，且单数或复数形式表达的意义也有所不同。

部分–部分转喻的例子及其在真实语料中的体现

正如上文所示，Radden 和 Kövecses 在其分类法中也列出了大量部分-部分转喻（part for part metonymy），这一节中，我们通过真实语料来考察。就像整体指代部分的转喻一样，本书的目的不是涵盖每一个理想化认知模型，而是摘取部分认知模型以及与之相关的转喻类型来探索它们在真实语料中的运作原理。下文将重点关注涉及以下认知模型的转喻：行为（action）、因果（causation）、生产（production）、所有物（possession）和位置（location）等理想化认知模型。

涉及行为理想化认知模型的转喻类型：这类转喻属于部分-部分转喻，例子十分丰富。目前有很多方式指代行为的转喻，例如：

> I rose to my feet and *tiptoed* through the hall. (BofE)
> 我站起身来，*蹑手蹑脚*地穿过大厅。（柯林斯英语语料库）

> A man from a different company *sprang out* of his office. (BofE)
> 一个别的公司的人从他办公室里*窜了出来*。（柯林斯英语语料库）

这些类型的转喻在英语中相当常见，但在许多其他语言中几乎不存在，这是因为不同语言对运动方式的信息编码的方式不同。Talmy（1985）根据运动识解的惯性方式将语言分为两种类型，即"卫星框架"语言（如英语）和"动词框架"语言（如西班牙语）。前者的重点在于运动方式。运动方式通过动词来表达，而运动方向则通过介词表达，如"冲进去"（to dash in）、"溜出来"（to slip out）、"爬上去"（to creep up）和"吃掉"（to eat away）。在后者中，动词只表达实际的运动方向，而运动方式是由非限定性动词表达的，如 entro en la casa corriendo（他进屋了，跑着步）和 sali corriendo a la calle（我出去了，跑到街上）。因此，西班牙语的重点在于运动的方向，而不是方式。研究表明，在认知层面对运动事件进行编码时，"卫星框架"语言使用者和"动词框架"语言使用者的方式有所不同（Slobin，2000）。我将在第 8 章回到转喻使用的跨语言变体问题，并讨论其对跨语言交际、翻译和语言教学产生的影响。

在行为理想化认知模型中，也有很多施动者指代行为的转喻，如：

Anti-aircraft guns were *manned* and firing. (BofE)
士兵*操作着*高射炮，进行射击。（柯林斯英语语料库）

Thousands were *butchered* to feed the gangs of labourers. (BofE)
数以千计的人被*屠杀*，以养活一群群的劳工。（柯林斯英语语料库）

在 Radden 和 Kövecses 的分类法中，还有另一种"行为"转喻——行为参与者指代行为，例如：

Leaving Mrs Howard all alone to do the *shampooing*. (BofE)
留下霍华德夫人一个人做*洗发工作*。（柯林斯英语语料库）

You can *carpet* the same size room for under £35. (BofE)
你可以用不到 35 英镑的价格为同样大小的房间*铺设地毯*。（柯林斯英语语料库）

我们将在第 6 章看到这类转喻在日语中特别常见，它也使得外来词变得更有创意。

与此密切相关的一种转喻是工具指代行为的转喻，我们在第 1 章讨论 handbagging（用手提包打）这个词时遇到过。在语料库中搜索这类例子，可以发现英语中存在一种带有特殊含义的语法结构。这一结构可以从以下几个例子看出：

A good handbagging (BofE)
用手提包打（柯林斯英语语料库）

They'll let you off with *a light birching*. (BofE)
他们*稍微用鞭子打一下*就会放你走的。（柯林斯英语语料库）

Next time he encounters a monster he'll give it *a good shoeing*. (Webcorp)
下次他碰到怪兽会朝它*狠狠扔鞋*的。（网络语料库）

这个结构由"不定冠词 a+形容词+转喻动名词"组成，似乎传达了复杂的语用信息，即带有隐隐约约的讽刺和挖苦的意味，同时稍有攻击性和威胁性。在第6章中我们会看到，诸如此类的语法模式在转喻识别中起着关键作用。

在行为理想化认知模型中，也有方式指代行为的转喻，例如：

He wouldn't get to page two before the producer *laughed him out of the office*. (BofE)

他还没读到第二页，制片人就*把他嘲笑出了办公室*。（柯林斯英语语料库）

They *booed him off the stage*. (BofE)
他们*把他嘘下了台*。（柯林斯英语语料库）

He coughed and spluttered a lot and *sneezed his lunch all over the place*. (BofE)

他总是又咳又呛，还打喷嚏，*午饭喷得到处都是*。（柯林斯英语语料库）

刚刚提及的这三个例子都显示了遣词造句（phraseology）在意义构建中的作用。它们都涉及 Goldberg（2006）提到的使动（caused motion）构式。有关该构式的一个直白的例子就是"Jeannette 把转喻书扔出了窗外"——其中的使动构式表明，那本书"飞出"窗外的结果是由 Jeannette"扔"的动作直接导致的，也就是说"扔"（threw）是一个及物动词。在表 2.1 中，我们可以看到当"嘲笑"（laughing）、"嘘"（booing）和"打喷嚏"（sneezing）在使动构式中出现时，会被当作及物动词一样使用，虽然它们本身不是及物的。如果脱离语境来描述这些动词，人们很有可能把它们说成是"不及物"的。

表 2.1　使动构式

起因	运动	物体	路径	基点
Jeannette	扔	转喻书	出	窗户
制片人	嘲笑	他	出	办公室
他们	发出嘘声	他	离开	舞台
他	打喷嚏	他的午饭	围绕	桌子

"嘲笑"（laughed）、"嘘"（booed）和"打喷嚏"（sneezed）这些词出现在使动构式中可以让读者推断出嘲笑、嘘、打喷嚏这些动作会导致某种行为发生。为了理解这些例子，我们必须对使动构式的含义有一定的了解。研究表明，这类构式本身具有独特的含义并被储存在长期记忆中。这反映了遣词造句和转喻之间互相依存的关系。因为上述这些词在"使动"这一特殊构式中使用的时候，其含义会改变，所以不同于其原来的"基本含义"。这一过程的专业术语是"强制转换"（coercion），同时它还经常涉及转喻（如前例所示）。

使动构式中方式指代行为的转喻可以隐喻化地延伸至人们改变想法的情形，例如：

> Who could have *talked her out of* that? (BofE)
> 谁又能说服她*改变主意*呢？（柯林斯英语语料库）

抽象的语境中，转喻可以轻易地转化为隐喻也是本书中会反复被提及的主题。这种现象不仅发生在语言中，在手势以及其他非语言交流中也可以看到。

另一个基于行为的转喻类型是时间指代行为的转喻，即某一行为完成的时刻可以用来指代该行为本身。在柯林斯英语语料库中搜索到的这种转喻比较少。找到的例子只涉及季节，其中和人相关的例子很过时或者不够贴切，但在和动物相关的例子中上述问题就没有那么明显：

> In 1861 they *summered* at Ville d'Avray. (BofE)
> 1861 年，他们在阿弗雷城*避暑*。（柯林斯英语语料库）

> The wealthy who "*summered*" in the expensive hotels. (BofE)
> 在豪华酒店"*过夏*"的富人（柯林斯英语语料库）

> She has *wintered* in Dubai after showing top-class form in England last season. (BofE)
> 她上赛季在英国表现优异，之后便在迪拜*过冬*了。（柯林斯英语语料库）

意料之中，没有找到"过秋"和"过春"的例句，这反映了喻体选择的一个原则，下一小节会进行深入探讨。

涉及因果理想化认知模型的转喻类型：Radden 和 Kövecses 提出的另一组部

分-部分转喻涉及因果关系，会激发"因果"理想化认知模型。其中，最典型的是原因指代结果的转喻（cause for effect metonymies），例如：

> The owners of lustrous, shining, *healthy* hair. (BofE)
> 有着*健康的*且有光泽的头发的人（柯林斯英语语料库）

人的头发本身不存在健康与否，因为它是没有生命的。然而它却可以反映一个人的健康状况：健康的人更容易有闪亮、富有弹性的头发。

与之相反，也有结果指代原因的转喻，比如：

> A good *healthy* diet might include lots of fruits. (BofE)
> *健康的*饮食可能包含大量水果。（柯林斯英语语料库）

> Because you live on a *fast road* ... (BofE)
> 因为你住在一条*高速路上*……（柯林斯英语语料库）

在第一个例子中，不是饮食本身"健康"，而是饮食让人健康。"健康的饮食"和"健康的头发"代表着两种截然相反的转喻关系。因为健康的头发是拥有健康的结果，而健康的饮食则是拥有健康的原因。以"健康的"（healthy）为关键词检索紧随其后的常见搭配，结果显示在涉及转喻的表达中，出现频率最高的是"健康的饮食"（healthy diet）、"健康的食品"（healthy food）、"健康的生活方式"（healthy lifestyle）以及"健康的生活"（healthy living）。前20条索引中唯一基于转喻的搭配是"健康的皮肤"（healthy skin），位于前面4个搭配之后。该发现表明，对于"健康的"这个词而言，其结果指代原因的转喻比原因指代结果的转喻更普遍。事实上，我们可以在这些不同的解读间自如切换，说明了转喻的灵活性和人类思维的敏捷。

第二个例子中，速度快的并不是公路本身，而是在其上面行驶的汽车。公路的某些特性（宽度、位置或路面质量）使一些司机认为它适合高速驾驶。在这种语境下，公路与汽车之间的邻近关系使语义很容易从前者转换到后者，这再次突出了语言的不明确性，以及人类为了理解语言所必须具有的灵活转喻思维。

涉及生产理想化认知模型的转喻类型：Radden 和 Kövecses 提出的部分-部分转喻的另一种类型就是生产者指代产品的转喻，这就涉及了"生产"理想化认知模型。此类转喻的例子如下：

If she had been wearing *Dior* and diamonds ... (BofE)

如果她戴的是*迪奥*和钻石……（柯林斯英语语料库）

He decided to buy himself a *Rolex*. (BofE)

他决定给自己买一块*劳力士*。（柯林斯英语语料库）

此类转喻的一个有趣的特征在于它们经常出现在价高质优的产品中。如果说她"穿着普里马克"或是他决定"给自己买一块天美时"，听起来就会很奇怪（甚至讽刺）。

正如这些例子所示，在最基本的层面上，生产者指代产品的转喻涉及用生产商的名字来指代产品。但不论它们是否真的出自同一生产商，都可以通过另一个转喻过程（用类别成员指代类别）指代所有同类产品，例子如下：

She took out the *hoover*, meaning to clean the house. (BofE)

她拿出了*吸尘器*，想要打扫房间。（柯林斯英语语料库）

I even tried taping it down with *sellotape*. (BofE)

我甚至想用*胶带*把它粘住。（柯林斯英语语料库）

It's got "rock 'n' roll" written all over it in *biro*. (BofE)

上面用*圆珠笔*写满了"摇滚"二字。（柯林斯英语语料库）

虽然这些转喻单独出现时并不引人注意，但在语料库中同时看几个例子就会发现，它们通常会让人觉得平淡或"乏味"。圆珠笔价格低，是由塑料制成的，好更换，将它与"手工艺品"这类更"庄重的"实体甚至是"上帝"相对比，从而可以达到一种反讽或幽默的效果，如下面两个例子：

The artefact turned out to be a plastic *Biro* with the words "Barclays Bank" down the side. (BofE)

这件艺术品是支塑料的*圆珠笔*，边上写着"巴克莱银行"。（柯林斯英语语料库）

No doubt the hand of God is directing her *Biro* as she writes the Gospel According to Eileen. (BofE)

Eileen 说，毫无疑问，她在用*圆珠笔*写福音时得到了上帝之手的指引。（柯林斯英语语料库）

与生产者指代产品的转喻联系紧密的是产地指代产品的转喻，例如：

> Cheryl brought out the best *china*. (BofE)
> Cheryl 拿出了最好的*瓷器*。（柯林斯英语语料库）

> A bed of salad greens surrounded by *Cheddar*. (BofE)
> 蔬菜沙拉周围撒了一层*切达奶酪*。（柯林斯英语语料库）

同样，这些特殊的转喻通常用于较为贵重的物品，在高度重视当地特产（如红酒）的文明中，这类转喻更为常见，如下面例子所示：

> It's quite definitely a *Loire*. (BofE)
> 这绝对是*卢瓦尔酒*。（柯林斯英语语料库）

> This wine has the depth of character of a *Gigondas*. (BofE)
> 这款酒很有*吉贡达*的特点。（柯林斯英语语料库）

吉贡达仅有六百余人，但其葡萄酒享誉全球。

涉及所有物理想化认知模型的转喻类型：Radden 和 Kövecses 提出了另一种部分-部分转喻——所有者指代所有物的转喻，这类转喻激发了"所有物"理想化认知模型。在与此类转喻关系相关的文献中，最常见的例子就是"那是我的"（that's me），Radden 和 Kövecses 认为这句话可能是在某餐厅上两份晚餐时，一位顾客说的。诚如 Radden 和 Kövecses 所言，尽管少数英语母语者表示，在餐厅有人指认晚餐或者刚刚被空出来的椅子（坐这把椅子的人可能已经去了酒吧）时，他们确实听过这种或类似的表达，但在英国国家语料库中几乎找不到任何带有这种确切语义的"那是我的/你的/他的"（that's me/you/him）例子。同样的句子也可以指代其他类型的部分-部分的转喻，最常用来转喻性地指代说者的照片，如下例所示：

> *That's me* with hair. (BNC)
> *那是有头发的我*。（英国国家语料库）

它也可以用来表示特征指代人的转喻：

> *That's me* all over isn't it? (BNC)
> *这就是我，不是吗？*（英国国家语料库）

在最后一个例子中，"那是我的"（that's me）似乎带有负面及讽刺意味。与所有者指代所有物的转喻相反的就是所有物指代所有者的转喻，如下例：

> Then he married *money* and became an MP. (BofE)
> 他与*有钱人*结婚并成了一名议员。（柯林斯英语语料库）

该例子饱含负面含义，因为人被简化为他们所拥有的某种东西，很大程度上是非人性的。同时，所有物指代所有者的转喻关系似乎正逐渐转变为特征指代人的转喻关系，且如前所述，能传递出强烈的消极评价意义。

涉及位置理想化认知模型的转喻类型："地点指代居民"（place for inhabitants）的转喻是少有的"中性"转喻，能唤起"位置"理想化认知模型。如下面的例子所示，地点指代居民的转喻往往具有强烈的夸张色彩：

> The *entire village* is expected to give samples at a local blood unit. (BofE)
> 预计*整个村子*都会在当地的一个血站进行血检。（柯林斯英语语料库）
>
> The *whole town* is on the verge of starvation. (BofE)
> *整个小镇*都处于饥荒的边缘。（柯林斯英语语料库）
>
> Your *country* needs you. (BofE)
> 你的*国家*需要你。（柯林斯英语语料库）

之所以会有这种夸张的效果，是因为某一村庄、城镇或国家的*所有*个体都符合对于该村庄、城镇或国家的描述，几乎是不可能的。这些表达也具有强烈的情感因素，强调人们在逆境中团结一致，或者说需要"齐心协力"。下面这个例子摘自 1999 年 10 月 21 日的《太阳报》（*The Sun*），这是一份通俗小报，经常刊登一些煽情的、"使人感觉良好"的报道。全文摘录如下：

> And neighbours in Glenfary, Perthshire, have been quick to offer support for their local hero. The entire village is expected to give samples at a local blood unit in a desperate bid to find a bone marrow match that could help cure Ian. (BoE)

佩思郡格伦法里（Glenfary）的邻居们火速援助这位当地英雄。预计整个村子都会在当地的一个血站进行血检，迫切寻找能救活 Ian 的匹配骨髓。（柯林斯英语语料库）

与地点指代居民关系密切的转喻关系是地点指代机构的转喻。如下例所示，此类转喻具有重要的语用功能：

Number 10 refused to comment. (BofE)
唐宁街 10 号（英国政府）不予置评。（柯林斯英语语料库）

Not worthy of further *White House* comment. (BofE)
不值得*白宫*（美国政府）进一步置评。（柯林斯英语语料库）

这些转喻分别指代了英国首相（及其政府）和美国总统（及其政府）。它们具有双重功能，既能使主人公隐身，又能赋予其更高的地位。与"唐宁街 10 号"和"白宫"相关的传统和传承部分转移到了个人身上，其所在政府被部分（非全部）地隐藏起来。同样，在下面的例子中，"城市"用作转喻，指代在城市工作的银行家和金融家。

"Never has *the City* been as powerful or its influence as pervasive", they say. While the rest of the economy, and in particular manufacturing, has struggled. (BofE)
他们说，"金融城从未像现在这样强大，其影响也从未像现在这样深远"，尽管其他行业，特别是制造业，举步维艰。（柯林斯英语语料库）

作为伦敦的一部分，"金融城"（the City）的悠久历史及其地位使工作其中的人获得一定程度的尊重，但有些人则认为他们不配。

在本节中，我们考察了各种转喻关系，并看到在许多情况下，某些转喻关系似乎与特定类型的语用内容有关。有些转喻具有强烈的评价色彩，有些通常与其他类型的修辞语言同时出现，有些依附于能反映形式和功能之间密切关系的特定结构，还有些则与其他转喻形成链状关系。此外，某些转喻类型似乎会比其他的普遍得多。上述的列举并非穷尽，但能说明以下三点：用某一概念指代另一概念的方式是多种多样的，转喻在日常语言中无处不在，以及不同类型的转喻与各自隐含的语用意义关系密切。即使例子并不多，我们仍能借此看到使用语料库如何丰富文献中有关转喻类型的定义。下一节将关注 Radden 和 Kövecses 的另一项重要贡献，即存在一系列能指导转喻喻体选择的原则。同样，我们会结合真实语料对其进行阐释，而这些语料也能进一步发展他们的构想。

2.3 喻体选择的原则及其在真实语料中的体现

除了转喻分类法外，Radden 和 Kövecses（1999）还列出了一系列实用的原则，解释为什么某些类型的词和短语往往被用作转喻喻体，而其他的则不然。例如，他们指出，人们更倾向于使用具体而非抽象的表达，因为具体的事物更容易被感知。这就解释了为什么有些人更喜欢说在做"文职工作"（desk job）而不是做"数据分析"（data analysis）工作，因为桌子比"数据分析"更有画面感。

另一项原则源自文化偏好，人们更有可能用事件发展的开端或结尾而非中间的部分来指代整个过程。

Radden 和 Kövecses 将此称为首尾大于中间原则，如下所示：

Neither managed to get on a bike from *January* to *December*. (BofE)
从 *1 月*到 *12 月*，两人都没能骑上自行车。（柯林斯英语语料库）

如果用"3 月"和"11 月"或其他任意月份来代替月份，整个句子就会变得非常奇怪。这一原则常应用于以复杂事件的一部分来指代整个事件的转喻中；它往往是所选事件的开始或结束，而不是在过程中发生的事情。正如第 1 章所示，人们在以转喻的方式表达泡茶的过程时，他们会说"把茶壶烧上"，而不是说"把茶袋放进壶里"，因为前者是泡茶的开始，而后者是泡茶的过程。

这一原则也适用于极端情况，即与中间地带相比，人们更可能用某一范围的两端来代表整体范围。这就解释了为什么在旅游手册中[如 Panther 和 Thornburg（1998）在 2.2 节中指出的]，我们经常看到度假胜地"对夏冬游客都开放"（柯林斯英语语料库）这样的表述，也就是说它们全年开放。如果读到度假村对"春秋两季的游客"开放，会让人觉得很奇怪，因为这样的表述违背了原则——夏季和冬季有更显著的特征（至少在欧洲），比春秋两季更分明。

另一个也反映文化偏好的原则是决定喻体选择的基本原则高于非基本原则。当使用一些模糊的近似值时，会经常用到这一原则，如下例所示：

I have heard about a *dozen* stories like this. (BofE)
我听过很多这样的故事。（柯林斯英语语料库）

They had around *twenty* survivors on board. (BofE)
飞机上大约有 20 名幸存者。（柯林斯英语语料库）

模糊语具有一系列实用的交际功能，因此绝非是"低水平的交流"的表现（Cutting，2007）。第 5 章会深入性探讨模糊语的交际功能以及转喻在其中发挥的作用，关注转喻在不同表达模式中的作用。

许多喻体选择的决定性原则与人们的日常生活经验相对应，这证明了一个认知语言学的基本论断，即语言大体上是我们与现实世界日常互动的反映和产物。在本节中，我将讨论其中的一些原则，用语料库数据来说明 Radden 和 Kövecses 模型中提供的信息，以及它们所显示的特殊的语用特征和形式特征。

Radden 和 Kövecses 提出的原则可分为三大类："人类经验"（我们与世界的日常互动）、"知觉选择性"（因为大脑的工作方式，我们更可能注意到某些东西）和"文化偏好"（因为成长的文化环境，我们已经学会了去注意某些东西）。除此之外，我们在说话时要清楚且切题（被称为"沟通原则"），这也会让我们偏向于使用某些喻体。同时，想要达到某种修辞或者委婉的效果，这些都可能会成为喻体选择的优先因素。在这些情况下，说话人可能故意含糊其词，这意味着"明确性原则"会被推翻。这些原则和因素在图 2.2 中会加以说明。

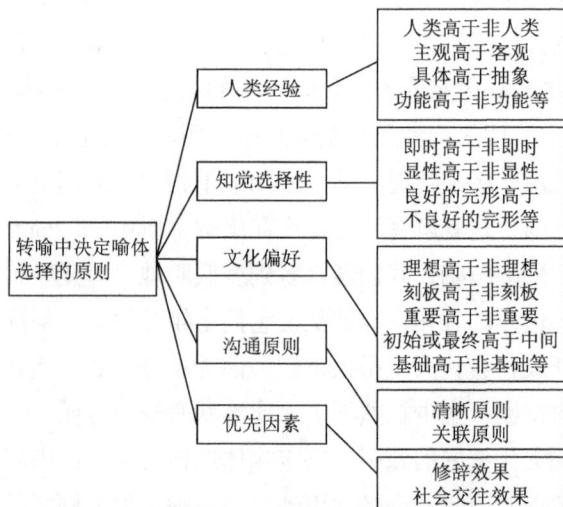

图 2.2　转喻中决定喻体选择的原则（Radden & Kövecses，1999）

正如上面讨论的转喻类型一样，当我们查看真实语料时，就可以发现与这些原则相关的有趣的语用特征和形式化特征。这里只列举了其中的一些原则，并通过现实生活中的例子作了更深入的探讨。

Radden 和 Kövecses 发现了一个与文化偏好有关的原则是刻板印象的概念比非刻板印象的概念更有可能被选为转喻喻体。这不难理解——刻板印象概念可能比不那么刻板的概念更容易被记住，因此更有可能被用作理解其他想法的要点。我们可以看下面的例子：

> Sure, *boys will be boys* won't they Val? (BofE)
> 当然，*男孩总归是男孩*，不是吗，瓦尔？（柯林斯英语语料库）

这个例子依赖于对"男孩"行为方式的刻板印象，例如，他们有点淘气、有点不负责任，最重要的是，这是他们的天性。这两个表达在某种程度上都有一定的转喻性。例句中的第一个"男孩"就指代男人，之所以这样使用转喻，是因为大多数男人依旧保留着之前"男孩"的影子。第二个"男孩"则指代人们对男人和男孩聚在一块的刻板印象（如吵吵闹闹，有些淘气），言外之意就是应该容忍他们的这些行为，因为"男人就是这样的"。该转喻还带有浓厚的文化预设。"男孩总归是男孩"在柯林斯英语语料库中出现时通常指男人而非男孩，其中隐含的信息是，我们应该容忍男人的坏习惯和不好的行为，而不允许女人做出类似的行为。这反映了人们对性别角色存在一种普遍的刻板印象，它限制了女性可以做出的"适当行为"的范围。不出所料，"女孩总归是女孩"（girls will be girls）在 5.5 亿字的柯林斯英语语料库中只出现了一次。

转喻的这种评价功能在指代某一国籍的人群时尤为突出。例如，在讨论转喻对类指的贡献时，Radden（2005：21）区分了四种类型的指称：

a. (?)The Italian is fond of children [definite singular generic].
a. 意大利人喜欢孩子。【特定单数类指】

b. (?) An Italian is fond of children [indefinite singular generic].
b. 意大利人喜欢孩子。【不定单数类指】

c. Italians are fond of children [indefinite plural generic].
c. 意大利人喜欢孩子。【不定复数类指】

d. The Italians are fond of children [definite plural generic].

d. 这些意大利人喜欢孩子。【特定复数类指】

他认为第一种"特定单数类指"涉及用一个类别中的成员指代该类别的转喻，并指出（a）听起来比较明显的原因是该类别的某一个人被当作了代表，而其他人则为背景板。这强调了物种的同质性，使得这种指称适用于动物，而不是人类。我们可以在以下例子中看到这一点：

The natterjack toad is a toad native to sandy and heathland areas of Europe. (Webcorp)

*黄条蟾蜍*是一种原产于欧洲沙地和荒地的蟾蜍。（网络语料库）

The Black-winged Pratincole is a wader in the pratincole bird family. (Webcorp)

*黑翅燕鸻*是燕鸻家族里的一种涉禽。（网络语料库）

The giant African land snail is the largest species of snail found on land. (Webcorp)

*非洲陆地大蜗牛*是陆地上发现的最大的蜗牛物种。（网络语料库）

英语中的"特定单数类指"可用于描述人，但由于它更常用于描述动物，因此便有了一种负面的语义韵（Louw，1993），使其带有出言不逊的感觉。在柯林斯英语语料库中，这样的结构最有可能出现在右翼的大众媒体中，反映出种族主义态度：

The Italian is far more bothered with how *he* looks. (BofE)

*意大利人*更在意自己的长相。（柯林斯英语语料库）

根据 Radden 的分析，使用这种特殊的转喻有把意大利人和动物相提并论的意味，这也解释了为什么它听起来会显得偏执。语料库数据显示，这种转喻有时候使用 your 而不是 the 表示，在 Julian Barnes 的小说《凝视太阳》的下列选段中可以看到这一点：

Once they had stopped on the short twelfth (an unprecedented act on a par three) while Leslie gravely explained, "Besides, *your Jew* doesn't really *enjoy* golf."(Barnes, 2009: 8)

有一次他们在第 12 洞停了下来（三杆洞中前所未有的行为），
Leslie 严肃地解释说："此外，*你们犹太人并没有真正喜欢高尔夫。*"
（Barnes，2009：8）

选段中 Leslie 的言论，再加上他在一个不允许犹太人和黑人入会的俱乐部里
打高尔夫球，会让读者更容易认为他是一个持有过时种族主义观点的偏执狂。

Radden 提出的第二个类别"不定单数类指"也可以用来表达偏见。这涉及
用随机成员指代整个集体的转喻类型，也就是说集体中的所有成员会被视为完全
相同的，这再一次抹杀了人类的个性化。事实上，在柯林斯英语语料库中，这个
指代意大利人的特殊用法只出现了一例，并且当事人清楚地知道该指称将会带来
的效果。

Strangled by a spaghetti stereotype, *an Italian* is supposed to lay bricks.
(BofE)
深受意大利面条刻板印象的影响，意大利人应该去砌砖。（柯林斯
英语语料库）

第三类和第四类实际上并不涉及任何语言性转喻，但它们确实反映了潜在的
概念转喻，即一个类别中的典型成员代表整个类别。这种模糊的印象式的刻板印
象将所有个体的属性一般化，可能会导致种族主义。

Radden 和 Kövecses 指出，当演讲者或作家想要达到特定的修辞效果时，可
以推翻喻体选择的原则，尽管这两位学者没有具体说明这种推翻如何能达到这种
效果。关注真实语料很有启发性，因为它体现了这在实践中是如何起作用的。例
如，话语分析研究表明，选择某些词语作为喻体仅仅是因为它们在前文出现过，
有时是字面上的，有时是隐喻的形式。例如，以下是柯林斯英语语料库里出自
《太阳报》的节选：

They took *a hand* each and took a lap of honour for officialdom ...
ending with Reed leaping into the *arms* of a startled Gerard Houllier. Now
that WOULD have been a gesture of lasting significance. The *hired hands* in
the TV studio could have had a field day – after checking the slow-mo to
make sure it was Houllier and not David O'Leary who caught him. (BofE)

他们（作为优胜者）手拉手绕场一周向官员致意……最后，Reed 一下子跳入满脸惊诧的 Gerard Houllier 怀中。这本该是具有深刻内涵的手势。电视演播室工作人员或许会度过愉快的一天，当确保视频慢动作显示接住 Reed 的人是 Houllier 而非 David O'Leary 时。（柯林斯英语语料库）

在本例中，"雇工"（上文中的"工作人员"）一词使用的是"手"的字面义，这是一个巧合的可能性并不大。心理语言学研究表明，心理启动效应可以跨越字面/修辞的鸿沟（Giora & Fein，1999），这表明，在该段摘录的开头，"手"一词的字面义使用可能在某种程度上"启动"了后续的转喻使用。

要想实现特定的修辞效果，转喻喻体的选择便会受到影响，而这与人类对语音相似性的偏好有关。Gries（2011）在其对英国国家语料库多词单位（multi-word units）的研究中发现，押头韵的使用频率极高。押头韵的例子包括"面包和黄油"（bread and butter）（指基本需求）以及"黑色和蓝色"（black and blue）（指瘀伤）。Benczes（2013）研究头韵在创造隐喻和转喻中所发挥的作用时也发现了这一点。他认为，在这些隐喻与转喻表达中，头韵极为常见，这是因为它能够吸引读者的注意力，帮助读者解读修辞性表达的含义，提升创造性表达的可接受度，从而长期保留下来；头韵还带有非正式的意味，有助于建立社会关系。因此，不能排除语音相似性是影响转喻喻体选择的可能因素。这与早期认知语言学的预测相一致，即在决定语言使用方式上，语音特征和语义特征同等重要（Langacker，1987）。

语料库数据研究揭示了决定喻体选择的进一步原则，而 Radden 和 Kövecses 却忽略了这一点。例如，Handl（2011）在研究转喻文献时发现了一个与人类胜于非人类原则相比极具竞争力的原则。她通过英国国家语料库来研究转喻语料中一个广为引用的例子——用乐器指代乐器演奏者，如"萨克斯得了流感"。很多文献都使用这一例子来说明喻体选择中的人类胜于非人类原则。然而，研究发现，在英国国家语料库中，这类例子非常罕见。乐器的名称更多地用来转喻性地指代其发出的声音，而非指代演奏乐器的人。因此，Handl 提出了一个进一步确定转喻喻体选择的原则——"喻体内靶域突显"（salience of the target within the vehicle）原则。乐器发出的声音比奏乐者更为突出，或更为"核心"，所以在这个例子中，目标的突显要超越人类胜于非人类原则。

在 Radden 和 Kövecses 的分类法中，用认知的术语来解释转喻生成的许多关键关系及决定喻体选择的原则相对容易。正如第 1 章所言，认知语言学的关键原则之一为我们对周围世界的理解是具象的，通常是根据事物展现出的意义、如何能够最大限度地利用它们以及如何以某种方式与其互动来理解它们。另一种说法是，作为人类，我们有"以自我为中心"的世界观。因此，当面对一个物体时，首先（下意识）的一个反应就是思考这个物体对我们来说意味着什么、我们（或其他人）可以用它做什么。因此，如果看到一把椅子，首先会想到它可以坐；如果看到一个杯子，首先会想到它是装液体的容器，可以用来喝水；如果看到一把高脚椅上凌乱地摆放着食物，马上就能想象到蹒跚学步的孩子把东西弄得一团糟。这就是为什么我们能够如此轻易地接触到转喻关系的原因，如物体指代行为、容器指代所容之物、结果指代原因。神经语言学研究甚至表明，某些神经元簇是专门用来将物体的物理特性与最合适的认知运动程序联系起来的，基于这一认知，我们则可以进行更有针对性的手动交互。换言之，当看到茶壶，甚至是茶壶的照片时，我们会在脑中自动做好抓住把手倒茶的准备。因此，本章中讨论的转喻关系，包含行为和直觉之间的联系，具有明确的神经学基础。有些神经基质能够解释文献中已识别出的其他一些常见的转喻关系，而未来这一领域的研究或可发现这些神经基质。Radden 和 Kövecses 还指出，语境因素会推翻转喻喻体选择的原则。当我们在第 4 章与第 5 章中讨论有关转喻在语言和多模态交际中的作用时，我们就会发现事实确实如此。无论是转喻喻体的选择还是转喻本身的意义，都高度依赖语体和语域特征，如对话人的关系、语场、语旨、语式。

2.4 结 论

本章探讨了一系列转喻生成关系以及若干转喻喻体选择的原则。使用真实语料可揭示有关转喻评价与语用维度的重要信息、不同转喻相结合的方式、转喻和其他修辞手段结合的方式，以及常与不同类型转喻联用的各种短语。可以发现，不同的转喻有时会以组合形式出现，或常常转变为隐喻，或有时意义缩小，仅适用于特定话语群体中的特定说话人。本书使用真实语料，持续聚焦转喻认知，逐步绘制出凸显转喻丰富性和复杂性的图景。

3

"他只向护照鞠躬"

转喻的理论模型：应用与缺陷

3.1 引　言

目前，我们已对一些转喻生成关系和转喻喻体选择的原则有了初步了解，也使用真实语料就转喻关系和原则产生的语用特征和形式特征进行了探索。前两章主要聚焦于 Radden 和 Kövecses 的分类法。本章将加以拓展，介绍其他转喻模型，并以真实语料对其进行检验和阐释。部分模型在第 2 章中已讨论过，但本章会详细探讨从概念中引申出来的转喻分类。其他的一些模型强调转喻理解和产生过程中各种心理过程的作用，并在此基础上对转喻进行描述和分类。

本章旨在介绍、评估这些模型，尤其是评估它们对分析真实语料中的转喻的作用。首先，我将介绍、评价在这一领域做出突出贡献的四种转喻模型，而这些模型或需经调整才能适用于真实语料，包括 Warren（1999）的"指称"（referential）和"命题"（propositional）转喻模型，Panther 和 Thornburg（1998）的"指称"（referential）、"谓词"（predicational）、"言外"（illocutionary）转喻模型，Ruiz de Mendoza Ibáñez 和 Diez Velasco（2002）的"目标域包含源域"（source in target）与"源域包含目标域"（target in source）转喻模型，以及 Peirsman 和 Geeraerts（2006a）的"相邻强度变化"（varying strengths of contiguity）转喻模型。之后还会谈到 Langacker 有关"活跃区、扼要和参照点能力"（active zones, profiling and reference point ability）的研究。Langacker 认为转喻是更普遍的认知过程中的一部分，通过这种认知，一个词语不同部分的意义在不同语境中被突显或淡化，但转喻研究学者认为该模型存在很大问题，它似乎暗指所有语言实例都在一定程度上涉及转喻，导致转喻概念过于空泛而难以开展有意义的研究。为解决这一问题，Barcelona（2003b）提出了"渐进成员约束"（progressive membership constraint）模型，即将不同类型的转喻视为一条渐变轴，例如从第 1 章讨论的典型"指称转喻"（referential metonymy）到 Langacker 讨论的更具图式化的"参照点"（reference metonymy）转喻。之后，我将探讨 Handl（2011）所做的后续工作，他运用语料库数据强调了"未明确意义"的作用。最后，本章探讨目前开始运用于分析转喻的其他三种语言研究方法，即整合理论、关联理论、复杂系统理论，这三种理论并不只适用于转喻。我会概括上述理论对理解转喻做出的贡献，并评价其对真实转喻语料研究的利弊。

3.2　现存转喻模型：应用和缺陷

如上文所述，本节首先探讨、评价四种现存的转喻模型，每一种模型都对转喻研究做出了重要贡献。在真实语料中，只有部分模型仍然有效。前两种模型（Warren 对指称转喻和命题转喻的区分以及 Panther 和 Thornburg 对指称转喻、谓词转喻、言外转喻的区分）根据转喻的用途对其进行了分类。第三种模型（Ruiz de Mendoza Ibáñez 和 Diez Velasco 的"目标域包含源域"转喻与"源域包含目标域"转喻的区分）则关注源域与目标域之间的关系。第四种模型即 Peirsman 和 Geeraerts（2006a）的"相邻强度变化"转喻模型，突出了在转喻中不同类型的邻近性。

指称转喻与命题转喻（Warren，1999，2006）

影响最广的转喻模型之一是 Warren（1999，2006）的模型，它区分了指称转喻和命题转喻，其中，指称转喻最为典型。示例如下：

People are hungry for *Shakespeare* in America. (BofE)
在美国，人们很渴望*莎士比亚*。（柯林斯英语语料库）

该例中，名词"莎士比亚"被转喻化为名词短语"莎士比亚的戏剧"。Warren 假设了这种指称转喻（某一实体与另一实体相关）和命题转喻（某一命题与另一命题相关）之间的区别，如上述例子所示。命题转喻示例如下：

Rosalind *raised her eyebrows* and held out her hand. (BofE)

Rosalind *扬起眉毛，伸出手来。*（柯林斯英语语料库）

该例中，Rosalind "扬起眉毛" 这一事实引出了命题：她很惊讶。根据 Warren 的说法，指称转喻倾向于违反真值条件（人不可能 "吃" 莎士比亚），而命题转喻则通过 "如果—那么" 关系将一个命题与另一个命题联系起来（*如果她扬起眉毛，那么她一定很惊讶*）。据 Warren 的观点，指称转喻经常出现在中心名词中，而命题转喻则涉及其他词性。

Warren 将研究重点限定在指称转喻上，认为命题转喻的概念过于宽泛，对分析者来说作用不大。她指出了隐喻和指称转喻之间的一些差异。现已观察到二者的区别之一为，隐喻中可能不止一种映射，而指称转喻中通常只有一种映射。因此，举例来说，从很多层面来讲，爱情就像一段旅程（即都有开始和结束；人们通常认为爱情是有目的的，或爱情就是 "到达某个地方"；都有可能走错路等），而在转喻中通常只有一个映射。以下句子可体现这一点：

Andy [...] was delighted that so many *anoraks* had come out to see the ship. (Webcorp)

Andy【……】*很高兴这么多厚夹克*（anoraks）（<俚>怪癖的搜集者）出来看船。（Web 语料库）

在这里，anoraks 一词具有一个单一的指称（"怪胎" 男人）。根据 Warren 的说法，在隐喻中，源域和目标域之间或存在 "多重且极其复杂" 的特征，因此，隐喻成为 "一种或极具暗示性的、强大而又简练的创造意义的手段"（Warren，2003：117）。相比之下，转喻缺乏多重映射，因而是一种相对单调的修辞。然而，即使是目前为止所看到的例子中，如这一转喻——用 "西装" 一词来指代商务人士——可以发现映射可能很复杂，且高度依赖于语境。这一发现在后续章节中会更加明显，不同类型语料中的转喻也会有所涉及。

Warren 认为，隐喻和指称转喻之间的另一个区别在于二者的功能不同。隐喻的主要功能是创造新的意义，提供新的见解（用一个事物理解另一个事物），而指称转喻则基于源域与目标域之间现有的关系，因此不太可能创造出新的意义。Warren 还认为，正因这种功能上的差异，隐喻才可参与到一种名为 "共轭修辞"（zeugma）的语言游戏中，这会同时激发出两种截然不同的解读。例如，"上校摘下帽子，离开了"（the colonel took his hat and his leave）。这里的幽默，或者说不协调性源于在同一个短语中既可对同一源项进行字面意义解读，也可进行隐喻意义解读。相反，如果在同一个短语中，若对同一源项的字面解读和转喻解读同时存在，就不会出现共轭修辞。例如，"我觉得这本书很沉，所以我暂时放下它去看电视"（I found the book quite heavy-going so I put it down for a bit and watched TV）之类的话并没有不协调，甚至可以说表达十分清楚。除 Warren 的上述观点之外，从后续章节中可以发现，指称转喻常涉及创造性的意义扩展，还会涉及包括共轭修辞在内的不同类型的语言游戏。

最后，Warren 认为隐喻可以超越短语层面发挥作用，而指称转喻则不行。来自同一源域的隐喻性表达可以共同形成"主题"，延伸到大段文本中，而转喻通常不会出现这种情况（Warren，2003：117）。同样，后续章节还会出现许多指称转喻的例子，它们可以形成主题，提升文本整体的连贯性，从而在文本层面上发挥作用。

Warren 还就指称转喻的"典型"句法提出了一些观点。她认为，指称转喻很大程度上局限于中心名词和名词短语。但事实并非如此，当在真实语料中观察转喻时便会发现，它不仅出现在名词短语中，还出现在其他词性中。如下文所示：

> In 1861 they *summered* at Ville d'Avray. (BofE)
> 1861 年，他们在阿弗雷城*避暑*。（柯林斯英语语料库）
>
> A good *healthy* diet might include lots of fruits. (BofE)
> *健康的*饮食可能包含大量水果。（柯林斯英语语料库）

这些例子中的每一个转喻都是指称转喻，因为其与真值条件相违背（字面意义上，人不可能是"夏天"，饮食本身也不存在"健康"），但是转喻喻体既不是名词也不是名词短语，因此绝不能被称为"名词中心词"。

Warren 的研究存在的问题之一源于其仅对作者所作的例子进行分析。这也解释了为什么她的一些观点在应用到真实数据时会出错。事实上，观察真实的语言数据时，区别本身（指称转喻和命题转喻之间的区别）就会变得些许模糊。例如以下片段，节选自 Arthur Miller 1955 年的戏剧《桥上一瞥》（*A View from the*

Bridge）的第一幕。在这部戏剧中，Catherine 的叔叔 Eddie 对她的男朋友深表怀疑，他认为 Catherine 的男朋友只是在利用她来获得美国公民的身份。

> Catherine: No, Eddie, he's got all kinds of respect for me. And you too! We walk across the street he takes my arm – he almost bows to me! You got him all wrong, Eddie; I mean it, you –

> Catherine：不，Eddie，他很尊重我，你也是！我们穿过街道时，他挽着我的手——他弯着腰，几乎要向我鞠躬了！你误会他了，Eddie，我说真的，你——

> Eddie: *He's only bowin'to his passport.*
> Eddie：*他只是对自己的护照鞠躬。*

> Catherine: His passport?
> Catherine：他的护照？

> Eddie: That's right. He marries you he's got the right to be an American citizen. That's what's goin' on here. (*She is puzzled and surprised.*) You understand what I'm tellin' you? The guy is lookin' for his break, that's all he's lookin' for.

> Eddie：没错。他和你结婚，他就有权成为美国公民了，这就是事实的真相。（*她困惑而惊讶。*）你明白我在说什么吗？这家伙在找一个突破口，这就是他要的。

> （Miller, 1995: 28; emphasis added）
> （Miller，1995: 28；着重强调）

在这里，Eddie 称 Catherine 是 Catherine 自己男朋友的"护照"，进而解释道她男朋友想和她结婚也只是为了能留在美国。乍看之下，"护照"一词的使用似乎可以成为 Warren 指称转喻的一个例子（人们通常不会向护照鞠躬）。然而，这里也暗示了"如果—那么"的关系（*如果他和她结婚，那么他将获得美国护照*），表示该例也有命题转喻的元素。所以，要把一个转喻案例简单归类为指称转喻或命题转喻并非易事，它很可能同时包含两种元素。

以下是 Warren 对指称转喻的总结：

a. It is rarely involved in language play.

a. 它很少涉及语言游戏。

b. It draws on existing relationships rather than creating new ones.

b. 它基于现有的联系，并非创造新的联系。

c. It rarely involves multiple mappings between the source and target. It is less likely than metaphor to serve rhetorical or lexical extension functions.

c. 它很少涉及源域和目标域之间的多重映射；与隐喻相比，转喻不太可能用于修辞或词汇扩展功能。

d. It typically appears in the noun phrase.

d. 它常以名词短语的形式出现。

e. It rarely operates at the level of the phrase or the text; conceptual metonymies rarely operate throughout a text to provide coherence.

e. 它很少在短语层面或文本层面上发挥作用；概念转喻很少贯穿整个文本以承上启下。

然而，正如我们所见，在观察真实语料中的转喻时，许多观点明显存在可被质疑的地方，或应重新思考，而且，指称转喻和命题转喻之间的区别并不明显。因此本书的重点不只是指称转喻，全书都使用了真实语料，适当考虑了使用转喻和/或遇到转喻之人自身的作用。转喻在很大程度上依赖于语境和上下文，而且往往存在于读者眼中，因而在任一转喻理论中这两点都需加以考虑。

指称转喻、谓词转喻和言外转喻（*Panther & Thornburg，1998*）

Panther 和 Thornburg（1998）提出了比 Warren 更精细的区分方法，确定了两种广泛的转喻类型：命题转喻和言外转喻。命题转喻进一步细分为两个子类型：指称转喻和谓词转喻。

在很大程度上，指称转喻与 Warren 所指相同，都涉及实体之间的关系，如下例：

The growing list of countries where *the buses are on strike*. (BofE)

公交车罢工的国家越来越多了。（柯林斯英语语料库）

原句中的"公交车"指代公交车司机。

谓词转喻大都包含事件间的联系，例如：

He was *able to tell me* that it had merely gone into spasm. (BofE)
他会告诉我它只是抽筋了。（柯林斯英语语料库）

"会告诉我"指代"他确实告诉了我"这一事实。在这些类型的转喻中，通过某种形式（例如采取某种行为的能力、可能性、许可或义务）表达的潜在事件以转喻的方式与其实际发生的事件相联系起来。在 Radden 和 Kövecses 的框架中，这被归类为很可能或有潜力成为实际（potential for actual）的转喻。

言外转喻涉及语用推理。例如，在下面的例子中，"你有五英镑吗？"这一问题通过言外转喻与"请问您能借给我或直接给我五英镑吗？"这一问题联系起来。

Have you got a fiver? I want to pay the boy for his petrol. (BofE)
你有五英镑吗？我想给那个男孩付汽油费。（柯林斯英语语料库）

言外转喻并非依靠框架或基于理想化认知模型的关系，而是依靠基于场景的关系。换言之，它们依赖于说话者与听众对"典型场景"（typical scenario）的了解（在上述例子中，"典型场景"包括向朋友借钱以帮助他或她买一些东西）。用场景的一部分来指代其他部分，这可能包括一个事件的必要前提条件、事件本身和事件后果。因此，在上述例子中，一个先决条件（即听者拥有一张五英镑的纸币）被说话者用来转问他或她是否能借给自己。根据 Panther 和 Thornburg 的观点，要理解转喻就离不开转喻的"字面"意义；转喻并不是简单地用一个词来替代另一个词。

Panther 和 Thornburg 的模型在转喻研究领域做出了两个关键的贡献，其一是专攻于言外转喻，另一是关注转喻在语法中的作用。二者都标志着转喻是一种远比词汇现象更全面的事物。他们的模型展现了典型的转喻关系（如原因指代结果、结果指代行为、生产者指代产品等）如何在我们的长期记忆中作为*自然推理模式*而运作，这些关系还可以被快速检索，以帮助我们获取所听话语的内涵意义。正因如此，人们能够对转喻在语用学和语法中的作用进行更系统的研究，分析者能够对涉及不同种类语用推理的转喻关系进行探索。后续章节会频繁出现这一模型。

转喻之"目标域包含源域"转喻和"源域包含目标域"转喻 *(Ruiz de Mendoza Ibáñez & Diez Velasco，2002)*

和上述讨论的内容一样，另一转喻模型也对转喻研究做出了重要贡献，但可能需要进一步完善以解释真实世界数据中的一些转喻类型，这就是 Ruiz de Mendoza Ibáñez 和 Diez Velasco（2002）提出的模型。他们认为指称转喻和命题转喻之间的区别是无关紧要的，而关注转喻表达及其所指对象之间的关系是至关重要的。他们认为，所有的转喻实例可以分为两种类型："源域包含目标域"转喻，即转喻词项是其所指的一部分；"目标域包含源域"转喻，即所指是转喻词项的一部分。

他们给出的"源域包含目标域"的转喻案例是用药片来特指避孕药，如：

The great contribution that *the Pill* has made to personal choice. (BofE)
药物（片）对个人选择的巨大贡献（柯林斯英语语料库）

这里，"药物（片）"一词被用来指代一种特定类型的药物（片），意味着转喻的目标域（避孕药）是一般的"药物（片）"一词所指领域的一个子集。

"目标域包含源域"的转喻案例是一些有关手的表达，如：

All *hands* on deck. (BofE)
所有人手到甲板上集合（全体动员）。（柯林斯英语语料库）

在这个例子中，"人手"指代做艰苦体力劳动的水手，所以手只是所指的一部分。

描述该模型的另一种方式则指，在"源域包含目标域"转喻中，所指是转喻表达的子域，而在"目标域包含源域"转喻中，转喻表达是所指的子域。Ruiz de Mendoza Ibáñez 和 Diez Velasco 认为，后者涉及"域的扩展"，而前者涉及"域的缩小"，这是两个基本过程。他们对"源域"和"目标域"采用了非常宽泛的定义，从而可以将大多数转喻归为"源域包含目标域"转喻。例如，在该模型中，以下例子可被归为"源域包含目标域"。

IBM hired Jerry Hawk. (BofE)
IBM 公司聘用了 Jerry Hawk。（柯林斯英语语料库）

这是因为源域（IBM）包括说话人可能知道的关于该域的一切信息，包括 IBM 有经理，这些经理有权招聘和解雇员工。实际上，IBM 作为一个整体被用来指代公司的这一特定方面，意味着这个转喻涉及"域的缩小"。

追溯到第 2 章中 Radden 和 Kövecses（1999）提出的转喻类型分类法，便会发现其与 Ruiz de Mendoza Ibáñez 和 Diez Velasco 的方法有明显不同。Radden 和 Kövecses 区分了部分-整体转喻和部分-部分转喻，而 Ruiz de Mendoza Ibáñez 和 Diez Velasco 则将*所有*转喻归为第一类，他们通过扩展理想化认知模型的概念来实现这一点。例如，根据 Radden 和 Kövecses 的方法，"她嫁给了钱"一句为"特点指代人"的转喻，而根据 Ruiz de Mendoza Ibáñez 和 Diez Velasco 的方法，它只是"部分指代整体"的转喻，财富可被视为理想化认知模型中"理想配偶"一个可能的组成部分。

Ruiz de Mendoza Ibáñez 和 Diez Velasco 的方法为转喻分析提供了一个有用的工具，特别是探究转喻在特定话语群体中特有的语体和语域中的作用时尤为重要。在特定话语群体的意义构建过程中，"域的缩小"这一过程似乎特别常见。从第 4 章可以发现，话语群体经常使用相当常见的词，并赋予它们特殊的、更具体的含义，从而营造出一种身在某一团体中的感觉。例如，Deignan 等（2013）表示，在儿童足球俱乐部的一群粉丝所使用的语言中，"踢它"（kick it）这一指令具有缩小的、转喻性的含义，即"集中精神、非常用力地踢它"。这不仅限于是"踢它"的意思。当说话者故意想含糊时，域的缩小这一概念也很实用——比如一个组织中的某人可能犯了错误，而说话人想避免对这个特定的人点名道姓。讲话者对域的广泛定义在解释与转喻相关的回指和语篇衔接时同样有用。因此，在用真实语料来讨论转喻的功能时，我会常常参考这一模型。

某些转喻表达中既存在目标域包含源域，又存在源域包含目标域的情况。Ruiz de Mendoza Ibáñez 和 Diez Velasco 用下面这句话做出了解释：

> *Shakespeare* is on the top shelf. (Ruiz de Mendoza Ibáñez and Diez Velasco, 2002: 517).
> *莎士比亚在书架最顶层。*（Ruiz de Mendoza Ibáñez & Diez Velasco，2002：517）

他们指出，这句话中同时存在两种关系，即源域包含目标域（"莎士比亚"

用来指代"莎士比亚写的书"），以及目标域包含源域（"莎士比亚的著作"用来指代实际的这本书）。

用真实语料来探讨转喻案例，综合考虑语境和语用意义时，可以发现单个转喻中源域包含目标域和目标域包含源域两者的结合可能比 Ruiz de Mendoza Ibáñez 和 Diez Velasco 所认为的还要普遍。首先来探讨之前列举过的用来阐明这两种关系的两个例子。如上文所述，他们指出"药片"（the Pill）指代避孕药，这显然是源域包含目标域的转喻，因为该词只用来指代某一种药片。然而，更宽泛地来讲，"药片"一词也可以被理解为目标域包含源域的转喻，因为这一简略表达指代了更广泛的一系列事件，包括服用药片，以及因为药片而引发的各种社会变化，具体举例如下：

> *The Pill* is much safer than abortion. (BofE)
> *避孕药*比堕胎安全得多。（柯林斯英语语料库）
>
> *The Pill* genuinely liberated married women. (BofE)
> *避孕药*真正解放了已婚妇女。（柯林斯英语语料库）
>
> *The Pill* gave them sexual equality. (BofE)
> *避孕药*使得男女平等。（柯林斯英语语料库）

"所有人到甲板上集合（全体动员）"，Ruiz de Mendoza Ibáñez 和 Diez Velasco 认为这一例子是目标域包含源域的转喻，其实其中也有源域包含目标域这一层关系。在他们的模型中，手代表水手的身体，但也可以把它当作源域包含目标域的转喻来重新分析，因为手可以代表用手做的某一特定的事情（比如工作）。当然，在柯林斯英语语料库中，all hands on deck 这个表达出现了 43 次，但没有一次用来指代水手。几乎在所有例子中，它都用来表示齐心协力、一起工作，而且手也不指代水手，而是指人们用手做的事情。现在这一表述是否在过去指代过水手或被水手们使用过仍不清楚。除了工作外，手可以做各种各样的事，这表明手的所指比手这一转喻喻体更为局限。

这些例子表明，很难判定某一特定的转喻是属于"源域包含目标域"还是"目标域包含源域"；在考虑转喻的语境意义时，上述两种关系往往同时出现。这或许是由于 Ruiz de Mendoza Ibáñez 和 Diez Velasco 对理想化认知模型采取了宽泛的定义。对理想化认知模型的定义越宽泛，就越难确定两者的所属关系。然而，这并不是说这一模型没有用，它可以用来解释转喻在真实语料中起到的作用。如前文所述，在第 4 章和第 5 章会看到域的缩小如何解释某些话语群体缩小词的意义范围，直到形成该群体特有的某种意义为止。域的缩小还有助于解释基于转喻的语篇衔接。在后文中还会看到域的扩展可以展示人们如何使用转喻来识别具有某一共同特征的群体。

Peirsman 和 Geeraerts（2006a）的相邻强度变化

Peirsman 和 Geeraerts 的转喻模型和之前的模型出入较大，它将转喻视为一个径向范畴。径向范畴是指只要把事物划分为不同的范畴，就能识别出哪些是范畴的核心"典型"（prototypical）成员，哪些是非核心成员。所以，如果建立起"宠物"的范畴，猫或狗就会被视作"典型"（至少在英国是如此）。其他动物，比如蛇或者老鼠就会被视为不那么典型，老虎和狮子更甚。后者可能会被逐渐划入"动物园里的动物"这一范畴，尽管它们或许勉强也可以被视为宠物。因此，这时"宠物"范畴逐渐变成了"动物园里的动物"范畴，两者之间的界限也模糊起来。因此，径向范畴均可分为典型和非典型两类，且二者界限模糊。现实生活中，几乎没有任何事物能存在于界限分明的范畴中，同样，如此对语言进行分类也是错误的。语言有径向范畴这一观点是认知语言学的基本原则。径向范畴方法已应用于词义、音系特征、语调类型、语言建构、语法规则中（Taylor，2003），因而可以将转喻看作是径向范畴中的一个现象。

在转喻的径向范畴模型中，Peirsman 和 Geeraerts 强调了喻体和所指之间连续统的重要性；换言之，他们关注的是词与其内涵意义的邻近性，认为典型的转喻是指词语本身是其转喻意义的一部分，反之亦然，例如：

> I'll be able to eat every day and *have a roof over my head.* (BofE)
> 我每天食不果腹且*头上有屋顶*。（柯林斯英语语料库）

这里，*头上的屋顶*是其内涵意义——"房子"的一部分，所以本例应归为典型的径向范畴。下例则介于此范畴的核心与边缘之间：

> *The whole theatre* fell ill. (BofE)
> *整个剧院*都感觉不舒服。（柯林斯英语语料库）

此例中*剧院*指代坐在里面的人。两者间存在耦合关系（某种程度上，人们确实在剧院里），所以此转喻处在径向范畴核心与边缘的中间地带。下例是一个高度边缘化的转喻：

Clinton plans *a round table* discussion. (BofE)
克林顿计划*一次圆桌*讨论。（柯林斯英语语料库）

本句中*房间*里可能并不存在真实的"圆桌"。此转喻可理解为人们"可能"围坐在圆桌旁，人人皆可平等参与讨论，但事实可能并非如此。房间里不一定有圆桌，这个词与其所指并非在所有方面都是相连的，因此这是一个转喻的边缘化例子。

Peirsman 与 Geeraerts 认为处于范畴边缘的转喻不像在中间那么"有界限"。有界的认知体有一个明确的分界点，无界的则没有。一个转喻若是包含两个有界的认知体，那它就是典型的，例子如下：

I couldn't bear the way men regarded me as just a *pair of legs*. (BofE)
我无法忍受男人把我看成只是*一双腿*。（柯林斯英语语料库）

Peirsman 和 Geeraerts 认为*一双腿*这个转喻属于典型的径向范畴，因为该词（一双腿）及其所指（女人）都是有界的认知体。若转喻中的词或其所指（或两者）是无界的，那么此转喻就位于径向范畴边缘。例子如下：

The classic *Hollywood* narrative. (BNC)
经典的*好莱坞*叙事（英国国家语料库）

尽管好莱坞是有界的（郊区的某处可能有一条城市界线），但其内涵所指却是无界的。很难说清楚其含义究竟是什么，而且好莱坞电影这一概念本身可能就是一个径向范畴，同其他类型的电影之间界限模糊。

最后，Peirsman 和 Geeraerts 认为具体的转喻位于径向范畴的中心，抽象的转喻则位于边缘，下例比较典型：

Fancy a new *set of wheels*? (BofE)
想要一套新*车轮*吗？（柯林斯英语语料库）

此例中一组车轮及其所指"一辆车"，都是具体的实物。在范畴边缘的是涉及时间或抽象实体更明显的转喻，例如：

Jay and Denise are expected to *walk up the aisle* in the summer. (BofE)
Jay 和 Denise 预计在夏天走上红毯（结婚）。（柯林斯英语语料库）

此转喻的所指"结婚"，并未像"一辆车"一样具体，我们无法"看到"结婚、"进去"结婚或者被结婚"碾压"。

综上，Peirsman 和 Geeraerts 认为从典型的实例中可以发现，转喻类型以三种不同的方式显现出来：它们渐趋分散、边限更模糊、更不具体。这一类型大有用处，它表明转喻间的区分方式不止一种，但仍存在一个问题：就真实语料中的转喻而言，有时很难看出它们属于哪个范畴。仔细观察以上例子便可发现这一点。"我头上有屋顶"这一表达本义其实指拥有一座房子，因此，乍一看喻体及其所指之间联系很紧密。然而，这个表达还有另一种意思，即有足够的钱以满足自己所需，在这一含义下就可以发现喻体及其所指间的关系并没有那么紧密。因此，在语境中运用转喻时，由于喻体可能有不止一个所指，识别喻体及其所指间的连续程度就变得很困难。此外，所指存在模糊性和不确定性，难以确定哪个（些）所指具有内涵。对于有界的认知体而言亦是如此。如第 2 章所示，"一双腿"不仅指一个女人，还具有包括女人的性征、是否单身在内的各种内涵，而"有界认知体"的概念往往难以涵盖这些内涵。同样，转喻的指称并非十分明确且针对单一事物，因此很难衡量该指称在多大程度上是"有界限的"。最后一点，要确定某些转喻表达的具体程度也并非易事。如第 1 章的"兄弟们需要肌肉"的例子，"一些肌肉"只是指一个强壮的人，因此该指称高度具体；或者也可以指战斗前增强力量，因此其具体程度稍低。这种模型的主要问题在于，它认为喻体词与其所指之间是一一对应的关系，而在现实中并非总是如此。尽管如此，把转喻看作一个辐射范畴有其重要意义。正如 Peirsman 和 Geeraerts 所言，不同类型的转喻可以沿着不同轴线从中心辐射出去。因此，分析语境中引起歧义的转喻的不同意义时，该模型发挥着重要作用。

Langacker（1993）对活跃区的关注及其对转喻模型的意义

Langacker（1993）提出了认知语言学关于转喻最具影响力的理论。他指出，每当某词意义的不同方面（或它所代表的领域）因不同语境得以凸显时，几乎总会出现转喻。他认为，这是源于看待事物的角度通常会发生转变。例如，在使用"大学"一词来指称实际的建筑物、机构、大学运动队时，就会产生转喻关系，如以下三个例句所示：

[...] former students living closer to the university. (BofE)

【……】以前住在离大学比较近的地方的学生（柯林斯英语语料库）

The university currently offers degree programmes in Pharmacy, Occupational Therapy, Midwifery [...] (BofE)

该大学目前开设药剂学、职业疗法、助产学等课程【……】（柯林斯英语语料库）

[...] they played a friendly against the university. (BofE)

【……】他们与这所大学进行了一场友谊赛。（柯林斯英语语料库）

这些意义都是大学不同方面的"剖面图"，因此涉及转喻。Langacker 理论成立的前提是，仅靠词语无法充分说明说话者所要表达的意思，话语中总是存在一定程度的不确定性。实际读到或听到的词语所传递的信息本身并不能精准建立说话者和受话者间共同理解的信息关联。如 Langacker 所言：

explicit linguistic coding gets us into the right neighbourhood [...] but from there we have to find the right address by some other means. (Langacker, 2009: 46).

明确的语言编码让我们进入正确的语境【……】但在那之前，我们必须通过其他方式找到正确的地址。（Langacker，2009：46）

这些"其他方式"经常涉及转喻。在每种情况下，会将所指的认识的某部分（或"面"）前置，也就是说，使之成为关注的焦点。随后，这个面被"剖解"（profiled），成为一个"活跃区"（active zone）。单个的词只能指向一个广泛的意义区域，而这一意义的不同方面在不同语境中变得活跃。因此，转喻折射出最基本的"参照点能力"（reference point ability），即在任何语言使用的实例中决定"剖解"哪个"面"的能力。为进一步阐释这一现象，下文每个句子都描述了对"镇"（town）一词的不同理解。

They had to go into *town* shopping. (BofE)

他们不得不进*城*购物。（柯林斯英语语料库）

This *town* has been trying to change me. (BofE)

这个*小镇*一直在尝试改变我。（柯林斯英语语料库）

The next *town* to Ashburton. (BofE)

与阿什伯顿（Ashburton）相邻的*镇*（柯林斯英语语料库）

A promotion-relegation play-off against Omagh *Town*. (BofE)

对阵奥马*镇*的升降级附加赛（柯林斯英语语料库）

上述例句分别指代镇中心、住在镇上的人、小镇的地理位置和镇足球俱乐部。解释这些例子所需要做的转喻"工作"包括利用由"镇"一词引发的各种理想化认知模型。同样，"电影"（film）一词的不同含义在下列例句中均有体现。

Anyway, I loathe that entire *film* world. (BofE)

总之，我厌恶整个*电影*产业。（柯林斯英语语料库）

The *film* cost 3 million dollars. (BofE)

这部*电影*花费了 300 万美金。（柯林斯英语语料库）

A *film* projector, a slide projector and ... (BofE)

一台*电影*放映机，一台幻灯片放映机和……（柯林斯英语语料库）

在这三个例子中，"电影"的含义逐渐变得更加具体，反映出它所在的语境。Langacker（2009：54）提出，理解转喻的另一个方式是关注复合名词，比如"蝴蝶网"和"蚊帐"，如下列例句所示：

I take my *butterfly net* and walk in the jungle. (BofE)

我带着蝴蝶网走进丛林。（柯林斯英语语料库）

I set up my *mosquito net* under the bridge. (BofE)

我在桥下架起了蚊帐。（柯林斯英语语料库）

在这两个例子中，不同类型的"网"（net）都通过其复合名词的描述而展现出来。第一个例子讲的是用以捕捉蝴蝶的网，而第二个例子则是驱蚊的网。尽管语法结构相同，但两个名词间的关系在不同的复合词中并不相同。之所以有这些不同的解释，是因为每种情况都会用到不同的理想化认知模型：在蝴蝶网的例子中，因为蝴蝶很漂亮，我们才喜欢捉蝴蝶；而在蚊子的例子中，因为蚊子携带疟疾等疾病，我们才要保护自己免受叮咬。这些例子当然是高度规约的，因而不需要使用主动的转喻思维来理解。换言之，它们是规约转喻。当面对新异转喻时，才需要使用"转喻思维"来理解。Langacker（2009：54）关于合成词"大象桌"（elephant table）的例子很好地说明了这一点。它可能是一张由象脚制成的桌子，也可能是一张有大象装饰品的桌子，或是一张形状像大象的桌子，等等。转喻联系不是固定的，所以可以自由地形成自己的联系，从而以不同的方式理解这个表达。因此，转喻可以描述为一种思维过程，能够通过分析给定现象的特定方面来理解话语。在这些情况下，活跃区是不同的。Onysko 和 Degani（2012）为 Langacker 的理论提供了实证支持，向参与者展示了一系列全新的英语复合词[如"声音独木舟"（voice canoe）、"桶形哲学家"（bucket philosopher）和"文字车"（word truck）]，并要求参与者理解这些复合词。他们发现，合成词所产生的意义总是与其成分之间的转喻联系有关，尽管它们有时也与隐喻有关。

Langacker 对活跃区的概念并不局限于语言，它同样适用于其他形式的交流，在电影这一媒介中尤为普遍。电影本身就是一种转喻，摄像机的不同角度可以改变"镜头"的角度、视角、焦点。第 5 章会对这一观点进行深入讨论，详细分析转喻在多模态表达中的不同作用。研究者还运用活跃区的概念来说明转喻对语法的重要性，以及语法"规则"和语言变化的关系。Panther 的整篇论文都在强调这一观点（Panther et al., 2009），第 6 章会进行详细论述。

Langacker 的转喻观点对转喻学者来说是一个严峻挑战，他认为在某些方面，几乎所有意义和交际的实例都是转喻的，因为在理解意义时，几乎总是强调现象的某些方面，而忽略其他方面。从哲学的角度来看，这一观点十分有趣，但就对定义、研究转喻感兴趣的人而言，这是一个实际的问题，意味着引言中讨论的那些例子没有什么"特殊"之处，与任何其他形式的语言相比没有什么不同。然而，转喻显然存在一些有趣之处与不同之处值得研究。事实上，将词汇的转喻解读与其更基本的意思进行对比后会催生幽默，许多幽默都来源于此，这意味着人类的确下意识将其视为一种离散（discrete）现象。因此，转喻研究学者试图调和"转喻是一种普遍现象"和"转喻是一种特殊现象"这两种明显矛盾的观点。甚至 Langacker 也认同在他的研究中从典型的"代表"（stands for）转喻到更模糊的"活跃区"转喻之间存在着某种渐变现象。

Barcelona（2003b）的渐进成员约束模型和 Handl（2012）的径向范畴的转喻研究法

Barcelona（2003b，2011）提出了一种基于径向范畴的转喻研究方法来应对 Langacker 提出的挑战，既解释了基于相邻性的典型转喻实例，又解释了仅涉及域显化（domain highlighting）的转喻实例。处于范畴中心的原型转喻是在第 1 章中讨论过的指称转喻，某些情况下可以描述为反映"代表"关系。在范畴边缘的转喻涉及域显化，即 Langacker 讨论的类型。"中间"范畴的转喻被称为"典型"转喻，如图 3.1 所示的模型。

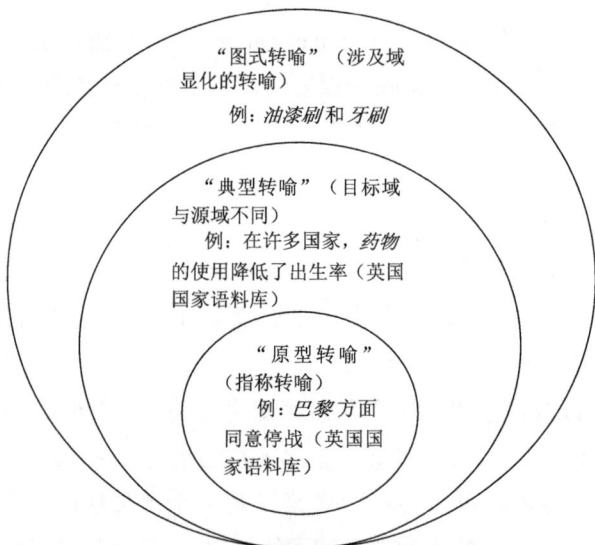

"图式转喻"（涉及域显化的转喻）

例：油漆刷 和 牙刷

"典型转喻"（目标域与源域不同）

例：在许多国家，药物的使用降低了出生率（英国国家语料库）

"原型转喻"（指称转喻）

例：巴黎 方面同意停战（英国国家语料库）

图 3.1　Barcelona 的渐进成员约束模型

Barcelona 提出的转喻原型模型是转喻理论之下的有益发展，但也存在问题：它没有提供介于原型和外围例子之间"典型"转喻确切性质的细节，很难理解为什么它会如此优待指称转喻。

Handl（2011）引入了"未指明的含义"（underspecified meaning）概念对 Barcelona 的转喻模型进行了改进。在英国国家语料库中对转喻的研究可得出结论：在大量的转喻中，其意义实际上并"不明确"。其中，喻体的基本意义得以保留，且促成该表达的语境意义，即喻体的基本意义和语境意义同时存在。为阐释这种转喻，Handl 举了如下两个例子：

（1）The White House isn't saying anything.

白宫什么也没说。

（2）An earlier ferry had got me a front seat in one of the waiting buses. 早班渡轮让我能坐上了其中一辆在那等候发车的公共汽车的前排位置。

她认为，第一个例子是典型的转喻，因为目标域一旦被识别，喻体就完全退入背景中。然而，第二个例子则更为复杂，其中，（等候发车的）公共汽车和司机都是预期意义的一部分；公共汽车不只简单地为司机提供"精神通道"（mental access）。公共汽车及其司机同时被提及，因此，这句话缺乏某些早期（原型）转喻模型中所固有的方向性。转喻意义包括目标域和喻体两方面，它是"不明确的"，不能完全明确其所指。转喻映射的方向也不明确，其组成部分的权重相对平衡。下述例子也是如此。

Police stopped *the BMW* from travelling at speed just before midnight with only one headlight on. (BNC)

午夜前，警察拦下了*一辆*高速行驶的*宝马*，它只有一个车头灯亮着。（英国国家语料库）

在这个例子中，宝马同时指代汽车和驾驶员，并非简单地指代车或人，因此无法指定其确切的所指对象。

因此，Handl 提出了如图 3.2 所示的转喻径向范畴研究方法，完善了 Barcelona 早期提出的模型。

在这个模型中，相对罕见的"典型转喻"涉及完全不同的子域。"未指明含义的转喻"在含义上涉及喻体和目标域，而"域显化"的转喻没有任何明显的子域，只是由于不同词并置而导致了识解或观点上的差异。

Handl 发现未明确的转喻往往涉及某种包含关系，这是由于人们几乎不用区分容器及其所容物品，而倾向于把它们统一作为一个"功能单位"去感知。换言之，转喻词不只简单"代表"转喻中的所指对象，而是同时代表自身和所指对象。她的模型强调语言转喻不仅仅是用另一种方式表达一个已经存在的观念，还代表了观念的改变。

图 3.2　Handl（2012）提出的转喻径向范畴研究方法

除了语料库数据，Handl（2011，2012）的实验证据表明许多转喻实际上常以未明确的方式被理解。在她的研究中，被调查者通常认为转喻指的是这个词及其所指对象。她根据被试者的反应频率给转喻的两个部分赋予了不同的权重，因此能够根据成分的权重对转喻进行不同的描述。在原型转喻中，喻体的比重相对较大。换言之，转喻词在其意义中起着重要作用，而当我们向径向范畴的外围移动时，喻体就退回到背景中去了。在更中间的转喻类型中，喻体和所指对象都发挥着同样重要的作用。Handl 的转喻模型基于真实语料，因而也特别适用于分析转喻的交际功能，接下来的两章将会着重介绍。

3.3　可用于解释转喻的其他语言学方法

近年来，转喻的研究方法朝更为灵活、基于语境的方向发展。除了将转喻视为简单的域转移或域显化的过程，还有很多研究关注语境在转喻解释与生成中的作用；在句子和文本中，甚至在生活中，个体转喻都不能被视为独立于语境之外的事物，因此一些研究者将转喻视为一种更具流动性、可变性、不可预测性的现象。

　　还没有特定的转喻模型论及这一特征，不过很多原本不是用于转喻研究的语言研究方法逐渐开始应用于这一领域，包括整合理论、关联理论和复杂系统理论。

转喻与整合理论

　　整合理论是一种研究语言和交际的手段，它认为意义的构建需要整合多个"心理空间"（mental space），最终产生的意义会超过各部分的总和（Fauconnier & Turner，1999）。对于整合理论在转喻理解中的作用，Coulson 和 Oakley（2003）通过下面的例子进行了阐释：

> You could end up *digging your own grave*. (BofE).
> 你可能到头来会*自掘坟墓*。（柯林斯英语语料库）

　　他们认为这一表达绝非仅包含从"挖坟墓"（源域）到"让自己陷入困境"（目标域）的直接映射。为理解这个表达，人们需要形成一个概念整合：让自己陷入困境的人自掘坟墓，然后爬进坟墓等待死亡的到来。这一表达无法通过"逻辑"分析来解读，但可以通过坟墓代表死亡这一结果指代动作的转喻类型来理解。一旦这种转喻关系被激活，该表达就有了意义。自掘坟墓和死亡被压缩到一句话中，而转喻可以用来解构整合空间中压缩元素的含义。Coulson 和 Oakley 还认为，转喻使心理空间网络相互联通，只有激活这些心理空间才能使推理持续更长时间。他们还对概念整合过程中的两大关键概念——"压缩"和"重要关系"进行了阐释。例如，"一件温暖的外套"这一转喻压缩了原因与结果，即穿外套和感到温暖两者之间的重要关系是属性关系，换言之，外套赋予穿戴者的"温暖"是这个整合概念中外套的属性。

　　Arthur Miller 的戏剧《桥上一瞥》节选乍一看似乎没用什么修辞手法，其实也涉及上述原则。剧中，一对意大利移民夫妇（Beatrice 和 Eddie）和其侄女（Catherine）住在纽约，两个非法移民的表兄弟要暂住在他们家以躲避当局追查。在二人到来之前，Eddie 对他妻子和侄女说道：

> Catherine: No, I just mean … peoplell see them goin in and out.
> Catherine：不，我的意思是……别人会看到他们进进出出的。

Eddie: I dont care who sees them goin' in and out *as long as you dont see'em going in and out*. And this goes for you too, B. *You dont see nothin' and you dont know nothin'*.

Eddie：我不在乎谁看到他们进进出出，*只要你看不到就行了，你也是*，Beatrice。*你什么都没看到，什么都不知道*。

Beatrice: What do you mean? I understand. (Miller, 1995: 13; emphasis added).

Beatrice：什么意思？我明白了。（Miller，1995：13；着重部分由作者标明）

斜体部分的意思是，他们必须表现得像没有客人住在他们家一样，以免引起邻居和间谍的注意。要理解这层意思，我们必须将"真的没注意到"和"表现得没注意到"进行整合。而要展开这个整合概念并理解它，则需要唤起真正看到某物和假装看到某物之间的结果指代原因的转喻关系。整合理论存在的问题是，证明或反驳该理论是极其困难的（Gibbs，2000），因为它本身几乎是不可验证的，而且很难通过其他假设来证实。话虽如此，但它确实对转喻中难以解释的部分进行了说明，且直觉上很有说服力。

转喻与关联理论

Sperber 和 Wilson（1987，2004）提出的关联理论与意义有关，强调在交际场景中听者或读者认为听到或读到的话与自身相关，并在解读过程中将关联理论作为指导原则。长久以来，关联理论学者一般不研究转喻，而倾向于研究隐喻和夸张，他们认为转喻只是与隐喻和夸张一起构成了一种"松散"的说话方式，关联原则足以解释转喻（Carston，1997）。然而，近年来转喻也得到了关联理论学者的更多关注。其强调对世界的认识在转喻理解中的作用，并试图阐释这些认识如何使得某些转喻相比于其他转喻更易让人"接受"。例如，Nunberg（1995）以"'我'停在后面了"（I am parked out back）为例，认为将"我"理解为"车"需要满足两个条件。第一，人的属性和车的属性之间需要有一种"显著的对应关系"。这里的对应关系是这个人是车的主人，而他（她）刚刚把车停在了"后面"。第二，"知道二者之间的对应关系会让人觉得有趣或有用"

（Nunberg，1995：192）。在这个例子中，如果朋友想搭便车或借车，或者聊到停车的地方，他们就会想知道"车停在后面了"这个信息。Papafragou（1996）进一步举例说明*语境中*显著的或相关的关系如何对转喻理解及理解方式产生重要影响。她认为没有必要依赖典型的转喻关系，因为必要时转喻关系就会生成。她把这个过程描述为"解释性的"。

关联理论的一个优点在于其强调语境在转喻理解中的作用，这对于研究真实语料中的转喻大有裨益。但另一方面，关联理论认为语境决定一切，这似乎有点极端。当我们深入分析转喻的理解时会发现意义的生成过程不仅有语境信息参与，也涉及转喻类型[如 Radden 和 Kövecses（1999）所列出的类型]。显然，前面提到的"'我'停在后面了"涉及所有者指代所有物的转喻关系。语境对转喻关系的激活和应用起着重要作用，但这并不意味着转喻关系本身不存在。近期的认知语言学研究对关联理论提出了挑战，例如，Ruiz de Mendoza Ibáñez 和 Pérez Hernández（2003）的研究结果表明，转喻映射反复出现在理解过程中，听者会依据所掌握的典型转喻类型以及关联原则来理解转喻。为了阐释这个理论，他们提供了许多话语实例，这些话语的言外作用必须通过语用推理得到，而推理过程涉及固定的一些基本转喻关系。

转喻作为一种新兴现象：复杂系统理论的作用

复杂系统理论试图通过考虑所有可能导致特定事件发生的因素来解释人类行为（Larsen-Freeman & Cameron，2008）。该理论为探讨语言隐喻和概念隐喻之间的相互作用提供了一个行之有效的框架。Gibbs 和 Santa Cruz（2012）为概念隐喻在语篇中的动态表现提供了有力的例证。他们研究了概念隐喻是如何根据特定的动态类型并随着时间的推移而"展开"（unfold）的，并将概念隐喻看作系统中暂时的稳定，这在复杂系统理论中被描述为"吸引因子状态"（attractor states）。同时，其他概念隐喻也作用于对话，并倾向于将对话"拉"向其他方向。因此，没有一个单一的概念隐喻能够完全控制话语的解释方式。他们作出了如下论述：

This possibility offers a very different view of the traditional question regarding whether a single conceptual metaphor is activated or not during verbal metaphor processing as many conceptual metaphors, along with many other constraining forces, may have partial, probabilistic influence on one's understanding of verbal metaphor. (Gibbs and Santa Cruz, 2012: 305)

言语隐喻加工过程中是否存在概念隐喻的激活这一问题由来已久，上述猜想为该问题提供了不同的见解，因为许多概念隐喻及其他制约因素都可能对言语隐喻的理解产生一定影响。（Gibbs & Santa Cruz，2012：305）

Gibbs 和 Santa Cruz 接着提出，概念隐喻会在不同程度上促进隐喻的理解，理解程度取决于不同变量在对话的不同时间段或不同时刻的相互作用。Gibbs（2013：60）进一步论证了这一点，他指出任何隐喻话语在任何时间都可能受到以下任一因素或所有因素的影响：促成集体合作以保证基本生存的进化因素，促进语言发展的历史因素，对话人先前讨论的话题，决定话语是否适合语境的社会因素，以及对话者在说话时的身体感觉。

近来，Biernacka（2013）将复杂系统理论应用于转喻研究，进行了以恐怖主义为主题的焦点小组访谈。她发现，和隐喻一样，转喻在一定程度上塑造了参与者对讨论主题的理解，而且任何时候都有多种转喻在发挥作用，将特定的对话引向不同方向。不同类型转喻的产生在不同程度上取决于话语语境和话语发生的时间框架。一个说话人或作家会出于各种原因在一个特定的时间点使用特定的转喻，其中认知因素和社会因素并不能完全分离。基于复杂系统理论的转喻研究并没有推翻先前的理论，而是通过提供使用特定转喻的时间和原因进一步丰富了先前的观点。第 4 章将聚焦转喻在照应和语篇衔接中的作用，并对上述观点进行深入讨论。

3.4 结　　论

本章讨论了转喻的几种理论模型，每一种模型都提供了有价值的新信息，反映出我们看待转喻的不同方式。后续章节将涉及转喻在真实语料中的各种功能，仍会提及上述模型，特别是 Panther 和 Thornburg 的言外转喻概念，Ruiz de Mendoza Ibáñez 和 Diez Velasco 的"源域包含目标域"和"目标域包含源域"转喻概念，以及 Handl 的径向范畴转喻研究方法（突出的典型转喻逐渐边缘化，反映了转喻作为参照点的现象）。Handl 模型的优势在于允许研究者根据研究的特定转喻及其语境，在范畴中心和边缘之间移动。因此，分析者可以根据研究的需要以不同方式界定转喻的定义。在后面章节中我们还将看到，一些理论学家提出的界定标准在遇到语言及其他交流方式的真实数据时会变得模糊不清。另外，我还将提到整合理论、关联理论和复杂系统理论，因为这些方法能够提升我们对转喻灵活性、动态性及语境特定性的关注。

4 "他妈妈本来要说'BBC'（英国广播公司）"

人们用转喻做什么？

4.1 引　言

前几章研究了转喻的一些理论模型，简要介绍了转喻的一些交际功能。第 4 章和第 5 章对这些功能进行了更深入的探讨，以更好地回答"人们用转喻做什么"这一问题。相对来说，这一点还未得到充分探索，大部分文献更倾向于关注转喻的理论模型。除了关注它在语言中的功能外，我还就其在不同表达方式中所扮演的角色进行了思考，并继续探索这些不同表达模式之间的相互作用，研究转喻的多模态实例。以往研究转喻往往注重其指称功能，且在一定程度上关注其言外功能。然而，当我们观察真实语料时，会发现其作用远不止于此，因此需要更多地关注基于使用的语言模型。除指称功能外，本章还将阐述转喻是如何作为突显、识解、回指照应、衔接与连贯、外指照应、言外行为、建立关系和构建话语群体的基础的。我还将阐释认知语言学研究方法如何有助于解释转喻在真实语料中的功能，反过来，也会解释对真实语料的关注如何有助于完善认知语言学家提出的转喻模型。

4.2　转喻的指称功能

到目前为止，我们发现转喻的主要功能之一是提供一种捷径，即用相对简单或具体的实体来理解更为复杂或抽象的实体。许多转喻的典型例子（如用"华尔街"指代美国金融业，用"克里姆林宫"指代俄罗斯政府）主要为指称转喻。对各种真实语料的研究，如职场用语、学术口语、足球报道和评论以及对疼痛的描述，已经证明了人们较为广泛地使用转喻来实现其指称功能（Deignan et al.，2013；Harrison，forthcoming，2015；Tang，2007）。

Panther 和 Thornburg（2002）提供了一个翔实的例子来展现指称转喻如何发挥作用。他们深入研究了转喻在帮助理解-er 名词中的作用，比如"老师"（teacher）、"帽匠"（hatter）、"伦敦人"（Londoner）、"炖锅"（stewer）、"垂死者"（goner），并阐述了每个-er 名词如何以不同的方式为转喻所激发。他们认为，"教师"在这些-er 名词中最为典型，因此英语教科书经常将该词拿来举例，它包含的转喻关系为：以活动来指代参与活动的人。其他的例子涉及不同类型的转喻关系："帽匠"涉及人和其所制作的东西之间的转喻关系；"伦敦人"涉及人和其居住地之间的转喻关系；"垂死者"涉及人和其即将经历的过程（在这里是死亡）之间的转喻关系。同样，"炖锅"涉及鸡和其最终将经历的过程之间的转喻关系，但这里的重点是鸡的特征，即它最终将被炖煮（因为它骨头太多或骨肉过于相连，不适合以其他方式烹饪）。这些-er 名词的含义都以不同的方式被激活，且涉及不同的转喻关系。虽然确定每个词的含义需要转喻思维，但与许多转喻一样，这些单词在语言中的使用已经规约化，除非遇到一个"新的"-er 名词，否则不太可能需要"主动"的转喻思维。

Panther 和 Thornburg（2002）提出的"事件级别"-er 名词也涉及转喻，如"惊悚片"（thriller）、"大开眼界的事物"（eye-opener）、"哈哈大笑者"（groaner）和"落日晚饮"（sundowner）。在这些-er 名词中，事件被重构为物品。"惊悚片"涉及事件（观看电影）和其对参与者产生的影响之间的转喻关系，即它使参与者感到"惊悚"；"大开眼界的事物"与此类似，它还包含了额外的转喻，即睁开眼睛表示惊讶。"哈哈大笑者"涉及笑话与其对听到这个笑话的人的影响之间的转喻关系；"落日晚饮"涉及从一天中的特定时间延伸到一群人在那个时间可能会做的事情（即喝酒）之间的转喻，如：

As I was sitting drinking my *sundowner*. (BofE)
我正坐着喝*落日晚饮*。（柯林斯英语语料库）

在英式英语中，相较于工人阶级，中产阶级更喜欢将 sundowner 翻译为"夕暮酒"，对某些人来说，它让人联想到人们站在露台上喝鸡尾酒这一画面。在柯林斯英语语料库中，sundowner 一词出现了 52 次，其中在《泰晤士报》（中产阶级常阅读的报纸）中就出现了 10 次，在文学作品中出现了 16 次。

一般而言，它往往用于比较重要且正式的语境中，如：

> Lucy Victora d'Abreu yesterday sipped her customary *sundowner* brandy and dry ginger ale. (BofE)
>
> 昨天，Lucy Victora d'Abreu 喝了她常喝的*夕暮酒*，白兰地和干姜汁汽水。（柯林斯英语语料库）
>
> *Sundowner* time found me at the Clachaig Inn. (BNC)
>
> *夕暮酒*时分来格兰克高地酒馆找我。（英国国家语料库）

从这些例子中可以看出，指称转喻融合了普遍的认知原则、词语搭配规则及特定语体的偏好。

Panther 和 Thornburg（2012）还阐述了指称转喻如何帮助理解不同形式的反义词。具体而言，他们感兴趣于描述在人们厘清这些结构的过程中转喻是如何被激活的：

> both xx and xx alike [...]
>
> xx 和 xx 都一样【……】

在英语中，这是相当有效的构式，会产生如下表达：

> [The attraction will appeal to both] *young and old alike*. (Panther and Thornburg 2012: 171)
>
> *年轻人和老年人都一样*【将会被该景点吸引】。（Panther & Thornburg，2012：171）

这种构式的传统定义是，两个概念对立的术语被中和，且存在一种同样适用于 X 和 Y 的性质。换句话说，上述例子中，该结构一般解释为年轻人和老年人都会喜欢这个景点。Panther 和 Thornburg 指出，虽然表面上这个表达只包含了一组反义词"年轻人和老年人"，但它的实际含义是"年轻人和老年人及介于两者之间的每一个人"。他们认为，对这种构式的理解涉及"子范畴指代范畴"转喻。这种类型的转喻遵循信息的语用原则："不说多余的话。"（Levinson，2000）

他们还展示了如何将这一过程应用于"多项不兼容"（multiple incompatibilities）的反义词，比如我们在第 2 章中看到的字符串 summer and winter visitors（夏季和冬季游客）。"多项不兼容"涉及两个以上意义相反的并列的下义词。作为转喻的典例，这里使用最突出的两个下义词"夏季和冬季"来指代所有季节。他们还指出，这种模式也适用于典型性的对比，如"麻雀和鲸头鹳都一样"，这里含有对整个类别的转喻推理，从最典型的一部分（麻雀）推理到更外围的一部分（如鲸头鹳）；还比如"它会吸引学者和外行人"。他们从而得出结论，如果 X 和 Y 以这种方式进行"最大程度的对比"，则会触发对从 X 到 Y 整个类别的所有东西的推理。如果 X 和 Y 没有进行最大程度的对比，则对"整个类别"的推断会受到限制。所以，这就是为什么当我们听到说一本书会吸引"年轻人和老年人"时觉得正常，而听到它会吸引"中年人和老年人"时就觉得很奇怪。他们还指出，如果 X 和 Y 是真正的二分性反义词，如"死亡与活着"，没有中间地带，那么"X 和 Y 一样"的构式就不能以整个类别进行解释。然而，我们查阅语料库数据时确实看到一些例子在这个构式中使用了二分性的反义词：

> An inspiration to *both men and women alike.* (BofE)
> 对男性和女性都是一种启发。（柯林斯英语语料库）
>
> *Both players and fans alike.* (BofE)
> 选手和粉丝都一样。（柯林斯英语语料库）

此处构式的作用是，暗示所讨论情况中的每个人都拥有被描述的特征。虽然"死亡与活着"听起来很奇怪（可能因为它存在明显的内部矛盾），但"死者与生者"这样的说法并不罕见，而且在柯林斯英语语料库中可以找到这个短语的四个实例。和上面两个例子一样，这里的含义相当直白，不涉及包含"最大程度对比"的转喻。

X 和 Y 之间的"最大对比"不一定是它们内在、客观的特征，关键是它们在句子或语境之下应以最具有对比性的方式进行*解读*。如下文柯林斯英语语料库中的一段引用所示：

> A breathy old-school style Chicago vocal hook [...] capable of napalming *both dance and trance floors alike.* (BofE)

　　一个令人窒息而又老派的芝加哥口技【……】能够让传统舞蹈和迷幻舞曲都胶着。（柯林斯英语语料库）

　　人们不一定会将"传统舞蹈"和"迷幻舞曲"在本质上分置于一个连续体的两端，但当它们出现在文本中时，"老派的"和"现代的"舞蹈形式就构成了最强烈的对比，并通过转喻指代"喜欢各种舞蹈的人，无论新旧"。这个例子说明语境在决定转喻意义时经常发挥关键作用，而某些类型转喻的意义形成过程具有偶然性（见第3.3节）。

　　除了书面语和口语，指称转喻还见于其他各种交流方式。它在手势上表现得尤为丰富。从多个方面来说，将手势和语言分开都有些刻意，而且大多数手势研究者将手势视为语言的一部分（如见 Langacker，2008；Müller & Cienki，2009）。然而手势与口语和书面语还是有些不同的，因为手势中形式-意义的联系通常更明显。Mittelberg 和 Waugh（2009）指出在图示手势（iconic gesture）（代表具体实体的手势）中，这种联系几乎完全依赖于转喻。例如，为了表示"房子"，人们可能会用手做一个三角形来指代房子最突出的部分——屋顶。

　　这就涉及"部分指代整体"的转喻，即以屋顶的形状指代整个房子。从表示其他具体物品的手势中也可以发现同样的现象，比如做出树枝或者树干的手势来表示树，做出平面的手势来表示桌子，做出睡觉这一动作的手势来表示床，或者某人在找剪刀时不自觉地用手势表示剪刀的开合。同样的原则也适用于动词，如"写""唱""吃""长"等，表示这些动作的手势都会突出该动作的一个显著特征。事实上，很难想象一个不涉及转喻的手势。Mittelberg 和 Waugh（2009）认为，所有的图示手势都涉及转喻，而用于表示抽象概念的手势则同时涉及转喻和隐喻。

　　和手势一样，大量的手语也是由转喻驱动的（Wilcox，2004；Wilcox et al.，2003）。手语本质上是图示性的（Taub，2004），和在手势中一样，图示性几乎总是涉及转喻，因为手语往往只代表其实际所指的一个方面或是与其密切相关的东西。一些文献谈到了转喻在图示手语中的作用。例如，Taub（2004）和Wilcox（2007）指出在手语中使用部分指代整体的转喻来指代动物，如用猫的胡须指代猫，用鸟嘴指代鸟。Wilcox 进一步说明了人名中有趣的转喻组合，即把人名的第一个字母与表示人特征的手势相结合，例如，手语中 Oscar Peterson 这个名字可能涉及一个"o"形与一个弹钢琴的手势的组合，两者由同一只手完成。Wilcox 还解释了一系列结果指代原因转喻的手势。例如，在加泰罗尼亚手语中，睁大的眼睛可以用来表示"非常好"，张开的嘴可以表示"惊讶"；而在意大利手语中，绷紧的下巴可以用来表示"努力"。我们可以看到理想化认知模型在这些转喻的产生过程中发挥了明显的作用，因为它们很大程度上依赖于百科全书式的知识。

但是，转喻在手语中的作用还没有得到系统或深入的探讨，而此类研究可能会揭示转喻的广泛作用。Taub（2004）指出，手语的图示性从来都不能客观全面地代表所描述的现象，而总是反映出对它不同的理解方式。换言之，手势既不是完全任意的，也不是完全可预测的，而是被激发的。为论证这一观点，她讨论了表示树的手势在不同语言中的差异。在美国手语（ASL）中，将手和前臂立起来，模仿一棵从地下长出来的树；在丹麦语中，用双手来描画树枝的轮廓；而在汉语中，双手从下往上移动描画出树干的轮廓（Yu，2000）。这些都构成了部分指代整体的关系，并为树提供了一个不同的*视角*。因此 Taub 认为，图符性不仅仅是"形式-意义的相似"，要准确描述这一现象，需要考虑到这种视角化或概念化。她指出，相似性不是两个实体的客观特征，其中总是存在一定程度的认知加工，而这不可避免地涉及主观看法。Taub 继续论证道，图符性受制于手语的惯例，它需要符合一个"语内系统"（language-internal system），但她并没有详细描述这个"语内系统"，也没说它是如何被激发的。

充分考察转喻在手语中的运作方式，可能有助于解释手语中的许多形式-意义关系。Mandel（1977）提出了三种图示手语：第一种是发音器官（即手和前臂）勾画出实体的轮廓；第二种是发音器官在某种程度上类似于指称物的突出部分；第三种是发音器官指向在当下环境中存在的指称物（如身体的某一部分）。这三种类型都涉及部分指代整体的转喻，其中所指的某些方面被强调，而其他方面被淡化。参考手语相关的文献或简单看一下《英国手语词典》中的手语用法，就能发现 Radden 和 Kövecses（1999）的分类法中所列出的很多转喻类型。下面是一些例子：

ACTION FOR OBJECT
动作指代物体

The sign for "gloves" involves putting on a glove.
表示"手套"的手势是戴上手套。

PART FOR WHOLE
部分指代整体

The sign for "cat" involves miming whiskers.
表示"猫"的手势是描画胡须。

DEFINING PROPERTY FOR CATEGORY
显著特点指代类别

The sign for "Ireland" involves the playing of a harp.
表示爱尔兰的手势是演奏竖琴。

OBJECT FOR ACTION
物体指代动作

The sign for hairdresser involves miming a pair of scissors.
表示理发师的手势是模拟一把剪刀。

EFFECT FOR CAUSE
结果指代原因

The sign for "nervous" involves tapping one's heart with one's index finger.
表示"紧张"的手势是用食指敲击自己的心脏。

The sign for "late" differs from the sign for "not yet" in that the signer has an exasperated look on his or her face. Apart from this, the hand signalling is the same.
"迟到"（late）与"尚未"（not yet）的表示方法有所不同，表示前者时示意者脸上有一种气急败坏的表情，除此之外手势是一样的。

研究发现，手语中也存在 Radden 和 Kövecses 的分类法中没有列出的转喻类型。例如，有许多 Mandel（1977）描述的象似性的"形状指代形状"的例子，即用手势表示特定物体的形状（如上面提到的"树"的例子），以及"路径指代形状"的例子，如在用手势表示项链、道路和河流时，图示者会表现出它们的"路径"。从转喻视角来看，这些完全可以被描述为形状指代物体和路径指代物体的转喻，因此 Radden 和 Kövecses 的转喻分类又多了两种新的类型。"新"转喻类型在手语分类词中也可以找到，分类词用于对形状、运动、物体等进行分类。相比于基本手势，分类词更为宽泛，因为后者要识别更大的类别或所指（比如细长的物体）。一般认为某些分类词的特点是自然产生的，但如果从转喻视角来看，它们其实是有因可循的。例如，在签"精致"的卷形文件，比如学位证书时，会用手比出"F"形状来勾勒出一个细长的圆柱体，同时小拇指指向空中（就像"优雅"地喝茶时会做的手势一样），这个手势表明在处理类似的文件时要小心谨慎。这里便有了以处理物品的方式指代物品的转喻，但 Radden 和 Kövecses 的转喻分类中并未涵盖这一类型。同时这也为第 2 章中提到的具身认知提供了依据。

在手语中可以发现 Radden 和 Kövecses 选择转喻喻体时依据的许多指导性原则，比如倾向于选择那些刻板的、人类的、主观的和具体的喻体。部分研究人员到现在依旧认为某些手语特征很抽象，而上述原则有助于对此作出解释。比如，前文提到的"树"和"爱尔兰"的手势反映了刻板倾向的原则，"树"的手势还遵循倾向对称和简单两大原则。用签署卷形文件的手势来表示学位证书乃至学位本身，这无疑反映了倾向具体的原则。"家"的手势是"吃"和"睡"动作的结合则反映了倾向基本的原则，因为人在家最基本的两项活动就是吃和睡。倾向人类的原则体现在叫"工具分类词"的一组手势中，图示者通过展示物体与自身的互动来对该物体进行描述或命名。比如，在世界各地的许多手语中，"板球"的手势包含击球的动作，在冰岛则是投球的动作，在所有这些手语中，突出的都是人在运动过程中的参与。"汽车"的手势也强调人与汽车的互动，因为该手势涉及人转动方向盘的动作。强调人的体验是重要的，因为它反映了无论在手语还是口语中，我们都会通过物体与人的互动方式来对物体进行分类，关于这一点，倾向主观的原则也有所体现。比如，在英国手语中，"小孩"的手势涉及轻拍想象的小孩的头，这体现了成人的主观视角；诸如"近"和"远"的形容词以及"给"和"拿"的动词的手势也都是从说话者的角度进行比画的，涉及发音器官和眼神注视。手语语言学家们已经发现手势随着时间的推移成了约定俗成的存在，变得更对称、更简单、更刻板（Frischberg，1979）。所有这些过程均与 Radden 和 Kövecses 选择喻体的原则一致。

我们看到，在分析手语时，运用认知语言学的方法来研究转喻可以更好地理解手势与其意义之间的确切关系，并从重要的转喻类型入手对此做出解释。运用转喻分析手语还可以发现新的转喻类型，从而丰富我们对转喻本身的认识。同时，通过这种方式考量手语可以帮助弥合手语和口语之间的鸿沟。历史上，主要出于政治原因，手语和口语被认为是两个截然不同的东西。手语在很大程度上是图示性的，这使得有些人将它看作哑剧的一种，因为在语言中形式和意义之间的关联应该主要是任意的（Saussure，1915）而非图符的。有些手语研究人员热衷于把手语确立为一门实际的语言，他们强调口语的图符性，从而认为手语和口语之间存在相似之处。通过寻找口语和手语中共同的转喻类型，并说明无论在手语还是口语中有关转喻喻体选择的主要原则都是相同的，我进一步证明了以下观点，即手语和口语之间存在共同的关键特征，手语的确应该被视为一门真正的语言。在失聪群体中，手语和口语地位的对比一直是被热烈讨论的话题（Sutton-Spence et al.，2012）。

4.3　突显和识解

在第 2 章中我们看到，Langacker 提出的"活跃区"概念显示了转喻如何强调某一现象的部分特征，同时弱化其他特征。这一"识解"或"视角化"现象得到了广泛研究，不仅在认知语言学（Croft & Cruse，2004）领域，也包括系统功能语言学等其他语言学领域（Halliday，1994，2004）。在突显或识解过程中，转喻常常将对说话者而言最重要的信息前景化，狄更斯的小说《匹克威克外传》（*The Pickwick Papers*，1836—1837 年）选段充分反映了这一点。Sam Weller 是伦敦一间驿站的服务员，负责清洗房客的靴子。一位访客走进驿站，问他驿站里有哪些人：

> "We want to know," said the little man, solemnly; "and we ask the question of you, in order that we may not awaken apprehension inside – we want to know who you've got in this house at present." "Who is there in the house!"said Sam, in whose mind the inmates were always represented by the particular article of their costume, which came under his immediate superintendence. "There is a vooden [sic] leg in number six, there's a pair of Hessians in thirteen, there's two pairs of halves in the commercial, there's these here painted tops in the snuggery inside the bar, and five more tops in the coffee room." "Nothing more?" said the little man.

"我们想知道"，小矮子严肃地说，"我们问你——为了不引起里面人的不安——我们想知道你们这儿现在住了些什么人"。"这里住了什么人！"山姆愣住，在他脑子里，这儿的人总是以特定装束的姿态出现的，而这些服饰都由他直接管理。"六号房里有一条木①腿；十三号房里有一双黑森靴；商务房里有两双中筒靴；这里的一双漆皮高统是酒吧间里的；还有五双高统是咖啡间里的。""没有了吗？"小矮子忍不住又问。

"Stop a bit" replied Sam, suddenly recollecting himself. "Yes, there's a pair of Vellingtons a good deal vorn, and a pair o' lady's shoes, in number five." (Dickens, 2004: 137)

"等等"，山姆突然想起了什么。"唔，有一双威灵吞靴，已经很破旧了，还有一双女鞋，都在五号房里。"（Dickens，2004：137）

这段对话中，山姆关注的重点是不同客人穿的鞋，并以此为标准将客人分类。我们可以通过他的眼睛"观察"这些客人，除了他们的鞋子，我们对其一无所知。如第 7 章所示，转喻常常被当作"字面"语言来加工，而在这段对话中，我们感觉到，对于鞋子的了解根植于山姆的意识中，所以对他而言，这些话几乎就是字面意义。在山姆看来，谁住在哪个房间并不重要，重要的是鞋子，这就强调了转喻基于使用的特性。这种对鞋子的了解详细且特殊，再加上山姆与对话者之间几乎没有共同的指称，这就给这段对话增添了幽默感。山姆使用的转喻与概念隐喻相互作用，进一步增强了这段对话的修辞效果。在概念隐喻中，社会地位低即"向下"，社会地位高即"向上"（Lakoff & Johnson，1980/2003）。山姆的工作使他不停地往下看，完全将注意力放在客人的脚上，突出了他社会地位的低下。山姆经常被称为"靴子"，这个转喻更强调了他社会地位低的事实。

在矛盾句中，两个明显矛盾的词必须调和成一个意思，而转喻的突显功能在矛盾句中尤为普遍。为解释这一点，请看下面两个例子：

The venue only serves drinks in *plastic glasses*. (BNC)
会场只提供*塑料玻璃杯*装饮品。（英国国家语料库）

---

① 此处引用原文为 vooden，疑拼写错误。

She stared down at the *living dead* face. (BNC)
她低头盯着那张*活死人般的*脸。（英国国家语料库）

上述两例都包括 Langacker 提到的域突显转喻。在例子"塑料玻璃杯"中，玻璃杯的功能得到加强，但玻璃杯是由玻璃制成的这一事实被淡化。在"活死人"例子中（此处指人在昏迷时的脸），重点是人活着但其生命体征已非常微弱，就像死了一样，而一个人不能既活着又死了的事实被弱化。Herrero Ruiz（2011）用整合理论（见第 3 章）解释这一现象，他认为在语言层面产生了两个心理空间：分别形成于表达的前半部分和后半部分。转喻通过域缩减和域突显操作，使与目标意图最相关的部分成为焦点。上述例子中，域中最相关的部分是玻璃杯的功能和人在活着时通常具有的意识和运动。由于关注点放在最相关的部分上，域与域间的明显"冲突"得以缓解。正如第 5 章所示，上面两个例子中出现的矛盾修辞在艺术（尤其是现代艺术）中也十分常见，目的是使观众眼前一亮，并挑战现存的观点。

转喻的突显功能也可用于非语言形式的表达中。比如，Forceville（2012）指出电影音乐如何通过转喻将观众的注意力吸引到电影特定场景的不同方面，从而推动场景意义的建构。他认为这一功能可以用于加强场景中的意义信息，也可以"针对性地"发挥作用，因为它能"意外地唤起在视觉和/或语言轨道中没有或潜在的意义元素"（Forceville，2012：2）。比如，他探讨了 Resnais 的纪录片《夜与雾》（*Nuits de brouillard*）（1955 年）中的一个场景，描绘的是奥斯维辛集中营的景象和囚犯的生活。首先出镜的是一个被遗弃的集中营，出镜时伴随着管弦乐。紧随其后出现的是一大群士兵，背景音乐为独奏乐。独奏乐与众多士兵形成对比，将观众的注意力集中到士兵身上。Forceville 认为此处有两个截然不同的转喻。管弦乐代表的是成千上万名在奥斯维辛集中营生活过的人（与空落落的场景形成鲜明对比）。相反，独奏乐将观众的注意力集中到士兵个人身上。Vosshagen（1999）将对立关系描述为转喻，认为对立面属于"同一个概念域"，对立面之间的关系是一种"紧密的心理联系"（1999：291）。他认为对立面是一种基本的联想关系，如词汇联想研究展示了人们根据提示词联想到与其意思相反的词语。

音乐剧《悲惨世界》也使用转喻来突显场景中的个别特征并强化其伤感氛围。在一个场景中，革命小组中唯一的幸存者回到了他和同胞们准备战斗的酒吧。他看了看四周，每一把空椅都通过转喻的方式唤起了他对同胞的记忆。他开始吟唱一首名为《空空的桌椅》（*Empty Chairs at Empty Tables*）的歌，以强化这一信息。手风琴的演奏展示出一个更古老、更"纯粹"（innocent）的法国，这种悲怆通过转喻的手法得到了突显。我们听到了琴声，但其实根本没有手风琴，就如同过去咖啡馆的常客如今已不在了。这两个转喻借用了同一个理想化认知模型，即由热闹的传统咖啡馆与手风琴演奏组成的"昔日法国"。该理想化认知模型将这两个转喻融为一体，使观众以特定的方式解读场景，强化已经失去了的东西这一意象。

4.4　回指照应、衔接与连贯

转喻通过回指照应在促进和保持语篇的衔接与连贯中起着关键作用（Al-Sharafi，2004；Ruiz de Mendoza Ibáez & Diez Velasco，2004）。在对语法衔接的讨论中，Al-Sharafi 指出名词和相应代词之间具有邻近转喻关系，并说明概念转喻如何影响省略；在对词汇衔接的讨论中，他指出同义关系、上下位关系和部分-整体关系如何在单一的理想化认知模型中涉及部分-部分或部分-整体的转喻关系。为解释转喻如何促进连贯，他强调了原因指代结果转喻关系的重要性，并说明这一关系如何将同一图式或场景的不同部分联系在一起。为此，他引用了Gibbs（1994：330）的例子：

> He wanted to be king.
> 他想成为国王。
>
> He was tired of waiting.
> 他厌倦了等待。
>
> He thought arsenic would work well.
> 他认为砒霜会很管用。

理解这三句话之间的关系需要读者唤起一个涉及一系列具体计划的场景，通过因果转喻的关系彼此关联。

针对转喻在促进语篇衔接与连贯方面的作用，Brdar-Szabó 和 Brdar（2011）也开展了相关研究。通过分析媒体话语中用首都指代政府的转喻，他们指出，有变化地重复使用相同类型的转喻可以提高文本的整体衔接和连贯。他们还发现，不同的喻体可用来指代相同的目标域：

> "*Moscow* is playing on the contradictions between Europe and the US, aiming to show that Sarkozy's pragmatic and respectful approach, rather than Washington's hardline rhetoric, is the way to achieve concrete political results with *Russia*,"says Sergei Strokan, a foreign-policy expert with the liberal Moscow daily Kommersant. "You can't help but notice that the harsher the *Kremlin*'s tone toward the US becomes, the gentler and more subtle becomes its approach to Europe."

> 自由派莫斯科日报《生意人报》（*Kommersant*）外交政策专家 Sergei Strokan 表示："*莫斯科利用欧洲和美国之间的矛盾，旨在说明像萨科齐（时任法国总统）这样务实和尊重的态度而非华盛顿的强硬说辞才能与俄罗斯在政务上取得实质进展。*""*你会不由自主地注意到，克里姆林宫对美国的语气越是强硬，它对欧洲的态度就越是温和。*"

> *The International Herald Tribune*, 16 June 2009 (Brdar-Szabó and Brdar, 2011: 233).

> 《国际先驱论坛报》，2009 年 6 月 16 日（Brdar-Szabó & Brdar, 2011：233）

Brdar-Szabó 和 Brdar 指出转喻的优势之一在于，我们认为转喻是用一个概念代表另一个概念，但两者实际上都在我们的头脑中得以激活（心理语言学的转喻研究证实了这一点，将在第 7 章中提及）。因此，这意味着转喻能"使我们的语言表达一举两得，更加高效"（Brdar-Szabó & Brdar, 2011：236）。同一源域或理想化认知模型的先前用法决定了后续用法的意义，而这些重复的用法累积起来形成了一个连贯的整体。他们还发现，在同一篇文章中可以使用相同的喻体来表示不同但相关的现象。

根据更经典的转喻描述，源域和目标域间不一定存在明确的一对一映射。心理语言学对转喻的研究也发现了这一点：直到最后一刻仍然无法明确真正的意义（见第 7 章）。为了论述相关发现，他们借用了 Ruiz de Mendoza Ibáñez 和 Pérez

Hernández（2003）的语域可及性原则。根据这一原则，源域或目标域可以是共同参照点，在被初次提及后的很长一段时间内都保持"可及"状态，供读者获取。源域范围广、灵活度高，回指的形式也因此多样化，哪怕这些回指乍看之下似乎不"合句法逻辑"。例如，当服务员和同事谈论一位顾客时，会把火腿三明治称为"他或她"，而实际上顾客已经吃完真正的"火腿三明治"并付过钱了。Brdar-Szabó 和 Brdar 拒绝在转喻解析中使用"映射"的概念，相反，他们认为用基于推理的阐述（包括扩展或缩减）来谈论转喻源域更合适。这一推理与第 3 章中 Ruiz de Mendoza Ibáñez 和 Diez Velasco（2002）的观点非常一致，他们讨论了目标域包含源域的转喻（涉及域扩展）和源域包含目标域的转喻（涉及域缩减）。Brdar-Szabó 和 Brdar 也发现了"转喻链"关键的衔接作用，我们在第 1 章简要地讨论了这一点。

文学中也可以发现转喻的衔接作用，有时可以贯穿整部小说（Lodge，1977）。Pat Barker 的小说《门上的眼睛》（*The Eye in the Door*，1993 年）就是一个很好的例子。这部小说以第一次世界大战为背景，讲述了一群逃亡者以及帮助他们的人，他们都因罪入狱。每一间牢房的门上都有一个"窥视孔"，专为狱卒监视他们而设计。囚犯们围着窥视孔画了一只眼睛，这样他们就不会忘记自己正被监视着，或者随时都可能被监视着。对眼睛的描述如下：

> He found himself looking at an elaborately painted eye. The peephole formed the pupil, but around this someone had taken the time and trouble to paint a veined iris, an eyewhite, eyelashes and a lid. (Barker, 1993: 36)
>
> 他发现自己看到的是一只精心绘制的眼睛。窥视孔成了瞳孔，但在这个小孔周围，有人费心费力地画了脉管虹膜、眼白、睫毛和眼睑。（Barker，1993：36）

在小说中各种眼睛被反复提及，大多数情况下它们是一种转喻，指被监视的概念。然而，书中有一段对第一次世界大战场景的生动描述，在一条战壕中，一枚炮弹爆炸了，主角 Prior 发现自己正抱着刚刚被炸死的好友 Tower 的眼睛。他发现自己很难将手捧朋友眼睛的画面从脑海中抹去。事实上，在他脑海中一直有一只眼睛的真实形象，小说中经常提及这一点，强化并复杂化了"门上的眼睛"这一转喻。下面是摘录的第二部分：

This eye, where no eye should have been, was deeply disturbing to Prior. For a moment he was back in France, looking at Tower's eyeball in the palm of his hand. He blinked the image away. "That's horrible", he said, turning back to Beattie. "S not so bad long as it stays in the door." She tapped the side of her head. "You start worrying when it gets in here". (Barker, 1993: 36)

这只眼睛出现在本不该有眼睛的地方，让 Prior 深感不安。有那么一会儿，他回到了法国，看着手掌里 Tower 的眼球。他眨了眨眼，把画面从脑海里清除。"太可怕了"，他转向 Beattie 说道。"只要它在门上，情况就没那么槽。"她拍了拍自己的头："进了这儿你就要开始担心了。"（Barker，1993：36）

这里我们可以看到三者之间有着紧密的联系，分别是转喻喻体"门上的眼睛"、先前握在他手中的真实的眼睛和隐喻所指"进入他大脑"的眼睛。

"眼睛"和"门"的转喻性用法交织在一起，成为贯穿整部小说的一个主题。门作为转喻，用来指代公共空间和私人空间的分隔，既与始终被监视的主题有关，也与"发生在紧闭的门后的事情"有关，同时也增强了"门上的眼睛"这一转喻的力量。例如，在与心理学家 Rivers 的一次对话中，Prior 扭转了局面，反过来谈起 Rivers 悲惨的童年以及他童年时遭受的虐待，Rivers 过于压抑这部分记忆以至于视觉记忆受损：

"This terrible-in-big-black-inverted commas thing that happened to you, what do you think it was?"

"发生在你身上的，带着大黑引号的可怕的事，你认为是什么？"

"I don't know. Dressing gown on the back of a door?"

"我不知道。门后面的长袍？"

"As bad as *that*? Oh my God."

"那么槽吗？哦，我的上帝啊。"

"For God's sake you *blinded* yourself so you wouldn't have to go on seeing it."

"*看在上帝的份上，蒙蔽自己后你就不用再看见它了。*"

"I wouldn't put it as dramatically as that."

"没那么夸张。"

"You destroyed your visual memory. You put your mind's eye *out*. Is that what happened or isn't it?"

"你破坏了你的视觉记忆，把脑子里的眼睛挖*出来*了。是不是这样？"

Rivers struggled with himself. Then said simply: "yes." (Barker, 1993: 38–39)

Rivers 挣扎了一会儿，说道："是的。"（Barker，1993：38-39）

从这次对话乃至整本书来看，"眼睛"和"门"转喻的重复使用以一种非常有力的方式创造并增强了小说的张力。我们可以从认知语言学视角来解释"眼睛"转喻的重复使用所创造的强烈修辞效果。正如第 2 章所述，认知语言学的一个关键原则是，我们对周遭世界的理解是*具身的*。在这里，具身认知使我们能够体会主人公对眼睛的看法，并在眼睛和看与被看的行为之间建立联系。第 2 章还提到，甚至已经确定有一群神经元与这个过程密切相关。因此当看到眼睛时，我们会自动联想到自己的眼睛以及用它来做什么。与此相关，当我们看到某人进行特定动作时（如跑步、走路或饮酒），神经运动回路在我们大脑中被激活，这与我们自己做这些动作时所涉及的神经运动回路是相同的（Gallese，2009）。因此，当看到关于别人的行为或感受的描述时，我们自己也以某种方式体验这种行为或感受。某种程度上我们也"感觉"眼睛在看着我们，进入到我们的大脑中，感觉到挖出眼睛失明的痛苦，再通过隐喻，可以将其延伸为心理上的失明。这就是这本小说感染力如此之强的原因。

语言转喻的简单重复也有助于语篇衔接。Littlemore 和 Tagg（in preparation）基于手机短信语料库进行转喻使用的研究也提供了相应的例子：

A: Just in case you need rescuing from work or dissertation or both, we are meeting again tomo at 6 in staff house. Hope week 3 ok.

A：猜想你可能需要从工作或论文中解脱出来，我们明天 6 点又会在职工住宅碰头，希望第三周顺利。

B: It's a toss up between that and going for a balti with cherry blossoms. Not sure what would be more fun.

B：去这个呢还是和樱花们一起吃巴尔蒂呢？不知道哪个会更有趣。

A: Ooh i wouldn't like to have to make that decision ... [time passes]

A：哦，我不想做决定……【时间流逝】

B: Sorry cherry blossoms and balti win out. Maybe we could meet up tomorrow if you fancy. Joe's busy tonight and haven't asked about tomorrow yet.

B：不好意思，樱花和巴尔蒂胜出了，如果你愿意的话明天见。Joe今晚很忙，明天还没问。

A: Damn, passed over for a cherry blossom. Yeah give me a shout if you're doing anything tomo. Happy balti – and happy end of course.

A：见鬼，因为一朵樱花被忽略了。如果你明天安排有变，记得告知我。巴尔蒂快乐——还有结课快乐。

这里，"巴尔蒂"和"樱花"被多次提及，以便回顾前面的信息并进行衔接。"巴尔蒂"属于范畴转喻，指代出去吃咖喱的行为，而樱花是地点指代居民的转喻，指代一群来自日本樱花学院大学的学生。理解这里的转喻需要我们拥有这样的共享知识。事实上，转喻的理解很大程度上依赖于共享的指称，这对转喻的关系构建功能有很大帮助。下面4.7节对此进行了更深入的讨论。

Littlemore 和 Tagg 还观察到重复同一转喻类型有助于文本连贯，从下面来自手机短信语料库的例子中可以看到，它包含了三个子事件指代完整事件的转喻，依次出现：

Happy daddy day to you. happy daddy day to you. happy daddy day to daddy. happy daddy day to you. hope you've had a nice day. i bet you've been *screwing something down or building something.* anyway *make yourself a cup of tea on me, kick back and enjoy*

祝你父亲节快乐，祝你父亲节快乐，祝爸爸父亲节快乐，祝你父亲节快乐。希望你今天过得愉快。我打赌你一直在*拆或建一些东西*，不管怎样，*给你自己倒杯茶，我请客，放松一下，好好享受*。

在手势等其他表达方式中也可以发现转喻的衔接功能。Cienki 和 Mittelberg（in preparation）发现在对话中，手势最开始较为完整，然后逐渐变短。他们观察到：

[the] progressive reduction of gestural forms through repeated use seems to rely on principles of economy and metonymy: less effort is needed to produce anaphoric gestures, but they still may evoke the original more fully articulated gestures and the referent object they depict through pragmatic inferencing. (Cienki and Mittelberg, in preparation: 3)

通过重复使用来逐步减少手势形式似乎依赖于经济原则和转喻原则：回指手势更加简单，但仍然可以唤起最开始的完整手势，通过语用推理，也可以唤起所指对象。（Cienki & Mittelberg，in preparation：3）

和语言一样，手势在重复过程中尽管有所简化，但还是有助于整个文本的衔接。对互动中手势的研究表明，在对话中，不同的说话者可以共享简化的手势转喻。例如，一些研究发现，说话者在保持整体格式塔的同时，会采用对方的手势并稍加修改（Kimbara，2006；McNeill et al.，2001；Müller，2008）。Ladewig 和 Tessendorf（2008）在研究口头交流中使用的手势时发现，对话者使用不同的手势表明他们是从不同的角度看待对象或事件的，从而以不同的方式解释在语言中没有说明的内容。这样一来，手势通过转喻突出了同一现象的不同方面，转喻手势的使用在不同话轮中创造并维持了衔接性，尽管从不同角度，但它们提供了重复接触同一对象的途径。Taub（2004）指出，这种现象在手语中也很常见。一旦通过特定符号描述一个项目，随后提及它时往往不会那么详细，而可能会突出它的不同方面。

转喻在回指中的作用在音乐中尤为普遍，各种乐器演奏的音乐中都存在重复的片段或"主题"，且重复时略有改动。这些不同片段之间存在着转喻关系，与在手势中观察到的类似。Whalen（2004）在研究电子游戏音乐中的转喻时指出，在组合层面上，音乐常常充当游戏进程的转喻。他发现音乐最常用于正面强化游戏中表现的好坏，并认为音乐"鼓励玩家通过成功推进游戏进程来保持游戏体验的组合连续性"（Whalen，2004：13）。换言之，音乐的变化是为了让玩家继续玩。例如，时间耗尽时音乐会加速，当敌人靠近时音乐的变化会让玩家有一个对抗敌人的缓冲期，并在成功完成关卡后播放"奖励"音乐，从而提供正面反馈和继续玩的动力。这些主题在整个游戏中不断重复，根据语境改变音高、音调和节奏，也有助于游戏的衔接。

衔接转喻（cohesive metonymy）也出现在各种艺术形式中。漫画中一个著名的转喻表现是"米老鼠协议"（Mickey Mouse protocol）。米老鼠的图画独具特色，现在人们可以用三条简单的曲线画出该漫画形象，这已经成了米老鼠的简略表达方式。在电影中，同样的载体经常转喻性地代表不同的事物。例如，Forceville（2009）指出，在 Robert Bresson 的电影《死囚越狱》中，手的特写镜头反复使用，贯穿整部影片，以转喻的方式表现出帮助或阻止主人公逃离纳粹战俘营的情景。"手"作为衔接转喻的喻体已不再新奇。Chenard（2005）在他的《英国人的教会历史》（*Ecclesiastical History of the English People*）中提到，Bede（731）在对 Oswald 统治的叙述中，为了强调他的圣洁，重点关注且反复提到 Oswald 国王的手，因此其对"手"的描述相当于视觉"特写"。她认为：

Bede's images of Oswald's hands metonymically represent the relationship between ecclesia and regnum in its ideally intimate and pristine form, especially in the limbs' perpetual incorruption after the king's death in battle. Bede brings Oswald's hands into narrative relief in various episodes depicting the king as a prayerful monarch, even when he is at war. The full metonymic import of these episodes is made particularly clear when other references to hands in the Ecclesiastical History are examined for what they reveal about the ideals of sanctity that Bede attributes to this warrior-king. (Chenard, 2005: 34) King Oswald's hands are brought into sharp focus in extracts such as:

　　Bede 对 Oswald 双手的描写，尤其是对国王在战争中牺牲后四肢永久不朽的描写，以其理想的、亲密的和原始的方式转喻性地代表了教会和统治之间的关系。Bede 在诸多叙述性情节中都有对手的描写，她将国王描绘成一位虔诚的君主，即使是在战争中仍饱含虔诚。当对教会史中关于手的其他参考资料进行研究时，这些情节的全部转喻性意义就变得炳若观火，因为它们揭示了 Bede 赋予这位勇士国王的神圣理想。

（Chenard，2005：34）以下摘录都聚焦于 Oswald 国王的手：

[he] seized the cross himself in the ardour of his faith, placed it in the hole, and held it upright with both hands until the soldiers had heaped up the earth and fixed it in position. (Chenard, 2005: 36)

【他】以信仰的热情抓住十字架，将它放在洞里，用双手将其扶正，直到士兵用土把十字架固定好。（Chenard，2005：36）

在这段摘录中，Chenard（2005：37）指出，Oswald 的手"（相对确切地说）与上帝接触，热情地抓住钉着基督身体的木制十字架"。她认为，这与撒克逊军阀 Caedwalla（被 Oswald 所杀）的表现方式形成了鲜明对比。Caedwalla 的行为是以 impia manu 进行的（《英国人的教会历史》，引于 Chenard，2005：37），Chenard 指出，虽然这个短语意为"用非正义暴力"（with unrighteous violence），但是它直译过来是"用不义之手"。Bede 在这里利用了 manus 的双重含义，在"手"和他们可能做善行和恶行之间建立了一种联系。因此，该文本中的转喻所创造的聚合力强调了涉及同义词和反义词的关系，这有助于加强文本的整体聚合力。

4.5 外 指 照 应

转喻也可用于*外指*，它能调用文本之外的复杂信息。在文学作品中，人们通常用转喻来说明一个特定的人物在作者或书中主人公（或两者）眼中所指代的东西，这在从 Sebastian Faulks 的小说《十二月的一星期》（*A Week in December*）中摘取的句子中可见一斑：

Jenni sat back in the modern chair and folderd her hands in her lap. Gabriel Northwood had a low, cultured voice — "BBC", her mother would have said — suggesting layers of knowledge and unvoiced jokes at her expense. (Faulks, 2010: 73)

Jenni 坐在休闲沙发上，双手置于膝上。Gabriel Northwood 低沉而有教养的声音——用她母亲的话说就像"英国广播公司"的播音腔——隐隐透露出他的文化素养和对她无声的嘲笑。（Faulks，2010：73）

在这段摘录中，Gabriel Northwood "英国广播公司"播音腔般的声音立刻让 Jenni 眼前浮现出一个世界，那里充满了自信、属于中产、受过私教的人，她觉得那个世界对她有很大的威慑力和疏离感。因此，"英国广播公司"是对英国文化中特有的一系列联想和阶级偏见的转喻性缩写。有点讽刺的是，我们在小说后面发现，实际上，Gabriel Northwood 在他所选择的职业中并非那么成功。

转喻与外指密切相关，特别适用于充当辅助话语。Deignan 等人将一场儿童足球比赛中"边线"的转喻使用情况与其中一支球队的在线比赛报告进行了比较，该报告是由球队的管理人员撰写的。比较发现转喻的使用次数有微小但引人注目的差异，报告中有 2.5%的词具有转喻意义，而支持者话语中有 4.9%的词具有转喻意义。他们指出，支持者话语中转喻使用次数的增多可能反映出转喻的口头性特征和辅助性特征，并且有快速沟通的需要。我们可以从下面的例子中看到这些特征。

> Matthew, you're *centre midfield*. (Deignan et al., 2013: 211)
> Matthew，你是*正中场*。（Deignan et al., 2013：211）
>
> Go on, *Reds*. Go for it, *Reds*. Well done, *Reds*. (Deignan et al., 2013: 211)
> 继续，*红队*。上，*红队*。干得漂亮，*红队*。（Deignan et al., 2013：211）

在第一个例子中，球员的位置被用来转喻性地定义球员，用球场的一个特定区域指代主要占据该区域的球员。在第二个例子中，球员球衣的颜色被用来转喻性地指代一个具有单一身份的群体。

在所收集的数据中，他们发现"球"（ball）经常被用来转喻性地指代一场特别好的比赛或一个好的比赛机会。

> *Good ball*. (Deignan et al., 2013: 214)
> *好球*。（Deignan et al., 2013：214）
>
> Boys that was *a great ball*, and we're not attacking it. (Deignan et al., 2013: 214)
> 孩子们，那是*一个绝佳机会*，没有进攻。（Deignan et al., 2013：214）

在他们的研究中，"球"这个词的其他转喻用法还包括："放下球"（drop it）（出现三次）和"运球"（run it）（出现一次）。每个例子中都存在基本意和语境意的关联，所以此类关系是转喻之一（Warren，1999）。例如，run it 意为"运球"。在"动词+on it"结构中，on 也有一些转喻用法，例如：

> Patrick, Patrick, Patrick, *stand on it.* (Deignan et al., 2013: 214)
>
> 帕特里克，帕特里克，帕特里克，*站到那儿去*。(Deignan et al., 2013: 214)
>
> *Get on it* Tom. (Deignan et al., 2013: 214)
>
> *汤姆，过去*。(Deignan et al., 2013: 214)

根据球队经理的说法，第一个例句中的 stand on it 意为"站在对方任意球的位置附近，以阻止他们快速踢中"，而 get on it 则意为"靠近"；on 这个词在这两个例子中都转喻性地指代"在某个区域"。

Deignan 等（2013）也对 Tang（2007）的发现展开了讨论，Tang 发现在她对托儿所工作人员使用语言的描述中，转喻经常被用来指文本之外的事物和行为。例如，吃肉的孩子和不吃肉的孩子会分别被称为"肉碗"（meat bowls）和"蔬菜碗"（veg bowls），托儿所及其管理团队通常被称为"楼上"（upstairs）。对沟通速度的需求似乎是生成这些转喻的主要动力。

正如 Harrison（forthcoming，2015）在他与鲑鱼包装厂工人之间交流的手势转喻的研究中所显示的那样，说话者所处的物理环境也会影响转喻的使用。在这个特殊的工作场所中，背景噪音过于聒噪，工人们不得不互相打手势。Harrison 发现在这个场景中，手势转喻比手势隐喻更为常见。他解释说，这是因为受试者总是提到具体的人工制品而不是抽象概念。他还指出，手势交流非常简短，不会构成冗长或复杂的话语的一部分。Deignan 等和 Harrison 都将转喻的使用归因于他们所描述的话语群体的特征和使用的语域，这些因素将在第 4.7 节中讨论。

转喻外指在识别话语变体（即识别不同语体，包括标准语体、地区方言、社会语、语域和语体）方面也发挥着重要作用。Kristiansen（2008）指出，特定语言变体和方言的语言特征可以作为其社会使用群体特征的转喻捷径。她认为，转喻推理的基础是"从语言触发到社会图式的步骤，激活了在广义上存储的百科知识，包括与相关群体相关的意识形态和心理属性"（Kristiansen，2008：50）。

这些语言触发因素可以小到单个音位变体。在这种情况下，参与意义生成过程的两种主要转喻关系是部分指代整体关系和产品指代生产者关系。

Kristiansen 还认为，转喻的径向范畴也适用于方言变体，其中一些方言变体或多或少属于"典型的"实例。最典型的实例（即那些表现出与特定种类典型相关的全部或大部分特征的实例）往往会成为我们用来记忆特定人群的刻板印象。我们会运用通过经验获得的相关知识来识别一段方言变体讲话（Kristiansen & Geeraerts，2013），当然，也可以选择使用接近或远离"原型"的变体来投射自己的身份。这种转喻捷径也可以用来对其他人进行分类。Soukup（2013）的研究报告称，当党派人士引用来自反对党的总统候选人的讲话时，会用"底层人士"使用的巴伐利亚-奥地利方言表达，尽管反对党的总统候选人实际上并不用这种方言说话。这种方言有时会与较低的教育水平和智力水平相联系，语言听起来粗俗、无礼和咄咄逼人。通过将这种方言加诸总统候选人，活动家能够暗示候选人也具有上述特点。我们可以再次看到，转喻推理牵涉到部分指代整体的关系。

最后，转喻外指在音乐中也很常见，尤其是在歌曲采样中，即摘录改编原歌曲的片段并将其融入到新歌曲就包含了指向其他音乐作品甚至是同类音乐风格的转喻捷径，而这种转喻通常颇具讽刺意味。同样的现象也出现在艺术中，艺术作品中作品本身之外的指示比比皆是。

4.6 转喻的言外功能

在第 2 章中，我们研究了转喻的言外功能以及转喻在间接言语行为中的作用。我们了解到间接言语行为并不仅涉及语言符号和所指含义之间的随机联系，许多联系实际上由转喻原则驱动。因此，对转喻的关注使人们可以对间接言语行为的运作方式作出更有力的解释。其他研究表明，言外转喻在言外礼貌请求中发挥重要的作用。例如，Stefanowitsch（2003）使用搭配标准来说明，听者并不能从形式和意义的组成部分来推知诸如"你能关门吗?"之类言语行为的意义，因此可以归类为建构行为。他认为，尽管此类言语行为难以推知，但其部分生成动力源于转喻，此外，他还假定转喻在直接问题和间接请求之间存在"本质联系"。换言之，他认为两者具有相同的形式。在间接请求中，提问元素在背景中用于软化请求语气。与此类似，Panther 和 Thornburg（2003）提出了一个极具说服力的案例以证明言外转喻在缩短"假设从句"中的语用解释作用，如"如果你不介意……"或"如果你可以……"，言外言语行为并不涉及随机的形式-功能关系，而涉及所说内容和意图之间清晰的转喻联系。

4.7　建立关系，构建话语群体

迄今为止，人们所描述的转喻的各种功能都在不同程度上依赖于说话者之间的共同知识，正是转喻的这一特性解释了它在发展与维护话语群体的过程中所起的作用。话语群体和实践群体会根据他们总体的交际目的运用特定群体相重叠的话语类型，而与此话语类型重叠的往往是一系列不同的语域，其中各个语域都有不同的语场、语旨和语式。转喻的含义会被附于特定的词中，部分源于特定话语群体所使用的语体与语域，这有时还会被这些群体之外的人所误解。例如，医生和护士经常使用"病床"一词来指代该床患者所需要的所有必要设备和医护人员。当他们说"床位不够"时，通常意味着设备和人员供应不足。这种转喻有时会被记者误解（也许是故意误解），他们会问"为什么他们不能简单一点，多买些床？"这个问题表明，在这种情况下，记者对"床"的转喻含义存在根本上的误解。在那些彼此非常了解且有足够的共同知识，能够广泛使用转喻的人之间，也可能发生上述误解。

上文已提及 Deignan 等（2013）的研究，其就语体和语域特征如何影响可能出现的转喻数量类型做了一系列调查。他们展示了转喻的使用如何在很大程度上受到该语体的交际需求以及语域特征（如讨论的话题、说话人之间的关系、语言为书面语还是口语）的制约。其中，发现最有可能引出转喻的一项特征是共同的背景知识，以及在口语工作场景中对速度的需求。据其观察，转喻在口语中的作用非常突出，在以下两种情形中最为普遍：该交流涉及同处一个物理空间内的人和实体，行为顺序受时间压力的限制，如繁忙的"实践"工作场所和体育赛事。其中，转喻的使用经常反映了话语的语旨。

他们就三项研究所进行的讨论在强调语体、语域及转喻使用之间的关系方面产生了尤为重要的作用，并展示了转喻如何促进话语群体的形成。这些研究聚焦于足球用语、托儿所工作人员使用的语言以及授课教师在向两个具有不同背景知识的对话者解释抽象学术内容时使用的语言。

其中第一项研究（如上所述）侧重于在儿童足球俱乐部附近形成的话语群体所使用的语言。该研究着眼于某场比赛中站在边线上的一群父母与护理员是如何频繁使用"踢它"一词来指代"用力踢球，坚定地踢"这一动作的。正如 Deignan 等所指出的，这反映了足球相关话语群体内更普遍的趋势，即利用转喻来拓展自己的专业词汇。在对足球评论的固定用语的研究中，Levin（2008）发现大多数短语都带有受转喻驱动的特定含义。其中许多含义对于话语群体之外的人来说并不十分明晰。例如，"他让球进网了"（he had the ball in the net）这一表达通常意味着"很明显，这球进了"，但随后被判无效，而空网则指球网无人防守。Levin 认为，有三个原因导致某些转喻短语在足球评论中普遍出现。首先，有一些概念需要得到表达，但其根本不会在足球之外的领域出现，因此必须创造一个新术语。"他让球进网了"就是这样一个例子。转喻词汇在这一领域发展起来的第二个原因为：评论员需要快速产出语言。当足球评论员描述现场比赛时，他们承受着相当大的时间压力。在这种情况下，话语群体共享的精确简短表达是必不可少的；转喻在这一方面大有裨益，因其可以通过一个方面来表示整个场景。例如，Deignan 等的数据包含一个广泛使用的术语"直塞球"（through ball），即队友送球突破防守，使另一个球员可以进攻。该转喻仅用两个词就概括了整个场景。

Levin 对使用这些转喻给出的第三个理由是，它们可充当语域标记：其使用有助于熟悉这些语域的人，其他的则排除在外。Deignan 等在他们的数据中确定了转喻使用的另一个与语旨相关的原因。他们讨论了如下示例，其为父母和教练站在边线上常喊的话：

That's it, stay in front *son*. (Deignan et al., 2013: 211)
就是这样，守在前面，*孩子*。（Deignan et al., 2013：211）

该例涉及从自己的孩子到球队中所有球员的转喻延伸。在他们的语料库中，"孩子"一词很少只用来称呼自己的孩子。这反映了这段话语的语旨，即父母、教练与足球场上的孩子们有着密切但不对称的关系。父母和教练的目标都是保护和鼓励孩子们。

Deignan 等还讨论了 Tang（2007）的研究结果，她（如上文所见）观察到托儿所员工使用的语言中有大量转喻。除了上面提到的"蔬菜碗""肉碗""楼上"，她还发现"机构"（agencies）一词被用来转喻性地指代从一家机构雇用的员工，"数数"（do your numbers）则表示数清楚自己负责的孩子这一行为。"探访"（going on visits）指代即将升入下一年龄组的儿童先在该年龄组待上一段时间，以适应教室和新保育员的做法。Deignan 等发现，这些转喻在话语群体中是非常特殊的。尽管在很多情况下，基本的转喻类型已经得到了广泛使用，但它们都没有在语料库中得到更广泛的使用。这些转喻的使用可以归因于语体和语域，它们的使用在很大程度上反映了员工高度共有的知识，因此说话人仅需含蓄地提及这些知识。这也反映了高度互动的环境和快速交换信息的需要，以实现具体且时而紧急的目标。

在第三项研究中，Deignan 等比较了两次交流中转喻的使用：一次发生在大学教师和同事之间，一次发生在教师和部门外的人之间。两次对话都是关于同样的两种管理模式。他们发现，在这两次交流中，该教师都使用了一个转喻，即特定的人（她所在部门的所有前主管）代表特定的管理风格。在与同事的交流中，该转喻可为对话者所理解，且将其用于表达自己对大学管理风格的看法。相反，在与局外人的交流中，对方不能够理解并使用该教师使用的这一转喻。与同事交流时，两位说话者也倾向于通过互相提问的方式提高转喻使用的个性化程度。Deignan 等认为这些发现有三个可能的原因：首先，局外人不是大学教工话语群体的一员，因此对其管理风格的了解甚少；其次，他是该话语领域的新手，因此不太能够自信地操纵模型和转喻性地使用图表的各个部分来比较不同的管理风格；最后，在语旨方面，在大学里他的地位在教师之下，因此可能更不愿表现自己。

除了语言转喻，人们发现*手势*转喻也与话语群体有关。在上文对一家法国三文鱼包装厂的研究中，由于噪声太大，员工无法进行口头交流，Harrison（forthcoming，2015）发现，转喻手势具有关键的事务性功能，当工人需要交换紧急信息时，如从生产线上出来的三文鱼片的状态和数量等信息，使用转喻手势至关重要。其中一些手势结合了转喻与夸张，例如，用于表示"需要更厚的三文鱼片"的手势，会将鱼片比作有半米厚，这可比现实生活中的三文鱼片要厚得多。他的研究还显示，某些转喻手势是如何在特定的话语群体中变得常规化的，从而有助于形成强烈的群体意识。

也有证据表明，转喻的使用反映了手语中共享的背景知识。例如，在大多数语言中，"板球"的手势会涉及某种"击球"动作。但美国是个例外，他们会将这个词拼写出来，而冰岛则使用打保龄球的动作来表示，如 4.2 节所示。这些语言中手势差别之大，可能反映出，板球并非两个国家的流行运动，因此很少有使用手语的板球爱好者和球员的话语群体。相反，在板球运动流行的国家，如英国，板球的手势采取高度收缩的形式，与其他板球运动不那么流行的国家相比，这种手势就非常少了。这种现象在很多方面类似于上文提及的语言速记例子（如"肉碗"），这些例子会为更紧密的话语群体所喜爱，其成员拥有大量的共享知识背景。

转喻也被用来暗指不同语域中不同话语群体的成员。例如，年轻人有时会在口语中使用"标签"（hashtag）一词，用于评价或反思他们所说的话，或将他们所说的话与正在进行的话题联系起来。这两种用法都反映了它原来在发推特时的用途，因此有了下面这些例子：

> Just bumped into my mum on campus – hashtag embarrassing!
> 刚在学校碰到了我妈——话题标签 尴尬！[①]

> God, that was an awful lecture – hashtag another wasted morning!
> 天哪，这个课太烂了——话题标签 又浪费了一个早上！

在伯明翰大学学生之间的谈话记录摘录中也发现了"话题标签"一词的使用，当时他们正在吃饭聊天。[②]其中一个人刚刚在谈话中提到了 Kim，然后说道（Kim 的男朋友，他是在场的学生之一）：

> Kim's his ex, hashtag just saying.
> Kim 是他的前任，标签——刚才说的。

在这里，"话题标签"一词就能促使对话者认真推断 Kim 是他的前女友这一事实的隐含意义，而不需要用语言说出来。话题标签也体现在手势上，即用两只手的食指比出标签的形状。使用这种手势的部分原因是为了表明说话者属于推特和其他在线论坛的使用群体，所以他能够理解这些表达。

Stvan（2012）在对公共卫生话语的研究中指出，多义词的不同意思可能通

---

① 卡罗琳·塔格，个人通讯。

② 本例取自一个本科话语分析课程的学生作业。

过转喻混杂在一起，这在向公众传达关于健康的观念时可能会产生问题，而这种误传会强化人们对健康风险原因的错误认知。她对当代美国英语中的八对多义词（cold, sweet, sugar, cholesterol, fat, hot, oil and stress）进行了探究，确定了涉及转喻的意义之间的四种关系，且普通人可能会混淆这些关系，关于这一点的证据来自语料库数据，数据显示人们会把这些意义混在一起使用。第一种关系涉及相似的身体体验，有人可能认为感觉"冷"（being "cold"）会直接导致他们得"感冒"（having a "cold"）。这两者都会导致相同的身体体验（如颤抖），但原因不同。关于第二种关系，她将其描述为"共享但经过重新诠释的价值或属性"。例如，有人可能认为吃了"脂肪"（fat）就会变"胖"（fat），而如果吃了如含有碳水化合物而不是"脂肪"的食物，就不会变胖。她的语料库数据显示，人们经常这样混淆 fat 的两种含义。人们也混淆了胆固醇（cholesterol）的不同含义，尽管事实并非如此（Stvan，2007），但仍然认为吃含有胆固醇的食物会导致体内胆固醇含量过高。第三种关系涉及过程，她称之为"视觉图像转移"，该转移过程发生在具有相似外观的不同实体之间。例如，一个人可能认为吃油腻的食物会直接导致其肤质变油。第四种关系是"未被承认的术语创造"，比如，一个词获得了一个特定的临床意义，在谈话中，一个对话者在理解这个词时采用了"非专业"的意义，而另一个则采用了临床意义，尽管这个临床意义可能没有被正式承认。Stvan 从研究中得出结论：词语可以通过不同类型的转喻表现出意义扩展，而这些都受到人类日常经验、感知模式和文化偏好的影响。

在宗教群体中，转喻有助于形成根深蒂固的宗教信仰体系，帮助成员从行为和信仰体系方面形成对自己和他人的看法。这些转喻通常是基于根深蒂固的理想化认知模型，而且这些理想化认知模型通常是某一宗教群体所独有的。Richardson（2013）发现，当福音派基督徒谈论拯救灵魂的重要性时，他们是在用属于人类的一个部分，即*灵魂*的概念，来指代人类整体的。这是部分指代整体的转喻。保守的宗教话语中充满了用个体和群体的行为或地位的某一方面来指代整体的词汇，例如：*罪人、通奸者、非信徒、真正的信徒、撒旦的门徒、基督的追随者、灵魂、迷失者*等等。这就形成了很多特征指代人的转喻。这种转喻带来的必然结果是，高度异质的人群可以被作为非常简单的，通常是二元的、刻板的群体来理解和对待。这可能会导致不同信仰之间的紧张关系。

就像 Stvan 的研究中所描述的那样，不同话语群体都使用转喻的后果之一是，当这些群体相互接触时，可能会产生误解。转喻在语用推理中也可能会造成误解，如语用信息缺失或信息接收者推断出了额外的语用信息。除此之外，模糊的转喻语言也容易引起混淆，人们可能直接按字面意思理解，从而造成误解。不同的学术话语群体赋予词汇不同的含义，其中许多是由转喻驱动的，当他们共同完成一个项目时，这些差异就可能会造成问题。当不同话语群体的成员相互接触时，转喻可能会带来一些问题，对此我将在第 8 章中进行更为深入的探讨。最后，诚如上文所示，使用与特定语言变体相关的语言特征可以有效地以转喻的方式投射一个人的身份——是否属于一个特定的话语群体或言语社区。

4.8 结　　论

本章内容表明，转喻可以在各种话语类型中使用，并起到不同的作用。除了直接指称功能外，转喻还有以下功能：突显、识解、回指照应和衔接、外指照应、言外功能、建立关系和构建话语群体。本章一开始便展示了转喻在某些时候具有的直接指称功能，不过这类功能在手势和手语中比在口语中更突出。接着本文阐释了在语言和其他形式的交流中转喻通常涉及的识解，即从某一特定角度呈现信息，突出信息的某些方面的同时弱化其他方面。可以看到，转喻有时具有高度规约化的特点，并遵循决定语言内外显著性的一般认知原则，然而有时人们也可以故意操控转喻，打破常规，创造特殊的修辞效果。在谈论"话语群体"的部分，我们看到转喻会产生各种属于特定话语群体的表达，这类表达只能为深入了解该话语群体使用的语体和语域、同时熟悉该话语群体成员活动方式的人所真正理解。我们看到，在需要快速交流的辅助性话语中，使用转喻尤为重要，该部分也讨论了转喻如何促进特定话语群体的表达，特别是在基本的语域中，虽然这些用法对话语群体之外的人来说可能很难理解，但能丰富语言的使用。上述转喻功能的讨论都得到了广泛的研究。第 5 章会探讨一些相对未被充分证明的转喻功能，这些功能"态度化"（attitudinal）的描写更明显。

5 "但是毕竟，我们能指望一个穿丝绸内裤的男人做什么呢？"

转喻的玩笑、评估和创意功能

5.1 引　言

第 4 章概述了前人文献中提到的转喻的"传统"功能。本章我们将探讨如何发挥转喻更"前卫"的交际功能，比如委婉语、模糊语言（vague language）、模糊限制语（hedging）、评价和定位、幽默和讽刺。尽管转喻在上述功能中发挥了明确的作用，但文献却很少承认这一点。例如，目前有大量文献研究"模糊语、评价和定位"在学术写作以及其他交流形式中的作用（如 Hyland，1998），转喻由于其微妙的间接性而不可避免地被纳入其中，但其作用却从未得到明确的讨论。同样，使用转喻还可以达到幽默和讽刺的效果，比如对比同一单词的字面意义和转喻意义以及在同一个句子中使用这两种意义。虽然对于语言手段在幽默中的作用的讨论非常广泛（如 Alexander，1997），但转喻却鲜少被提及。最后，肇始于 Channell（1994）和 Cutting（2007）的有关模糊语的讨论，虽然涉及了转喻这一话题，但并没有对其进行详细论述，其实转喻的间接性反倒使它成了实现模糊语的一个有效手段。本章将会用书面语和口语的数据以及其他的交流模式来证明转喻在支持这些重要交流策略和功能方面所发挥的作用，并阐释转喻的间接性为很多委婉语、模糊语和模糊语言奠定了基础。本章还会考察转喻的评估功能以及它在定位中的作用，同时会探讨转喻在"语言游戏"中起到的作用，并说明如何创造性地使用转喻来传达幽默和讽刺（Brône & Feyaerts，2003）。最后，我会展示如何在除语言外的其他表达形式中创造性地使用转喻，并探讨如何更明确地从概念层面关注转喻在各种表达形式中的作用，以推动符号学的现有研究进一步发展。

5.2 转喻与委婉语

有部分研究表明隐喻在理解委婉语中发挥了作用（Pfaff et al., 1997），但迄今为止学者依旧没有就转喻的作用展开讨论。这有些出人意料，因为使用委婉语最基本的原因就是找到一种间接的方式谈论令人尴尬或有损面子的话题，而转喻则是表达间接的最佳修辞（Allan & Burridge, 1991）。比如下面两句用来表达要上厕所的委婉语：

> He needs to use the *restroom*. (Webcorp)
> 他需要用一下*洗手间*。（网络语料库）

> "Us girls," she said, "are going to *spend a penny*". (Webcorp)
> 她说："我们女孩子们要去*花掉一便士*。"（网络语料库）（旧时英国公厕的自动门须投一便士硬币后方能开启。）

上述这两个句子都表示"上厕所"的一个方面，这与人们去到厕所后的实际行为过程无关。它们分别是地点指代事件的转喻和子事件指代整个事件的转喻。确实，即使是"上厕所"（go to the toilet）这个表达本身也是一个地点指代事件的转喻，"厕所"（toilet）这个词本身是一个具有传统历史的委婉语，涉及同一事件两个部分间的转喻关系（它起源于法语表达，即 faire sa toilette，意为洗手，可能还要补个妆）。

并非所有的转喻委婉语都如我们前面讨论的那么规约化。在第 4 章中我们看到，Tang（2007）和 Deignan 等（2013）提到托儿所的员工会用"宽松的尿布"（loose nappy）这个表达作为"孩子腹泻"的委婉语。Deignan 等（2013: 19）认为此表达中"尿布"一词通过容器指代所容物的转喻指代"大便"，"松的"（loose）则隐喻地描述了液状大便，或是产出大便的肠子，就像广泛使用的表达——"拉肚子"（lose bowel）一样。正如上述例子所示，转喻尤其适用于委婉语，可以使我们避免直接提及可能让人尴尬的话题。

委婉语在商业和政治中的使用有据可查，但几乎没有人研究过转喻在这两类语境中的作用，只有 Gradečak-Erdeljić（2004）记录了在政府描述战事的委婉语中，用部分场景来指代整体场景这一类转喻所发挥的作用。例如，在她的记录中出现了用"尸体数量"（body count）指代死人，或用"空中支援"（air support）指代轰炸和杀人。有趣的是，这些例子都采用了名词化的方式来将上述概念具体化，使读者更加偏离所描述的真正的事件。这里的转喻"指代"很浅显，但发挥着非常具体的交际功能。

转喻也可用于恶俗语中。同样，词语及其所指间通常存在某种毗连或用部分指代整体的关系，这在手势恶俗语中非常普遍，如举中指以示侮辱。转喻的恶俗语也可以构建一种话语群体的归属感。每天与死亡打交道的人经常会使用这样的词来谈论死者，而该话语群体以外的大多数人可能认为这是一种冒犯（Allan & Burridge，1991）。比如太平间工作人员将尸体称为"僵硬"（stiffs），这就是用属性指代物体（或用特征指代人）的转喻，其中尸体的特点（即僵硬）代表尸体本身。可以说这种诙谐的方式有助于这些工作人员在日常生活中处理死亡问题，但在其他情况下就不合适了。若医生告知家属，他们的亲人在夜里"挂了"（pegged it），现在已经"僵硬"（是个"挺尸"）了，则非常不妥。人们认为在其他语境下使用这类语言很不近人情且不专业。

5.3 转喻与夸张

如例子"*整个镇子都是焦灼而暴怒的*"所示，许多夸张表达都是用整体指代部分的转喻，或是 Ruiz de Mendoza Ibáñez 和 Diez Velasco（2002）提出的"域缩减"（domain reduction）（见第 3 章）。此处"整个镇子"转喻性地指代"许多生活在这个镇子的人"，镇子范围较广，要正确理解这一夸张表达就需要进行"域缩减"。转喻中喻体及其所指都是可用的，可以让说话者同时说两件事，夸张的修辞作用正是基于此。换言之，虽然"整个镇子"不可能按照字面意义真的指代整个城镇，但是使用这类表达可以增强总体信息的气势。

另一个夸张表达也是基于整体指代部分的转喻，即 Barnden（2013）的例子"音乐是他的生命"（网络语料库），"他的生命"其实指代"他生命中最重要的事"，而这只是他生命的一部分。

转喻夸张可以通过运用特殊构式来实现，如下句：

They booed him off the stage. (BofE)
他们喝倒彩，轰他下台。（柯林斯英语语料库）

　　此例正是第 2 章 Goldberg（2006）提到的"使动"构式。此构式的含义为：男人下台是众人喝倒彩的直接结果。构式中"喝倒彩"（booed）一词并非其原型用法，而是通过构式变成一个及物动词。通常在解读这种例子时会涉及转喻。"喝倒彩"转喻性地代表此行为对于演员或喜剧演员感受及行为的影响（即他感到自己不受欢迎并因此离开舞台）。这种用因果转喻可以解读为域扩展（喝倒彩的概念扩展至此动作对演员行为的影响）或邻近性（"喝倒彩"这个词用来代表此行为的影响）。

5.4　转喻与反讽

　　欧洲金融危机期间，人们认为希腊经济崩溃会掣肘欧盟未来的发展，有人听到时任法国总统尼古拉·萨科齐提到"我们的朋友希腊"（our friends the Greeks）。此摘录中"我们的朋友"（our friends）具有双重有效含义。表面上看，这是对希腊人的友好称呼并暗示了一种包容的立场，但其语用含义比表面义要微妙得多。在柯林斯英语语料库中搜索"our+friends+the"可以发现，此表达总是用来谈论那些事实上是我们的敌人的人，或至少是我们感觉不是很友好的人，如下列摘录所示：

> The millions of victims of *our friends the* Chinese Government. (BofE)
> 我们的朋友中国政府的数百万受害者（柯林斯英语语料库）
>
> I'm getting regular calls from *our friends the* barley barons. (BofE)
> 我们的朋友大麦大亨们经常给我打电话。（柯林斯英语语料库）
>
> I had to give a seminar on *our friends the* earwigs, or some damn fool thing. (BofE)
> 我得开个研讨会，讲讲我们的朋友地蜈蚣这讨厌的东西。（柯林斯英语语料库）
>
> We can't even demonstrate about it, thanks to *our friends the* Americans. (BofE)
> 多亏我们的朋友美国人，我们甚至不能证明这一点。（柯林斯英语语料库）

在法语中，我们可以看到类似的表达"nos amis les"，意思为"我们的朋友"，也是法国总统萨科齐的原话。除了电影和展览的名称，在法语中以这些单词开头的搭配主要是蟑螂、细菌和动物：

Arrh, j'avais oublié *nos amis* les cafards qui ici sont énormes !!! (Webcorp)

啊，我忘了这里有太多我们的朋友们蟑螂了！！！（网络语料库）

[Arrh, I had forgotten our friends the cockroaches, which are enormous here!!!]

【*啊，我忘了这里有太多我们的朋友们蟑螂了！！！*】

Nos amis les microbes (Webcorp)

我们的朋友们细菌（网络语料库）

[Our friends the germs (heading of an article on the omnipresence of germs)]

【*我们的朋友们细菌*（一篇关于细菌无处不在的文章的标题）】

Nos amis les bêtes (Webcorp)

我们的朋友动物们（网络语料库）

[Our friends the animals (heading of an article about the dangerous animals that live in Australia)]

【*我们的朋友动物们*（一篇关于澳大利亚危险动物的文章标题）】

电影和展览使用这些表达似乎是为了讽刺，因为它们指代"我们的人类朋友"和"我们的地球朋友"。

上述例子均唤起了潜在的朋友指代敌人的转喻关系。因此，当法国总统萨科齐使用"我们的朋友希腊"时，他实际上是指"我们的敌人希腊人"，从而成功地表明了自己的立场，且没有公然冒犯希腊人。他的话语中含有强烈的反语成分，正如我们在第4章中所见，这种基于对立关系的对立形式构成了转喻的一种形式。

转喻讽刺并不总是涉及对立面，以《伦敦书评》（2013年2月刊）一篇文章的标题为例，该标题试图解释军队最近动态：

What are they doing in Mali? (London Review of Books, February 2013)

他们在马里做什么？（《伦敦书评》，2013 年 2 月刊）

这个标题的构式为"X 在 Y 做什么"（what is X doing in Y），一个经典的例子是戏谑地问"那只苍蝇在我的汤里做什么"（what's that fly doing in my soup），意思是"我汤里的苍蝇究竟是什么东西？"强烈暗示苍蝇不应该在汤里，延伸义为军队不应该在马里。这是一个言外转喻的例子，因为"苍蝇"（或军队）正在做什么，它究竟为什么要这样做，以及它实际上不应该这样做这三个意义之间存在概念上的关联，通过因果转喻关系联系在一起。在此语境中，字面解读和转喻解读都是可行的，讽刺意味也随之产生。

Herrero Ruiz（2011）使用 Ruiz de Mendoza Ibáñez 和 Diez Velasco（2002）的"域扩张"（domain expansion）和"域缩减"的概念来解释转喻在反讽中的作用。例如，如果有人讽刺地说"这不是火箭科学"，这就比说"难度不大"更有说服力。在这里，"火箭科学"代表的是一类"难以理解的事物"，因此涉及"某人可能期望理解的事情"的范围的扩大。也可以将其理解为标量转喻（scalar metonymy），标尺的端点代表了标尺的中心部分。它遵循了 Radden 和 Kövecses 提出的喻体选择的主要原则，是"难以理解事物"范围的*极端*例子。

5.5　转喻与模糊性

如第 2 章所示，转喻中的所指对象往往是模糊不清的。第 7 章中，心理语言学研究已经表明，所指对象的意义往往直到最后一刻才能明确。这种模糊性，或者说缺乏具体性，可以用以达成某一交际目的。例如，Channell（1994）和 Cutting（2007）均表示，人们使用模糊语言是为了避免听起来过于学究和卖弄，听起来不够精确会给对方留出空间，让对方参与谈话。为达到这一目的，人们有时会故意让自己的话听起来比较模糊。

记者经常使用转喻模糊语言，特别是当他们不想确切地说明所谈论的东西时。这可能是因为信息很敏感或具有诽谤性，或是他们不知道所有的事实，抑或他们只是想激起听众的兴趣。下面这句话是英国广播公司的一个广播新闻节目介绍欧盟时的一条新闻摘录：

Angela Merkel clearly wants *more* Europe, whereas David Cameron clearly wants less Europe. (BBC Radio 4 breakfast discussion, 12 April 2013)

Angela Merkel 显然想要更"欧洲"，而 David Cameron 显然相反。（2013 年 4 月 12 日，英国广播公司第四频道早餐讨论）

我们很清楚记者在这里所要表达的意思，大概就是德国总理安吉拉·默克尔（Angela Merkel）希望欧盟增加对其成员国更多的权力和影响力，而英国首相戴维·卡梅伦（David Cameron）则恰恰相反。这句话的内涵是清楚的，但外延的意思却不明确。德国总理默克尔可能希望欧盟拥有更多的政治权力、经济权力或宪法权力。她和卡梅伦到底在哪些方面存在分歧尚不清楚。这种不确定性使我们在确定在哪些领域的影响上这两位政治家存在最大的分歧上具有灵活性。记者使用这一句子，便意味着听众必须继续收听节目才能找到答案。

Halverson 和 Engene（2010）在挪威报纸上发现了欧洲申根城市转喻用法的语料库中存在不确定性的例子。1995 年签订的《申根协定》（Schengen Agreement）促成了一个由五个欧洲国家组成的无边界地区的建立。这一地区已经扩展到包括大部分欧盟国家。他们在数据中发现，申根这个词的转喻用法远多于字面用法。四种主要的转喻类型如下（Halverson & Engene，2010：7）：

Place for event (treaty) fatt i signaler om energi, fisk og Schengen, for å ta tre eksempler, ...

[Received signals regarding energy, fish, and Schengen, to mention three examples ...]

【收到关于能源、鱼和申根的信号，举三个例子……】

Place for treaty contents (provisions, clauses, articles, principles) Myndigheter ville imidlertid søke via Schengen på nytt, ... [Thus the authorities wanted to reapply via Schengen ...]

【因此当局想通过申根重新申请……】

Place for membership, (group of) membership countries er de automatisk nektet visum i Schengen, et samarbeid Norge er med i.

[They are automatically denied a visa in Schengen, a collaboration that Norway is part of.]

【他们在申根会自动被拒签，而挪威是申根合作的一部分。】

Place for geographical area (created by treaty) at ingen uroelementer kommer inn i Schengen. [That no troublemakers enter Schengen.]

【禁止麻烦制造者进入申根。】

这四种转喻中的第一种类型是其余三种转喻的上位概念。他们在例子中发现了相当多的不确定性，特别是在地点指代事件（条约）和地点指代条约内容之间，以及地点指代成员和地点指代地理区域之间。他们将这些歧义归因于转喻中常见的部分-整体歧义。例如，在下面的例子中，可以参考条约本身或条约的部分内容（Halverson & Engene，2010：8）：

Det betyr hull i Schengen, ...

[That means a hole in Schengen, ...]

【在申根，这意味着有漏洞……】

这种程度的不确定性对记者来说是很方便的，因为他们可能不需要也不希望确切地了解条约中有"漏洞"的那部分。在对 Schengen（申根）一词的历时性研究中，他们发现了不同程度的不确定性。他们发现，随着时间的推移，Schengen 一词的转喻用法逐渐增加，随后喻体与其指代之间的联系强度逐渐减弱，这与 Peirsman 和 Geeraerts（2006a）的转喻模型一致（在第 3 章中讨论过），它强调了不同类型转喻其邻近性的不同强度。

模糊性也可以通过转喻手势来表达。MacArthur 等（2013a）在辅导课（英语教师和讲西班牙语的伊拉斯谟（Eramus）学生）的视频语料库里发现，在某些情况下，教师似乎会向另一栋楼的方向挥手，以指代在那栋楼里发生的活动。其目的不是要准确指出正在进行的活动，而是指"那边"正在发生某件事情。

5.6　转喻与创造力

传统的转喻理论强调转喻的指称功能，认为这是一种相当功利的修辞手法。

然而，最近的研究则强调转喻固有的创造性，并发现了转喻中生成新意义的方式（Barcelona，2012）。第 3 章提到，研究人员日益关注概念融合在转喻产出和理解过程中的作用，他们指出源域和目标域的混合往往能生成既不符合源域特征又不符合目标域特征的新意义。在转喻的语境中，这些融合可以提供"意义建构的创新机制，为话语情境提供新颖的见解"（Alač & Coulson，2004：23）。

在这一节中，我们将探讨转喻的这些创造性功能，从语言开始，然后扩展到其他如艺术、音乐和电影等表现形式。我们看到，在创造新的含义的同时，为了达到喜剧效果，转喻也可以被把玩和再现，这是语言游戏的一种常见形式，有一部分（但非全部）分析借鉴了整合理论。

转喻在语言中的创造性运用及其在语言幽默中的作用

关于日常语言创造力最具影响力的专著之一是 Carter（2004）的《语言与创造力：日常语言的艺术》（*Language and Creativity: The Art of Common Talk*）。虽然 Carter 讨论到了修辞语言，但他很少提到转喻。这多少令人感到意外，由于转喻常常能够将人们的注意力从某个领域的一部分转移到该领域的另一部分，并形成联想链，所以在创造性语言的产出和理解中常常都有转喻的身影，转喻也常常能让人们从不同的角度看问题。许多笑话的笑点就源于参考点（reference point）的差异，例如，有人可能会问：如果橄榄油是由橄榄制成的，葵花籽油是由向日葵制成的，那么婴儿油是由什么制成的？在该例子中，源域中的许多元素在很大程度上得以保留，因此基于转喻的笑话能够将新异和熟悉的元素结合起来。本节接下来也将说明语言中许多创造性转喻的使用是为了幽默效果的产生。

许多创造性的语言游戏都涉及转喻字面义的再理解，从而实现对话中的幽默效果。以下选段来自朱利安·巴恩斯（Julian Barnes）2009 年出版的小说《凝视太阳》（*Staring at the Sun*），主人公珍拜访士兵汤米的遗孀奥利芙。第二次世界大战期间，汤米住在珍的家里。奥利芙现在和现任丈夫德里克住在一起，她怀疑珍是汤米生前的情人之一：

"One of his popsies were you?" Olive enquired with a genial laugh.
"你是他的情妇之一吗？"奥利芙亲切地笑着问道。

"No, no, not at all..."
"不，不，绝对不是……"

"It doesn't bother me if you were love. I like to think of old Tommy having a last cuddle or two. He always were a bit of a charmer."

"如果你是（他的）爱人，我也不会介意。我喜欢把汤米想象为一个左拥右抱的人，他总归是有点魅力的。"

Was he? Jean certainly didn't remember him as a charmer. A bit awkward, fierce, even rude sometimes; capable of being nice. No, charm hadn't seemed one of his components. "No. I mean, I can see why you might have thought..."

真的？珍的记忆里，汤米并没有什么魅力，而是有点笨拙、凶狠，有时甚至很粗鲁；但他又算得上是个好男人。不，真的想不起来他有什么魅力。"不，我的意思是，我明白为什么你会认为……"

"First thing I said, didn't I Derek? Fancy that, I said, one of old Tommy's popsies popping out of the woodwork after all these years. I wouldn't have thrown him out if I'd known."

"这是我说的第一件事，不是吗，德里克？想象一下，我说过的，汤米的一位美人儿一定会在多年后突然冒出来。早知道这样，我就不会把他赶出去了。"

"Thrown him out?"

"把他赶出去？"

"When we moved yes. I threw him out. Well, what was the point? When was it Derek, nine or ten years ago?"

"当我们搬家后，对，我把他赶了出去。什么时候？什么时候来着？德里克，九年还是十年前？"

Derek pondered the question as he slowly inhaled and exhaled, then replied, "It's always longer than you think nowadays."

德里克想了一会儿，慢慢地吸了一口烟又吐出来，说："还要早些。"

"Well, whenever it was, ten or twelve years ago, I threw Tommy out. We were moving and something had to go, and I hadn't looked at the stuff for years, and his old what jer call it, battledress or something, I don't know why I had it anyway, it got the moth. So I threw it all out. Letters, photos, a few silly things I didn't look at cause it might upset me."

"好吧，不管那是什么时候了。十年还是十二年前，我把汤米赶了出去。我们当时正在搬家，有的东西必须扔掉，我已经有好多年没有见过那些东西了，旧战袍还是什么的，都不知道是从哪里来的，衣服上都长满了蛀虫。所以我就把它扔了出去。书信、照片，还有一些我不想看到的傻乎乎的东西，我都扔掉了，因为看了只会让我难过。"

"Derek were all in favour."

"德里克完全同意我这么做。"

"No, that's putting it a bit strong, love."

"不，这有些牵强了，亲爱的。"

"Derek wasn't against, anyway. But what I say is, Tommy's got his little place in my heart, what does he want a place in my attic as well for?" Olive, who had seemed to be moving towards tears, suddenly roared with laughter, her motion shaking some ash from Derek's cigarette. "He was a lovely boy, from what I remember of him, Tommy. But then life must go on, mustn't it?" (Barnes, 2009: 101)

"总之，德里克没有反对。不过我想说的是，汤米在我心中仍存一席之地，那为什么还要我在阁楼里另外给他留块地方呢？"奥利芙已经感动得快要落泪了，但突然间又放声大笑，震落了德里克的几片烟灰。"在我的记忆里，汤米他是个可爱的男孩。可是生活仍要继续，不是吗？"（Barnes，2009：101）

在这个例子中，奥利芙声称"把汤米赶了出去"，这让珍感到很奇怪，原来这是一个"以所有者指代所有物"（possessor for possessed）的转喻，其中 Tommy 指代 Tommy 的财产。这段话的幽默体现在"把他赶出去"（threw him out）的字面义和转喻义之间的关系。"这么多年过去了，汤米本人仍然在阁楼里"这一想法让奥利芙笑了起来。正是由于转喻的模糊性和不明确性，这里有了幽默感。

有时，这种幽默的本质在文本中更加明显，我们可以从 Pat Barker 的小说《丽莎的英格兰》（*Liza's England*）这段简短的摘录中看到，主角丽莎想到了她父亲从工厂回来时衣服上的铁屑，那些铁屑让她的母亲很恼火：

> She just wanted to nestle up close to him and feel his prickly black beard and breathe in the heavy smell of *iron dust* on his clothes. Iron dust was what made the work, but once, when her mother complained, her Dad said, "Don't argue with our *bread and butter*," and Liza had wanted to laugh, it was so funny, her Mam arguing with a piece of bread and butter. (Barker, 1996: 22) (emphasis added)
>
> 她只想紧紧地依偎在他身边，感受他那扎人的黑胡须，呼吸他衣服上浓重的*铁粉味*。铁屑是他的工作，所以每当妈妈抱怨时，她爸爸就会说："不要和我们的生计[*面包与黄油*（*bread and butter*）]争论。"丽莎总会想笑，这可太有趣了，她妈妈会与一块面包和黄油争论。（Barker，1996：22）（着重部分由作者标出）

在这段摘录中，*铁屑*被转喻为丽莎父亲所做的艰苦体力劳动，而*面包和黄油*则转喻性地指代他所赚的钱。这两个例子都涉及"结果指代行为"的转喻，有助于语段的衔接。在段末，*面包和黄油*的转喻又以字面意义出现，产生了喜剧效果。

转喻在文学中频繁用于创造性目的的原因之一，就是它能够同时唤起多个场景。在 Toni Morrison 的小说《所罗门之歌》（*The Song of Solomon*）中，Pankhurst 展示了一个触发器（一对耳环）如何唤起不同层面上的转喻。在转喻"是一种诗意的思维过程，是我们思维方式的基础"这一前提下（Pankhurst，1999：385），她继续表明小说主角（Pilate）所戴的耳环如何为读者提供有关 Pilate 的信息，如身份、家族历史及其成长的社会中的一些民间回忆。

在文学领域之外、更平凡的交流形式中，也可以使用转喻来创作。例如，在日常交流中，人们经常通过转喻和拟人之间的联系以达到幽默效果。下文摘录自一段邮件交流，内容是关于拟议的"蓝色牌匾"（blue plaque），该牌匾将放置于知名作家 David Lodge 曾任教的建筑物之上。在英国，"蓝色牌匾"是永久附在某个建筑物或某个地点的标志，以纪念该地点与某个名人或事件有关。据推测，在这次邮件往来之前，人们一直认为 David Lodge 已经去世了，因而无法咨询他本人。

> Dear Karen,
> 亲爱的 Karen，
>
> Not at all. My fault entirely for forgetting that he was an "alive" blue plaque who I could have run it past! (Quote from an email exchange regarding a blue plaque)
>
> 根本不是你们的问题。完全是我的错，因为我忘记了他是一块"活着"的蓝色牌匾，我怎么能忽视这一点！（引自有关蓝色牌匾的电子邮件交流）

"活着的蓝色牌匾"（alive blue plaque）在这里可以理解为一个拟人化的实例（被拟人化为 David Lodge）或一个转喻（转喻为 David Lodge 及他做过的事）。将一个真实的人或其作品称为"蓝色牌匾"并非真正的、传统意义上的说法，它很难映射到 Radden 和 Kövecses 所提出的任何一种转喻类型。然而，这更像涉及转喻，而非隐喻，这二者间又存在着联系，用图式术语来说，这里有一种以"结果指代原因"（effect for cause）的关系，但确切的关系显然会更具体。

Littlemore 和 Tagg（in preparation）研究了短信中转喻的使用，发现了多种有趣的、富有创造性的、时而幽默的转喻使用。如下文示例：

> Oh no *never in blue jeans* might be coming back to Eastenders– what are we going to do? (CorTxt)
>
> 哦不，*从不穿蓝色牛仔裤的人*可能会变回伦敦东区人——我们要怎么办呢？（文本语料库）

在这里，通过使用"特征指代人"（trait for person）的转喻，以"从不穿蓝色牛仔裤"（never in blue jeans）来指代一个穿着过于讲究的人，或是暗指 Neil Diamond 的歌曲《永远穿着蓝色牛仔裤》（*Forever in Blue Jeans*），这就唤起了一个对立的转喻。

Barcelona（2003d）认为，在许多情况下，为理解笑话而进行的必要的推理是由认知框架或理想化认知模型中已有的转喻来促成的。这些转喻联系有助于让听者达成理解笑点所必需的"框架调整"（frame adjustments）。他引用以下对话进行说明，发生于 20 世纪 30 年代西班牙首相和一名议员的议会辩论中：

Opposition MP (referring to the Prime Minister): But what can we expect, after all, of a man who wears silk underpants?

反对派议员（对首相说）：毕竟对于一个穿着丝绸内裤的男人来说，我们还能指望他什么呢？

Prime Minister: Oh. I would never have thought that the Right Honourable's wife would be so indiscreet! (Barcelona, 2003d: 93)

首相：哦，我从未想过阁下的夫人会如此轻率！（Barcelona，2003d：93）

在第一部分交流中，反对派议员试图以"穿着丝绸内裤"（wears silk underpants）这一转喻性话语来羞辱首相，暗示他是流氓，又或是同性恋。在 20 世纪 30 年代的西班牙社会中，这可能是指首相没有能力治理国家，因为他不是一个"真正的男人"。然而，在他的回应中，首相也使用了转喻的手法，将视角框架改为议员的妻子，暗示通奸：只有情人才可能知道他穿什么样的内裤，借此把自己重新确立为一个"阿尔法男"（alpha male，一类优质男性），更适合管理国家，并给反对派议员"戴"了顶绿帽子，让他因此"不像是个男人"。Veale 等（2006）用 Barcelona 的例子来说明转喻、隐喻和显著性一样，是"对抗式幽默"的关键机制之一。这是一种特殊的（通常带有一些攻击性）幽默，说话者会以某种方式扭曲他/她对手的话语，并以不同的方式赢得一场言语上的比拼。Veale 等认为，对抗式幽默的关键，是它必须涉及某种跨回合的平行关系。在上面的例子中，这种平行关系涉及的两个语词，都提到了相同的语境，且都引发了首相的内裤与听众之间连续的关系。上例中首相利用这种平行关系，让自己有了额外的优势。

手语中也存在大量运用转喻的语言游戏，这往往是为了达到创造性和/或幽默的效果。Sutton-Spence 等（2012）展示了手语的形态如何特别适用于某种形式的转喻语言游戏。例如，在 Paul Scott 的《失落方舟的麦克白》（*Macbeth of the Lost Ark*）中（https://www.youtube.com/user/signmetaphor），诗人变成了三个女巫，嘲笑"手动编码英语"（manually coded English）的三种交流方式，即"口语教学法"（oralism）、"手语支撑的英语"（sign supported English）和"佩吉·戈尔曼手语"（Paget Gorman signing），这些方式在聋人群体中普遍受到鄙视，因为它们是由听力正常的群体所创的。每一种方式中，他都将一个类似女巫的手势与代表该特定交流方式的手势相融合，每种手势都涉及不同的转喻。这三种转喻都被纳入一个完整的"女巫式"手势中，涉及"以特征指代人"这一转喻。

Attardo（2006）指出，认知语言学试图通过以隐喻、转喻和识解等概念来解释幽默的各个方面，这在现有的两个主要有关幽默模型之背景下进行，即幽默的语义脚本理论（SSTH）（Raskin，1985）和语言幽默的普遍理论（GTVH）（Attardo & Raskin，1991）。这两个模型都强调了"焦点调整"（focal adjustments）的作用——也就是说，从预期的脚本或模式中突然转变，让听众或观众以不同的方式看待事物。人们通过场景和脚本，以便从看到或听到的非常小的子部分来推断整个信息集或序列行为。当做事做到一半时，若场景或脚本突然被颠覆，这通常会被视为富有创造性的和/或幽默的。我们可以从"巨蟒"（Monty Python）（指英国一个六人戏剧团体）的《殡仪员》（*Undertakers*）这一小品中看到转喻在剧本中起颠覆性作用：

> undertaker: Morning!
> 殡仪员：早上好！
>
> man: Ah, good morning.
> 男子：啊，早。
>
> undertaker: What can I do for you, squire?
> 殡仪员：我能为您做什么呢，乡绅？
>
> man: Um, well, I wonder if you can help me. Um, you see, my mother has just died.
> 男子：唔，我想看看你这边能不能帮帮我。唔，因为，我的母亲刚刚过世了。
>
> undertaker: Ah, well, we can 'elp you. We deal with stiffs.

殡仪员：啊，这样，我们不能帮你。我们处理的是死尸。

man: (*aghast*) What?

男子：（吃惊状）什么？

undertaker: Well there are three things we can do with your mother. We can burn her, bury her, or dump her.

殡仪员：我们能为你母亲做的就三件事。我们能把她烧了，埋了，或者丢了。

[...]

【……】

undertaker: Where is she?

殡仪员：她在哪？

man: She's in this sack.

男子：她在这个麻袋里。

undertaker: Let's have a look.

殡仪员：让我们瞧瞧。

(*sound of bag opening*)

（打开袋子的声音）

undertaker: She looks quite young.

殡仪员：她看起来挺年轻。

man: Yes, she was.

男子：是的，曾经是。

undertaker: Fred!

殡仪员：弗瑞德！

fred: Yea?

弗瑞德：怎么了？

undertaker: I THINK WE'VE GOT AN EATER!

殡仪员：我想这里来了个"食者"！

Extract from Monty Python's *Undertakers* sketch

节选自 Monty Python 的小品《殡仪员》

该摘录中，两处转喻语言的用法得到了高度标记。通常，人们会期望同殡仪员以相对正式的方式谈话，且希望他们使用尊重死者的语言。这个场景中，殡仪员通过使用人物转喻的特征，将死者称为"死尸"，这颠覆了我们的期望。从上面的第 5.2 节中可以看到，这类转喻有时会在从事该行业的员工之间使用，但从未用于与客户的对话。最后一行中，他将死者称为"食者"（eater），这类似于我们在第 4.2 节中看到的"炖"（stewer）这个词的使用。该词用于描述即将被炖的鸡，因为它太柴或太多筋，以至于无法以其他方式烹制。殡仪员在这里的建议是去吃尸体，而不是埋葬或火化它。他再次完全"脱离了剧本"（off-script），以一般只用来谈论动物的转喻表达增强了幽默感。

有时，创造性转喻的使用涉及"焦点-背景转换"（figure-ground reversals），即读者或听众突然要关注一个场景或事件的某一部分，而这个场景或事件通常是被当成背景的。这涉及第 4 章中谈到的对立转喻关系。Catherine O'Flynn（2010）的小说《未知归处》（*The News Where You Are*）的结尾部分就是一个很好的例子。下面这段文章中，书中的一个角色迈克尔思考着他对亡妻艾尔西的感觉：

He's never once felt Elsie's presence since she died. He watched the last breath leave her body and then the world changed. She was gone.

He feels her absence, though, all the time.

It's there in specific things:

The dip in the bed where she used to lie,

The shape of the crack in the vase that she dropped, And it's everywhere:

The air around him,

The colour of night in their bedroom,

The shapes he sees on the insides of his eyelids.

He understands now. Our absence is what remains of us. (O'Flynn, 2010: 308-309)

自从艾尔西死后，他从来没有感觉到她的存在。他看着她咽下最后一口气，然后世界就变了。她已经不在了。

不过，他一直都能感觉到因她而起的空虚。

在特定的事项中：

她曾经躺过的*床凹陷*，

她曾摔过的*花瓶上的裂缝*，这种感觉无处不在：

他周围的空气，

他们卧室的夜色，

他在自己眼底看到的身影。

他现在明白了。我们的缺席，就是我们留下的东西。（O'Flynn，2010：308-309）

这段文字的重点是她在情感上（如空虚）和物理意义上（"床凹陷"和"花瓶上的裂缝"）留下的痕迹。这两个表达都运用了"结果指代原因"的转喻，唤醒了他妻子在日常生活中的样子（躺在床上）和在偶然事件中的样子（掉落花瓶）。这种强有力的焦点-背景转换激活了代表着他亡妻的意象，而这些意象勾起了其痛苦的回忆。这段话与小说的整体内容相呼应，小说讲述了一位设计师在 20 世纪 60 年代为伯明翰建造了许多现代主义建筑，但这些建筑后来都被毁了；小说还讲述了这位建筑师对于自己的作品的痴迷影响到了他的妻子和孩子。

我们已经看到了转喻是如何在语言中被创造性地使用的。在其他表达形式中，如艺术、音乐、电影和广告，转喻的创造性使用也是无处不在的，哪怕这些背景下的转喻研究还处于起步阶段。后续的章节会谈到一些与之相关的文献，我们将看到，转喻在这些表达形式中的功能与它在语言中的功能是很相似的，但也有一些重要的区别，这些区别或许可以解释和丰富现有的转喻理论。

艺术中转喻的创造性使用

简单查阅一下艺术史的相关文献，就能发现转喻在各种艺术运动中的作用是不断变化的。例如，立体主义（cubism）的"转喻"性质与超现实主义（surrealism）的"隐喻"性质形成了对比（Jakobson，1971b）。Jakobson 指出，立体主义绘画经常关注"不在场"的东西，或者物体以外的空间（非常像我们刚刚看到的

Catherine O'Flynn 小说的片段）。立体主义艺术家的创作特点是展示与实际存在相反的东西，这使得他们的画像底片（negative photos）一样。相比之下，超现实主义绘画能激发观众对日常物品之间的隐喻联想，由此可见，这两种创作方式涉及不同形式的创造力。

"隐喻是实现艺术创新的主要机制"，这一观点逐渐受到挑战。研究人员开始建议艺术理论家要对转喻给予更多关注。转喻在印象派中发挥的作用开始受到特别关注，例如，有人认为 Cézanne 的画中经常出现的水和沐浴是对"简单的快乐"以及人与自然之间和谐关系的转喻（Friedman，2012），而这显然是一种邻近关系而非比较关系，所以相较于隐喻，将其视为转喻会更合适。尽管这种关系不符合 Radden 和 Kövecses（1999）的分类法，但我们可以将其理解为"域扩展"（domain expansion）的一个案例（Ruiz de Mendoza Ibáñez & Diez Velasco，2002），其中洗澡这个简单的行为体现了人们对这种体验的所有感受。看到这幅画的人，有些可能会想起以前相似的经历，有些可能会产生"错过"这些简单快乐的感受。讽刺的是，与 Cézanne 的画作相关联的，或由其引发的复杂意义和情感网络的核心是一种直接的对简单的渴望。这种意义塑造的过程是富有创造性的，而转喻则是这一过程的核心。

人们也开始关注转喻在当代艺术中的作用（Green，2005）。例如，Ryland（2011）通过对一些当代艺术作品进行案例研究，探究了转喻的意义是如何"存在于"这些艺术作品的制作过程、材料、对象、语言和背景当中的，又是"如何产生"的。她研究的案例之一是 Cornelia Parker 的《文字的底片》（*The Negative of Words*）。这件作品由在银器上刻字后产生的残余物组成，它们与文字本身就存在着一种转喻关系，因为它既是原本刻字的"残余物"，也是构成文字本身的实际材料。Ryland 指出，Parker 这样做是在强调文字的物质性，从而淡化其客观权威性。她利用"部分指代整体"的转喻关系来暗示空白和缺失，以显示某些部分是如何被低估或边缘化的。这类似于第 4 章讨论的内容，这种对"底片"的使用也涉及对立的转喻关系。

另一个案例是 Susan Hiller（2008）的《光环：献给马塞尔·杜尚》（*Auras: Homage to Marcel Duchamp*）。在这幅展品中，她把五十张人的"光影"（auras）组成了一个长方形。尽管很多观看者可能认为人的"光影"是看不见的，更不可能被拍成照片，但事实上，它们的呈现就像医院里的 X 线片一样，仿佛组成了科学的"证据"。因此，观众对这幅作品会存在两种不同的解读。在这里，转喻作为一种参照点现象，会在人们通常认为不相关的两个概念域（理性科学和对"光影"的信念）间创造联系，同时突出了两者的差异。这种用像医院里的 X 线片一样来呈现"光影"的形式是一种"以表象指代实体"（presentation for product）的转喻，Radden 和 Kövecses（1999）的转喻分类并没有包括这种关系。

Ryland 研究的第三件艺术品是 Ceal Floyer 的《门》（*Door*）。这件展品中，投影仪沿着一扇紧闭的门的底部折射出一条光带，创造了门的另一边灯火通明的错觉（可能那边正发生着什么有趣的事情），实际上光是来自投影仪的，而观众要花 30 秒到 90 秒的时间才能发现光来自何处。这件展品表明，我们的大脑会自动使用转喻来解释受到的刺激（门底下的光是"部分指代整体"的转喻，指代门那边并不存在的灯火通明的房间）。当遇到意料之外的"直译"（literality）时（比如光来自投影仪），我们就会突然意识到思维的转喻性。用 Ryland（2011：166）的话来说就是："人的大脑不会以世界本来的面貌去解读它，所以这种直译对人来说是一种新异的体验。"

Nerlich 和 Clarke（2001）认为，转喻是"在概念域内部和相邻域之间进行*概念扩展*的力量"，与隐喻"是不同域之间进行*概念连结*的力量"这个观点形成对比。通过分析，Ryland 发现了支持 Nerlich 和 Clarke 观点的证据，在她看来，这种概念扩展促成了转喻的创造性，论证如下：

> The cognitive linguistic view is that metonymy "gives access to" and "highlights" meaning within a cognitive domain or domain matrix. This, however, implies a return to something already known. But metonymy has the capacity to offer new connections within a domain, and expansions into related domains not previously regarded as contiguous. When we draw on our personal experiences, we generate ad hoc categories that group in a domain elements that may not previously or conventionally have formed groups. The act of forming an unconventional cognitive domain and identifying things that might be contained within, and related to it is an act of creativity. (Ryland, 2011: 45)

认知语言学认为，转喻在认知域或认知矩阵内"让人理解"（gives access to）并"强调"（highlights）意义，该观点意味着转喻是对已知事情的回归。但转喻能为某一域提供新的联系，并扩展到人们之前认为的非连续的域内。在结合个人经历时，我们会对之前或者传统上没有形成组别的某一域元素形成特定的分类组合。形成一个非传统的认知域，识别其中可能包含的与之相关的事物是一种创造性的行为。（Ryland，2011：45）

Ryland 得出结论，即在艺术理论教学中关注转喻会有所助益，因为它能反映出仅仅在关注隐喻时被隐藏的其他含义，能明确同一件艺术品从表面、转喻和隐喻三个层面进行解读的差异，能在艺术分析中融入转喻链，能解释观众如何在不同的参照系之间转换，并突出和淡化艺术品的不同意义。这种关注也可以延伸到更多日常艺术形式的研究中，如我们在引言中看到的，日本动漫里面手（有时候是脚）的缺失也有转喻义，代表失控（Abbott & Forceville，2011）。

有趣的是，前面提到的 Susan Hiller（2008）的作品标题中有"献给马塞尔·杜尚"（Homage to Marcel Duchamp）的字样，这是因为杜尚对描绘人们想象中的"光影"特别感兴趣，他在 X 射线刚被发明的时候就开始创作了，很多艺术家也在各自的作品中融入了 X 射线的概念。杜尚还是"奥费主义"（Orphism）运动的一员，他们这群人都在创作中使用大量的转喻，这是立体主义的延伸，差异在于前者没有可识别的主体，仅仅依靠形状和颜色来表达意义。František Kupka 的《大教堂》（Katedrála，创作于 1912—1913 年）就属于奥费主义，画的是一系列深浅不一的蓝色平行四边形，并垂直排列地拼在一起来代表现代彩色玻璃窗。在这幅作品中，František Kupka 用大教堂的一部分元素来传达出整个大教堂的氛围，也成功地运用了"部分指代整体"的转喻，其中，彩色玻璃窗代表整个教堂的玻璃，而教堂的玻璃又代表教堂。转喻在这里运用得恰到好处，因为这幅作品很有氛围感，让看到的人都觉得仿佛置身于一个大教堂。

转喻在音乐中的创造性使用

音乐中也有大量的转喻，如歌词、旋律和人类与音乐的互动（如指挥、跳舞和唤起的记忆）等。我们已经看到了乐曲中的重复选段（或者叫取样）是如何与其他乐曲甚至所有音乐形成转喻关系（通常为讽刺的）的，就像 Proust 的《玛德琳》（*Madeleine*），仅仅是开头的几个小节就能把听众带回到他们人生中的某个特定时期，重新唤起他们在那个特定时期甚至是早已遗忘了的情感记忆。Wagner 的主旋律是一个很好的例子，说明了转喻是可以运用于歌剧中的那些短小的、不断重复出现的乐句的，与他在歌剧中的特定角色有关。在 Wagner 的《指环》（*Ring Cycle*）中，当听到 Siegfried 的主题曲时，听众就知道他即将登场。随着此角色变得更加英勇，主题曲也有了更多的管弦乐伴奏，声音也更加响亮，唤起了强烈的以"特征指代人"的转喻。正如第 4 章所示，Whalen（2004）在对电子游戏音乐的转喻研究中指出，在句法层面，音乐经常是游戏进程的转喻。他还展示了音乐是如何与游戏的其他特征相结合并营造出一种整体进程感的。

转喻也可以通过音乐运动出现在音乐中。Johnson 和 Larson（2009）在分析甲壳虫乐队（the Beatles）的歌曲 *Something* 时指出，具身认知在概念隐喻音乐运动中的作用就是让身体运动。此概念隐喻是受转喻驱动的，因为人们在听到音乐时经常会想要扭动身体，而他们根据音乐做出的动作通常反映了音乐本身的特征。Johnson 和 Larson 也注意到了这种歌曲结束的方式。

> I don't wanna leave her now
> 我现在不想离开她
>
> You know I believe and how
> 你知道我有多确信
>
> [Short guitar solo]
> 【短吉他独奏】

歌词在独奏之前结束，最后的"句子"是一个简短的六分音符的吉他独奏。Johnson 和 Larson 评论道："歌词戛然而止，被赋予意义的音乐作出了应答。"（Johnson & Larson，2009：82）这里使用一段简短的吉他独奏是甲壳虫乐队的表达方式，"最终，只有音乐才能说出想说的话"。他们还指出，这段独奏的最后四个音符（A–B♭–B–C）中的上升音调与歌曲开头几句中的下降音调（C–B–B♭–A）完全相反。因此，一个上升的动作通过对立的关系，来转喻性地指代之前听到的下降的动作。

Pérez-Sobrino（2013b）率先提出转喻思维在音乐理解中的运作模式。她指出了"转喻推理"的四个层次，当中有部分内容与前文讨论过的相似。第一个层次是"转喻呼应"（metonymic echoing），即用一段音乐呼应来自大自然的声音，如鸟鸣、风声等。第二个层次是"转喻提示"（metonymic cueing），涉及对促进隐喻思考的相关事物的选择，此处她引用了 Smetana 的"伏尔塔瓦"（Vltava）（捷克第一长河），它是两条小溪的汇流。第三个层次她称为"音乐源域-目标域转喻"（musical source-in-target metonymy），以音乐的主题说明了角色的情绪。这个主题可以是一个节奏主题、音阶，或是某个音调。最后，她将第四个层次称为"目标域中包含多个音乐源域的转喻"（musical *multiple* source in target metonymy），一段音乐或一段摘录或许能代表一种类型。这些不同层次的转喻推理会自然地以不同方式相互作用。

了解到转喻推理在音乐理解中发挥的巨大作用后，我们自然就会发现管弦乐队的指挥以及音乐教师在讲授音乐概念时所用到的手势，均涉及转喻（Chuang，2010）。据说大多数指挥及音乐教学手势都基于隐喻或转喻的联系，即音乐的各个方面与人们每天亲身接触到的物体这一体验之间的联系（Bräm & Bräm，2004）。Litman（2010）指出合唱团指挥家是如何通过大量运用手势转喻性地指代具体事物的，而这些事物又反映了难以言表的情感及体验，他还认为这鼓励了歌手们通过歌声再现这些体验。

转喻也体现在指挥家和音乐教师对表演者的口授中。Johnson 和 Larson（2009）展示了"表演者即所演奏的音乐"（performer is the music performed）转喻是如何广泛使用的，以及表演者是如何用转喻识别音乐指示的，例如："在她慢下来、音调低下来时，你要快一点、音调高一点"以及"此处你要接上"。

他们还展示了"以乐器指代表演者"（the instrument for performer）是如何进一步推动指挥的，比如"小提琴很拉胯"和"鼓不知去哪了"（Johnson & Larson，2009：76）。有时转喻还可以指代不同类型的音乐，例如 Sebastian Faulks 的小说《一种可能的生活》（*A Possible Life*）（其背景是 20 世纪 70 年代的美国），它的第五部分"你的下一次"里有这样一句：

I didn't like the production. It was too *West Coast*. (Faulks, 2012: 204)
我不喜欢这部作品。它太 *西海岸*（West Coast）了。（Faulks，2012：204）

读者很快就能理解此处指的是这些音乐听起来像来自加利福尼亚州，至于这对每个人究竟意味着什么，则取决于他们对 20 世纪 70 年代加利福尼亚州音乐的了解。读者的年龄以及他们接触到的加利福尼亚州音乐类型各异，所触发的特定理想化认知模型可能会有很大的不同。

转喻在电影和广告中的创造性应用

迄今为止，我们已研究了不同表达模式下的转喻。现在我们来探讨两种涉及"多模态转喻"（multimodal metonymy）的媒介：电影和广告。在这些类型的媒介中，转喻很可能同时以多种模式出现，并共同作用形成连贯的信息。虽然我们并不总能意识到这一点，并且认为自己可能"只是"在读或"只是"在听，但通常来说，我们的确从各种来源接收信息；同时还会有其他信息源以各种微妙的方式推动整体信息的传播。我们想要研究的是这些多模态形式的转喻在多大程度上有助于相关媒体形成创造性的表达。

转喻在电影中的作用得到了充分证明，角度和镜头焦点变化所产生的转喻具有巨大潜力。电影和广告都可以通过语言、镜头角度、演员的动作和音乐在一个场景中传达互补的转喻信息。在第 3 章中，我们了解了 Forceville（2012）就声音转喻在电影中的重要性而展开的研究。他认为，声音转喻通常具有很强的创造力，因为声道能突显观众通常注意不到的视觉元素。转喻在电影中的其他用法则更常见些：红色的前门可能意味着住在里面的人生活得很精彩，厨房桌子上放着一个空的威士忌酒杯可能暗示着某人有酗酒问题，地板上的一个破玩具可能代表孩童无人照看。摄影角度经常被用以转喻地指代某个角色的观点，或其在特定场景中可能关注的事物。Ortiz（2011）指出，在许多恐怖电影中，我们只看到了反派角色的影子，暗示着他们潜伏在摄像机无法触及的暗处，即将开始行凶作恶。在其他时候，我们仅看到一个黑影逼近受害者，或者是手里握着一把刀。如前文讨论的艺术作品那样，黑影是人性的另一面，此场景与"邪恶即黑暗"的主要隐喻相结合，制造了紧张感和恐惧感。这种转喻用法比较常规，但这一种以及其他的转喻创造性拓展，在电影中比比皆是。在吸血鬼电影中，这种转喻又被拔高了一个层次：吸血鬼没有影子，说明其不是人类。

Rudicell（1992）举了两个有关电影使用转喻的例子。第一个例子是 1961 年的电影《101 忠狗》（*101 Dalmatians*）。在这部电影中，邪恶的库伊拉·德维尔（Cruella de Vil）想要得到斑点狗的皮毛，她经常吸烟，黄色烟雾弥漫着整个房间。电影播放到一半时，一家报纸通过画外音报道了小狗被盗的新闻，然后黄色的烟雾突然开始出现在报纸前，这让观众们想到了库伊拉。第二个例子是电影《一个年轻的姑娘》（*Gal Young*），男主角 Trax 虐待女主角 Mattie。在前面的一个场景中，他抓住 Mattie 的爱猫并把它狠狠地从床上摔了下去，这转喻了他如何对待 Mattie。Rudicell 指出，这些例子均涉及转喻，但他并没有进一步展开分析。为此，我们可以借助第 2 章和第 3 章概述的转喻模型为这些转喻的分析提供相应的工具。一方面，Radden 和 Kövecses（1999）提出了两种转喻，即以"行为指代行为者"与以"所属物指代所有者"的转喻关系，但其实际意义还远不止如此。黄色烟雾不仅让人想起库伊拉本人，还让人想起了她邪恶的存在；猫不仅使人联想到了 Mattie，还想到她相对弱势的处境。为了更全面地解释这些转喻的含义，我们可以引用第 3 章中讨论的 Peirsman 和 Geeraerts（2006a）的"相邻强度变化"模型。在这个模型中，转喻以三种不同的方式从原型实例中辐射出来：它们的连续性、界限感与具体程度均减弱。此处的两个例子亦是如此。虽然基本的转喻关系是其最原始的含义，但这些关系在语境中的实际意义变得更加不同，更不容易定义，也更抽象，因此更接近范畴的边缘。

转喻经常出现在广告中，用以暗示梦寐以求的生活方式和其他愿景，并作为一种说服手段。其中，有许多转喻的使用具有创造性，涉及语言和图像元素的微妙结合，以传达强烈且连贯的整体信息（Forceville，2008）。Urios-Aparisi（2009）展示了转喻在四则电视广告中的作用，说明了转喻如何凭借自身力量发挥重要的修辞功能，以及如何激发广告中的一些隐喻。囿于篇幅，我们将着重讨论其中的两则。在第一则广告中，Hornimans 茶的标签缓缓摆动，如同催眠师在摆动怀表。当标签摆动时，画面会轻微失焦。

这则广告唤起了"茶标签是催眠师怀表"的隐喻，表明喝茶可以让人放松。然而，此隐喻之下有两个重要的转喻："标签指代产品"（*emblem for product*）转喻（茶标签指代茶包）与"结果指代原因"（*effect for cause*）转喻（放松的状态源自饮茶）。整个广告的色调为柔和的金色和棕色，这既隐喻性地表达了饮茶者温暖的感受，也转喻地呈现出茶的颜色与其丝滑的口感。画外音是催眠师可能会使用的柔和腔调。因此，在这则广告中，隐喻和转喻以一系列不同的方式相互作用，创造了一种整体的融合，旨在让观众将该茶与放松身心联系起来。另一则广告来自西班牙，一辆沃尔沃汽车在一系列恶劣的天气下行驶，画外音提示着安全谨慎驾驶的重要性，以保护自己的"货物"（即家人）。

这里用车的前部代表了整辆车，是一个明显的"部分指代整体"转喻。除此之外，我们还能听到孩子们上车的声音、关门的声音、引擎的声音以及下雨和打雷的声音。这些转喻让人联想到这样一个场景：司机应该对家人负责，照料好他们，应该安全驾驶。Urios-Aparisi 指出，整个广告中并没有真正的司机，所以有时看起来就像是在展示汽车本身。这就创造了一个拟人隐喻，汽车本身就是一个安全和负责任的司机，镜头聚焦在汽车的前部和车头灯，使车头灯开始看起来像眼睛。这个拟人隐喻在观众的脑海中建立了一个转喻链，以安全记录著称的沃尔沃汽车，已然成为负责整个家庭安全的汽车。

Yu 注意到转喻在另一种广告中的用法略有不同，它聚焦于一则在中央电视台播出的、旨在影响和改变人们思维的"公益广告"。广告语是"每个人的心中都有一个大舞台；心有多大，舞台就有多大"（Yu，2009：120）。与此同时，短片讲述的是一个身着传统服饰的中国女子跳着舞经过一个村庄，接着经过一面墙（类似于北京紫禁城的墙），而后经过一座雕塑，然后到了一座看起来像是在上海的摩天大楼上。后来她找到了一个舞伴，他们一起沿着雕塑和墙壁跳舞，然后一组人一起跳，而后又离开了他们，之后她又一个人在摩天大楼的屋顶继续跳，最后站在摩天大楼上，凝视远方。广告以中国传统音乐开始，其间播放了西方音乐，但最终回归中国传统音乐。转喻在这个广告中比比皆是。传统的服饰和音乐以及村庄和墙壁代表了中国传统文化，从农村切换到大城市也代表了每年成千上万中国人的迁移，从引申方面来说，也显示了中国自身从农业社会向工业化社会的变迁。在最后一个场景中，传统音乐与年轻女子眺望着现代城市的景象并置，这一场景包含了新旧融合的转喻，表明经济发展不一定需要牺牲传统价值。

广告中转喻的使用有时可以延伸到商业活动。Villicañas 和 White（2013）汇报了图案转喻在西班牙服装公司 Purificación García 20 年之久的广告活动中发挥的创意作用。这些广告都有黑白照片，其中来自"服装"转喻源的一个简单物体会与另一个物体结合，代表他们出售的东西或在其他方面与语境相关的东西。例如，他们的广告中有一块手表，仔细观察，表带实际上是一个卷尺。这则广告出现的时间正是 Purificación García 开始生产和销售手表的时间。在圣诞节前发布的另一则广告中，展示了一系列衣架，看起来就像一棵简陋的圣诞树。这些广告中，卷尺和衣架转喻性地代表着服装业。Villicañas 和 White 认为这次活动在很多方面都别树一帜。首先，所有的广告都有一种极简主义的特点，几乎完全依赖于图像，很少包含辅助性的语言材料。事实上，该公司的产品从未出现在广告中，这意味着转喻推理对理解的过程至关重要。他们展示了在广告活动的整个周期中，转喻的重复使用是如何在不同的活动间建立"家族相似性"的，这就使得后来的一些广告能够前后呼应。最后，他们展示了转喻源的意外性和转喻整合是如何产生创造力的，以及如何连续地使用转喻增强衔接性和连贯性，从而形成强大而鲜明的企业形象。

盛世长城广告公司（Saatchi and Saatchi）在荷兰为诺华（Novartis）生产的一种名为"伏他伦"（Voltaren）的止痛凝胶进行了广告宣传，其中也使用了类似的纵向转喻活动。Serrano Losado（2013）探讨了转喻画报对这些广告的影响。每个广告都有一个人的剪影，周围是刀子、别针、剃须刀片或玻璃碎片的图片。Serrano Losado 指出在这些广告中，作为源域的物理伤害是如何通过"原因指代结果"的转喻发挥作用的：刺、扎、割都代表疼痛。广告还包含了工具指代动作的转喻，其中刀代表故意割伤，剃须刀片和玻璃碎片代表意外割伤，针代表刺穿。通过在整个广告活动中反复使用这些转喻类型，盛世长城广告公司逐渐构建了一幅不同但相关的痛苦源的画面，而诺华的产品可以消除这些痛苦。

这些其他形式的转喻创造性用途，是如何与现有的符号学研究联系起来的呢？

这一章中，我们看到转喻除了应用在语言中，还被创造性地运用在各种不同的表达形式中。这为"转喻不仅仅是一种语言现象"的认知语言学观点提供了证据。通过研究转喻在艺术、电影、音乐和广告中的作用，我们对转喻的本质有了新的认识，这种关系在另一个方向上也适用：将对转喻的研究纳入这些表达模式的研究中，有助于完善现有的分析理论和框架。对此类符号的语义、句法和语用的研究被称为符号学，可以追溯到 Ferdinand de Saussure 时代（Saussure，1915）。符号学领域内三个广泛应用的框架是 Peirce 的"三元组合"符号学理论（three-way semiotic distinction）、Barthes（1972，1993）的二级指称理论（second order of signification）以及 Kress 和 van Leeuwen（1996）的视觉语法（grammar of visual design）。在本节中，我分别研究了这些框架，并评估了明确地关注转喻对本领域的贡献。我们将看到，对这一领域转喻的主要贡献是挑战了一个假设："符号及其意义之间的关系总是任意的"（参见 Al-Sharafi，2004），关注转喻类型为分析符号和意义之间的关系提供了更多的结构和系统性。

对应能指与所指，Peirce（1966）识别了三种符号以对应三种不同的关系：任意性、相似性和因果关系。在*象征符号*（symbolic signs）中，能指和所指之间的关系纯粹是约定俗成的，而且很大程度上是任意的。大多数单词都是这类符号，但一些非语言符号也是如此，如摩斯密码或信号量中使用的符号。在*图示符号*（iconic signs）中，能指与所指之间的关系是一种相似性，比如"禁止超车标志"（no overtaking sign），或者女卫生间印上的时髦女性图片。在*索引符号*（indexical signs）中，能指与所指之间的关系是一种因果关系。例如，雪地里的痕迹表明有人或动物曾到过那里；天空中的航迹云表明有飞机经过。转喻与图示符号和索引符号关系最为密切，图示符号不是对所指事物的完整表征，而是只涉及图式或部分表征，因此常常是"部分指代整体"的转喻。索引符号显然涉及因果转喻，这里我们可以看到，关注转喻可以为分析者分析索引符号和图示符号及其指称对象之间的关系提供一个实用的框架。现在我们已经确定了两种类型的转喻关系，然而，正如第2章中所示，转喻研究者可以处理许多其他类型的转喻关系。例如，符号的创建可能会通过以下方式，即用态度指代动作、用仪器指代人、用生产者指代产品、用地点指代事件，但其本质迄今为止尚未被发掘。这些转喻关系在符号学中所起的作用是很值得研究的，因为这样可以更细致地分析符号与其指称对象之间的关系，并更系统地分析这些关系在转喻链中产生和运作的方式（见第1章）。我们甚至可能需要在Peirce的"三元组合"符号学中添加符号类型；上述转喻关系不属于图示符号或索引符号，因为它们既不涉及部分指代整体的转喻关系，也不涉及因果转喻的关系。因此，我们有必要研究如何系统地扩展Peirce的分类法，除了部分-整体或结果-原因关系之外，还有识解连续关系的符号，还可以从Radden和Kövecses的分类法入手。

有人已经尝试过扩展Peirce的框架，但他们没有关注到转喻。例如，Barthes（1972，1993）所拓展的框架就试图将内涵意义考虑在内。对他来说，符号的内涵意义非常重要，因为它可以服务于文化和意识形态，Barthes将其称为"神话"（mythology）。例如，他指出，对于法国人来说，一瓶葡萄酒意味着一种健康、强劲、放松的体验，这与葡萄酒作为一种酒精饮料的字面含义有所不同。他认为这些"神话"可以让我们的世界观在某种程度上显得"正常"和"客观"，这也是唯一的方式。神话在世界各地的文化中比比皆是，也常涉及转喻。但同样是与酒有关的神话，法国和盎格鲁-撒克逊神话就形成了鲜明的对比，后者更注重葡萄酒使人陶醉的特性。对不同的转喻类型在神话发展过程中所扮演的角色进行更系统的探索，将有助于更好地解释神话产生的原因、普遍性和差异性。例如，我们刚才看到的"葡萄酒"的例子，就涉及用饮酒这个子事件指代饮酒期间可能发生的事情（如社交、放松、吃美食等）。

在盎格鲁-撒克逊文化中，这种用"子事件指代整体事件"（sub-event for whole event）的方法并不常见，因为与其他文化不同的是，英国人喝葡萄酒时一般不吃东西。在西班牙语中，un vino de honor（荣誉之酒）指的是一种招待会，在招待会上总是会有食物（小吃）的。这对于一个会西班牙语的英语母语者来说可能会感到困惑，如果他被要求准备"荣誉之酒"，他就该知道得准备食物。对可口可乐和麦当劳汉堡包等产品的迷恋背后，也包含着以"子事件指代整体事件"的转喻，因为这些产品的消费可能意味着人们追求的特定的生活方式，对于难以达到这种方式的国家而言，这些产品将变得更受欢迎。

Kress 和 van Leeuwen（1996）深入研究了多模态话语的符号学，重点强调了视觉和语言成分的相互作用。

在他们的视觉设计语法（grammar of visual design）中，可以通过不同色度的颜色强调诸如模态的特征，褪色、模糊或柔和的颜色可以用来表示隐藏的信息，而亮色则用来表示强有力的信息。黑白图片代表历史和传统，而明亮的彩色图片可以代表"现代主义"（modernism）或 20 世纪 60 年代的思想。这些明显的隐喻关系的经验性、转喻性基础很好理解：当我们无法清楚地看到某样东西时，我们就不太可能确定它是什么，从而使得原因指代结果关系被激活，而使用彩色来代表 20 世纪 60 年代涉及特征指代范畴的关系。这里的符号学知识并非随机的，因为它涉及来自现实世界经验的转喻扩展。

5.7 结　　论

如本章所述，转喻的功能远远超出了以往探讨过的范围。例如，转喻思维通常具有高度创造性，而且它在艺术、音乐、电影和广告中发挥着关键作用。来源和目标之间可能存在多重联系，转喻可以创造假设的关系，尤其是在艺术领域，可以以出乎意料的方式组合物体以创造新的意义，这使我们以完全不同的方式看待事物，并让我们质疑对世界的设想。轭式修饰法中也常见转喻的身影，通常用来创造喜剧效果。此外，转喻可以提供诸多修辞功能，它也在口语和手语以及手势和音乐等其他交流方式的意义扩展中发挥了关键作用。它在这方面发挥的作用可能比隐喻更微妙，因此更难被识别。与此同时，转喻可以以短语的形式出现，它是文学、音乐、电影和电子游戏以及日常语言中一种重要的衔接手段。因为转喻大量使用丰富的共有文化知识，所以它可以构成一种暗示性的、强大的、简洁的意义创造手段。转喻可以横跨大量的文本和其他形式的交流手段，通过抽样和其他更隐蔽的引用形式提供对其他文本的互文参考。

6 "英国政府好像就在那里"

如何识别"转喻"？

6.1 引　　言

　　本章主要着重于转喻识别，以及它与其他类型的修辞表达之间的相互作用。具体而言，将研究人们如何确定语言的某个部分是否构成转喻。诚然，这一做法比较人为，因为最佳的做法是转喻应被视为语言和其他交流形式背后的动态认知过程，而不是语言本身的静态特征。然而，动态的认知过程确实在语言中留下了痕迹，而正是这些痕迹往往被视为"转喻实例"（instances of metonymy）。因此，如果有某种程序来识别语言中的"转喻实例"，则大有裨益，因为这将使研究具有可复制性，并使研究人员能够比较不同类型转喻的使用情况。基于可靠的识别程序，研究人员就可以探索转喻在真实语料中的表现方式，并利用这些数据来发展当前的转喻理论模型。这一程序是基于计算机的、自动的转喻识别的必要前提，正如本章后面的部分所示，这可以对人机交互产生重大的积极影响。

　　到目前为止，人们认为转喻识别问题相对较少。许多关于转喻的早期研究都没有对识别转喻的过程做出过解释。最近的一些研究中，研究人员开始给出转喻识别基本原理的一个大纲。例如，在使用隐喻和转喻讨论刑事改革的研究中，Deignan 和 Armstrong（forthcoming，2015）表示，当词汇单位具有不同于其基本意义的语境意义，且这两种意义的关系是基于连续性而不是比较的关系时，则被识别为转喻。通过这一程序，他们发现*法院*，即做出公正裁决的地方，经常被用来指代做出这些公正裁决的人。两位学者认为，这有利于使司法程序不受主观因素影响。然而，就连 Deignan 和 Armstrong 的研究也并未涉及对其所研究文本中所有的转喻进行系统检查。这一艰难努力只在一项研究中尝试过（Biernacka，2013）。Biernacka（其研究在第 3 章中简要提到）调整了现有的隐喻识别程序（MIP）（Pragglejaz Group，2007），将其用于一系列关于恐怖主义主题的焦点小组讨论中的转喻，并发现其中的一些挑战。

下一节将探讨 Biernacka 基于 Pragglejaz 提出的程序改编的转喻识别程序。接下来的章节主要关注她为了实现目标而不得不克服的挑战，并将它们与转喻识别中更普遍的困难联系起来。这部分的重点是语言及其他表达。本章的第 2 部分将继续探讨计算机在自动检测转喻方面取得的进展，并提出这项工作实现进一步发展的方法。

6.2　文本中的转喻识别：一个可能的程序及早期挑战

隐喻研究者设计了一种相当强大的对文本中语言隐喻进行识别的方法，即Pragglejaz Group（2007）的隐喻识别程序。这个程序将任何可能经隐喻处理的词汇单位识别为隐喻。分析者首先将确定文本中的所有词汇单位，然后确认每个词汇单位的语境意义，接着确认词汇单位在其他语境中是否具有更基本的通用意义，以及词汇单位在文本中的意义是否可以从更基本的意义层面理解。基本含义往往更具体，与人体或更具体的东西相关。如果可以通过更基本的意义理解文本中词汇单位的意义，那么就可以将该词汇单位记为"隐喻性用法"（metaphorically used）。

MIP 的一个问题是，它在词汇层面而非短语或话语层面运作，这种隐喻识别方式夹杂有人为的因素，因为隐喻经常出现在固定表达中（Deignan，2005a）。MIP 的另一个替代程序是 Cameron（2003）的"隐喻喻体识别"（MIV），这一程序不采取逐词识别的方法。使用 MIV 程序的分析人员会首先确定一段文本是否"明显与上下文不一致、不协调"，然后分析人员将考虑是否可以通过"某种意义转移"从不协调的文本延伸到讨论的主题来消除不协调（Cameron，2003：60-61）。不协调的文本被视为表达隐喻的"喻体"，隐喻喻体识别程序因此得名。

为了说明这一点，让我们观察以下从英国学术口语（BASE）语料库中摘录的一段大学授课素材：

[…] you can learn directly the nuts and bolts of a writers craft. (BASE corpus)

【……】你就可以直接了解作家写作技巧的具体细节（nuts and bolts）。（英国学术口语语料库）

在 MIP 中，nuts（螺母）和 bolts（螺栓）都被贴上了隐喻的标签。在 MIV 中，nuts and bolts（螺母和螺栓）整个短语将被标记为隐喻。虽然从直觉上看，MIV 判定或者识别结果更合理，但 MIV 在识别隐喻短语的开头和结尾方面存在问题。语料库数据表明，nuts and bolts 经常作为 the nuts and bolts of 的一部分出现，所以我们可以将整个字符串标记为"隐喻"。只有当试图计算隐喻密度时，这才真正构成困难，但这可能会让分析人员感到沮丧。

为了识别语言中的转喻，Biernacka（2013）成功地结合了上述两种方法。她的转喻识别过程如下：

1. Read the entire text to get a general understanding of the overall meaning.

1. 通读全文，对全文大意有大概的了解。

2. Determine lexical units.

2. 确定词汇单位。

3. Decide on the metonymicity of each lexical unit:

3. 确定每个词汇单位的转喻：

a. For each lexical unit establish its contextual meaning – taking into account how it applies to an entity in the situation evoked by the text, as well as co-text (i.e. the surrounding text; what is said before and after the examined expression). Take co-text into account.

a. 确定每个词汇单位在上下文中的意义——考虑词汇如何应用于文本中的真实情境，以及上下文（上下文；在表达前后所说的话）。将上下文语境考虑在内。

b. For each lexical unit determine if it has a more basic contemporary meaning in other contexts than the meaning in the given context.

b. 确认词汇单位在其他语境中是否比在给定语境中具有更基本的通用意义。

c. If the lexical unit has a more basic contemporary meaning in other contexts than the given context, and the contextual and basic meanings are different, determine if they are connected by contiguity, defined as a relation of adjacency and closeness comprising not only spatial contact but also temporal proximity, causal relations and part whole relations.

c. 如果词汇单位在其他语境中具有比给定语境更基本的现实意义，且上下文意义和基本意义不同，则确定它们是否通过邻近性连接。邻近性不仅包括空间上的接近，还包括时间上的邻近、因果关系、部分与整体的关系的邻接和紧密。

4. If a connection is found in step 3c that is one of contiguity: check backwards and forwards to determine if any other lexical unit(s) belong(s) together semantically, thus determining the extent of the metonymy vehicle; and mark the lexical unit (or lexical units which belong together) as metonymy vehicle. (Biernacka, 2013: 117)

4. 如果在步骤 3c 中发现一个连续的邻近，则检查上下文，确定是否有其他词汇单位在语义上属于一个整体，进而确定转喻喻体的范围，并将词汇单位（或属于一个整体的词汇单位）标记为转喻喻体。（Biernacka，2013：117）

3c 是整个过程的关键，这个阶段，分析人员必须根据文本的情境来判断语境意义和基本意义是否紧密相连。步骤 3c 的措辞相对灵活以便适应在第 2 章中讨论的不同类型的转喻关系。步骤 3c 还允许将对象编码为转喻和隐喻，如前文所述，转喻和隐喻并存是一个常见的现象。通过《卫报》的这段摘录可以了解上述程序的运作流程：

West overlooked risk of Libya weapons reaching Mali, says expert
专家说，西方国家忽视了利比亚武器运达马里的风险

US, Britain and France focused on securing anti-aircraft missiles but neglected other weapons [...] (*The Guardian*, 21 January 2013)

美国、英国和法国专注于防空导弹，但忽视了其他武器【……】（《卫报》，2013年1月21日）

在这里，"美国"、"英国"和"法国"是很好的"转喻"。我们可以看到，它们的上下文含义（这些国家的政府成员）不同于其更基本的含义（地理位置），而且这些含义是紧密相连的，因为在上述例子中国家代表该国政府的成员。在这个程序下，"西方"（West）一词作为一个地理位置（相对另一个地理位置）也被编码为转喻，因为地理位置（相对于另一个地理位置）代表当地的国家，并进一步代表那些国家的政府。"西方"转喻比特定国家的转喻更模糊（也许是故意为之），在某种程度上依赖于一个链接过程，但它仍然有效。

最后部分的识别过程允许转喻喻体包含一个以上的词汇单位。我们可以通过以下摘录来了解程序的工作流程，下述例子和 nuts and bolts 例子来自同一课程：

I'm also what you might call a cultural were wolf that is *by day* I'm a scientist but I moonlight also as a poet and as an editor. (BASE corpus)

我也会被称为文化狼人，因为我*在白天*是一名科学家，但在午夜，我就是个诗人、编辑。（英国学术口语语料库）

这里的"在白天"（by day）显然具有转喻意义，以下选段引自柯林斯英语语料库，其字面含义与"在白天"有相似的关系：

They hunt *by day* and feed mainly on mammals. (BofE)

它们*在白天*捕猎，主要以哺乳动物为食。（柯林斯英语语料库）

在这两个例子中，词串"在白天"承载了意义，而不仅仅是"白天"一词，因此将整个词串标记为转喻比仅仅标注"白天"会更为合适。

再举一个例子来说明这一点：

She has again become *her mother's daughter*. (BofE)

她再次成为*她母亲的女儿*。（柯林斯英语语料库）

在该引文中，"她母亲"转喻性地指代为"她母亲的个性"，整句引文义为她的个性与其母亲十分相像。因此，应当把整个词串"她母亲的女儿"标记为转喻，而非标记特定的词。"她母亲的女儿"这一表达也包含了隐喻的元素，因为母亲和女儿之间存在着隐性的比较。这反映出一个事实，即大量隐喻都有转喻基础（Goossens，2003）。

如果要使用真实的语言数据来挑战并探讨第 2 章和第 3 章中概述的转喻模型，我们还需要找到一种方法来识别 Radden 和 Kövecses（1999）提出的转喻类型。同样，我们可以再次考虑采用隐喻研究领域中提出的方法来识别转喻。Steen（1999）提出了从语言隐喻到概念隐喻的五个步骤，程序如下：①识别与隐喻相关的词；②识别命题；③识别开放式对比；④识别类比结构；⑤识别跨域映射。

他通过分析 Tennyson 的诗歌《深红的花瓣睡着了》（*Now Sleeps the Crimson Petal*）中的"睡着了"（sleep）一词来说明这一过程。通常来说，"睡着了"这个词会被识别为一个隐喻性的用词（第 1 步）；然后，分析者认为人们对花瓣的描述似乎它们可以睡觉一样（第 2 步和第 3 步）；之后确定类比结构，即花瓣本身是非活动性的（第 4 步）；最后，识别其他跨域映射，例如将花瓣比作一个人，因此它需要休息（第 5 步）。所以，这里的概念隐喻为：植物是人。

让我们重新观察第 2 章中介绍的"大学"这一例子，以理解该过程如何适用于转喻类型的识别。

[...] they played a friendly against the *university*. (BofE)
【……】他们与大学进行了一场友谊赛。（柯林斯英语语料库）

在该例中，为了从一个特定的转喻实例中推出其"转喻类型"，人们一开始可能会把实际存在的校园作为其最基本的意义（因其最为具体、最为真实有形）。然后通过以下方式调整整个程序，以识别该语言转喻背后的转喻类型：①识别与转喻有关的词；②识别命题；③识别"域"；④识别域内关系。

"大学"（university）一词可识别为一个转喻性用词（①），它被用来指代一个大学体育队（②）。整个大学和体育队为域（③），而运动队似乎被认为是整个大学的代表，因此域就是大学及与之相关的一切（④）。使用"大学"一词，而不仅是队伍的名称，意味着这是一个"整体指代部分"的转喻。

6.3　转喻识别的进一步挑战

我们已经发现，转喻识别中存在的一个潜在问题是：转喻同隐喻一样，经常在短语层面而非在单词层面发挥作用，而且有时很难界定转喻短语的起始和结束位置。文本转喻识别中至少还存在两个固有问题，那就是转喻在语言变化中所起的作用，以及我们往往很难区分转喻和隐喻等其他修辞格。有时很难识别出一个特定的短语或话语是转喻还是隐喻，因为隐喻和转喻在短语中（与其他修辞一起）可能共同发挥作用，且各自以自己的方式发挥作用。这两个问题都令界定转喻变得非常困难。在下面的章节中，我将研究转喻在语言变化中所起的作用以及它与隐喻之间的互动，并讨论这两者所存在的问题。

转喻在语言变化中的作用

众所周知，转喻在语言变化中起着重要作用，它具有历时性与共时性。这给分析者在文本识别中带来了一个问题：如果转喻始终是意义发展背后的动力，那么我们何时才能划清界限，决定它是否仍然属于转喻呢？

现已有大量的研究分析了转喻在语法和语言变化中的作用。例如，Bartsch（2002）展示了"噪声"（noise）一词如何通过转喻扩展来指代"干扰"（interference），以及"母亲"（mother）一词如何通过转喻扩展来指代典型的"母亲型"（mothering-type）行为。从本质上讲，转喻关系在塑造语法意义方面发挥着不可替代的作用，尽管在规约化过程中，转喻会变得隐蔽起来，不需在解读时被评估。Taylor（2002，2003）用"范畴扩展"（category extension）来解释这一现象。根据这种方法，词语具有典型含义，而这通常与具体经验有关。它们再通过转喻和隐喻的过程获得更为抽象的意义。在这两个过程中转喻更为普遍。例如，Taylor（2003：129）指出法语单词 chasser 的原始含义是"为了捕捉/杀死动物而追赶它"。该词的第二种即更进一层的意义（"追赶某人"）表明了这样一个常识：如果我们追赶一只动物，它就会跑掉。根据 Taylor 的说法，这两种意思之间存在着转喻关系，因为我们可以在给定的"狩猎"的理想化认知模型中建立起它们之间的心理联系。由于转喻已经参与到了该词的意义构成，对于转喻分析者来说，这也带来了一个问题，但很难确认这种转喻是否会一直存在，因为该词的两种意义都可以被认作是其"基本"意义，而当涉及语言使用时，"历史义更为悠久"这样的事实也并不存在。这反映了一个基本的事实，即最好将转喻描述为一个过程，而不是一个可以确定的静态现象。

与转喻密切相关的一种语法变化形式是"名词—动词"转换，例如，名词 eye（眼睛）在以下表达式中变为动词 eyeing（看）：

> Thank you very much, Maggie thought bleakly, *eyeing* him with even greater suspicion. (BNC)
>
> "非常感谢"，Maggie 阴郁地想着，以更加怀疑的眼神*看着*他。
>（英国国家语料库）

这里的 eyeing 意为"看着"，其涉及一个"名词—动词"的转喻关系。Dirven（1999）认为，英语中名词—动词转换所涉及的转喻关系可以用三种不同类型的图式来解释："动作"（action）图式、"地点"（location）图式和"存在格"（essive）图式。

"动作"图式涉及以物体指代动作的转喻，焦点在客体上，如：

> A yacht *crewed* by a man and three laughing women careered dangerously close to the shore.
>
> 一艘由一名男子和三个嬉笑的女人驾驶的游艇以危险的方式驶近海岸。

它们还涉及以工具/方式指代动作的转喻，如：

> about 10,000 Dall's porpoise were *harpooned* each year. (BNC)
> 每年约有 1 万头无喙鼠海豚被鱼叉叉死。（英国国家语料库）
>
> I *spooned* a gob of whipped cream over my gooseberry pie. (BNC)
> 我在醋栗派上*撇*了一勺鲜奶油。（英国国家语料库）

"地点"图式涉及以地点指代动作的转喻，如：

> It is often *bottled* and sold as mineral water. (BNC)
> 它通常是*瓶装*的，作为矿泉水出售。（英国国家语料库）

最后，"存在格"图式涉及以状态指代动作的转喻，如：

Dhani put him in a Buddhist monastery and *nursed* him back to health. (BNC)

　　Dhani 把他送到佛寺，*悉心照料*，使他恢复健康。（英国国家语料库）

其中有一些转喻十分常见，以至于许多分析家可能倾向于将它们标记为字面意思，因为在这些情况下，他们也很难划清界限。正如在隐喻中所观察到的那样，转喻可以存在于不同的分析层面，在文本或语言中"死了"的转喻，在旁观者的心目中可能并没有"死"。就像隐喻一样，在不同的使用环境中，对不同的对话者而言，转喻可以是"死的"（dead）、"活的"（alive）、"沉睡的"（sleeping）或"苏醒的"（waking）（Müller，2008）。

在英语中，以工具指代动作的转喻关系构词能力似乎特别强，这意味着我们仍然可以找到相对新颖的用法，例如 Littlemore 和 Tagg（in preparation）在文本信息语料库中发现的以下用法：

R u driving or *training*? (CorTxt)
你在开车还是在*练车*？（文本信息语料库）

Hope red dress is *wowing* at wedding. (CorTxt)
希望婚礼上的红裙子会*令人惊叹*。（文本信息语料库）

在这里，*练车*和*令人惊叹*这两个词受"工具指代行为"和"结果指代原因"转喻关系的刺激。

转喻在语言变化中发挥的另一个作用涉及"语法化"，这是"词汇"或"内容"单词随时间推移而获得语法含义的过程，在某些情况下，开始逐渐失去其内容意义。这被认为是语言变化背后的主要过程之一（Hopper & Traugott，1993），而且是单向的（即"内容"词倾向于变成"语法"词，反之不然）。目前已有三种不同的理论来解释语法化（见 Evans & Green，2006），分别为"隐喻扩展理论"（metaphorical extension）、"受邀推断理论"（invited inferencing theory）和"主体化方法"（subjectification approach）。在这三者中，后两者调用了转喻，因其涉及了视角和内化的变化。

受邀推断理论（Traugott & Dasher，2002）强调语言变化基于使用的性质。受邀推断是一种由语境提出的推理，它基于听者的世界知识、他们自己的观点以及对于自己认为的说话者可能会告诉他们的内容的一系列期望。例如，让我们探讨来自柯林斯英语语料库的三个引文，其中都包含"自从"（since）这个词：

> We haven't touched it *since* we moved to the house. (BofE)
> 自从搬到这房子后，我们就没有碰过它。（柯林斯英语语料库）

> We are a lot better off financially *since* we slimmed. (BofE)
> 自从缩小规模后，我们的经济状况好了很多。（柯林斯英语语料库）

> No one should be surprised that children develop bad habits *since* we all have one or two ourselves. (BofE)
> 自从我们知道自己本身也有一到两个坏习惯后，就没有人会对孩子养成坏习惯这一状况感到惊讶了。（柯林斯英语语料库）

第一个引文有明确的时间含义，第三个具有因果含义，而第二个可以说是二者兼有。since 的时间意义早于因果意义，Traugott 和 Dasher（2002）认为含义的改变是因为时间意义在某些情况下"邀请"了因果解释。随着时间的推移，这种解释已成为 since 含义的一部分，使得这个词有了一定的多义性。因为这两种含义在概念上相联系，人们可以认为意义变化具有转喻基础。

主体化方法（Langacker，1999）认为意义的变化是由视角的变化引起的。我们可以从下面两个包含 down the road 这个短语的例子中看到这一点。

> There were monkeys holding hands walking *down the road*. (BofE)
> 有猴子牵着手*沿路走*。（柯林斯英语语料库）

> Joe Schmoe *down the road* might start drinking too much. (BofE)
> *沿路*不远处的乔·斯基莫可能有点喝多了。（柯林斯英语语料库）

在第一个例子中，*down the road* 是字面意思，涉及猴子*沿着路行走*的动作。第二个例子指如果一个人沿着路走下去就会到达的地方，但不涉及行走，所以这里 down 的意义更倾向语法层面，只是作为一个位置的标记来使用，此时关注点是旅程的终点。因此，关注点改变了，开始纳入听众的主观观点，这涉及"感知"理想化认知模型中意义的转喻转换。

这两种类型并不容易区分，我们可以从下面两个例子中看到这一点，二者都选自柯林斯英语语料库且都包含 must 这一词汇。

> The state *must* take steps to save the fish. (BofE)
> 国家*必须*采取措施来拯救鱼类。（柯林斯英语语料库）
>
> Some woman *must* be harbouring him. (BofE)
> 某个女人*一定*在包庇他。（柯林斯英语语料库）

第一个例子中的"必须"是道义意义，涉及直接的义务，而第二个例子中的"必须"是认知意义，更像是"一定是这样的情况"。认知意义也包含一定程度的义务，似乎是一个范畴扩展的案例，然而，这个意义对听者来说是内部意义，并且关注点在"必须"关系的终点，所以我们可以在这个例子中看到推理理论和主体化的证据。无论用哪种理论来解释这个过程，都可以看到，两种意义之间存在转喻关系，且这一关系涉及"感知"理想化认知模型，但是对于分析者来说，要找出这种转喻的每一个例子是非常困难的，因为它很多时候是一种历史现象。

我们在其他例子中也看到了同样的过程，情态动词被赋予了不同于其核心道义意义或认知意义的特殊含义。Lee（2013）在分析本科生收到的书面论文反馈时指出，can be 被作为模糊语使用，例如：

> It *can be* a little difficult to understand.
> 它*可能*有点难以理解。
>
> Your style of writing *can be* rather colloquial. (Lee, 2013: 268)
> 你的写作风格*可能*比较口语化。（Lee，2013：268）

这些对 can be 的使用强调了 can 的认知意义的一个方面，即"有时是这样的"。这种对 can 的使用涉及一种潜在指代实际的转喻关系。

在手语中，转喻在语法和语言变化中发挥的作用也变得很明显。例如，Sutton-Spence 和 Coates（2011）指出，在英国手语中，普雷斯顿足球俱乐部的手势是模仿戴眼镜的动作。这个手势（通过突出属性指代范畴的转喻）指 1922 年守门员 J. F. Mitchell 成为第一个也是最后一个在足球总杯决赛中戴眼镜的球员。这表明转喻可以涉及对大多数人来说早已忘却的历史真相，而且这些历史对使用该语言的人来说也不是特别熟悉。这是一个转喻链的例子，眼镜指代守门员，守门员指代整个俱乐部。我们再一次遇到了这个难题：转喻和字面语言之间的界限在哪里？

转喻和隐喻之间的交互与重叠

转喻识别的另一个固有的难点是它经常与隐喻共存和重叠，在这些情况下很难将转喻成分分离出来（Kövecses，2013）。例如，在下面的句子中，华盛顿和德黑兰都可以被看作是转喻，指代在这些地方工作的政客，或者也可以被看作是人格化隐喻，即华盛顿和德黑兰具有人的特征。

> Noting that *Washington* is willing to improve relations with *Tehran*. (BNC)
>
> 注意到*华盛顿*愿意改善与*德黑兰*的关系。（英国国家语料库）

类似的重叠问题可以在下面的句子中找到，其中 get hot under the collar（字面意为脖子发热）指变得紧张和愤怒。

> The crippled businessman is beginning to *get hot under the collar* as his jealousy deepens. (BofE)
>
> 随着嫉妒心的加深，这个瘸腿商人开始怒气冲天了。（柯林斯英语语料库）

这个例子可以看作是一个结果指代原因的转喻，因为一个特定的症状（脖子发热）指的是出现该症状的原因（变得紧张和愤怒）。然而，通常在使用这个表达时，并没有真正暗示这个人实际上正在发热，在这种情况下，也许对其更准确的描述是一个"来自转喻的隐喻"（metaphor from metonymy）（Goossens，1990），这个现象将在下文详细讨论。同样地，尽管我们在第 1 章中看到的 pencil in（字面意为用铅笔写）的例子涉及转喻，但在很多情况下，比如下面的例子，不一定涉及实际的记事簿或铅笔。

> They have *pencilled in* talks with Richards on Tuesday. (BofE)
>
> 他们已将与理查德的会谈*临时安排*在周二。（柯林斯英语语料库）

在这个例子中，pencilled in 指的是在一个假设的记事簿中做的临时安排，而且，如下文所述，可以看作是一个"来自转喻的隐喻"（Goossens，1990，2003）。有时，我们并不清楚是否真的有一本记事簿和一支铅笔参与其中，在某些情况下，很难区分我们是在处理转喻还是隐喻，或两者兼有。handbagging 这个词（在引言中提到过）也是同样的情况，例如：

Reagan got a *handbagging* over US action in Grenada. (Webcorp)
里根因美国在格林纳达的行为而受到了*抨击*。（网络语料库）

在这个例子中，美国总统罗纳德·里根实际上不太可能真的被手提包（handbag）击中，因此这个表达一定是隐喻性的，但它确实有转喻基础，因此可以说它既包含隐喻又包含转喻。这些例子凸显了转喻向隐喻转变时遇到的难题。

隐喻和转喻本质上是"模糊"的概念，区别它们的标准也是如此。很多学者（如 Dirven，2003；Radden，2000）提出了从纯字面到转喻再到隐喻的连续体。Croft 和 Cruse（2004：220）也给出了介于隐喻和转喻间的例子，但同时也提醒说，看起来是中间性的东西可能是结合了明显不同过程的结果。因此，原则上，任何一个表达都不能被绝对地说成是隐喻或转喻，而只能取决于给定的语境及其使用者。Barnden（2010）深入研究了隐喻/转喻区别的模糊性。他着眼于两个主要方面：隐喻涉及相似性，而转喻涉及邻近性；在转喻中与源域的联系得到保留，而在隐喻中却没有。然后，他研究了这些"规则"在隐喻和转喻中被打破的情况。他首先挑战了隐喻仅仅依赖相似性的概念，指出了很多"基本隐喻"（primary metaphors），如"知道就是看见"或"多即向上"（Grady，1997），实际上是基于现实生活中的经验关联，本质上是连续的。换言之，当我们第一次学习语言和隐喻时，知道就意味着看见，更多就意味着"向上增加"。因此，这时源域和目标域之间的关系是邻近而非比较，或许被描述为"转喻"会更好。基本隐喻被认为是所有概念隐喻的基础，所以如果它们本质上是转喻，那么这也适用于以它们为基础的概念隐喻。Barnden 接着指出，当人们情绪低落时，他们可能不会真的佝腰或垂脑袋，但我们也许可以想象一下他们处于这种状态，而这种想象可以帮助我们理解隐喻。因此，不得不承认，在理解这类隐喻时，可能涉及对某些转喻的认知加工。正如 Barnden 所言，"邻近性（contiguity）存在于旁观者的眼中"（Barnden，2010：10）。

除了阐释一些隐喻如何涉及邻近性，Barnden 还展示了一些"转喻"如何涉及相似性。他在这里使用的一个例子是国家的名称，如美国可以是一个转喻，指代一个代表美国的运动队。他指出，这种相似性产生的背景，即它们只有在不同球队相互竞争的体育比赛中才有意义。因此，国家与其队伍之间存在一对一的对应关系，并且建立了一种结构类比，在该类比中，团队之间的竞争关系对应于国家之间的竞争关系。他认为，在具体语境中，许多转喻实际上涉及源域和目标域之间的结构相似性，因此可以被视为隐喻。

Barnden 认为另一个区分隐喻和转喻的标准——"关联存留"（link survival）的观点也存在问题。有人认为，在转喻中，喻体的"字面"意义仍然是转喻最终意义的核心部分，而在隐喻中却不是如此。例如，我们可以对比下面的隐喻和转喻，两者都涉及"嘴"（mouth）的概念：

Father and I fished at the *mouth* of the river. (BNC)
我和父亲在河口钓鱼。（英国国家语料库）

He held out his arms and *mouthed* a farewell. (BNC)
他伸出双臂，做了个告别的*嘴形*。（英国国家语料库）

在第一个（隐喻的）表达中，实际的嘴并不存在，只是河流入海口处像嘴一样，而在第二个（转喻的）表达中，实际的嘴仍然存在于理解过程中，因为它涉及说话或模仿说话。Barnden 认为这种区分是有问题的，他引用了"军蚁"（army ant）这个隐喻的例子。这里，蚂蚁确实展示了真正军队的行为，尽管它们本身并不是真正的军队。参考真实的军队的行为是理解过程的一个重要部分，尤其是第一次看到这个表达的时候。因此，这种联系存在于这个隐喻中，使得它很难与转喻区分开来。

Barnden 得出结论，即通过判断是否使用源域和目标域之间的联系，或许可以区分隐喻和转喻，但这种方法削弱了它们之间可能存在的任何内在联系。他的结论是，与其问特定的表达在本质上是隐喻还是转喻，不如问下面的问题：如果有相似性的话，它涉及的是哪种？如果有邻近性的话，它涉及的是哪种？是否涉及联系保留？是否涉及假设推理？这种研究隐喻和转喻的方法比以前的方法更加精练，并且提供了一个有前景的研究方向。如果再考虑两个要素，它还可以更完善，即转喻作为一个辐射范畴的本质（如第3章所述），以及这样一个现象，即至少在语言中，文本或语调中经常有线索表明一个特定的表达应该被理解为隐喻还是转喻。

有时，隐喻和转喻间的模糊区别是故意而为之的，正如 Michelle Magorian 的小说《晚安，汤姆先生》（*Goodnight Mr. Tom*）中的片段所示。小说中，汤姆先生一直记得儿子出生的画面，儿子在出生后不久就和其母亲，也就是汤姆先生的妻子瑞秋死于猩红热。瑞秋一直喜爱画画：

"Ent he beautiful", she had whispered and he had nodded and watched helplessly as the familiar colour of scarlatina had spread across both their faces.

"他漂亮吗？"她低声说道，他点了点头，无助地看着熟悉的猩红热的颜色在他们的脸上蔓延开来。

"Yous'll have to git blue" she had whispered to him, for during her pregnancy he had bought her a new pot of paint for each month of her being with child. The ninth was to be blue if she had given birth to a boy, primrose yellow if it had been a girl.

她小声对他说："你得弄成蓝色"，因为在她怀孕期间，他每个月都买了一罐新颜料。如果她生的是男孩，第九罐就是蓝色的，如果是女孩，就是浅黄色的。

After they had died he had bought the pot of blue paint and placed it in the black wooden box that he had made for her one Christmas, when he was eighteen. As he closed the lid, so he had shut out not only the memory of her but also the company of anyone else that reminded him of her.

妻儿死后，他买了一罐蓝色颜料，放在他十八岁那年的圣诞节为妻子做的黑色木匣里。盖子合起的那一刻，既尘封了对她的记忆，也封锁了任何能使他回想起妻子的人。

He glanced down at Will, who had become suddenly quiet. He gave a start and opened his eyes. His lips had turned blue. (Magorian, 1983: 230)

他低头看了一眼突然安静下来的威尔。威尔抖动了一下，睁开眼睛，嘴唇变成了蓝色。（Magorian，1983：230）

在该段摘录中，蓝色颜料转喻性地代表着男婴（因为人们总是给男孩穿蓝色的衣服、布置蓝色的卧室等）和汤姆的妻子瑞秋（因为这让他想起了她对绘画的热爱）。颜料现在被锁在一个盒子里的事实，隐喻性地表达出汤姆的感情被"锁了起来"，与外界隔绝。然而，结合前文，我们可以看到源域仍有很强的存在感（那罐蓝色颜料仍在盒子里），所以可以说从这个隐喻中看到转喻的影子。这段话开头和结尾对红色和蓝色的字面引用（"熟悉的猩红热的颜色"和"嘴唇变成了蓝色"）加强了对红色和蓝色的转喻和隐喻的戏剧效果。这种隐喻、转喻和字面义巧妙地结合且易于相互转化，有助于增强这段话的整体表达。

Goossens（1990，2003）确定了隐喻和转喻互动的四种主要方式，并将整个过程称为"隐转喻"（metaphtonymy）。第一种方式是*隐喻源于转喻*，其中隐喻的经验基础实际上是转喻。上面提到的两个例子"怒气冲天"（get hot under the collar）和"临时安排"（pencilled in）可被称为"隐喻源于转喻"，它们由此在作为转喻并在某些语境下发展为隐喻的过程中具有了生命。第二种方式即*隐喻内含转喻*。当目标域中起作用的转喻嵌入隐喻时，就会发生这种情况。例如，在例子"她吸引（caught）了他的目光并大笑"（英国国家语料库）中，"他的目光"转喻性地指代他们交换眼神的事实，但吸引这一动作暗示了管道隐喻。Deignan（2005a）指出，*隐喻源于转喻*会引起模糊表达。例如，当我们谈到"用铅笔画物体"时，它可能字面意义上指我们拿出了一支铅笔并在日记中写下一些内容，或者我们只是简单地做了个计划。在*隐喻内含转喻*中就没有这种歧义。上例中，女人不可能真的"吸引了"那位男人的眼睛。

第三种方式（Goossens 认为这种方式极为罕见）涉及*隐喻中的非转喻化*。他给出的例子是"口惠而实不至"（paying lip service），如：

Previous governments have *paid lip service* to the idea but achieved little. (BNC)

前几届政府*口头上支持*这一想法，但并没有取得什么进展。（英国国家语料库）

乍一看，此表达似乎涉及了用部分指代整体的转喻，即嘴唇指代说话，但这个表达只用于抽象意义，因此总是将它当成隐喻。在这个隐喻中，因为没有实际说话，所以没有用部分指代整体的转喻。因此，该表达失去了其明显的转喻元素。

第四种方式（也很少见）是*转喻内含隐喻*。他用"气势汹汹"（get up on one's hind legs）这个例子说明这种关系，如：

> David Sprott who wasn't afraid to *get up on his hind legs* at a social gathering and talk, seriously and at length, about teeth. (BNC)
> David Sprott 无惧在社交聚会上展气势，认真而详细地谈论牙齿。

（英国国家语料库）

这个表达的意思是"在公共场合起身说些什么"，本质上是一种转喻，但其基础是人是动物的隐喻识解。

研究 Goossens 模型的人员揭示了更复杂的一面。例如，Wojciechowska 和 Szczepaniak（2013）研究了包含单词 hand（手）的惯用表达，研究兴趣包括转喻和隐喻。在不同的表达中他们发现了不同类型的隐喻-转喻相互作用，并找到了支持 Goossens（1990，2003）的四种"隐转喻"（metaphtonymy）类型的依据。然而，他们的数据显现了更为复杂的累积性（cumulative）和综合性（integrated）隐转喻结合在一起的模式，发现这种相互作用的性质因习语是否规范（canonomical form）而各异，这表明了遣词造句在转喻分析中的重要性。他们的发现呼应了 Geeraerts（2003）的观点，即"隐转喻"属于一种更具包容性的模式，使隐喻和转喻能以其他方式相互作用。例如，一系列转喻之后是隐喻，隐喻之后是转喻，转喻之后是转喻。Geeraerts 的模型能为习语和复合词等复合表达的语义提供更全面的描述。

涉及转喻和隐喻之间密切关系的话题也适用于其在其他表达方式中的识别。如第 5 章所示，广告、艺术、电影和音乐中的许多转喻和语言中的转喻一样都逐渐变成了隐喻。隐喻和转喻在广告（Pérez-Sobrino，2011，2013a）和手语（Kaneko & Sutton-Spence，2012；Taub，2004）中以复杂的方式相互作用，并且往往难以将它们剥离开来。此外，许多转喻在艺术、手语、诗歌和舞蹈中可以同时使用，它们的互动方式与语言中的转喻有所不同。

在对多模态广告的研究中，Pérez-Sobrino（2011，2013a）讨论了 Greenwashing 一词，该复合词包含了"粉饰"和"绿色"语义。这种广告形式正面宣传了公司政策或产品的环保观念（通常是人为创造的）。她研究了两则广告，其中隐喻产品 x 是绿色产品，并与转喻复合体"绿色指代自然、指代环保产品"进行交互，从而误导性地塑造了产品的正面形象。

第一则是萨博汽车的广告。该广告的文案如下，并配有一张红色萨博的照片：

> Grrrrrreen.
>
> Grrrrrreen.
>
> Every Saab is green. Carbon emissions are neutral across the entire Saab range.
>
> 每辆萨博都是绿色的。整个萨博系列均实现碳中和。

Pérez-Sobrino 还指出，照片中的萨博实际上是红色的，而 Grrrrrreen 一词形似狮子的咆哮，给广告增添了一定程度的讽刺意味，确保其也能吸引偏爱高性能汽车但可能对"绿色"运动不太有共鸣的顾客。她认为，对这则广告的全面理解需要一个概念整合的过程，在这个过程中，隐喻和转喻的界限是模糊的。

第二则广告是生产电梯、自动扶梯和自动人行道的奥的斯电梯公司，其文案为：

> OTIS
> 奥的斯
>
> THE WAY TO GREEN™
> 通往绿色之路

在这则广告中，绿色（Green）一词用了绿色字体，该文案还伴有几个圆点，数目和高度从左往右递增，颜色也从蓝色变成了绿色。该广告中，转喻"绿色指代自然、指代环保产品"与隐喻"多即向上""善即向上""变化即向前运动"相结合。同样，读者对该广告的全面理解需借助读者整合这些隐喻和转喻的能力。剥离这些广告中的隐喻和转喻难度很大，而且这样做会削弱它们丰富的内涵。

在其他表达形式中，转喻的识别也存在问题，某些情况下，转喻和"字面"的表达形式之间的差别非常细微。如果像 Langacker 一样将转喻视为一种参考点现象，那么在电影中，每一个镜头角度都是一种又一种转喻。但问题在于，如果没有拍摄角度，就无法拍摄任何事物，因此转喻近似于角度。最后，如第 5 章讨论的艺术品所示，和在语言中一样，识别艺术品中某个转喻实例的起点和终点具有一定的难度。要解决上述问题，可以像语言一样，尝试关注其他表达形式中具有创造性或有标记的转喻形式。

6.4 语言中转喻的自动识别和解读

实现文本中转喻的自动识别具有重大意义。人工智能研究表明，计算机对转喻的自动识别和阐释极大促进了人机交互。例如，Stallard（1993）将转喻解析纳入航班订票的自动问答系统时，发现该公司的顾客满意度提高了 27%。同样，Kamei 和 Wakao（1992）证明处理转喻解析的能力对于机器翻译系统的成功运行至关重要。常规的语言转喻的自动识别技术依赖于"选择限制违反"和"强制"这两个原理（例如，参见 Fass，1991，1997；Harabagiu，1998）。"选择限制"（selectional restriction）指某些动词只能与某些类型的名词在"字面意义上"一起使用。例如，动词"阅读"往往与"书""杂志""报纸"以及能印刷文本的地方等名词搭配使用。"我整个夏天都待在那儿读莎士比亚"这句话中的动词"读"就违反了选择限制，因为严格来说，"莎士比亚"不是一个文本，通过转喻推理过程，"莎士比亚"的意思被"强制"理解为莎士比亚写的剧本。为识别潜在的转喻例子，自动识别系统将这些信息与 Wordnet（Fellbaum，1998）等庞大的数据库结合使用，这些数据库包含了大量相关单词及其概念类型的信息。

这种自动检测转喻的方法受到了 Markert 和 Hahn（2002）的批评，他们认为转喻不总是涉及选择性限制的违反。例如，在英国国家语料库的例子"我不太喜欢莎士比亚"中，他们阐释了转喻是如何在不出现名词和动词不匹配的情况下发生的（"喜欢"一个人和一个物体是完全有可能的），但在这个例子中"喜欢"指的是莎士比亚写的剧本，而不是莎士比亚本人。此外，他们认为传统的转喻自动解析方法未充分考虑句间信息，只在句子内部起作用。他们提出了一种替代算法来自动解析文本中的转喻，该算法汇集了来自五个不同来源的信息。一是百科知识（即关于实体之间"典型"关系的知识，这些关系可能会产生转喻）；

二是上面讨论的类型的内在语义约束，但只在这些约束相关的地方；三是"话语嵌入"（discourse embedding），包含语间信息，如指代；四是"图式化"（schematization），指表达关系的某些类型的转喻的突显，如在第 2 章中所讨论的那些关系；五是"适宜性"（aptness），指的是工具选择所涉及的原则，在第 2 章中也进行了讨论。它们不包括形态句法证据（例如，在英语中，生产者指代产品的转喻往往以定冠词开头）或特定语言的词汇特质（例如，动物指代肉的图式在英语中并不适用于猪，因为我们有"猪肉"这个词）。不包括这些类型的信息的原因是他们希望其模型是非特定于语言的，当然，如果必要的话，它也可以调整为包括这类信息。当他们用这种算法在计算机科学文本语料库中识别转喻时发现，该算法识别转喻的能力比以前的技术高出 15%。在其语料库的 622 个句子中，有 106 个句子包含转喻，这说明如果不考虑转喻，就会有 17%的句子被错误解读。这些发现都强调了一个稳健的转喻检测和解读程序在自动文本理解软件中的重要性。

上文所述的自动转喻识别程序已被证实可以提高机器对计算机科学领域外文本的准确理解水平。例如，Leveling 和 Hartrumpf（2008）展示了如果他们使用自动识别程序对地名的转喻使用进行检测，计算机如何能够提取如地理文本中更准确的信息。然而，目前的自动识别程序还不完善，Markert 和 Nissim（2009a，2009b）也报告他们产生的数据往往偏向于频繁出现的转喻类型，较少出现的转喻类型往往被忽略。自动检测和进行转喻解析的系统往往集中在名词上，正如前几章所示，许多转喻涉及名词以外的其他词性。因此，探索其他词性以及借鉴语言学的其他发现都是值得的。

6.5 探索转喻自动识别的可能途径

尽管计算机科学领域已经在利用计算机自动检测转喻方面取得了巨大进展，但语言学领域的最新见解也大有裨益。研究转喻被凸显的方式（如果是的话），伴随其短语模式类型的变化而产生的相关拼写和词类的变化，以及转喻常常出现的语体和语域的类型可能有广泛意义。下面的章节将探讨在这些领域已经取得的成果，并评估它是否有可能有助于转喻的自动识别。

信号

利用语言信息帮助自动识别转喻的一种可能方法是注意它在文本中倾向于以何种方式进行标记。两项有影响力的研究确定了特定信号在口语语篇中的隐喻使用。Cameron 和 Deignan（2003）发现了许多信号标识，如 just、like、sort of，它们在口语话语中用来表示隐喻。他们使用术语"协调方式"（tuning devices）来标记这些手法，因为这反映了它们的交互性，并强调它们的功能，即提醒听者在解释中可能存在的问题，并暗示其隐含的隐喻意义（2003：150）。Tay（2011）在他的心理治疗咨询语料库中观察到 you know、and、right 等话语标记的强烈共现现象和引申隐喻的使用。

乍一看，这似乎为转喻识别提供了一个很有前景的途径。然而，仔细观察则会发现，它并不像人们所希望的那样富有成效。下面这段话摘自一名在英国大学国际发展部工作的学者向一名来自哈萨克斯坦的国际发展部学生解释两种管理模式时的录音：

> The government of Britain is *sort of* there but if you were in a kind of economic task force. (author's own data)
>
> 英国政府*似乎*在这里，除非你是经济特别工作组的成员。（作者自己的数据）

当说这些话时，教师指着一个包含四个象限的图表，每个象限都代表不同的管理风格。她指向模型象限的特定部分，并告诉学生这代表着英国政府特定的管理风格。其中包含了两种转喻关系，即图表中的位置与其所代表的管理风格之间的转喻，以及实际政府与其在图表中的"位置"之间的转喻。乍一看，我们会得出这样的一个结论，sort of 可能是这个对话中表示转喻的一个很好的信号，然而，当我们看到演讲者在整个对话中使用 sort of 时，就不难意识到，除了转喻，它还被用来表示许多其他的东西：

1. The government of Britain is *sort of* there but if you were in a kind of economic task force

1. 英国政府*似乎*在这个位置，除非你是经济特别工作组的成员

2. The *sort of* performance management kind of goal oriented type of organization

2. *有点像*是绩效管理，有点像目标导向型组织

3. But em painted in a *sort of* Kazakh way rather than a Chinese way
3. 但是他们画的是一*种*哈萨克式风格而不是中国式风格

4. beautiful little dishes, they were *sort of* er almost like Chinese balls Ma but
4. 好漂亮的小盘子，它们*有点像*或者说非常像中国球类

5. So these are *sort of* opposites, right?
5. 所以这*在某种程度上*是对立的，对吗？

6. Figure out what is happening here, what *sort of* culture it has
6. 弄清楚这里发生了什么，它有*什么样的*文化

7. Think about what *sort of* organisation you might be wanting to work for
7. 想想你可能想为*什么样的*组织工作

8. We can think of open systems, the *sort of* organisation usually small ones where
8. 我们可以想到开放系统，*这种*组织通常是小型的

前两个 sort of 的用法确实用来标记转喻。然而，在例子 3 到例子 5 中，它表示模糊性，在例子 7 和例子 8 中，则表示"类型"。由此可见，它不仅仅用来表达转喻，这些发现很有趣。在前面的章节中，我们已经讨论了转喻与模糊性和部分-整体之间的关系，因此，sort of 在这里的使用似乎是指某种径向范畴，包括转喻以及与其相关的语义和语用意义。然而，它还不足以作为"纯粹"转喻的指标。搜索词可能要比 sort of 更具体，并且语料库搜索需要更精确。此列表中的第一个转喻例子由字符串 is sort of 为信号，有没有可能字符串 is sort of 更能表示转喻？然而，英国国家语料库对该字符串的搜索结果表明情况并非如此。在搜索 is+sort+of 时出现的前 50 条结果中，只有 3 个包含转喻，这表明这种特殊的信号标识绝非为转喻所独有。另外，我们可以在上面的 8 个例子中看到，由字符串 sort of 发挥的集群功能似乎在某种径向范畴中相互关联，这一特征有可能在未来得到利用，或与其他特征结合，用于转喻或相关语言特征的自动检测。

可能还有其他信号标识可以更好地预测转喻，可能是语言，也可能涉及手势和语调，调查情况是否确实如此会很有趣。或者可能转喻不像隐喻容易被暗示，并且很可能事实就是如此。我们将在第 7 章中看到，从心理语言处理的角度来看，转喻比隐喻更接近字面语言，所以说话者很可能根本没有意识到他们正在使用转喻。这并不奇怪，不同于隐喻研究，转喻很少被研究，许多人甚至不知道转喻是什么。

转喻的形式特征

识别转喻的一个更有前景的方法可能是关注其形式特征。这种方法需要研究者找出转喻前后的语法模式与"字面"语言和其他类型的语言（如隐喻）之间的不同之处。我们已经观察到，当词汇被隐喻性或转喻性地使用时，它们的形式特征往往会发生某种变化，标志着它们的修辞用法与其在文字上下文中的意义不同（Deignan，2005a，2005b）。这些变化可能是拼写、词类、语法模式和措辞。引用构式语法的发现同样行之有效（Goldberg，2006）。在寻找一种可靠的方法识别转喻时，可以有效地探索并利用这些特征。

让我们先看看拼写的作用。Barnbrook 等（2013）在英国小报中发现了 blonde 和 blond 的有趣差异。他们发现，blonde 更多被用来转喻性地指代一个金发女郎，而 blond 更多是单纯作形容词。因此，在英式英语中（至少在这个语域中），原始拼法 blonde（带有法语阴性词尾 e）似乎通过人际关系的特征在转喻上缩小了它的含义，指"金发碧眼的女人"。美式拼法 blond 后来被引入以填补语义空白。

因此，要对英国小报中 blonde 一词的转喻用法进行语料库搜索，就要重视其旧的拼写。

第 1 章中列举了一些与转喻相关的词类变化的例子。例如，除非 pencil 包含转喻义"用铅笔写"（to pencil in），否则人们从来不会把 pencil 当动词用；用 muscle 形容一个活生生的人时，它通常是可数的，而在医学话语（medical discourse）领域则不然；brains 通常是单数词，而非复数词；handbags 通常不会以动名词的形式出现（而动名词本身也很少像 handbagging 那样可数）；suits 一般不会指代特定的人。

诸如此类的例子表明，与转喻联系密切的语法演变（grammatical change）是名词动用（denominal verb）（Dirven，1999）。名词动用也可以通过转喻链化过程来扩展为"动名词"（verbal nouns）（Quirk et al.，1985）或 ing 名词（*Collins COBUILD English Grammar*，2011），比如我们在引言中看到的"用手提包狠狠地砸"（a good handbagging）。动名词（通常涉及转喻）通常是不可数的形式，尽管源词本身通常是可数或单数的。因此，本身为可数的东西[如 a handbag（一个手提包）]在这种构式（construction）中就会变成不可数。

日语中也有名词动用，这与日语借用其他语言密切相关。Tsujimora 和 Davis

（2011）发现了一小部分所谓的"创新动词"（innovative verbs），即名词动用。这些词借用了其他语言的名词，在日语中被创造性地使用，意思与在原语言中的意思略有不同。尽管 Tsujimora 和 Davis 在研究中没有关注转喻，但很明显许多情况下，词的衍生过程均涉及转喻，正如下面的例子所示（其中许多取自英语）：

Tero-ru "commit an act of terrorism"

Tero-ru "实施恐怖主义行径"

kae-ru "go to a café"

kae-ru "去咖啡馆"

memo-ru "take notes"

memo-ru "记笔记"

biri-ru "play billiards"

biri-ru "打台球"

jazu-ru "play jazz"

jazu-ru "演奏爵士乐"

maka-ru "go to McDonald's" ("Makudonarudo" is the Japanese transliteration of McDonald's)

maka-ru "去麦当劳"（"Makudonarudo"是麦当劳的日语翻译）

sutaba-ru "go to Starbucks"

sutaba-ru "去星巴克"

kaheore-ru "have a coffee stain on one's clothes" ("kaheore" is the Japanese transliteration of "café au lait")

kaheore-ru "衣服上有咖啡污渍" [kaheore 是牛奶咖啡（café au lait）的日语翻译]

rizo-ru "hunt for a man at a resort hotel by playing marine sports and the like" ("Rizooto hoteru" is the Japanese transliteration of "resort hotel")

rizo-ru　　　　"通过海上运动等项目来找住在度假酒店的男人"
（Rizooto hoteru 是度假酒店的日语翻译）

egawa-ru　　"display selfish conduct" (Egawa is a former pitcher in the Tokyo Giants baseball team)

egawa-ru　　　　"表现出自私行为"（Egawa 是东京巨人棒球队的前投手）

From Tsujimora and Davis (2011: 800)

来自 Tsujimora 和 Davis（2011：800）

Tsujimora 和 Davis 提出了一个颇具说服力的观点，有人认为这样的创新动词都是作为单一的语言"构式"来运作的，Tsujimora 和 Davis 为此列举到的事例很有说服力。正如第 2 章所示，构式是一种语法模式，且模式的含义不能根据其组成部分进行预测（Goldberg，2006：5）。Tsujimora 和 Davis 认为，创新动词就符合这些标准，因为它们有一套相同的属性。第一，创新动词通常是由基本名词"剪短"或缩短而来的，尽管在日语中，有很多动词的词根只有一个音节，但在缩短后，产生的动词词根必定至少有两个音节长。第二，它们都采用相同的组合模式（conjugation pattern）——都以 ru 结尾，而不是以 masu 这个更正式的动词词尾作结；在过去时（e past tense）中，都以 tta 而不是 ta（更常见）结尾。第三，这些创新动词一直有一种特殊的重音模式——重音在词根的最后一个音节上（例如，在单词 jazu-ru 中，重音在 zu 上）。这使得它们与其他日语动词不同。第四，它们具有某些共同的语义特征和语用特征。这些词在语义上特别灵活，其意义也会因话语者的不同而有很大差异，这主要取决于说话者所属的话语群体（discourse community）和年龄。在语用上，人们认为这些创新动词都是非正式的语言使用，比较戏谑，受到年轻人的青睐，被圈内的人使用。Tsujimora 和 Davis 认为，创新动词的属性集群（cluster of properties）表明，应该把它们视为一个"构式"[由 Goldberg（2006）定义]，因为它们构成了一个"形式-意义-功能复合体"，其中语音、形态、语义和语用信息被编码为一个集体属性（Tsujimora & Davis，2011：801）。

某些类型的转喻还有另一个语法特征——"谓语转移"（predicate transfer），这也可以被认为是一种构式。在这种情况下，某一特定的属性被重新分配给一个通常不具有该属性的对象，例子可以参考第 3 章中的 "'我'停在后面了"（I am parked out back）（Nunberg，1995）这一表达。人通常不能被停放，但通过一系列的转喻关联（metonymic links），我们自然能够明白，停放的实际上是人的车而不是人本身，因此这样的表述是合理的。谓语转移让我们可以直接说成 "我停在外边"，而非暗示人已经变成了车或可以停放的东西。它还能够让我们对 "我们停在后面了" 这句话进行合理的解读，例如，在说话者一起旅行的情况下，这指的就只有一辆车。

我们可以反过来研究构式语法，从 Goldberg 提出的某些典型例子中识别转喻，其中为人熟知的是 "他一个喷嚏打得桌上的餐巾纸都掉了"（He sneezed the napkin off the table）（Goldberg，1995：55）；转喻在这句话的作用非常明显。此外，我们还可以在其他一些广为引用的构式例子[如所有格构式（genitive construction）和双及物构式（ditransitive construction）]中发现转喻更微妙的用法。虽然这些构式例子并没有研究转喻本身，但 Wolk 等（2013）关于这两种构式发展的研究发现却很有趣。他们追踪了 17 世纪至今的所有格构式（在下面两句中标记为 a）与近似同义构式（near synonymous construction）（在下面两句中标记为 b）的相应使用情况：

> a. John's friend (the genitive construction)
> 约翰的朋友（所有格构式）
>
> b. A friend of John
> 约翰的朋友

类型 a 构式通常多用于有生命的物体，而类型 b 构式则更多用于无生命的物体。Wolk 等发现，自 17 世纪以来，类型 a 构式的相对使用频率随着时间的推移而增加，而类型 b 构式的使用频率则减少了。此外，他们发现类型 a 构式越来越多地用于通常被视为无生命的物体，如公司、国家和机器。因此像 "西班牙首相"（Spain's Prime Minister）或 "IBM 的营销策略"（IBM's marketing strategy）等这样的表达比以前更常见。

Wolk 等还观察了在同一时间段内，双及物构式（ditransitive construction）（在以下两句中标记为 a）与近似同义构式（在以下两句中标记为 b）的相对使用情况：

a. I sent Mum some flowers [the ditransitive construction]

我给妈妈送了一些花。【双及物构式】

b. I sent some flowers to Mum.

我送了一些花给妈妈。

同样，类型 a 构式经常多用于有生命的物体，而类型 b 构式更有可能常应用于无生命物体。Wolk 等发现，随着时间的推移，类型 a 构式的相对使用频率增加，而类型 b 构式的使用频率则下降了；类型 a 构式也越来越多地用于通常被视为无生命的物体。例如，下述表达在英语中比以前更常见：

It gave the house a Medieval feel. (BNC)

这给房子增添了一种中世纪的氛围。（英国国家语料库）

She [...] gave the table a cursory wipe. (BNC)

她【……】匆匆地把桌子擦了一下。

Oliver gave the table a puzzled look. (BNC)

奥利弗不解地看了桌子一眼。（英国国家语料库）

从上述例子中我们可以发现，无生命的物体越来越被视为"有生命"，英语中的拟人隐喻也越来越多。另外，鉴于转喻和拟人隐喻之间的界限已经模糊（在上文讨论过），也可以说，越来越多的人使用无生命的物体作转喻来指代这些物体的行为或者为无生命物体工作的人[对于"组织、机构"（organisations）而言]。因此，在开始寻找这些特殊类型的转喻的时候可以关注语料库中的这些构式。

本节中我们已经看到，不同类型的转喻往往出现在特定类型的语法结构和/或构式中。这可能会帮助读者或听众有效区分修辞义和字面义，在转喻识别过程中可能会发挥作用。将来的研究可以进一步发掘不同的构式，用来标识特殊的转喻类型。这样的研究可以应用于转喻的自动识别。

语体（genre）和语域（register）的作用

有助于识别转喻的最后一个途径是了解有可能出现转喻的文本类型和语境类型。我们在第 4 章中看到，Deignan 等（2013）在研究了一系列语境中的修辞语言的使用后，发现某些语体和语域特征的结合往往会导致更高频次的转喻使用。转喻在联系紧密的话语群体（discourse communities）的语言中特别普遍，这主要是由于转喻依赖于共有知识（shared knowledge）。他们还发现，转喻在口头话语（spoken discourse）中发挥的作用比其在书面话语（written discourse）中略为突出。在以下情况中使用隐喻的可能性更大：交流主要涉及位于同一物理空间的人和实体，以及系列动作受到时间限制。这些例子包括繁忙的"手动"（handson）工厂和体育赛事。在同一物理环境中，对话者受到了时间限制，语言在言外的活动中起到辅助作用，转喻则满足了快速、高效沟通的需求。这些发现与 Harrison（forthcoming, 2015）的研究一致——他对鱼类加工厂中使用的手势转喻进行了识别，发现工厂中类似的情况普遍存在（见第 4 章）。这些发现表明，对识别转喻和探索转喻感兴趣的研究人员如果关注繁忙的"手动"工厂环境中联系紧密的话语群体所使用的口头语，将会取得不错的成果。如果机器能够成功识别转喻及其发挥的功能，那么它们就需要考虑到语体和语域。

6.6 结 论

本章探讨了转喻识别中涉及的一些复杂问题。可见，建立一个可靠的转喻识别系统的主要障碍包括：转喻超越了词汇层面，转喻既是历时现象也是共时现象，以及转喻难以从隐喻中区分出来。本章还探讨了计算机与人工智能系统在转喻自动检测方面取得的可喜进展，提出了加速该进程的其他可能方法，包括：更加细致地考虑与形式有关的特征（如拼写、词类、语法模式和措辞），以及更多地考虑语体和语域的影响。在本书讨论的所有问题中，由于语料库语言学和人工智能的快速发展，转喻的识别在未来几年的发展潜力最大。跨学科研究在该领域可能会有特别大的发展，因为其研究发现会对转喻研究者非常有意义。

7 "我在起居室发现了罗比·威廉姆斯"

大脑是如何加工转喻的？

7.1 引　言

在前面的章节中，我一直强调转喻既是一个认知过程，也是一个语言过程。本章中，我将就这一主题进一步展开论述，探讨心理语言学和神经语言学中对于转喻的研究。首先我会探究与转喻理解和产生有关的认知过程，再思考通过眼动追踪研究和大脑扫描程序（能揭示大脑处理转喻的部位和方式）得到的依据。接着我会继续研究正常儿童和有语言障碍的儿童都是如何理解和生成转喻的。本章的最后一部分将探讨转喻如何在精神分裂症及相关疾病患者妄想的形成与表述中发挥作用，以及转喻在心理治疗方面可能发挥的潜在作用，从而帮助患者认识到自己的幻觉，并与之和解。

7.2　转喻理解的心理语言学和神经学研究

转喻理解的心理语言学研究往往关注以下问题：理解转喻与理解字面语言（literal language）的过程相似度有多高？语境在理解转喻中起什么作用？句法模式（syntactic patterns）对转喻的识别与生成有何影响？相关研究方法包括眼动追踪、大脑扫描、反应时研究和简单转喻理解任务，参与该任务的受试者涵盖不同年龄，部分受试者甚至患有不同类型的语言障碍。本节将介绍这些研究并作出评价，并针对部分内容提出改进意见——可以更多地关注真实语言数据。

运用眼动追踪软件的研究表明，母语受试者处理规约转喻（conventional metonymy）的方式与处理语言直白义的方式基本相同（Frisson & Pickering，

1999）。换言之，他们在阅读转喻句子时，停顿时间不会比阅读仅有字面意义的句子的时间长。可以想象得到，人在遇到新异转喻（novel metonymy）[例如"部长与小屋（的人）发生争执"（the minister had an argument with the cottage）]而非规约转喻[例如"部长与大使馆（的人员）发生了争执"（the minister had an argument with the embassy）]时，会需要更长的时间来处理前者。Frisson 和 Pickering 认为，在这些情况下，受试者是在创造意义而非选择意义，这种差异也解释了为什么理解不同类型的转喻所需的时间也不同。

Frisson 和 Pickering 在研究的后面阶段比较了"地点指代机构"（place for institution）转喻[如"旅行者与领事馆（的人员）进行了交谈"（The traveller spoke to the consulate）]和"地点指代事件"（place for event）转喻[如"很多美国人在越南（战争）时提出了抗议"（A lot of Americans protested during Vietnam）]，发现受试者在解读不熟悉的"地点指代事件"转喻时随后就出现了困难，且花较长时间才得以解决。他们由此推断，受试者在解决"地点代指事件"转喻时需要搜寻更多的信息，因此需要更长的时间才能理解。

在处理"地点指代机构"转喻时，因为受试者可以立即识别出其中的机构，所以能更迅速地判断该转喻是否含有意义。

Frisson 和 Pickering 将他们的这些发现进行了归纳，认为在向受试者提供足够的语境信息、让他判定词语是有字面意义还是有转喻义之前，受试者不需要思考该词任何特定的含义，因此，那时的词义是"不明确的"（underspecified）。换言之，从本质上讲，对于词的转喻义和字面意义，我们无法比较哪一个更"容易理解"。受试者对词语的含义形成一个尚不明确的程式化概念，而在有了足够的上下文信息后，就会立即激活词语意义的相关内容，从而确定其恰当的（字面或转喻）意义。这种对转喻处理的描述同认知语言学的研究非常一致，后者认为在寻找词义时会用到理想化认知模型（见第 2 章）。Humphrey 等（2004）将Frisson 和 Pickering 的研究发现应用到老年人身上，认为理解转喻的能力并不会随着年龄的增长而退化。Frisson 和 Pickering 的研究以及 Humphrey 的研究都很重要，因其似乎都为词义的未完全表达和理想化认知模型的观点提供了实证支持。然而，双方研究都只关注词的层面的转喻，并且运用的所有转喻示例都只涉及名词而无其他的言语类型（types of speech）。但如第 6 章中所示，转喻经常出现在短语层面而非单词层面，并且经常出现在除名词外的词类（parts of speech）中。因此，将类似的分析应用于更长串的转喻和其他词类是颇有益处的。

另一种使这些研究与现实交流更加相关的方法是关注措辞（phraseology）在构建意义中的作用。Lowder 和 Gordon（2013）在一定程度上解决了这个问题，指出 Frisson 和 Pickering 研究中的例子包含两种不同的句子类型。在某些情况下，转喻是直接宾语，如下例所示：

> The journalist offended *the college.*
> 这名记者冒犯了*这所大学*。

在其他情况下，转喻出现在附加短语中，因此上面这个例子就变成了：

> The journalist offended the honour of *the college.*
> 这名记者损害了*这所大学*的荣誉。

Lowder 和 Gordon 认为，比起以附加短语的形式出现，转喻作为直接宾语出现时，可能更难处理。这是因为有附加短语时，人们在尝试理解句子时会更可能将注意力集中在转喻之前的信息（即上例中的"荣誉"）上，也就是说他们不会花太多的时间去弄清楚转喻本身的含义。当转喻作为直接宾语出现时，存在会更加突出，人们理解句子时也会给予其更多关注，从而思考得更为深刻。基于先前的研究，Lowder 和 Gordon 作出假设，认为句子结构会让人们对句子某些部分做更多的思考，从而把该部分推断为转喻。

为了验证这个假设，Lowder 和 Gordon 重复了 Frisson 和 Pickering 的实验，但是将例子分为了"转喻作直接宾语"和"出现在附加短语中的转喻"两种。正如预测的那样，他们发现，当转喻是动词的直接宾语时，就用"地点指代机构"（place for institution）这类转喻而言，熟悉转喻和陌生转喻的理解过程存在明显差异。与转喻出现在附加短语相比，转喻作动词的直接宾语时，理解过程的差异会更显著。

可以用构式语法（construction grammar）对 Lowder 和 Gordon 的发现进行解读。如第 2 章所示，Goldberg（2006）指出，构式塑造了单词包含的意义。这也可用于解释 Lowder 和 Gordon 的发现。当转喻作为动词的受词（argument）出现时，构式本身会引导读者在解读转喻时认为转喻有某些人类特征。换句话说，下列构式可能会让读者寻找对"大学"（college）一词的某种拟人化解读：

> The journalist offended *the college.*

这名记者冒犯了大学。

当无法进行拟人化时，读者可能会被困扰得更久。Frisson 和 Pickering 的研究以及 Lowder 和 Gordon 的研究所采用荒谬的"新异"示例可能就是这种情况，例如：

> The journalist offended *the pyramid*.
>
> 这个记者冒犯了金字塔。

从语言基于使用取向（usage-based approaches）的规律来看，读到这个句子时，人们会根据其之前遇到的该构式的例子以及他们对于"冒犯"（offended）一词的百科知识进行概括，从而预计会在句子的结尾出现一个人性客体（human object）。另外，涉及附加短语的构式不太可能让读者在句中寻找"拟人"，因为人性客体很少出现在这类位置。因此，若这样的句子中出现了一个反常的转喻，读者不会受到太多的困扰，不会花太多时间思考它是什么意思。Lowder 和 Gordon 的研究发现对构式的描述与他们自己的解说是一致的，因为构式带有语义和语用意义。因此，在转喻的心理语言学研究中多引入构式语法的观点会大有裨益。

其他研究人员也使用大脑成像（brain-imaging）技术来研究大脑对转喻的处理方式。这些研究结果表明，大脑对规约转喻的处理方式似乎与字面语言（literal language）非常相似，而对新异转喻的处理方式则截然不同。例如，Rapp 等（2011）使用了功能性磁共振成像（fMRI）来研究大脑的哪些部分参与了转喻理解，并将与研究字面语言的发现进行了比较。他们让 14 名健康受试者阅读三类句子——直义句[如"非洲干旱"（Africa is arid）]、转喻句[如"非洲饿了"（Africa is hungry）]或无意义的句子[如"非洲是羊毛"（African is woollen）]，同时扫描受试者的大脑。

Rapp 等发现，受转喻影响激活程度最高的大脑区域（与字面语言相比）是左侧颞中回（left middle temporal gyrus）。他们认为，此前的研究已经发现大脑的这一部分负责句子层面的语义处理，同时还参与新异隐喻的处理。他们发现大脑的双侧的额下回（inferior frontal gyrus）在理解转喻时的激活程度越来越高；称之前的研究已经发现左额回（left frontal gyrus）参与了将各个想法整合汇总的过程。与 Frisson 和 Pickering 一样，Rapp 等的发现似乎佐证了理想化认知模型在转喻理解中的作用。他们认为，额颞叶（frontal temporal）神经网络在理解转喻时特别活跃的原因是理解转喻涉及整合世界知识[例如，京都（Kyoto）是签署某重要环境条约的地方，因此，京都可指代那个条约]。研究还指出，越来越多的实证表明，额下回负责将话语信息与此前储存在长期记忆中的知识进行整合，这可能再次表明理想化认知模型可能发挥了作用。Rapp 等的研究的独特之处在于涉及了很多不同的转喻类型，展示了不同的转喻关系；然而，与其他的心理语言学研究一样，其研究的重点还是在名词上。

尽管我们刚刚看到的研究都为转喻研究做出了重要贡献，但从它们研究的语言来看确实存在一些问题。其中一个就是研究的转喻的喻体（vehicle）总是名词，而在真实语料中，转喻呈现出不同的词类。用动词转喻来重复上述的某些研究是很有价值的。尽管语法范畴（grammatical category）信息如何在头脑/大脑中呈现仍然是一个有争议的问题，但名词倾向于编码实体而动词则倾向于表达关系过程（Langacker，1987）很可能对这类研究的结果造成影响；很难预测具体会造成哪些影响，但可以假设，Lowder 和 Gordon 发现的效应在动词转喻中会比在名词转喻中更加明显。这是因为动词比名词更难理解（Kauschke & Stenneken，2008；Spenney & Haynes，1989），而且不容易记起，这在成年人中尤为突出（Earles & Kersten，2000）。用动词而非名词作为转喻喻体来重复上述研究将会很有趣。受试者可能会发现转喻理解起来更加困难，而转喻难度的增加可能会使理解转喻和理解字面语言之间的时间差变得更加明显。然而，开展动词转喻的心理语言学研究可能会遇到一个问题，那就是动词通常没有对应的字面形式（而名词有）。例如，像"注视"（to eye）和"肩负"（to shoulder）这样的动词总是作转喻（或隐喻）用，从不按作字面意义用。对于希望比较转喻和字面义条件下句子匹配的处理时间的研究者来说，这将是一个严重的问题。

截至目前，心理语言学研究的另一个特点是，在所有使用的提示语中，转喻都可以追溯到一个单独的词。在第 6 章中，转喻通常以短语而不是词的形式出现，而且有时几乎不可能明确地指出具体哪个词是作转喻用。因此，在心理语言学研究中，如果例子中的转喻是以短语的形式呈现的，那么使用的转喻提示语可以参照话语中出现的真实转喻。若使用这样的例子，我们可能会看到左额回越来越活跃，因为大脑的该部位负责整合汇总各个想法。然而，必须承认，这样的提示语会给研究人员带来方法论层面的挑战，因为它们使得处理转喻的确切时间难以确定。

最后，需要更多地关注新异转喻和规约转喻之间的区别。Rapp 等（2012）对所有涉及修辞语言的功能性磁共振成像研究进行了大规模的元分析（meta-analysis）。通过分析，他们得出结论，认为修辞语言主要由大脑左侧神经网络处理，涉及左右半球的几个区域，包括上面提到的额下回。有趣的是，他们发现处理传统的修辞语言和处理新异的修辞语言之间存在差异，在处理后者时，右半球的参与度增加。Rapp 等的元分析很少关注转喻，而研究左右半球的使用偏好是否也适用于规约转喻和新异转喻的处理将会很有趣。这类研究或许可以聚焦间接言语行为（indirect speech acts）中转喻的作用，因为这已经在理论层面上得到了广泛的探讨（见第 4 章）。针对"右半球脑损伤的人如何理解间接言语行为"（Zaidel et al.，2002），研究者已经展开了一些研究。尽管研究结果不一，但似乎都表明右半球受损的人难以理解非字面意义，在解读惯常的（conventionalised）间接请求时往往不会遇到问题，而面对特殊的（non-conventionalised）间接请求时，他们会遇到相当棘手的问题。这些发现表明，右半球受损的人可能很难想到合适的转喻关联（metonymic links）来帮助他们理解这些请求。到目前为止，还没有研究探讨间接言语行为下右半球在转喻理解中发挥的作用。这样的研究将更好地揭示转喻思维本身的性质及其在交流中的作用，颇有研究价值。

7.3　转喻理解和生成的发展研究

少数研究考察了儿童理解转喻和生成转喻的速度，试图评估其是否随着年龄的增长或词汇知识的增加而发展。还有部分研究致力于转喻理解发展与隐喻理解发展的相似程度。从理论角度来看，这一研究方法很重要，其研究发现有助于解释转隐喻之间的关系，反映两者之间的相似程度。

Rundblad 和 Annaz（2010a）针对典型发育个体中的转喻理解开展了最广泛的研究，探究了年龄在 5 岁 3 个月至 37 岁 1 个月之间的个体对转喻和隐喻的理解情况。为了考察其对转喻和隐喻的理解，他们布置了一个由 20 个故事组成的故事/图片理解任务。受试者会看到四张图片，每张图片都配有一段简短的文字，看完后要回答一个理解性问题。其中一个故事如下所示。

1. Kate and Anne are listening to music in Kate's room. Kate has a lot of CDs with songs on.

1. 凯特和安妮正在凯特的房间里听音乐。凯特有许多刻有歌曲的 CD。

2. Kate wants to play her favourite song to Anne. Kate looks for the CD with the song on.

2. 凯特想给安妮播放她最喜欢的歌曲。凯特寻找刻有这首歌的 CD。

3. But Kate cannot find the CD. She says "maybe my favourite CD is in another room". Kate goes to look for the CD in the other rooms. Anne stays in Kate's room.

3. 但是凯特找不到那张 CD。她说"也许我最喜欢的 CD 在另一个房间里"。于是凯特去其他房间找那张 CD，安妮则待在凯特的房间里。

4. After a while, Kate calls: "come and look Anne! I found Robbie Williams in the lounge". Anne goes into the lounge to look. What does she see? (Rundblad and Annaz, 2010a: 506–563)

4. 过了一会儿，凯特喊道："快来看，安妮！我在起居室里发现了罗比·威廉姆斯（Robbie Williams）。"安妮走进起居室一看。她看到了什么？（Rundblad & Annaz, 2010a：506-563）

类似的一系列故事也被 Rundblad 和 Annaz 用于隐喻理解研究。他们发现，与隐喻相比，转喻的初始表现呈现相似性。此外，研究结果表明，从童年到成年，转喻理解的典型发展程度明显高于隐喻理解，且发展速度也更快。他们还发现，不同于隐喻的理解，人们对转喻的理解在 12 岁左右达到顶峰（尽管这一发现可能受到了实验中所用的故事或图片的影响）。Rundblad 和 Annaz 称，人们理解转喻的速度会更快于理解隐喻的速度。这一发现与其他比较两者反应时间的研究结果相一致（Klepousniotou & Baum，2007）。他们还特别发现，与隐喻相比，转喻理解和词汇量的相关性更高。7.2 章节中引用的研究发现也表明，理想化认知模型在转喻理解中发挥的作用更加明显。对此，Rundblad 和 Annaz 表示，可能是因为转喻遵照的认知模式（cognitive patterns）（即转喻类型）数量有限，且大多数指称转喻（referential metonymies）类型在各种语言中都可以找到，而隐喻更有可能涉及特殊概念（ad hoc concepts）的开放式构建。换句话说，两人似乎想表明，转喻理解往往是相对直接和可预测的，而隐喻理解则有可能是一个更具创造性的过程。

关注创造性转喻，就可以把 Rundblad 和 Annaz 的研究引申到目前就真实语料中的转喻展开的研究。在前面的章节中我们已经看到，转喻的理解会具有高度创造性，会涉及特殊概念的生成，这与隐喻十分相似。因此，重复 Rundblad 和 Annaz 的研究，并使用新异转喻和规约转喻，甚至不同模态的转喻，将会十分有趣。

其他学者的研究关注了转喻在婴儿语言习得（language acquisition）中发挥的作用，其中最具影响力的是 Nerlich 等（1999）的研究。他们以一句相当有趣的引述开始——"妈妈，我想成为一个三明治"（Mummy，I like being a sandwich）——孩子用这句话指代他们想成为那些带三明治去学校的孩子中的一员，而不是吃学校提供的晚餐。Nerlich 等注意到，孩子把带三明治去学校当作是群体身份的一部分，并渴望成为这个群体的一员。在研究中，他们发现了一种现象，并将其命名为"创造性转喻缩减"（creative metonymical shrinking），即幼儿在概念之间建立转喻关系，从而能毫不费力地表达新的想法。具体例子包括："我在吃骨头三明治"（I'm eating a bone sandwich）（某孩子在吃奶酪和饼干时，被告知奶酪含钙并且对他的骨头有好处之后这样说道）和"我一整天都在穿这个屈膝礼"（某孩子一直穿着一件长套头衫，而他把它当作裙子并用来练习屈膝礼时这样说道）。

甚至在两岁孩子的话语中也发现了转喻思维的证据。Pramling 和 Pramling-Samuelsson（2009）发现了幼儿（两岁）玩语言游戏（language play）的很多例子，这表明他们可以进行转喻性联想，具体实例如下：

[Together they sing about an elephant that makes different sounds. A child starts to talk about the elephant.]

Child: Farting in there.

【他们在一块儿唱歌，唱的是一只能发出不同声音的大象。一个孩子开始谈论大象。】

孩子：里面在放屁。

[The children laugh, and some children start to wave with their hands as if wanting to get the "smell" away from the nose.]

Child: It smells skunk.

【孩子们笑了，一些孩子则开始挥手，好像想把"气味"从鼻子弄走。】

孩子：它闻起来像臭鼬。

teacher: How peculiar, an elephant smelling skunk!

老师：真奇怪，一只大象闻起来像臭鼬！

Pramling and Pramling-Samuelsson (2009: 334)

Pramling 和 Pramling-Samuelsson（2009：334）

这里，当孩子说"它闻起来像臭鼬"时，是在用"臭鼬"这个词来转喻性地指代臭鼬的气味，这是一种用特征指代实体的关系（trait for entity relationship）。

其他针对转喻习得的研究则更基于使用取向的法则（usage-based approach），使用的理论范式更符合 Langacker 就转喻研究提出的"活跃区"概念。例如，Krott（2012）研究了转喻和"参照点"现象（reference point phenomena）在儿童解读新异的名-名复合词（noun-noun compounds）中起到的作用。她发现，儿童会通过使用类比来解读未知的复合词。儿童对这类复合词的解读受到了已掌握的其他复合词的影响，特别是有相同中心词（headword）的复合词。她还发现，儿童更倾向于将复合词解读成"拥有"（HAS）关系和"位置"（LOCATION）关系的解释，而非"功能"（FOR）关系。换句话说，在第一次遇到某个新异的复合词时，如柠檬+盒子（lemon+box），相较于成人，儿童更有可能认为这个词指的是一个印有柠檬图案的盒子，而不是用来装柠檬的盒子。她认为这些研究发现可以为转喻理解的基于使用取向提供支持，因为儿童的转喻解读反映了他们截至目前所接受的语言输入中最常见的转喻，以及与特定中心词相关最常见的组合。

据我所知，转喻在儿向语（child-directed speech）中所发挥的作用尚未被探讨过。因为语言习得在很大程度上是基于使用的，所以这将是一个切实的研究方向（Tomasello，2003）。照顾孩子的大人（carer）所使用的转喻数量和类型可能与孩子理解、使用的转喻数量和类型存在着因果关系。由于转喻与识解

（construal）之间有着紧密的联系，所以在第一语言习得中，转喻有可能在共同指称（shared referents）的使用中发挥着举足轻重的作用。

7.4　患有语言障碍（linguistic impairments）的儿童对于转喻的理解和生成

　　也有少部分学者就患有不同类型语言障碍的儿童展开了研究，研究的重点对象为患有威廉姆斯综合征（Williams syndrome）的儿童以及患有孤独症（autism）的儿童。Annaz 等（2008）调查了患有威廉姆斯综合征的儿童能否理解转隐喻，以及与正常儿童相比他们的表现存在怎样的差异。威廉姆斯综合征属于发育障碍，特征是轻度至中度的智力障碍或学习问题。威廉姆斯综合征患者通常难以完成像绘画和拼图那样的视觉空间任务，但在涉及口语、音乐和死记硬背的任务上往往有出色表现。患者通常性格外向且有趣，往往还对其他人的事很感兴趣。人们对他们的描述通常为有"良好的语言能力"；然而，研究人员仔细观察后，发现他们在语言的语用方面表现出一些缺陷。例如，进行的对话往往有些老套，话轮转换策略使用不当，与对话者的关系也不是很融洽，以及在讲述故事时，提供的关于主人公目标和动机的信息不足。

　　Annaz 等使用 Rundblad 和 Annaz 采用过的同一项图片理解任务来测验隐喻和转喻的理解（已在 7.3 章节对这项任务进行了描述）。他们发现，与理解隐喻相比，威廉姆斯综合征儿童大体上更擅长理解转喻；然而相较于正常儿童组，他们的表现明显较差。Annaz 等发现，这些儿童对转喻的理解与接受的词汇一致，但对隐喻的理解则远低于这一水平，对此得出结论：转喻可能与"普通"词汇一样，被威廉姆斯综合征患者视为同义词，而隐喻涉及语言之外的其他认知机制，这些认知机制在此类疾病中发育异常。他们研究的一个缺点在于未讨论受试者对研究中出现的转喻的熟悉度。为解决这个问题，van Herwegen 等（2013）重复了他们的研究，从受试者的角度控制了转喻的新异度与规约度。研究发现，与正常发育组相比，威廉姆斯综合征组的规约转喻和新异转喻的理解进展迟缓，而且（与隐喻理解不同）该能力是随着语义知识的发展而发展的。

　　有研究还探究了自闭症儿童隐喻和转喻理解技能的发展。例如，Rundblad 和 Annaz（2010b）比较了 11 名自闭症儿童和 17 名发育正常的儿童在隐喻-转喻理解任务中的表现，使用的是 7.3 章节提到的关于儿童喜好的故事图片任务。当将儿童在任务中的表现与实际年龄或心理年龄联系起来时，就发现了一些轨迹：与正常发育儿童相比，自闭症儿童在隐喻和转喻理解方面的表现明显更差。隐喻理解在实际年龄和心理年龄两个方面都受到了影响，而转喻理解则与儿童接受的词汇知识的程度更加一致。他们得出结论，研究中各个年龄段自闭症儿童对隐喻和转喻的理解都受到极大影响。转喻理解似乎与字面语言理解协同发展，其原因可能是不同于隐喻，转喻涉及的源域单一；或者有可能是由于在上下文中仍能看到喻体的影踪，因此它更接近字面语言。

总而言之，转喻理解的发展性研究似乎表明，转喻的理解随着词汇量的发展而发展，并沿着类似字面语言理解发展的轨迹，尽管速度相对较缓。本章概述的部分研究可以有效地扩展到考虑转喻在真实世界语料中的表现。例如，未来的研究可以更多关注新异转喻和规约转喻之间的差异以及产生不同转喻义的措辞模式（phraseological patterns）；还可以研究除语言外的不同表达方式中的转喻——特别是研究手势语中转喻的认知过程。Joue 等（2012）已开始关注手势隐喻在大脑中的处理方式。从早期研究发现来看，语言中新异隐喻和规约隐喻之间的差异也存在于手势中。换言之，无论是语言中还是手势语中，理解规约隐喻所需的神经基质（neural substrates）都是相同的，新异隐喻也是如此（即无论是语言还是手势，均用到相同的神经基质），关键决定因素在于，理解者是否需要使用概念隐喻来帮助理解。结合以上两节讨论的研究结果，大家也许会认为手势语中规约转喻和创造性转喻的区分也会类似。如若真的发现存在差异，将为转喻的概念本质进一步提供支撑。尽管从方法论的角度来看，这类研究具有一定的挑战性，但相关的研究发现将给转喻研究带来重要启示。

7.5   转喻与心理治疗

心理学中的心理治疗领域对转喻的关注是有可能为人们的心理健康做出重大贡献的方面。研究发现，比喻性思维（figurative thinking）会促使精神分裂症患者和相关疾病患者产生各种幻想，但研究的重点往往是隐喻而非转喻。例如，Rhodes 和 Jakes（2004）就 25 名患者的"幻想"对他们进行了访谈，他们有的患精神分裂症，有的患分裂情感障碍（schizo-affective disorder），有的是躁狂抑郁症（manic depression），有的是妄想性障碍（delusional disorder），还有的是精神病性抑郁症（psychotic depression）。Rhodes 和 Jakes 发现，基于转喻的隐喻在其中 11 名患者的叙述中占比大。然而，更仔细地观察两人研究中记载的患者的叙述，就会发现转喻发挥的作用更大。虽然 Rhodes 和 Jakes 未提及理想化认知模型，但我们可以看到，在这 11 例病例中，患者认为对幻觉中不同元素的感知都存在于一个理想化认知模型中，这表明他们的思维主要是转喻性的而非隐喻性的。除此之外，Radden 和 Kövecses（1999）的分类法中所列举的多种转喻类型都可以在 Rhodes 和 Jakes 的研究数据中找到依据。本节中，我会重新分析这些幻觉的部分叙述，强调转喻发挥的中心作用。

Rhodes 和 Jakes 研究的一位受试者讲述了她在患病前如何在宗教学校就学，学校很严格，她被迫要定期去学校的教堂做礼拜。教堂里放有"魔鬼"的小雕像，会在人们祈祷的时候"注视"着他们。她记得修女们看她的眼神，就好像她是邪恶的，而这些眼神与魔鬼雕像在她的大脑中交叠。后来，她产生了一种幻觉，认为魔鬼在对她说话，让她变"坏"，这种感觉愈演愈烈，最后她觉得她被魔鬼附身了。我们当然可以将这一系列事件视作隐喻，其中雕像隐喻性地代表魔鬼，但视为转喻可能更好、更合适。在这名患者的脑中，魔鬼雕像肯定与她的内疚感和自罪感合二为一，而整个幻觉似乎涉及同一概念域的部分-部分转喻。在她看来，魔鬼的确是在和她交流。对于该患者的精神治疗师而言，探索幻觉的来源和目标之间的转喻关联也许会有帮助，而非仅仅将它们视为隐喻。转喻介于隐喻与字面思维之间，有助于精神治疗师站在患者的视角思考。

在第二个案例中，Rhodes 和 Jakes 列举的患者认为自己是世界上伟大的领袖，有特异功能，身体由氢气构成。据了解，该患者有过创伤性的成长经历，看动画片是他儿时唯一的安慰，而他似乎已经将卡通世界与他自己的世界混为一谈。在这种混淆中，产生了新的原因指代结果转喻，例如在他的幻想中，氢气造就了他有特异功能的身体。

在第三个案例中，Rhodes 和 Jakes 记录的患者看到了天空中的一道亮光，就觉得它是一艘宇宙飞船——这可能涉及视觉上的部分指代整体转喻。该转喻随后进一步让他认定自己来自银河系，而这导致他产生了幻觉，幻想自己成为星际统治者，掌管着银河系的外太空生命。这里我们就有了一个全新的框架或理想化认知模型，由看到天空中的一道亮光和这一理想化认知模型各个部分之间的多重转喻关联引起。通过天空中的那道光，患者可能会在这个不同于现实世界但又和它有些许联系的世界中感到安全。同样，如果精神治疗师把整个事情看作一个转喻而不是牵强的隐喻，就可能会找到一个与患者的接触点，让患者和治疗师能就彼此对错觉的不同观点相互理解。

Rhodes 和 Jakes 记录的第四种幻觉似乎也与转喻有关——有一位患者说，她总是感觉有虫子在咬自己的后背下部，而且这些虫子还往她的身体里面爬。在几年前还没有出现幻觉时，她的后背下部曾被开水严重烫伤。在这一情况下，似乎存在原因指代结果的转喻关系，而该患者想到了用一种新的原因来指代一个被长久记住的结果。

在所有的上述案例中，幻觉和现实交织在一起，但由于患者创造了他们自己独特的理想化认知模型，这些模型能将通常不相关的事物联系在一起，不同部分之间的关系也就似乎涉及转喻而非隐喻。至少在患者看来，这些是邻近（contiguity）的而非对照（comparison）的关系，与源域的关联也得以保留。如果我们从"理性"的角度来看待这个问题，即认为这些假想的理想化认知模型实际上并不存在，那么我们就无法进入这些患者所处的"世界"。出于这些原因，咨询师在咨询环节中使用转喻可能会起到作用。在心理咨询中使用隐喻已经取得了重大进展。Charteris-Black（2012）发现抑郁症患者会使用下列三种概念隐喻（conceptual metaphors）：抑郁是黑暗（depression is darkness）、抑郁是重物（depression is weight）和抑郁是堕落（depression is descent）。Tay（2012）探究了概念隐喻如何为心理咨询师提供强大工具，让咨询师能够感受患者正在经历的情绪并把它描述出来，并可以用概念隐喻来培养同理心，为患者提供新的参照系（frames of reference）。关注患者"隐喻"的转喻基础可以成为同样强大的咨询工具。Knapton 和 Rundblad（2012）发现，如果强迫症患者（patients with obsessive compulsive disorder）认为强迫症是自身的转喻代表了自己，就可能会表现出较低的个人能动性（伴随的应对强迫症的能力也会减弱）。Knapton 和 Rundblad 认为，像认知行为疗法（cognitive behavioural therapy）这样的治疗如果能鼓励患者更多地了解自己的转喻思维过程，那么治疗效果可能会更好。未来的研究可以对这些观点进行验证。

精神分裂症患者往往把他们的幻觉、妄想当作"真的"，而非隐喻或转喻，这可能与他们觉得隐喻和转喻难以理解有关（在一般情况下）。临床心理学的研究结果表明，精神分裂症患者似乎很难理解别人使用的修辞性的语言。例如，Gavilán 和 García-Albea（2011）发现，对比对照组，精神分裂症患者明显更有可能对一系列隐喻作出字面的解读，尽管这些隐喻具有高度规约性。他们认为，这种缺陷与患者缺乏从他人角度看问题的能力有关，该能力在心理学文献中被称为"心智理论"（theory of mind）能力。这一发现表明，治疗师可能很难让他们的患者将其幻觉视为"隐喻"。在这些情况下，转喻可以成为咨询师和患者互相让步的中庸之道。

7.6 结 论

本章中探讨了转喻的心理语言学研究和神经语言学研究。这些研究的证据表明，尽管理解转喻并非总要先思索然后再否定某一字面意义，只要在潜意识层面，就往往涉及文化习俗知识和理想化认知模型知识。

我们还进一步探讨了神经系统受损者的转喻理解情况，发现他们的转喻理解能力往往比字面理解能力差，但又比隐喻理解能力好。这一发现在一定程度上支持了 Dirven（2003）的"修辞连续统一体"（从字面语言到转喻语言再到隐喻语言）的观点（见第 1 章）。换句话说，从认知加工要求来看，转喻理解似乎介于字面语言和隐喻之间。在这些研究中，转喻虽然滞后，但其发展轨迹与字面语言的相似，且与词汇量密切相关。虽然转喻理解起来比隐喻容易，但与字面语言相比，转喻对词汇知识的要求更高。

尽管转喻的心理语言学研究和神经语言学研究已经取得了重大进展，但仍有许多领域需要进一步攻坚。迄今为止，心理语言学和神经语言学对转喻理解的研究往往集中在指称转喻（referential metonymy）和语言转喻上，建议可以关注像手势等其他类型的表达方式。

同样值得关注的还有以下三类转喻：不同词类（parts of speech）中出现的转喻、发挥不同功能的转喻以及意义深受措辞模式（phraseological patterning）影响的转喻。尽管很难开展上述研究，但其研究发现将帮助我们更深入地了解转喻思维如何与大脑中其他类型的知识处理相互作用。

本章最具社会相关性的部分也许是揭示了转喻如何参与精神分裂症患者和相关疾病患者幻觉的形成和表述。转喻介于"隐喻"和"现实"之间，意味着它可以帮助治疗师与患者找到共同点，因此建议治疗师可以在治疗过程中更多地使用转喻，这值得在未来的实践研究中进一步探索。

8 "他从奥地利的无名小卒开始"

转喻的跨语言和跨文化差异：
对语言学习和翻译的启示

8.1 引 言

第 4 章探讨了转喻在话语群体（discourse communities）形成和发展中所起的作用，论述了话语群体是如何将特定的转喻义附加到给定的单词或短语上的，以及这个意义有时又是如何被话语共同体外的人误解的（或以不同的方式对其进行解释）（Deignan et al., 2013；Stvan, 2012）。研究重点是不同"小文化"（small cultures）（Holliday, 1999）所使用的转喻类型，以及这些小文化相互碰撞时出现的问题，尽管（至少）在表面上，它们都说着"同一语言"。当语言不同或文化背景不同的人需要交流时，或者把转喻从一种语言翻译到另一种语言时，这些问题可能会更为凸显。

本章将扩大讨论的范围，把重点放在区域文化和民族文化上，探讨这些文化是如何发展某些特定转喻的，而这些转喻又能帮助定义群体身份。本章还会讨论转喻在跨文化和跨语言交际中的作用，指出转喻在哪些方面会阻碍或促进不同文化、不同语言背景的人之间的理解。此外，本章将作民族志研究，展示来自不同文化背景的人如何在语言和手势以及其他交流方式中用不同的方式使用转喻。

近年来，跨文化交际研究已经开始利用识解（construal）和范畴化（categorisation）等概念（如 Bührig & ten Thije, 2006）来解释认知语言学术语中的差异和误解。我认为也可以用转喻映射（metonymic mappings）来对其中的一些发现进行解释，特别是如果我们把 Langacker（1993）对转喻的定义作为一个"参照点构式"（reference-point construction）。本章还会讨论在非言语交际中使用转喻可能会在跨文化交际中导致的问题。

在讨论了转喻使用中的跨语言差异后，通过观察转喻的跨语言和跨文化交际差异给语言学习者和译者带来的挑战，本章的第二部分将继续探讨这些差异的实际意义。首先会展示少数关于第二语言学习者理解转喻和产出转喻的研究发现，分析转喻给语言学习者带来的问题，随后会讨论转喻给译者带来的挑战，举例说明译者在处理转喻的文化局限性和不精确性时可能会使用的策略类型。由于转喻会隐含某些微妙的评价和成见，因此转喻翻译会比较难。

8.2 转喻的跨语言差异

大量文献探究了转喻的跨语言差异以及在多种语言中转喻跨语言差异对语法产生的影响。Barcelona（2003c，2004）、Brdar（2007）、Brdar 和 Brdar-Szabó（2003）、Brdar-Szabó 和 Brdar（2004）、Hilpert（2007）、Panther 和 Thornburg（1999，2009）、Ruiz de Mendoza Ibáñez 和 Pérez Hernández（2001）、Ruiz de Mendoza Ibáñez 和 Mairal Usón（2007）和 ten Thije（2006）均对上述现象展开了研究。他们的研究内容包括：用地名转喻性地指代所发生的事件的差异、语用推理（pragmatic inferencing）和间接言语行为（indirect speech acts）中的转喻使用差异、身体部位转喻性地传递意义的差异，以及不同语言中转喻与拟人关系的差异。他们的研究揭示了不同语言中转喻是如何以不同的方式影响意义的建构的。本节中，我将探讨这些差异的类型，首先探究那些在跨语言和跨文化交际中无伤大雅的差异，接着讨论那些更容易引起问题的差异。

转喻中某些类型的跨语言差异不太可能引起交际问题。例如，Barcelona（2003c）研究了普通地名是如何具有转喻意义的，以及这些地名如何指代除地名以外的事物。他发现，在英语、法语、西班牙语、德语和意大利语中，上述方面存在相当大的差异。

他还发现，这些转喻类型在不同语言中的活跃程度存在显著差异。同样，Jäkel（1999）探讨了人们的姓氏与其出生地间的关联方式，发现这种转喻类型的大量产出存在广泛的跨语言差异。他指出，德语中的姓氏通常能反映出最初被冠以该姓的人相关联的地方，从而产生了诸如 Niendorf（新村庄）、Hofstater（农场小镇）、Ossenbrugge（牛桥）、Baumgarten（树木园）等姓氏。这种转喻在日语中也很普遍，在其他语言中则较为罕见。这些差异不太可能对跨语言交流造成严重影响。事实上，某些情况下，当语言和/或文化背景不同的人进行交流时，个人姓氏起源或地名甚至还能有效地充当开场白。然而，当讨论范围超出这两者时，问题可能就产生了。Barcelona（2004）发现，"伟人"名字的转喻扩展[例如，"他不是莎士比亚"（he's no Shakespeare）或"他是英国的毕加索"（he's England's Picasso）]在不同语言之间差异较大，并指出这一过程严重依赖于深受文化影响的转喻模式，而特定语言共同体外的人可能难以了解这些模式。

Hilpert（2007）发现了转喻用法的一种跨语言差异，这类差异更有可能造成不同语言使用者之间难以互相理解。他发现，身体部位在不同语言中形成连锁转喻的方式存在许多差异。在其研究的 76 种语言中，几乎所有的语言都存在各种各样的语义扩展，其中的部分扩展为这 76 种语言所共有，其余的则不然。例如，他发现大多数语言都利用感知器官传达感知转喻，用"眼睛"表示"看"，用"耳朵"表示"听"。在某些语言中，"耳朵"转喻连锁性地表示"注意"，而在其他语言中，"耳朵"通过因果转喻表示"顺从"。只有两种语言中的"肚子"一词，是通过容器转喻指代"怀孕"，通过因果转喻指代"后代"。大部分语言的"手臂"、"手指"、"脚"和"手"等身体部位涉及工具指代动作转喻，在少数语言中，"嘴"一词的引申义为"言语"。"背"、"肚子"、"臀部"、"脸"、"额头"、"手"和"头"等身体部位只在某些语言中被语法化（grammaticalised）。例如，在少数语言中，"前额"被语法化为"在前面"，"臀部"被语法化为"在后面"。只有两种语言的"肚子"一词通过容器转喻实现语法化，成为表示包含的标志词，意思为"集合中的一员"。该研究表明，简单的转喻扩展普遍存在于语言之中，但由于连锁转喻在不同语言间存在很大差异，由此产生的表达对于不能流利使用这些语言的人可能就不够清晰明了。

其他研究发现，转喻在句法层面存在跨语言差异。尽管这些差异不太可能导致跨语言交际时出现理解问题，但由于受到母语句法模式的干扰，第二语言使用者在使用这些转喻时可能会出错。这些发现很有趣，因其挑战了一些广为接受的转喻观点。Brdar-Szabó 和 Brdar（2012）汇报了两个案例对比研究。第一项研究探讨了首都指代政府转喻在不同语言中的使用程度。基于语料库的新闻报道分析，发现乍一看似乎英语比德语和匈牙利语更普遍地使用这一转喻，而当他们研究首都指代政府转喻是如何从英语翻译成德语和匈牙利语时发现，英语中与该转喻相关的名词短语经常出现在主语的位置，如：

Washington has insisted it will not be drawn into a bilateral pact. (Brdar-Szabó and Brdar 2012: 730)

华盛顿坚称不会卷入双边协议。（Brdar-Szabó & Brdar，2012：730）

相比之下，在德语和匈牙利语中则倾向于充当地点副词，如下所示：

[...] in *Washington*, they doubted this. (2012: 731)
【……】在华盛顿，他们对此表示怀疑。（2012：731）

[...] it is difficult to find it said in *Islamabad*. (2012: 731)
【……】但在伊斯兰堡很难发现相关的表态。（2012：731）

他们将之前在德语和匈牙利语中发现的首都指代政府转喻"占比明显偏低"这一问题归因于研究者将这些例子归类为字面表达，而非转喻。他们认为这些例子和匈牙利语例子一样具有转喻属性，但转喻的表达方式有所不同。这一发现对第 3 章讨论的指称转喻通常出现在句子的主语位置这一观点构成了挑战。

以下是研究者为阐明观点所使用的两个完全直译的例子：

Nach mehr als zwanzig Jahren Krieg sei es äußerst schwierig, einen Neuanfang zu finden, heißt es *in Islamabad*.

(lit. "After more than twenty years war is-SUBJ it extremely difficult a new start to find said-is it *in Islamabad*") (2012: 731)

（直译："经过二十多年的战争——其困难的是去找一个新的开始——主语表示的是伊斯兰堡"）（2012：731）

[*Frankfurter Allgemeine Zeitung*, 7 December 2001] *Moszkvában* most úgy látják, ...

(lit. "*Moscow-in* now thus consider")(2012: 731)
（直译："莫斯科现在因此考虑"）（2012：731）

将上述例子翻译成更加自然的英语，如下：

Islamabad says that, after more than twenty years of war, it'll be extremely difficult to make a fresh start.

伊斯兰堡表示，在经历了 20 多年的战争后，重新开始难乎其难。

Moscow is now considering...

莫斯科正在考虑……

Brdar-Szabó 和 Brdar 称，在地名前加 in 能获得与英语对等表达略微不同的转喻意义。这些转喻在德语和匈牙利语中含义更广，并非和英语对等表达一样直接指向政府机构。它们还能指代政客、报道政治新闻的记者、对政务感兴趣的普通民众等。这意味着不同的语境中，同一地名可用以表示政治生活的不同方面，或者与某一城市相关的报刊或媒体，如：

U Sarajevu na trgovima u sjevernom dijelu grada smatraju ovu izjavu nezgodnom.

(lit. *"in Sarajevo* in squares in northern part city consider this statement awkward.")(2012: 732)

（直译："*在萨拉热窝*在广场在北部城市认为这一声明不合时宜。"）（2012：732）

将这句话翻译成更自然的英语：

In Sarajevo in squares and in the northern part of the city this statement is considered awkward.

这个声明在萨拉热窝的广场和城市北部地区被认为是不合时宜的。

总之，德语和匈牙利语中地名转喻的含义比英语更加广泛，这可能会导致在跨语言交际时产生误会，尤其是在政治领域。

转喻用法存在跨语言差异，部分原因在于某些语言能够以简洁高效的方式表达概念，而不用诉诸转喻。例如，Ruiz de Mendoza Ibáñez 指出，Nunberg（1979）的著名例子"火腿三明治正等他买单"（The ham sandwich is waiting for his check）并不适用于西班牙语，部分原因在于西班牙语存在与转喻一样高效的句法，且无须额外进行推理。他认为，通过现在分词的名词化，西班牙语可以和英语转喻一样省略许多内容：

El del bocadillo de jamón

(lit. "the (one) of the ham sandwich").
（直译："火腿三明治的这（一个）"）

英语也可以这么表达，但听起来非常笨拙啰嗦：

The one that has ordered a ham sandwich.
点了火腿三明治的人

在西班牙语中，名词化的现在分词通常比转喻对等词更受欢迎，因其使回指照应表达得更加流畅。因此，下述表达是首选：

Ten cuidado con el/la de ese coche, que va como un loco/una loca.

(lit. "Watch for the (one$_{MASC/FEM}$) in that car; he/she is driving recklessly")

（直译："注意车里的（一个男/女人）；他/她在鲁莽驾驶"）

而转喻对等词听起来则非常笨拙：

Ten cuidado con ese coche, que va como loco (*él/*ella va como loco/a)

(lit. "Watch that car; it's driving recklessly") (he/she's driving recklessly)

（直译："小心那辆车；它开得很鲁莽"）（他/她在鲁莽驾驶）

下面的例子也是如此，用的是名词化的现在分词：

Los/las de los autobuses están de huelga y ellos/ellas no quieren volver al trabajo.

(lit. "The ones of the buses are on strike and they$_{MASC/FEM}$ don't want to go back to work"

（直译："公共汽车的人在罢工，他们不愿回到工作岗位。"）

名词化的现在分词比转喻对等词要简洁得多：

Los autobuses están de huelga y *ellos/*ellas no quieren volver al trabajo.

(lit. "Buses are on strike and they$_{MASC/FEM}$ don't want to go back to work")

（直译："公共汽车在罢工，他们（男/女）不愿回到工作岗位。"）

这些细微而重要的差异可能给语言学习者带来挑战。它们也许能解释为什么学习英语的西班牙语母语者和学习西班牙语的英语母语者所产出的表达有时听起来会很不地道。

是否依照惯例赋予某些源域以转喻或隐喻意义也会导致语言间产生差异。例如，Charteris-Black（2003）比较了嘴、舌头和嘴唇这三个概念在英语和马来语中的修辞用法。他发现，在英语中，三者用作转喻的可能性更大[例如，将某人描述为"守口如瓶"（tight lipped）]，而在马来语中，用作隐喻的可能性则更大。他推测，主要原因在于马来语比英语更加看重面子保全策略（face-saving strategy），在这种情况下使用隐喻更合适，因为隐喻远比转喻委婉。同样，这些差异可能会给非母语使用者带来理解和表达方面的问题。

在某些情况下，转喻的跨语言差异特别容易导致交际时出现问题。例如，在语用推理方面，Brdar-Szabó（2009）发现英语和德语可以使用独立条件句作为间接指示，而匈牙利语和克罗地亚语则不行。换言之，在英语和德语中，可以用"if you could do X…?"（如果你可以做X……）表达"Please will you do?"（请你做 X 好吗？），而在匈牙利语和克罗地亚语中，这种表达则十分奇怪。她认为这一用法源自基于场景（Scenario-based）而非基于框架的言外转喻（见第 3章）。基于场景的转喻比基于框架的转喻更普遍，但也受跨语言变异的各种细微形式的影响，如上述例子所示。

Panther 和 Thornburg（1999）也观察了涉及基于场景转喻的跨语言差异，并表明在英语和匈牙利语中，可能性指代现实性的转喻用法迥异。他们可以证明英语使用者经常使用可能性指代现实性的转喻语义关系，如"我可以闻到大蒜"（I can smell the garlic）和"可以看到……"（it can be seen that...），而翻译成匈牙利语则为"我感受到大蒜的味道"（I feel the garlic smell）和"能够看到……"（it is available for seeing that...）。此类差异可能会对跨语言交际产生影响，因其需要动用额外的语用推理模式，但并非所有语言都存在这样的模式。

最后，Radden 和 Seto（2003）研究转喻在接待服务中的跨语言差异时，说明了不同语言如何选择不同的"购物场景"的实例作为转喻喻体。

他们对比了经常使用 have 的语言（表达时使用前提指代动作转喻）和经常使用 be 的语言（表达时依赖于存在指代动作转喻）：

English　　Do you have any 40-watt lightbulbs?
英语　　　你有 40 瓦的灯泡吗？

Japanese　40-watt no denkyu (wa) arimasuka?
　　　　　(Are there any 40-watt lightbulbs?)
日语　　　这里有 40 瓦的灯泡吗？

上述购物场景本身也许为听众提供了足够多的语境以推断目标信息（即顾客想购买一个 40 瓦的灯泡）。然而在其他的一些示例中，潜在意图无法一目了然，因其并未为读者和听众提供足够的上下文线索以排除可能的转喻歧义。

转喻可能引起跨语言误解的另一种情况是，转喻看似仅起"指代"作用（至少表面上是如此），实则暗含着微妙而强烈的言外之意。Shaghayegh Alirezaie（2012）比较了英语和波斯语中"面子"（face）一词的转喻扩展用法，发现这两种语言对该词的转喻用法差异巨大，她认为原因在于盎格鲁-撒克逊文化和波斯文化的社会历史特征存在差别。她的发现极具价值，表明了"面子"这一概念的含义因人而异。这一发现意义重大，因为不同文化对"面子"[保全面子（saving face）]和"丢脸"（loss of face）的看重程度不尽相同。她的发现还涉及一个时下热议，即女性在其他文化中仍须蒙面这一做法是否可取，因为对女性蒙面的要求源于女性面部"意义"的转喻扩展。

目前已有部分探索性的研究利用调查数据探讨了不同类型的转喻在不同语言中的使用程度。例如，May（2013）对 13 类语言中的 32 个人进行采访，以探究 8 种转喻类型在这些语言中的成效性。她发现这些不同的转喻类型在不同语言中的成效性存在很大差异，并结合了社会经济因素与形式语言因素进行解释。例如，她发现生产商指代产品的这类转喻在大多数语言中均很常见，尤其是在制造业发达的国家。她指出，中国人会大量使用这些类型的转喻，如"李宁"（中国知名运动品牌）、"娃哈哈"和"加多宝"（饮料制造商）及"大宝"（面霜制造商）。相比之下，除诺基亚外，芬兰不具备如此庞大的制造基地，类似的生产商指代产品转喻相对罕见。她还指出，一门语言是否愿意接纳英语中的生产商指代产品的转喻能反映出英语的全球化程度，以及该语言对外国品牌文化、语言渗透的抵制程度。例如，在意大利语中，aspirapolvere（意为"吸尘器"）一词比Hoover（最初是一个美国品牌）更受欢迎。尽管该美国品牌知名度很高，意大利人仍然偏爱字面表达。May 还观察到，是否使用生产商指代产品的转喻有时与形式语言因素相关。例如，泰语中，头韵转喻词 Mama（方便面生产商）比字面表达 ba mi gueng sum sed roob 更受欢迎，后者用起来并不方便。

May 发现在所研究的语言中，部分指代整体转喻非常普遍，尽管实际所选择的"部分"并非总在意料之中。许多情况下，与 Radden 和 Kövecses 的分类法一致，显著性与频率是选择的首要原则，如东亚人用"米饭"（rice）指代一顿饭。她指出，在印度尼西亚语中，"尾巴"（tail）一词用以指代牛或鸡等整只动物，如"我看到那片田野上有三条尾巴"。这与英语中更常用的"头"（head）（如"三头牛"）形成对比。然而，这并非与 Radden 和 Kövecses 提出的认知原则完全相悖，因为头和尾巴位于身体的两端，并且尾巴是许多动物的显著特征，也是区别于人类的特征。有些部分指代整体转喻深深植根于文化之中，例如日语单词 nabe（意为"锅"），指的是一种有名的炖菜。nabe 不仅指代放置在餐桌中央的锅本身，还指代所有的炖菜配料，甚至还包括炉子以及这顿饭独有的欢愉气氛。

行为指代复杂事件转喻也相当广泛地分布在 May 研究的所有语言中。在阿拉伯语中，短语"让我们把书摊开"（let's spread the books）指的是学习；在德语中，"投身于琴键中"（throw oneself into the keys）指的是弹钢琴，"摇勺子"（to swing the ladle）指的是烹饪。

May 认为，一系列的社会经济、政治、文化和语言特征与 Radden 和 Kövecses 提出的认知原则共同影响着不同转喻在不同语言中的使用程度。这些因素包括对其他文化的开放程度、国际品牌在某文化中的存在度、某文化的饮食习惯、所涉词汇的形式特征（如复杂程度、是否押头韵）、原形词的相对复杂度、地形和人口分布，以及对幽默、讽刺、委婉语等风格的偏好。因此，一种语言使用不同类型的转喻的方式是人们深入了解该文化的一个窗口。

研究还表明，转喻手势的使用存在跨文化差异。例如，在加纳，许多人非常忌讳在交流时使用左手，因其与人们不愿与他人分享的某些身体功能具有转喻性有关。Kita 和 Essegbey（2001）通过观察受试者在自然情境中指示路径方向时做出的手势考查了这一禁忌对加纳社会成员手势应用的影响。他们发现，受试者倾向于将左手放在下背部，有时看起来像是在向对方隐藏这只手。有时这样的姿势严重妨碍了他们做出一些手势，但他们依然选择如此。在少数需用左手做手势的情况下，这些手势的幅度明显不如右手那么大，这似乎也再次反映了因转喻引起的禁忌所在。对于非加纳人而言，了解这一禁忌十分必要，可以避免与加纳人交谈时失礼。

8.3　跨语言和跨文化交际中转喻误解引起的问题

上一节探讨了转喻用法如何因语言和文化而异。某些类型的差异有可能会导致沟通障碍，但这些假设均没有经过实践的检验。本节将介绍转喻如何会引起不同语言使用者误解的相关研究，以及误解可能带来的问题。

涉及转喻的跨文化误解可能会导致严重后果，其中最具戏剧性的例子是1945 年美国轰炸广岛和长崎事件。在著名的《波茨坦公告》中，美国给日本下达最后通牒：无条件投降，否则全面核攻击。日本对《波茨坦公告》的反应模棱两可，彼时的日本首相铃木贯太郎（Kantarō Suzuki）使用了 mokusatsu 一词，直译成英文是 no comment（不予置评）（Butow，1954）。它的含义很模糊，既可以表示"拒绝"，也可以表达"暂不谈论"，这里涉及的就是定义宽泛的子事件指代整个事件的转喻，其含义极不明确。相比之下，在英语中，该词因行为指代结果转喻具有更加明确的含义：当一个人对某个问题不发表评论时，就意味着此人的态度为不同意或不愿参与对话。英文表达"不予置评"具有终结性色彩，而日文单词 mokusatsu 则没有。日本人使用 mokusatsu 一词的原因或为尴尬、不适，想要拖延时间，甚至是根本不知该说什么，但这些细微的文化差异翻译起来并不容易。该词被简单地译成了"拒绝"，美国便认为日本不愿接受《波茨坦公告》，由此成为轰炸广岛和长崎的一根导火索。

显然，并非大多数的转喻误解都如此夸张，但仍然会阻碍不同语言和/或文化背景的个体间的顺利交流。通常我们难以分离语言因素和文化因素。事实上，许多人认为二者是不可分割的（Byram，1997；Byram & Risager，1999；Shore，1996），许多研究也因此倾向于同时关注语言和文化因素。例如，Rost-Roth（2006）探讨了德国一所大学的学业指导课所使用的语言，该校师生的语言背景有所不同。虽然她没有从转喻的角度分析沟通失误的案例，但转喻显然是其中的原因。例如，她记录了一名伊朗学生如何细述正在经历的负面情绪。对学生的事后采访表明，实际上他是在试图表达对课程的不满，这是负面情绪产生的原因，他希望老师能推断出来。通过视频数据以及对德国讲师的后续采访发现，教师明显不知道学生为何如此，也不知学生想表达些什么。学生当时使用结果指代原因的转喻（情绪指代情绪起因）间接表达了对课程的不满，但教师未能捕捉到这一层含义。当权力差异悬殊时，波斯语较德语更常用情绪指代情绪起因转喻。

在另一项研究中，Littlemore（2001）请一群在英国某大学学习公共部门管理短期课程的孟加拉国公务员写下他们认为讲师所使用的一系列隐喻和转喻的含义。其中一个转喻是"干劲十足的公务员"（can-do civil servants），根据讲师（研究包括对讲师的采访）的说法，其含义是"热情和积极进取的公务员"（enthusiastic and positive-thinking civil servants）。这一解读随后得到了另外两位英语母语者的肯定。

部分参与者对这一表述略有误解。例如，其中一人将其解读为"有能力、有实力的公务员"（capable, competent civil servants）（2001：341）。他补充道：

> The civil servants are the tools of administration. If the civil servants do their job efficiently, the wheel of the government will also run efficiently. (Littlemore, 2001: 341)
>
> 公务员是行政管理的工具。如果公务员高效完成工作，政府部门也会高效运转。（Littlemore，2001：341）

该参与者似乎将"干劲十足的公务员"理解为完全能胜任工作、努力履行职责的公务员。比起讲师想表达的含义，这种解读更接近"能干"（can-do）这一字面意义，而且似乎更多与人的能力而非态度有关。这种误读可能受到语言和文化的影响，因为没有接触过该表达，解读时便使用了其字面意义。在与学员和讲师的进一步讨论中（许多讲师都曾在孟加拉国任教），我们发现孟加拉国的公务员文化更强调刻苦和服从，与英国相比，其创新创业精神的发展空间较小。这种文化差异也可能是误解产生的原因之一。虽然这种误读不会导致灾难性的后果，但该学员显然没有体会到这位讲师表达中的微妙差异。

在非语言符号跨文化交际中使用转喻时，也会出现误解。Kotthoff（2006）

探讨了东格鲁吉亚和西格鲁吉亚哀悼时的风格差异。西格鲁吉亚认为，昏厥和口齿不清地唱歌是女性丧亲后表达极度悲痛心情的适当方式，而在东格鲁吉亚，她们只需抓抓脸即可。这些举动经过身体反应指代情绪起因转喻的风格化、符号化延伸，获得了与悲伤相关的含义。这两种情况的基本转喻关系相同，但身体的表现形式各异。Kotthoff 表示，东格鲁吉亚人和西格鲁吉亚人都认为对方的哀悼行为虚伪且夸张，西格鲁吉亚女性还被要求尽量不要在东格鲁吉亚的葬礼晕倒。这一发现与跨文化背景下隐喻研究的发现类似：两种文化共享一个概念隐喻，但对应的语言表达形式不同，因此双方均觉得对方的表达很奇怪。

在跨语言交际中，转喻并不总是妨碍理解，有时还能促进理解。如第 5 章所示，转喻可用以缓解跨文化差异可能造成的有损颜面的后果。在跨语言交际中，更普遍地使用转喻手势可以减少修辞语言可能造成的误解。例如在一项教学活动中，以英语为母语的教师其教学对象是以西班牙语为母语的学生，MacArthur 等（2013b）通过研究发现，与一般口语语篇相比（数据来自英国国家语料库），教师使用与视觉语义场相关的词汇比例异常高。他们发现，在这些对话中，教师使用视觉转喻（和隐喻）的频率明显高于学生，且常用于指代诸如"学习"、"聚焦"、"理解"、"开展"、"欣赏"和"注意"等活动。相比之下，学生们在使用这些词时，含义要窄得多，其中大部分是字面意义，或者仅仅指"理解"。教师们经常借用转喻手势消除歧义，包括摘下眼镜，用手指着某处表示"聚焦"的方向，以及用"书写"的手势表示"在开展"。这些手势经常表示"缩小"和"聚集"等相关概念，进一步明确了视觉转喻的含义。从学生的反应来看，这些文化和语言差异并没有带来理解上的问题，可能是因为转喻手势起到了"澄清"作用。

8.4　转喻和语言学习者

承前文所述，大量文献探讨了转喻的跨语言差异及其对各种语言的语法所造成的影响，这种差异不时会引起误解。转喻的跨语言差异对语言学习者构成特殊挑战。转喻的功能复杂，容易受内容影响，但外语学习和教学往往忽视这一点（Littlemore，2009；Low，2008）。尽管一些策略可以帮助学习者理解和使用目标语言中的转喻表达，但截至目前，尚未出现有价值的研究。本节将探讨转喻在理解和产出方面给语言学习者带来的困难。

语言学习者对转喻的理解

语言间的差异如此之多，意味着转喻理解可能对语言学习者构成挑战。此外，转喻理据有时不好判断，同一个转喻词在不同的语境中可能有截然相反的含义，这增加了转喻理解的难度。例如，单词 weathered：

> Those rich leather uppers have a warm *weathered* look. (BofE)
> 那些华丽的皮革鞋面看起来柔和老旧。（柯林斯英语语料库）
>
> It is eerily *weathered* and almost featureless. (BofE)
> 它饱经风霜，面目全非。（柯林斯英语语料库）

同一个词，如果在更抽象的语境中用作隐喻时，意思几乎完全相反：实体没有受到 weather（天气）的影响，而且相对来说毫发无损：

> Major changes have been *weathered* and a new balance has been achieved. (BofE)
> 在历经重大变革后实现了新的平衡。（柯林斯英语语料库）
>
> The tenacious Ndebele people who have tenaciously *weathered* apartheid. (BofE)
> 顽强的恩德贝勒人挺过了种族隔离。（柯林斯英语语料库）

该词的隐喻往往用作动词，而转喻则是形容词，这一点也许能帮助我们更好地判断意思。然而，学生可能无法自动掌握这些细微的差别，需要老师将不同的词义（及其语法形式）清楚地教给他们。

转喻理解本身可能存在困难，有关语言学习者对转喻理解的研究屈指可数，大多数关于修辞语言理解的研究都集中在隐喻上。

有一个案例是由 Littlemore 等（in preparation）开展的研究（分成两部分），探讨日本的英语学习者对转喻的理解。研究的第一部分找了 10 名在英国攻读硕士学位的日本学生，要求他们解释 20 个涉及多种转喻类型的表达，并回答是否见过其中的一些表达以及是否熟悉它们的含义（是的话这些表达就被剔除）。该研究的目的在于揭示以日语为母语的英语学习者在理解具体语境中的转喻时所使用的策略、哪些因素有助于理解转喻、这些学习者在解读这些转喻表达时会犯哪些错误，以及哪些因素会阻碍其对转喻的理解。为了解答上述问题，研究者将日本受试者的回答与两位评估人员（母语为英语）的回答进行了比较。

研究发现受试者采用了以下策略来理解转喻：

1. activating a particular "metonymy type"
1. 激活特定的"转喻类型"

2. noticing the active zone/profile discrepancy (see Section 3.1)
2. 注意活跃区/外形差异（参见第 3.1 节）

3. using contextual clues
3. 利用上下文线索

令人惊讶的是，这些学生似乎都妥善处理了涉及转喻的句法模式的跨语言差异。例如，英语中有大量的名源动词，其意义与相应的名词之间存在转喻关系，如 summered 的用法：

An injured bird also *summered* at Darwell Reservoir in 1958. (BNC)
1958 年，一只受伤的鸟也在达威尔水库（Darwell Reservoir）*避暑*。（英国国家语料库）

日语中不存在此构式，但这并没有给受试者带来太大的困难。这一发现与 Piquer Píriz（2008）的研究有相似之处：在学习英语的过程中，句法形式并不会对年轻的西班牙学习者理解转喻的修辞意义造成干扰。Piquer Píriz 发现，即便当他们的母语中没有相应的表达时，大多数参与她实验的儿童在理解多词转喻方面没有什么问题[例如，"搭把手"（give me a hand）和"我没开口"（I didn't open my mouth）]，而这些转喻的意义是基于这些身体部位的显著功能而产生的。一个可能的解释是，这些转喻涉及显著特征的延伸，并构成了部分指代整体和行为指代结果等确立已久的转喻关系。

当名源动词转喻中的动作反映了名词的核心特征时，受试者更有可能理解这些词的含义。例如，他们在理解转喻表达 be garaged（放入车库）和 be mothered（得到母亲般的照顾）时基本没有问题，因为这两个表达都反映了相应名词的核心特征[即"车库"（garage）是停车的地方，"母亲"（mother）会照料孩子]。相较而言，转喻 to landscape the garden（美化花园）造成的问题较多。所有受试者都觉得是"欣赏花园"（to have a view over a garden）的意思。

受试者似乎采用的是物体指代动作转喻，但实际上 to landscape 的英语含义并不涉及该转喻。在英语中，该表达的意思是改变某地的外观，但没有受试者能联想到这一点。一些人还推断出"种树"这一层含义，从而唤起了结果指代行为的转喻关系，虽然这有点过于具体，但更接近该表达的实际意义。打理花园可能包括种树，但它同样涉及许多其他活动，如运土、种花和砍树。在本例中，受试者关注错了地方，理解成理想化认知模型中的其他部分。to landscape 的意思与其对应名词 landscape（风景）的核心特征并无关联，所以受试者觉得这个表达更难理解。因此，当所指动作与喻体的基本意义联系更加紧密时，学习者就更有可能正确地理解该表达。Littlemore 等还考察了正确的解读与表达的可意象化程度是否存在联系，结果发现两者显著相关（$P<0.05$），这表明受试者更容易理解高度意象化的转喻。

学生在尝试解读转喻时犯的许多错误与 Littlemore 等（2011a）所归纳的隐喻错误类型相似，包括"描述过度"和"描述不足"（提供过多或过少信息）、没有关注到理想化认知模型中应该关注的部分（如前文所示）、错误解读上下文线索及句法。其他错误则更多是因为研究的焦点是转喻而非隐喻，最突出的一个例子是许多学生将转喻表达理解成了隐喻，如：

It was obvious to everybody in Rome that he had to *marry money* → interpreted as meaning "to earn big money".

每个罗马人都清楚他必须与钱结婚（to marry money）→ 解读为"赚大钱"（to earn big money）。

此处的转喻成分没有得到应有的解读。相反，受试者试图从隐喻的角度解读 marry 一词，认为 to marry 的对应意义是"极度需要"。

再比如：

his younger brother and sister, who [...] seemed to *depend on the bottle* → interpreted as "to be attached to an obstacle/weak point".

他的弟弟和妹妹【……】似乎还*需要喂奶*（to depend on the bottle）→ 解读为"依附于障碍物/弱点"（to be attached to an obstacle/ weak point）。

任务结束后与该受试者进行讨论时发现，他将"需要喂奶"（to depend on the bottle）解读为"障碍/弱点"（an obstacle/weak point），因为他觉得该表达与通常用作隐喻的"瓶颈"（bottleneck）一词相似。

学生从隐喻（本应从转喻）的角度进行解读的例子还包括：

his younger brother and sister, who […] seemed to *depend on the bottle* → interpreted as "to depend on a certain group of people".

他的弟弟和妹妹【…… 】似乎还*需要喂奶*（to depend on the bottle）→ 解读为"依靠某群人"（to depend on a certain group of people）。

该学生将"瓶子"（the bottle）解释为将一群人聚集在一起的事物。另一名学生通过另一个隐喻解读这句话：

his younger brother and sister, who […] seemed to *depend on the bottle* → interpreted as "to depend on their appearances".

他的弟弟和妹妹【…… 】似乎还*需要喂奶*（to depend on the bottle）→ 解读为"依靠他们的外表"（to depend on their appearances）。

该学生认为瓶子可以掩盖内容，所以指的是可以隐藏人性的"外表"。日语的文化迁移也有可能导致隐喻解读不当，如：

Whoever it is says youre still *nosing about in business* which doesn't concern you → interpreted as "to be weary of business".

所有人都说你在*多管闲事*（nosing about in business）→ 解读为"厌倦做生意"（to be weary of business）。

该学生的解读似乎是对照了日语短语 hana ni tsuku（多管闲事），其隐喻意义为"对某事感到厌倦"（to be weary of something）。

其他类型的错误包括学生对目标转喻成分的词汇语法分析出现明显错误，如：

Being mothered by a grandparent was certainly not always a happily remembered experience → interpreted as "becoming mother".

由祖父母*抚养*（being mothered）当然并不总是一段美好的回忆 → 解读为"正在成为母亲"（becoming mother）。

这里，受试者将原来的表达错误地分析为动名词+形容词的组合。

在其他例子中，学生们仅停留在喻体层面，并不打算对转喻成分进行任何解释，如：

Dobson and his mob just *laughed you off the street tonight* → interpreted as "to make fun of you on the street".

Dobson 和他的团伙今晚在大街上仅仅是将你一笑置之（laughed you off the street） → 解读为"在大街上取笑你"（to make fun of you on the street）。

还有一些学生使用了错误的转喻类型进行解释，如下例所示：

a lone blues *trumpet* was improvising → interpreted as "a lonely blues sound was improvising".

一只孤独的布鲁斯小号正在即兴演奏 → 解读为"一段孤独的蓝调乐正在即兴创作"（a lonely blues sound was improvising）。

受试者通过英语中的工具指代产品转喻将小号解读为"声音"（sound）。实际上，小号所唤起的是在英语中很常见的乐器指代音乐人转喻，如：

It went with the sacking of the *first violin*, Marie-Alexandre Guenin. （BNC）

这与*第一小提琴手*（the first violin）Marie-Alexandre Guenin 的解雇同时发生。（英国国家语料库）

学生唤起错误的转喻类型的另一个例子如下：

In the garden you will see them *nosing around* trying to find a new place to dig a hole → interpreted as "to growl".

在花园里可以看到他们*四处打探一番*（nosing around），企图找个新地方挖洞 → 解读为"咆哮"（to growl）。

该学生的解释是鼻子能发出咆哮声，因此他的理解基于英语中工具指代动作这一转喻，由此产生了误读。

当学生们面对更微妙的 Langacker"活跃区"转喻（参见 3.1 节）时，他们更倾向于将其解读为原型转喻，如最后这一例句所示：

Just as he was about *to open the beer* the doorbell rang → interpreted as "to start a party".

正当他准备*开啤酒*时（to open the beer），门铃响了 → 解读为"派对开始"（to start a party）。

尽管可能有人将其视为一种合理的解读，但它并不是该句子在此语境下想表达的含义。受试者解释道，聚会一般从开啤酒开始，因此唤起了子事件指代整个事件转喻。他能够理解"开啤酒"的转喻意义，却对此进行了过度延伸。造成这种解读的另一个原因是受试者将其视为"转喻链"（Dirven，2003）的一个实例，即由一个转喻引出另一个转喻。换言之，他识别了两个密切相关的转喻，每一个都使他的解释更加偏离句中表达的"基本意义"。

其他类型的回答包括因表述不当而无法归类的解读，如：

[...] vehicles *garaged* in a certain Rating District → interpreted as "a certain rating garage".

【……】*停放*在某一等级区（Rating District）的车辆 → 解读为"某一等级车库"（a certain rating garage）。

此处，我们无法理解受试者的回答。
在其他情况下，学生仅仅是误解了喻体的含义：

When the Cordorys had finished *landscaping* their garden → interpreted as "to dig up their garden".

当 Cordory 一家完成花园美化工作时（landscaping their garden）→
解读为"给花园松土"（to dig up their garden）。

经了解，该学生将"美化"（landscape）的基本含义误解为"塌方"
（landslide）。

与 Littlemore 等（2011a）关于隐喻的研究一致，此处也发现了"描述过
度"和"描述不足"两种情况，前者指学生对转喻含义过度解读，提供过多
信息；后者指对转喻含义解释不足，提供的信息不够充分。"描述过度"的
示例如下：

An injured bird also *summered* at Darwell Reservoir → interpreted as
"to rest/relax at Darwell Reservoir during summer".

一只受伤的鸟也在达威尔水库避暑 → 解读为"夏天时在达威尔水
库休息/放松"。

这一表达仅仅表示"避暑"，而学生增添了休息和放松的语义，在某种程度
上造成了过度解读。这种解读在此语境中是有效的，但比"于某个地方避暑"更
加具体。前文提到有学生"过度解读"Langacker 的"活跃区"转喻，与之相
似，此处的学生应该是唤起了一条转喻链，导致所付出的"修辞努力"超出了语
境所需。

"描述不足"的示例如下：

Ludens *tiptoed* into the kitchen → interpreted as "to enter into the
kitchen".

Ludens *蹑手蹑脚*（tiptoed）地走进厨房 → 解读为"进入厨房"
（to enter into the kitchen）。

这种解读在该语境下是有效的，但是"蹑手蹑脚"（to tiptoe）比简单的
"进入"（enter）一词传递了更多含义。

不同于 Littlemore 等（2011a）在隐喻方面的相关发现，本研究中，学生倾
向于将转喻理解为隐喻，并唤起了不必要的转喻链。这两种情形均为"过度解
读"，说明学生可能没有识别转喻以及将其理解为转喻的意识。原因可能在于这

两种修辞中，隐喻更广为人知，人们通常对什么是隐喻以及如何处理隐喻有大致的了解。转喻比隐喻更加微妙，因此可能给学习者造成更多的困扰。

第二部分的研究也有日本英语学习者参与。Littlemore 等重点关注转喻的功能，旨在探讨转喻所执行的功能是否会影响学生理解转喻的能力。受试者为 22 名英语能力达到中级至高级的日本人，均居住在日本，需要对 20 个出现在语境中的转喻进行解读。选择这些转喻是因为它们具有不同的功能，如幽默、讽刺、委婉、恶俗语等。同样将受试者的回答与两位评估人员（均为英语母语者）的回答进行比较后，发现一系列类似于在研究第一部分中观察到的问题，包括重要语境线索的缺失，由于感知的"陌生性"而排斥可能的意义，日语对等词的干扰，描述过度和描述不足，容易受语境特征干扰，不愿意"猜测"，以及文化差异或偏好的积极和消极干扰。

研究发现，具有幽默、讽刺和夸张等复杂功能的转喻比具有夸张和积极评价等更"直截了当"的转喻更加难以理解，部分原因在于这些转喻对 Radden 和 Kövecses（1999）提出的"典型"喻体选择认知原则的违反程度不同。如第 2 章所示，Radden 和 Kövecses 认为，在转喻中，诸如"人类优于非人类"和"刻板印象优于非刻板印象"等原则是影响喻体选择的关键因素。当这些"规则"被打破时，对于学习者而言，正确解读这些转喻异常困难。在违反认知原则的表达中，有些表达会对转喻解读产生更加严重的影响。例如，59%的受试者误解了转喻委婉语"有什么地方我可以梳洗一番吗"（Is there somewhere where I can freshen up）的意义。该委婉语故意违反清晰优先于模糊原则，也许因为说话者希望避开上厕所或冲洗汗津津的脸等字眼，而对方也不想听到这样直白的话语，因此掩饰真实意思在该情况下符合社交规则或期望。相比之下，夸张转喻表达"笨手笨脚"（all fingers and thumbs）并没有给受试者带来任何理解上的困难。该表达没有违反任何认知原则，事实上还遵循了具体优于抽象、互动优于非互动、功能性优于非功能性等原则。

此外，许多文化因素似乎也对转喻的正确解读产生积极和消极的影响。例如，85.2%的受试者能理解"Billie 亲吻 Yanto 时，她两眼瞪得圆圆的"（Billie's eyes popped out as she kissed Yanto）这句话的意思，原因可能是生活中随处可见的漫画经常把人物的眼睛画得异常大。大部分（76.5%）受试者都能理解的另一个句子是"西装革履的人开始出现在他们的会议中"（the Suits began to appear from their conferences），因为在日本，衣着讲究但性格保守的"工薪族"形象深入人心。受试者（37.5%）不太能理解的转喻句包括"为什么我是这样一个怪人？"（Why am I such an anorak？）。这里的问题是，要把 anorak（字面意义为防寒连帽外套）理解为呆子或怪胎，需知道 anorak 和 anorak 穿戴者的具体文化信息，以及这些人通常具有的"半孤独症"式的行为和爱好，比如观察火车。对一般日本民众而言，anorak 理所应当指的是户外服装。当服装指代人转喻发挥作用时，他们可能会联想到一个登山者或户外运动爱好者，因为这可以说是 anorak 穿戴者的核心特征。上面这个例子利用了 anorak 穿戴者特殊的、高度边缘化的特征。另一个不太能被理解的句子是"她所面临的所有压力导致她再次*酗酒*"（all the pressures she was facing caused her to *hit the bottle* again）。可能受文化因素的影响，只有 36.4%的受试者表示理解。这里的问题可能在于这个例子中的主角是女性。在日本，社会对男性酗酒比对女性更加宽容，而酗酒主人公是女性这一设定可能与受试者的预期不符，从而误导了他们。这里我们可以看到，一系列因素导致了以日语为母语的英语学习者对转喻的误读，这些因素结合了语言和文化的特点。

最后，语言学习者在转喻的*识别*上也存在困难。例如，将隐喻和转喻看作一个连续统，Chen 和 Lai（2011）请 28 名中国台湾英语学习者以是否认为它们是"修辞"的标准评价 40 个句子，并对这些受试者的回答进行了探讨。结果表明，虽然受试者总体而言能识别出修辞性表达，但他们在判断隐喻表达时会比转喻表达更有把握。两名研究者发现，句子的主题对受试者的回答具有显著影响。例如，受试者觉得与涉及其他话题的表达相比，他们更容易识别出与愤怒相关的表达。Chen 和 Lai 由此得出结论，英语学习者能够通过共享体验识别修辞语言，并建议教师利用好这一特点以增强学习者对修辞语言的认识。据我所知，目前尚未有人尝试利用这些方法进行转喻教学。

语言学习者的转喻产出

和转喻理解一样，关于第二语言学习者转喻产出的研究相对较少。迄今为止，跨度最大的研究由 Jiménez Catalán（2012）展开，她对 60 名以英语为外语的西班牙学习者进行了一项基于语料库的转喻使用研究，该研究比较了三个年龄组的转喻产出：20 个 11—12 岁的孩子，20 个 15—16 岁的孩子和 20 个成人学习者。Jiménez Catalán 想了解 EFL[①]（以英语为外语）的学习者在写作时是否会自发地使用转喻，以及学习者的年龄与转喻产出倾向是否有关系。为回答这些研究问题，她让学生们在课堂上假装给一个英国寄宿家庭写一篇自我介绍，并且不允许使用字典。在进行转喻分析前，她纠正了里面的拼写错误并剔除了专有名词。接着，根据 Barcelona 对转喻的定义和 Radden 和 Kövecses（1999）提出的转喻分类法，她在数据中识别出所有转喻实例，并计算出这些转喻的类符和形符。尽管她已经采取了"最大限度"的方法来识别转喻，但还是发现只有很少学生使用转喻（大约 8%的词汇涉及转喻）。就年龄/年级因素而言，所得到的结果相互矛盾：11—12 岁和 15—16 岁的学生使用转喻的数量随年龄递增，而成人学生使用的数量反而减少。在转喻的使用类型方面没有观察到差异。语法转喻和言语行为转喻等模式的规约转喻在三个年龄组中均有发现，而非规约转喻或新异转喻的数量很少。Jiménez Catalán 在研究中发现的转喻数量相对较少，原因与其任务类型和语域有关：受试者要写的内容涉及一个非常具体的主题，且重点是事务信息交换，而非建立关系。Littlemore 和 Tagg（in preparation）对在手机短信中转喻的使用进行了研究，发现 22%的短信包含一个或多个转喻，有些短信多达三个。虽然这些数据并不完全具有可比性（Littlemore 和 Tagg 并没有确切计算出数据中转喻词的百分比，因为许多转喻是以短语而非单词的形式呈现的），但它们确实表明，转喻的使用程度在该语域略高，原因可能包括：需使用速记进行快速沟通（这与 Jiménez Catalán 的受试者所需要的思考时间形成了鲜明对比）；短信作者双方间平等、亲密的关系（相比之下，Jiménez Catalán 的受试者是为假想的读者写作，实际上是为他们的老师写作，因此涉及显著权力差异）；发短信远没有写作正式；短信本身包含着高层次的语言游戏、幽默感和创造力（Tagg，2013）；Jiménez Catalán 的学生用的是第二语言写作。

对动词短语的研究也间接证明了语言学习者会避免使用转喻，尽管这些研究的重点不一定是转喻。例如，Kamarudin（2013）使用了以马来语为母语的英语学习者的一个写作数据库来研究动词短语和介词动词（prepositional verb），她发现尽管这些学习者经常写到"放下"（putting down）日常用品，比如杯子、书、玩具等，但几乎不用"放下电话"（putting down the phone），而这个短语在英语母语者当中的使用频率很高。原因可能是"放下电话"涉及整体指代部分

---

① 全称为 English as a Foreign Language。

转喻（实际上，人们放下的是传统电话的听筒，而不是电话本身），这也许可以解释为什么尽管学习者经常接触这一表达，却仍然无法把它用在写作上。探究转喻如何造成英语学习者较少使用动词短语会是一项非常有意思的研究。

在最近的一项研究中，Littlemore 等（2011b，2014）探讨了不同语言水平的第二语言学习者如何在写作中使用隐喻。我们发现，隐喻的使用对学习者在不同水平的书面语言中的表现有很大影响，并且其影响的性质根据学习者的熟练程度而有很大的不同。为计算出涉及隐喻的错误占比并评估母语对错误的影响，我们根据严格和宽松两个标注标准，对许多文章的错误进行了编码。在严格标准下，非地道用语（如用 all the world 而不是 the whole world）标注为错误用法，在宽松标准下，这些表达则标注为正确用法。随后，我们请德语和希腊语母语者（这两种语言为本研究受试者的母语）检查所有错误，再标记可能受母语影响而导致的错误。我们发现，许多被标注为"不一定是错误，但有标记"（not necessarily wrong, but somehow marked）的隐喻例子实际上均涉及转喻。由于研究的重点是隐喻而非转喻，我们没有在已发表的论文中汇报涉及转喻的发现。然而，它们与当前的讨论有关，因此我将在这里简要提及。以下是两个例子：

> There are special traffic lights which *prefer* trams if they approach (German-speaking student; proficiency level: Cl[①]).
> 当有轨电车靠近时，一些特殊的红绿灯*更喜欢*有轨电车（以德语为母语的学生；语言能力等级为 Cl）。

> I agree with every star who wants to protect *himself* (German-speaking student; proficiency level: B2).
> 我对每个想保护*他自己*的明星表示认同（以德语为母语的学生；语言能力等级为 B2）。

第一个例子似乎涉及子事件指代整个事件转喻以及拟人手法。如果红绿灯"更喜欢"有轨电车，那么当有轨电车靠近时，红绿灯更有可能亮绿灯。第二个

---

① In this study we focused on five levels of proficiency within the Common European Union Framework of Reference for Languages (A2–C2). A2 was the lowest level ("false beginner") and C2 was the highest ("proficient language user").

在这项研究中，我们采用欧洲共同语言参考框架中的五个语言能力等级（A2—C2）。A2 为最低级别（"初学者"），C2 为最高级别（"精通者"）。

例子涉及成员指代范畴转喻，men（男性）既代表男性也代表女性（参见第 5 章讨论的在男性代词泛指用法背后隐含的性别歧视）。

转喻导致的不地道用语似乎是因为学习者受到了母语的影响。在各个例子中，转喻用法在学习者的第一语言中是无标记的（unmarked），但在英语中听起来有点奇怪，如：

A reason for going by bicycle is *the health* (German-speaking student; proficiency level: B2).

骑自行车的一个原因是*健康*（母语为德语的学生；语言能力等级为 B2）。

Because of a hill between your home and *the company* (German-speaking student; proficiency level: B2).

因为你家和公司之间有一座小山（母语为德语的学生；语言能力等级为 B2）。

I wanted to go somewhere with my friends but I had to *follow* my parents (Greek-speaking student; proficiency level: B1).

我想和朋友一起去某个地方，但我不得不跟着我的父母（母语为希腊语的学生；语言能力等级为 B1）。

第一个例子涉及以结果指代动作转喻，该表达在德语中可行，在英语中则不行。第二个例子涉及机构组织指代位置转喻，同样在德语中可行，但在英语中不可行。第三个例子直接从希腊语转换而来，仅仅意味着"和我父母一起"。单词 follow 在英语中具有一定程度的被动含义，在希腊语中则不一定如此，因此在这个例子中听起来略有标记。在英语和希腊语中，"跟随"（follow）一词均涉及行为方式指代动作的关系，英语更关注方式，而希腊语更关注动作。

某些情况下，学生会犯一些简单的语法错误（原因可能在于第一语言的迁移），从而导致句子在英语中的意思与学生想要表达的意思不符。

我们可以在下面的示例中看到这一点：

He started as *nobody* from Austria (German-speaking student; proficiency level: B2).

他一开始只是来自奥地利的无名之辈（母语为德语的学生；语言能力等级为 B2）。

此处学习者[1]可能想说"一个无名小卒"（a nobody），通过属性指代人的转喻来表示一个无足轻重的人。但由于缺少不定代词，他/她无意中使句子变得更字面化，这个人实际上是"无名之辈"[2]。

在某些情况下，英语中语法错误导致句子的意思比学生想要表达得更为具体。下例中，学生无意使用了一个单词，其含义对于英语母语者而言基本上都是转喻性的：

The rising costs of healthcare cause *troubles* in almost every European country (German-speaking student; level of proficiency: B2).

不断增加的医疗保健成本给几乎每个欧洲国家都带来了*麻烦*（母语为德语的学生；语言能力等级为 B2）。

"麻烦"（troubles）一词结尾的 s 赋予了这个词非常具体的含义。troubles 一词（而非 trouble）确实指"麻烦"，但对大多数以英语为母语的英国人来说，它特指 1968—1998 年发生在北爱尔兰的内战，这次内战被称为"北爱尔兰问题"（the Troubles）。在柯林斯英语语料库中，当我们看搜索词两侧的单词时，the、"在"（in）、"北方的"（Northern）和"爱尔兰"（Ireland）与"麻烦"一词的搭配频率最高。当"麻烦"一词不是用来指北爱尔兰的事件时，前面通常会有一个限定词，比如"金融的"、"经济的"或"初期的"（柯林斯英语语料库），这就是该词在上例中听起来有些奇怪的原因。在此类情况下，"麻烦"一词是基于结果指代原因转喻的委婉语。我们几乎可以确定，当学生写出这个词时，她/他没有意识到这个受限的含义。因此，他/她使用的单词在英语中的意义比其想象得更加狭隘。我们在相关数据中发现，学生所犯的诸多此类错

---

[1] Daphne Papadoudi，个人通讯。

[2] 虽然德语通常也需要不定冠词，但也可以像英语一样使用英语术语"无名之辈"（Nobody）。当使用这种用法时，便不需要冠词（参见 www.duden.de/rechtschreibung/nobody）。我们可以从一篇关于 Arnold Schwarzenegger 的在线文章摘录中看到德语使用"无名之辈"（Nobody）的例子："ArnieKinderfotos und Interviews mit dem gebürtigen Steiermarker gibt dieses Porträt einen kurzweiligen, interessanten Einblick in das Leben eines Superstars, dereinmal als Nobody anefangen hat"（Arnie 的童年照和对当地 Styrian 的采访给这幅肖像提供了一个有趣的视角去看待一个超级明星的生活，她开始只是一个无名之辈）。

误都是因为转喻。这种用法在语言中并不一定是"错误"的，但有些不符合"语言习惯"。转喻在这些错误中的作用确实非常微妙。

语言教学文献中包含了许多学习者错误的例子，虽未标记，但似乎都涉及转喻。例如，Ringbom（2001：64）提出一种被称为"单个词汇单元的语义扩展"现象，以填补某一语言中的词汇空白。当目标语言使用两个单词而非一个时，这种现象可能会引发问题。词汇选择的不准确性源于语义迁移的错误，这些错误反映了对现有目标语言形式的认识，而非对它的限制。例如，一位芬兰的英语学习者说出"He bit himself in the language."——他用语言咬了自己（他咬到了自己的舌头）。这是因为芬兰语中语言和舌头都是 kieli（Ringbom，2001：64）。Ringbom 在这里并未指出使用 kieli 表示语言是其基本义"舌头"的转喻延伸。在英语中，这种转喻延伸并不与芬兰语完全一致。"舌头"这个词可以用来表示"语言"，但只适用于特定的语境，而且"舌头"和"语言"绝非同义词。

语言学习者可以习得转喻吗？

越来越多的研究已开始关注如何将隐喻教给外语学习者，与之形成鲜明对比的是几乎没有人研究是否可以教授语言学习者理解并使用转喻。Barcelona（2010：147-148）认为关注转喻有益于外语学习者，并提出了以下四个策略：

1. 通过举例，提高学习者对转喻普遍性的认识。
2. 与学习者讨论如何利用上下文线索来理解转喻。
3. 概括并讨论转喻理解的语言或文化障碍。
4. 刺激转喻指导的推理。

测试这些策略是否有效会十分有趣。这种研究的设计虽然复杂，但值得开展，因为在目标语中恰当使用转喻可能会大幅提升一个人的交际能力。其他研究表明，让学生表演出基于转喻的表达可能会让他们更好地记住这些表达。例如，Lindstromberg 和 Boers（2005）的研究已经表明，如果语言学习者用肢体表演出"运动方式"的动词，如"爬行"、"跳跃"和"滑动"，则更容易理解并记住这些词。虽然 Lindstromberg 和 Boers 在他们的研究中并没有把重点放在转喻上，但许多动作方式动词都涉及转喻，如：

> Yes I did in fact *sneeze my glasses off*. (Webcorp)
> 是的，我确实*打喷嚏将眼镜弄掉了*。（网络语料库）

People were boarding and I *elbowed my way into line*. (BNC)
人们在登机，我*挤进了队伍*。（英国国家语料库）

　　第一个例子涉及原因指代结果的转喻，第二种是动作中的身体部位指代动作的转喻。没有人研究过这样的句子是否可以通过做出身体动作进行教授，但可能有人认为这是可行的，因为这些句子很容易想象出来，这将是 Boers 和 Lindstromberg 研究发现的合理延伸。

　　目前虽然还没有研究明确关注二语习得中的转喻教学，但转喻偶尔也会出现在主要着眼于隐喻的研究中。MacArthur 和 Littlemore（2008）的一项研究将转喻与隐喻置于同等地位，该研究让西班牙语为母语的英语学习者和英语为母语的西班牙语学习者接触呈现同一单词不同修辞义的多组语料库。本研究目的是确定学生是否能借助语料库意识到词义的"修辞连续体"。正如第 7 章所述，"修辞连续体"的概念是，一个词从纯粹的"字面义"沿着中间有转喻意义的连续体过渡到纯粹的"隐喻义"（Dirven，2003）。例如，在 MacArthur 和 Littlemore 的研究中有一个词是 agostado，直译过来就是"使干枯"。这个词可以转喻性地指代八月的西班牙乡村景象（又干又黄，被太阳晒得干枯），这个表达很大程度上依赖于因果转喻。这个词也可以通过隐喻延伸到谈论关系，关系也可以 agostado（干涸、枯萎、奄奄一息）。MacArthur 和 Littlemore 希望通过让学生同时接触多组包括同一词的不同修辞义的语料，来确定语言学习者能否使用语料库来探索目标语词汇的修辞延伸，在面对这样的语料库时他们会做什么，以及语料库的方法是否有助于他们学习词义的转喻和隐喻延伸。

　　他们发现学习者对这种教学模式的反应很强烈，但就该模式的成功程度而言，不同学习者和词汇间都存在显著差异。头韵及显著的短语型式似乎可以帮助学生注意并学习词汇的含义，使用手势也可以起到同样的作用。他们还发现，相较于以转喻、隐喻延伸含义为外在特征的词汇，以其为中心特征的词汇更易于学习。这意味着学生在使用如"临时记下、暂定"（pencil in）、"提出动议"（table a motion）、"快速成长"（mushroom）等词时会遇到困难，因为他们试着参考词汇的中心特征来理解其含义，如桌子的平整、铅笔长而细的特性和蘑菇的形状。这些特征当然并未涉及词汇的修辞延伸过程。这一发现与上文 Littlemore 等（in preparation）的发现一致：学习者在找寻转喻意义时，期望词汇的中心特征得到扩展延伸，而非外在特征，如果情况并非如此，则会出现问题。MacArthur 和 Littlemore 的其他发现与 Littlemore 等的发现相吻合，包括学生在理解含义的过程中能够使用几种不同的策略，如结合运用上下文、参考基本意义和转变（词义）等策略，但是这些策略很少结合使用，就像 Littlemore 等的学生一样，他们有时会"卡"在这个连续体的隐喻端，而且难以将某些词汇简单地理解为转喻。例如，他们对 aletear（西班牙语，"去飞行"）一词仅表示"拍打"这一含义并不满意，还会继续寻找这类词汇的隐喻解释，哪怕老师告诉他们现在的理解已经很恰当。平心而论，这一发现可以反映出这项关注隐喻和转喻测试的本质，但也不失为一项有趣的观察。

由此可见，转喻教学任重道远。将转喻置于含有短语及搭配的语境中不失为一种合适的方法，毕竟它确实以大量的固定表达为基础（Hilpert，2006）。关注这些案例中的转喻将使学习者初步了解固定短语背后的动机及其形成过程，这可能会形成更加深入而持久的学习。是否真的如此，未来还需以其为主题进行研究。

8.5　转喻与翻译

转喻的使用因语言而异，这可能对译者构成挑战。当面对源语中的转喻时，译者既可以将其直译成目标语，也可以找到目标语中更符合文化背景的对应表达（可能涉及或不涉及转喻）。例如，在英语中，我们可以用"白色桌布餐厅"（white table cloth restaurant）来表示优质、昂贵的餐厅，如下例所示：

Firefly is Panama City Beach's only five star, *white table cloth restaurant*. (Webcorp)

Firefly 是巴拿马城海滩唯一一家五星级"白色桌布"餐厅。（网络语料库）

A casual, *white table cloth restaurant* serving authentic northern Italian cuisine. (Webcorp)

一家提供正宗意大利北部美食的休闲的"白色桌布"餐厅（网络语料库）

the next time I have the means to go to a *white table cloth restaurant* [...](Webcorp)

下次我可以去一家"*白桌布餐厅*"【……】（网络语料库）

这明显涉及用属性指代范畴的转喻。如果译者要将其翻译成日语，那就要明白日本的上乘餐厅内不一定有白桌布，他/她可以选择保留原来的术语（可能涉及文化迁移，会让读者想到欧洲餐厅而非日本餐厅），或者他/她可以在日语中找到对应的术语，如 Kaiseki ryori，即提供日本高级传统美食的餐厅。怀石料理（Kaiseki ryori）餐厅很贵，但除此之外，它们与高级餐厅毫无相似之处。这两种策略中都涉及原始信息部分含义的保留和丢失。

Jakobson（1971a，1971b）将其称为"语际"（interlingual）策略与"符际"（intersemiotic）策略。语际翻译需要将语言符号替换为目标语的其他符号。另外，在符际翻译中，译者要强调需传达的整体信息，而不只是关注词语。因此，比起关注语言符号，译者会更多地关注要传递的信息。严格的"字面"翻译和侧重整体意义而非词语本身的松散翻译形式之间的区别贯穿了翻译研究的整个学科。与所有类型的语言一样，人们期望在不同的环境下使用不同的策略。换言之，人们还会期望策略会因涉及的转喻类型、表现的功能以及所在文本的语体和语域特征而各异。正如下文所述，基于特定文化参考的转喻需要使用目标语言的对等词进行松散翻译，而对于文化约束较少的示例，则可以进行更直接的翻译。语言之间句法和言外之意的差异，令译者可自主选择与原始文本的接近程度。

Denroche（2012，2013）从不同的角度看待翻译中的转喻问题。他没有谈转喻的翻译，而是将转喻本身视为一种翻译策略。与本书的其他章节一致，他认为转喻是概念化的基本原则，所以对转喻这项加工技能感兴趣。他认为，"转喻思维"的能力是译者经常利用的一项技能，可以使他们理解语言的不确定性，接纳表达的微妙性，以及理解在给定图式中焦点的变化。他接下来探讨了"不定性原则"（principle of indeterminacy）（参见本书第 3.2 节和第 5.5 节），并认为由于语言被故意设计为指代不足，因此只有少量词汇可以灵活且创造性地用来指代无数想法和概念。正是由于这种不确定性，译者需要进行部分匹配，而非语言间直接对应，且转喻加工可以推动形成解释。

他批评当前大部分关于翻译的文献都侧重于"字面"语言和"习语"，他认为这会人为地将语言两极分化为"字面高原"（literal plateaus）和"隐喻尖峰"（metaphorical spikes）。由于所有语言在某种程度上都是转喻性的，他认为"转换理论"的传统观点（Munday，2008）（即关注译者在目标语中为了用不同的方式表达事物所做的调整）应该扩大到包括"转喻"转换的概念。因为他对转喻采取了一种极多主义的、Langacker 式的方法，认为几乎每个翻译实例都涉及某种转喻的转变。为阐明自己的观点，他探讨了一位德英译员在翻译德语词语 Feiner Papierwaren 时的决定。译者想出了五种译法，即 fine paperware（上乘的纸制品）、fine paper goods（上乘的纸物品）、fine paper products（上乘的纸产品）、fine stationery（上乘的信纸）和 quality stationery（优质信纸），最终敲定了 fine paper goods（上乘的纸质物品）。在敲定的过程中，译者通过选择突出现象的某些特征而淡化其他特征，从而将他或她自己的转喻倾向置于该信息上，不再需要搜索直接对等词。Denroche（2012）认为，在翻译中，正是转喻加工将不确定性和模糊性变成了一个优点："转喻是翻译的关键，因为模糊性是转喻的精髓。"Denroche 的观点表明，翻译培训课程中，转喻非常值得关注，这不仅可以体现转喻对语言错误和误译的解释作用，还可以使转喻在提高译员意识方面发挥更积极的作用，同时提升译者的翻译技能。

译者遇到的另一个挑战来自转喻在语言幽默中的作用。第 5 章中讲述过人们常使用转喻以达到幽默的目的，可想而知，这种幽默不易翻译。与 Denroche 的想法一致，Rojo López（2009）讨论了基于转喻的幽默给译者带来的挑战，并表示译者在翻译这种幽默时，会将转喻用作一个涉及框架语义学和理想化认知模型的推理过程。为阐释其观点，她引用了三部英国小说及其西班牙语译本中的例子：大卫·洛奇的《小世界》（*Small World*）、马丁·艾米斯的《钱》（*Money*）和哈尼夫·库雷西的《郊区佛爷》（*The Buddha of Suburbia*）。在这些小说中，她发现了最有效的四种转喻映射类型：部分指代整体、材料指代物体、原因指代结果、生产者指代产品。基于第 3 章中提到的 Peirsman 和 Geeraerts（2006a）对概念邻近性的典型分类，她将这些映射分为两个不同的域：空间和物质域中的邻近性以及行为、事件和过程域中的邻近性。由于篇幅限制，我们这里只讨论其中一个例子。在《郊区佛爷》中，两个人物正在谈论他们的印度邻居，对话带有种族主义色彩：

And has he got his camel parked outside?

他把骆驼放在外面了吗？

No, he came on a magic carpet

不，他是坐着魔毯来的

Cyril Lord or *Debenhams*? (Kureishi, 1990: 12)

西里尔（英国高端地毯制造商）还是*德本汉姆*（英国大型百货商店）？（Kureishi，1990：12）

"西里尔"和"德本汉姆"是生产者指代产品的转喻，分别代表"高档"和"普通"的地毯。Rojo López 指出，这里直接翻译成西班牙语根本行不通，因为这两家店在西班牙并不出名，而且也很难联想到类似的西班牙商店。更何况，由于这件事发生在英国，提到西班牙商店也很奇怪。因此，她建议在译入西班牙语时，译者运用另一种转喻关系，即特征指代产品的转喻，译入的西语为：artesana o sintetica（手工的还是合成的）？如上所述，明确转喻的作用，并试图寻找可替代的转喻关系，可能是有效的翻译策略。

8.6 结　　论

本章中可以看到，转喻在跨语言和跨文化交际中既是挑战也是机遇。转喻对语言学习者来说可能很难理解，这些困难来自几个方面，如误导性的上下文线索、母语的干扰、过度说明、说明不足以及对未知的恐惧。除此之外，转喻也存在于目标语言的许多用法背后，这些用法不一定"错"，但也显得是"有标记的"。因此，在语言课堂上着重关注转喻可能对学习者大有帮助，可以揭示不同表达形式背后的机制，并帮助解释为什么语言因视角不同而各不相同。对译者来说，转喻也可能成为一种强有力的表达工具，不同视角的呈现为翻译过程带来创造性。跨文化交际中，我们对转喻在多大程度上或以何种方式产生误解、增加说话者之间的共同知识知之甚少，因为它是一个难以捉摸的概念，说话者很少意识到它的存在。然而，如上文所述，未能理解话语的转喻意义会产生严重的后果。因此，对转喻在跨语言和跨文化交际中的使用进行更深入细致的研究是很有价值的。

9 "这些小屋做了绝对令人难以置信的工作"

我们现在对转喻了解多少？

9.1 引　　言

在本书中，我们已经了解到转喻思维这个日常过程在帮助我们理解世界中发挥关键作用。正因如此，转喻在各种交际形式中起重要作用，并发挥着各种各样的功能。我们还看到，关注转喻可以帮我们了解语言交流及其他交流模式的方式。在这一章中，我将总结已知的有关转喻的内容，说明这些知识是如何带我们超越"传统"观点的。同时，简要概述一些转喻的未知内容并提出新的研究路径，其重点是关注实际应用。

9.2　我们对转喻了解多少？

长久以来，对转喻的描述主要是它的指称功能以及它在语言中的作用，主要表现在转喻做名词的例子。本书中，我们知道采用更宽泛的转喻定义、不局限于其指称功能、探索它在实际交流中发挥的作用才更为恰当。当我们以这种方式看待转喻时，可以发现许多特征，转喻这种现象比人们想象得更有趣、更高深莫测。综上所述，这些特征表明转喻和隐喻出现频率相似、作用相同。转喻的一些主要特征如下。

转喻不仅仅存在于语言中

尽管转喻经常被当成"修辞"，但它并不仅仅存在于语言中。它是我们思维过程的关键组成部分，因此可以在许多不同的表达形式中找到它，包括电影、艺术、音乐、舞蹈、手语。通过研究转喻在这些不同表达模式中的运作方式，我们可以看到不同于语言学传统研究的转喻特征。

转喻具有多种修辞功能

我们知道，转喻具有一系列的功能，如劝导、建立关系、评价、委婉和讽刺。由于"域获得性原则"（Domain Availability Principle）和广泛的矩阵（matrix）域的存在，转喻也有助于语篇的衔接。转喻具有微妙的言外行为功能，其中很多不能在语言间无缝转换。转喻很多时候只针对某个特定话语群体，如牙医的接待员对牙医喊道"your 3.30 toothache is here"（你 3:30 的牙痛来了），或者在儿童足球赛场的边线上，父亲对他的儿子喊"stand on it"（站在它上面）。这些转喻义对特定话语群体之外的人来说可能并不明显，甚至对那些正在融入话语共同体的人来说也是如此，比如年轻的足球运动员。我们也看到转喻用于委婉语、恶俗语、夸张、创造性语言游戏和幽默中。它在模糊语言和模糊限制语所呈现的细微差别中起着关键的作用。最后，我们发现有些人，特别是政治家，用转喻表达意识形态和立场，这在日常交流甚至文学中也会出现。除以上所有功能，转喻在口语、手语以及其他艺术表现形式的意义延伸中发挥着关键作用。

转喻充满趣味并被创造性地使用，以达到幽默效果

传统观点认为，与隐喻不同，转喻倾向于利用现有关系，而非创造新的关系。但我们在本书中看到，转喻在创造性表达中发挥着关键作用。它有可能创造新的关系，尤其是在艺术中，艺术品会以出人意料的方式创造出新的意义，帮助我们以截然不同的方式看待事物，使我们质疑自己对世界的假设。转喻不仅在语言中，而且在所有的表达形式中，都经常涉及"有趣的"活动。词语与概念的字面和转喻意义间的对比经常用作一种创造性的和/或幽默的手段。转喻的另一个特点是，它与隐喻类似，可以涉及源域和目标域之间的多重映射，而且这些映射可能非常复杂。这种复杂性意味着人们运用转喻的频率至少与隐喻一样。

转喻可以出现在诸多不同的词性中

在查看前人文献对转喻的描述时，我们发现所用的例子几乎都是名词，而且

都出现在中心位置，比如当下著名的"ham sandwich on Table 6"（6号桌的火腿三明治）的例子。然而，当我们在真实语料中观察转喻时，会发现它出现在除名词外的许多词性中。转喻可以让人们进行"圆桌"讨论，"走上红毯"，"吸尘"和"健康饮食"。正如这些例子所示，虽然文献中的人造转喻例子经常表现为名词，但实际上转喻绝不仅限于名词词性。

转喻超越了词汇的层面

转喻远远超出单个词汇的层面。通常人们很难说出转喻在句中的确切位置，转喻意义很少只与一个特定的词相关联。相反，它倾向于依附在一个句子或短语上。转喻也可以用作一种重要的衔接手段，贯穿整篇文章或演讲，甚至整本书。其他交流形式中的转喻也是如此。音乐中，简短的转喻片段可以指代整个音乐流派，而在电影和戏剧中，整个场景可以作为一个单一的转喻来运行。

转喻微妙且灵活

最后，转喻意义可以非常灵活，释义多样，在很大程度上依赖于语境和共同经验。转喻的微妙本质意味着它为说话者提供便利，这些说话者可能不想具体说明他们在谈论什么，正如第5章所述，说话者用Longfield Terrace间接指代童年时在此地发生的一系列创伤事件。这种灵活性与为获取预期含义所需的共享背景知识，共同说明为何转喻在关系的建立和协调中发挥着如此重要的作用。

9.3 关于转喻，我们还有什么不知道的？如何在"真实世界"中继续应用转喻研究？

尽管我们对转喻有了更多的了解，但仍有许多尚未知晓的问题。此外，我们已经看到转喻具有巨大的实际应用潜力，尤其是在心理咨询、教育、翻译研究、广告和跨文化交流等领域——但迄今为止，转喻意识的相关研究尚未在这些领域做出实际贡献。本节首先着眼于理论研究，接着转向实际应用，继而概述我们能在哪些领域开展更多有效的转喻研究。

在理论层面，第一个问题是转喻的界定和识别仍然存在困难，主要原因在于转喻和隐喻之间的相似性。尽管有许多学者探讨了转喻与隐喻的异同以及两者间的关系，但仔细研究现实生活中的交际现象会发现，人们对隐喻和转喻的认识仍然非常混乱。由于两者高度重叠，在文献中经常出现的界限分明的例子并不能代表整体现象，并且有关这些例子的观点可能不适用于其他非典型的转喻或实际为隐喻的实例。转喻和隐喻难以泾渭分明，因此我们很难在语言和其他表达形式中识别它们。尤其在音乐、舞蹈和手语等表达形式中，我们也难以识别转喻实例的始末。在语言中亦是如此，如前文所示，转喻不仅存在于词汇层面，而且在短语甚至整个文本层面上也发挥作用。

缺乏理论基础的第二个方面是新异转喻与规约转喻。转喻的许多用法很常规，有时甚至可能不被视为转喻，因此它们与具有高度原创性和创造性的转喻（如本书所示）使用存在巨大差异。我们发现，不管以何种模式呈现，转喻的创造性和规约性使用在头脑中的处理方式存在显著差异，对规约转喻的处理大致类似于字面语言。为了解上述差异与不同原型范畴的转喻（第 3 章）存在何种关联，我们需要开展更多的研究。我们需要特别注意位于连续体中间的转喻实例，虽然可能看起来很常规，因此也被处理成规约转喻，但它们很可能携带某种非常微妙的视角或评价倾向，使对话者从字面上进行理解且不会产生怀疑。此种转喻用法很可能是说服性语言中最有效的形式之一。

在理论层面，第三个有待进一步研究的问题是转喻在除语言之外的其他表达形式中发挥的作用。的确，本书仅关注了几种表达形式，而在其他表达形式中（如哑剧、舞蹈和宗教仪式）也会非常有趣，特别是宗教仪式，因为该领域能使我们重点关注转喻在意义生成过程中的作用，以及在帮助人们解决生死等基本问题时发挥的作用。

转喻研究具有巨大的应用潜力。其中，转喻在精神分裂症和相关疾病患者的幻觉中发挥的作用与社会最为息息相关。转喻思维将幻觉和现实融为一体，因此在这种情况下转喻思维是一种有害的现象。这是因为它介于"字面"思维和"隐喻"思维之间。虽然人们习惯了隐喻的概念，习惯了用一件事物来描述另一件事物，但在语言学领域外，人们却很少能意识到转喻。即使听过，也经常不确定它到底是什么。这意味着人们不太可能意识到转喻在自己的思维过程中所起的作用，有时可能会将它与"字面"思维混为一谈。在心理学上，患者和咨询师可能都会如此，这使得基于转喻的幻觉比基于隐喻的更难识别。因此，在咨询过程中，最好可以明确转喻思维的作用，从而帮助患者解决和面对一些幻觉的实质。因此，需要深入研究在心理咨询中明确关注转喻的益处或其他方面，并将其纳入咨询师培训方案。

转喻研究也有可能对教育领域做出贡献。重点关注转喻对语言（无论是母语还是外语）学习者大有裨益，因为这可以帮助他们更清楚地理解语言是如何发挥作用的。通过运用转喻来发挥劝导、建立关系、表达幽默和讽刺等功能，也可以帮助他们高效表达和写作。我们发现转喻会对第二语言学习者造成严重的理解困难；我们还不知道学习者在多大程度上意识到了这些困难，以及如何帮助他们克服困难。在艺术、音乐、设计和传媒研究等领域中关注转喻也可能是有用的。这些学科背后的许多创造性过程都依赖于转喻。即使是所谓的"硬科学"，也包含具有强大转喻基础的理论概念，这反映在这些学科使用的术语中。如果向学生解释这些术语的转喻基础，可能会帮助他们理解概念本身。各个学科都在一定程度上运用转喻来构建自己的世界观，转喻思维指导和影响着各行各业的推理过程。然而，很少有人尝试分析这一点及其对认识论和跨学科交流的影响。认识到转喻思维在理论构建中的作用，以及这一过程在跨学科间的不同运作方式，可以促进不同学科背景研究人员之间的交流和理解。

第 5 章中关于转喻在广告中的作用的研究表明，广告工作者可能需要更明确、更系统地关注多模态转喻。目前，广告中的许多创意工作都是以一种直观的方式进行的，系统分析广告主和消费者决策过程中的转喻思维过程可能是有益的。涉及信息提供者的实证研究可以有效检验转喻如何影响消费者对广告产品的态度。研究结果有助于设计出更有效、更有针对性的广告，并使它们在心理层面上更好地发挥作用。

转喻在跨文化交际和跨文化理解中具有重要作用。第 4 章讲述了如何用转喻来创造"内部群体"和"外部群体"，以及用不那么恭维的方式来指代"其他人"。这有时是在无意中完成的，这种情况可能会引起对立情绪。与上述的咨询情境一样，人们可能知道隐喻以及用它来理解抽象概念的方式，但他们往往对转喻及其在思想产生和表达中所起的作用知之甚少。因此，一些热议观点中的转喻本质没有得到完全承认。例如，在英国的历史课上，孩子们学习"德国"在第二次世界大战中的表现。人们往往很少考虑这种说法的转喻基础，也很少质疑它们并非字面义的事实。在当代政治中，我们很少看到政客们在谈论"欧盟"甚至"经济"时所表达的确切含义。诸如此类的术语被用作转喻速记，指代高度复杂实体的不同方面。为了使交流得以顺利进行，说话者之间需要有一种默契，即他们讨论的是同一件事。但事实并不总是这样，尤其是当说话者说不同的语言、拥有不同的文化或政治背景时。政治家、外交官、商人、译者以及其他接触跨语言或跨文化交际的人如果能提高对转喻的性质、范围和作用的认识，则可以在一定程度上增进国际理解。

最后，第 6 章讲述了准确的转喻解析对于人机交互的重要性。研究转喻的语法形式及其功能有助于机器识别转喻。计算机要正确地解读人类语言，那么需要将它们编程为"理解人类语言和交流通常不采用字面意义，观点通常是在语言中被编码的"。我们发现，检测和理解转喻的能力提高了计算机"理解"语言的成功率，但与上述所有领域一样，任重道远。

9.4 结　　论

转喻无处不在。它塑造了我们的思维方式以及我们影响他人思想的方式。在所有的交际形式中，它的意义都没有得到明确说明，大部分的解读工作都留给了读者、观众或听众。转喻思维构成了这部解释性著作的核心，我们一直关注转喻思维，以便从语言和其他交际形式中提取意义。1941 年，纳粹的"恩尼格玛密码"（enigma code）在英国布莱奇利公园（Bletchley Park）的工作屋里被破解，我们参观小屋时，导游说了这样一个转喻，"这些小屋做了令人难以置信的工作"，指的是在这些棚屋里工作的解码员（主要是女性）对战争的贡献。旅游团几乎没有人注意到这个无意使用的转喻，但导游能够用这句话简洁优雅地表达大量信息。导游所说的那些在小屋里工作的女性也适用于转喻。它做了"绝对令人难以置信的工作"，但往往是在幕后进行的；很多时候我们甚至没有注意这个谦逊的比喻，但我们应该注意到。

参 考 文 献

请用微信扫描下方二维码获取本书参考文献。